O TELESCÓPIO DE ÂMBAR

PHILIP PULLMAN

O TELESCÓPIO DE ÂMBAR

Tradução de
Maria do Rosário Monteiro

EDITORIAL PRESENÇA

Os versos de *The Ecclesiast*, de John Ashbery, foram reproduzidos da obra *River and Mountains* (Nova Iorque: Holt, Rinehart & Winston, 1967). Copyright © 1962, 1963, 1964, 1966 de John Ashbery. Reproduzido com autorização de George Borchardt, Inc., em nome do autor.

FICHA TÉCNICA

Título original: *His Dark Materials — The Amber Spyglass*
Autor: *Philip Pullman*
Copyright © 2000 by Philip Pullman
Tradução © Editorial Presença, Lisboa, 2002
Tradução: *Maria do Rosário Monteiro*
Capa: *Cover illustration* © *MMVII New Line Productions, Inc.*
    The Golden Compass™ *e todas as personagens, lugares, nomes e outros símbolos são marcas registadas de New Line Productions, Inc.*
    Todos os direitos reservados.
    Ilustração da capa reproduzida sob autorização de Scholastic Ltd.
Composição, impressão e acabamento: *Multitipo — Artes Gráficas, Lda.*
2.ª edição (1.ª edição na colecção «Estrela do Mar»), Lisboa, Agosto, 2003
3.ª edição, Lisboa, Novembro, 2007
Depósito legal n.º 266 783/07

Oh, louva o seu poder, Oh, canta a sua graça,
Cujas vestes são a luz, cujo dossel é o espaço;
As suas quadrigas de ira profundas nuvens trovejantes criam,
E negro é o seu caminho nas asas da tempestade.

Robert Grant,
Hymns Ancient and Modern

Oh, estrelas,
não é de vós que nasce o desejo do amante pela face
da sua amada? Não deriva o conhecimento secreto
das suas belas feições das puras constelações?

Rainer Maria Rilke,
«The Third Duino Elegy»
The Sellected Poetry of Rainer Maria Rilke,
(Trad. para inglês de Stephen Mitchell)

Finos vapores evadem-se do que os vivos fazem.
A noite está fria, delicada e cheia de anjos.
Esmagando a vida. As fábricas estão todas iluminadas,
O carrilhão soando desapercebido.
Estamos juntos finalmente, embora afastados.

John Ashbery,
«The Ecclesiast»
in *River and Mountains*

1

A MENINA ENCANTADA

... enquanto animais ferozes, saídos de profundas cavernas, observavam a donzela adormecida...

WILLIAM BLAKE

Num vale abrigado pela sombra dos rododendros, perto da linha de neve, onde um ribeiro leitoso de gelo derretido corria rápido e onde pombas e pintarroxos voavam sobre enormes pinheiros, encontrava-se uma caverna, meio escondida por uma rocha escarpada em cima e as folhas pesadas e hirtas que a encobriam por baixo.

Os bosques estavam repletos de sons: o ribeiro correndo por entre as rochas, o vento assobiando nas agulhas dos ramos dos pinheiros, o zumbido dos insectos e os gritos de pequenos mamíferos que viviam nas árvores, para além das canções dos pássaros; de tempos a tempos, uma rajada mais forte de vento fazia com que os ramos de um cedro ou de um abeto chocassem com os de outro e gemessem como um violoncelo.

Era um lugar intensamente iluminado pelo sol, nunca encoberto; flechas de uma luminosidade dourada e cor de limão disparadas sobre o chão da floresta por entre barras e manchas de sombras castanho-esverdeadas; e a luz nunca estava imóvel, nunca era constante, porque uma névoa deslocando-se ao sabor do vento pairava muitas vezes sobre o topo das árvores, filtrando toda a luz do sol e transformando-a numa luminosidade perlífera e pincelando as copas dos pinheiros com uma humidade que brilhava depois de a névoa desaparecer. Por vezes, a humidade das nuvens condensava-se em minúsculas gotas, meio névoa meio chuva, que escorria, em vez de cair, produzindo um suave ruído sussurrante por entre os milhões de agulhas.

Havia um caminho estreito que ladeava o ribeiro e que partia de uma aldeia — na realidade pouco maior que um aglomerado de cabanas de pastores — no fundo do vale até uma capela quase em ruínas perto do topo do glaciar, um lugar onde esvoaçavam bandeiras de seda esfarrapadas, hasteadas aos ventos perpétuos vindos das altas montanhas, e oferendas de bolos de cevada e chá seco eram depositadas por aldeões piedosos. Um estranho efeito da luz, da neve e da humidade envolvia o cimo do vale em arcos-íris perpétuos.

A caverna ficava um pouco acima do carreiro. Muitos anos antes, um homem santo tinha vivido ali, meditando, jejuando e rezando e o lugar era venerado em sua memória. Tinha cerca de nove metros de profundidade e o chão era seco; um covil ideal para um urso ou um lobo, mas as únicas criaturas que a tinham habitado nos últimos trinta anos foram pássaros e morcegos.

Porém, a forma que se acocorava à entrada da caverna, os seus olhos negros olhando para um lado e para o outro, as orelhas levantadas, não era nem de pássaro nem de morcego. A luz do sol incidia forte sobre o seu pêlo dourado e lustroso e as suas mãos de macaco viravam uma pinha para um lado e para o outro, arrancando as escamas lenhosas com dedos fortes e retirando os pinhões doces.

Atrás dele, um pouco para além da zona que a luz do sol iluminava, a Sra. Coulter aquecia água numa pequena panela colocada sobre um fogão de nafta. O seu génio soltou um murmúrio de aviso e a Sra. Coulter levantou os olhos.

Subindo o carreiro da floresta vinha uma rapariguinha da aldeia. A Sra. Coulter sabia quem ela era: Ama há alguns dias que lhe vinha trazer comida. A Sra. Coulter espalhara a notícia, logo que chegara, de que era uma mulher piedosa que se dedicava à meditação e às preces e que fizera voto de nunca falar com nenhum homem. Ama era a única pessoa cujas visitas ela tolerava.

Desta vez, contudo, a rapariguinha não vinha sozinha. O pai dela acompanhava-a e enquanto Ama subiu até à caverna, ele aguardou um pouco mais afastado.

Ama chegou à entrada da caverna e fez uma vénia.

— O meu pai envia-lhe preces pela sua boa vontade — disse.

— Saudações, criança — respondeu a Sra. Coulter.

A menina transportava uma trouxa envolta num pedaço de algodão desbotado que colocou aos pés da Sra. Coulter. Depois, ofereceu um pequeno ramo de flores, cerca de uma dúzia de anémonas presas com uma tira de algodão e começou a falar numa voz rápida e nervosa. A Sra. Coulter compreendia um pouco da linguagem daqueles habitantes das montanhas, mas nunca os deixaria perceber até que ponto sabia a sua língua. Por isso sorriu e fez sinal à rapariga para se calar e observar os génios das duas. O macaco dourado estendia a sua mão pequena e preta e a borboleta-génio de Ama esvoaçava, aproximando-se até poisar num dedo caloso.

O macaco aproximou o dedo lentamente do ouvido e a Sra. Coulter sentiu uma ligeira corrente de compreensão fluir para a sua mente, clarificando o significado das palavras da rapariga. Os aldeões estavam felizes por uma mulher piedosa, como ela, se ter refugiado na caverna, mas havia rumores que ela tinha uma companheira com ela que era, de algum modo, perigosa e forte.

Era isso que fazia com que os aldeões se sentissem amedrontados. Seria esse outro ser mestre ou serva da Sra. Coulter? Teria intenções malévolas? Por que é que ela estava ali? Iriam ambas ficar muito tempo? Ama transmitiu aquelas questões com milhares de receios.

Ocorreu à Sra. Coulter uma resposta original enquanto a interpretação que o génio fazia se filtrava para o seu espírito. Ela podia dizer a verdade. Não toda a verdade, evidentemente, mas uma parte. Sentiu um pequeno tremor de riso perante a ideia, mas manteve-o afastado da voz enquanto explicou:

— Sim, está mais alguém comigo. Mas não há nada a recear. Ela é minha filha e está sob o efeito de um feitiço que fez com que adormecesse. Viemos para aqui para nos escondermos do feiticeiro que lhe lançou o feitiço enquanto eu tento curá-la e protegê-la. Anda vê-la, se quiseres.

Ama estava meio anestesiada pela voz suave da Sra. Coulter, mas também algo receosa; a conversa sobre feiticeiros e feitiços contribuíra para o temor que sentia. Mas o macaco segurava o seu génio com tanta suavidade e, para além disso, ela era curiosa por natureza, por isso seguiu a Sra. Coulter para o interior da caverna.

O pai, que se encontrava lá em baixo, no caminho, deu um passo em frente e a sua corva-génio abriu as asas uma ou duas vezes, mas o homem não avançou mais.

A Sra. Coulter acendeu uma vela, porque a luz do dia diminuía rapidamente, e conduziu Ama para o interior da caverna. Os olhos da menina brilharam intensamente na escuridão e as suas mãos faziam um gesto repetitivo acariciando os polegares com os dedos indicadores, um gesto para afastar o perigo confundindo os espíritos malévolos.

— Estás a ver? — perguntou a Sra. Coulter. — Ela não pode fazer mal a ninguém. Não tens nada a recear.

Ama olhou para o corpo deitado dentro do saco-cama. Era de uma rapariga mais velha do que ela, com talvez mais três ou quatro anos; tinha o cabelo de uma cor que Ama nunca tinha visto antes — um loiro-acastanhado semelhante à cor do pêlo de um leão. Tinha os lábios comprimidos um contra o outro e estava profundamente adormecida, disso não havia qualquer dúvida, porque o génio dela estava enroscado e inconsciente em volta do pescoço da rapariga. Ele tinha a forma de um animal semelhante a um icnêumone, mas de cor vermelho-dourado e mais pequeno. O macaco dourado acariciava ternamente o pêlo entre as orelhas do génio adormecido e quando Ama olhou, o icnêumone-génio agitou-se, inquieto e soltou um gemido leve e rouco. O génio de Ama, sob a forma de um rato, aconchegou-se no corpo da menina e olhou temeroso por entre o cabelo dela.

— Agora podes dizer ao teu pai o que viste — continuou a Sra. Coulter. — Não há nenhum espírito maligno. Apenas a minha filha, adormecida por um feitiço e ao meu cuidado. Mas, por favor, Ama, diz ao teu pai que isto deve ser mantido em segredo. Ninguém, para além de vocês os dois deve saber que Lyra está aqui. Se o feiticeiro descobrisse onde ela está, procurá-la-ia para a destruir, e a mim também, bem como tudo o que estiver por perto. Por isso, caluda! Diz ao teu pai e a mais ninguém.

Ajoelhou-se ao lado de Lyra e afastou o cabelo húmido da cara antes de se inclinar e beijar a face da filha. Depois, olhou para cima com uma expressão de tristeza e amor nos olhos, e sorriu para Ama com uma tal compaixão corajosa que a rapariguinha sentiu as lágrimas inundarem-lhe os olhos.

A Sra. Coulter pegou na mão de Ama enquanto se dirigiam para a entrada da caverna e viu o pai da rapariga observando ansiosamente lá de baixo. A mulher uniu as mãos e fez-lhe uma vénia a que ele respondeu com alívio quando a filha, tendo também feito uma vénia à Sra. Coulter e à menina encantada, se virou e correu pela colina abaixo, à luz do crepúsculo. Pai e filha fizeram mais uma vénia na direcção da caverna e partiram, desaparecendo na escuridão dos pesados rododendros.

A Sra. Coulter regressou para junto do fogão onde a água estava quase a ferver.

Acocorando-se, esfarelou um punhado de folhas secas para dentro da água, uma pitada tirada de um saco, outra de outro e juntou três gotas de um óleo de cor amarelo-pálido. Mexeu o líquido com vivacidade, contando mentalmente até terem passado cinco minutos. Depois retirou a panela de cima do fogão e sentou-se à espera que o líquido arrefecesse.

À sua volta encontravam-se alguns objectos retirados do acampamento junto ao lago azul onde Sir Charles Latrom tinha morrido: um saco-cama, uma mochila com mudas de roupa, objectos de higiene e outras coisas do género. Havia também uma caixa de lona com uma estrutura forte de madeira, forrada com sumaúma, que continha vários instrumentos; havia ainda uma pistola num coldre.

O decocto arrefeceu rapidamente ao ar fresco e assim que estava à temperatura do corpo a Sra. Coulter verteu-o cuidadosamente para dentro de um recipiente de metal e transportou-o para o fundo da caverna. O macaco-génio deixou cair no chão a pinha com que brincava e seguiu-a.

A Sra. Coulter colocou cuidadosamente o recipiente sobre uma rocha e ajoelhou-se ao lado da adormecida Lyra. O macaco dourado acocorou-se a seu lado, pronto para agarrar Pantalaimon se este acordasse.

O cabelo de Lyra estava húmido e os seus olhos moviam-se por trás das pálpebras fechadas. Começava a despertar: a Sra. Coulter sentira as pestanas dela tremer quando a beijara e sabia que não teria muito tempo até que Lyra despertasse completamente.

Colocou uma mão por baixo da cabeça da rapariga e com a outra afastou-lhe os cabelos húmidos da cara. Os lábios de Lyra entreabriram-se e ela gemeu suavemente; Pantalaimon aproximou-se mais um pouco do seu peito. Os olhos do macaco dourado nunca se desviaram do génio de Lyra e os seus pequenos dedos pretos remexeram o rebordo do saco-cama.

Um olhar da Sra. Coulter e ele soltou o tecido e afastou-se alguns centímetros. Suavemente, a mulher ergueu a filha para que os ombros dela deixassem de estar apoiados no chão e a cabeça pendeu para trás. Subitamente, Lyra respirou fundo e os seus olhos entreabriram-se, trémulos, pesados.

— Roger — murmurou. — Roger... onde estás... não consigo ver--te...

— Shiu — suspirou a mãe —, shiu, querida, bebe isto.

Colocando o recipiente perto da boca de Lyra, inclinou-o para deixar que uma gota lhe molhasse os lábios. A língua de Lyra sentiu o líquido e mexeu-se para o lamber e então a Sra. Coulter deixou que um pouco mais de líquido escorresse para a boca da menina, com muito cuidado, deixando que ela engolisse antes de verter mais.

Foram necessários vários minutos, mas por fim o recipiente ficou vazio e a Sra. Coulter voltou a deitar a filha. Assim que a cabeça de Lyra tocou no chão, Pantalaimon voltou a enroscar-se-lhe em volta do pescoço. O seu pêlo vermelho-dourado estava tão húmido como o cabelo de Lyra. Estavam os dois outra vez profundamente adormecidos.

O macaco dourado saltitou ligeiro até à entrada da caverna e sentou-se mais uma vez a observar o carreiro. A Sra. Coulter molhou um pano numa bacia de água fria e humedeceu a testa de Lyra, depois abriu o saco-cama e lavou-lhe os braços e os ombros, porque Lyra estava com febre. Depois a mãe pegou numa escova e suavemente desmanchou os nós do cabelo de Lyra, penteando-o para trás, afastando-o da testa.

Deixou ficar o saco-cama aberto para que a menina pudesse arrefecer e desatou o embrulho que Ama trouxera: algumas fatias de pão, um bolo de chá, um pouco de arroz pegajoso embrulhado numa grande folha. Estava na hora de acender uma fogueira. O frio das montanhas era intenso durante a noite. Trabalhando metodicamente, ela desfiou uma mecha seca, preparou a madeira e acendeu um fósforo. Havia outra coisa com que se devia preocupar: os fósforos estavam a acabar e o mesmo acontecia com a nafta do fogão. A partir de agora teria de manter a fogueira acesa dia e noite.

Mas o seu génio estava aborrecido. Ele não gostava do que ela estava a fazer ali, na caverna, e quando tentou expressar-lhe a sua preocupação ela afastou-o bruscamente. O macaco virou-lhe as costas, o seu desprezo manifestando-se em cada linha do seu corpo enquanto atirava as escamas da pinha para a escuridão. Ela não fez caso, antes continuou a trabalhar metódica e perseverantemente para acender a fogueira e ferver água na panela para fazer chá.

Contudo, o cepticismo do macaco afectava-a e enquanto esfarelava o bloco de chá preto para dentro da água, interrogou-se sobre o que pensava que estava a fazer, se estaria a enlouquecer, e uma vez e outra perguntou-se o que aconteceria quando a Igreja descobrisse. O macaco dourado tinha razão. Ela não estava simplesmente a esconder Lyra; ela estava a fechar os olhos à situação.

Na escuridão o rapazinho aproximou-se, cheio de esperança e de medo, murmurando uma vez e outra:

— Lyra... Lyra... Lyra...

Atrás dele estavam outras figuras, ainda mais sombrias do que ele, e também mais silenciosas. Pareciam pertencer ao mesmo grupo e à mesma espécie, mas não tinham caras que fossem visíveis nem vozes que fossem audíveis; a voz do rapazinho subiu acima de um murmúrio e a sua cara estava desfocada e ensombrada como algo meio esquecido.

— Lyra... Lyra...

Onde é que eles estavam?

Numa grande planície onde nenhuma luz brilhava no céu negro-de-ferro e onde uma névoa obscurecia o horizonte em todas as direcções. O chão era de terra nua, alisada pela pressão de milhões de pés, apesar de aqueles pés pesarem menos que plumas; então deve ter sido o tempo que a alisou, mas o tempo ali estava imóvel; então aquele lugar devia ter a forma que sempre tivera. Era o fim de todos os lugares e o último de todos os mundos.

Por que é que eles estavam ali?

Eram prisioneiros. Alguém cometera um crime, embora ninguém soubesse qual tinha sido, nem quem o tinha cometido, nem que autoridade tinha presidido ao julgamento.

Por que é que o rapazinho continuava a chamar o nome de Lyra?

Esperança.

Quem eram eles?

Fantasmas.

E Lyra não conseguia tocar-lhe, por mais que se esforçasse. As suas mãos perplexas moviam-se de um lado para o outro e o rapazinho permanecia ali, implorando.

— Roger — chamou Lyra, mas a sua voz não era mais do que um suspiro —, oh, Roger, onde estás? Que lugar é este?

Ele respondeu:

— É o mundo dos mortos, Lyra... não sei o que devo fazer... não sei se vou ficar aqui para sempre, e não sei se fiz coisas más ou assim, porque eu tentei ser bom, mas odeio isto, estou apavorado, odeio isto...

E Lyra respondeu:

— Eu

2

BALTHAMOS E BARUCH

Então um espírito perpassou pelo meu rosto; arrepia-ram-se-me todos os pêlos do meu corpo.

LIVRO DE JOB

— Calem-se — ordenou Will. — Fiquem calados. Não me inco-modem.

Lyra tinha acabado de ser raptada, pouco antes de Will ter descido do cume da montanha, antes de a feiticeira ter assassinado o seu pai. Will acendeu a pequena lanterna de lata que tirara da mochila do pai, usando os fósforos secos que encontrara lá dentro, e acocorou-se abri-gado pela rocha para abrir a mochila de Lyra.

Inspeccionou o interior com a sua mão sã e encontrou o pesado ale-tiómetro embrulhado no veludo. O instrumento brilhou à luz da lan-terna e Will estendeu-o para as duas formas que se encontravam a seu lado, as formas que se autonomeavam de anjos.

— Conseguem interpretar isto? — perguntou.

— Não — respondeu uma voz. — Vem connosco. Vem agora até Lorde Asriel.

— Quem vos ordenou que seguissem o meu pai? Disseram-me que ele não sabia que estava a ser seguido. Mas ele sabia — retorquiu fe-rozmente. — Ele avisou-me de que vos devia esperar. Ele sabia mais do que vocês pensavam. Quem vos enviou?

— Ninguém nos enviou. Fomos nós que decidimos — respondeu a voz. — Nós queremos servir Lorde Asriel. E o homem que morreu, o que é que *ele* queria que tu fizesses com a faca?

Will teve de hesitar.

— Ele disse que eu devia levá-la até Lorde Asriel — respondeu.

— Então vem connosco.

— Não. Não, até ter encontrado Lyra.

Will embrulhou o veludo em volta do aletiómetro e guardou-o dentro da mochila. Pegando nela, envolveu o manto pesado do pai em volta do corpo, protegendo-se da chuva e acocorou-se no chão, olhando com firmeza para as duas sombras.

— Vocês dizem sempre a verdade? — perguntou.

— Sim.

— Então são mais fortes que os seres humanos ou mais fracos?

— Mais fracos. Vocês têm carne verdadeira, nós não. Mas, mesmo assim, tens de vir connosco.

— Não. Se eu sou mais forte, vocês têm de me obedecer. Além disso, tenho a faca. Por isso posso ordenar-vos: ajudem-me a encontrar Lyra. Não me interessa quanto tempo isso possa demorar, mas encontrá-la-ei primeiro e *depois* irei ter com Lorde Asriel.

As duas formas permaneceram em silêncio durante alguns segundos. Depois afastaram-se e falaram uma com a outra, apesar de Will não conseguir escutar nada do que diziam.

Por fim aproximaram-se novamente e Will ouviu:

— Muito bem. Estás a cometer um erro, apesar de não nos deixares qualquer opção. Ajudar-te-emos a encontrar essa criança.

Will tentou perscrutar a escuridão para os ver com mais clareza, mas a chuva batia-lhe nos olhos.

— Aproximem-se para que eu vos possa ver — ordenou.

Eles aproximaram-se, mas pareciam tornar-se ainda mais obscuros.

— Vê-los-ei melhor com a luz do dia?

— Não, pior. Nós não pertencemos a nenhuma das principais ordens de anjos.

— Bem, se eu nao vos posso ver, mais ninguém poderá, por isso podem permanecer escondidos. Vão e vejam se conseguem descobrir para onde foi Lyra. Certamente não pode estar longe. Havia uma mulher — ela estará com Lyra —, a mulher levou-a. Vão e procurem, depois voltem e digam-me o que descobriram.

Os anjos subiram no ar tempestuoso e desapareceram. Will sentiu uma tristeza lúgubre abater-se sobre ele; poucas forças lhe restavam antes da luta com o pai e agora estava completamente exausto. A única coisa que lhe apetecia fazer era fechar os olhos, que estavam pesados e doridos devido ao choro.

Tapou a cabeça com o manto, apertou a mochila contra o peito e adormeceu imediatamente.

— Em lugar nenhum — disse a voz.

Will ouviu-a nas profundezas do sono e esforçou-se por acordar. Por fim (demorou quase um minuto, porque estava profundamente inconsciente) conseguiu abrir os olhos para a luz intensa da manhã.

— Onde estão? — perguntou.

— A teu lado — respondeu o anjo. — Aqui.

O sol tinha acabado de nascer, e as rochas, líquenes e musgos que as cobriam cintilavam frescos e brilhantes à luz da manhã, mas Will não conseguia ver ninguém ali perto.

— Eu disse-te que seríamos mais difíceis de ver com a luz do dia — continuou a voz. — Vais ver-nos melhor à luz da madrugada e do crepúsculo; melhor ainda durante a noite; o pior momento é durante o dia. O meu companheiro e eu procurámos pela montanha e não encontrámos nem a mulher nem a rapariga. Mas há um lago de água azul onde ela deve ter acampado. Estão lá um homem morto e uma feiticeira devorada por um Espectro.

— Um homem morto? Qual é o seu aspecto?

— Tinha cerca de sessenta anos. Carnudo e de pele macia. Cabelo grisalho. Vestido com roupas caras e vestígios de um odor intenso à volta dele.

— Sir Charles — disse Will. — É de quem estão a falar. A Senhora Coulter deve tê-lo morto. Bem, pelo menos essa é uma boa notícia.

— Ela deixou pistas. O meu companheiro seguiu-as e voltará quando tiver descoberto para onde ela foi. Eu ficarei contigo.

Will levantou-se e olhou em volta. A tempestade tinha desanuviado o ar e a manhã estava fresca e limpa, o que tornava o cenário que o rodeava ainda mais perturbador porque a toda à volta jaziam os corpos das várias feiticeiras que o tinham escoltado, bem como a Lyra, para o encontro com o pai. Um corvo necrófago de bico brutal debicava já um dos corpos e Will podia ver um pássaro de dimensões maiores voando em círculo por cima dele como que escolhendo a melhor presa para se banquetear.

Will observou cada um dos corpos, mas nenhum deles era o de Serafina Pekkala, a rainha do clã de feiticeiras, a maior amiga de Lyra. Subitamente lembrou-se: ela não tinha partido inesperadamente para outra demanda, pouco antes do anoitecer?

Então, talvez ela ainda estivesse viva. Este pensamento animou-o e Will perscrutou o horizonte em busca de sinais da feiticeira, mas não encontrou nada para além do céu azul e de rochas escarpadas em todas as direcções.

— Onde estás? — perguntou ao anjo.

— A teu lado — disse a voz —, como sempre.

Will olhou para a esquerda, de onde a voz tinha soado, mas não viu nada.

— Então ninguém te pode ver. Poderá qualquer outra pessoa ouvir-te, para além de mim?

— Não se eu murmurar — respondeu o anjo causticamente.

— Como te chamas? Vocês têm nomes?

— Sim, temos. O meu nome é Balthamos. O meu companheiro chama-se Baruch.

Will ponderou no que fazer. Quando se escolhe um caminho de entre vários, todos aqueles que não escolhemos são apagados como velas, é como se nunca tivessem existido. Porém, naquele momento, todas as opções de Will estavam em aberto. Mas manter a existência simultânea de todas significava nada fazer. Ele teria inevitavelmente de fazer uma escolha.

— Vamos descer a montanha — disse. — Vamos até esse lago. Talvez haja lá alguma coisa que possamos utilizar. De qualquer modo, também estou a ficar com sede. Vou seguir pelo caminho que penso ser o correcto e tu guiar-me-ás se me enganar.

Foi quando já caminhava há alguns minutos, descendo a encosta rochosa e inexplorada, que se apercebeu de que já não lhe doía a mão. Na realidade, não pensara na ferida desde que acordara.

Parou e observou o tecido áspero que o pai tinha enrolado em volta da mão depois da luta que travaram. Estava engordurado devido ao unguento que ele espalhara, mas não havia nem uma mancha de sangue; depois da hemorragia incessante que sofrera desde que perdera os dedos, a ausência de sangue era tão animadora que ele sentiu que o coração quase pulsava de alegria.

Mexeu os dedos. Era verdade que os dedos ainda doíam, mas era um tipo diferente de dor: não a dor profunda e embrutecedora do dia anterior, mas uma sensação mais suave, mais monótona. Dava a impressão que estava a sarar. Tinha sido o seu pai quem fizera aquilo. O feitiço das feiticeiras tinha falhado, mas o seu pai tinha--o curado.

Continuou a descer a encosta, agora mais alegre.

Precisou de três horas e várias palavras de orientação até alcançar o pequeno lago azul. Quando lá chegou estava absolutamente sedento e, sob o sol intenso, o manto tornava-se mais pesado e quente; contudo, quando o despiu, sentiu a falta da protecção que ele lhe proporcionava porque os braços nus e o pescoço estavam queimados do sol. Deixou cair o manto e a mochila e correu os últimos metros até ao lago onde se deixou cair, a cara mergulhada na água, bebendo golos gelados uns atrás dos outros. Estava tão fria que até os dentes e os ossos da cabeça lhe doíam.

Depois de ter saciado a sede, Will sentou-se e olhou em volta. No dia anterior ele não tinha estado em condições de observar nada, mas agora via com mais clareza a cor intensa da água e ouviu o zumbido estridente dos insectos que o rodeavam.

— Balthamos?

— Sempre aqui.

— Onde está o homem morto?

— Atrás da rocha grande à tua direita.

— Há Espectros por aqui?

— Não, nenhum.

Will pegou na mochila e no manto e caminhou ao longo da margem do lago, em direcção à pedra a que Balthamos se referira. Atrás dela tinha sido montado um pequeno acampamento, com seis ou sete tendas e os restos de fogueiras. Will caminhou com muita prudência, não fosse haver por ali ainda alguém vivo e escondido.

Mas o silêncio era tão profundo que o zumbido dos insectos mal o perturbava. As tendas estavam imóveis, a água era plácida, com uma ondulação ligeira afastando-se lentamente do sítio onde ele tinha estado a beber. O relampejo de um movimento verde perto do seu pé sobressaltou-o por um instante, mas tratava-se apenas de um pequeno lagarto.

As tendas eram de tecido de camuflagem, o que apenas fazia com que sobressaíssem mais por entre o vermelho monótono das rochas. Espreitou para dentro da primeira e descobriu que estava vazia. Tal como a segunda, mas na terceira descobriu algo valioso: uma lata de ração e uma caixa de fósforos. Havia também uma tira de uma qualquer substância escura, do comprimento e da grossura do braço de Will. A princípio pensou que se tratasse de couro, mas à luz do sol viu que era, na realidade, carne seca.

Bem, afinal de contas ele tinha uma faca. Cortou uma fatia fina e descobriu que era um pouco elástica e ligeiramente salgada, mas mesmo assim cheia de sabor. Guardou a carne, os fósforos e a lata de ração dentro da mochila e inspeccionou as outras tendas, mas estavam todas vazias.

Deixou a tenda maior para o fim.

— É ali que está o homem morto? — perguntou para o ar.

— Sim — respondeu Balthamos. — Ele foi envenenado.

Will caminhou com cuidado em direcção à entrada da tenda que estava virada para o lago. Estatelado no chão, ao lado de uma cadeira de lona virada de pernas para o ar estava o corpo de um homem conhecido no mundo de Will como Sir Charles Latrom, e no mundo de Lyra como Lorde Boreal, o homem que roubara o aletiómetro, cujo roubo, por sua vez, conduzira Will até à faca subtil. Sir Charles tinha sido um homem insinuante, desonesto e poderoso e agora estava morto. A sua cara apresentava um esgar desagradável que Will não queria ver, mas um olhar de relance para o interior da tenda provou que havia ali muitas coisas que podia roubar, por isso passou por cima do corpo e fez uma inspecção mais cuidada.

O seu pai, o soldado, o explorador, teria sabido exactamente o que levar. Will tinha de adivinhar. Guardou uma lupa pequena, que estava dentro de uma caixa de metal, porque poderia utilizá-la para acender uma fogueira e assim poupar os fósforos; um rolo de corda forte; um cantil de aço para água, muito mais leve que a garrafa feita com pele de cabra que ele tinha carregado durante a viagem, e uma pequena caneca de alumínio; um par de binóculos, um tubo com moedas de ouro do tamanho do polegar de um homem e embrulhado num papel; um estojo de primeiros socorros; pastilhas para purificar água; um pacote de café; três pacotes de frutos secos; um saco de biscoitos de aveia; seis barras de *Kendal Mint Cake*; um pacote com anzóis e fio de nylon e, por último, um bloco de notas, dois lápis e uma pequena lanterna a pilhas.

Will guardou tudo dentro da mochila, cortou outra fatia de carne, comeu até ficar saciado, encheu o cantil com água do lago e perguntou a Balthamos:

— Achas que preciso de mais alguma coisa?

— Faz-te falta um pouco de bom senso — foi a resposta. — Uma faculdade que te permitisse reconhecer a sabedoria e te levasse a respeitá-la e a obedecer-lhe.

— Tu és sábio?

— Muito mais do que tu.

— Bem, percebes, eu não posso afirmar isso. És um homem? Pareces um homem.

— Baruch foi um homem. Eu não. Agora ele é angélico.

— Então... — Will parou o que estava a fazer, que era arrumar a mochila para que os objectos mais pesados ficassem no fundo e tentou ver o anjo. Não havia ali nada para ver. — Então ele foi um homem — continuou — e, portanto... as pessoas tornam-se anjos quando morrem? É isso que acontece?

— Nem sempre. Não, na grande maioria dos casos... Muito raramente.

— Então, quando é que ele viveu?

— Há quatro mil anos, mais ou menos. Eu sou muito mais velho.

— E ele viveu no meu mundo? Ou no de Lyra? Ou neste?

— No teu mundo. Mas há uma infinidade de mundos. Tu sabes isso.

— Mas como é que as pessoas se tornam anjos?

— Qual é a finalidade desta especulação metafísica?

— Eu quero saber.

— É melhor que cumpras a tua tarefa. Saqueaste os bens deste homem morto, tens todos os brinquedos de que necessitas para te manteres vivo; agora podemos prosseguir?

— Quando eu souber em que direcção.

— Seja para onde for que sigamos, Baruch encontrar-nos-á.

— Então ele também nos encontrará se permanecermos aqui. Tenho mais algumas coisas para fazer.

Will sentou-se num sítio de onde não pudesse ver o corpo de Sir Charles e comeu três quadrados de *Kendal Mint Cake*. Era maravilhosa a sensação de fortalecimento e tranquilidade que sentiu à medida que a comida o começou a alimentar. Pegou no aletiómetro novamente. Os pequenos trinta e seis símbolos pintados sobre marfim eram perfeitamente claros; não havia qualquer dúvida de que este era o de um bebé, de que aquele era uma boneca, este um naco de pão e assim por diante. O significado de cada um é que era obscuro.

— Como é que Lyra interpretava isto? — perguntou a Balthamos.

— Muito provavelmente ela inventou tudo. Aqueles que usam esses instrumentos estudaram durante muitos anos e, mesmo assim, só conseguem compreendê-los com a ajuda de obras de referência.

— Ela não inventava. Ela lia-o de facto. Ela disse-me coisas que não poderia saber de outra forma.

— Então, isso é um mistério também para mim, asseguro-te — respondeu o anjo.

Olhando para o aletiómetro, Will lembrou-se de algo que Lyra lhe dissera sobre a forma de o ler: qualquer coisa sobre o estado de espírito em que ela tinha de estar para fazer com que o aletiómetro funcionasse. E isso tinha-o, por sua vez, ajudado a sentir as subtilezas da lâmina prateada.

Sentindo-se curioso, Will tirou a faca da bainha e cortou uma pequena janela em frente do sítio onde estava sentado. Através dela não viu mais nada a não ser céu azul, mas lá em baixo, muito abaixo, estava uma paisagem de árvores e campos: tratava-se, sem dúvida, do seu próprio mundo.

Portanto, as montanhas deste mundo não correspondiam às montanhas do seu mundo. Fechou a janela, usando a mão esquerda pela primeira vez. Que alegria poder usá-la novamente.

Então surgiu-lhe uma ideia tão subitamente que a sentiu como um choque.

Se havia uma infinidade de mundos, então por que é que a faca só abria janelas entre este mundo e o dele?

Certamente devia abrir janelas para qualquer mundo.

Ergueu novamente a faca, deixando que o seu espírito deslizasse para o extremo da lâmina como Giacomo Paradisi lhe tinha ensinado, até que a sua consciência se aninhasse entre os próprios átomos e apalpou cada minúsculo nó e ondulação no ar.

Em vez de cortar assim que sentiu o primeiro pequeno nó, como fazia habitualmente, deixou que a faca se deslocasse para outro, e ainda outro. Era como traçar uma fila de pontos enquanto os pressionava tão suavemente que nenhum dos pontos era ferido.

— O que estás a fazer? — disse a voz no ar, despertando-o do transe.

— A explorar — respondeu Will. — Fica calado e mantém-te afastado. Se te aproximares da faca corto-te e como não te vejo não o poderei evitar.

Balthamos soltou um som de insatisfação contida. Will estendeu novamente o braço que segurava a faca e procurou os pequenos pontos e hesitações. Havia muitos mais pontos no ar do que ele imaginara. E enquanto os tocava sem ter a necessidade de os cortar imediatamente, descobriu que cada nó tinha uma qualidade diferente: um era mais duro e delineado, outro era mais turvo; um terceiro era mais escorregadio; um quarto era quebradiço e frágil...

Porém, no meio de todos aqueles nós havia alguns que ele sentia com mais facilidade do que outros e, sabendo antecipadamente a resposta, cortou um desses nós para ter a certeza: lá estava novamente o seu próprio mundo.

Fechou a janela e procurou com a ponta da faca um nó com uma qualidade diferente. Encontrou um que era elástico e resistente e deixou que a faca abrisse o seu caminho.

Oh, sim! O mundo que viu através da janela não era o seu próprio mundo: ali o chão estava mais perto e a paisagem não era composta por campos verdes e sebes, mas era antes um deserto de dunas arredondadas.

Fechou a janela e abriu outra: o ar carregado de fumo sobre uma cidade industrial com uma fila de trabalhadores taciturnos e acorrentados dirigindo-se para uma fábrica.

Fechou também essa janela e saiu do transe. Sentia-se um pouco tonto. Pela primeira vez compreendia parte do verdadeiro poder da faca e poisou-a com extremo cuidado numa rocha à sua frente.

— Vais ficar aqui o dia todo? — perguntou Balthamos.

— Estou a pensar. Só se pode passar facilmente de um mundo para outro se o chão estiver ao mesmo nível. E talvez haja lugares onde está e talvez tenha sido aí que tenham sido feitas muitas das aberturas... E tinha de se saber qual é a sensação que o nosso próprio mundo provoca na ponta da faca ou então nunca mais se regressava. Ficava-se perdido para sempre.

— De facto. Agora podemos...

— E também tinha de se saber que mundo tem o chão no mesmo nível ou então não fazia sentido abri-lo — continuou Will, falando tanto para o anjo como para ele próprio. — Portanto, não é tão fácil como eu pensava. Talvez tenhamos tido sorte com Oxford e Cittàgazze. Mas vou só...

Pegou na faca novamente. Com a mesma sensação nítida e óbvia que tinha quando tocava num nó que abria para o seu próprio mundo, havia um outro tipo de sensação que ele tocara mais do que uma vez; uma qualidade de ressonância, semelhante à sensação de bater num pesado tambor de madeira, com a diferença, naturalmente, de que essa sensação ocorria, como todas as outras, no minúsculo movimento através do ar vazio.

Lá estava ele. Will afastou-se e procurou noutro sítio: lá estava novamente.

Fez um corte e descobriu que o que tinha pensado estava correcto. A ressonância significava que o chão no mundo em que ele abrira a janela estava no mesmo nível que o chão do mundo onde ele se encontrava. Deu por si a contemplar um prado coberto de relva, numa região montanhosa sob um céu carregado de nuvens e onde um rebanho de animais plácidos pastava — animais como ele nunca vira antes —, criaturas do tamanho de bisontes, com grandes chifres e pêlo hirsuto azul e uma crista de pêlos espessa ao longo das costas. Will atravessou a janela. O animal mais perto levantou a cabeça sem curiosidade e depois voltou novamente a sua atenção para a erva. Deixando a janela aberta, Will, sob o prado do outro mundo, procurou com a ponta da faca os nós familiares e experimentou-os.

Sim, podia abrir janelas para o seu próprio mundo a partir daquele e continuava a estar por cima de quintas e sebes; e sim, também podia facilmente encontrar a ressonância sólida que significava que ali abria para o mundo de Cittàgazze de onde tinha acabado de sair.

Com uma enorme sensação de alívio, Will regressou ao acampamento junto do lago azul, fechando as janelas atrás de si. Agora ele poderia sempre descobrir o caminho para casa; agora nunca se perderia; agora podia esconder-se quando precisasse e andar de um lado para o outro com segurança.

Cada ampliação do seu conhecimento era acompanhada por um aumento de força. Guardou a faca na bainha, pendurada ao pescoço, e colocou a mochila ao ombro.

— Bem, agora já estás pronto? — perguntou a voz sarcástica.

— Sim. Eu explico-te, se quiseres, mas não pareces muito interessado.

— Oh, o que quer que faças será para mim sempre uma fonte de perpétuo fascínio. Mas não te incomodes comigo. O que é que vais dizer àquelas pessoas que estão a chegar?

Will olhou em volta, admirado. Ao fundo do carreiro — muito ao longe — havia uma fila de viajantes com cavalos de carga que se dirigiam claramente para o lago. Eles ainda não o tinham visto, mas se permanecesse onde estava em breve o descobririam.

Will pegou no manto do pai, que tinha colocado numa rocha ao sol. Pesava muito menos agora que estava seco. Olhou em volta: não havia mais nada que pudesse levar.

— Continuemos a andar — disse.

Teria gostado de reatar a ligadura, mas isso poderia esperar. Caminhou ao longo da margem do lago, afastando-se dos viajantes, o anjo seguindo-o sempre, invisível no ar luminoso.

Muito mais tarde, nesse mesmo dia, desceram das montanhas nuas e chegaram a um pico coberto de erva e rododendros anões. Will desejava descansar e, em breve, decidiu que parariam.

25

O anjo tinha falado pouco. De tempos a tempos Balthamos tinha dito: — Por aí não — ou então — há um caminho mais fácil à esquerda — e Will tinha seguido os conselhos; mas na realidade ele andava apenas por andar e para se manter longe daqueles viajantes porque até que o outro anjo regressasse com notícias, por ele bem podiam ter ficado onde estavam.

Agora que o sol se punha, Will teve a sensação que podia ver melhor o seu estranho companheiro. O contorno de uma figura humana parecia tremeluzir à luz e o ar era aparentemente mais fino dentro dos contornos.

— Balthamos? — chamou. — Quero encontrar um ribeiro. Há algum aqui perto?

— Há uma nascente a meio da ladeira — respondeu o anjo — mesmo por cima daquelas árvores.

— Obrigado — respondeu Will.

Encontrou a nascente e bebeu abundantemente tendo enchido também o cantil. Mas antes de poder continuar a descer em direcção ao pequeno bosque ouviu uma exclamação de Balthamos e Will virou-se e viu o contorno do anjo correr pela ladeira abaixo em direcção — a quê? O anjo era visível apenas como um movimento trémulo e Will conseguia vê-lo melhor quando não olhava directamente para ele; mas o anjo pareceu parar, escutar e depois lançar-se no ar para planar rapidamente de volta para junto de Will.

— Aqui! — exclamou, e a sua voz não apresentava nenhum sarcasmo ou ressentimento. — Baruch veio por aqui! E lá está uma daquelas janelas, quase invisível. Anda, anda. Vem agora.

Will seguiu-o ansioso, o seu cansaço já esquecido. A janela, percebeu quando a alcançou, abria para uma paisagem parecida com uma tundra sombria que era mais plana que as montanhas do mundo de Citàgazze e mais fria, com um céu carregado. Passou pela janela e Balthamos seguiu-o de imediato.

— Que mundo é este? — perguntou Will.

— O mundo da rapariga. Foi para aqui que eles vieram. Baruch foi à frente para os seguir.

— Como é que sabes onde ele está? Lês o espírito dele?

— É claro que leio o seu espírito. Para onde quer que ele vá, o meu coração vai com ele; nós sentimos como um só apesar de sermos dois.

Will olhou em volta. Não havia sinais de vida humana e o frio no ar aumentava a cada minuto, enquanto a luz diminuía.

26

— Não quero dormir aqui — disse Will. — Passamos a noite no mundo de Citàgazze e atravessamos de manhã. Pelo menos lá há madeira e posso acender uma fogueira. E agora que já sei qual é a sensação do mundo dela posso encontrá-lo com a faca... Oh, Balthamos? Podes assumir outra forma qualquer?

— Por que é que eu havia de querer fazer isso?

— Neste mundo, os seres humanos têm génios e se eu andar por aí sem um génio eles ficarão desconfiados. Lyra teve medo de mim, a primeira vez que me viu, por causa disso. Portanto, se vamos viajar no mundo dela, terás de fingir que és o meu génio e assumir a forma de um animal qualquer. Talvez um pássaro. Então podias voar, pelo menos.

— Oh, que aborrecido.

— Mas podes?

— *Poderia...*

— Então faz isso agora. Deixa-me ver.

A forma do anjo pareceu condensar-se e rodopiar num pequeno vórtice no ar e subitamente um pássaro negro poisou rapidamente na relva junto aos pés de Will.

— Voa para o meu ombro — ordenou Will.

O pássaro assim fez e depois falou com a habitual voz ácida do anjo:

— Só farei isto quando for absolutamente necessário. É uma coisa incrivelmente humilhante.

— Pior para ti — respondeu Will. — Sempre que encontrarmos pessoas neste mundo transformas-te num pássaro. Não vale a pena guerrear ou discutir. Fá-lo, simplesmente.

O pássaro voou do ombro de Will e desapareceu no ar e de novo lá estava o anjo, amuado à meia-luz. Porém, antes de regressarem, Will olhou em volta, cheirou o ar, analisando o mundo onde Lyra estava cativa.

— Onde está agora o teu companheiro? — perguntou.

— Seguindo a mulher para sul.

— Então, amanhã iremos nessa direcção.

No dia seguinte, Will caminhou durante horas e não viu ninguém. O terreno parecia, na sua maior parte, constituído por colinas baixas cobertas de erva seca e curta e sempre que Will se encontrava num ponto mais alto olhava em volta em busca de sinais de habitações humanas, mas não encontrou nenhuma. A única variação no vazio castanho-esverdeado e poeirento foi uma mancha distante de verde-escuro para onde ele se dirigia porque Balthamos dissera que se tratava de uma floresta e que lá havia um rio que corria para sul. Quando o sol estava no zénite, tentou dormir por entre uns arbustos baixos, mas não conseguiu; quando a noite se aproximou ele tinha os pés doridos e estava esgotado.

— Lento progresso — comentou Balthamos, irritado.

— Não o posso evitar — respondeu Will. — Se não tens nada de útil para dizer, é melhor calares-te.

Quando alcançou o limiar da floresta o sol já estava baixo e o ar pesado com pólen, uma tal quantidade que Will espirrou várias vezes, assustando um pássaro que levantou voo gritando.

— Aquele foi o primeiro ser vivo que vi hoje — comentou Will.

— Onde é que vais acampar? — perguntou Balthamos.

Agora o anjo era, por momentos, perceptível nas longas sombras das árvores. O que Will conseguia ver da sua expressão revelava petulância.

Will respondeu:

— Terei de parar algures por aqui. Podias ajudar a procurar um lugar bom. Consigo ouvir o som de um ribeiro... vê se o consegues descobrir.

O anjo desapareceu. Will continuou a caminhar através da pequena mata de urzes e mirto, desejando que houvesse algo parecido com um carreiro que os seus pés pudessem seguir e olhando para a luminosidade com apreensão: teria de decidir onde parar em breve ou a escuridão obrigá-lo-ia a parar sem escolha possível.

— À esquerda — disse Balthamos, a um metro de distância.

— Um ribeiro e uma árvore morta para a fogueira. Por aqui...

Will seguiu a voz do anjo e em breve descobriu o lugar que ele descrevera. Um ribeiro corria veloz por entre rochas cobertas de musgo escuro sob a copa das árvores. Ao lado da corrente, uma margem coberta de erva estendia-se um pouco até uns arbustos e matagal rasteiro.

Antes de descansar, Will reuniu madeira seca e em breve descobriu um círculo de pedras chamuscadas sobre a relva onde alguém tinha acendido uma fogueira muito tempo antes. Juntou uma pilha de galhos e ramos pesados e com a faca cortou-os de tamanho apropriado antes de os tentar acender. Não sabia qual era o melhor método e desperdiçou vários fósforos ante de conseguir persuadir as chamas a ganhar vida.

O anjo observou com uma espécie de paciência enfastiada.

Assim que a fogueira ficou acesa Will comeu dois biscoitos de aveia, um pouco de carne seca e uns quadrados de *Kendal Mint Cake*, empurrando tudo com goladas de água fresca. Balthamos sentou-se por perto, silencioso, e por fim Will perguntou:

— Vais ficar a vigiar-me o tempo todo? Não vou a lado nenhum.

— Estou à espera de Baruch. Ele regressará em breve e então ignorar-te-ei, se preferires.

— Queres um pouco de comida?

Balthamos mexeu-se: sentia-se tentado.

— Quero dizer, eu nem sequer sei se vocês comem — continuou Will —, mas se quiseres alguma coisa és bem-vindo.

— O que é aquilo... — perguntou o anjo apontando para a barra de *Kendal Mint Cake*.

— Em grande parte açúcar, acho eu, e hortelã-pimenta. Toma.

Will partiu um quadrado e estendeu a mão. Balthamos inclinou a cabeça e cheirou. Depois pegou no quadrado que Will lhe oferecia, os seus dedos de luz frios e leves na mão do rapaz.

— Penso que isto me alimentará — disse. — Um quadrado é suficiente, obrigado.

Sentou-se e mastigou devagar. Will descobriu que se olhasse para a fogueira, com o anjo no limiar do seu campo de visão, tinha uma percepção muito melhor dele.

— Onde está Baruch? — perguntou. — Podes comunicar com ele?

— Sinto que ele está perto. Chegará em breve. Quando voltar, conversaremos. Conversar é melhor.

Mal tinham passado dez minutos chegou-lhes aos ouvidos o som suave do batimento de asas e Balthamos levantou-se ansioso. No instante seguinte os dois anjos abraçavam-se e Will, olhando intensamente para as chamas, observou aquele afecto mútuo. Era mais do que afecto: eles amavam-se com paixão.

Baruch sentou-se ao lado do seu companheiro e Will espevitou o lume, pelo que uma nuvem de fumo esvoaçou através dos anjos. Isso teve o efeito de definir os contornos dos seus corpos pelo que Will pôde observar os dois de forma clara pela primeira vez. Balthamos era mais magro; as suas asas estavam dobradas elegantemente por trás dos ombros e a sua cara tinha uma expressão que misturava um desdém arrogante com uma simpatia terna e ardente como se ele fosse capaz de amar todas as coisas se a sua natureza o deixasse ignorar os defeitos. Baruch parecia mais jovem, como Balthamos tinha dito que era, e com uma constituição mais forte, as suas asas eram absolutamente alvas e poderosas. Tinha uma natureza simples; olhava para Balthamos como para a fonte de todo o conhecimento e alegria. Will descobriu que estava intrigado e enternecido pelo amor que os anjos partilhavam.

— Descobriste onde está Lyra? — perguntou, impaciente por saber as novidades.

— Sim — respondeu Baruch. — Há um vale himalaico, muito alto, perto de um glaciar onde a luz é transformada em arcos-íris pelo gelo. Eu depois desenho-te um mapa do terreno para que não te percas. A rapariga está cativa numa caverna escondida por árvores, mantida a dormir pela mulher.

— A dormir? E a mulher está sozinha? Não há soldados com ela?

— Sozinha, sim. Escondida.

— E Lyra não foi maltratada?

— Não. Está só a dormir e a sonhar. Deixa-me mostrar-te onde elas estão.

Com o dedo pálido, Baruch desenhou um mapa no chão nu ao lado da fogueira. Will tirou o bloco de notas da mochila e copiou-o com rigor. Mostrava um glaciar com uma estranha forma serpenteante, descendo entre três picos montanhosos quase idênticos.

— Agora — disse o anjo — vamos aproximar-nos. O vale com a caverna fica do lado esquerdo do glaciar, e um rio de água derretida atravessa-o. O cume do vale fica aqui...

O anjo desenhou outro mapa e Will copiou-o; e depois um terceiro, mais pormenorizado, e Will teve a sensação de que seria capaz de descobrir o caminho sem qualquer dificuldade... desde que atravessasse os seis mil ou oito mil quilómetros que separavam a tundra das montanhas. A faca era boa para cortar através dos mundos, mas não podia anular as distâncias dentro de cada um deles.

— Há um santuário perto do glaciar — acabou Baruch por dizer — com bandeiras de seda vermelha esfarrapadas pelo vento. E uma rapariguinha leva comida para a caverna. Eles pensam que a mulher é uma santa que os abençoará se eles providenciarem às suas necessidades.

— Ai eles pensam isso! — disse Will. — E ela está *escondida*... Isso é que eu não compreendo. Escondida da Igreja?

— É o que parece.

Will guardou os mapas cuidadosamente. Ele tinha colocado a caneca de lata sobre as pedras em volta da fogueira para aquecer água e agora deitou-lhe um pouco de café solúvel, mexeu-o com um pau e embrulhou a mão num lenço antes de pegar na caneca para beber.

Um galho incandescente estrelejou no lume; um pássaro nocturno cantou.

Subitamente, por nenhuma razão que Will pudesse perceber, ambos os anjos olharam para cima, na mesma direcção. Seguiu o olhar deles, mas nada viu. Ele já tinha observado a sua gata fazer a mesma coisa certa vez: olhar para cima, subitamente despertada do entorpecimento, e observar alguma coisa ou alguém invisível entrar na sala e deslocar-se de um lado para o outro. Isso tinha feito com que o cabelo de Will se eriçasse na nuca, e o mesmo sucedeu naquele momento.

— Apaga a fogueira — murmurou Balthamos.

Will reuniu um pouco de terra com a mão saudável e apagou as chamas. Imediatamente o frio penetrou-lhe no corpo até aos ossos e ele começou a tremer. Enrolou a capa em volta do corpo e olhou novamente para cima.

Agora já havia algo para ver: por cima das nuvens uma forma brilhava e não era a lua.

Ouviu Baruch sussurrar:

— O Coche de Gala? Será possível?

— O que se passa? — perguntou Will num murmúrio.

Baruch aproximou-se dele e sussurrou-lhe:

— Eles sabem que estamos aqui. Descobriram-nos. Will pega na tua faca e...

Antes que pudesse terminar, algo se precipitou do céu e chocou com Balthamos. Numa fracção de segundo, Baruch saltara sobre aquela coisa e Balthamos contorcia-se para libertar as asas. Os três seres lutaram na escuridão como grandes vespas apanhadas na teia de uma aranha, sem fazer qualquer som: a única coisa que Will conseguia ouvir era o quebrar de galhos e o restolhar das folhas enquanto lutavam.

Will não podia usar a faca: eles moviam-se demasiado depressa. Em vez disso, tirou a lanterna a pilhas de dentro da mochila e ligou-a.

Nenhum dos lutadores esperava isso. O atacante abriu as asas, Balthamos tapou os olhos com o braço e apenas Baruch teve a presença de espírito para se manter firme. Agora Will podia ver o que era aquele inimigo: outro anjo, muito maior e mais forte que os outros dois e a mão de Baruch mantinha-se firme sobre a boca do adversário.

— Will! — gritou Balthamos. — A faca... corta uma saída...

Nesse preciso momento o atacante libertou-se das mãos de Baruch e gritou:

— *Lorde Regente! Apanhei-os!*

A voz do anjo fez com que a cabeça de Will retinisse; ele nunca tinha ouvido um tal grito. Um momento depois o anjo estava prestes a levantar voo, mas Will deixou cair a lanterna e saltou em frente. Ele tinha morto um monstro dos penhascos, mas usar a faca num ser com uma forma semelhante à sua era muito mais difícil. Mesmo assim, Will prendeu com os braços as grandes asas que se agitavam e golpeou uma vez e outra as penas até o ar ficar repleto de flocos brancos rodopiantes, lembrando-se, mesmo no remoinho de sensações violentas, das palavras de Balthamos: *Tu tens carne, nós não.* Os seres humanos eram mais fortes que os anjos e isso era verdade: Will forçava o anjo a cair no chão.

O atacante ainda gritava com aquela voz estridente:

— *Lorde Regente! Acuda-me, acuda-me!*

Will conseguiu olhar de relance para cima e viu as nuvens agitarem-se e rodopiarem e aquele brilho... algo imenso... aumentando gradualmente de poder como se as próprias nuvens se tornassem luminosas com energia, como plasma.

Balthamos gritou:

— Will... afasta-te e corta uma saída antes que ele venha...

Mas o anjo debatia-se violentamente e agora, que tinha uma asa livre, esforçava-se por levantar voo; Will tinha de o agarrar ou libertá-lo definitivamente. Baruch saltou para o ajudar e puxou para trás a cabeça do opositor.

— Não! — gritou Balthamos outra vez. — Não! Não!

Atirou-se violentamente contra Will, puxando-lhe o braço, abanando-lhe o ombro, as mãos, e o atacante tentava gritar novamente, mas a mão de Baruch tapava-lhe a boca. Lá de cima, soou uma trepidação profunda, como se se tratasse de um dínamo poderoso, quase demasiado grave para poder ser ouvido, mas logo a seguir os próprios átomos do ar tremeram e abalaram a medula no interior dos ossos de Will.

— Ele vem aí... — disse Balthamos, quase soluçando e, nesse momento, também Will foi contagiado por uma parte do medo do anjo. — Por favor, por favor Will...

Will olhou para cima.

As nuvens afastavam-se e pela abertura negra descia uma figura: a princípio pequena, mas à medida que, segundo a segundo, se aproximava, a forma tornava-se maior e mais impressionante. Dirigia-se objectivamente para eles com inequívoca malevolência; Will teve a certeza que podia ver os olhos daquele ser.

— Will, temos de partir — disse Baruch com urgência.

Will levantou-se, prestes a dizer: «Segura-o bem»; porém, mal as palavras eram proferidas o anjo arqueou-se no solo, dissolvendo-se e espalhando-se como se fosse uma névoa e depois desapareceu. Will olhou em volta, sentindo-se apatetado e enojado.

— Matei-o? — perguntou, tremendo.

— Tiveste de o fazer — retorquiu Baruch. — Mas agora...

— Odeio isto — exclamou Will apaixonadamente — a sério, a sério, odeio estas matanças! Quando é que acabarão?

— Temos de ir — disse Balthamos, numa voz fraca. — Depressa, Will... depressa... por favor.

Ambos os anjos estavam apavorados.

Will sentiu o ar com a ponta da faca: qualquer mundo servia, desde que não fosse aquele. Cortou rapidamente uma janela e olhou para cima: aquele outro anjo que descia do céu estava a poucos segundos de distância e a sua expressão era aterradora. Mesmo dali, mesmo naquele segundo premente, Will sentiu-se perscrutado e avaliado de uma ponta do seu ser à outra por um intelecto vasto, brutal e sem piedade.

E o que era mais preocupante, ele tinha uma lança — erguia-a para a arremessar...

Nos segundos de que o anjo necessitou para verificar o seu voo, se endireitar e puxar o braço para trás para lançar a arma, Will seguiu Baruch e Balthamos através da janela e fechou-a atrás de si. Enquanto os seus dedos uniam o último centímetro, sentiu um choque no ar... mas tinha desaparecido, ele estava a salvo: era a pancada da lança que o teria trespassado naquele outro mundo.

Encontravam-se numa praia de areia sob uma lua brilhante. Gigantescas árvores parecidas com fetos cresciam um pouco mais para o interior da terra; dunas baixas estendiam-se por quilómetros ao longo da costa. O ar estava quente e húmido.

— Quem era aquele? — perguntou Will, enfrentando os anjos.

— Aquele era Metatron — respondeu Balthamos. — Devias ter...

— Metatron? Quem é ele? Por que é que nos atacou? E não me mintam.

— Temos de lhe contar — disse Baruch para o seu companheiro. — Já o devias ter feito.

— Sim, tens razão — concordou Balthamos —, mas eu estava zangado com ele e ansioso por ti.

— Então, contem-me agora — ordenou Will. — E lembrem-se, não vale a pena insistirem no que pensam que eu devia fazer... nada disso me interessa, nada. Só Lyra e a minha mãe são importantes para mim. E *esse* é o objectivo de toda esta especulação metafísica, como vocês lhe chamam.

Baruch falou:

— Penso que te devíamos contar as nossas informações. Will, esta é a razão por que te procurámos e por que te devemos levar até Lorde Asriel. Nós descobrimos um segredo do reino... do mundo da Autoridade... e temos de partilhar esse segredo com Lorde Asriel. Estamos seguros aqui? — perguntou, olhando em volta. — Não há outra entrada?

— Estamos num mundo diferente. Noutro universo.

A areia sobre a qual eles se encontravam era suave e a inclinação da duna quase convidativa. Dali podia observar-se quilómetros em redor com a luz do luar; estavam absolutamente sozinhos.

— Conta-me, então — propôs Will. — Fala-me de Metatron e de que segredo é esse. Por que é que aquele anjo lhe chamou Regente? E o que é a Autoridade? É Deus?

Will sentou-se e os dois anjos, as suas formas mais perceptíveis ao luar do que alguma vez Will tinha visto antes, sentaram-se junto dele.

Balthamos começou a falar calmamente:

— A Autoridade, Deus, o Criador, o Senhor, Yaweh, El, Adonai, o Rei, o Pai, o Todo-Poderoso — esses são nomes que ele deu a si mesmo. Ele nunca foi o criador. Era um anjo como nós — o primeiro anjo, é certo, o mais poderoso, mas ele era formado por Pó, como nós, e Pó é o único nome para o que acontece quando a matéria começa a compreender-se a si mesma. A matéria ama a matéria. Procura saber mais sobre si própria e assim se forma o Pó. Os primeiros anjos condensaram-se a partir do Pó e a Autoridade foi o primeiro de todos. Ele disse aos que surgiram depois dele que os tinha criado, mas isso era mentira. Uma dos que surgiram depois era mais sábia e descobriu a verdade, por isso ele baniu-a. Nós ainda a servimos. E a Autoridade ainda preside ao reino e Metatron é o seu Regente. Mas sobre o que descobrimos na Montanha Enevoada, não te podemos contar a parte mais importante. Jurámos um ao outro que o primeiro a saber seria o próprio Lorde Asriel.

— Então contem-me o que puderem. Não me mantenham na ignorância.

— Descobrimos um caminho para a Montanha Enevoada — disse Baruch, acrescentando logo de seguida: — Desculpa; nós usamos estas designações com demasiada ligeireza. Por vezes aquele lugar é chamado de o Coche de Gala. Não tem uma posição fixa, percebes; desloca-se de um lado para outro. Para onde quer que vá, é ali que se encontra o coração do reino, a sua cidadela, o seu palácio. Quando a Autoridade era jovem, o Coche de Gala não estava rodeado por nuvens, mas à medida que o tempo passou ele reuniu as nuvens à sua volta tornando-as cada vez mais espessas. Ninguém vê o cume há milhares de anos. Por isso a cidadela é conhecida por a Montanha Enevoada.

— O que é que descobriram lá?

— A própria Autoridade vive num aposento situado no coração da montanha. Não nos conseguimos aproximar, embora o tenhamos visto. O seu poder...

— Ele delegou grande parte do seu poder — interrompeu Balthamos — em Metatron, como eu estava a dizer. Tu viste o seu aspecto. Nós escapámos-lhe uma vez, antes, e agora ele persegue-nos e, o que é pior, ele viu-te e viu a faca. Eu tinha dito...

— Balthamos — interrompeu Baruch com suavidade —, não recrimines o Will. Nós precisamos da sua ajuda e ele não pode ser culpabilizado por não saber o que nós demorámos tanto tempo a descobrir.

Balthamos desviou o olhar.

Will disse:

— Então não me vão contar o vosso segredo? Está bem. Respondam-me pelo menos a isto: o que acontece quando morremos?

Balthamos olhou para ele surpreendido.

Baruch respondeu:

— Bem, há um mundo dos mortos. Onde fica e o que acontece lá ninguém sabe. O meu fantasma, graças a Balthamos, nunca foi para lá; eu sou o que foi em tempos o fantasma de Baruch. O mundo dos mortos é para nós uma escuridão total.

— É um campo de concentração — continuou Balthamos. — A Autoridade instituiu-o no princípio dos tempos. Porque queres saber? Vê-lo-ás quando chegar o momento.

— O meu pai acabou de morrer, essa é que é a razão. Ele ter-me-ia contado tudo o que sabia se não tivesse sido assassinado. Tu disseste que era um mundo... referes-te a um mundo como este, a um outro universo?

Balthamos olhou para Baruch, que encolheu os ombros.

— E o que é que acontece no mundo dos mortos? — continuou Will.

— É impossível dizer — respondeu Baruch. — Tudo o que se refere a esse mundo é segredo. Nem mesmo as Igrejas sabem; elas dizem aos seus crentes que eles irão para o Céu, mas isso é mentira. Se as pessoas soubessem mesmo...

— E o fantasma do meu pai foi para lá?

— Sem qualquer dúvida, tal como foram milhões incontáveis que morreram antes dele.

Will sentiu a sua imaginação tremer.

— E por que é que vocês não foram ter directamente com Lorde Asriel para lhe contar o vosso segredo, seja ele qual for — continuou Will —, em vez de andarem à minha procura?

— Não tínhamos a certeza — respondeu Balthamos — que ele acreditasse em nós, a não ser que lhe levássemos uma prova das nossas boas intenções. Dois anjos de baixo estatuto entre todos os poderes com que ele está a negociar... por que é que ele acreditaria em nós? Mas se lhe pudéssemos levar a faca e o seu portador, talvez ele nos ouvisse. A faca é uma arma poderosa e Lorde Asriel ficaria contente por tê-la ao seu serviço.

— Bem, lamento muito — retorquiu Will —, mas essa justificação parece-me muito fraca. Se tivessem um mínimo de confiança no poder do vosso segredo, não precisariam de uma desculpa para ir ter com Lorde Asriel.

— Há ainda outra razão — disse Baruch. — Nós sabíamos que Metatron iria perseguir-nos e queríamos ter a certeza de que a faca não cairia nas suas mãos. Se pudéssemos persuadir-te a ir ter com Lorde Asriel primeiro, então, pelo menos...

— Oh não, isso não irá acontecer — interrompeu Will. — Vocês estão a *dificultar* a minha busca de Lyra em vez de a facilitarem. Ela é a coisa mais importante e vocês estão a esquecê-la completamente. Bem, pois eu não. Por que é que não vão simplesmente ter com Lorde Asriel e me deixam sozinho? *Façam* com que ele vos oiça. Podem chegar até ele muito mais rapidamente voando do que acompanhando o meu passo e eu vou, primeiro, procurar Lyra, aconteça o que acontecer. Façam isso. Vão-se embora. Deixem-me sozinho.

— Mas tu precisas de mim — disse Balthamos constrangido —, porque eu posso fingir que sou o teu génio e sem ele tu vais chamar as atenções no mundo de Lyra.

Will estava demasiado irritado para responder. Levantou-se, deu cerca de vinte passos sobre a areia macia e profunda e depois parou porque o calor e a humidade eram entorpecedores.

Virou-se e viu os dois anjos falando um com o outro; depois os anjos aproximaram-se dele, humilde e desajeitadamente, mas também orgulhosos.

Baruch disse:

— Pedimos desculpa. Eu seguirei sozinho para junto de Lorde Asriel, transmitir-lhe-ei a nossa informação e pedir-lhe-ei que envie ajuda para encontrar a sua filha. Serão dois dias de voo, se eu viajar depressa.

— E eu ficarei contigo, Will — disse Balthamos.

— Bem — retorquiu Will —, obrigado.

Os dois anjos abraçaram-se. Depois Baruch envolveu Will nos seus braços e beijou-o duas vezes na face. Os beijos eram suaves e frescos, como as mãos de Balthamos.

— Se nos continuarmos a dirigir para onde está Lyra — perguntou Will — serás capaz de nos descobrir?

— Nunca perderei Balthamos — respondeu Baruch e afastou-se.

Depois subiu no ar, dirigindo-se rapidamente para o céu e desapareceu por entre as estrelas dispersas. Balthamos procurava-o com uma saudade desesperada.

— Vamos dormir aqui ou continuamos a andar? — perguntou, por fim.

— Dormimos aqui — respondeu Will.

— Então dorme que eu fico de vigia. Will, eu tenho sido rude contigo, e isso foi errado da minha parte. Tu carregas o maior fardo e eu devia ajudar-te em vez de te recriminar. Tentarei ser mais simpático a partir de agora.

Will deitou-se na areia quente e por perto, pensou, o anjo vigiava; mas isso era pouco reconfortante.

tiro-vos daqui, Roger, prometo. E Will está a chegar, tenho a certeza que sim!

Ele não compreendeu. Abriu as mãos pálidas e abanou a cabeça.

— Não sei quem é esse e ele não virá para aqui — disse — e se vier não me conhecerá.

— Ele vem por mim — respondeu ela — e eu e Will, oh, não sei como, Roger, mas juro-te que ajudaremos. E não te esqueças de que há outros do nosso lado. Há Serafina e Iorek e

3

OS NECRÓFAGOS

Os ossos do cavaleiro são pó e a sua bela espada ferrugem; a sua alma está com os santos, acredito.

S. T. COLERIDGE

Serafina Pekkala, a rainha do clã das feiticeiras do Lago Enara voou através dos céus túrbidos do Árctico. Chorava de raiva, medo e remorso: de raiva da mulher Coulter, a quem ela jurara matar; de medo pelo que estava a acontecer à sua amada pátria; e de remorso... o remorso ela enfrentaria mais tarde.

Entretanto, olhou para baixo, para o cume gelado que se derretia, para as planícies cobertas de floresta agora inundadas, para o mar inchado e sentiu-se desanimada.

Contudo, não parou para visitar a sua pátria, ou para animar e encorajar as suas irmãs. Em vez disso, voou cada vez mais para norte, em direcção aos nevoeiros e tempestades em torno de Svalbard, o reino de Iorek Byrnison, o urso blindado.

Teve dificuldade em reconhecer a ilha principal. As montanhas erguiam-se nuas e negras e apenas alguns vales protegidos do sol mantinham um pouco de neve branca nos seus cantos mais sombrios; mas o que é que está ali a fazer o sol, naquela altura do ano? Toda a Natureza estava virada do avesso.

Precisou de quase um dia inteiro para encontrar o rei-urso. Descobriu-o por entre as rochas do extremo norte da ilha, nadando atrás de uma morsa. Era mais difícil para os ursos caçarem dentro de água: quando a terra estava coberta de gelo e os grandes mamíferos marinhos subiam para respirar, os ursos tinham a vantagem da camuflagem e as suas presas estavam fora do seu elemento natural. Era assim que as coisas deviam ser.

Mas Iorek estava com fome e nem mesmo as presas aguçadas da poderosa morsa o conseguiam manter à distância. Serafina observou enquanto as duas criaturas lutavam, manchando de vermelho a espuma branca do mar e viu Iorek arrastar a carcaça para fora do mar, poisando-a sobre uma placa larga de rocha, vigiado a uma distância respeitosa por três raposas de pêlo andrajoso, que aguardavam a sua vez de participar no banquete.

Quando o rei-urso acabou de comer, Serafina desceu para falar com ele. Agora tinha chegado o momento de enfrentar o remorso.

— Rei Iorek Byrnison — disse —, posso falar consigo? Vou poisar as minhas armas no chão.

Colocou o arco e as flechas sobre a rocha molhada. Iorek olhou-os de relance e Serafina sabia que se a cara dele pudesse apresentar qualquer emoção, seria de surpresa.

— Fale, Serafina Pekkala — grunhiu. — Nunca lutámos antes, pois não?

— Rei Iorek, eu falhei para com o seu camarada, Lee Scoresby.

Os pequenos olhos negros e o focinho ensanguentado do urso estavam imóveis. Ela podia ver o vento agitar as pontas dos pêlos brancos ao longo do dorso do urso. Ele nada disse.

— O Senhor Scoresby morreu — continuou Serafina. — Antes de nos termos separado, dei-lhe uma flor para com ela me chamar, se precisasse de mim. Escutei o seu chamamento e voei até ele, mas cheguei demasiado tarde. Ele morreu lutando com uma companhia de moscovitas, mas não sei o que o levou até ali, nem porque é que ele os estava a manter à distância quando podia facilmente ter escapado. Rei Iorek, estou devastada pelo remorso.

— Onde é que isso aconteceu? — perguntou Iorek Byrnison.

— Num outro mundo. Demorarei algum tempo a contar-lhe tudo.

— Então comece.

Serafina contou-lhe o que Lee Scoresby se tinha proposto fazer: encontrar o homem que era conhecido por Stanislaus Grumman. Contou-lhe como a barreira entre os mundos tinha sido quebrada por Lorde Asriel e algumas das consequências que isso tivera: como, por exemplo, o derretimento do gelo. Contou-lhe do voo da feiticeira Ruta Skadi em perseguição dos anjos e tentou descrever-lhe esses seres voadores para o rei-urso tal como Ruta lhos tinha descrito: a luz que brilhava sobre eles, a claridade cristalina da sua aparência, a riqueza da sua sabedoria.

Depois contou-lhe o que descobriu quando respondeu à chamada de Lee.

— Eu lancei um feitiço sobre o seu corpo para o preservar da corrupção — disse. — Durará até que você o encontre, se assim o desejar. Estou perturbada pelo que aconteceu, Rei Iorek. Perturbada por tudo, mas principalmente por isto.

— Onde está a criança?

— Deixei-a com as minhas irmãs, porque tinha de atender ao chamamento de Lee.

— No mesmo mundo?

— Sim, no mesmo.

— Como é que posso chegar até lá a partir daqui?

Ela explicou-lhe. Iorek Byrnison escutou inexpressivo e depois disse:

— Irei ter com Lee Scoresby. Depois devo partir para sul.

— Para sul?

— O gelo desapareceu destas terras. Tenho estado a pensar sobre isto, Serafina Pekkala. Aluguei um barco.

As três pequenas raposas tinham estado pacientemente à espera. Duas delas estavam deitadas, a cabeça sobre as patas, vigiando, e a outra permanecia sentada, seguindo a conversa. As raposas do Árctico, apesar de serem necrófagas, tinham adquirido algum domínio da língua, mas os seus cérebros estavam de tal modo formados que elas apenas podiam compreender afirmações proferidas no presente do indicativo. A maior parte do que Iorek e Serafina disseram foi para elas apenas um ruído sem sentido. Para além disso, quando falavam, só diziam mentiras, por isso não tinha importância se elas repetissem o que tinham ouvido. Ninguém conseguia perceber o que era verdade e o que era mentira no que diziam, mas mesmo assim os crédulos monstros dos penhascos acreditavam na maior parte do que elas diziam e nunca aprenderam com as suas desilusões. As feiticeiras e os ursos estavam habituados às suas conversas serem devassadas tal como a carne de que se alimentavam.

— E você, Serafina Pekkala? — perguntou Iorek. — Que fará de seguida?

— Vou procurar os ciganos — respondeu.— Penso que eles serão necessários.

— Lorde Faa — comentou o urso —, sim. Bons lutadores. Vá em paz.

O urso virou-se e deslizou para dentro de água sem qualquer ruído e começou a nadar no seu ritmo constante e incansável em direcção ao novo mundo.

Algum tempo depois, Iorek Byrnison caminhava sobre o restolho queimado e as rochas estaladas pelo calor no limiar da floresta queimada. O sol brilhava através da neblina fumarenta, mas ele ignorou o calor, tal como ignorou o pó de carvão que enegrecia o seu pêlo branco e os mosquitos que procuravam em vão carne que pudessem picar.

Tinha feito uma longa viagem e em certo momento do seu percurso Iorek descobriu que nadava num outro mundo. Descobriu a mudança pelo sabor da água e pela temperatura do ar, mas mesmo assim aquele ar era respirável e a água ainda sustinha o seu corpo, por isso continuou a nadar e agora deixara o mar para trás e estava quase no lugar que Serafina Pekkala tinha descrito. Olhou em redor, os seus olhos negros observando intensamente as rochas tremeluzentes de uma parede de calcário rachada que se erguia acima dele.

Entre a orla da floresta queimada e as montanhas, uma colina rochosa com pesados pedregulhos e cascalho solto estava conspurcada por metal queimado e retorcido: vigas e escoras que tinham pertencido a uma qualquer máquina complexa. Iorek Byrnison olhou para os pedaços de metal como um ferreiro e também como um guerreiro, mas não havia nada naqueles fragmentos que ele pudesse utilizar. Traçou uma linha com uma garra poderosa ao longo de uma escora menos danificada que a maioria e, sentindo uma futilidade na qualidade do metal, virou-se imediatamente e perscrutou novamente a parede da montanha.

Subitamente descobriu o que procurava: um desfiladeiro estreito que se abria por entre paredes denticuladas e, à entrada, um pedregulho mais largo e baixo.

Trepou decididamente em direcção à rocha. Sob as suas enormes patas, ossos secos estalaram ruidosamente no silêncio da montanha, porque muitos homens tinham morrido ali, tendo sido devorados pelos coiotes, os abutres e outros animais mais pequenos; porém, o enorme urso ignorou tudo isso e subiu cautelosamente em direcção à rocha. O caminho era escorregadio e ele era pesado e, mais de uma vez, o cascalho solto deslizou sob as suas patas fazendo-o escorregar numa mistura de pó e gravilha. Porém, assim que a escorregadela ter-

minava ele recomeçava imediatamente a subir, inflexível e pacientemente, até ter alcançado a rocha onde o piso era mais firme.

O pedregulho estava picado e lascado com marcas de balas. Tudo
o que a feiticeira lhe tinha contado era verdade. E como confirmação
lá estava a pequena flor do Árctico, uma saxífraga púrpura, florescia
provavelmente onde a feiticeira a tinha plantado como sinal, numa
fenda da rocha.

Iorek Byrnison aproximou-se da parte superior do pedregulho.
Constituía sem dúvida um bom abrigo de um inimigo que estivesse
lá em baixo, mas não era suficientemente bom porque, por entre a sa-
raivada de balas que tinham arrancado fragmentos da rocha, havia algumas que tinham encontrado o seu alvo e assim jaziam onde tinham
encontrado repouso, no corpo do homem que se encontrava deitado,
hirto, na sombra.

Ele ainda era um corpo, não um esqueleto, porque a feiticeira tinha
lançado um feitiço que o preservava da corrupção. Iorek podia ver a
cara do seu velho camarada crispada e tensa devido à dor provocada
pelos ferimentos e viu os buracos denticulados nas suas vestes onde as
balas tinham penetrado. O feitiço de Serafina Pekkala não cobrira o
sangue que provavelmente se derramara e os insectos, o sol e o vento
tinham-no dispersado completamente. Lee Scoresby não parecia adormecido, em paz; o seu aspecto era o de quem tinha morrido em batalha; contudo, dava a ideia de que ele sabia que a sua luta tinha sido
vitoriosa.

Porque o aeronauta texano era um dos poucos seres humanos que
Iorek alguma vez estimara, aceitou a última oferenda que o homem
lhe deixara. Com movimentos silenciosos das suas garras, rasgou as
vestes do homem morto, abriu-lhe o peito com um golpe, e começou
a alimentar-se com o corpo e o sangue do seu velho amigo. Era a sua
primeira refeição há vários dias e estava esfomeado.

Entretanto, uma teia complexa de pensamentos formava-se na
mente do rei-urso, com mais fios que a fome e a satisfação. Era a recordação da menina Lyra a quem ele tinha dado o nome de *Silvertongue*
e que vira, pela última vez, a atravessar uma frágil ponte de gelo sobre
um abismo, no seu próprio reino, na ilha de Svalbard; havia a perturbação entre as feiticeiras, os rumores de pactos, alianças e guerras;
havia ainda o facto incomparavelmente estranho daquele novo mundo
e a insistência da feiticeira em que existiam muito mais mundos parecidos e que o destino de todos eles estava suspenso, incompreensivelmente, do destino da criança.

Iorek enfrentava ainda o problema do degelo. Ele e o seu povo viviam no gelo, o gelo era o seu lar, o gelo era a sua cidadela. Desde que tinham ocorrido as vastas perturbações no Árctico, o gelo começara a derreter e Iorek sabia que tinha de encontrar um baluarte feito de gelo para o seu povo ou morreriam todos. Lee tinha-lhe contado que havia montanhas, no sul, tão altas que nem o seu balão as podia sobrevoar e estavam cobertas de neve e gelo todo o ano. Explorar essas montanhas seria a tarefa seguinte de Iorek.

Porém, naquele momento, algo mais simples dominava o seu coração, algo intenso, firme e inabalável: a vingança. Lee Scoresby que, com o seu balão, tinha salvo Iorek de perigos e lutara a seu lado no Árctico do seu próprio mundo, tinha morrido. Iorek vingá-lo-ia. A carne e os ossos daquele homem bom alimentá-lo-iam e mantê-lo-iam insatisfeito até que fosse derramado sangue suficiente que acalmasse o seu coração.

O sol punha-se quando Iorek terminou a sua refeição e o ar arrefecia. Depois de reunir os restos numa única pilha, o urso pegou na flor com a boca e deixou-a cair sobre os restos mortais, como os humanos costumavam fazer. O feitiço da feiticeira estava agora quebrado: o que restava do corpo de Lee estava à disposição de todos os que viessem. Em breve serviria de alimento a uma dúzia de espécies diferentes de vida.

Iorek desceu a colina em direcção ao mar e dirigiu-se para sul.

Os monstros dos penhascos apreciavam muito carne de raposa, quando a conseguiam apanhar. As pequenas criaturas eram espertas e difíceis de caçar, mas a sua carne era tenra e de primeira qualidade.

Antes de ele matar aquela, o monstro do penhasco deixou-a falar e riu com a tola conversa.

— Urso ter de ir para sul! Juro! Feiticeira estar preocupada! Verdade! Juro! Prometo.

— Ursos não vão para sul, mentiroso nojento!

— Verdade! Rei-urso ter de ir para sul! Mostro-te morsas... boa comida gorda...

— Rei-urso para sul?

— E coisas que voam têm tesouro! Coisas que voam... anjos... tesouro de cristal!

— Coisas que voam... como monstros dos penhascos? Tesouro?

— Como luz, não como monstros dos penhascos. Ricos! Cristal! E feiticeira preocupada... feiticeira com pena... Scoresby morreu...

— Morreu? Homem do balão morreu? — o riso do monstro do penhasco ecoou nas falésias secas.

— Feiticeira matou-o... Scoresby morto, rei-urso ir para sul...

— Scoresby morto! Ah, ah, Scoresby morto!

O monstro do penhasco arrancou a cabeça da raposa e lutou com os da sua espécie pela posse das entranhas.

eles virão, eles virão!

— Mas onde é que tu estás, Lyra?

E para essa pergunta ela não tinha resposta.

— Penso que estou a sonhar, Roger —, foi tudo o que pôde dizer.

Por trás do rapazinho, ela podia ver outros fantasmas, dezenas, centenas, as suas cabeças tocando-se, olhando atentamente e escutando cada palavra.

— E aquela mulher? — perguntou Roger. — Espero que ela não esteja morta. Espero que ela continue viva tanto tempo quanto conseguir. Porque se ela vem para aqui, então não haverá sítio onde nos possamos esconder, ela dominar-nos-á para sempre. Essa é a única coisa boa que eu vejo em estar morto, é que ela não está. Só que eu sei que um dia ela também morrerá...

Lyra estava assustada.

— Penso que estou a sonhar, e não sei onde ela está! — disse. — Ela está algures, aqui perto, mas não consigo

4

AMA E OS MORCEGOS

Ela jazia como se brincasse — a sua vida
afastara-se com a intenção de voltar, mas não tão cedo...

EMILY DICKINSON

Ama, a filha do pastor, guardou na sua memória a imagem da rapariga adormecida: não conseguia deixar de pensar nela. Não pôs em dúvida, nem por um momento, a verdade do que a Sra. Coulter lhe tinha contado. Havia feiticeiros, isso era inegável, tal como era absolutamente verosímil que eles lançassem feitiços para adormecer e que uma mãe cuidasse da sua filha daquela forma intensa e carinhosa. Ama deixou que no seu espírito crescesse uma admiração, quase uma reverência, pela bela mulher da caverna e pela sua filha encantada.

Ela ia ao pequeno vale com tanta frequência quanto podia, para fazer recados à mulher ou simplesmente para conversar e ouvir, pois a mulher tinha belas histórias para contar. De todas as vezes desejou vislumbrar, mesmo que por breves instantes, a adormecida, mas isso só aconteceu daquela vez e Ama aceitou a ideia de que, provavelmente, tal nunca mais lhe seria permitido.

Durante o tempo que passava a mugir as ovelhas, ou cardando e fiando a lã, ou moendo cevada para fazer pão, ela pensava incessantemente no feitiço que devia ter sido lançado e por que razão isso tinha acontecido. A Sra. Coulter nunca lhe dissera, por isso Ama era livre de imaginar.

Certo dia, pegou num pouco de pão adoçado com mel e fez a viagem de três dias a pé ao longo do carreiro que levava até Cho-Lung-

-Se, onde havia um mosteiro. Com lisonja, paciência e subornando o porteiro com uma parte do pão com mel, ela conseguiu uma audiência com o grande curandeiro Pagdzin *tulku*, que era imensamente sábio e tinha controlado um surto de febre branca no ano anterior. Ama entrou na cela do grande homem fazendo, com extrema humildade, uma vénia profunda e oferecendo o que restava do pão com mel. O morcego-génio do monge investiu e esvoaçou em volta dela, assustando o seu génio, Kulang, que se escondeu no cabelo da menina. Porém, Ama tentou permanecer calma e silenciosa até Pagdzin *tulku* falar.

— Sim, criança? Sê breve, sê breve — disse, a longa barba grisalha agitando-se a cada palavra proferida.

Na obscuridade, a barba e os seus olhos brilhantes eram quase a única coisa que Ama conseguia ver. O génio do monge poisou numa viga por cima dele, ficando finalmente imóvel, por isso Ama disse:

— Por favor, Pagdzin *tulku*, eu quero aumentar a minha sabedoria. Gostaria de saber como fazer feitiços e encantamentos. Podeis ensinar-me?

— Não — retorquiu o monge.

Ama já esperava aquela resposta.

— Bem, podeis então ensinar-me um remédio? — perguntou humildemente.

— Talvez. Mas não te direi de que é feito. Posso dar-te o remédio, mas não te posso contar o segredo.

— Está bem, obrigado, isso será uma grande bênção — agradeceu Ama fazendo várias vénias.

— Qual é a doença e quem sofre dela? — perguntou o velho monge.

— É uma doença do sono — explicou Ama. — Abateu-se sobre o filho do primo do meu pai.

Ela estava a ser muitíssimo esperta, pensou, mudando o sexo do doente, para o caso de o curandeiro ter ouvido falar da mulher da caverna.

— E que idade tem o rapaz?

— É três anos mais velho do que eu, Pagdzin *tulku* — respondeu Ama, fazendo um palpite —, por isso tem doze anos. Ele dorme e dorme e não consegue acordar.

— Por que é que os seus pais não vieram ter comigo? Por que te enviaram a ti?

— Porque eles vivem longe, do outro lado da nossa aldeia, e são muito pobres, Pagdzin *tulku*. Só soube da doença do meu parente ontem e vim imediatamente procurar o seu conselho.

— Eu devia ver o doente, examiná-lo cuidadosamente e pesquisar a posição dos planetas no momento em que ele adormeceu. Estas coisas não devem ser feitas de forma apressada.

— Não há nenhum remédio que me possa dar para eu levar?

O morcego-génio caiu da viga e esvoaçou negro antes de bater no chão, esvoaçando rápida e silenciosamente em volta da cela, demasiado depressa para Ama o poder seguir com o olhar; porém, os olhos brilhantes do curandeiro viram exactamente para onde o génio tinha ido e, quando ele se pendurou mais uma vez, de cabeça para baixo, na viga do tecto, fechando as asas em volta do corpo, o velho monge levantou-se e deslocou-se de uma prateleira para outra, mexendo num ou noutro frasco, numa ou noutra caixa, aqui retirando uma colher cheia de pó, ali juntando uma pitada de ervas, seguindo a ordem pela qual o morcego tinha tocado nos objectos durante o seu voo.

O monge verteu todos os ingredientes para dentro de um almofariz e esmagou-os enquanto murmurava um feitiço. Depois, bateu com o pilão no rebordo do almofariz desalojando os últimos grãos, pegou num pincel e na tinta e escreveu alguns caracteres sobre uma folha de papel. Quando a tinta secou, verteu todo o pó sobre a inscrição e dobrou o papel rapidamente fazendo um pequeno embrulho quadrado.

— Eles que escovem este pó para as narinas da criança adormecida, um pouco de cada vez, quando ela inspirar — explicou à rapariga —, e ela acordará. Tem de ser feito com extremo cuidado. Demasiado de uma vez e ela sufocará. Usem o mais suave dos pincéis.

— Obrigado, Pagdzin *tulku* — agradeceu Ama, pegando no pacote e guardando-o no bolso interior da blusa. — Desejava ter mais pão-de-mel para lhe oferecer.

— Um é suficiente — retorquiu o curandeiro. — Agora vai e da próxima vez que vieres aqui conta-me toda a verdade, não apenas uma parte.

A rapariga ficou envergonhada e fez uma vénia profunda para esconder a sua atrapalhação. Só esperava não ter revelado demais.

Na tarde do dia seguinte, Ama apressou-se a caminhar até ao vale assim que pôde, levando consigo um pouco de arroz-doce embrulhado numa folha. Ela ansiava por contar à mulher o que tinha feito, por lhe dar o remédio e por receber os elogios e os agradecimentos. Mas acima de tudo desejava que a adormecida encantada acordasse e falasse com ela. Podiam ser amigas!

Quando dobrou a curva do carreiro e olhou para cima, não viu o macaco dourado, nem a mulher pacientemente sentada à entrada da caverna. O lugar estava deserto. Ama correu os últimos metros, receosa que elas tivessem partido para sempre —, mas lá estava a cadeira em que a mulher se sentava, o equipamento para cozinhar e tudo o resto.

Ama perscrutou a escuridão ao fundo da caverna, o seu coração batendo apressadamente. Certamente a adormecida não tinha ainda acordado: na escuridão, Ama conseguiu perceber a forma do saco-cama, a mancha mais clara que era o cabelo da rapariga e a curva branca do seu génio adormecido.

Aproximou-se um pouco mais. Não havia dúvidas — eles tinham saído e deixado a menina encantada sozinha.

Um pensamento fez Ama vibrar como uma nota musical: e se *ela* acordasse a menina antes de a mulher voltar...?

Porém, Ama mal teve tempo de sentir a excitação que aquela ideia lhe provocara porque escutou o som de passos lá fora e, num acesso de culpa, ela e o seu génio esconderam-se rapidamente atrás de uma saliência na rocha da parede lateral da caverna. Ela não devia estar ali. Era errado.

O macaco dourado acocorara-se à entrada, farejando e virando a cabeça para um lado e para o outro. Ama viu-o arreganhar os dentes aguçados e sentiu o seu génio esconder-se nas suas roupas, sob a forma de um rato, tremendo.

— O que se passa? — perguntou a voz da mulher, falando para o macaco. A caverna escureceu quando a sua forma surgiu à entrada. — A rapariga esteve aqui? Sim... lá está a comida que ela deixou. Contudo, ela não devia entrar. Temos de preparar um lugar no caminho onde ela possa deixar a comida.

Sem olhar sequer para a adormecida, a mulher inclinou-se para avivar a fogueira e colocou uma panela com água a aquecer enquanto o génio se acocorava por perto, vigiando o caminho. De tempos a tempos, ele levantava-se e observava o interior da caverna e Ama, com cãibras e desconfortável no seu esconderijo estreito, desejou ardentemente ter esperado no exterior, em vez de ter entrado na caverna. Durante quanto tempo iria ficar ali encurralada?

A mulher misturava algumas ervas e pós na água que estava ao lume. Ama podia sentir os odores adstringentes do vapor de água. Subitamente, do fundo da caverna, ouviu-se um som: a rapariga murmurava e mexia-se. Ama virou a cabeça: podia ver a menina encantada mexendo-se, virando-se de um lado para o outro, colocando um braço sobre os olhos. Ela estava a acordar!

E a mulher não prestava qualquer atenção!

Mas estava a ouvir, disso não havia dúvidas, porque ergueu os olhos por breves instantes, mas depressa voltou a sua atenção para as ervas e a água fervente. Deitou o decocto numa taça e deixou-a a arrefecer. Só então deu toda a sua atenção à rapariga que despertava.

Ama não conseguia compreender nenhuma das palavras que ela proferia, mas escutou-as com crescente desconfiança e suspeição.

— Calma, querida — disse a mulher. — Não te preocupes. Estás a salvo.

— Roger... — murmurou a rapariga, meio desperta. — Serafina! Para onde foi o Roger... Onde é que ele está?

— Não está aqui mais ninguém a não ser nós — respondeu a mulher, numa voz cantarolada, quase trauteando. — Levanta-te e deixa a mamã lavar-te... Toca a levantar, meu amor...

Ama observou como a rapariga, resmungando, esforçando-se por acordar, tentava empurrar a mãe. A mulher mergulhou uma esponja na bacia com água e esfregou a cara da filha e o corpo antes de a secar.

Naquele momento, a rapariga estava quase acordada e a mulher teve de agir com mais rapidez.

— Onde está Serafina? E Will? Ajudem-me, ajudem-me! Eu não quero dormir... Não, não! Não quero! Não!

— Fica quieta, filha... acalma-te... cala-te... bebe o teu chá...

Mas a rapariga fez um movimento brusco que quase entornou a bebida e gritou alto:

— Deixe-me em paz! Quero ir-me embora! Deixe-me! Will, Will ajuda-me... oh, ajuda-me...

A mulher agarrou-lhe o cabelo com força, forçando-lhe a cabeça para trás, e pressionou a taça contra a boca.

— Não quero! Atreva-se a tocar-me e Iorek arrancar-lhe-á a cabeça! Oh, Iorek, onde estás? Iorek Byrnison! Ajuda-me, Iorek! Não quero... não quero...

Subitamente, a uma ordem da mulher, o macaco dourado saltou sobre o génio de Lyra, agarrando-o firmemente com os dedos. O génio relampejou de forma em forma, com uma velocidade que

Ama nunca antes vira: gato-cobra-rato-raposa-pássaro-lobo-chita-
-lagarto-doninha...

Mas os dedos do macaco nunca o soltaram; subitamente, Pantalaimon transformou-se num porco-espinho.

O macaco gritou e libertou o génio. Três longos espinhos estavam
espetados, trémulos, na sua pata. A Sra. Coulter rosnou e com a mão
livre bateu com força na cara de Lyra, uma pancada rancorosa com as
costas da mão que derrubou a menina; antes que ela pudesse recuperar, a taça estava dentro da sua boca e ela teve de engolir ou sufocava.

Ama desejou poder fechar os ouvidos àqueles sons: as goladas, o
choro, a tosse, os soluços, os pedidos, os esforços para vomitar eram
quase mais do que ela podia suportar. Mas, a pouco a pouco, tudo
parou e apenas se ouviram um ou dois soluços fracos da rapariga que
mergulhava novamente no sono: sono enfeitiçado? Sono envenenado!
Sono drogado, traiçoeiro! Ama viu uma linha branca materializar-se
em volta do pescoço da rapariga quando o génio, penosamente, se
transformou numa criatura comprida, sinuosa, de pelugem branca,
olhos negros brilhantes e cauda preta, e se enroscou em volta do pescoço da menina.

A mulher cantava suavemente, trauteando canções de ninar, afastando o cabelo da testa da rapariga, secando-lhe a cara transpirada,
sussurrando canções que até Ama percebia que a mulher não sabia as
letras, porque a única coisa que ela conseguia cantar era uma corrente
sem sentido de sílabas, la-la-la, ba-ba-boo-boo, a sua voz suave de-
clamando uma algaraviada sem nexo.

Por fim até esse som parou e então a mulher fez uma coisa curiosa:
pegou numa tesoura e aparou o cabelo da rapariga, segurando a cabeça adormecida e virando-a para um lado e para o outro de modo a
ver melhor o efeito dos cortes. Pegou num anel de cabelo loiro e guardou-o dentro de um medalhão que tinha pendurado ao pescoço. Ama
podia perceber o porquê daquele acto: ela ia usá-lo noutro acto de
magia. Porém, a mulher pegou no medalhão e levou-o aos lábios...
Oh, tudo aquilo era muito estranho.

O macaco dourado arrancou o último espinho e disse qualquer coisa
à mulher que se esticou e apanhou um dos morcegos que estavam em-
poleirados no tecto da caverna. O pequeno animal negro bateu as asas
e guinchou numa voz fina e aguda que perfurou os ouvidos de Ama;
depois ela viu a mulher entregar o morcego ao seu génio, e viu o génio
puxar uma das asas negras, esticando-a até que a asa estalou, partiu, e
ficou pendida de um tendão branco enquanto o morcego moribundo

guinchava e os seus parceiros esvoaçavam de um lado para o outro numa confusão angustiada. Craque-craque-plaque era o som enquanto o macaco despedaçava o pequeno animal, arrancando um membro de cada vez enquanto a mulher jazia taciturnamente no seu saco-cama junto ao lume, comendo calmamente uma barra de chocolate.

O tempo passou. A luz esmoreceu e a lua subiu no céu; a mulher e o seu génio adormeceram.

Ama, tensa e dorida, saiu do seu esconderijo e passou, em bicos dos pés, junto dos adormecidos e não fez qualquer som até estar já a meio do carreiro.

Com o medo dando-lhe velocidade, ela correu ao longo do estreito caminho, o seu génio transformado num mocho voando silenciosamente a seu lado. O ar limpo e frio, o movimento constante das copas das árvores, o brilho das nuvens banhadas pela lua no céu negro e os milhões de estrelas acalmaram-na um pouco.

Parou ao avistar o pequeno aglomerado de casas de pedra e o génio poisou-lhe no pulso.

— Ela mentiu! — exclamou Ama. — Ela mentiu-*nos!* O que podemos fazer, Kulang? Devemos contar ao papá? O que é que devemos fazer?

— Não contes — aconselhou o génio. — Mais sarilhos. Temos o remédio. Podemos acordá-la. Podemos ir lá quando a mulher sair outra vez e acordar a rapariga e levá-la dali.

Aquele pensamento aterrorizou-os. Mas tinha sido proferido, o pequeno pacote de papel estava a salvo no bolso da blusa de Ama e eles sabiam como usá-lo.

acordar, não consigo vê-la... penso que ela está perto... ela magoou-me...

— Oh, Lyra, não tenhas medo! Se também tu tens medo, eu fico louco...

Eles tentaram abraçar-se, mas os seus braços cruzaram-se no ar vazio. Lyra tentou explicar o que dissera, murmurando junto da cara pálida dele, na escuridão:

— Estou a tentar acordar... tenho tanto medo de passar o resto da minha vida a dormir e depois morrer... quero acordar primeiro! Não me importo se for só por uma hora, desde que esteja mesmo acordada... eu nem sequer sei se isto é realidade ou não... mas eu vou ajudar-te, Roger! Juro que vou!

— Mas se tu estás a dormir, Lyra, pode ser que não acredites nisto quando acordares. Era o que eu faria, pensaria que se tratava apenas de um sonho.

— Não! *— retorquiu ela com vivacidade e*

5

A TORRE DE DIAMANTE

*... com ambicioso objectivo contra o trono e a
monarquia de Deus, lançou louca guerra ímpia no céu
e lutou orgulhoso.*

JOHN MILTON

Um lago de enxofre derretido estendia-se por toda a extensão de
um imenso desfiladeiro libertando os seus vapores mefíticos em súbitas lufadas e vómitos, impedindo o caminho da figura alada e solitária que permanecia no limiar do lago.

Se ele subisse ao céu, os batedores do inimigo que o tinham descoberto, e perdido, rapidamente o encontrariam de novo; mas se permanecesse junto ao solo, demoraria muito tempo a atravessar aquele
pestilencial fosso a ponto de a sua mensagem poder chegar demasiado
tarde.

Teria de correr o risco maior. Aguardou até uma nuvem de fumo
malcheiroso se erguer da superfície amarela e, rapidamente, subiu envolto no ar espesso.

Quatro pares de olhos, em diferentes posições no céu, observaram
o rápido movimento e imediatamente quatro pares de asas bateram
rápidas no ar fétido, impulsionando os vigilantes em direcção à
nuvem.

Iniciou-se então uma caçada em que os perseguidores não podiam
ver a caça e esta, por sua vez, não via nada. O primeiro a sair da nuvem
no outro extremo do lago teria a vantagem, mas isso tanto podia significar a sobrevivência, como a morte.

Infelizmente para o voador solitário, ele encontrou o ar limpo poucos segundos depois de um dos perseguidores. Imediatamente se aproximaram um do outro, belicosos, arrastando correntes de vapor, ambos entontecidos pelos fumos. A princípio a presa levou a melhor, mas subitamente outro caçador libertou-se da nuvem e, numa luta rápida e violenta, os três, volteando no ar como fagulhas, subiram, caíram e voltaram a subir para logo se estatelarem, finalmente, por entre as rochas do outro extremo. Os outros dois caçadores nunca chegaram a sair da nuvem.

No extremo ocidental de uma cordilheira de montanhas denticuladas, sobre um cume que permitia uma visão ampla da planície lá em baixo e dos vales por trás, parecia emergir da própria montanha uma fortaleza de basalto, como se um qualquer vulcão a tivesse construído um milhão de anos antes.

Em vastas cavernas sob as paredes edificadas, provisões de toda a espécie estavam armazenadas e rotuladas; nos arsenais e paióis de munições, máquinas de guerra estavam a ser calibradas, fogos vulcânicos alimentavam poderosas forjas onde fósforo e titânio eram derretidos e misturados em ligas nunca antes conhecidas nem usadas.

No lado mais exposto da fortaleza, num ponto mergulhado intensamente nas trevas de um contraforte onde as imensas paredes se erguiam a pique sobre as antigas torrentes de lava, havia uma pequena abertura, uma poterna, onde uma sentinela vigiava dia e noite e desafiava todos os que tentassem entrar.

Enquanto as outras sentinelas eram substituídas nos baluartes superiores, a sentinela solitária bateu violentamente com os pés uma ou duas vezes no chão e com as mãos enluvadas nos braços para se aquecer, porque aquela era a hora mais fria da noite e a pequena chama de nafta no candelabro a seu lado não emanava qualquer calor. O seu substituto chegaria dentro de dez minutos e ele estava ansioso por uma caneca de chocolate quente, um cigarro e, acima de tudo, por se deitar na cama.

Ouvir um batimento na pequena porta era a última coisa de que estava à espera.

Contudo, ele estava alerta e abriu o ralo da porta ao mesmo tempo que rodava a torneira que permitia que um fluxo de nafta passasse para o candeeiro de vigia pendurado no contraforte exterior. Ao brilho intenso da chama viu três figuras transportando entre eles uma quarta cuja forma era indistinta e que parecia doente ou ferida.

A figura que ia à frente deitou o capuz para trás. Tinha uma cara que a sentinela conhecia, mas mesmo assim disse a senha e acrescentou:

— Encontrámo-lo no lago de enxofre. Diz que se chama Baruch. Tem uma mensagem urgente para Lorde Asriel.

A sentinela destrancou a porta e o seu génio, um *terrier*, tremeu enquanto as três figuras transportavam o seu fardo com dificuldade através da passagem estreita. Depois soltou um pequeno latido involuntário, rapidamente reprimido, quando a sentinela percebeu que a figura que estava a ser transportada era um anjo, ferido: um anjo de baixo estatuto e com pouco poder, mas mesmo assim um anjo.

— Deitem-no na sala dos guardas — disse-lhe a sentinela, e enquanto os outros assim procediam, ele rodou a manivela da campainha do telefone e reportou o que se passava ao oficial de serviço.

Um dos baluartes mais altos da fortaleza era uma torre de diamante: apenas um lanço de escadas até um conjunto de três salas cujas janelas abriam para norte, sul, este e oeste. A sala maior estava mobilada com uma mesa, cadeiras e um armário com mapas. Outra sala tinha uma cama de campanha. Uma pequena casa de banho completava o conjunto.

Lorde Asriel estava sentado na torre de diamante, observando o comandante dos seus espiões por cima de uma pilha desordenada de papéis. Havia uma lâmpada de nafta pendurada sobre a mesa e uma braseira que queimava pedaços de carvão para vencer o intenso frio da noite. Junto da porta, um falcão azul fêmea estava empoleirado numa consola.

O comandante dos espiões era Lorde Roke. Tinha um aspecto surpreendente: não era mais alto que a palma da mão de Lorde Asriel, mais esguio que uma libelinha, mas os outros comandantes de Lorde Asriel tratavam-no com profundo respeito, porque ele estava armado com espinhos venenosos nos esporões dos calcanhares.

Tinha o hábito de se sentar sobre a mesa e um método para repelir qualquer coisa excluindo a mais profunda consideração com uma língua arrogante e malévola. Ele e os outros da sua espécie, os galivespianos, tinham poucas qualidades dos bons espiões com excepção, evidentemente, da sua singular pequenez. Eram tão orgulhosos e susceptíveis que nunca lhes seria possível passarem despercebidos se tivessem a estatura de Lorde Asriel.

— Sim — exclamou, a sua voz clara e cortante, os seus olhos brilhando como gotículas de tinta — a sua filha, Lorde Asriel: eu tenho informações sobre ela. Evidentemente sei mais do que o senhor.

Lorde Asriel olhou para ele directamente e o pequeno homem soube que tinha abusado da cortesia do seu comandante: a força do olhar de Lorde Asriel golpeou-o como um dedo a ponto de ele perder o equilíbrio e de ter de estender a mão para o copo de vinho de Lorde Asriel a fim de não cair. Um minuto mais tarde a expressão de Lorde Asriel era de novo suave e recta, tal como a sua filha conseguia fazer, e a partir desse momento Lorde Roke foi mais cauteloso.

— Sem dúvida, Lorde Roke — disse Lorde Asriel. — Mas por razões que não compreendo, a criança é o centro das atenções da Igreja e eu preciso de saber porquê. O que é que eles dizem acerca dela?

— O Magisterium fervilha com especulações; uma facção diz uma coisa, outra investiga algo diferente e cada uma tenta manter as suas descobertas secretas das outras. As facções mais activas são o Tribunal Consistorial de Disciplina e a Sociedade do Trabalho do Santo Espírito e — continuou Lorde Roke — tenho espiões nos dois lados.

— Então, tornou-se membro da Sociedade? — comentou Lorde Asriel. — Felicito-o. Eles costumavam ser inexpugnáveis.

— A minha espia na Sociedade é a Dama Salmakia — disse Lorde Roke —, uma agente muito dotada. Há um padre de cujo génio, uma ratazana, ela se aproximou enquanto dormiam. A minha agente sugeriu que o homem realizasse um ritual proibido destinado a evocar a presença da Sabedoria. Num momento crítico, a Dama Salmakia surgiu em frente dele. Agora o padre está convencido de que pode comunicar com a Sabedoria sempre que desejar e de que ela tem a forma de uma galivespiana e vive na prateleira dos livros.

Lorde Asriel sorriu e perguntou:

— Que informações é que ela obteve?

— A Sociedade pensa que a sua filha é a criança mais importante que alguma vez viveu. Pensam que ocorrerá uma grave crise dentro em breve e que o destino de tudo depende da forma como ela se comportar no momento preciso. Quanto ao Tribunal Consistorial, está neste momento a proceder a um interrogatório, com testemunhas de Bolvangar e de outros sítios. O meu espião no Tribunal, o Cavaleiro Tialys, entra diariamente em contacto comigo através de um ressoador magnético e relata-me o que têm descoberto. Para resumir, eu diria que a Sociedade do Trabalho do Santo Espírito descobrirá muito em breve onde a criança se encontra, mas não tomará nenhuma medida. O Tribunal Consistorial demorará um pouco mais, mas quando tiverem as informações agirão de forma decisiva e imediata.

— Informe-me assim que souber mais alguma coisa.

Lorde Roke fez uma vénia e estalou os dedos; o pequeno falcão azul fêmea, empoleirado na consola ao lado da porta, abriu as asas e deslizou até à mesa. Tinha uma brida, uma sela e estribos. Lorde Roke saltou sobre o seu dorso e num segundo saíram voando pela janela que Lorde Asriel abriu de par em par para eles.

Deixou a janela aberta durante um minuto, apesar do ar gélido, e inclinou-se sobre o pequeno assento, brincando com as orelhas do seu génio, uma pantera das neves.

— Ela veio ter comigo em Svalbard e eu ignorei-a — disse. — Lembras-te do choque... eu precisava de um sacrifício e a primeira criança a chegar era a minha própria filha... mas quando percebi que havia outra criança, e que ela estava salva, descontraí-me. Terá sido um erro fatal? Não pensei mais nela depois disso, nem por um momento, mas ela é importante, Stelmaria!

— Pensemos com clareza — retorquiu o génio. — O que é que ela pode fazer?

— *Fazer*... não muito. Será que ela *sabe* alguma coisa?

— Ela consegue ler o aletiómetro; tem acesso ao conhecimento.

— Isso nada tem de especial. Outros também têm; e onde raio poderá ela estar?

Ao ouvir uma pancada na porta, atrás de si, virou-se de imediato.

— Senhor — disse o oficial que entrou —, acabou de chegar um anjo à porta ocidental... ferido... ele insiste em falar consigo.

Um minuto mais tarde, Baruch jazia sobre a cama de campanha que tinha sido trazida para a sala principal. O médico de serviço tinha sido chamado, mas era evidente que o anjo tinha poucas hipóteses de sobreviver: estava gravemente ferido, as asas arrancadas e os olhos baços.

Lorde Asriel sentou-se perto dele e deitou um punhado de ervas sobre o carvão na braseira. Tal como Will tinha descoberto com o fumo da fogueira, aquilo teve o efeito de definir o corpo do anjo para que ele o pudesse ver com mais clareza.

— Bem, Senhor — disse —, o que tem para me dizer?

— Três coisas. Por favor, deixe-me dizê-las todas antes de me fazer perguntas. Chamo-me Baruch. O meu companheiro Balthamos e eu somos do partido dos rebeldes e por isso fomos atraídos pelo seu estandarte assim que o ergueu. Mas queríamos trazer-lhe algo valioso, porque o nosso poder é limitado e não há muito tempo conseguimos descobrir o caminho para o coração da Montanha Enevoada, a cidadela da Autoridade no reino e ali descobrimos...

Teve de se calar por um momento para respirar o fumo das ervas que parecia acalmá-lo. Depois continuou:

— Descobrimos a verdade sobre a Autoridade. Soubemos que ela se tinha isolado numa câmara de cristal, no interior da Montanha Enevoada, e que já não dirige os assuntos diários do reino. Em vez disso, contempla mistérios mais profundos. No seu lugar, reinando em seu nome, está um anjo chamado Metatron. Eu tenho razões para conhecer bem esse anjo, embora quando eu o conheci...

A voz de Baruch sumiu-se. Os olhos de Lorde Asriel brilhavam intensamente, mas conteve as suas perguntas e esperou que Baruch continuasse.

— Metatron é orgulhoso — prosseguiu Baruch depois de ter recuperado um pouco as forças —, e a sua ambição é ilimitada. A Autoridade escolheu-o há quatro mil anos para ser o seu Regente e juntos elaboraram os seus planos. Têm um novo plano que eu e o meu companheiro conseguimos descobrir. A Autoridade considera que os seres conscientes de toda a espécie se tornaram perigosamente independentes, por isso Metatron vai intervir de forma muito mais activa nos assuntos humanos. Ele pretende mudar secretamente a Autoridade da Montanha Enevoada para uma cidadela permanente num outro lugar e transformar a montanha numa máquina de guerra. Ele pensa que as Igrejas em todos os mundos estão corrompidas e enfraquecidas, que assumem compromissos com demasiada facilidade... Quer instaurar uma inquisição permanente em cada mundo, controlada directamente pelo reino. E a primeira campanha será a destruição desta república...

Ambos tremiam, o homem e o anjo, mas um devido à fraqueza e o outro pela excitação.

Baruch reuniu o que lhe restava de energia e continuou:

— A segunda coisa é esta. Há uma faca que consegue cortar aberturas entre os mundos bem como em tudo o que neles existe. O seu poder é ilimitado, mas apenas nas mãos daquele que a sabe manusear. E essa pessoa é um rapaz...

Mais uma vez o anjo teve de se calar para recuperar. Estava assustado: sentia que se desvanecia. Lorde Asriel podia ver o esforço que o anjo fazia para manter a forma e sentou-se agarrando com força os braços da cadeira até Baruch encontrar forças para continuar.

— O meu companheiro está agora com esse rapaz. Nós queríamos trazê-lo directamente até si, mas ele recusou porque... esta é a terceira coisa que eu tenho para lhe dizer: ele e a sua filha são amigos. E ele não aceitará vir até aqui enquanto não a encontrar. Ela está...

— Quem é o rapaz?

— É o filho do xamã. De Stanislaus Grumman.

Lorde Asriel ficou tão surpreendido que se levantou involuntariamente, lançando colunas de fumo em volta do anjo.

— Grumman tinha um filho?

— Grumman não nasceu no mundo de Lorde Asriel. Nem o seu nome verdadeiro era Grumman. O meu companheiro e eu fomos atraídos para ele pelo desejo que ele tinha de encontrar a faca. Seguimo-lo, sabendo que ele nos conduziria até ela e o seu portador, com a intenção de o trazer até si. Mas o rapaz recusou-se...

Baruch parou novamente. Lorde Asriel sentou-se novamente, amaldiçoando a sua impaciência e deitou mais algumas ervas sobre as brasas. O seu génio encontrava-se perto, a cauda abanando lentamente sobre o chão de carvalho, os seus olhos dourados nunca se desviando da face do anjo contraída pela dor. Baruch inspirou lentamente várias vezes e Lorde Asriel manteve o seu silêncio. O batimento do cabo da bandeira no mastro era o único som que se ouvia.

— Demore o tempo que precisar — disse com suavidade Lorde Asriel. — Sabe onde está a minha filha?

— Himalaia... no seu próprio mundo — murmurou Baruch. — Grandes montanhas. Uma caverna perto de um vale cheio de arcos--íris...

— Fica muito longe daqui nos dois mundos. Voou rapidamente.

— É o único dom que tenho — retorquiu Baruch —, para além do amor do meu companheiro que nunca mais verei.

— E se *você* a descobriu tão rapidamente...

— Então qualquer outro anjo a pode descobrir.

Lorde Asriel retirou um atlas grande do armário e abriu-o, procurando as páginas que representavam os Himalaias.

— Pode ser mais preciso? — perguntou. — Pode mostrar-me exactamente onde fica?

— Com a faca... — tentou dizer Baruch, e Lorde Asriel percebeu que ele delirava — com a faca ele pode entrar e sair de qualquer mundo... Ele chama-se Will. Mas estão em perigo, ele e Balthamos... Metatron sabe que conhecemos o seu segredo. Perseguiu-nos. Eles apanharam-me sozinho na fronteira deste mundo... Ele era meu irmão...

Foi por isso que descobrimos o caminho até ele, na Montanha Enevoada. Metatron foi, em tempos, Henoc, o filho de Jéred, filho de Maalaleel... Henoc teve muitas mulheres. Ele era um amante da carne... O meu irmão Henoc expulsou-me porque eu... oh, meu querido Balthamos...

— Onde está a rapariga?

— Sim. Sim. Uma caverna... a mãe dela... vale cheio de ventos e arcos-íris... bandeiras esfarrapadas junto do relicário...

Baruch soergueu-se para observar o atlas.

Subitamente a pantera da neve levantou-se num movimento rápido e saltou para a porta, mas era demasiado tarde: a ordenança que batera à porta abriu-a sem esperar pela resposta. Era assim que as coisas eram habitualmente feitas; não foi culpa de ninguém, mas ao observar a expressão do soldado quando este olhava para trás de Lorde Asriel, este virou-se e viu Baruch tremendo e esforçando-se para manter a sua forma ferida unida. Mas o esforço foi demasiado. Uma corrente de ar devido à porta aberta enviou um redemoinho de vento através da cama e as partículas do corpo de Baruch, lassas devido à perda de energia, rodopiaram no ar ao acaso e desapareceram.

— Balthamos! — soou um suspiro no ar.

Lorde Asriel colocou a mão sobre o pescoço do génio; sentiu-o tremer e acalmou-o. Ele virou-se para o soldado.

— Senhor, peço-lhe...

— Não teve culpa. Dê os meus cumprimentos ao Rei Ogunwe. Desejava que ele e os meus outros comandantes viessem até aqui. Também quero que o Senhor Basilides esteja presente, com o aletiómetro. Por fim, quero que o esquadrão número 2 de girópteros armado e abastecido e um zepelim-tanque levantem voo imediatamente e se dirijam para sudeste. Enviarei mais ordens durante o voo.

O soldado fez uma continência e, com mais um olhar rápido e apreensivo para a cama vazia, saiu e fechou a porta.

Lorde Asriel picou a mesa com um compasso de bronze e atravessou a sala para abrir a janela virada para Sul. Lá em baixo, ao longe, os fogos eternos lançavam a sua luz e fumo no ar sombrio, e apesar da grande altura a que se encontrava, o clamor dos martelos podia ser ouvido no vento cortante.

— Bem, aprendemos muitas coisas, Stelmaria — disse calmamente.

— Mas não o suficiente.

Ouviu-se uma outra pancada na porta e o aletiometrista entrou. Era um homem pálido, magro, de meia-idade; chamava-se Teukros Basilides e o seu génio era um rouxinol-fêmea.

— Senhor Basilides, muito boa noite — cumprimentou Lorde Asriel. — Este é o nosso problema e eu quero que coloque tudo o resto de lado enquanto se concentra nele...

Contou ao homem o que Baruch lhe tinha dito e mostrou-lhe o atlas.

— Localize essa caverna — disse. — Obtenha as coordenadas com a maior precisão que for possível. Esta é a tarefa mais importante que alguma vez empreendeu. Comece imediatamente, por favor.

bateu o pé com tanta força que até no sonho lhe doeu. — Tu não acreditas que eu faria isso, Roger, por isso não o digas. Eu vou acordar e não me esquecerei, aí tens.

Ela olhou em volta, mas a única coisa que conseguia ver eram olhos esbugalhados e caras desesperadas, caras pálidas, caras idosas, caras novas, todos os mortos apinhados, agrupados, silenciosos e infelizes.

A cara de Roger era diferente. A sua expressão era a única que revelava esperança.

Ela perguntou: — Por que é que tens esse aspecto? Por que é que nã 'tás infeliz como eles? Por que é que nã 'tás no limiar da esperança?

E ele respondeu: — Porque

6

ABSOLVIÇÃO PREVENTIVA

Relíquias, terços, indulgências, dispensas, perdões,
bulas, o motejo dos ventos...

JOHN MILTON

— Agora, Fra Pavel — disse o Inquiridor do Tribunal Consistorial de Disciplina —, quero que se recorde com exactidão, se puder, das palavras que ouviu a feiticeira proferir no barco.

Os doze membros do Tribunal observaram, através da luz esbatida da tarde, o eclesiástico sentado no banco, a última testemunha. Era um padre com aspecto de académico e cujo génio era uma rã. O Tribunal tinha estado a reunir provas havia já oito dias, no antigo Colégio de St. Jerome, com as suas altas torres.

— Não consigo recordar-me exactamente das palavras que a feiticeira proferiu — respondeu, cansado, Fra Pavel. — Eu nunca tinha assistido a uma tortura antes, como disse ontem ao Tribunal, e descobri que isso me fazia sentir enjoado e prestes a desmaiar. Por essa razão não posso repetir *exactamente* o que ela disse, mas recordo-me do sentido das palavras. A feiticeira disse que a criança Lyra tinha sido reconhecida pelos clãs do norte como objecto de uma profecia que elas conheciam há muito tempo. Ela está predestinada a ter o poder de realizar uma escolha fatídica da qual dependerá o destino de todos os mundos. Para além disso, há um nome que recordará um caso semelhante e que fará com que a Igreja a odeie e tema.

— E a feiticeira revelou qual era esse nome?

— Não. Antes de o poder fazer, outra feiticeira, que tinha estado presente sob o feitiço da invisibilidade, conseguiu matá-la e fugir.

— Portanto, nessa ocasião, a mulher Coulter não terá ouvido o nome.

— Exactamente.

— E pouco tempo depois a Senhora Coulter saiu?

— Saiu.

— E o que é que o senhor descobriu depois desses acontecimentos?

— Soube que a criança tinha partido para outro mundo através da fenda aberta por Lorde Asriel e que nesse mundo ela obteve a ajuda de um jovem que possui, ou obteve, uma faca com poderes extraordinários — respondeu Fra Pavel. Depois, tossicou nervosamente para clarear a voz e prosseguiu: — Posso falar livremente perante este tribunal?

— Com total liberdade, Fra Pavel — foi a resposta áspera e clara do Presidente. — Não será castigado por repetir perante nós o que lhe foi dito. Por favor, continue.

Tranquilizado, o eclesiástico prosseguiu:

— A faca que está na posse desse rapaz é capaz de fazer aberturas entre os mundos. Para além disso, tem um poder maior que... Por favor, mais uma vez receio pelo que vou dizer... A faca é capaz de matar os anjos mais nobres e mesmo o que está acima deles. Não há nada que aquela faca não possa destruir.

Fra Pavel suava e tremia e a sua rã-génio, com o nervosismo, caiu do rebordo do banco das testemunhas, estatelando-se no chão. Fra Pavel soluçou de dor e apanhou-a rapidamente, deixando-a sorver um pouco da água contida no copo colocado à sua frente.

— E investigou mais sobre a rapariga? — perguntou o Inquiridor. — Descobriu o nome a que a feiticeira se referia?

— Na realidade, assim fiz. Mais uma vez peço garantia deste tribunal de que...

— Têm-na — disparou o Presidente. — Não receie. Você não é um herético. Relate o que descobriu e não perca mais tempo.

— Peço o vosso perdão, sinceramente. A criança está na posição de Eva, a mulher de Adão, a nossa mãe e a causa de todos os pecados.

As estenógrafas que registavam todas as palavras proferidas eram freiras da ordem de Santa Filomela, que haviam feito voto de silêncio; mas ao escutarem as palavras de Fra Pavel ouviu-se um suave soluçar vindo de uma delas e uma agitação de mãos enquanto se benziam. Fra Pavel estremeceu e prosseguiu:

— Por favor, lembrai-vos... o aletiómetro não *faz previsões*, ele diz «*se* certas coisas acontecerem *então* as consequências serão...» e assim por diante. E ele diz que se se vier a dar o caso de a criança ser tentada, tal como aconteceu com Eva, então ela provavelmente pecará. Do resultado dependerá... tudo e se esta tentação ocorrer e se a criança ceder, então o Pó e o pecado triunfarão.

Houve silêncio na sala do tribunal. A luz pálida do sol que se filtrava através das grandes janelas chumbadas manteve nos seus raios oblíquos um milhão de partículas douradas, mas estas eram pó, não Pó, apesar de vários membros do tribunal as terem visto então como imagem desse outro Pó invisível que se instalava inexoravelmente sobre cada ser humano apesar da estrita observância das leis.

— Finalmente, Fra Pavel — perguntou o Presidente —, diga-nos o que sabe sobre o paradeiro actual da criança.

— Ela está nas mãos da Senhora Coulter —, respondeu Fra Pavel. — E elas estão nos Himalaia. Foi o que consegui descobrir até agora. Irei imediatamente investigar e pedir uma localização mais precisa e assim que a obtiver informarei o tribunal, mas...

Calou-se, estremecendo de medo, e levou o copo aos lábios, segurando-o com a mão trémula.

— Sim, Fra Pavel? — incitou-o o Padre MacPhail. — Não esconda nada.

— Acredito, Padre Presidente, que a Sociedade do Trabalho do Santo Espírito sabe mais sobre isto do que eu.

A voz de Fra Pavel era tão fraca que quase não passava de um murmúrio.

— Ah sim? — exclamou o Presidente, os seus olhos parecendo radiar a sua paixão quando brilharam.

O génio de Fra Pavel soltou um pequeno murmúrio de rã. O eclesiástico conhecia a rivalidade que existia entre os dois ramos diferentes do Magisterium e sabia que ser apanhado no meio do fogo cruzado seria muito perigoso; porém, reter informações ao tribunal seria ainda mais perigoso.

— Penso que — continuou tremendo — estão muito mais próximos de descobrir exactamente onde se encontra a criança. Eles têm outras fontes de conhecimento que me estão vedadas.

— Naturalmente — retorquiu o Inquiridor. — E foi o aletiómetro que lhe disse isto?

64

— Sim, foi.

— Muito bem. Fra Pavel, era boa ideia que continuasse nessa linha de investigação. Tudo o que necessitar, quer como ajuda clerical quer de secretariado, só tem de pedir. Por favor, pode descer.

Fra Pavel fez uma vénia e, com a rã-génio sobre o ombro, reuniu os seus papéis de apontamentos e deixou a sala do tribunal. As freiras flectiram os dedos.

O Padre MacPhail bateu com um lápis no banco de carvalho que estava à sua frente.

— Irmã Agnes, Irmã Monica — disse —, podem deixar-nos. Por favor, coloquem a transcrição na minha mesa até ao fim do dia.

As duas freiras fizeram uma vénia com a cabeça e saíram.

— Senhores — continuou o Presidente, porque esta era a forma tradicional segundo a qual os membros do Tribunal Consistorial falavam entre si —, suspendamos a sessão.

Os doze membros, desde o mais velho (o Padre Makepwe, idoso e de olhos ramelosos) ao mais novo (o Padre Gomez, pálido e trémulo devido ao fanatismo), reuniram os seus papéis e seguiram o Presidente em direcção à sala do conselho, onde se podiam sentar frente a frente em volta de uma mesa e conversar em absoluta privacidade.

O actual Presidente do Tribunal Consistorial era um escocês de nome Hugh MacPhail. Tinha sido eleito muito novo: os presidentes assumiam um cargo vitalício e o Padre MacPhail tinha pouco mais de quarenta anos, por isso esperava-se que moldasse o destino do Tribunal Consistorial e, desse modo, de toda a Igreja, durante várias décadas. Era um homem de feições morenas, alto e imponente, com uma cabeleira hirsuta e grisalha e seria certamente gordo se não fosse a disciplina brutal que impunha ao seu próprio corpo: apenas bebia água e só comia pão e fruta, fazia exercícios físicos durante uma hora todos os dias sob a supervisão de um treinador de atletas de competição. Como resultado, era magro, esguio e inquieto. O seu génio era um lagarto-fêmea.

Depois de todos se terem sentado, o Padre MacPhail disse:

— Esta é, portanto, a situação actual. Parece haver vários assuntos que requerem ponderação.

«Primeiro, Lorde Asriel. Uma feiticeira favorável à Igreja reportou que ele está a reunir um exército formidável, incluindo forças que podem ser angélicas. As suas intenções, tanto quanto a feiticeira sabe, são malévolas relativamente à Igreja e à própria Autoridade.

«Segundo, o Conselho da Oblação. As suas actividades na criação de um programa de investigação em Bolvangar e no financiamento das actividades da Senhora Coulter, sugerem que eles desejam substituir o Tribunal Consistorial de Disciplina como o braço mais poderoso e eficaz da Santa Igreja. Fomos ultrapassados, meus senhores. Eles agiram sem piedade e com destreza. Devíamos ser punidos pelo nosso desleixo ao deixarmos que isto acontecesse. Em breve voltarei a falar sobre o que deveremos fazer relativamente a esse assunto.

«Terceiro, o rapaz a que se referiu Fra Pavel durante o seu depoimento, com a faca que consegue fazer todas aquelas coisas extraordinárias. Claramente temos de o encontrar e obter a posse dessa faca assim que possível.

«Quarto, o Pó. Tomei medidas para me informar sobre o que o Conselho da Oblação descobriu sobre o Pó. Um dos teólogos experimentais que trabalhou em Bolvangar foi persuadido a dizer-nos exactamente o que descobriram. Falarei com ele esta tarde, lá em baixo.

Um ou dois eclesiásticos mexeram-se nas cadeiras, porque «lá em baixo» significava as caves por baixo do edifício: salas de azulejos brancos com focos de luz ambárica, à prova de som e bem drenadas.

— Contudo, seja o que for que descubramos sobre o Pó — continuou o Presidente —, devemos manter bem presente o nosso objectivo. O Conselho da Oblação tentou compreender os efeitos do Pó: o nosso objectivo é simplesmente destruí-lo. Nada mais e nada menos. Se para destruirmos o Pó também tivermos de destruir o Conselho da Oblação, o Colégio Episcopal ou qualquer outra organização através da qual a Santa Igreja faz o trabalho da Autoridade, que assim seja. Pode ser, meus senhores, que a própria Santa Igreja tenha sido criada para realizar unicamente esta tarefa e para morrer realizando-a. Mas é melhor um mundo sem qualquer Igreja e sem Pó do que um mundo onde, todos os dias, temos de lutar sob o fardo hediondo do pecado. É preferível um mundo expurgado de tudo isso.

O Padre Gomez, de olhos ardentes, acenou apaixonadamente com a cabeça.

— Por fim — continuou o Padre MacPhail —, temos a questão da rapariga. Ainda é apenas uma criança, penso. Esta Eva, que vai ser tentada e que, se o exemplo precedente servir de guia, pecará, e cujo pecado nos lançará a todos na ruína. Meus senhores, de todas as formas disponíveis para resolver o problema que ela nos coloca, vou propor o mais radical e tenho confiança na vossa anuência.

«Proponho que seja enviado um homem para a descobrir e matar antes que ela *possa* ser tentada.

— Padre Presidente — disse imediatamente o Padre Gomez —, eu tenho realizado penitência preventiva todos os dias da minha vida adulta. Estudei e treinei...

O Presidente ergueu a mão. A penitência preventiva e a absolvição eram doutrinas investigadas e desenvolvidas pelo Tribunal Consistorial, mas desconhecidas da maior parte da Igreja. Eram práticas que envolviam a penitência por um pecado que ainda não tinha sido cometido, intensa e fervorosa penitência acompanhada por castigos e flagelações, para desse modo se acumular, por assim dizer, um determinado crédito. Quando a penitência tinha atingido o nível apropriado para um pecado específico, era concedido ao penitente a absolvição antecipada, apesar de ele nunca poder vir a ser chamado para cometer o pecado. Era por vezes necessário matar pessoas, por exemplo. Ora, era muito menos perturbador para o assassino se ele o pudesse fazer num estado de graça.

— Estava precisamente a pensar em si — interrompeu carinhosamente o Padre MacPhail. — Tenho a concordância do Tribunal? Sim. Quando o Padre Gomez partir, com a nossa bênção, dependerá apenas de si mesmo, ficará incontactável e sem hipóteses de ser chamado de volta. Independentemente do que acontecer a tudo o resto, ele fará o seu caminho como uma seta de Deus, apontada à criança, e eliminá-la-á. Ele será invisível; atacará de noite, como o anjo que dizimou os Assírios; será silencioso. Como teria sido muito melhor para todos nós se tivesse havido um Padre Gomez no Jardim do Éden! Nunca teríamos saído do paraíso.

O jovem padre quase chorou de orgulho. O Tribunal concedeu as suas bênçãos.

No canto mais sombrio do tecto, escondido por entre as negras vigas de carvalho, estava sentado um homem pouco maior que uma mão. Os seus calcanhares estavam armados com esporões e ele escutou atentamente cada palavra proferida na sala.

Nas caves, o homem de Bolvangar, vestido apenas com uma camisa branca suja e calças largas e sem cinto, estava de pé sob o bolbo nu de luz, agarrando as calças com uma mão e a lebre-génio com a outra. Em frente dele, na única cadeira existente na sala, estava sentado o Padre MacPhail.

— Doutor Cooper — começou o Presidente —, por favor, sente-se.

Não havia mobília para além da cadeira, da tarimba de madeira e de um balde. A voz do Presidente ecoou desagradavelmente nos azulejos brancos que revestiam as paredes e o tecto.

O Dr. Cooper sentou-se na tarimba. Não conseguia desviar os olhos do magro e grisalho Presidente. Humedeceu os lábios secos e aguardou para descobrir que outro novo desconforto estava para vir.

— Então, vocês quase conseguiram separar a criança do seu génio?

O Dr. Cooper respondeu, trémulo:

— Pensámos que não havia qualquer vantagem em esperar, uma vez que a experiência se realizaria de qualquer modo; colocámos a criança na sala experimental, mas então a própria Senhora Coulter interveio e levou a criança para os seus aposentos.

A lebre-génio abriu os olhos redondos e olhou temerosa para o Presidente, depois fechou-os novamente e escondeu a cara.

— Isso deve ter sido muito desanimador — comentou o Padre MacPhail.

— Todo o programa era extremamente difícil — respondeu o Dr. Cooper, apressando-se a concordar.

— Surpreende-me que não tenham procurado a ajuda do Tribunal Consistorial, onde temos nervos de aço.

— Nós... Eu... Nós pensávamos que o programa estava autorizado pelo... Era um programa do Conselho da Oblação, mas disseram-nos que tinha a aprovação do Tribunal Consistorial de Disciplina. Nunca teríamos participado, se não fosse assim. Nunca!

— Não, claro que não. Abordemos agora outra questão. Fazia alguma ideia — perguntou o Padre MacPhail, referindo-se ao verdadeiro objectivo da sua visita às caves —, da finalidade das investigações de Lorde Asriel? Ou qual poderá ter sido a fonte de energia colossal que ele conseguiu libertar em Svalbard?

O Dr. Cooper engoliu em seco. No silêncio intenso que se estabeleceu, uma gota de suor caiu da sua cara sobre o chão de cimento e ambos os homens ouviram o som claramente.

— Bem... — começou ele —, havia um no nosso grupo que observou, durante o processo de separação, ter havido libertação de energia. Para controlá-la seriam necessárias forças poderosas, mas tal como uma explosão atómica é detonada através de explosivos convencionais, isso poderia ser feito se se concentrasse uma poderosa corrente ambárica... Contudo, ele e as suas ideias não foram levados a sério. Não prestei qualquer atenção ao que ele dizia — acrescentou com sinceridade —, sabendo que sem autorização elas poderiam muito bem ser heréticas.

— Muito prudente. E esse seu colega, onde está agora?

— Foi um dos que morreu durante o ataque.

O Presidente sorriu. Fê-lo com uma expressão tão simpática que o génio do Dr. Cooper estremeceu e desmaiou.

— Coragem, Doutor Cooper — exclamou o Padre MacPhail. — Precisamos que seja forte e corajoso! Há muito trabalho a fazer, uma grande batalha a enfrentar. Tem de merecer o perdão da Autoridade através da total cooperação connosco, nomeadamente não escondendo nada, quer a mais louca especulação, quer o mero boato. Agora quero que dedique toda a sua atenção ao que se recordar do que o seu colega disse. Ele realizou algumas experiências? Tomou notas? Confidenciou as suas ideias a mais alguém? Que equipamento é que ele usou? Pense em *tudo*, Doutor Cooper. Terá papel e lápis e todo o tempo de que necessitar.

«Esta sala não é muito confortável. Transferi-lo-emos para um lugar mais adequado. Há alguma coisa de que necessite, mobiliário, por exemplo? Prefere escrever sobre uma mesa ou uma secretária? Quer uma máquina de escrever? Talvez prefira ditar para uma estenógrafa?

«Peça aos guardas e terá tudo o que precisar. Mas quero que dedique cada minuto a recordar o seu colega e as suas teorias. A sua grande missão é recordar-se e, se necessário, redescobrir o que ele conhecia. Assim que souber de que instrumentos necessita, também os terá. É uma grande tarefa, Doutor Cooper! Foi abençoado por ela lhe ter sido confiada! Agradeça à Autoridade.

— E agradeço, Padre Presidente, agradeço, de facto!

Agarrando as calças, o filósofo levantou-se e, quase sem se aperceber, fez uma vénia, e mais outra, enquanto o Presidente do Tribunal Consistorial de Disciplina saía da sua cela.

Naquele fim de tarde, o Cavaleiro Tialys, o espião galivespiano, prosseguiu o seu caminho através das vielas e ruas estreitas de Genebra para se encontrar com a sua colega, a Dama Salmakia. Era uma viagem perigosa para ambos: é claro que também era perigosa para qualquer coisa ou qualquer pessoa que os desafiasse, mas para dois pequenos galivespianos era uma viagem sem dúvida cheia de perigos. Mais do que um gato vadio tinha encontrado a morte nos seus espigões, mas na semana anterior o cavaleiro quase perdera um braço nos dentes de um cão sarnoso; foi a intervenção rápida da Dama que o salvou.

Encontraram-se no sétimo dos lugares predefinidos, por entre as raízes de um plátano, numa velha praça, e trocaram as informações. O contacto da Dama Salmakia na Sociedade tinha-lhe dito, naquela tarde, que recebera um convite amigável do Presidente do Tribunal Consistorial para se encontrarem e discutirem assuntos de interesse mútuo.

— Trabalho rápido — comentou o cavaleiro. — Aposto que ele não lhes contará nada sobre o seu assassino.

Ele contou-lhe o plano para matar Lyra. A Dama Salmakia não ficou surpreendida.

— É a atitude lógica a tomar — disse. — São umas pessoas muito lógicas. Tialys, pensas que alguma vez veremos a criança?

— Não sei, mas gostaria muito. Vai em segurança, Salmakia. Amanhã, junto à fonte.

Subentendido naquela breve conversa ficou o assunto de que eles nunca falavam: a brevidade das suas vidas comparadas com a dos humanos. Os galivespianos viviam entre nove a dez anos, raramente mais do que isso, e Tialys e Salmakia tinham ambos oito anos. Eles não receavam a velhice; os membros da sua espécie morriam no auge da sua força, subitamente, e as suas infâncias eram breves; mas comparada com a deles, a vida de uma criança como Lyra estender-se-ia longe no tempo, tal como a vida das feiticeiras se prolongava para além da da própria Lyra.

O cavaleiro regressou ao Colégio de St. Jerome e começou a compor a mensagem que enviaria a Lorde Roke através do ressoador magnético.

Porém, enquanto ele se encontrava com Salmakia, o Presidente mandou chamar o Padre Gomez. No seu gabinete, rezaram os dois juntos durante uma hora e depois o Padre MacPhail concedeu ao jovem eclesiástico a absolvição antecipada que faria com que o assassinato de Lyra não fosse considerado como tal. O Padre Gomez parecia ter-se transfigurado; a confiança que corria pelas suas veias tornava os seus olhos incandescentes.

Depois discutiram os pormenores práticos: dinheiro e coisas do género. Por fim, o Padre MacPhail disse:

— Quando deixar este edifício, Padre Gomez, ficará completamente isolado, para sempre, de qualquer ajuda que lhe possamos dar. Nunca poderá regressar; nunca mais receberá informações nossas. Não lhe posso dar melhor conselho que o seguinte: *não procure* a criança. Isso denunciá-lo-ia. Em vez disso, procure a tentadora. Siga-a e ela levá-lo-á onde se encontra a criança.

— Ela? — murmurou o Padre Gomez, chocado.

— Sim, *ela* — confirmou o Padre MacPhail. — Obtivemos esta informação através do aletiómetro. O mundo de onde vem a tentadora é um mundo estranho. Verá muitas coisas que o chocarão, Padre Gomez. Não deixe que essas excentricidades o desviem da sua missão sagrada. Eu tenho fé — acrescentou num tom mais tranquilo — no poder da *sua* fé. Esta mulher viaja guiada pelos poderes do mal, até um lugar onde possa, eventualmente, encontrar a criança a tempo de a tentar. Isso só acontecerá, obviamente, se não conseguirmos retirar a criança do seu presente paradeiro. Esse permanece como o nosso primeiro plano. Você, Padre Gomez, é a nossa última garantia de que, se o resto falhar, os poderes infernais não prevalecerão.

O Padre Gomez anuiu com um aceno de cabeça. O seu génio, um besouro verde, grande e iridescente, agitou as asas.

O Presidente abriu uma gaveta e entregou ao jovem padre um monte de papéis dobrados.

— Aqui está tudo o que sabemos sobre essa mulher — disse — e sobre o mundo de onde ela vem, bem como o lugar onde foi vista pela última vez. Leia isso com atenção, meu caro Luís, e parta com a minha bênção.

Nunca antes tinha proferido o nome próprio do jovem eclesiástico. O Padre Gomez sentiu lágrimas de alegria inundarem-lhe os olhos quando deu um beijo de despedida ao Presidente.

tu és Lyra.

Nesse momento ela percebeu o que aquilo significava. Sentiu-se tonta, mesmo no seu sonho; sentiu que um pesado fardo era poisado sobre os seus ombros. E para o tornar ainda mais pesado, o sono aproximava-se novamente e a cara de Roger afastou-se na escuridão.

— Bem, eu... Eu sei... Há todo o tipo de pessoas a nosso lado, como a Doutora Malone... Sabes que há uma outra Oxford, Roger, como a nossa? Bem, ela... Eu descobri-a... Ela ajudará... Mas só há verdadeiramente uma pessoa que...

Era agora quase impossível ver o rapazinho e os pensamentos de Lyra dispersavam-se, vagueando como ovelhas numa pastagem.

— Mas podemos confiar nele, Roger, juro — disse, num esforço final,

7

MARY, SOZINHA

Por fim ergueram-se as majestosas árvores
e estenderam os seus ramos onde pendiam copiosos frutos...

JOHN MILTON

Enquanto os eclesiásticos se despediam, a tentadora que o Padre Gomez se preparava para seguir estava a ser tentada.

— Obrigada... não, não... só preciso disto, de mais nada, sinceramente, obrigada —, disse a Dra. Malone ao casal de idosos que, no olival, lhe tentavam dar mais comida do que aquela que ela podia transportar.

Eles viviam ali, isolados e sozinhos, e estavam aterrorizados pelos Espectros que tinham avistado por entre as árvores acinzentadas; mas quando Mary Malone surgiu na estrada, transportando a sua mochila, os Espectros tinham-se assustado e fugido. O casal de idosos recebeu Mary com prazer no seu pequeno e abrigado vinhedo, ofereceram-lhe vinho, queijo, pão e azeitonas, e agora não queriam que ela se fosse embora.

— Eu tenho de continuar a minha viagem — disse novamente Mary —, obrigada, foram muito simpáticos... não posso transportar... oh, está bem, mais um queijinho... obrigada...

Era evidente que eles a viam como um talismã contra os Espectros. E ela desejava poder sê-lo. Naquela semana que passara no mundo de Cittàgazze vira suficiente devastação, demasiados adultos devorados por Espectros e crianças pilhando selvaticamente, para temer aqueles vampiros etéreos. A única coisa que ela sabia era que eles se afastavam deslizando no ar quando ela se aproximava; mas ela não podia ficar junto de todos os que lhe pediam porque tinha de continuar a viagem.

Arranjou espaço para o último queijinho de cabra embrulhado em folhas de videira, sorriu, fez mais uma vénia e bebeu um último golo da nascente que borbulhava por entre as pedras cinzentas. Depois, bateu suavemente as mãos uma na outra, tal como os velhotes faziam, virou-se com firmeza e afastou-se.

Parecia mais decidida do que se sentia na realidade. A última comunicação com aquelas entidades que ela designava por partículas- -Sombra e a que Lyra chamava Pó, tinha ocorrido no monitor e, seguindo as instruções dessas entidades, ela tinha destruído o computador. Agora sentia-se desorientada. Elas tinham-lhe dito para passar pela abertura na cidade de Oxford em que vivia, a Oxford do mundo de Will, e sentiu-se tonta e trémula de espanto perante aquele extraordinário outro mundo. Para além disso, a sua única tarefa era descobrir o rapaz e a rapariga e depois fazer o papel da serpente, o que quer que isso significasse.

Portanto, Mary caminhou, explorou e investigou sem nada descobrir. Mas agora, pensou, enquanto se dirigia para o pequeno carreiro que levava para fora do olival, ela teria de procurar orientações.

Assim que se encontrava suficientemente afastada da pequena quinta para ter a certeza de que não seria perturbada, sentou-se sob os pinheiros e abriu a mochila. No fundo, embrulhado num lenço de seda, estava um livro que ela possuía há já vinte anos: um comentário sobre o método de adivinhação chinês, o *I Ching*.

Tinha-o trazido com ela por duas razões. Uma era de carácter sentimental: tinha sido o avô que lho tinha dado e ela tinha-o usado muitas vezes enquanto estudante. A outra prendia-se com o facto de Lyra, quando foi pela primeira vez ao laboratório de Mary, lhe ter perguntado: «O que é aquilo?», apontando para o póster pendurado na porta que representava os símbolos do *I Ching*; pouco depois, durante aquela espectacular sessão de leitura no computador, Lyra ficara a saber (era o que afirmara) que o Pó tinha muitas formas de comunicar com os humanos e uma delas era precisamente o método da China que usava aqueles símbolos.

Por isso, quando apressadamente preparava a mochila para abandonar o seu mundo, Mary Malone decidiu levar com ela o *Livro das Transformações*, como se intitulava, e os pequenos pauzinhos de milefólio que usava para a adivinhação. Agora chegara o momento de os usar.

Abriu o lenço sobre o chão e iniciou o processo de dividir e contar, dividir, contar e colocar de lado, que ela tinha feito tantas vezes como adolescente apaixonadamente curiosa, mas raramente depois disso. Quase se tinha esquecido de como se fazia, mas depressa o ritual regressou e com ele uma sensação de calma e atenção concentrada que desempenhava um papel tão importante na comunicação com as Sombras.

Por fim chegou aos números que indicavam o hexagrama que devia ler, o grupo de seis linhas, quebradas ou não, e depois procurou o significado dos versos. Esta era a parte mais difícil porque o Livro se expressava num estilo muito enigmático.

Leu:

> *Virar-se para o cume,*
> *Em busca de alimento,*
> *Traz boa sorte.*
> *Espiando com olhar penetrante,*
> *Como um tigre com desejo insaciável.*

Aquilo parecia encorajador. Continuou a ler, seguindo o comentário através de caminhos labirínticos que lhe permitiram avançar até que chegou à frase: *manter-se imóvel é a montanha; é um desvio; significa pequenas pedras, portas e aberturas.*

Teria de adivinhar. A referência a «aberturas» recordou-lhe a misteriosa janela suspensa no ar através da qual tinha entrado naquele mundo; e as primeiras palavras pareciam sugerir que ela deveria começar a subir.

Simultaneamente confusa e encorajada, arrumou o livro e os pauzinhos de milefólio e começou a escalada.

Quatro horas mais tarde estava com muito calor e cansada. O sol estava baixo no horizonte. O carreiro irregular que tinha seguido desaparecera e ela escalava cada vez com mais dificuldade por entre um emaranhado de seixos e pequenas pedras. À sua esquerda a colina descia em direcção a um vale de olivais e limoeiros, de vinhas mal cuidadas e moinhos abandonados, esfumando-se na luz crepuscular. À direita, uma ladeira de pequenas pedras e gravilha solta descia em direcção a um penhasco de pedra calcária em desagregação.

Cansada, pegou novamente na mochila e colocou o pé sobre a rocha plana mais próxima... mas antes mesmo de ter transferido o peso do seu corpo para esse pé, parou. A luz incidia em algo curioso, e ela protegeu com a mão os olhos do brilho intenso do cascalho e tentou encontrá-lo novamente.

Lá estava: como uma folha de vidro pairando suspensa no ar, mas um vidro com reflexos intensos: simplesmente uma mancha quadrada de diferença. Depois Mary lembrou-se do que o I Ching tinha dito: *um desvio, pequenas pedras, portas e aberturas.*

Era uma janela como a que havia em Sunderland Avenue. Ela apenas a conseguiu descobrir devido à luz: se o sol estivesse um pouco mais alto provavelmente seria invisível.

Aproximou-se da pequena mancha de ar com uma curiosidade apaixonada, porque não tivera tempo de observar a primeira; nessa altura fora obrigada a passar rapidamente. Agora, porém, examinou atentamente a janela, tocando no rebordo, andando de roda para observar como se tornava invisível do outro lado, notando a absoluta diferença entre *isto* e *aquilo*, consciente de que a sua mente estava dominada pela excitação de descobrir quantas coisas daquelas podiam existir.

O portador da faca que fizera aquela abertura, por altura da Revolução Americana, tinha sido demasiado descuidado para a fechar, mas pelo menos fizera a abertura num lugar muito semelhante ao mundo do lado em que se encontrava Mary: junto a uma superfície rochosa. Porém, a rocha do outro lado era diferente, não calcária mas granítica, e quando Mary passou pela janela em direcção ao novo mundo descobriu que estava não no sopé de um penhasco íngreme mas no topo de um pequeno afloramento sobranceiro a uma vasta planície.

Naquele mundo, o dia chegava também ao fim. Mary sentou-se para inspirar o ar, descansar as pernas e maravilhar-se calmamente.

Uma vasta luminosidade dourada e uma pradaria ou savana sem fim, diferente de tudo o que ela tinha visto no seu próprio mundo. Para começar, apesar de quase toda aquela extensão de terra estar coberta por uma erva rasteira numa variedade infinita de sombras em tons de camurça, castanho, verde, ocre, amarelo e dourado, ondulando muito suavemente, mas de forma inegável tal como a vasta luz do entardecer deixava ver, a pradaria parecia estar rendilhada num sentido e noutro com o que pareciam ser rios de rocha com uma superfície acinzentada.

Em segundo lugar, disseminadas pela planície, erguiam-se as mais altas árvores que Mary alguma vez tinha visto. Tendo participado, certa vez, numa conferência sobre física de partículas que decorreu na Califórnia, Mary tinha aproveitado para ver as imponentes árvores de pau-brasil e maravilhara-se. Porém, fossem aquelas árvores o que fossem, tinham pelo menos o dobro da altura. A sua folhagem era densa e verde-escura, os troncos largos em tons de vermelho-dourado na luz intensa do fim de tarde.

Por fim, criaturas herbívoras, demasiado distantes para poderem ser observadas com exactidão, pastavam na pradaria. Havia algo de estranho nos seus movimentos que Mary não conseguiu discernir com clareza.

Para além disso, sentia-se desesperadamente cansada, sedenta e esfomeada. Contudo, conseguia ouvir o gotejar bem-vindo de uma nascente algures ali perto e demorou apenas um minuto a encontrá-la: era uma simples infiltração de água cristalina brotando de uma fissura musgosa e uma pequena corrente que descia a colina. Mary bebeu durante muito tempo, deliciada, e encheu os cantis. Depois preocupou-se em instalar-se confortavelmente, porque a noite caía rapidamente.

Encostada contra a rocha, embrulhada no saco-cama, comeu um pouco do pão áspero e do queijo de cabra e depois adormeceu profundamente.

Acordou com o sol da manhã incidindo-lhe na cara. O ar estava fresco e a humidade tinha-se acumulado em pequenas gotas sobre o seu cabelo e o saco-cama. Deixou-se ficar alguns minutos envolta na humidade, sentindo-se como o primeiro ser humano que alguma vez vivera.

Sentou-se, bocejou, espreguiçou-se e lavou-se na corrente gelada antes de comer dois figos secos e examinar atentamente o espaço circundante.

Por trás da pequena colina onde se encontrava, o terreno descia num declive suave para subir de novo mais adiante; o campo de visão mais aberto era o que estava à sua frente, sobre a imensa pradaria. As longas sombras das árvores estendiam-se agora na sua direcção e podia ver bandos de pássaros sobrevoando-as em círculos, tão pequenos, em comparação com a abóbada verde, que pareciam grãos de poeira.

Arrumou novamente a mochila, desceu em direcção à rude e rica erva da pradaria, dirigindo-se para o conjunto de árvores mais próximo, a seiscentos ou setecentos metros de distância.

A relva dava pela altura dos joelhos e, crescendo no meio dela, havia pequenos arbustos, não mais altos que os tornozelos, semelhantes ao zimbro; havia também flores que lembravam papoilas, rainúnculos amarelos, centáureas azuis, criando uma névoa de diferentes tonalidades que cobria a paisagem. Então Mary viu uma abelha, do tamanho da unha do polegar, poisando sobre o capítulo de uma flor azul, fazendo-a pender, oscilando suavemente. Porém, quando se afastou das pétalas e se ergueu no ar Mary viu que não se tratava de um insecto, porque um momento mais tarde ele dirigiu-se para a sua mão e poisou sobre um dedo, espetando um longo bico aguçado sobre a pele com uma extrema delicadeza, levantando voo de seguida quando descobriu que não havia ali néctar. Era na realidade um pequeníssimo colibri, as suas asas de penas bronzeadas movendo-se demasiado depressa para que ela as pudesse ver.

Como todos os biólogos da terra a invejariam se vissem o que ela estava a ver!

Mary continuou a andar e descobriu que se aproximava de uma manada daquelas criaturas herbívoras que tinha observado, pela primeira vez, na véspera à noite e cujo movimento a tinha confundido sem saber exactamente porquê. Tinham o tamanho de antílopes ou de veados e uma cor também semelhante, mas o que a fez parar e esfregar os olhos foi a disposição das patas. Cresciam numa estrutura de losango: duas ao centro, uma à frente e outra por baixo da cauda o que fazia com que os animais se deslocassem com um curioso movimento oscilante. Mary ansiava por poder observar o esqueleto daqueles animais e estudar como a estrutura funcionava.

Pela sua parte, as criaturas herbívoras olharam-na com olhos meigos e isentos de toda a curiosidade, não denunciando qualquer inquietação. Mary teria adorado poder aproximar-se e observá-los demoradamente, mas estava a ficar demasiado calor e a sombra das grandes árvores parecia acolhedora; e, para além disso, teria muito tempo para esse estudo.

Em breve deu por si saindo da erva alta e entrando num daqueles rios de pedra que tinha observado da colina: mais uma coisa para se admirar.

Podiam ter sido, em tempos, uma espécie de correntes de lava. A cor subjacente era escura, quase preta, mas a superfície era mais clara, como se tivesse sido esmagada ou gasta pelo uso. Era lisa como uma rua bem asfaltada no mundo de Mary e claramente muito mais fácil de caminhar do que a erva.

Mary seguiu pelo carreiro onde se encontrava e que se dirigia, numa inclinação suave, em direcção às árvores. Quanto mais se aproximava, mais surpreendida ficava pela dimensão espantosa dos troncos, tão largos, calculou, como a casa em que vivia e tão altos... tão altos como... nem conseguia imaginar.

Quando chegou perto da primeira árvore poisou as mãos sobre o tronco vermelho-dourado e profundamente rugoso. O chão estava coberto, até à altura do tornozelo, por folhas velhas castanhas, do tamanho de um pé, suaves e odoríficas. Em breve ficou rodeada por uma nuvem de insectos voadores parecidos com mosquitos, para além de um bando de colibris minúsculos, uma borboleta amarela com asas do tamanho da palma da mão e demasiados seres rastejantes para que Mary se pudesse sentir confortável. O ar estava repleto de zumbidos, sussurros e ruídos.

Caminhou ao longo do bosque sentindo como se se encontrasse dentro de uma catedral: sentiu a mesma tranquilidade, o mesmo efeito de ascensão das estruturas, o mesmo temor dominando-a.

Tinha demorado mais tempo a chegar ao bosque do que imaginara. Aproximava-se certamente o meio-dia porque os raios de luz que atravessavam a copa das árvores eram praticamente verticais. Indolentemente, Mary interrogou-se porque é que as criaturas herbívoras não se deslocavam para debaixo da sombra das árvores durante as horas mais quentes do dia.

Em breve descobriu porquê.

Sentindo demasiado calor para continuar a caminhar, deitou-se a descansar por entre as raízes de uma das árvores gigantes, a cabeça apoiada sobre a mochila, e passou pelo sono.

Tinha fechado os olhos havia vinte minutos, mais ou menos, e não dormia ainda profundamente quando, subitamente, de muito perto, soou o estrondo de algo a cair com uma violência que fez o chão tremer.

Pouco depois, outro estrondo. Assustada, Mary sentou-se e tentou acalmar-se; viu um movimento que se transformou num objecto redondo, com cerca de um metro de diâmetro, rodando sobre o chão, parando e caindo de lado.

Logo outro caiu, um pouco mais longe; ela viu aquela coisa compacta descer e observou-a a esmagar-se contra as raízes da árvore mais próxima, do tamanho de pilares, e afastar-se rolando.

O pensamento de uma daquelas coisas caindo sobre ela foi o suficiente para a fazer pegar na mochila e correr para fora do bosque. O que seria aquilo? Sementes?

Olhando com cuidado para cima, aventurou-se a caminhar sob a copa das árvores para observar mais de perto os objectos caídos. Ergueu um e rolou-o até à saída do bosque e depois deitou-o sobre a erva para o investigar mais de perto.

Era perfeitamente circular e com a espessura de uma mão. Havia uma depressão no meio, no ponto onde tinha estado agarrado à árvore. Não era pesado, mas era muitíssimo rijo e coberto de pêlos fibrosos que se estendiam ao longo da circunferência e que ela podia acariciar facilmente com a mão. Experimentou espetar a faca sobre a superfície, mas nem uma marca ficou.

Parecia que os dedos da sua mão estavam mais macios. Cheirou-os: havia uma fragrância suave sob o cheiro do pó. Olhou novamente para a semente. No centro notava-se um brilho suave e quando lhe tocou novamente sentiu que deslizava facilmente sob os seus dedos. A semente exsudava uma espécie de óleo.

Mary poisou a semente e meditou na forma como aquele mundo tinha evoluído.

Se as suas especulações sobre aqueles universos estivessem correctas, e havia a juntar ainda os muitos mundos vaticinados pela teoria quântica, então alguns deles deviam ter-se separado do seu próprio mundo muito mais cedo do que outros. E, claramente, naquele mundo, a evolução tinha favorecido árvores gigantes e criaturas enormes com esqueletos com estrutura em losangos.

Começava a perceber como os seus horizontes científicos eram estreitos: sem noções de botânica, geologia ou biologia... era ignorante como um bebé.

Inesperadamente escutou um ruído surdo parecido com o de um trovão que teve dificuldade em localizar até ter visto uma nuvem de pó deslocando-se sobre uma das estradas... em direcção às árvores e a ela própria. Estava a cerca de um quilómetro e meio de distância, mas não se deslocava devagar e subitamente Mary sentiu-se aterrorizada.

Correu para o bosque. Encontrou um espaço estreito entre duas grandes raízes e acocorou-se lá dentro, espreitando sobre os grossos pilares à sua volta e observando a nuvem de pó que se aproximava.

O que viu desta vez deixou-a estonteada. A princípio parecia que se tratava de um grupo de motoqueiros. Depois pensou que se tratava de uma manada de animais com rodas. Mas isso era impossível. Nenhum animal podia ter rodas. Não era certamente isso que via. Mas era.

Havia uma dúzia deles, talvez. Eram basicamente do mesmo tamanho dos animais herbívoros, mas mais esguios e de cor acinzentada, a cabeça com chifres e pequenas trombas, como os elefantes. Tinham a mesma estrutura em losangos dos animais que pastavam mas, estranhamente, tinham desenvolvido, na pata da frente e de trás, uma roda.

Mas as rodas não existem na Natureza, insistia o espírito de Mary; não podem existir; é preciso um eixo com um rolamento que fosse completamente separado da parte que girasse, isso não podia acontecer, era impossível...

Então, quando os seres pararam, a cerca de cinquenta metros de distância, e a poeira assentou, Mary conseguiu perceber o que via e não pôde deixar de soltar uma risada de prazer.

As rodas eram as sementes. Perfeitamente circulares, extremamente duras e leves... não podiam ter sido melhor concebidas. As criaturas cravavam uma garra no centro das sementes, com as patas da frente e de trás e usavam as duas patas laterais para empurrar, deslocando-se sobre as rodas. Enquanto se maravilhava com o que via, sentia-se também cada vez mais ansiosa, porque aqueles chifres pareciam extraordinariamente aguçados e mesmo àquela distância ela podia perceber que havia inteligência e curiosidade nos olhos daqueles seres.

E eles andavam à sua procura.

Um deles tinha descoberto a semente que ela tirara do bosque e deslizou em direcção a ela. Quando a alcançou, ergueu-a com a tromba e rolou-a em direcção aos companheiros.

Reuniram-se em volta da semente e tocaram-lhe com delicadeza com aquelas trombas poderosas e flexíveis e Mary deu por si a tentar interpretar os suaves chilreios, estalidos e pios que eles faziam como sendo expressões de desaprovação. Alguém tinha andado a mexer naquilo; isso estava errado.

Depois Mary pensou: vim até aqui com um objectivo, embora não o compreenda inteiramente. Sê corajosa. Toma a iniciativa.

Por isso, levantou-se e chamou, timidamente:

— Aqui! Estou aqui. Estive a ver a vossa semente. Desculpem. Por favor, não me façam mal.

Instantaneamente, eles viraram a cabeça para a observar, as trombas erguidas, os olhos brilhantes olhando-a de frente. As orelhas tinham-se levantado, espetadas.

Mary saiu do esconderijo por entre as raízes e enfrentou-os. Estendeu as mãos, percebendo que um tal gesto podia nada significar para aquelas criaturas sem mãos. Mesmo assim, era a única coisa que podia fazer. Pegando na mochila, caminhou sobre a erva e dirigiu-se para a estrada.

De perto — não estava a mais de cinco passos — podia perceber melhor a aparência deles, mas a sua atenção ficou presa em algo cheio de vida e consciente no olhar deles, uma inteligência. Aquelas criaturas eram tão diferentes dos animais que pastavam como um ser humano era diferente de uma vaca.

Mary apontou para si mesma e disse: — Mary.

A criatura mais próxima esticou a tromba. Mary aproximou-se e a tromba tocou-lhe no peito, no sítio para onde ela tinha apontado e ouviu a sua voz ser devolvida pela garganta da criatura: — Merry.

— O que é que são? — perguntou Mary e — Oquéqusão? — repetiu a criatura.

A única coisa que Mary podia fazer era responder:

— Sou um ser humano.

— Soum serumano — disse a criatura e então algo ainda mais estranho aconteceu: as criaturas riram.

Os olhos enrugaram-se, as trombas agitaram-se, abanaram a cabeça... e das suas gargantas soou um inconfundível som de regozijo. Mary não pôde evitá-lo: riu-se também.

Depois outra criatura aproximou-se e tocou-lhe na mão com a tromba. Mary ofereceu também a sua outra mão ao toque suave peludo e inquiridor.

— Ah   comentou Mary —, estás a cheirar o óleo da semente...

— Smente — disse a criatura.

— Se consegues pronunciar os sons da minha língua, talvez possamos comunicar, um dia. Sabe Deus como. *Mary* — repetiu, apontando novamente para si mesma.

Nada. Elas observaram. Ela repetiu: — Mary.

A criatura mais próxima tocou no seu próprio peito com a tromba e falou. Teriam sido duas ou três sílabas? A criatura falou novamente. Mary esforçou-se por reproduzir os mesmos sons: — Mulefa — disse, hesitante.

As outras repetiram: — Mulefa — no mesmo tom e riram, pareciam mesmo estar a fazer troça da criatura que tinha falado primeiro. — Mulefa! — repetiram, como se fosse uma piada engraçada.

— Bem, se vocês podem rir, suponho que não me comerão — disse Mary. E a partir daquele momento, instalou-se uma certa calma e amizade entre Mary e as criaturas e ela deixou de se sentir nervosa.

O próprio grupo relaxou: tinham tarefas a cumprir, não vagueavam por acaso. Mary reparou que uma delas tinha uma sela ou mala às costas e duas outras levantaram a semente e colocaram-na em cima da sela, atando-as com correias, usando as trombas com movimentos surdos e complexos. Quando ficavam imóveis equilibravam-se com as patas laterais e quando se deslocavam dirigiam com as patas da frente e de trás. Os seus movimentos eram graciosos e fortes.

Uma delas deslizou até à beira da estrada e, erguendo a sua tromba, emitiu um chamamento barrido. Os herbívoros da manada levantaram as cabeças e começaram a trotar em direcção às criaturas. Quando chegaram pararam pacientemente na orla da estrada e deixaram que as criaturas com rodas se deslocassem lentamente por entre elas, verificando, tocando e contando.

Então, Mary reparou que uma das criaturas colocara a tromba por baixo de um dos herbívoros e o mugia; depois a criatura com rodas deslizou até junto de Mary, ergueu a tromba e poisou-a delicadamente sobre a boca de Mary.

A princípio recuou, mas havia uma certa expectativa nos olhos da criatura, por isso aproximou-se novamente e abriu a boca. A criatura deitou um pouco do leite doce e suave na boca dela, observou-a a engolir e depois deu-lhe mais, e mais, e mais. O gesto era tão inteligente e amável que, impulsivamente, Mary colocou os seus braços em volta da cabeça da criatura e beijou-a, cheirando o odor do couro empoeirado e quente e sentindo os ossos duros e a força musculada do tronco.

Naquele momento, o líder do grupo soltou um barrido suave e os herbívoros afastaram-se. Os mulefa preparavam-se para partir. Mary sentia-se feliz por eles a terem recebido bem, e triste por estarem de partida; mas logo de seguida ficou também surpreendida.

Uma das criaturas acocorava-se, ajoelhando-se na estrada e fazia gestos com a tromba enquanto as outras lhe faziam sinais, incentivando-a... Não havia dúvida: elas ofereciam-se para a transportar, para a levarem com elas.

Outra pegou na mochila e apertou-a na sela de uma terceira e, de-sajeitadamente, Mary trepou para as costas da que se ajoelhava, per-guntando-se onde poderia colocar as pernas: à frente da criatura ou atrás? E a que é que se poderia agarrar?

Antes que pudesse descobrir a resposta a criatura levantou-se e o grupo começou a deslocar-se ao longo da estrada, Mary montando no meio dele.

porque ele é o Will.

8

VODCA

Tenho sido um estrangeiro em terras alheias

ÊXODO

Balthamos sentiu a morte de Baruch no exacto momento em que ela ocorreu. Gritou e pairou no ar nocturno sobre a tundra, agitando as asas e soluçando a sua angústia no meio das nuvens. Demorou algum tempo até se conseguir acalmar e regressar para junto de Will, que estava desperto, a faca na mão, observando atentamente as trevas húmidas e geladas. Estavam de volta ao mundo de Lyra.

— O que aconteceu? — perguntou Will quando o anjo apareceu tremendo a seu lado. — Há perigo? Põe-te atrás de mim...

— Baruch morreu — chorou Balthamos —, o meu querido Baruch morreu...

— Quando? Onde?

Mas Balthamos não sabia dizer; ele só sabia que metade do seu coração se tinha extinguido. Não conseguia ficar quieto: subiu novamente no ar, perscrutando os céus como se procurasse Baruch numa ou noutra nuvem, chamando, chorando, chamando novamente; depois sentia-se dominado por um sentimento de culpa e descia para incentivar Will a que se escondesse e permanecesse quieto, prometendo protegê-lo de forma incansável; depois, a pressão do pesar abatia-se sobre ele prendendo-o ao solo e recordava cada momento de carinho e coragem que Baruch alguma vez revelara, que tinham sido milhares, e Balthamos não esquecera nenhum; então clamava que uma natureza tão graciosa não poderia ser silenciada e pairava novamente no ar, procurando em todas as direcções, incansável, enlouquecido e ferido, amaldiçoando o próprio ar, as nuvens e as estrelas.

Por fim Will chamou:

— Balthamos, vem cá.

O anjo correspondeu ao seu chamamento, impotente. Na escuridão amarga e fria da tundra, o rapaz, tremendo envolto no manto, disse-lhe:

— Tens de tentar acalmar-te. Sabes que há coisas por aí que atacarão se ouvirem barulho. Posso proteger-te com a faca se estiveres por perto, mas se eles te atacarem lá em cima, não te poderei ajudar. E se tu também morresses, seria o meu fim. Balthamos, preciso que me guies até Lyra. Por favor, não te esqueças disso. Baruch era forte... sê também forte. Sê como ele por mim.

A princípio Balthamos não respondeu, mas depois disse:

— Sim. É claro que tenho de ser. Dorme agora, Will, e eu montarei guarda, não te desiludirei.

Will confiou em Balthamos; tinha de o fazer. E adormeceu novamente.

Quando acordou, encharcado pela humidade e gelado até aos ossos, o anjo estava de pé, ali perto. O sol acabava de se levantar e os juncos e as outras plantas do pântano estavam todas debruadas a ouro.

Antes que Will se pudesse mexer, Balthamos disse:

— Decidi o que devo fazer. Ficarei contigo dia e noite e fá-lo-ei com alegria e de boa vontade, em memória de Baruch. Guiar-te-ei até Lyra, se puder, e depois conduzirei os dois até Lorde Asriel. Vivi milhares de anos e, a não ser que seja morto, viverei muitos milhares mais; mas nunca tinha encontrado uma natureza que me incitasse tão profundamente a fazer o bem, ou a ser simpático, como Baruch. Errei tantas vezes mas, em cada uma delas, a sua bondade estava ali, pronta para me redimir. Agora que já não está, terei de tentar sobreviver sem ela. Talvez erre de tempos a tempos, mas mesmo assim, tentarei.

— Então Baruch terá orgulho em ti — retorquiu Will, tremendo.

— Devo voar à frente e descobrir onde nos encontramos?

— Sim — concordou Will —, voa alto e depois descreve-me como é a região mais à frente. Caminhar através deste pântano demorará muito tempo.

Balthamos ergueu-se no ar. Não tinha contado a Will tudo o que o deixava ansioso, porque estava a tentar fazer o seu melhor sem o preocupar; mas ele sabia que o anjo Metatron, o Regente, de quem haviam escapado tão à justa, teria as feições de Will profundamente impressas no seu espírito. E não apenas as suas feições, mas tudo sobre ele que os anjos eram capazes de ver, incluindo as partes do seu ser de que o próprio Will não tinha consciência, tal como o aspecto da sua natureza a que Lyra chamaria o génio. Agora Will estava perigosamente ameaçado por Metatron e, um dia, Balthamos teria de o avisar; mas não já. Era demasiado difícil.

Will, imaginando que aqueceria mais depressa se caminhasse do que se recolhesse combustível e ficasse à espera que o lume ateasse, lançou a mochila sobre os ombros, embrulhou-se no manto e dirigiu-se para sul. Havia um caminho enlameado, com sulcos profundos e cheio de buracos, o que significava que, por vezes, pessoas passavam por aqui; mas o horizonte plano era tão vasto em todas as direcções que ele dificilmente tinha a noção de ter avançado.

Algum tempo mais tarde, quando a luz era mais intensa, a voz de Balthamos soou a seu lado.

— A cerca de meio dia de viagem, em frente, há um rio largo e uma cidade, onde há um molhe para os barcos atracarem. Subi suficientemente alto para poder ver que o rio corre no sentido norte-sul. Se conseguires lugar num dos barcos então poderás viajar muito mais depressa.

— Óptimo — exclamou Will fervorosamente. — E este carreiro dirige-se para a cidade?

— Atravessa uma aldeia que tem uma igreja, quintas e pomares e depois dirige-se para a cidade.

— Pergunto-me que língua falarão. Espero que não me prendam por não saber falar a língua deles.

— Como teu génio — disse Balthamos —, traduzirei para ti. Aprendi muitas linguagens humanas; poderei certamente compreender a que eles falam neste país.

Will continuou a caminhar. A tarefa era monótona e mecânica, mas pelo menos andava e cada passo levava-o para mais próximo de Lyra.

A aldeia era um lugar pobre: um amontoado de edifícios de madeira, de cercados com renas e cães que ladravam à medida que Will se aproximava. Fumo desprendia-se de minúsculas chaminés e pairava baixo sobre os telhados de tabuinhas. O chão estava húmido e agarrava-se-lhe aos pés e era evidente que ocorrera recentemente uma inundação: as paredes estavam manchadas de lama até meia altura das portas, vigas de madeira partidas e placas soltas de metal corroído indicavam onde antes tinham estado abrigos, varandas e anexos que tinham sido arrastados pelas águas.

Porém, esta não era a característica mais curiosa do lugarejo. A princípio Will pensou que se estava a desequilibrar; chegou mesmo a tropeçar uma ou duas vezes: os edifícios tinham todos uma inclinação de dois ou três graus. A cúpula da pequena igreja tinha rachado perigosamente. Teria ocorrido ali algum terramoto?

Os cães ladravam com uma fúria histérica, mas não se atreviam a aproximar-se. Balthamos, transformado em génio, assumira a forma de um grande cão branco com olhos negros e cauda encaracolada, e ladrava com tanta ferocidade que mantinha os cães verdadeiros à distância.

Will parou no centro da pequena aldeia e olhou em volta, perguntando-se que direcção tomar. Enquanto permaneceu ali, dois ou três homens apareceram à sua frente e ficaram a observá-lo. Eram as primeiras pessoas que Will encontrara desde que estava no mundo de Lyra. Envergavam casacos grossos de feltro, botas enlameadas, gorros de pele e não pareciam nada amistosos.

O cão branco transformou-se num pardal e voou para o ombro de Will. Ninguém estranhou aquela transformação: cada um dos homens tinha um génio, reparou Will, na maioria cães, e era assim que as coisas aconteciam naquele mundo. Poisado no seu ombro, Balthamos murmurou:

— Continua a andar. Não os olhes nos olhos. Mantém a cabeça baixa. Essa é a forma respeitosa de proceder.

Will continuou a caminhar. Ele era capaz de passar desapercebido. Era o seu maior talento. Quando chegou perto dos homens estes já se tinham desinteressado dele. Mas então uma porta abriu-se na maior casa da rua e uma voz gritou qualquer coisa.

Balthamos disse em voz baixa:

— O padre. Terás de ser educado com ele. Vira-te e faz uma vénia.

Will assim fez. O padre era um homem enorme, de barba grisalha, envergava uma sotaina preta e tinha uma corva-génio poisada no ombro. Os seus olhos inquietos percorreram a cara e o corpo de Will, reparando em todos os pormenores. Fez-lhe sinal.

Will dirigiu-se para a porta e fez uma nova vénia.

O padre disse qualquer coisa e Balthamos murmurou:

— Ele pergunta de onde vieste. Responde o que quiseres.

— Eu falo inglês — disse Will devagar e numa pronúncia clara. —Não conheço qualquer outra língua.

— Ah, inglês! — gritou o padre jovialmente. — Meu caro jovem! Bem-vindo à nossa aldeia, a nossa pequena e já não muito perpendicular Kholodnoye. Como te chamas e de onde vens?

— Chamo-me Will e dirijo-me para sul. Perdi-me da minha família e estou a tentar reencontrá-la.

— Então tens de entrar e tomar um refresco — exclamou o padre, colocando um braço em volta dos ombros de Will, puxando-o para dentro de casa.

A corva-génio mostrava um interesse profundo em Balthamos. Mas o anjo conseguiu controlar a situação: transformou-se num rato e escondeu-se no bolso da camisa de Will, fingindo que era tímido.

O padre conduziu Will para uma saleta que tresandava a tabaco e onde um samovar de ferro fumegava silenciosamente sobre uma pequena mesa.

— Como disseste que te chamas? — perguntou o padre. — Diz--me outra vez.

— Will Parry. Mas não sei como lhe devo chamar.

— Otyets Semyon — respondeu o padre, batendo no braço de Will enquanto o conduzia até uma cadeira. — Otyets significa padre da Santa Igreja. O meu nome próprio é Semyon e o nome do meu pai era Boris, por isso chamo-me Semyon Borisovitch. Como se chama o teu pai?

— John Parry.

— John significa Ivan. Por isso tu chamas-te Will Ivanovitch e eu sou o Padre Semyon Borisovitch. De onde vens, Will Ivanovitch e para onde te diriges?

— Estou perdido — respondeu Will. — Eu viajava com a minha família em direcção ao sul. O meu pai é um soldado, mas estava a explorar o Árctico. Subitamente algo aconteceu e nós perdemo-nos. Por isso viajo para sul porque sei que era nessa direcção que iríamos de seguida.

O padre abriu as mãos e disse:

— Um soldado? Um explorador de Inglaterra? Nunca ninguém assim tão interessante percorreu as estradas empoeiradas de Kholodnoye nos últimos séculos, mas nestes tempos conturbados, como podemos saber se ele não aparecerá por aqui amanhã? Também tu és um viajante bem-vindo, Will Ivanovitch. Tens de pernoitar na minha casa, conversaremos e comeremos juntos. Lydia Alexandrovna! — chamou.

Uma mulher idosa entrou silenciosamente. O padre falou com ela em russo; ela acenou afirmativamente com a cabeça, pegou num copo e encheu-o de chá quente que verteu do samovar. Entregou o copo de chá a Will, juntamente com uma taça com doce e uma colher de prata.

— Obrigado — agradeceu Will.

— A compota é para adoçar o chá — explicou o padre. — Lydia Alexandrovna fê-lo com arandos.

O resultado da mistura foi um chá simultaneamente enjoativo e amargo, mas mesmo assim Will bebeu-o em pequenos golos. O padre inclinava-se continuamente para a frente para observar Will, acariciava-lhe as mãos para ver se tinha frio e dava-lhe pequenas palmadas nos joelhos. A fim de o distrair, Will perguntou-lhe porque é que os edifícios da aldeia tinham deslizado.

— Houve uma perturbação na terra — explicou o padre. — Tudo isto foi profetizado no Apocalipse de S. João. Rios invertendo a corrente... O grande rio que fica a pouca distância daqui corria antes para norte, para o Oceano Árctico. Descendo desde as montanhas da Ásia central ele sempre correu para norte durante milhares de anos, desde que a Autoridade de Deus, o Pai Todo-Poderoso, criou a Terra. Mas quando a Terra tremeu e as inundações vieram, tudo mudou e então o grande rio começou a correr para sul durante mais de uma semana antes de a corrente rodar novamente para norte. O mundo está virado do avesso. Onde estavas quando aconteceu a grande convulsão?

— Muito longe daqui — respondeu Will. — Eu não sabia o que estava a acontecer. Quando o nevoeiro levantou, eu tinha-me perdido da minha família e não sabia onde estava. Disse-me como se chamava este sítio, mas onde é que fica? Onde é que estamos?

— Traz-me aquele livro grande que está na prateleira de baixo — propôs Semyon Borisovitch. — Eu mostro-te.

O padre aproximou a cadeira da mesa e lambeu os dedos antes de virar as páginas do grande atlas.

— Aqui — disse, apontando com o dedo sujo para um ponto central da Sibéria, muito a oriente dos montes Urais. O rio ali perto corria, como mostrava o padre, das montanhas norte do Tibete até ao Árctico. Will observou com atenção os Himalaia, mas não conseguia ver nada que se assemelhasse ao mapa que Baruch tinha desenhado.

Semyon Borisovitch falava e falava, pressionando Will a que narrasse pormenores da sua vida, da sua família, da sua casa e Will, um mentiroso exímio, respondeu-lhe de forma bastante pormenorizada. Por fim a governanta entrou trazendo sopa de raiz de beterraba e pão preto, e, depois de o padre ter rezado uma longa oração de graças, comeram.

— Bem, como é que vamos passar o tempo, Will Ivanovitch? — perguntou Semyon Borisovitch. — Vamos jogar uma partida de cartas ou preferes conversar?

Encheu outro copo de chá do samovar e Will aceitou-o hesitante.

— Não sei jogar às cartas — respondeu — e estou ansioso por prosseguir o meu caminho. Se eu fosse para o rio, por exemplo, pensa que poderia arranjar passagem num dos barcos a vapor que se dirija para sul?

A enorme cara do padre obscureceu-se e ele benzeu-se com um delicado movimento rápido do pulso.

— Há um problema na cidade — disse. — Lydia Alexandrovna tem uma irmã que veio cá e contou-lhe que há um barco que transporta ursos blindados que querem subir o rio. Ursos blindados. Vieram do Árctico. Não viste ursos blindados enquanto estiveste no norte?

O padre estava desconfiado e Balthamos murmurou em voz tão baixa que apenas Will o pôde ouvir:

— Tem cuidado.

Will percebeu imediatamente porque é que Balthamos o avisava: o seu coração tinha começado a bater descontroladamente quando Semyon Borisovitch mencionou os ursos, devido ao que Lyra lhe tinha contado sobre eles. Tinha de tentar esconder os seus sentimentos. Respondeu:

— Estávamos muito longe de Svalbard e os ursos estavam ocupados com os seus próprios assuntos.

— Sim, foi isso que também ouvi — comentou o padre, para alívio de Will. — Mas agora eles estão a abandonar a sua pátria e dirigem-se para sul. Têm um barco e o povo da cidade não os deixa reabastecer. Têm medo dos ursos. E devem ter... eles são filhos do demónio. Todas as coisas do norte são demoníacas. Como as feiticeiras — filhas do demónio! A Igreja devia tê-las morto a todas há muitos anos. Feiticeiras... nunca te metas com elas, Will Ivanovitch, estás a ouvir-me? Sabes o que elas te farão quando chegares à idade certa? Tentarão seduzir-te. Usarão todos os métodos suaves e matreiros que possuem, a sua carne, a sua pele suave, as suas vozes doces e roubar-te-ão a tua semente... percebes o que estou a dizer... elas sugar-te-ão e deixar-te-ão vazio! Tirar-te-ão o teu futuro, os teus filhos que irão nascer e deixar-te-ão sem nada. Elas deviam ser mortas, todas elas.

O padre estendeu a mão para a prateleira que estava ao lado da sua cadeira e tirou uma garrafa e dois copos pequenos.

— Agora vou oferecer-te uma bebida, Will Ivanovitch — disse. — Tu és jovem, por isso vou dar-te pouco. Mas estás a crescer e há coisas que precisas de conhecer, como o sabor da vodca. Lydia Alexandrovna apanhou as bagas o ano passado e eu destilei o líquido e aqui, nesta garrafa, está o resultado, o único sítio onde Otyets Semyon Borisovitch e Lydia Alexandrovna dormem juntos!

Ele riu-se e desarrolhou a garrafa, enchendo cada copo até à borda. Aquele tipo de conversa deixou Will profundamente desconfortável. O que é que ele deveria fazer? Como é que poderia recusar sem ofender?

— Otyets Semyon — disse, levantando-se —, tem sido muito amável e eu desejava poder ficar mais tempo para saborear a sua bebida e escutar a sua conversa, porque o que me tem contado é muito interessante. Mas compreende que me sinto preocupado com a minha família e muito ansioso por a reencontrar, por isso creio que devo continuar a minha viagem, por muito que gostasse de ficar.

O padre franziu os lábios, no meio da barba cerrada, e levantou os sobrolhos; mas depois encolheu os ombros e disse:

— Bem, partirás, se tens de o fazer. Mas antes, tens de beber a tua vodca. Levanta-te agora! Pega no copo e bebe-o de uma vez, assim!

Inclinou a cabeça e bebeu a vodca de uma vez, depois arrastou o seu corpo imenso e aproximou-se de Will. Nos seus dedos gordos e sujos o copo que segurava parecia muito pequeno; mas estava cheio até à borda de uma aguardente transparente, e Will podia sentir o odor intenso da bebida, do suor e das nódoas de gordura na batina do homem e sentiu-se enjoado antes mesmo de beber.

— Bebe, Will Ivanovitch! — gritou o padre com uma vivacidade ameaçadora.

Will ergueu o copo e sem hesitar engoliu o líquido oleoso e ardente de uma só vez. Agora teria de se esforçar muito para evitar vomitar.

Havia ainda mais um ordálio a cumprir. Semyon Borisovitch inclinou-se para a frente, vergando o seu corpo imenso, e agarrou Will pelos ombros.

— Meu rapaz — disse, depois fechou os olhos e começou a entoar uma oração ou salmo. Vapores a tabaco, álcool e suor desprendiam-se dele. Estava suficientemente perto para que a barba hirsuta, oscilando para cima e para baixo, pincelasse a cara de Will, que susteve a respiração.

As mãos do padre deslocaram-se para as costas de Will e em breve Semyon Borisovitch abraçava-o com força, beijando-o nas faces, esquerda, direita, outra vez na esquerda. Will sentiu Balthamos a enterrar as pequenas garras no seu ombro. Manteve-se imóvel. A cabeça andava à roda, o seu estômago estava perturbado, mas mesmo assim não se mexeu.

Por fim tudo estava terminado e o padre deu um passo atrás e afastou-se.

— Vai, então — disse. — Vai para sul, Will Ivanovitch. Vai.

Will agarrou no manto e na mochila e tentou caminhar a direito quando saiu de casa do padre e seguiu a estrada que levava para fora da aldeia.

Caminhou durante duas horas sentindo a náusea diminuir de intensidade gradualmente enquanto uma dor de cabeça ocupava o seu lugar. A determinada altura, Balthamos fê-lo parar e colocou as suas mãos frias no pescoço e na nuca de Will, e a dor abrandou um pouco. Mas Will fizera uma promessa a si mesmo de que nunca mais voltaria a beber vodca.

Ao fim da tarde chegaram a um ponto onde a estrada se alargava e deixava os canaviais; Will viu a cidade à sua frente e, por trás dela, uma extensão de água tão vasta que até podia ser o mar.

Mesmo a alguma distância, Will pôde perceber que havia problemas. Lufadas de fumo erguiam-se por trás dos telhados, seguidas, alguns segundos mais tarde, pelo estrondo de um canhão.

— Balthamos — chamou Will. — Tens de te transformar novamente num génio. Mantém-te perto de mim e fica alerta.

Dirigiu-se para os arredores da pequena e desorganizada cidade, onde os edifícios se inclinavam ainda mais perigosamente do que na aldeia e onde as inundações tinham deixado manchas de lama nas paredes muito acima da cabeça de Will. O limiar da cidade estava deserto, mas quando se dirigiu para o rio, o barulho de gritos e berros e o estralejar das espingardas tornou-se mais intenso.

Aqui e ali havia pessoas: umas observando das janelas mais altas, outras esticando o pescoço junto às esquinas das casas para observar a linha de água, onde os dedos metálicos das gruas e guindastes e os mastros de grandes barcos se erguiam acima da linha dos telhados.

Uma explosão fez tremer as paredes dos prédios e os estilhaços de uma janela próxima espalharam-se pelo chão. As pessoas recuaram para voltarem de novo a espreitar e mais gritos encheram o ar fumarento.

Will alcançou a esquina da rua e observou a linha de água. Quando o fumo e o pó se desanuviaram um pouco viu um barco ferrugento mantendo-se ao largo, resistindo à corrente do rio e no cais uma multidão de pessoas armadas com espingardas e pistolas rodeavam um canhão que, enquanto Will observava, disparou novamente. Um clarão de luz, o recuo do canhão e, perto do barco, uma pancada intensa na água.

Will protegeu os olhos com a mão. Havia alguém no navio mas... Will esfregou os olhos, apesar de saber antecipadamente o que veria: não eram seres humanos. Eram enormes seres cobertos de metal, ou criaturas com pesadas armaduras e na proa do barco uma intensa flor de chamas eclodiu e as pessoas gritaram assustadas. A chama expandiu-se no ar, subindo mais alto, ao mesmo tempo que se aproximava lançando fagulhas e fumo e depois caiu com um grande estrondo perto do canhão. Os homens gritaram e fugiram, alguns com as roupas em chamas, lançando-se à água para serem arrastados de imediato pela corrente.

Will descobriu um homem ali perto com aparência de professor e perguntou:

— Fala inglês?

— Sim, sim, na verdade...

— O que é que está a acontecer?

— Os ursos, eles estão a atacar e nós tentamos combatê-los, mas é difícil, só temos um canhão e...

O lança-fogo do barco atirou outra bola de resina em chamas que, desta vez aterrou ainda mais perto do canhão. As três explosões quase simultâneas que ocorreram de seguida indicaram que tinham sido atingidas as munições e os atiradores fugiram, deixando o cano pender para o chão.

— Ah — lamentou o homem —, já não há nada a fazer, eles não podem disparar...

O comandante do navio dirigiu-o para terra. As pessoas gritaram assustadas e em desespero, principalmente quando mais uma bola de fogo se tornou visível na proa do navio; alguns dos que tinham espingardas dispararam uma ou duas vezes e depois desataram a fugir; porém, desta vez, os ursos não lançaram fogo e em breve o barco se deslocou lateralmente em direcção ao cais, o motor trabalhando com intensidade para contrariar a força da corrente.

Dois marinheiros (humanos, não ursos) saltaram para atar os cabos em volta das abitas e um grande silvo e gritos de fúria espalharam-se por entre a população, revoltada com aqueles traidores humanos. Os marinheiros pareceram não se importar e correram para descer a prancha de desembarque.

Quando se preparavam para voltar a subir para o barco um tiro foi disparado de algures, perto de Will, e um dos marinheiros caiu. O seu génio, uma gaivota, desapareceu como se a sua existência fosse uma vela que se tinha extinguido com um sopro.

A reacção dos ursos foi de pura fúria. Imediatamente o lança-fogo foi reacendido e virado de frente para a costa e a massa de fogo lançada no ar precipitando-se em cascata sobre os telhados. No cimo da prancha de embarque surgiu um urso maior que todos os outros, uma visão de poder envolta em metal e as balas que o atingiram gemeram e ressoaram sem efeito, incapazes de fazer a mais pequena amolgadela na sua armadura maciça.

Will perguntou ao homem a seu lado:

— Por que é que eles estão a atacar a cidade?

— Querem reabastecer. Mas nós não negociamos com ursos. Agora eles estão a deixar o seu reino e descem o rio, quem sabe o que farão a seguir? Temos de os combater. Piratas... ladrões...

O enorme urso desceu a prancha de desembarque e, agrupados atrás dele, estavam vários ursos, tão pesados que o barco se inclinou; Will reparou que os homens que estavam no cais se tinham dirigido novamente para o canhão, e se preparavam para colocar uma bala na culatra.

Subitamente Will teve uma ideia e correu para o cais, para o espaço vazio entre os artilheiros e os ursos.

— Parem! — gritou. — Parem de lutar. Deixem-me falar com o urso.

Houve uma súbita acalmia e todos ficaram imóveis, surpreendidos por aquele estranho comportamento. O próprio urso, que se preparava para atacar os artilheiros, parou onde estava, mas cada músculo do seu corpo tremia de ferocidade. As suas enormes garras enterradas no chão e os seus olhos negros brilhavam de raiva sob o elmo de ferro.

— Quem és tu? O que é que queres? — rugiu o urso em inglês, uma vez que tinha sido nessa língua que Will falara.

As pessoas que observavam de perto olharam umas para as outras espantadas e aquelas que conseguiam compreender traduziram.

— Eu lutarei contigo, em combate singular — gritou Will —, e se tu perderes então a luta terá de parar.

O urso não se mexeu. Quanto às pessoas, assim que perceberam o que Will estava a dizer, gritaram e zombaram, sublinhando o seu desprezo com um riso trocista. Mas não o fizeram por muito tempo porque Will virou-se para enfrentar a multidão e permaneceu de pé, o olhar frio, contido e perfeitamente imóvel até o riso ter parado. Podia sentir o melro Balthamos tremendo sobre o seu ombro.

Quando as pessoas se silenciaram, Will gritou:

— Se eu conseguir que o urso desista, vocês têm de concordar em reabastecê-los. Então eles subirão o rio e deixar-vos-ão em paz. Têm de concordar. Se não o fizerem, eles destruir-vos-ão a todos.

Ele sabia que o enorme urso estava apenas alguns metros atrás de si, mas não se virou; observou os populares conferenciarem, gesticulando, discutindo e um minuto depois uma voz disse:

— Rapaz! Faz com que o urso concorde.

Will virou-se. Engoliu com dificuldade, inspirou fundo e disse:

— Urso! Tens de concordar. Se perderes comigo, a luta tem de parar, vocês compram o combustível e descem pacificamente o rio.

— Impossível — rugiu o urso. — Seria desonroso lutar contigo. És tão fraco como uma ostra fora da concha. Não posso lutar contigo.

— Concordo — disse Will, e toda a sua atenção estava concentrada naquele enorme ser feroz à sua frente. — Não é de todo uma disputa justa. Tu tens toda essa armadura e eu não tenho nenhuma. Podias arrancar-me a cabeça com uma simples patada. Vamos então tornar as coisas mais justas. Dá-me uma peça da tua armadura, uma qualquer que tu queiras. Por exemplo, o teu elmo. Então estaremos mais equilibrados e não será nenhuma vergonha lutares comigo.

Com uma rosnadela que expressava ódio, fúria e desprezo o urso ergueu uma grande garra e soltou a corrente que prendia o elmo.

Naquele momento, um silêncio profundo percorreu o cais. Ninguém falava... ninguém se mexia. Todos sabiam que estava a ocorrer algo que nunca tinham visto antes, mas não percebiam o que era. O único som que se ouvia era o do bater das ondas contra os pilares de madeira, o som compassado do motor do barco e o incansável grito das gaivotas que sobrevoavam o lugar; até que soou um enorme clamor quando o urso deixou cair o seu elmo junto dos pés de Will.

Will poisou a mochila e levantou o elmo. Mal o conseguia erguer. Era constituído por uma única folha de metal, negro e denticulado, com buracos para os olhos, em cima, e uma enorme corrente por baixo. Era do comprimento do braço de Will e da espessura de um dedo.

— Então esta é a tua armadura — disse. — Bem, não me parece muito forte. Não sei se posso confiar nela. Deixa-me ver.

Will tirou a faca de dentro da mochila, poisou o bico na parte da frente do elmo e cortou um canto como se estivesse a cortar manteiga.

— Era o que eu pensava — disse, e cortou outro pedaço, e mais outro, reduzindo o enorme elmo a uma pilha de fragmentos em menos de um minuto. Levantou-se e estendeu uma mão-cheia de pedaços de metal.

— Isto era a tua armadura — disse, e deixou cair os pedaços com estrondo sobre o resto que se encontrava amontoado junto aos seus pés —, e esta é a minha faca. E uma vez que o teu elmo não me serve para nada, terei de lutar sem ele. Estás pronto, urso? Penso que estamos quites. Afinal, até poderia cortar-te a cabeça com um simples movimento da minha faca.

Silêncio absoluto. Os olhos negros do urso brilharam intensamente e Will sentiu uma gota de suor percorrer-lhe a espinha.

Então a cabeça do urso mexeu-se. Ele abanou-a para um lado e para o outro e deu um passo atrás.

— Uma arma demasiado forte — disse. — Não posso lutar contra isso. Rapaz, tu ganhas.

Will sabia que um segundo mais tarde a população aplaudiria, e manifestar-se-ia com assobios e vaias, por isso, antes mesmo de o urso ter acabado de pronunciar a palavra «ganhas», Will tinha-se começado a virar e gritou, para os manter calmos:

— Agora vocês têm de manter a vossa parte do acordo. Tratem dos feridos e comecem a reconstruir os edifícios. Depois, deixem o barco atracar e reabastecer.

Ele sabia que demoraria um minuto até a mensagem ser traduzida e se espalhar por entre os populares que observavam, e sabia também que a demora evitaria que o alívio e a fúria deles se manifestassem, tal como os bancos de areia desviam e atrasam a corrente de um rio. O urso observou e percebeu o que o rapaz estava a fazer e porquê, compreendendo, melhor que o próprio Will, o que ele tinha alcançado.

Will guardou a faca de novo dentro da mochila e ele e o urso trocaram outro olhar, mas desta vez diferente. Aproximaram-se e atrás deles os ursos começaram a desmontar o lança-fogo enquanto os outros dois barcos manobravam em direcção ao cais.

Em terra, algumas pessoas começaram a limpeza, mas a maioria apinhou-se para observar Will, cheia de curiosidade por aquele rapaz e pelo poder que ele tinha para controlar o urso. Chegara o momento de Will passar de novo desapercebido, por isso realizou a mágica que tinha desviado todo o tipo de curiosidade da sua mãe e os mantivera a salvo durante anos. É claro que não se tratava de uma mágica, mas simplesmente de uma forma de comportamento. Permaneceu calmo, de olhar vazio e estúpido, e um minuto depois tornou-se menos interessante, menos atraente para a curiosidade humana. As pessoas simplesmente se desinteressaram daquela criança aparvalhada, esqueceram-na e afastaram-se.

Mas a atenção do urso não era humana e podia perceber o que estava a acontecer e sabia que aquele era mais um poder extraordinário que Will controlava. Aproximou-se mais e falou calmamente na sua voz que parecia tão vibrante e profunda como o motor dos barcos.

— Como te chamas? — perguntou.

— Will Parry. Poderás fazer outro elmo?

— Sim. O que procuras?

— Vocês vão subir o rio. Quero ir com vocês. Dirijo-me para as montanhas e esta é a forma mais rápida de viajar. Levam-me com vocês?

— Sim. Quero ver essa faca.

— Apenas a mostrarei a um urso em quem confio. Há um urso de que ouvi falar que é de confiança. Ele é o rei dos ursos, um bom amigo da rapariga que eu vou procurar nas montanhas. O nome dela é Lyra Silvertongue. O urso chama-se Iorek Byrnison.

— Eu sou Iorek Byrnison — respondeu o urso.

— Eu sei que és — retorquiu Will.

O barco estava a ser reabastecido de combustível; as carruagens eram arrastadas para junto do navio e inclinadas para deixar o carvão escorregar pelos canos em direcção ao porão e um pó negro erguia-se por cima dos vagões. Sem que os habitantes da cidade reparassem, demasiado ocupados a varrer vidros e a discutir o preço do carvão, Will seguiu o rei-urso até à prancha de embarque e subiu para o barco.

9

SUBINDO O RIO

... uma sombra sobre o espírito paira qual nuvem que
ao meio-dia o poderoso sol encobre...

EMILY DICKINSON

— Deixa-me ver a faca — pediu Iorek Byrnison. — Eu percebo de metais. Nada que seja feito de ferro ou aço encerra segredos para um urso. Mas nunca vi uma faca como a tua e ficaria feliz se a pudesse observar de perto.

Will e o rei-urso estavam na coberta da proa do navio a vapor, iluminados pelos raios quentes do sol que se punha e o barco avançava rapidamente subindo a corrente; havia combustível suficiente a bordo, havia comida que Will podia comer e ele e Iorek Byrnison avaliavam-se pela segunda vez. A primeira avaliação ocorrera antes.

Will estendeu a faca para Iorek, oferecendo o cabo e o urso pegou nela com delicadeza. A garra do polegar oposto aos outros quatro dedos-garras permitia-lhe manejar os objectos com a perícia dos humanos e, naquele momento, ele virava a faca para um lado e para o outro, aproximando-a dos olhos, erguendo-a para a examinar à luz, testando a ponta — a ponta de aço — num pedaço de metal.

— Foi com este lado que cortaste a minha armadura — disse. — O outro lado é muito estranho. Não consigo perceber o que é, ou o que faz, nem como foi feita. Mas quero perceber. Como a obtiveste?

Will contou-lhe grande parte do que aconteceu, deixando de fora o que dizia respeito apenas a ele próprio: a sua mãe, o homem que ele tinha morto, o seu pai.

— Lutaste pela faca e perdeste dois dedos? — perguntou o urso. — Mostra-me a ferida.

Will estendeu a mão. Graças ao unguento do pai, a superfície da ferida estava a cicatrizar, mas a pele estava ainda muito sensível. O urso cheirou-a

— Musgo-de-sangue — disse. — E mais outra coisa que não consigo identificar. Quem te deu isso?

— Um homem disse-me o que eu devia fazer com a faca. Depois ele morreu. Ele tinha uma pomada dentro de uma caixa de chifre que curou a minha ferida. As feiticeiras tentaram, mas o feitiço delas não resultou.

— E o que é que ele te disse para fazeres com a faca? — perguntou Iorek Byrnison, entregando-a com extremo cuidado a Will.

— Para a usar numa guerra lutando ao lado de Lorde Asriel — retorquiu Will. — Mas primeiro tenho de salvar Lyra Silvertongue.

— Então nós ajudaremos — retorquiu o urso e o coração de Will pulou de alegria.

Nos dias seguintes, Will aprendeu porque os ursos realizavam aquela viagem para a Ásia Central, tão longe da sua pátria.

Desde a catástrofe que tinha aberto os mundos, todo o gelo do Árctico tinha começado a derreter, tendo surgido novas e estranhas correntes nas águas. Uma vez que os ursos dependiam do gelo e das criaturas que viviam nas águas geladas para sobreviver, perceberam que em breve morreriam de fome se permanecessem na sua pátria; sendo seres racionais, decidiram o que deviam fazer. Iriam emigrar para onde houvesse neve e gelo em abundância; iriam para as montanhas mais altas, para o ponto que tocava o céu, a meio mundo de distância, mas onde havia uma neve intocada, eterna e profunda. De ursos do mar eles tornar-se-iam ursos das montanhas, durante todo o tempo que o mundo levasse a assentar de novo.

— Então, vocês não estão em guerra? — perguntou Will.

— Os nossos inimigos mais antigos desapareceram com as focas e as morsas. Se encontrarmos novos inimigos saberemos o que fazer.

— Pensei que se aproximava uma grande guerra que envolverá todos. Por que partido lutarão nessa guerra?

— Pelo que for mais vantajoso para os ursos. Como poderia ser de outro modo? Mas eu tenho algum respeito por uns, poucos, seres que não são ursos. Um era um homem que pilotava um balão. Ele morreu. Outra é a feiticeira Serafina Pekkala. A terceira é a criança Lyra Silvertongue. Por isso, em primeiro lugar, farei o que for melhor para os ursos, depois o que for melhor para a criança, ou a feiticeira, ou para vingar a morte de Lee Scoresby. É por isso que te ajudarei a salvar Lyra Silvertongue da abominável mulher Coulter.

Iorek contou a Will como ele e alguns súbditos tinham nadado até ao estuário do rio e pago a viagem naquele barco com ouro, como tinham contratado a tripulação e virado o esvaziamento do Árctico em vantagem, deixando que o rio os transportasse para o interior do continente até onde fosse possível, como o rio tinha a sua nascente no sopé norte das montanhas que eles procuravam, e como Lyra também estava cativa aí, todas as peças do quebra-cabeças se tinham encaixado até àquele momento.

E assim o tempo foi passando.

Durante o dia Will dormitava no convés, descansando, reunindo forças, porque ele estava completamente esgotado. Observou a transformação da paisagem: a estepe ondulada deu lugar a colinas de erva rasteira, depois a terras mais altas, com ocasionais desfiladeiros ou cataratas; mesmo assim, o barco continuava a subir a corrente.

Will conversava com o comandante e a tripulação, por uma questão de educação, mas carecendo da capacidade de Lyra para se sentir à vontade entre estranhos, descobriu que tinha dificuldade em arranjar assunto para as conversas; e, para além disso, os marinheiros revelavam pouco interesse na sua pessoa. Para eles tratava-se apenas de um trabalho e quando estivesse concluído, deixá-lo-iam sem sequer olhar para trás. Acrescia ainda o facto de não gostarem muitos dos ursos, mas sim do seu ouro. Will era um estrangeiro e, desde que pagasse a comida, eles levá-lo-iam com eles. Para além disso, havia aquele génio estranho, que lembrava os génios das feiticeiras: às vezes estava ali e outras parecia que tinha desaparecido. Supersticiosos, como todos os marinheiros, sentiam-se felizes por deixá-lo entregue a si mesmo.

Balthamos, por seu lado, também se mantinha silencioso. Por vezes o desgosto que o afligia tornava-se demasiado intenso, insuportável; então ele deixava o barco e voava por entre as nuvens, procurando uma luminosidade específica, um odor no ar, estrelas-cadentes ou estrias de pressão que lhe recordassem experiências que ele partilhara com Baruch. Quando falava, à noite, na escuridão do pequeno camarote que Will ocupava, era apenas para fazer um relatório sobre quanto tinham avançado e a que distância estavam da caverna e do vale. Talvez ele pensasse que Will sentia pouca compaixão, embora, se pensasse melhor, teria certamente encontrado muita. Tornou-se cada vez mais brusco e formal, mas nunca sarcástico; nisso, pelo menos, manteve a sua promessa.

Quanto a Iorek, examinou a faca obsessivamente. Estudava-a durante horas, testando os dois gumes, flectindo-a, analisando-a à luz, tocando-lhe com a língua, cheirando-a, até mesmo escutando o som que o ar fazia quando percorria a sua superfície. Will nada receava pela faca, porque Iorek era, inegavelmente, um artífice da melhor qualidade; nem temia pelo próprio urso devido à delicadeza de movimentos daquelas poderosas garras.

Por fim Iorek veio ter com Will e perguntou-lhe:

— Este outro lado da lâmina. Faz qualquer coisa que tu ainda não me disseste. O que é e como é que funciona?

— Não te posso mostrar aqui — respondeu Will —, porque o barco está em movimento. Assim que pararmos mostrar-te-ei.

— Consigo imaginar o que fará — disse o urso —, mas não consigo perceber. É a coisa mais esquisita que já vi.

Iorek devolveu a faca a Will com uma expressão impenetrável de profunda confusão nos seus olhos negros.

Por aqueles dias, o rio tinha mudado de cor porque começava a receber os restos da primeira inundação que tinha descido do Árctico. Will percebeu que as transformações tinham afectado a Terra de forma diferente consoante o lugar; aldeia após aldeia erguia-se com os telhados cobertos de água e centenas de pessoas desalojadas tentavam salvar o que podiam em barcos a remos e canoas. A terra parecia ter-se afundado um pouco naquele sítio porque o rio se alargava e a corrente diminuía de velocidade e era difícil ao piloto traçar a rota através das correntes largas e lodosas. O ar estava mais quente e o sol mais alto no céu pelo que os ursos sentiam dificuldade em se manterem frescos; alguns nadavam ao lado do barco, saboreando as suas águas natais numa terra estranha.

Por fim o rio estreitou de novo e tornou-se mais fundo e em breve, em frente do navio, começaram a erguer-se as montanhas do grande planalto central asiático. Will observou, certo dia, uma orla branca no horizonte e viu-a aumentar de tamanho, dividindo-se em diferentes picos, serranias e abismos tão altos que pareciam estar muito perto — apenas a alguns quilómetros —, mas na realidade ainda muito distantes. A sensação devia-se ao facto de as montanhas serem tão grandes e, a cada hora que passava, tornavam-se inconcebivelmente altas.

Na sua maioria os ursos nunca tinham visto montanhas, para além das falésias na sua própria ilha de Svalbard, e ficaram em silêncio enquanto olhavam para as gigantescas muralhas, ainda tão distantes.

— Que caçaremos ali, Iorek Byrnison? — perguntou um dos ursos. — Há focas naquelas montanhas? Como viveremos?

— Há neve e gelo — retorquiu o rei. — Ficaremos confortáveis. E há animais selvagens com abundância. As nossas vidas serão diferentes durante algum tempo. Mas sobreviveremos e, quando a coisas voltarem ao que devem ser e o Árctico gelar de novo, ainda estaremos vivos e regressaremos para o reclamar. Se tivéssemos permanecido lá teríamos morrido de fome. Estejam preparados para coisas estranhas e para novos hábitos, meus ursos.

Por fim o barco a vapor não pôde continuar a avançar porque, naquela zona, o leito do rio tinha estreitado e era pouco profundo. O piloto parou o barco num vale que, em condições normais, estaria coberto por erva e flores da montanha e o rio serpentearia sobre leitos de saibro, mas, naquele momento, o vale era um lago e o comandante insistiu que não se atrevia a cruzá-lo, porque para além daquele ponto não haveria profundidade suficiente abaixo da quilha, mesmo com aquela imensa inundação vinda do norte.

Por isso aproximaram-se da orla do vale onde um afloramento rochoso formava uma espécie de molhe e desembarcaram.

— Onde estamos agora? — perguntou Will ao comandante, cujo inglês era limitado.

O comandante foi buscar um mapa velho e gasto e bateu-lhe com o cachimbo, dizendo:

— Este vale, nós aqui. Tu levar, vai.

— Muito obrigado — agradeceu Will e perguntou-se se devia oferecer-se para pagar pelo mapa; mas o comandante tinha-se virado para supervisionar o desembarque.

Em pouco tempo, todos os trinta ursos e as suas armaduras se encontravam na margem estreita. O comandante gritou uma ordem e o barco começou a virar-se pesadamente contra a corrente, manobrando para o meio do rio e soltou um apito que ecoou durante muito tempo no vale.

Will sentou-se numa rocha estudando o mapa. Se ele estava certo, o vale onde Lyra se encontrava cativa, segundo o anjo, ficava algures a sul e a este e o melhor caminho para lá chegar passava por um desfiladeiro chamado Sungchen.

— Ursos, memorizem este lugar — disse Iorek Byrnison aos seus súbditos. — Quando chegar o momento de regressarmos ao Árctico, reunir-nos-emos aqui. Agora sigam a vossa vida, caçai, comei e vivei. Não façam a guerra. Não estamos aqui para guerrear. Se a guerra se tornar iminente, chamarei por vós.

Os ursos eram na maioria criaturas solitárias e só se reuniam em tempos de guerra ou emergência. Agora que estavam no limiar da terra da neve, estavam impacientes por partir, explorando a seu bel-prazer.

— Vem, Will — chamou Iorek Byrnison —, e encontraremos Lyra.

Will pegou na mochila e partiram.

No início da viagem a caminhada foi agradável. O sol estava quente, mas os pinheiros e os rododendros diminuíam a intensidade do calor nos seus ombros e o ar estava fresco e limpo. O terreno era rochoso, mas as rochas estavam cobertas de musgo e de agulhas de pinheiro e as encostas que subiam não eram íngremes. Will descobriu que se comprazia no exercício. Os dias que tinha passado a bordo do navio, o descanso forçado, tinham-lhe permitido recuperar as forças. Quando se confrontara com Iorek encontrava-se no limiar das suas capacidades. Não se tinha apercebido disso, mas o urso sim.

Assim que se encontraram sozinhos, Will mostrou a Iorek como funcionava a outra lâmina da faca. Abriu uma janela para um mundo onde uma floresta tropical fumegava e escorria água e onde vapores carregados de aromas intensos se misturaram com o ar fino da montanha. Iorek observou atentamente, tocou no rebordo da janela com a pata, cheirou o ar e entrou naquele mundo onde o ar era quente e húmido e olhou em volta silenciosamente. Os gritos dos macacos, os zumbidos dos insectos, o coaxar das rãs, o incessante pingar da humidade condensada foram escutados por Will, do outro lado da janela.

Então Iorek regressou e observou como Will fechava a janela e pediu-lhe para ver novamente a faca, observando tão de perto a lâmina prateada que Will receou que o urso cortasse um olho. Examinou a lâmina durante muito tempo e devolveu-a sem uma palavra, a não ser:

— Eu tinha razão: não poderia lutar contra isto.

Depois continuaram a caminhar, falando pouco, o que agradava aos dois. Iorek caçou uma gazela e comeu a maior parte, deixando a carne mais tenra para Will cozinhar. Certa vez chegaram a uma aldeia e enquanto Iorek aguardou na floresta, Will trocou uma das suas moedas de ouro por pão rústico, frutos secos, um par de botas de couro de iaque e um blusão de pele de ovelha, porque as noites começavam a ficar frias.

Também perguntou sobre o vale dos arcos-íris. Balthamos ajudou assumindo a forma de uma corva, semelhante ao génio do homem com quem Will conversava; assim facilitou a comunicação entre eles e Will obteve informações úteis e claras.

O vale ficava a três dias de viagem. Bem, estavam a aproximar-se.

E os outros também.

O exército de Lorde Asriel, o esquadrão de girópteros e o zepelim que transportava combustível tinham alcançado a abertura entre os mundos: o rasgão aberto no céu sobre Svalbard. Ainda tinham uma grande distância a percorrer, mas voaram sem parar a não ser para os trabalhos de manutenção essenciais e o comandante, o rei africano Ogunwe, mantinha-se em contacto com a fortaleza de basalto duas vezes por dia. Ele possuía um aparelho magnético galivespiano a bordo do seu giróptero e através dele estava em condições de saber, ao mesmo tempo que Lorde Asriel, o que acontecia noutros lugares.

As notícias eram perturbadoras. A pequena espia, a Dama Salmakia, tinha observado, escondida nas sombras, enquanto os dois poderosos braços da Igreja, o Tribunal Consistorial de Disciplina e a Sociedade do Trabalho do Santo Espírito, concordaram em pôr de lado as suas divergências e reunirem as informações. A Sociedade tinha um aletiometrista mais rápido e mais hábil que Fra Pavel e, graças a ele, o Tribunal Consistorial sabia agora exactamente onde Lyra se encontrava, para além de outras coisas: sabia que Lorde Asriel tinha enviado uma patrulha para a salvar. Sem perder tempo, o Tribunal recrutou uma frota de zepelins e, no mesmo dia, um batalhão da Guarda Suíça começou a embarcar, aguardando instruções no ar calmo, ao lado do lago Genebra.

Deste modo, cada adversário tinha consciência de que o outro avançava em direcção à caverna na montanha. E sabiam ambos também que quem quer que lá chegasse primeiro teria uma vantagem, embora diminuta: os girópteros de Lorde Asriel eram mais rápidos do que os zepelins do Tribunal Consistorial, mas tinham de percorrer uma distância maior e estavam limitados pela velocidade do seu zepelim-tanque.

Havia ainda outro aspecto a ter em consideração: quem primeiro capturasse Lyra teria de se confrontar com a outra força no regresso.

Seria mais fácil para o Tribunal Consistorial, porque não teria de se preocupar em retirar Lyra com vida. Voavam até ao vale para a matar.

O zepelim que transportava o Presidente do Tribunal Consistorial levava também outros passageiros que ele desconhecia. O Cavaleiro Tialys tinha recebido uma mensagem no seu ressoador magnético, ordenando que ele e a Dama Salmakia se introduzissem sub-repticiamente a bordo do zepelim. Quando os zepelins chegassem ao vale, o Cavaleiro e a Dama Salmakia deviam seguir à frente, chegando isolados à caverna onde Lyra se encontrava a fim de a protegerem o tempo que conseguissem até que o exército do Rei Ogunwe chegasse para a salvar. A segurança de Lyra seria uma prioridade absoluta.

Entrar nos zepelins foi uma tarefa difícil para os espiões, principalmente devido ao equipamento que tinham de transportar. Para além do ressoador magnético, os objectos mais importantes eram um par de larvas de insectos e a respectiva comida. Quando os insectos adultos emergissem parecer-se-iam com libelinhas, mas não seriam como as libelinhas que os humanos do mundo de Will, ou de Lyra, conheciam. Seriam muito maiores, para começar. Os Galivespianos criavam estas criaturas com todo o cuidado e os insectos de um clã distinguiam-se dos dos outros. O clã do cavaleiro Tialys criava libelinhas poderosas, às riscas vermelhas e amarelas, com vigorosos e brutais apetites enquanto a que a Dama Salmakia criava seria uma criatura mais magra e rápida com um corpo de cor azul-eléctrico com o poder de brilhar no escuro.

Cada espião estava equipado com uma certa quantidade dessas larvas que, através de uma alimentação regular de certas quantidades de óleo e mel, eles mantinham em hibernação ou aceleravam rapidamente o seu crescimento até à fase adulta. Tialys e Salmakia tinham trinta e seis horas, dependendo dos ventos, para desenvolverem aquelas larvas; esse era aproximadamente o tempo que o voo demoraria e eles precisavam que os insectos emergissem antes de os zepelins aterrarem.

O cavaleiro e a sua companheira descobriram um espaço desaproveitado por trás de um tabique e instalaram-se tão seguramente quanto possível enquanto o zepelim era carregado e abastecido. Depois, os motores começaram a rugir, fazendo tremer a frágil estrutura de uma ponta à outra, enquanto a equipa de terra se afastava e os oito zepelins se erguiam nos ares.

Os Galivespianos teriam considerado esta comparação um insulto, mas, na realidade, eles conseguiram esconder-se tão bem como os ratos num navio. Do seu esconderijo, podiam escutar muitas conversas e mantiveram-se em contacto de hora a hora com Lorde Roke, que se encontrava a bordo do giróptero do Rei Ogunwe.

Mas havia uma questão sobre a qual eles não conseguiram obter mais nenhuma informação a bordo do zepelim, porque o Presidente nunca mais falou dela; a que se referia ao assassino, Padre Gomez, que tinha já sido absolvido do crime que ia cometer se o Tribunal Consistorial falhasse na sua missão. O Padre Gomez estava algures, e ninguém o seguia.

10

RODAS

Ergueu-se uma pequena nuvem sobre o mar, como a mão de um homem.

BÍBLIA; REIS

— Sim — exclamou a rapariga ruiva, no jardim deserto do Casino. — Nós vimo-la, eu e o Paolo. Ela passou por aqui há alguns dias.

O Padre Gomez perguntou:

— E lembras-te de qual era o aspecto dela?

— Parecia acalorada — respondeu o rapazinho. — Com a cara muito transpirada.

— Que idade é que pensas que ela teria?

— Cerca de... — começou a rapariga, pensativa — penso que teria quarenta ou cinquenta. Não a vimos de perto. Talvez tivesse trinta anos. Mas estava muito acalorada, como disse Paolo e transportava uma grande mochila, muito maior que a sua, *deste tamanho...*

Paolo murmurou-lhe qualquer coisa, semicerrando os olhos para olhar para o Padre enquanto falava. O sol incidia-lhe na cara.

— Pois — retorquiu a rapariga com impaciência —, eu sei. Os Espectros — continuou, virando-se para o Padre Gomez —, ela não tinha medo nenhum dos Espectros. Ela atravessou a cidade a pé sem se preocupar sequer um bocadinho. Nunca tinha visto uma pessoa crescida fazer isso antes. Até parecia que ela nem sabia da existência deles. Tal como você — acrescentou, olhando para ele com um olhar desafiador.

— Há muita coisa que eu não sei — disse, suavemente, o Padre Gomez.

O rapazinho puxou a manga da blusa da irmã e sussurrou novamente.

— Paolo diz — repetiu a menina para o padre — que acha que você vai recuperar a faca.

O Padre Gomez sentiu a pele arrepiar-se. Lembrou-se do testemunho de Fra Pavel durante o interrogatório no Tribunal Consistorial: devia ser a essa faca que o rapazinho se referia.

— Se puder assim farei — respondeu. — A faca é daqui, não é?

— Da Torre degli Angeli — acrescentou a rapariga, apontando para a torre quadrada de pedra que se via sobre os telhados vermelhos. Tremeluzia à luz do meio-dia. — E o rapaz que a roubou matou o meu irmão Tullio. Os Espectros apanharam-no. Se quiser matar aquele rapaz é bem feito. E a rapariga... ela é uma mentirosa, é tão má como ele.

— Havia também uma rapariga? — perguntou o Padre, tentando não parecer demasiado interessado.

— Uma maldita mentirosa — cuspiu a rapariga ruiva. — Nós quase matámos os dois, mas apareceram umas mulheres, mulheres que voavam...

— Feiticeiras — emendou Paolo.

— Feiticeiras e nós não podíamos lutar com elas. Elas levaram-nos daqui, ao rapaz e à rapariga. Não sabemos para onde foram. Mas a mulher veio mais tarde. Pensámos que talvez *ela* tivesse uma espécie de faca, para manter os Espectros ao longe, certo? E talvez *você* também tenha — acrescentou, levantando a cara para olhar para ele sem medo.

— Não tenho nenhuma faca — retorquiu o Padre Gomez. — Mas tenho uma tarefa sagrada. Talvez seja isso que me está a proteger desses... Espectros.

— Pois — disse a rapariga —, talvez. Seja como for, se a quer apanhar ela foi para sul, em direcção às montanhas. Não sabemos para onde. Mas pergunte a qualquer pessoa, eles saberão se ela passou por lá porque não há ninguém como ela em Ci'gazze, nunca houve nem haverá. Ela será *fácil* de encontrar.

— Obrigado, Angelica — agradeceu o padre. — Abençoadas crianças.

Colocou a mochila ao ombro, saiu do jardim e atravessou satisfeito as ruas quentes e silenciosas.

*

Ao fim de três dias na companhia das criaturas com rodas, Mary Malone já sabia bastante mais sobre elas e as criaturas também a conheciam muito melhor.

Na primeira manhã elas transportaram-na durante cerca de uma hora ao longo da estrada de basalto até ao acampamento junto do rio. A viagem foi desconfortável: ela não tinha nada a que se pudesse segurar e as costas das criaturas eram rijas. Deslocavam-se a uma velocidade que a assustou, mas o ruído das rodas sobre a estrada dura e o batimento dos pés que os impulsionavam deixou-a suficientemente animada para lhe permitir ignorar o desconforto.

Durante a viagem, Mary ficou a conhecer melhor a fisiologia das criaturas. Tal como os herbívoros, os esqueletos delas tinham uma estrutura em losango, com um membro em cada um dos cantos. Em determinado momento, num passado longínquo, uma linha de criaturas ancestrais devia ter desenvolvido aquela estrutura e descoberto que ela funcionava, tal como gerações de seres que antes rastejavam no mundo de Mary, desenvolveram, em determinado momento da evolução, uma coluna vertebral.

A estrada de basalto tinha uma ligeira inclinação e ao fim de algum tempo o declive aumentou, o que permitiu às criaturas rolarem livremente. Elas recolheram as patas laterais e aumentaram a velocidade inclinando-se para um lado ou para o outro e precipitaram-se a uma velocidade que Mary descobriu ser aterradora, embora tivesse de admitir que a criatura que ela montava nunca lhe tivesse provocado qualquer sensação de perigo. Se ao menos tivesse algo a que se pudesse agarrar, teria apreciado muito mais a viagem.

No sopé de um declive com mil e seiscentos metros de comprimento havia um bosque das mesmas árvores gigantes e por perto um rio serpenteava por entre o chão coberto de relva. Um pouco mais adiante, Mary viu um brilho que parecia ser de uma extensão maior de água, mas não perdeu muito tempo a olhar para lá porque as criaturas dirigiam-se para um acampamento, junto da margem do rio e ela ardia de curiosidade para ver esse sítio.

Havia entre vinte a trinta cabanas, agrupadas de forma grosseira em círculo, e feitas de — devido ao sol ela teve de proteger os olhos com a mão para poder ver — vigas de madeira com as paredes cobertas com uma mistura que parecia ser canas, tinta e colmo no telhado. Outras criaturas com rodas trabalhavam: algumas reparavam telhados, outras arrastavam uma rede para o rio, outras ainda transportavam lenha para o lume.

Portanto, aquelas criaturas usavam a linguagem e o fogo e tinham uma estrutura social. Por esta altura, Mary descobriu que no seu espírito se processava um ajustamento em que a palavra *criaturas* foi substituída por *povo*. Aqueles seres não eram humanos, mas eram um povo, disse Mary para si mesma; não é *eles*, eles são *nós*.

Estavam já muito próximo do aldeamento e, observando o grupo que estava a chegar, alguns aldeões ergueram os olhos e avisaram os outros para olharem também. O grupo que seguia pela estrada abrandou lentamente até pararem e Mary desmontou, hirta, sabendo que mais tarde se sentiria dorida.

— Obrigada — disse Mary para a sua... a sua quê? Montada? Bicicleta? Ambas as palavras pareciam absurdamente inadequadas para dirigir àquela amabilidade de olhos brilhantes que estava a seu lado. Contentou-se com a palavra... amiga.

Ele ergueu a tromba e imitou as palavras de Mary:

— Brigada — disse, e de novo todos riram muito alegres.

Mary pegou na mochila que outra criatura transportava (brigada! brigada!) e caminhou com eles, deixando a estrada de basalto e dirigindo-se para a terra compactada da aldeia.

Foi nesse momento que a sua absorção começou verdadeiramente.

Nos dias seguintes Mary aprendeu tantas coisas que se sentia de novo como uma criança, confundida pela escola. Para além disso, o povo com rodas parecia sentir a mesma admiração por ela. Para começar, as suas mãos. Não se cansavam de as admirar: as suas delicadas trombas apalpando cada articulação, inspeccionando as unhas, os polegares, os nós dos dedos, flectindo-os delicadamente e depois observando espantados como ela pegava na mochila, levava a comida à boca, se coçava, penteava o cabelo, se lavava.

Em troca, eles deixaram-na apalpar-lhes as trombas. Eram infinitamente flexíveis e do comprimento de um braço, mais grossas na zona onde se uniam à cabeça e suficientemente fortes para lhe esmagarem o crânio, calculou Mary. As duas saliências, parecidas com dedos, na extremidade, eram capazes de exercer uma enorme força, mas também de manusearem objectos com uma grande gentileza. As criaturas pareciam capazes de mudar de tipo de pele da parte inferior da tromba equivalente às pontas dos dedos, de um veludo suave para uma solidez semelhante à de madeira. Como resultado disto podiam usá--la para a delicada tarefa de ordenhar um herbívoro e para trabalhos mais duros como o de partir e dar forma a ramos.

A pouco e pouco, Mary percebeu que as trombas também desempenhavam uma função importante na comunicação. Um movimento da tromba podia modificar o significado de um som de modo a que a palavra que soava a «chuh» significava água quando era acompanhada com um abanar da tromba da esquerda para a direita; «chuva» quando a tromba se encaracolava e virava a ponta para cima, «tristeza» quando se encaracolava para baixo e «pequenos rebentos de erva» quando a tromba dava um salto rápido para a esquerda. Quando percebeu isto, Mary imitou-os, movimentando o seu braço o melhor que pôde, e quando as criaturas perceberam que ela começava a falar com elas a sua satisfação foi radiante.

Assim que começaram a comunicar (usando principalmente a linguagem delas, embora Mary tenha conseguido ensinar-lhes algumas palavras: elas já conseguiam dizer «brigada», «erva», «árvore», «céu» e «rio», e pronunciavam o nome dela com um pouco de dificuldade) os progressos tornaram-se muito mais rápidos. O nome que elas davam a si mesmas enquanto povo era mulefa, mas um ser era um *zalif*. Mary estava convencida de que havia uma diferença entre os sons para *zalif-macho* e *zalif-fêmea*, mas era uma alteração demasiado subtil para ela a conseguir reproduzir. Mary começou a tomar nota de todas as palavras, compilando um dicionário.

Mas antes de se deixar absorver totalmente, retirou da mochila o livro usado e os pauzinhos de milefólio e perguntou ao *I Ching*: devo ficar aqui a fazer isto, ou devo seguir para qualquer outro sítio, continuando a busca?

A resposta chegou: *Mantendo-se imóvel, para que a inquietude se dissolva; depois, para além do tumulto, pode aperceber-se as grandes leis.*

E continuou: *Tal como uma montanha se mantém imóvel em si mesma, assim o sábio não permite que a sua vontade vagueie para além da sua situação.*

Era difícil encontrar texto mais claro. Mary embrulhou os pauzinhos e guardou o livro e apercebeu-se de que, à sua volta, se tinha feito um círculo de criaturas que a observavam.

Uma disse: *Pergunta? Permissão? Curioso.*

Ela retorquiu: *Por favor. Veja.*

As trombas delas moveram-se muito delicadamente, mexendo os pauzinhos com o mesmo movimento de contagem que ela realizara, ou virando as páginas do livro. Uma coisa que as deixava espantadas era ela ter duas mãos: o poder segurar no livro e virar as páginas ao mesmo tempo. Adoravam vê-la a colocar os dedos uns nos outros, ou fazer a brincadeira de criança: «O mindinho, seu vizinho...», ou fazer aquele movimento repetido de rodar o polegar por cima e por baixo do indicador que era o que Ama fazia, naquele preciso momento, no mundo de Lyra, como encantamento para manter os maus espíritos afastados.

Depois de terem examinado os pauzinhos de milefólio e o livro, dobraram o pano sobre os pauzinhos cuidadosamente, colocando-os, juntamente com o livro dentro da mochila. Mary sentia-se feliz e tranquilizada pela mensagem recebida da China antiga, porque significava que o que ela mais desejava fazer era exactamente o que devia fazer naquele momento.

Por isso preparou-se para saber mais coisas sobre os mulefa, com o coração alegre.

Aprendeu que havia dois sexos e que viviam em casais monogâmicos. Os seus descendentes tinham uma infância longa: dez anos, pelos menos, crescendo lentamente, pelo que conseguiu perceber das explicações dos mulefa. Havia cinco infantes naquela aldeia, um quase crescido e os outros com uma idade indeterminada; uma vez que eram mais pequenos que os adultos não conseguiam manipular as rodas-vagens. As crianças tinham de se deslocar como os herbívoros, com as quatro patas no chão, mas apesar de toda a sua energia e espírito de aventura (saltando para o colo de Mary, escondendo-se envergonhadas, tentando trepar os troncos das árvores, chapinhando na água pouco profunda, e outras coisas do género) elas pareciam desajeitadas, como se estivessem num ambiente estranho. A velocidade, força e graça dos adultos era espantosa, por contraste, e Mary percebeu como um jovem em crescimento devia desejar ardentemente o dia em que pudesse usar as rodas. Observou o infante mais velho, certo dia, entrar silenciosamente no armazém onde estavam guardadas várias rodas-vagens, e tentar encaixar a pata da frente no buraco central; mas quando tentou erguer-se caiu de imediato, ficando preso e o barulho atraiu um adulto. A criança lutou por se libertar, guinchando ansiosa e Mary não pôde evitar rir-se da situação, do progenitor indignado e da criança culpada, que se libertou no último minuto e desatou a fugir.

As rodas-vagens eram claramente de extrema importância e em breve Mary pôde aperceber-se de quanto elas eram valiosas.

Para começar, os mulefa passavam grande parte do seu tempo a trabalhar na manutenção das rodas. Erguendo e torcendo com destreza a garra, conseguiam tirá-la do buraco e depois usavam as trombas para examinar toda a roda, limpando o rebordo, procurando rachas. A garra era extremamente forte: um esporão de chifre ou osso em ângulo recto relativamente à pata e ligeiramente curva de modo que a zona mais alta, no meio, recebia o peso quando se encontrava dentro do buraco da roda. Mary observou um dia enquanto uma zalif examinava o buraco da sua roda da frente, tocando aqui e ali, erguendo a tromba e baixando-a como se experimentasse o odor. Mary recordou-se do óleo que descobriu nos seus dedos quando tinha examinado a primeira semente que vira. Com permissão da zalif, Mary examinou a garra e descobriu que a superfície era mais suave e escorregadia do que qualquer coisa que ela tivesse apalpado no seu mundo. Os seus dedos não conseguiam manter-se sobre a superfície sem deslizarem. Toda a garra parecia impregnada com o óleo suavemente aromático, e depois de ela ter examinado alguns dos aldeões, testando, verificando o estado das rodas e das garras, começou a interrogar-se sobre qual teria surgido primeiro: a roda ou a garra? O ciclista ou a árvore?

Contudo, naturalmente, havia um terceiro elemento a ter em conta, que era a geologia. As criaturas apenas poderiam usar rodas num mundo que lhes providenciava estradas naturais. Devia haver alguma característica no conteúdo mineral daqueles lençóis de lava que fazia com que eles corressem como se fossem faixas sobre a savana e que fossem suficientemente resistentes ao tempo e à erosão. A pouco e pouco, Mary acabou por perceber que tudo estava relacionado e que o conjunto, aparentemente, era mantido pelos mulefa. Eles sabiam a localização de cada manada de herbívoros, de cada bosque de árvores-roda, de cada faixa de erva-doce, tal como conheciam cada animal dentro de uma manada e cada árvore do bosque, discutindo sobre o seu bem-estar e o seu futuro. Numa certa ocasião, Mary viu os mulefa seleccionarem uma manada de herbívoros, escolher alguns animais, afastando-os dos outros, e matando-os, torcendo-lhes o pescoço com um puxão das poderosas trombas. Nada era desperdiçado. Segurando com as trombas algumas pedras lascadas ou afiadas como lâminas, os mulefa esfolaram e esventraram os animais em poucos minutos, depois deram início a um esquartejamento hábil, separando as vísceras da carne tenra e das articulações mais fortes, aparando a gordura, retirando os chifres e os cascos e trabalhando de forma tão eficiente que Mary observou com o prazer que normalmente sentia quando via um trabalho bem feito.

Em breve, fatias de carne eram penduradas a secar ao sol, enquanto outras eram salgadas e embrulhadas em folhas; as peles limpas da gordura, que era guardada para uso posterior, e depois colocadas dentro de buracos cheios de água e cascas de árvore para tingir; entretanto a criança mais velha brincava com um par de chifres, fingindo ser um herbívoro e fazendo as outras crianças rir. Nessa noite houve carne fresca ao jantar e Mary banqueteou-se.

De igual modo, os mulefa sabiam onde se podia pescar o melhor peixe e exactamente quando e onde colocar as redes. Procurando qualquer coisa que pudesse fazer, Mary aproximou-se dos tecedores de redes e ofereceu-se para ajudar. Depois de ver como eles trabalhavam, não sozinhos, mas aos pares, usando as trombas para atar os nós, percebeu porque é que eles se espantavam tanto com as suas mãos, porque, naturalmente, ela podia atar nós sozinha. A princípio, Mary sentiu que isso lhe dava alguma vantagem — não precisava de mais ninguém; mas depois percebeu como isso a isolava dos outros. Talvez todos os seres humanos fossem assim. A partir desse momento, passou a usar uma mão para atar o nó das fibras, partilhando a tarefa com uma zalif-fêmea com quem criara laços de amizade, dedos e tromba mexendo-se para a frente e para trás em conjunto.

De todas as coisas vivas de que o povo das rodas tratava, era às árvores-roda que dedicavam mais atenção. Havia meia dúzia de bosques dentro da área cuidada por aquele grupo. Havia outros, mais afastados, mas eram da responsabilidade de outros aldeamentos de mulefa. Todos os dias, um grupo partia para verificar o bom estado das gigantescas árvores e para recolherem qualquer semente que tivesse caído. Era evidente qual era o lucro dos mulefa; mas como é que as árvores beneficiavam deste intercâmbio? Certo dia Mary percebeu. Enquanto deslizava na companhia de um grupo ouviu-se subitamente um enorme *crack* e todos pararam, rodeando o indivíduo cuja roda se tinha partido. Cada grupo transportava uma ou duas rodas sobressalentes, por isso o zalif com a roda partida em breve estava de novo montado. Porém, a roda partida foi cuidadosamente embrulhada num pano e levada de volta à aldeia.

Aí, eles abriram a roda à força e retiraram todas as sementes — ovais finas e amarelas do tamanho de uma unha — e examinaram-nas cuidadosamente. Explicaram que as vagens necessitavam da constante trituração que recebiam das estradas duras para poderem estalar e, acrescentaram, as sementes germinavam com dificuldade. Sem a atenção dos mulefa, todas as árvores morreriam. Cada espécie dependia da outra e, para além disso, era o óleo que tornava tudo possível. Era difícil de compreender, mas eles pareciam dizer que o óleo era o centro do seu pensamento e das suas emoções; que os mais novos não tinham a sabedoria dos mais velhos porque não podiam usar as rodas e por isso não podiam absorver o óleo através das garras.

Foi nesse momento que Mary começou a perceber a relação entre os mulefa e a questão que a tinha ocupado nos últimos anos da sua vida.

Porém, antes de poder aprofundar mais esse tema (e as conversas com os mulefa eram demoradas e complexas, porque eles adoravam classificar, explicar e ilustrar os seus argumentos com dezenas de exemplos, como se nunca se esquecessem de nada e tudo o que sabiam estivesse imediatamente disponível para servir de referência) o acampamento foi atacado.

Mary foi a primeira a ver os atacantes aproximarem-se, embora não soubesse o que eles eram.

Aconteceu a meio da tarde, quando ela ajudava a reparar o telhado de uma cabana. As construções dos mulefa eram todas de um só andar porque eles não eram bons trepadores; mas Mary sentia-se feliz por escalar acima do solo e poder, depois de os mulefa lhe terem ensinado a técnica, colocar a cobertura de colmo e prendê-la no sítio usando as duas mãos e fazendo-o muito mais rapidamente do que eles.

Mary estava agarrada às vigas da casa, apanhando os molhes de colmo que lhe atiravam e saboreando a brisa fresca que vinha do rio e amenizava o calor do sol, quando os seus olhos foram atraídos por um clarão branco.

Surgiu do brilho distante que Mary interpretou como sendo o mar. Protegeu os olhos com as mãos e viu um... dois... muitos... uma frota de velas brancas emergindo da bruma, a alguma distância, mas dirigindo-se com uma graça silenciosa para a foz do rio.

Mary! chamou o zalif lá de baixo. *O que é que estás a ver?*

Mary não sabia qual era a palavra para vela, ou barco, por isso respondeu: *alto, branco, muitos.*

Imediatamente o zalif soltou um grito de alarme e todos os que estavam suficientemente perto para ouvir pararam de trabalhar e apressaram-se a dirigir-se para o centro do aldeamento, chamando os mais novos. Num minuto todos os mulefa estavam prontos para fugir.

Atal, a amiga de Mary, chamou: *Mary! Mary! Vem! Tualapi! Tualapi!*

Aconteceu tudo tão depressa que Mary mal tivera tempo para se mexer. Por aquela altura as velas brancas já tinham entrado no rio, deslocando-se com facilidade contra a corrente. Mary estava impressionada com a disciplina dos marinheiros: eles trabalhavam tão rapidamente, as velas movendo-se ao mesmo tempo como um bando de estorninhos, todos mudando de direcção simultaneamente. E eram tão belas aquelas velas alvas e esguias, inclinando-se, girando e enfunando...

Eram pelo menos quarenta e subiam o rio muito mais depressa do que Mary calculara inicialmente. Mas ela não viu qualquer tripulação a bordo e, subitamente, percebeu que não se tratava de barcos: eram antes gigantescos pássaros brancos e as velas eram as asas, uma à frente e outra atrás, içadas e flectidas, equilibradas pela força dos músculos.

Não havia tempo para ficar parada a estudá-los porque eles já alcançavam a margem do rio e trepavam em direcção à aldeia. Tinham pescoços semelhantes aos de cisnes e bicos do tamanho de um braço. As asas tinham o dobro da altura de Mary e — olhando para trás, agora assustada, por cima do ombro enquanto fugia — tinham também pernas fortes: não era de espantar que se deslocassem tão depressa sobre a água.

Mary correu velozmente atrás dos mulefa que a chamavam enquanto abandonavam a aldeia e se dirigiam para a estrada. Alcançou-os mesmo a tempo: a sua amiga Atal aguardava-a e assim que Mary saltou para as suas costas, bateu na estrada com as patas, ganhando velocidade enquanto subia a colina atrás dos companheiros.

Os pássaros, que não se conseguiam deslocar tão depressa sobre a terra, em breve abandonaram a perseguição e regressaram à aldeia.

Abriram os armazéns de comida, rosnando e grasnando, erguendo os seus grandes e cruéis bicos enquanto engoliam a carne seca e toda a fruta e os grãos de conserva. Tudo o que era comestível desapareceu num minuto.

Depois os tualapi descobriram o armazém das rodas e tentaram partir as grandes vagens, mas não tinham força suficiente para isso.

Mary sentiu que, à sua volta, os seus amigos estavam tensos de medo enquanto observavam, do cume da pequena colina, vendo as vagens, uma após outra, serem lançadas ao chão, pontapeadas, arranhadas pelas garras daquelas poderosas pernas, mas, naturalmente, nada de mal lhes aconteceu. O que preocupava os mulefa era que várias vagens tinham sido empurradas e atiradas à água onde flutuavam descendo pesadamente a corrente em direcção ao mar.

Seguidamente os grandes pássaros brancos entregaram-se à tarefa de demolir tudo o que pudessem encontrar com poderosos pontapés enquanto picavam, mordiam e rasgavam com os bicos. Os mulefa em volta de Mary murmuravam, quase lamuriando-se.

Eu ajudo, disse Mary. *Nós fazemos de novo.*

Mas as terríveis criaturas ainda não tinham terminado; abrindo as belas asas agacharam-se por entre os destroços e esvaziaram as entranhas. O odor subiu a colina levado pela brisa; montes e poças de excrementos verdes, pretos, castanhos e brancos espalhavam-se por entre as vigas partidas, o colmo disperso. Depois, os seus movimentos desajeitados em terra dando-lhes um ar pomposo e arrogante, os pássaros dirigiram-se para a água e desceram a corrente em direcção ao mar.

Só quando a última asa branca desapareceu na bruma da tarde é que os mulefa desceram novamente a colina. Estavam desgostosos e cheios de raiva, mas o sentimento que predominava era o de preocupação pelo armazém de vagens.

Das quinze vagens que lá tinham sido armazenadas apenas restavam duas. As restantes tinham sido lançadas à água e perdidas. Porém, havia um banco de areia na curva mais próxima do rio e Mary pensou ter visto uma roda encalhada lá. Por isso, para espanto e assombro dos mulefa, despiu-se, atou uma corda comprida em volta da cintura e nadou até à curva do rio. No banco de areia encontrou não uma mas cinco preciosas rodas e, passando a corda pelo centro suave das rodas nadou de regresso ao acampamento, arrastando com dificuldade as rodas atrás de si.

Os mulefa ficaram extremamente agradecidos. Eles nunca entravam na água e apenas pescavam da margem, tendo o cuidado de manter os pés e as rodas secas. Mary sentiu que finalmente tinha feito algo de útil por eles.

Mais tarde, nessa noite, depois de uma refeição pobre de raízes doces, os mulefa contaram-lhe porque se tinham sentido tão ansiosos pelas rodas. Em tempos, as vagens tinham sido abundantes e o mundo era então rico e cheio de vida e os mulefa viviam numa alegria perpétua com as suas árvores. Mas algo de mal acontecera há muitos anos; alguma virtude tinha abandonado o mundo porque, apesar de todo o amor e atenção que os mulefa lhes dedicavam, as árvores das rodas--vagens estavam a morrer.

11

AS LIBELINHAS

Uma verdade dita com má intenção vence todas as mentiras que possas inventar.

WILLIAM BLAKE

Ama subiu o carreiro para a caverna, pão e leite no saco que transportava às costas, uma grande confusão no seu espírito. Como é que ela alguma vez poderia chegar perto da rapariga adormecida?

Alcançou a rocha onde a mulher lhe tinha dito para deixar a comida. Poisou-a, mas não se dirigiu imediatamente para casa; subiu mais um pouco, para além da caverna, em direcção aos densos rododendros, continuando a subir até onde as árvores começavam a rarear e os arcos-íris começavam.

Aí Ama e o seu génio fizeram um jogo: treparam por cima das saliências rochosas e deram a volta às pequenas cataratas verdes e brancas, passaram para lá dos redemoinhos e dos esguichos pintados com as cores do arco-íris até que o cabelo e as pestanas de Ama e o pêlo de esquilo do génio ficaram cobertos por milhões de pequenas pérolas de humidade. O objectivo do jogo era chegar ao topo sem limpar os olhos, apesar da tentação e, em breve, a luz do sol tremeluzia e fraccionava-se em vermelho, amarelo, verde, azul e todas as outras cores intermédias, mas Ama não podia limpar com a mão para ver melhor até chegar ao topo, ou perderia o jogo.

Kulang, o génio, saltou para a rocha sobranceira à queda-d'água mais alta e Ama sabia que ele se viraria imediatamente para se certificar de que ela não limpava a humidade das pestanas... mas ele não se virou.

Em vez disso, ele ficou ali parado, olhando em frente.

Ama limpou os olhos, porque o jogo tinha sido cancelado pela surpresa que o seu génio sentia. Quando se ergueu para olhar por cima do rebordo da rocha, susteve a respiração e ficou imóvel porque olhando para ela estava a cara de uma criatura que Ama nunca vira antes: um urso, mas enorme, aterrador, quatro vezes o tamanho dos ursos castanhos da floresta e com o pêlo cor de marfim, um nariz negro, olhos pretos e garras do tamanho de punhais. Ele estava apenas à distância de um braço. Ama podia ver cada pêlo da cabeça do urso.

— Quem está aí? — perguntou a voz de um rapaz. Apesar de Ama não poder perceber as palavras, captou facilmente o sentido.

Pouco depois o rapaz apareceu junto do urso: um olhar feroz, as sobrancelhas cerradas e o queixo proeminente. E seria aquilo um génio, ao lado dele, com a forma de um pássaro? Mas de um pássaro estranho que Ama também nunca vira. Ele voou até junto de Kulang e, num tom breve, disse: *Amigos. Não vos faremos mal.*

O grande urso branco não se movera um milímetro.

— Sobe — disse o rapaz e, de novo, o génio de Ama transmitiu--lhe o sentido das palavras.

Vigiando o urso com um temor supersticioso, Ama trepou para junto da pequena cascata e ficou, timidamente, de pé sobre as rochas. Kulang transformou-se numa borboleta e poisou por breves momentos na face da menina para logo de seguida esvoaçar em volta do outro génio, poisado imóvel sobre a mão do rapaz.

— Will — disse o rapaz, apontando para ele próprio, e a menina retorquiu: — Ama. Agora que ela já o conseguia ver com mais nitidez, sentia quase mais medo do rapaz do que do urso: ele tinha uma ferida horrível; faltavam-lhe dois dedos. Ama sentiu-se agoniada quando lhc viu a mão.

O urso afastou-se caminhando ao longo da pequena corrente leitosa e deitou-se na água, como se se quisesse refrescar. O génio do rapaz levantou voo e esvoaçou com Kulang por entre os arcos-íris e lentamente começaram a compreender-se um ao outro.

E o que é que eles haviam de procurar se não uma caverna, com uma menina adormecida lá dentro?

As palavras atropelaram-se umas às outras quando Ama tentou responder:

— Eu sei onde é! E ela é mantida a dormir pela mulher que diz que é a mãe dela, mas nenhuma mãe poderia ser tão cruel, pois não?

Ela obriga-a a beber um líquido para a manter a dormir, mas eu tenho umas ervas para a fazer acordar. Se ao menos eu pudesse chegar até ela!

Will limitou-se a acenar com a cabeça enquanto aguardava que Balthamos traduzisse o que demorou mais de um minuto.

— Iorek! — chamou Will e o urso arrastou-se ao longo do leito do rio, lambendo as maxilas, porque tinha acabado de engolir um peixe. — Iorek — continuou Will —, esta rapariga diz que sabe onde está Lyra. Vou com ela para ver enquanto tu ficas aqui de vigia.

Iorek Byrnison, sentado na corrente, acenou silenciosamente com a cabeça. Will escondeu a mochila e afivelou a faca antes de descer pelo meio dos arcos-íris atrás de Ama. Ele teve de limpar os olhos e perscrutar atentamente através do encadeamento para ver onde era seguro apoiar os pés e a humidade que enchia o ar era gelada.

Quando chegaram ao sopé das cataratas Ama avisou que deviam continuar com cuidado e sem fazer barulho e Will desceu o declive atrás dela, caminhando por entre rochas cobertas de musgo e grandes pinheiros de troncos nodosos onde a luz manchada dançava intensamente verde e um milhão de minúsculos insectos zumbiam e cantavam. Continuaram a descer, cada vez mais e mesmo assim a luz do sol seguia-os até ao vale enquanto sobre eles os ramos subiam e se agitavam incessantemente no céu azul.

Subitamente Ama parou. Will escondeu-se por trás do enorme tronco de um cedro e olhou para onde Ama apontava. Por entre os ramos e as folhas ele viu a vertente de um penhasco, erguendo-se à direita e a meia altura...

— A Senhora Coulter — murmurou, e o seu coração bateu apressado.

A mulher apareceu por trás da rocha, agitando um ramo de folhagem densa antes de o deixar cair e sacudir as mãos. Teria estado a varrer o chão? Tinha as mangas arregaçadas e o cabelo apanhado por um lenço. Will nunca pensou vê-la com um aspecto tão doméstico.

Mas, subitamente, surgiu um relâmpago dourado e o macaco perverso apareceu, saltando para o ombro da Sra. Coulter. Como se suspeitassem de alguma coisa, ambos olharam em volta e subitamente a Sra. Coulter deixou de ter aquela aparência doméstica.

Ama murmurava ansiosa: ela tinha medo do macaco-génio dourado; ele gostava de arrancar as asas dos morcegos com eles ainda vivos.

— Está mais alguém com ela? — perguntou Will. — Não há soldados, ou pessoas do género?

Ama não sabia. Nunca tinha visto soldados, mas as pessoas falavam de homens estranhos e assustadores, ou talvez fossem fantasmas, observados nas encostas, à noite... Mas sempre houvera fantasmas nas montanhas, todas as pessoas sabiam isso. Portanto, talvez não estivessem relacionados com a mulher.

Bem, pensou Will, se Lyra está na caverna e a Sra. Coulter não sair de lá, terei de lhe ir fazer uma visita. E perguntou:

— Que droga é essa que tu tens? O que é que tens de fazer com ela para a acordares?

Ama explicou.

— E onde é que a tens?

— Em casa — respondeu. Escondida.

— Muito bem. Espera aqui e não te aproximes. Quando a vires, não lhe deves dizer que me conheces. Nunca me viste nem ao urso. Quando é que voltas a trazer-lhe comida?

Meia hora antes do pôr do Sol, respondeu o génio de Ama.

— Traz o remédio contigo nessa altura — disse Will. — Encontramo-nos aqui.

Ama observou com grande ansiedade enquanto Will caminhava ao longo do carreiro. Certamente ele não tinha acreditado no que ela lhe acabara de contar sobre o macaco-génio, ou não caminharia tão tranquilamente em direcção à caverna.

Na realidade Will sentia-se bastante nervoso. Todos os seus sentidos pareciam estar alerta pelo que ele estava consciente dos mais pequenos insectos esvoaçando aos raios de sol, o restolhar de cada folha, o movimento das nuvens, isto apesar de os seus olhos nunca terem deixado a abertura da caverna.

— Balthamos — murmurou, e o anjo-génio voou em direcção ao seu ombro sob a forma de um pequeno pássaro de olhos brilhantes e asas vermelhas. — Fica perto de mim e vigia o macaco.

— Então olha para a tua direita — retorquiu Balthamos sobriamente.

E Will viu uma mancha de luz dourada à entrada da caverna que tinha uma cara e olhos e os observava. Estava a pouco mais de vinte metros de distância. Will parou e o macaco virou a cabeça e olhou para dentro da caverna, disse qualquer coisa e voltou a olhar para os caminhantes.

Will apalpou o punho da faca e continuou a andar.

Quando chegou à caverna a mulher aguardava-o.

Estava sentada, descontraída, na cadeira de lona, com um livro no colo, observando-o calmamente. Envergava roupas de caqui, mas tão bem feitas e o seu corpo era tão elegante que as roupas pareciam ser de alta costura e o pequeno botão de flor vermelha que ela tinha prendido na parte da frente da blusa parecia a mais elegante das jóias. Os seus cabelos brilhavam e os olhos negros tremeluziam, as pernas nuas tinham uma tonalidade dourada ao sol.

Ela sorriu. Will quase sorriu em resposta, porque estava pouco habituado à doçura e suavidade que uma mulher podia colocar num sorriso, e isso perturbou-o.

— Tu és o Will — disse ela naquela voz baixa e inebriante.

— Como sabe o meu nome? — perguntou rudemente.

— Lyra pronuncia-o no seu sono.

— Onde está ela?

— A salvo.

— Quero vê-la.

— Entra, então — propôs a mulher, levantando-se e deixando cair o livro na cadeira.

Pela primeira vez, desde que se aproximara dela, Will olhou para o macaco-génio. O seu pêlo era comprido e lustroso, cada pêlo parecendo feito de ouro, muito mais fino do que os cabelos humanos, e a sua cara pequena e as mãos eram pretas. Will tinha visto pela última vez aquela cara, contorcida pelo ódio, na noite em que ele e Lyra tinham roubado o aletiómetro da casa de Sir Charles Latrom, em Oxford. O macaco tinha tentado mordê-lo até que Will golpeou com a faca, forçando-o a recuar, o que lhe permitira fechar a janela prendendo-os no outro mundo. Will pensou que nada no mundo o faria virar as costas àquele macaco.

Mas Balthamos, em forma de pássaro, vigiava-o atentamente e Will caminhou cuidadosamente sobre o chão da caverna e seguiu a Sra. Coulter até à pequena figura deitada nas sombras.

Lá estava ela, a sua melhor amiga, adormecida. Parecia tão pequena! Ele sentiu-se espantado por ver como toda a força e fulgor que Lyra emanava quando acordada se transformava numa aparência tão meiga e suave quando estava adormecida. Enroscado no pescoço estava Pantalaimon sob a forma de doninha fedorenta, o pêlo brilhando, e o cabelo de Lyra colado húmido sobre a testa.

Will ajoelhou-se a seu lado e afastou-lhe o cabelo. Tinha a cara quente. Pelo canto do olho Will viu o macaco acocorar-se, pronto a saltar, e colocou a mão sobre a faca; mas a Sra. Coulter abanou muito ligeiramente a cabeça e o macaco descontraiu-se.

Sem parecer fazê-lo, Will memorizou os contornos exactos da caverna: o tamanho e a forma precisa de cada rocha, o declive do chão, a exacta altura do tecto por cima da rapariga adormecida. Ele teria de descobrir o caminho até ela na escuridão e esta era a única oportunidade que tinha de ver a caverna primeiro.

— Como vês, ela está a salvo — disse a Sra. Coulter.

— Por que é que a mantém presa aqui? E por que é que não a deixa acordar?

— Sentemo-nos.

Ela não se sentou na cadeira, fazendo-lhe companhia no chão coberto de musgo à entrada da caverna. Parecia tão simpática e havia uma sabedoria triste nos seus olhos que a desconfiança de Will aumentou. Sentiu que cada palavra que ela dizia era uma mentira, cada acção escondendo uma ameaça e cada sorriso uma máscara enganosa. Bem, ele teria, por sua vez, de a enganar: tinha de a fazer pensar que ele era inofensivo. Ele tinha enganado todos os professores, todos os polícias, todos os assistentes sociais, todos os vizinhos que alguma vez se interessaram por ele; ele tinha-se preparado para aquela prova toda a sua vida.

Certo, pensou. Posso controlar a situação.

— Queres beber alguma coisa? — perguntou a Sra. Coulter. — Eu também bebo... É seguro. Vê.

Ela abriu uns frutos castanhos e enrugados e pressionou o sumo turvo para dentro de duas taças. Bebeu de uma e ofereceu a outra a Will, que também bebeu e se apercebeu de que o sumo era fresco e doce.

— Como descobriste o teu caminho até aqui? — perguntou ela.

— Não foi difícil segui-la.

— Evidentemente. Tens o aletiómetro de Lyra?

— Sim — respondeu, deixando-a na dúvida se ele sabia ou não lê-lo.

— E tens a faca, ao que sei.

— Sir Charles contou-lhe, não foi?

— Sir Charles? Oh... Carlo, claro. Sim, contou. Parece fascinante. Posso vê-la?

— Não, claro que não — retorquiu Will. — Por que é que mantém Lyra aqui?

— Porque eu a amo — respondeu a Sra. Coulter. — Sou a sua mãe. Ela está em grande perigo e eu não deixarei que nada lhe aconteça.

— Em perigo de quê? — perguntou Will.

— Bem... — começou a dizer a Sra. Coulter, poisando a taça e inclinando-se para a frente, o que fez com que o seu cabelo caísse de cada lado da cara. Quando se endireitou, prendeu o cabelo atrás das orelhas com ambas as mãos e Will sentiu o odor de um perfume combinado com o cheiro fresco do seu corpo e sentiu-se perturbado.

Se a Sra. Coulter se apercebeu da sua reacção, não o revelou. Continuou a falar:

— Olha, Will, não sei como conheceste a minha filha, e desconheço o que tu já sabes, e certamente não sei se posso confiar em ti; mas, de qualquer modo, estou cansada de ter de mentir. Por isso aqui vai: a verdade.

«Descobri que a minha filha está ameaçada exactamente pelas mesmas pessoas a quem eu costumava pertencer — a Igreja. Francamente, penso que eles a querem matar. Por isso encontrei-me num dilema, percebes: obedecer à Igreja ou salvar a minha filha. E eu fui uma serva fiel da Igreja. Não havia ninguém mais zeloso; dediquei-lhe a minha vida; servi-a com paixão.

«Mas tinha esta filha...

«Sei que não tomei conta dela quando ela era pequena. Foi-me retirada e educada por estranhos. Talvez isso tenha feito com que ela tivesse dificuldade em confiar em mim. Mas enquanto crescia, percebi o perigo em que ela se encontrava e, por três vezes, tentei salvá-la. Tive de me tornar numa renegada e esconder-me neste lugar remoto e pensei que estaríamos a salvo aqui; mas ao saber que nos encontraste com tanta facilidade... bem podes perceber como isso me preocupa. A Igreja não deve estar longe. E eles querem matá-la, Will. Eles não a deixarão viver.

— Porquê? Porque a odeiam tanto?

— Por causa do que eles pensam que ela fará. Não sei o que será. Gostava de saber, porque então poderia mantê-la ainda mais segura. Mas tudo o que sei é que eles a odeiam e que não têm misericórdia nenhuma.

Inclinou-se para a frente, falando rapidamente, em voz baixa.

— Por que é que te estou a contar isto? — continuou. — Posso confiar em ti? Penso que terei de o fazer. Não posso continuar a fugir, não há outro sítio onde me possa esconder. E se tu és amigo de Lyra, talvez sejas também meu amigo. E eu preciso de amigos, eu preciso de ajuda. Está tudo contra mim, agora. A Igreja também me destruirá, tal como a Lyra, se nos encontrarem. Estou sozinha, Will, só eu numa caverna com a minha filha e todas as forças de todos os mundos tentando descobrir-nos. E aqui estás tu, mostrando como foi fácil encontrar-nos. O que vais fazer, Will? O que é que queres?

— Por que é que a mantém a dormir? — retorquiu Will, teimosamente, evitando as perguntas.

— Por causa do que aconteceria se eu a deixasse acordar. Ela já fugiu uma vez. E não duraria cinco dias.

— Mas por que é que não lhe explica e lhe dá a possibilidade de escolher?

— Pensas que ela escutaria? Pensas que mesmo que ela escutasse me acreditaria? Ela não confia em mim. Ela odeia-me, Will. Deves saber isso. Ela despreza-me. Eu, bem... não sei como dizer isto... eu amo-a tanto que desisti de tudo por ela — de uma grande carreira, de grande felicidade, posição social e fortuna — tudo, para vir para esta caverna nas montanhas, viver de pão seco e fruta podre apenas para poder manter a minha filha viva. E se para fazer isso tiver de a manter adormecida, fá-lo-ei. Mas *tenho* de a manter viva. A tua mãe não faria o mesmo por ti?

Will sentiu uma onda de choque e revolta por a Sra. Coulter ter tido a ousadia de falar na sua mãe para fortalecer o seu argumento. Depois, o primeiro choque foi ampliado pelo pensamento que a mãe dele, afinal, não o tinha protegido; ele é que tivera de a proteger. Amaria a Sra. Coulter mais Lyra do que Elaine Parry o amava a ele? Mas isso era um pensamento injusto: a sua mãe estava doente.

Ou a Sra. Coulter não se apercebeu do tumulto de sentimentos que as suas palavras simples tinham desencadeado, ou estava a ser monstruosamente esperta. Os seus belos olhos observaram Will calmamente enquanto ele corava e mudava de posição, desconfortável e, por um momento, a Sra. Coulter pareceu-se sinistramente com a sua filha.

— Mas o que é que *tu* vais fazer? — perguntou.

Bem, já vi Lyra — disse Will — e ela está viva, isso é evidente, e está a salvo, suponho. Era tudo o que eu queria saber. Por isso, agora que já sei, posso partir e ajudar Lorde Asriel como é suposto que faça.

Isto surpreendeu-a um pouco, mas ela controlou-se.

— Não estás a dizer... pensei que nos podias ajudar — disse, muito calmamente, sem pedir nem questionar. — Com a faca. Vi o que fizeste em casa de Sir Charles. Podias pôr-nos a salvo, não podias? Podias ajudar-nos a fugir.

— Vou-me embora — retorquiu Will levantando-se.

Ela estendeu-lhe a mão. Um sorriso triste, um encolher de ombros e um aceno de cabeça como se cumprimentasse um opositor habilidoso que fizera uma boa jogada no tabuleiro de xadrez. Will deu por si a gostar dela, porque ela era corajosa e porque ela parecia uma Lyra mais profunda, mais complicada e mais rica. Não pôde evitar gostar dela.

Por isso apertou-lhe a mão, descobrindo-a firme, fria e suave. Ela virou-se para o macaco dourado, que se tinha mantido sentado atrás dela todo o tempo, e trocaram um olhar que Will não conseguiu interpretar.

Depois ela virou-se com um sorriso.

— Adeus — disse Will e ela respondeu calmamente:

— Adeus, Will.

Ele saiu da caverna sabendo que os olhos dela o seguiam e não olhou para trás uma única vez. Ama não estava por perto. Seguiu pelo mesmo caminho por onde tinha vindo, mantendo-se no carreiro até escutar o som das cataratas, mais à frente.

— Ela está a mentir — disse a Iorek Byrnison meia hora mais tarde.

— Claro que está a mentir. Ela mentiria ainda que isso piorasse as coisas, porque ela gosta tanto de mentir que não consegue parar.

— Qual é o teu plano? — perguntou o urso que estava deitado ao sol, a barriga sobre uma mancha de neve por entre as rochas.

Will andou para trás e para a frente, interrogando-se se poderia usar o truque que tinha resultado bem em Headington: usar a faca para entrar noutro mundo, ir até um sítio mesmo ao lado de onde Lyra estava deitada, cortar novamente uma janela para aquele mundo, puxá-la para lugar seguro e fechar a janela. Essa era a acção mais óbvia: por que é que ele hesitava?

Balthamos sabia. Assumindo a sua forma de anjo, tremeluzindo como a bruma ao sol, disse:

— Foste louco em ir até ela. Agora a única coisa que queres é vê-la novamente.

Iorek soltou um grunhido profundo e baixo. A princípio Will pensou que ele estava a avisar Balthamos, mas depois, com algum embaraço ele percebeu que o urso concordava com o anjo. Os dois tinham prestado pouca atenção um ao outro até aquele momento; as suas naturezas eram tão diferentes; mas neste aspecto eles concordavam, claramente.

Will franziu as sobrancelhas, mas eles tinham razão. Ele fora cativado pela Sra. Coulter. Todos os seus pensamentos se dirigiam para ela: quando pensava em Lyra, era para se perguntar quão parecida com a mãe ela seria quando crescesse; e se ele pensava na Igreja, era para se perguntar quantos padres e cardeais estariam sob o feitiço dela; se pensou no seu próprio pai morto foi para se interrogar se ele a teria detestado ou admirado; e se pensava na mãe...

Will sentiu o seu coração apertar-se. Afastou-se do urso e ficou de pé sobre uma rocha da qual podia ver todo o vale. No ar cristalino e fresco, podia escutar o distante «toque-toque» de alguém cortando madeira, uma campainha de ferro tocando no pescoço de uma ovelha, o restolhar da copa das árvores distantes. As mais pequenas fendas na montanha que dominavam o horizonte eram visíveis de forma clara e definida aos seus olhos tal como o eram os abutres voando em círculo sobre uma qualquer criatura moribunda a quilómetros de distância.

Não havia dúvidas: Balthamos tinha razão. A mulher tinha lançado um feitiço sobre ele. Era agradável e tentador pensar naqueles olhos lindos e na suavidade daquela voz, recordar a forma como os braços dela se ergueram para afastar o cabelo da cara...

Com esforço, Will regressou à realidade e escutou um som completamente diferente: um rumor distante.

Virou-se para um lado e para o outro para tentar localizar o ruído e descobriu que vinha de norte, exactamente da mesma direcção que ele e Iorek tinham seguido.

— Zepelins — disse o urso, assustando Will, que não ouvira a enorme criatura aproximar-se. Iorek parou ao lado de Will, olhando na mesma direcção e depois ergueu-se nas patas traseiras ficando do dobro da altura de Will, o olhar penetrante.

— Quantos?

— Oito — respondeu Iorek ao fim de um minuto e, logo a seguir, Will também os viu: pequenos pontos em linha.

— Podes calcular quanto tempo demorarão a chegar até aqui? — perguntou Will.

— Estarão aqui pouco depois do anoitecer.

— Então não estará muito escuro. É pena.

— Qual é o teu plano?

— Fazer uma abertura e levar Lyra para outro mundo, e fechar novamente a janela antes de a mãe dela nos seguir. A rapariga tem uma droga para acordar Lyra, mas não foi capaz de me explicar com clareza como funciona, por isso ela terá de entrar na caverna também. Contudo, não quero colocá-la em perigo. Talvez tu pudesses distrair a Senhora Coulter enquanto nós fazemos isso.

O urso grunhiu e fechou os olhos. Will olhou em volta à procura do anjo e viu a sua forma delineada pelas gotas de humidade à luz do fim de tarde.

— Balthamos — chamou —, vou voltar para a floresta, procurar um lugar seguro para fazer a primeira abertura. Preciso que fiques de vigia e me avises quando ela se aproximar... ela ou o seu génio.

Balthamos acenou afirmativamente e abriu as asas para sacudir a humidade. Depois ergueu-se no ar e deslizou sobre o vale enquanto Will começou a procurar um mundo onde Lyra ficasse segura.

Na dupla divisória, chiante e solta, do zepelim que seguia à frente, as libelinhas incubavam. A Dama Salmakia inclinou-se sobre o casulo estalado da libelinha azul-eléctrico, ajudando a soltar as asas transparentes e húmidas, tendo o cuidado de deixar que a sua cara fosse a primeira coisa que ficasse impressa naqueles olhos multifacetados, acalmando os nervos excitados, murmurando o nome da libelinha à criatura brilhante, ensinando-lhe quem ela era.

Dentro de poucos minutos o Cavaleiro Tialys faria o mesmo à sua libelinha. Mas naquele momento ele enviava uma mensagem pelo ressoador magnético e a sua atenção estava complemente concentrada no movimento do aro e dos seus dedos.

Transmitiu:

Para Lorde Roke:

«Estamos a três horas do tempo estimado para a chegada ao vale. O Tribunal Consistorial de Disciplina pretende mandar um esquadrão para a caverna assim que aterrarem.

«Dividi-lo-ão em duas unidades. A primeira unidade abrirá caminho até à caverna lutando e matará a criança, cortando-lhe a cabeça para provar a sua morte. Se possível, também capturarão a mulher, porém, se isso se revelar impossível, deverão matá-la.

«A segunda unidade deve capturar o rapaz vivo.

«O resto da força enfrentará os girópteros do Rei Ogunwe. Eles calculam que os girópteros chegarão pouco depois dos zepelins. De acordo com as suas ordens, a Dama Salmakia e eu próprio deixaremos o zepelim em breve e voaremos directamente para a caverna, onde tentaremos defender a rapariga da primeira unidade e mantê-la à distância até que cheguem reforços.

«Aguardamos resposta.»

A resposta surgiu de imediato.

Ao Cavaleiro Tialys:
«À luz do seu relatório, procedeu-se a uma mudança de planos.
«A fim de evitar que o inimigo mate a criança, que seria o pior resultado possível, você e a Dama Salmakia devem cooperar com o rapaz. Enquanto ele tiver a faca, tem a iniciativa, por isso, se ele abrir uma janela para outro mundo e levar a rapariga, deixem-no fazê-lo e sigam-nos. Fiquem sempre ao lado deles.»

O Cavaleiro Tialys respondeu:
A Lorde Roke:
«A sua mensagem foi recebida e compreendida. A Dama e eu partiremos de imediato.»

O pequeno espião fechou o ressoador e reuniu o seu equipamento.

— Tialys — soou um murmúrio na escuridão —, está a incubar. Devias vir agora.

Ele saltou para a escora onde a sua libelinha lutava para nascer para o mundo e, suavemente, separou as partes do casulo partido. Acariciando a cabeça grande e feroz da libelinha, ergueu-lhe as pesadas antenas, ainda húmidas e enroladas e deixou a criatura saborear o odor da sua pele até que a libelinha estivesse completamente sob o seu controlo.

Salmakia aparelhava a sua libelinha com os arreios que transportava para todo o lado: rédeas de seda de aranha, estribos de titânio, uma sela de pele de colibri. Quase não tinham peso aqueles arreios. Tialys fez o mesmo à sua libelinha, libertando-a das fitas que envolviam o corpo do insecto, apertando as correias e ajustando-as. A libelinha transportaria aqueles arreios até à sua morte.

Depois, rapidamente, lançou a mochila sobre o ombro e cortou o tecido de oleado do zepelim. A seu lado, a Dama Salmakia tinha montado a libelinha e incitava-a a passar pela abertura estreita em direcção aos ventos fortes. As longas e frágeis asas tremeram enquanto passava pelo rasgão na tela e depois a alegria do voo apoderou-se da criatura que mergulhou no vento. Alguns segundos depois Tialys reuniu-se a Dama Salmakia no vento revolto, a sua montada desejosa por lutar com o próprio crepúsculo que se aproximava.

Os dois subiram para as correntes geladas, demoraram alguns minutos para se orientarem e dirigiram-se para o vale.

12

A FRACTURA

*Mesmo enquanto fugia, os seus olhos continuavam a
olhar para trás, como se o seu medo ainda o perseguisse.*

EDMUND SPENSER

Enquanto a noite caía a situação era a seguinte:

Na sua torre de diamante, Lorde Asriel andava de um lado para o
outro. A sua atenção estava concentrada na pequena figura sentada ao
lado do ressoador magnético, e todos os outros relatórios tinham sido
desviados, toda a sua atenção estava dirigida para as notícias que vinham do pequeno bloco de pedra quadrado sob a luz de uma lâmpada.

O Rei Ogunwe estava sentado na cabina do seu giróptero, elabo-
rando rapidamente um plano para contrariar as intenções do Tribunal
Consistorial, de que tinha acabado de ter conhecimento através dos
galivespianos que viajavam na sua nave. O navegador tomava algumas notas num pedaço de papel que entregou ao piloto. A questão
essencial era a velocidade: colocar primeiro as suas tropas no solo faria
toda a diferença. Os girópteros eram mais rápidos do que os zepelins,
mas ainda estavam a alguma distância.

Nos zepelins do Tribunal Consistorial, a Guarda Suíça preparava
o equipamento. As bestas que usavam eram mortais até quinhentos
metros de distância e um arqueiro podia carregar e disparar quinze
flechas por minuto. Os hastis em espiral, feitos de chifre, davam às flechas um movimento giratório que tornava a besta uma arma tão precisa como uma espingarda. Era, para além disso, naturalmente uma
arma silenciosa, o que podia ser uma grande vantagem.

*

A Sra. Coulter estava deitada, acordada, à entrada da caverna. O macaco dourado estava inquieto e frustrado: os morcegos tinham--na abandonado com a chegada da noite e não havia mais nada que ele pudesse atormentar. Vagueou em volta do saco-cama da Sra. Coulter, eliminando com o pequeno dedo ossudo os ocasionais pirilampos que se instalavam na caverna, esmagando a sua luminescência contra a rocha.

Lyra permanecia deitada e quase tão inquieta quanto o macaco, presa no esquecimento pela bebida que a sua mãe a tinha forçado a beber uma hora antes. Havia um sonho que a tinha ocupado durante muito tempo e que agora regressava, e pequenos murmúrios de piedade, de fúria e de resolução Lyrática faziam-lhe tremer o peito e a garganta, e faziam Pantalaimon ranger os seus dentes de doninha fedorenta em simpatia.

Não muito longe, sob os pinheiros açoitados pelo vento, no carreiro da floresta, Will e Ama dirigiam-se para a caverna. Will tinha tentado explicar a Ama o que ia fazer, mas o génio da menina não conseguia transmitir a ideia e quando ele cortou uma janela e lha mostrou, ela ficou tão aterrorizada que quase desmaiou. Will teve de se deslocar devagar e falar em voz baixa a fim de a manter junto dele, porque Ama se recusava a que ele levasse o pó, ou mesmo a dizer-lhe como o devia usar. Por fim, ele teve de dizer simplesmente:

— Fica muito calada e segue-me.

E teve de esperar que ela assim fizesse.

Iorek, com a sua armadura, estava algures ali perto, preparado para reter os soldados dos zepelins e, desse modo, dar tempo a Will para cumprir a sua tarefa. O que nenhum deles sabia era que o exército de Lorde Asriel também se aproximava: o vento, de tempos a tempos, levava até aos ouvidos de Iorek um ruído distante, mas apesar de ele saber qual era o som de um zepelim, nunca tinha escutado um giróptero, pelo que não conseguia interpretar o som.

Balthamos podia ter-lhe explicado o que era aquele som, mas Will estava preocupado com o anjo. Agora que tinham descoberto Lyra, o anjo deixou que o desgosto o dominasse: estava silencioso, distraído e taciturno. Isso, em contrapartida, tornava mais difícil a comunicação com Ama.

Quando pararam no carreiro, Will chamou para o ar:

— Balthamos? Estás aí?

— Sim — retorquiu o anjo numa voz sem qualquer entoação.

— Balthamos, por favor, fica comigo. Fica por perto e avisa-me de qualquer perigo. Eu preciso de ti.

— Ainda não te abandonei — respondeu.

Isto foi o melhor que Will conseguiu do anjo.

Lá em cima, no ar revolto, Tialys e Salmakia voavam sobre o vale, tentando localizar a caverna. As libelinhas fariam exactamente o que eles lhes ordenassem, mas os seus corpos não enfrentavam bem o frio e, para além disso, eram perigosamente atirados de um lado para o outro pelos ventos. Os seus cavaleiros conduziram-nas para baixo, por entre o abrigo das árvores, e elas voaram de ramo em ramo orientando-se na escuridão que se adensava.

Will e Ama caminharam silenciosamente ao luar ventoso até ao ponto mais próximo a que podiam chegar mantendo-se invisíveis da entrada da gruta. Esse lugar ficava atrás de um arbusto ligeiramente afastado do carreiro, e aí Will abriu uma janela no ar.

O único mundo que ele conseguiu encontrar com a mesma configuração de terreno era um lugar rochoso e nu, a lua brilhando num céu estrelado sobre um chão absolutamente branco onde pequenos insectos rastejavam e lançavam os seus sons ásperos e trémulos no vasto silêncio.

Ama seguiu-o, os dedos indicadores e os polegares rodando furiosamente para a protegerem dos demónios que certamente assombravam aquele lugar fantasmagórico; o seu génio, adaptando-se imediatamente, transformou-se num lagarto e correu sobre as rochas num passo apressado.

Will apercebeu-se de que tinham um problema a enfrentar. Tratava-se, simplesmente, do facto de o luar intenso sobre as rochas brancas brilhar como uma lanterna assim que ele abrisse a janela dentro da caverna da Sra. Coulter. Ele teria de a abrir rapidamente, puxar Lyra e fechar a janela de imediato. Podiam acordá-la naquele mundo, onde era mais seguro.

Will parou sobre a colina ofuscante e disse a Ama:

— Temos de ser muito rápidos e completamente silenciosos. Nenhum barulho, nem sequer um murmúrio.

Ela compreendeu, apesar de estar aterrorizada. O pequeno pacote com o pó estava dentro do bolso: tinha-se certificado disso uma dezena de vezes e ela e o seu génio tinham ensaiado a tarefa tantas vezes que ela tinha a certeza de que a poderia fazer na escuridão absoluta.

Escalaram as rochas brancas, Will medindo a distância cuidadosamente até que calculou que devia estar dentro da caverna.

Então tirou a faca e cortou a mais pequena janela que conseguiu e que lhe permitisse olhar para o outro mundo, pouco maior que o buraco que ele podia fazer com o polegar e o indicador.

Encostou rapidamente o olho para evitar que a luz do luar se escoasse e observou. Lá estava tudo: tinha calculado correctamente. Podia ver a boca da caverna à frente, as rochas negras no céu nocturno; podia ver a forma da Sra. Coulter, dormindo com o macaco dourado a seu lado; podia até ver a cauda do macaco, estendida, negligentemente, sobre o saco-cama.

Mudando de ângulo e observando mais de perto, viu a rocha atrás da qual Lyra dormia. Contudo, não a podia ver. Estaria demasiado perto? Fechou essa janela, deu um ou dois passos atrás e abriu outra.

Ela não estava lá.

— Escuta — disse para Ama e o seu génio —, a mulher mudou-a de sítio e não vejo onde está. Vou ter de passar para lá e procurá-la na caverna e depois voltar a abrir outra janela. Por isso afasta-te... mantém-te longe para que acidentalmente eu não te corte quando regressar. Se ficar preso ali por qualquer razão volta para trás pelo mesmo caminho que fizemos até aqui e espera junto à janela por onde entrámos.

— Mas penso que devíamos ir os dois — contestou Ama — porque eu sei como acordá-la e tu não e também conheço a caverna melhor que tu.

A sua cara revelava obstinação, os lábios comprimidos, os punhos fechados. O lagarto-génio ergueu uma gola lentamente em volta do pescoço.

Will anuiu:

— Oh, está bem. Mas temos de ser rápidos a passar e completamente silenciosos e tu fazes exactamente o que eu te disser, percebes?

Ama acenou afirmativamente com a cabeça, deu mais uma palmadinha no pacote do remédio para se certificar.

Will fez uma pequena abertura, mais abaixo, espreitou e alargou-a rapidamente, passando de gatas. Ama seguiu-o de imediato e no total a janela esteve aberta menos de dez segundos.

Acocoraram-se no chão atrás de uma rocha grande com Balthamos transformado em pássaro ao lado deles, os seus olhos demorando algum tempo a ajustar-se à escuridão, depois de terem vindo de um mundo inundado por um luar intenso. Dentro da caverna estava muito mais escuro e havia muito mais ruídos: principalmente o do vento na copa das árvores, mas subjacente a esse som estava um outro. Era o rugido do motor de um zepelim, que não estava muito distante.

Com a faca na mão direita, Will equilibrou-se cuidadosamente e olhou em volta.

Ama fazia a mesma coisa e o seu génio com olhos de mocho olhava para um lado e para o outro; mas Lyra não se encontrava naquela zona da caverna, disso não havia dúvidas.

Will ergueu a cabeça sobre a rocha e olhou demoradamente para a entrada, onde a Sra. Coulter e o seu génio dormiam.

Subitamente o seu coração pulou. Lá estava Lyra deitada, profundamente adormecida, mesmo ao lado da Sra. Coulter. Os contornos das duas confundiam-se na escuridão; não era de admirar que ele não a tivesse visto antes.

Will tocou no braço de Ama e apontou.

— Teremos de ser muito cuidadosos — murmurou.

Algo acontecia lá fora. O rugido dos zepelins era muito mais forte que o do vento nas árvores e havia luzes movendo-se de um lado para o outro, passando sobre as copas das árvores. Quanto mais depressa tirasse Lyra dali melhor e isso significava correr até lá *imediatamente* antes que a Sra. Coulter acordasse, abrir uma janela, puxá-la para o outro lado e fechar novamente a janela.

Will murmurou essa ideia a Ama que anuiu com um aceno de cabeça.

Mas, quando ele se preparava para correr, a Sra. Coulter acordou. Mexeu-se, disse qualquer coisa e, instantaneamente, o macaco saltou sobre as patas. Will podia ver a sua silhueta na boca da caverna, acocorada, alerta e então a Sra. Coulter sentou-se, protegendo os olhos com a mão devido à luz no exterior.

A mão esquerda de Will agarrava o pulso de Ama. A Sra. Coulter levantou-se, completamente vestida, ágil, alerta, nada indicando que dormira. Talvez tivesse estado acordada todo o tempo. Ela e o macaco dourado estavam acocorados dentro da caverna, observando e escutando enquanto a luz dos zepelins dançava de um lado para o outro sobre as árvores, os motores rugindo, gritos, vozes de homens chamando ou gritando ordens deixavam claro que eles se moviam rapidamente, muito rapidamente.

Will apertou a mão de Ama e lançou-se em frente, olhando para o chão, não fosse tropeçar, correndo depressa e acocorado.

Num instante ele estava ao lado de Lyra que dormia profundamente, Pantalaimon enroscado em volta do pescoço. Will levantou a faca e apalpou cuidadosamente e, um segundo mais tarde, haveria ali uma janela para puxar Lyra para um lugar seguro...

Mas Will olhou para cima. Olhou para a Sra. Coulter. Ela tinha-se virado silenciosamente e o brilho intenso que vinha do céu, reflectido numa parede húmida da caverna, iluminou-lhe a cara e, por um momento, não era a cara da Sra. Coulter; era a cara da mãe de Will, recriminando-o, e o seu coração vacilou com pena; então, quando ele golpeou com a faca, o seu espírito deixou o ponto de concentração e com uma torção e um estalido, a faca caiu em pedaços no chão.

Estava partida.

Agora ele não poderia abrir qualquer janela.

Disse para Ama:

— Acorda-a. Agora.

Depois levantou-se, pronto para lutar. Primeiro estrangularia aquele macaco. Estava tenso, pronto para receber o salto e percebeu que ainda tinha na mão o punho da faca: pelo menos poderia usá-lo para bater com ele.

Mas não houve nenhum ataque, quer do macaco quer da Sra. Coulter. Ela simplesmente desviou-se um pouco para o lado para deixar que a luz do exterior revelasse a pistola que empunhava. Ao fazer isso permitiu que um pouco de luz deixasse ver o que Ama fazia: espalhava um pó sobre o lábio superior de Lyra e observava enquanto Lyra o inspirava, ajudada pela cauda do génio de Ama que empurrava o pó para as narinas como se fosse um pincel.

Will apercebeu-se de uma alteração nos sons que vinham do exterior: havia agora uma nota diferente a acompanhar o rugido do zepelim. Pareceu-lhe um som familiar, como uma intrusão do seu próprio mundo, e então reconheceu o barulho de um helicóptero. Outros sons semelhantes romperam a noite e mais luzes varreram as árvores lá fora numa dispersão de radiação verde intensa.

A Sra. Coulter virou-se por breves instantes quando se apercebeu do novo som, mas fê-lo demasiado depressa para Will poder saltar e agarrar a pistola. Quanto ao macaco-génio, olhava para Will sem pestanejar, acocorado, pronto a saltar.

Lyra mexia-se e murmurava. Will inclinou-se para lhe apertar a mão e o outro génio acotovelou Pantalaimon, erguendo-lhe a cabeça pesada, murmurando-lhe ao ouvido.

Lá fora soou um tiro e um homem caiu do céu aterrando com um som impressionante a cinco metros da entrada da caverna. A Sra. Coulter nem pestanejou; olhou para ele friamente e voltou-se novamente para Will. Um segundo depois ouviu-se o estampido de uma espingarda vindo lá de cima e logo a seguir uma tempestade de tiros eclodiu e o céu ficou repleto de explosões, do crepitar do fogo e do estoirar das armas de fogo.

Lyra lutava por recuperar a consciência, soluçando, bocejando, gemendo, erguendo-se para logo de seguida cair, fraca, e Pantalaimon também bocejava, espreguiçava-se, tentava abocanhar o outro génio, caindo de lado quando os músculos fraquejavam.

Quanto a Will, procurava no chão da caverna, com extremo cuidado, os pedaços da faca partida. Não tinha tempo para se questionar como aquilo tinha acontecido, ou mesmo se ela poderia ser reparada; mas ele era o portador da faca e tinha de a apanhar e de a guardar em segurança. À medida que encontrava cada pedaço levantava-o com cuidado, cada nervo do seu corpo consciente dos dedos que lhe faltavam na mão, e deixava-o deslizar para dentro da bainha. Podia ver os pedaços com facilidade, porque o metal captava a luz do exterior; eram sete bocados, o mais pequeno sendo a ponta da faca. Apanhou-os a todos e depois virou-se para tentar perceber a luta que se desenrolava lá fora.

Algures sobre as árvores, os zepelins pairavam e homens desciam por cordas, mas o vento tornava difícil aos pilotos manter as aeronaves direitas. Entretanto, os primeiros girópteros chegaram ao penhasco. Só havia espaço para aterrar um de cada vez e então os atiradores africanos tinham de descer a montanha. Foi um desses atiradores quem fora atingido por um tiro feliz disparado dos zepelins instáveis.

Naquele momento, ambos os exércitos tinham desembarcado as suas tropas. Alguns soldados tinham sido mortos entre o céu e o chão, outros, em maior número, tinham sido feridos e jaziam no penhasco ou por entre as árvores. Mas nenhum dos exércitos tinha ainda alcançado a caverna e o poder lá dentro estava ainda do lado da Sra. Coulter.

Will gritou, erguendo a sua voz acima do ruído:

— O que vai fazer?

— Mantê-los cativos.

— Como reféns? Por que é que eles haviam de se importar com isso? Eles querem matar-nos.

— Uma força quererá, certamente — retorquiu a Sra. Coulter —, mas não tenho a certeza quanto à outra. Devem desejar que os africanos ganhem.

Ela parecia feliz e, à luz do exterior, Will viu que a expressão da Sra. Coulter revelava uma extrema felicidade e energia.

— Você partiu a faca — disse Will.

— Não, não parti. Eu queria-a inteira, para que pudéssemos fugir. Foste tu que a partiste.

A voz de Lyra soou nervosa:

— Will? — murmurou. — És tu, Will?

— Lyra! — disse ele, e ajoelhou-se a seu lado. Ama ajudava-a a sentar-se.

— O que é que está a acontecer? — perguntou Lyra. — Onde estamos? Oh, Will, eu tive um sonho...

— Estamos numa caverna. Não te movas demasiado depressa ou ficarás tonta. Vai com calma. Procura a tua força. Estiveste a dormir durante muitos dias.

Lyra anda sentia os olhos pesados e estava atormentada por bocejos, mas sentia-se desesperada por acordar e Will ajudou-a a levantar-se, colocando um braço dela em volta dos seus ombros, suportando a maior parte do peso da rapariga. Ama observava com timidez, porque agora que a rapariga estranha estava desperta, ela sentia-se inquieta. Will inspirou o odor do corpo ensonado de Lyra com satisfação: ela estava ali, era real.

Sentaram-se numa rocha. Lyra pegou-lhe na mão e esfregou os olhos.

— O que está a acontecer, Will? — murmurou.

— Aqui a Ama arranjou um pó para te acordar — respondeu Will falando muito calmamente, e Lyra virou-se para a rapariga, vendo-a pela primeira vez, e colocou a mão no ombro de Ama como agradecimento.

— Cheguei o mais depressa que pude — continuou Will —, mas vieram também alguns soldados. Não sei quem eles são. Sairemos assim que pudermos.

Lá fora, o barulho e a confusão atingiam o auge; um dos girópteros tinha sido atingido pela fuzilaria de uma metralhadora colocada num zepelim enquanto os atiradores saltavam sobre o cume do penhasco, e o giróptero incendiou-se, matando não só a tripulação, mas também impedindo os outros girópteros de aterrar.

Outro zepelim, entretanto, tinha encontrado um espaço livre mais abaixo no vale e os besteiros que desembarcaram subiam agora a correr pelo carreiro para reforçarem os que já se encontravam em acção. A Sra. Coulter seguia, tanto quanto podia, da entrada da caverna e naquele momento levantou a pistola, segurando-a com as duas mãos e apontou com cuidado antes de disparar. Will viu o relâmpago da boca da pistola, mas não ouviu nenhum som devido ao barulho das metralhadoras e das explosões lá fora.

Se ela disparar de novo, pensou Will, corro e derrubo-a, e virou--se para murmurar isso mesmo a Balthamos; mas o anjo não estava ali perto. Em vez disso, percebeu Will com desânimo, ele acobardara--se encostado à parede da caverna, novamente sob a forma de anjo, tremendo e choramingando.

— Balthamos! — chamou Will insistentemente — Vem cá, eles não te podem magoar. E tu tens de nos ajudar! Podes lutar... sabes isso... não és um cobarde... nós precisamos de ti...

Mas antes que o anjo pudesse responder, algo aconteceu.

A Sra. Coulter gritou e baixou-se para agarrar o tornozelo e ao mesmo tempo o macaco dourado tentou morder algo no ar, com um rosnar de alegria.

Uma voz... uma voz de mulher... mas algo *minúsculo*... saiu da coisa que o macaco agarrava com a pata.

— Tialys! Tialys!

Era uma mulher pequeníssima, pouco maior que a mão de Lyra e o macaco estava já a puxar insistentemente por um dos seus braços fazendo-a gritar de dor. Ama sabia que ele não pararia até o ter arrancado, mas Will saltou em frente quando viu a pistola cair da mão da Sra. Coulter.

Apanhou a pistola... mas, subitamente, a Sra. Coulter ficou imóvel e Will apercebeu-se da presença de um estranho cavaleiro.

O macaco dourado e a Sra. Coulter estavam absolutamente imóveis. A cara dela contorcida por um esgar de dor e raiva, mas não se atrevia a mexer-se, porque, sobre o seu ombro, estava um homem minúsculo com o calcanhar pressionando o pescoço da mulher, as suas mãos agarradas ao cabelo dela; Will, apesar do seu espanto, viu naquele calcanhar um esporão brilhante e curvo e sabia que isso tinha sido a causa do grito que a Sra. Coulter lançara. Ele devia tê-la picado no calcanhar.

Mas o homenzinho não podia continuar a magoar a Sra. Coulter devido ao perigo em que estava a sua companheira nas mãos do macaco; e o macaco não podia magoar *a mulherzinha*, não fosse o homenzinho enterrar o seu esporão envenenado na veia jugular da Sra. Coulter. Nenhum deles se podia mexer.

Respirando com dificuldade e engolindo a custo para dominar a dor, a Sra. Coulter virou os olhos cheios de lágrimas para Will e disse:

— Então, Senhor Will, o que pensa que devemos fazer agora?

13

TIALYS E SALMAKIA

Carrancuda, carrancuda noite sobre este deserto claro,
deixa a tua lua brilhar enquanto fecho os meus olhos.

WILLIAM BLAKE

Pegando na pesada pistola, Will, com um movimento lateral do braço, derrubou o macaco do seu poleiro, atordoando-o de tal modo que a Sra. Coulter gemeu alto e a pata do macaco se descontraiu o suficiente para permitir que a pequena mulher se libertasse.

Num instante ela saltou para as rochas e o homem afastou-se da Sra. Coulter, ambos movendo-se rapidamente como gafanhotos. As três crianças não tiveram tempo sequer para se espantarem. O homem estava preocupado: acariciou ternamente o ombro e o braço da sua companheira e deu-lhe um abraço rápido antes de chamar Will:

— Tu! Rapaz! — disse, e a sua voz, apesar de fraca em volume, era grave como a de um adulto. — Tens a faca?

— Claro que tenho — respondeu Will. Se eles não sabiam que estava partida, Will também não lhes diria.

— Tu e a rapariga têm de nos seguir. Quem é a outra criança?

— Ama, da aldeia — esclareceu Will.

— Diz-lhe que regresse para lá. Agora despachem-se, antes que a Guarda Suíça chegue.

Will nem hesitou. Fosse o que fosse que aqueles dois tivessem em mente ele e Lyra poderiam fugir pela janela que abrira atrás do arbusto, no carreiro.

Por isso Will ajudou Lyra a levantar-se e observou curioso enquanto as duas pequenas figuras saltavam para... o quê? Pássaros? Não, libelinhas quase do comprimento do seu braço, que tinham estado à espera na escuridão. Dirigiram-se rapidamente para a entrada da caverna, onde a Sra. Coulter jazia no chão. Sentia-se meio atordoada pela dor e estonteada devido ao veneno do esporão do cavaleiro, mas mesmo assim estendeu a mão e chamou quando eles passaram:

— Lyra! Lyra, minha filha, meu amor! Lyra, não partas! Não partas!

Lyra olhou para ela, angustiada; mas depois passou por cima do corpo da mãe e libertou-se da mão fraca que lhe prendia o tornozelo. A mulher soluçava; Will viu as lágrimas brilhando-lhe na face.

Acocorando-se mesmo ao lado da entrada da caverna, as três crianças aguardaram até haver uma breve pausa no tiroteio e depois seguiram as libelinhas enquanto elas voavam rapidamente pelo carreiro. A luminosidade tinha-se modificado: para além do brilho frio e ambárico dos holofotes dos zepelins, havia também o tom laranja trémulo das chamas.

Will olhou para trás uma vez. À luz, a cara da Sra. Coulter era uma máscara de paixão trágica e o seu génio, agarrando-a piedosamente, enquanto ela, de joelhos, estendia os braços e chamava:

— Lyra! Lyra, meu amor! Tesouro do meu coração, minha querida filha, minha única filha! Oh, Lyra, Lyra não vás, não me abandones! Minha querida filha... despedaças-me o coração...

Um violento e furioso soluço fez com que o corpo de Lyra tremesse, porque, apesar de tudo, a Sra. Coulter era a única mãe que ela alguma vez teria e Will viu uma cascata de lágrimas deslizando pela face da rapariga.

Mas ele tinha de ser implacável. Puxou Lyra pelo braço e quando o cavaleiro da libelinha passou veloz junto da sua cabeça, incitando-os a apressarem-se, Will conduziu-a, correndo acocorados pelo carreiro abaixo, afastando-se da caverna. Na mão esquerda de Will, sangrando novamente devido ao golpe que desferira no macaco, estava a pistola da Sra. Coulter.

— Dirijam-se para o cume do penhasco — indicou o cavaleiro da libelinha — e entreguem-se aos africanos. Eles são a vossa melhor esperança.

Consciente da existência daqueles esporões aguçados, Will nada disse, embora não tivesse a menor intenção de obedecer. Havia apenas um sítio para onde ele se dirigiria e esse era a janela atrás do arbusto; por isso manteve a cabeça baixa e correu veloz enquanto Lyra e Ama corriam atrás dele.

— Parem!

Lá estava um homem, três homens, bloqueando a passagem... fardados... homens brancos com bestas e génios rosnando, cães da raça pastor alemão... a Guarda Suíça.

— Iorek! — gritou Will imediatamente. — Iorek Byrnison!

Will podia ouvir o urso esmagando e rugindo não muito longe, e ouviu os gritos e berros dos soldados desafortunados que o tinham encontrado.

Porém, mais alguém surgiu, sem se saber de onde, para os ajudar: Balthamos, num acesso de desespero, colocou-se entre as crianças e os soldados. Os homens recuaram, espantados, quando a aparição ganhou forma à sua frente.

Mas eram soldados treinados e imediatamente os seus génios saltaram sobre o anjo, os dentes selvagens brilhando brancos na escuridão. Balthamos vacilou: gritou de medo e vergonha e encolheu-se. Depois levantou-se no ar, batendo as asas rapidamente. Will observou desalentado enquanto a figura do seu guia e amigo subia no ar para desaparecer por entre a copa das árvores.

Lyra seguia todos aqueles acontecimentos com um olhar parado. Não tinham decorrido mais de dois segundos, mas foi o suficiente para a Guarda Suíça se reagrupar e agora o comandante erguia a besta e Will não teve outra opção: levantou a pistola, agarrou com a mão direita a coronha da pistola, puxou o gatilho; a violência do disparo fez-lhe tremer os ossos, mas a bala acertou no coração do homem.

O soldado caiu para trás como se tivesse sido escoiceado por um cavalo. Simultaneamente, os dois pequenos espiões lançaram-se sobre os outros dois soldados, saltando das libelinhas sobre as suas vítimas, antes de Will ter tempo para pestanejar. A mulher encontrou um pescoço, o homem um pulso e cada um deles fez um movimento rápido para trás com o calcanhar. Um soluço angustiado e os dois soldados da Guarda Suíça morreram, os seus génios desvanecendo-se com um latido.

Will saltou sobre os corpos e Lyra seguiu-o, correndo veloz com Pantalaimon, transformado em gato-montês, seguindo-a de muito perto. *Onde estava Ama?*, pensou Will e viu-a, nesse preciso momento, seguindo por um caminho diferente. Agora ela ficaria a salvo e, um segundo mais tarde, Will descobriu o brilho pálido da janela atrás do arbusto. Agarrou no braço de Lyra e puxou-a em direcção à janela.

Tinham a cara arranhada, as roupas rasgadas, os tornozelos doridos devido às raízes e às pedras do caminho, mas encontraram a janela e lançaram-se para o outro lado, para o outro mundo, sobre as rochas brancas ao luar, onde apenas o zumbido dos insectos perturbava o imenso silêncio.

A primeira coisa que Will fez foi agarrar o estômago e vomitar, agitado por um horror mortal. Aquele era o segundo homem que ele matava, para não falar do jovem na Torre dos Anjos... Will *não queria* aquilo. O seu corpo revoltava-se com o que o instinto o tinha obrigado a fazer e o resultado foi um seco e agonizante feitiço que o obrigava a ajoelhar-se no chão e a vomitar até o seu estômago e o seu coração ficarem vazios.

Lyra observou, impotente, acariciando Pantalaimon, embalando-o no colo.

Por fim Will recuperou um pouco e olhou em volta. E imediatamente se apercebeu de que não estavam sozinhos naquele mundo, porque os pequenos espiões também lá estavam, as mochilas colocadas no chão. As suas libelinhas procuravam por entre as rochas, abocanhando traças. O homem massajava o ombro da mulher e ambos olhavam para as crianças com dureza. O seu olhar era tão intenso e as suas feições tão diferentes que não deixavam qualquer dúvida sobre os seus sentimentos; Will reconheceu que formavam um par formidável, fossem eles quem fossem.

Disse para Lyra:

— O aletiómetro está dentro da tua mochila, aqui tens.

— Oh, Will... tinha tantas esperanças que tu o encontrasses... mas o que é que *aconteceu?* Encontraste o teu pai? No meu *sonho*, Will... é demasiado para podermos acreditar, o que temos de fazer, oh, nem me atrevo a pensar nisso... E está *a salvo!* Trouxeste-o em segurança todo este caminho só para mim...

As palavras atropelavam-se umas às outras porque a urgência que dominava Lyra nem a deixava esperar pelas respostas. Virou o aletiómetro de um lado e do outro, os seus dedos tocando no ouro pesado, no cristal liso e nas rodas dentadas que conheciam tão bem.

Will pensou: *Ele dir-nos-á como reparar a faca!*

Mas primeiro perguntou:

— Estás bem? Tens fome ou sede?

— Nã' sei... sim. Mas não muito. Seja como for...

— Devíamos afastar-nos da janela — interrompeu Will —, para o caso de eles a descobrirem e passarem para cá.

— Sim, tens razão — concordou Lyra, e ambos subiram a colina, Will transportando a mochila e Lyra, feliz, levando na mão o pequeno saco em que guardava o aletiómetro. Pelo canto do olho Will viu os dois pequenos espiões seguindo-os, mas eles mantiveram-se à distância e não fizeram qualquer ameaça.

No cume da pequena colina havia uma plataforma de rocha que oferecia alguma protecção, pelo que se sentaram sob a rocha, depois de terem, cuidadosamente, verificado se não havia serpentes, e partilharam alguns frutos secos, bolachas e água do cantil de Will.

Will falou calmamente:

— A faca está partida. Não sei como aconteceu. A Senhora Coulter fez qualquer coisa, ou disse qualquer coisa, e eu pensei na minha mãe e isso fez com que a faca se torcesse, ou prendesse, ou... não sei o que aconteceu. Mas estamos presos aqui até que a possamos reparar. Não queria que aqueles seres pequeninos soubessem, porque enquanto pensarem que eu ainda a posso usar, posso controlá-los. Pensei que talvez pudesses perguntar ao aletiómetro, e...

— Sim! — anuiu Lyra de imediato. — Sim, fá-lo-ei.

Desembrulhou o instrumento dourado num instante e dirigiu-se para a luz do luar para poder ver com clareza o mostrador. Prendendo o cabelo atrás das orelhas, tal como Will vira a mãe dela fazer, Lyra começou a girar os ponteiros naquela forma habitual e Pantalaimon, transformado em rato, sentou-se nos seus joelhos; talvez a luz do luar fosse enganadora. Ela teve de girar o aletiómetro uma ou duas vezes, piscar os olhos para clarear a visão, antes de os símbolos começarem a fazer sentido; Lyra tinha recuperado o velho jeito.

Mal tinha começado, soltou um soluço de excitação e levantou os olhos brilhantes para Will quando a agulha oscilou. Mas o aletiómetro ainda não tinha acabado e ela voltou a lê-lo, franzindo os sobrolhos, até o instrumento ficar imóvel.

Poisou-o e perguntou:

— Iorek? Ele está por perto, Will? Pensei que te ouvi chamá-lo, mas achei que estava a sonhar. Ele está *mesmo* aqui?

— Sim. Ele poderá reparar a faca? É isso que o aletiómetro diz?

— Oh, ele pode fazer qualquer coisa com metais, Will! Não apenas a armadura... ele também consegue fazer coisas pequenas e delicadas...

Lyra contou-lhe sobre a pequena caixa de lata que Iorek fizera para ela guardar a mosca-espia.

— Mas onde é que ele está?

— Perto. Ele devia vir quando eu o chamei mas, obviamente, estava a lutar... E Balthamos! Oh, ele deve ter tido tanto medo...

— Quem?

Will explicou sucintamente, sentindo as bochechas corarem com a vergonha que o anjo devia estar a sentir.

— Bem, eu depois conto-te mais coisas sobre ele — disse. — É tão estranho... Ele contou-me tantas coisas e eu penso que as compreendo...

Will passou as mãos pelo cabelo e esfregou os olhos.

— Tens de me contar *tudo* — disse Lyra com firmeza. — Tudo o que fizeste desde que ela me apanhou. Oh, Will, ainda estás a sangrar? A tua pobre mão...

— Não. O meu pai curou-a. Eu só reabri a ferida quando bati no macaco, mas já está melhor. Ele deu-me uma pomada que tinha feito...

— *Encontraste* o teu pai?

— Exactamente, na montanha, naquela noite...

Will deixou que Lyra lhe limpasse a ferida e colocasse um pouco de pomada fresca que tirou da pequena caixa de chifre, enquanto ele lhe contava parte do que tinha acontecido: a luta com o estranho, a revelação que fulminou os dois um segundo antes de a flecha da feiticeira ter atingido o alvo, o seu encontro com os anjos, a viagem até à caverna e o encontro com Iorek.

— Tudo isso a acontecer enquanto eu dormia — maravilhou-se Lyra. — Sabes, penso que ela foi simpática comigo, Will... *penso* que foi... acho que ela nunca me quis magoar. Ela faz tantas coisas más, mas...

Lyra esfregou os olhos.

— Oh, mas o meu *sonho*, Will... não consigo dizer-te como era estranho! Era como quando eu leio o aletiómetro, toda aquela clareza e compreensão mergulhando tão profundamente que não se consegue ver o fundo, mas mesmo assim mantendo-se sempre clara até ao fim.

«Era... lembras-te do que te contei sobre o meu amigo Roger, de como os Gobblers o tinham apanhado e eu tentei salvá-lo, e correu tudo mal e Lorde Asriel o matou?

«Bem, eu vi-o. No meu sonho eu vi-o outra vez, só que ele estava morto, ele era um fantasma e estava como que a acenar-me, chamando-me, só que eu não o podia ouvir. Ele não queria que eu estivesse *morta*, não era isso. Ele queria falar comigo.

«E... Fui eu quem o levou para ali, para Svalbard, onde ele foi morto, foi culpa minha que ele tenha morrido. E eu lembrei-me de quando nós costumávamos brincar no Colégio Jordan, Roger e eu, no telhado, por toda a cidade, no mercado e junto do rio, nas argileiras... Eu e Roger e todos os outros... E eu fui até Bolvangar para o levar em segurança para casa, mas só piorei as coisas e, enquanto eu não pedir desculpa, as coisas não ficarão bem, terá sido tudo uma enorme perda de tempo. Tenho de fazer isso, percebes, Will. Tenho de ir até ao mundo dos mortos e encontrá-lo e... e pedir desculpa. Não me interessa o que possa acontecer depois. Então podemos... eu posso... depois não importa.

Will perguntou:

— Esse lugar onde estão os mortos. É um mundo como este, como o meu ou o teu ou tantos outros? É um mundo onde eu possa ir com a minha faca?

Lyra olhou para ele, espantada com a ideia.

— Podias perguntar — sugeriu. — Faz isso agora. Pergunta onde fica e como podemos ir até lá.

Lyra inclinou-se sobre o aletiómetro, tendo de esfregar primeiro os olhos e observar de perto, os seus dedos movendo-se ligeiros. Um minuto depois tinha a resposta.

— Sim — disse —, mas é um lugar estranho, Will... *tão* estranho... Podemos mesmo fazer isso? Podemos mesmo ir à terra dos mortos? Mas... que parte de nós é que faz isso? Porque os génios desaparecem quando morremos... eu vi... e os nossos corpos, bem, eles ficam no túmulo e decompõem-se, não é?

— Tem de haver uma terceira parte. Uma diferente...

— Sabes — interrompeu Lyra, excitada —, penso que tens razão! Porque eu posso pensar sobre o meu corpo e posso pensar sobre o meu génio... por isso deve haver uma terceira parte, a que tem a ver com o pensamento!

— Sim. E essa parte é o fantasma.

Os olhos de Lyra chispavam. Disse:

— Talvez pudéssemos tirar o fantasma de Roger de lá. Talvez o possamos salvar.

— Talvez. Podemos tentar.

— Sim, faremos isso! — anuiu imediatamente Lyra. — Vamos juntos! É *exactamente* o que faremos!

Mas se não conseguissem reparar a faca, pensou Will, não poderiam fazer absolutamente nada.

Assim que o seu espírito se desanuviou e o estômago acalmou, Will sentou-se e chamou os pequenos espiões. Eles estavam ocupados mexendo num aparelho minúsculo ali perto.

— Quem são vocês? — perguntou. — E de que lado estão?

O homem terminou o que estava a fazer e fechou uma caixa de madeira, parecida com uma caixa de violino, mas pouco maior que uma noz. A mulher falou primeiro.

— Nós somos Galivespianos — disse. — Eu sou a Dama Salmakia e o meu companheiro é o Cavaleiro Tialys. Somos espiões ao serviço de Lorde Asriel.

Ela estava de pé sobre uma rocha, a um metro de distância de Will e Lyra, nítida e brilhante à luz do luar. A sua voz fraca era perfeitamente audível e grave, a sua expressão confiante. Envergava uma saia larga de um qualquer material prateado e um *top* sem mangas verde e os seus pés com esporões estavam nus, tal como os do homem. O fato dele tinha uma tonalidade semelhante, mas as mangas eram compridas e as calças largas e davam pela barriga da perna. Ambos parecia ser fortes, competentes, orgulhosos e implacáveis.

— De que mundo é que vêm? — perguntou Lyra. — Nunca vi pessoas como vocês antes.

— O nosso mundo tem os mesmos problemas que os vossos — respondeu Tialys. — Nós somos marginais. O nosso chefe, Lorde Roke, ouviu falar da revolta de Lorde Asriel e jurou o nosso apoio.

— E o que é que vocês querem de mim?

— Levar-te até junto do teu pai — esclareceu a Dama Salmakia. — Lorde Asriel enviou um exército sob comando do Rei Ogunwe para te salvar e ao rapaz e levar os dois para a sua fortaleza. Nós estamos aqui para ajudar.

— Ah, mas suponhamos que eu não quero ir ter com o meu pai? Suponhamos que eu não confio nele?

— Lamento ouvir isso — disse a Dama Salmakia —, mas estas são as nossas ordens: levar-te até ele.

Lyra não o pôde evitar: riu alto da ideia de aqueles seres minúsculos a obrigarem a fazer fosse o que fosse. Porém, isso foi um erro. Movendo-se rapidamente, a mulher agarrou Pantalaimon e, prendendo o seu corpo de rato com força, encostou a ponta do esporão numa pata do génio. Lyra soluçou: foi como o choque que sentiu quando os homens em Bolvangar o agarraram. Ninguém devia tocar no génio de outra pessoa... era uma violação.

Mas então ela viu que Will tinha agarrado o homenzinho com a mão direita, segurando-o com tanta força em volta das pernas que ele não podia usar os esporões, e levantou-o no ar.

— Empate de novo — disse calmamente a Dama. — Solta o cavaleiro, rapaz.

— Primeiro liberta o génio de Lyra — retorquiu Will. — Não estou com disposição para discutir.

Lyra viu, com uma emoção fria, que Will estava claramente preparado para esmagar a cabeça do galivespiano contra a rocha. E ambos os pequenos seres sabiam disso.

Salmakia levantou o pé de cima da perna de Pantalaimon e imediatamente este lutou para se libertar e transformou-se num gato-montês, assobiando ruidosamente, o pêlo levantado, a cauda chicoteando. Os seus dentes nus estavam a milímetros da cara da Dama, que o olhava com perfeita compostura. Um momento depois, Pantalaimon fugiu e refugiou-se no colo de Lyra, sob a forma de um arminho e Will colocou cuidadosamente Tialys na rocha ao lado da sua companheira.

— Deviam mostrar algum respeito — disse o cavaleiro a Lyra. — És uma criança rude e insolente e muitos homens corajosos morreram para que estivesses a salvo. Fazias melhor se fosses mais educada.

— Sim — concordou Lyra com humildade —, desculpem. Portar-me-ei bem. Prometo.

— Quanto a ti... — continuou o cavaleiro, virando-se para Will. Mas Will interrompeu-o.

— Quanto a mim, não admitirei que fales comigo nesse tom, por isso nem tentes. O respeito deve ser recíproco. Agora escutem com atenção. Vocês não estão no comando aqui: nós é que estamos. Se querem ficar e ajudar, então farão como nós dissermos. De outro modo, regressem para junto de Lorde Asriel agora. Isto não admite discussões.

Lyra podia ver que os dois estavam irritados, mas Tialys olhava para a mão de Will, sobre a bainha da faca presa na cintura, e Lyra sabia que ele estava a pensar que enquanto Will tivesse a faca era mais forte. Então, eles nunca poderiam saber que a faca estava partida.

— Muito bem — anuiu o cavaleiro. — Nós ajudar-vos-emos porque essa foi a missão que nos foi atribuída. Mas têm de nos dizer o que pretendem fazer.

— É justo — concordou Will. — Eu digo-te. Vamos regressar ao mundo de Lyra assim que tivermos descansado e vamos procurar um amigo nosso, um urso. Ele não está longe.

— O urso com a armadura? Muito bem — disse Salmakia. — Nós vimo-lo lutar. Nós ajudá-los-emos a fazer isso. Mas depois têm de vir connosco até Lorde Asriel.

— Sim — concordou Lyra, mentindo com um ar sério —, oh, sim, depois faremos isso.

Pantalaimon estava agora mais calmo e curioso, por isso subiu para o ombro de Lyra e transformou-se. Tornou-se numa libelinha, do tamanho das outras duas que esvoaçavam pelo ar enquanto os outros falavam e depressa se juntou a elas.

— Aquele veneno — perguntou Lyra, virando-se para os galivespianos —, nos vossos esporões, é mortal? Porque vocês picaram a minha mãe, a Senhora Coulter, não foi? Ela vai morrer?

— Foi uma pequena picadela — respondeu Tialys. — Uma dose completa tê-la-ia morto, sim, mas um pequeno arranhão enfraquece-a e deixa-a tonta durante meio dia, mais ou menos.

E invadida por uma dor de enlouquecer, sabia ele, mas não contou isso a Lyra.

— Preciso de falar com Lyra em privado — disse Will. — Vamo-nos afastar por um minuto.

— Com essa faca — retorquiu o cavaleiro —, podes fazer um corte de um mundo para outro, não é assim?

— Não confias em mim?

— Não.

— Está bem, então deixo-a aqui. Se eu não a tiver não a poderei usar.

Will soltou a bainha e colocou-a sobre a rocha e depois ele e Lyra afastaram-se e sentaram-se de onde podiam ver os galivespianos. Tialys observava atentamente o punho da faca, mas não lhe tocou.

— Teremos de os aturar — disse Will. — Assim que a faca esteja reparada, fugiremos.

— Eles são tão *rápidos*, Will — avisou Lyra. — E eles não se importariam se te matassem.

— Só espero que Iorek a possa reparar. Não me tinha apercebido ainda de como precisamos dela.

— Ele vai conseguir — respondeu Lyra, confiante.

Olhava para Pantalaimon enquanto ele planava e picava o voo, abocanhando pequenas traças como as outras libelinhas. Não conseguia voar tão depressa como elas, mas era igualmente rápido e ainda mais brilhantemente colorido. Lyra levantou a mão e ele poisou nela, as suas longas asas transparentes vibrando.

— Achas que podemos confiar neles enquanto dormimos? — perguntou Will.

— Sim. Eles são cruéis, mas penso que são honestos.

Regressaram para junto da rocha e Will disse aos galivespianos:

— Agora eu vou dormir. Continuaremos a viagem de manhã.

O cavaleiro anuiu com um aceno de cabeça e Will enroscou-se e adormeceu de imediato.

Lyra sentou-se a seu lado, Pantalaimon sob a forma de um gato aquecendo-lhe o colo. Que sorte que Will tinha de ela estar acordada para poder tomar conta dele! Ele era mesmo destemido e Lyra admirava-o profundamente; mas ele não era bom a mentir, a fazer batota nem a trair, coisas que nela eram tão naturais como respirar. Quando pensou nisso sentiu-se quente e virtuosa, porque fazia essas coisas por Will, não por ela própria.

Tivera a intenção de consultar novamente o aletiómetro mas, para sua grande surpresa, sentia-se tão cansada como se durante todo aquele tempo tivesse estado acordada e não inconsciente, por isso deitou-se perto de Will e fechou os olhos, só para dormir uma sesta, tal como garantiu a si mesma antes de adormecer.

14

DESCOBRIR O QUE É

Esforço sem alegria é vil,
Esforço sem dor é vil,
Dor sem esforço é vil,
Alegria sem esforço é vil.

JOHN RUSKIN

Will e Lyra dormiram toda a noite e acordaram quando o sol lhes incidiu sobre os olhos. Na realidade, acordaram com uma diferença de poucos segundos um do outro e ambos com o mesmo pensamento: mas quando olharam em volta o Cavaleiro Tialys estava calmamente de vigia, ali perto.

— A força do Tribunal Consistorial recuou — disse-lhes. — A Senhora Coulter está em poder do Rei Ogunwe e a caminho da fortaleza de Lorde Asriel.

— Como sabes isso? — perguntou Will, sentando-se tenso. — Passaste pela janela?

— Não. Falámos através do ressoador magnético. Eu dei conta da conversa que tínhamos tido — disse Tialys virando-se para Lyra — ao meu comandante, Lorde Roke, e ele concordou que devíamos ir com vocês até junto do urso e que depois de o terem visto, deviam seguir connosco. Por isso somos aliados e ajudá-los-emos tanto quanto pudermos.

— Óptimo — exclamou Will. — Então comamos juntos. Vocês comem da nossa comida?

— Sim, obrigado — agradeceu a Dama.

Will retirou os últimos pêssegos secos e o pão de centeio já duro, que era tudo o que lhe restava e partilhou tudo com os outros, apesar de, naturalmente, os espiões não terem comido muito.

— Quanto à água, parece não haver nenhuma aqui perto neste mundo — disse Will. — Teremos de esperar até que tenhamos atravessado a janela para podermos beber.

— Então é melhor fazê-lo depressa — propôs Lyra.

Mas, primeiro, ela retirou o aletiómetro da mochila. Agora podia vê-lo com clareza, ao contrário do que acontecera na noite anterior, mas os seus dedos estavam lentos e tensos depois do longo sono. Perguntou se havia ainda algum perigo no vale. Não, foi a resposta, todos os soldados se foram embora e os habitantes da aldeia estão nas suas casas; por isso eles prepararam-se para partir.

A janela parecia estranha no ar deslumbrante do deserto, abrindo para o arbusto coberto de sombras um quadrado de vegetação espessa e verde suspensa no ar como um quadro. Os galivespianos queriam estudar a janela e estavam admirados por não ser visível do lado de trás, saltando à vista quando se dava a volta.

— Tenho de a fechar logo que a tivermos passado — disse Will.

Lyra tentou unir os bordos da janela, mas os seus dedos nem sequer os podiam encontrar; o mesmo aconteceu aos espiões, apesar da destreza dos seus dedos. Só Will conseguia sentir exactamente onde os bordos estavam e fê-lo com facilidade e rapidez.

— Em quantos mundos consegues entrar com a faca? — perguntou Tialys.

— Em tantos quanto houver — respondeu Will. — Nunca ninguém teve tempo suficiente para descobrir.

Pegou na mochila e caminhou à frente através do caminho da floresta. As libelinhas saborearam o ar fresco e húmido e dispararam como setas através dos feixes de luz. O movimento das copas das árvores era agora menos violento e o ar estava fresco e tranquilo, o que contribuiu para tornar ainda mais chocante ver os destroços retorcidos de um giróptero suspenso dos ramos com o corpo do piloto africano preso no seu cinto de segurança, meio caído da porta e descobrir os restos carbonizados de um zepelim, um pouco mais adiante — pedaços de tecido negros de fuligem, escoras e tubagens enegrecidas, vidros partidos e os corpos: três homens em cinzas, os seus membros retorcidos e levantados como se ainda ameaçassem lutar.

E aqueles eram os únicos que tinham caído perto do caminho. Havia mais corpos e mais destroços no penhasco lá em cima e entre as árvores mais ao longe. Chocadas e silenciosas, as duas crianças atravessaram aquela carnificina, enquanto os espiões, montados nas libelinhas, olhavam em volta com maior frieza, acostumados a batalhas, observando como tudo se tinha desenrolado e quem mais tinha perdido.

Quando alcançaram o topo do vale, onde as árvores diminuíam em quantidade e as cataratas que originavam os arcos-íris começavam, pararam para beber da água gelada.

— Espero que a rapariga esteja bem — disse Will. — Nunca teríamos conseguido fugir se ela não te tivesse acordado. Ela foi ter com um homem santo para obter aquele pó especial.

— Sei que está bem — comentou Lyra —, porque perguntei ao aletiómetro, a noite passada. Ela pensa que nós somos demónios. Tem medo de nós. Provavelmente, desejaria nunca se ter juntado a nós, mas está bem.

Subiram ao lado das cataratas e encheram o cantil de Will antes de atravessarem o planalto em direcção ao cume onde o aletiómetro dissera a Lyra que Iorek se encontrava.

Seguiu-se um dia de longa e difícil caminhada: isso não era um problema para Will, mas um verdadeiro tormento para Lyra, cujos membros tinham enfraquecido devido ao longo período de sono. Mas ela preferiria que lhe arrancassem a língua a confessar como se sentia mal; coxeando, os lábios cerrados, tremendo, acompanhou o passo de Will e nada disse. Apenas quando se sentaram, ao meio-dia, é que ela se permitiu um suspiro e mesmo isso, apenas quando Will se afastou por um momento para urinar.

A Dama Salmakia disse:

— Descansa. Não é nenhuma desonra estar cansada.

— Mas eu não quero desiludir Will! Não quero que ele pense que sou fraca e que o estou a atrasar.

— Isso seria a última coisa que ele pensaria.

— Tu não sabes isso — retorquiu Lyra com rudeza. — Não o conheces como também não me conheces a mim.

— Mas reconheço impertinência quando a vejo — respondeu calmamente a Dama. — Faz como te digo e descansa. Poupa as tuas forças para a caminhada.

Lyra sentia-se revoltada, mas os esporões brilhantes da Dama eram muito visíveis à luz do sol, por isso nada disse.

O seu companheiro, o cavaleiro, abria a caixa do ressoador magnético e, a curiosidade sobrepondo-se ao ressentimento, Lyra observou o que ele fazia. O instrumento parecia um lápis pequeno feito de pedra preta-acinzentada e baça, poisado sobre um apoio de madeira e o cavaleiro passou um arco parecido com o de um violinista, numa das extremidades enquanto pressionava com os dedos em vários pontos da superfície da pedra. Os sítios onde poisava os dedos não tinham qualquer marca, pelo que parecia que ele tocava na pedra ao acaso, mas, pela intensidade da sua expressão e por uma certa fluência dos seus movimentos, Lyra percebeu que aquele era um processo tão engenhoso e exigente como a leitura do aletiómetro.

Ao fim de alguns minutos o espião afastou o arco e pegou num par de auscultadores, os auriculares pouco maiores que uma unha do dedo mínimo de Lyra, e enroscou uma ponta do fio em volta de uma cavilha, num dos extremos da pedra, prendendo o resto noutra cavilha no outro extremo, enrolando todo o fio. Ao manipular as duas cavilhas e a tensão do fio entre elas, ele podia, obviamente, ouvir a resposta à sua própria mensagem.

— Como é que isso funciona? — perguntou Lyra quando ele terminou.

Tialys olhou para ela como que avaliando se ela estava genuinamente interessada e depois respondeu:

— Os vossos cientistas, como é que tu lhe chamas, os teólogos experimentais, perceberiam certamente de uma coisa que se designa por emaranhado quântico. Significa que podem existir duas partículas que apenas tenham propriedades em comum, pelo que o que acontece a uma acontece à outra ao mesmo tempo, independentemente da distância a que estejam. Bem, no nosso mundo há um processo que permite que se pegue numa pedra-filão e se emaranhem as suas partículas e depois parte-se a pedra em duas de modo que ambas as partes ecoem juntas. A outra parte desta pedra está com Lorde Roke, o nosso comandante. Quando toco nesta com o meu arco, a outra reproduz os sons com exactidão e dessa forma comunicamos.

Ele guardou tudo e disse qualquer coisa à Dama. Ela juntou-se-lhe e ambos afastaram-se um pouco, falando num tom de voz demasiado baixo para que Lyra pudesse ouvir, apesar de Pantalaimon se ter transformado num mocho e virado as suas grandes orelhas na direcção deles.

Naquele momento, Will regressou e retomaram a caminhada, mais devagar à medida que o dia decorria, pois o caminho tornava-se mais íngreme e a linha da neve mais próxima. Descansaram mais uma vez no cume sobre um vale rochoso, porque até mesmo Will conseguia perceber que Lyra tinha praticamente atingido o limite: coxeava muito e tinha a cara cinzenta.

— Deixa-me ver os teus pés — disse-lhe Will —, porque se tiverem bolhas, posso pôr um pouco de unguento.

Tinham, de facto, muitas e ela deixou-o esfregar a pomada de musgo-de-sangue, fechando os olhos e rangendo os dentes.

Entretanto, o cavaleiro estava ocupado e ao fim de alguns minutos arrumou o ressoador e disse:

— Informei Lorde Roke de qual era a nossa posição e eles vão enviar um giróptero para nos levar assim que tenham falado com o vosso amigo.

Will acenou afirmativamente. Lyra não fez caso. Sentou-se, cansada, calçou as meias e os sapatos e retomaram a viagem de imediato.

Outra hora passou e a maior parte do vale estava na penumbra e Will interrogava-se se iriam encontrar algum abrigo antes de a noite cair; mas, nesse momento, Lyra soltou um grito de alívio e de alegria.

— Iorek! Iorek!

Ela tinha-o visto antes de Will. O rei-urso estava ainda a alguma distância, o seu pêlo branco indiferenciado da mancha de neve, mas quando a voz de Lyra ecoou, ele virou a cabeça, ergueu-a para cheirar e desceu aos saltos a vertente da montanha na direcção deles.

Ignorando Will, deixou que Lyra lhe agarrasse o pescoço e enterrasse a cara no seu pêlo, grunhindo tão profundamente que Will pensou que sentia o tremor nos seus pés; mas Lyra interpretou esse grunhido como prazer e esqueceu as bolhas e o seu cansaço por um momento.

— Oh, Iorek, meu querido, estou tão contente por te encontrar! Pensei que nunca mais te via... depois de Svalbard... e de tudo o que aconteceu... o Senhor Scoresby está bem? Como está o teu reino? Estás aqui sozinho?

Os pequenos espiões tinham desaparecido; fosse como fosse, parecia que estavam apenas eles os três na vertente escura da montanha, o rapaz, a rapariga e o grande urso branco. Como se nunca tivesse desejado estar noutro sítio, Lyra trepou para o dorso do urso quando Iorek lho ofereceu e montou orgulhosa e feliz enquanto o seu querido amigo a transportava durante a última parte do caminho até à sua caverna.

Will, preocupado, não ouviu enquanto Lyra falava com Iorek, apesar de ter ouvido um grito de desespero, em determinado momento, e de a ter ouvido dizer:

— O Senhor Scoresby... oh, não! Oh, é cruel! *Mesmo* morto? Tens a certeza, Iorek?

— A feiticeira contou-me que ele tinha partido para procurar um homem chamado Grumman — respondeu o urso.

Will escutou com mais atenção, porque Baruch e Balthamos lhe tinham contado parte daquela história.

— O que aconteceu? Quem o matou? — perguntou Lyra, a voz trémula.

— Ele morreu lutando. Manteve uma companhia inteira de moscovitas à distância enquanto o homem escapava. Encontrei o corpo dele. Morreu como um herói. Eu vingá-lo-ei.

Lyra chorava e Will não sabia o que dizer, porque tinha sido para salvar o seu pai que aquele desconhecido morrera; e Lyra e o urso tinham conhecido e amado Lee Scoresby, e ele não.

Em breve Iorek deu uma volta e dirigiu-se para a entrada de uma caverna, muito negra contrastando com a neve. Will não sabia onde estavam os espiões, mas tinha a certeza absoluta de que estariam por perto. Queria falar calmamente com Lyra, mas não até descobrir os galivespianos e ter a certeza de que não seria escutado.

Poisou a mochila à entrada da caverna e sentou-se, cansado. Atrás dele o urso acendia uma fogueira e Lyra observava, curiosa, apesar do seu desgosto. Iorek segurou uma pequena rocha de um qualquer tipo de ferruginosa na pata esquerda e bateu-a não mais do que três vezes noutra pedra semelhante colocada no chão. A cada pancada uma dispersão de faíscas eclodia e dirigia-se exactamente para onde Iorek as orientava: para uma pilha de arbustos partidos e erva seca. Em breve a pilha de lenha estava em chamas e Iorek, calmamente, colocou um tronco, depois outro e mais outro até o fogo arder intensamente.

As crianças deram as boas-vindas àquele calor, porque o ar estava agora muito frio e depois surgiu algo ainda melhor: o quadril de algo que podia ter sido uma cabra. Iorek comia a sua carne crua, é claro, mas espetou aquele quarto de carne no pau aguçado e colocou-o a assar sobre o fogo para as duas crianças.

— É fácil caçar nestas montanhas, Iorek? — perguntou Lyra.

— Não. O meu povo não pode viver aqui. Estava enganado, mas ainda bem, porque te encontrei. Quais são os vossos planos?

Will olhou em volta da caverna. Estavam sentados perto da fogueira e a luz do fogo lançava quentes tons de laranja e amarelo sobre o pêlo do rei-urso. Will não conseguia ver sinais dos espiões, mas não tinha outra hipótese, ele tinha de fazer a pergunta.

— Rei Iorek — começou —, a minha faca partiu-se... — depois olhou para trás do urso e disse:

— Não, esperem — ele apontava para a parede. — Se estão à escuta — continuou num tom de voz mais alto —, saiam e façam-no honestamente. Não nos espiem.

Lyra e Iorek Byrnison viraram-se para ver com quem é que ele estava a falar. O homenzinho saiu das sombras e ficou de pé, calmamente, à luz, numa saliência mais alta do que a cabeça das crianças. Iorek rosnou.

— Não pediram a Iorek Byrnison permissão para entrar na sua caverna — disse Will. — E ele é um rei enquanto vocês são apenas espiões. Deviam mostrar mais respeito.

Lyra adorou ouvir aquilo. Olhou para Will com prazer e viu que a expressão dele era violenta e cheia de desprezo.

Mas a expressão do cavaleiro, quando olhou para Will, era de desagrado.

— Nós fomos verdadeiros convosco — disse. — Foi desonesto terem-nos enganado.

Will levantou-se. O seu génio, pensou Lyra, teria a forma de um tigre-fêmea e Lyra encolheu-se da fúria que, no seu pensamento, o animal iria revelar.

— Se nós vos enganámos, é porque foi necessário — exclamou Will. — Teriam concordado em vir até aqui se soubessem que a faca estava partida? Claro que não. Teriam usado o vosso veneno para nos deixar inconscientes, depois teriam pedido ajuda e ter-nos-iam raptado e levado até Lorde Asriel. Por isso tivemos de vos enganar, Tialys, e terás de aceitar isso.

Iorek Byrnison perguntou:

— Quem são estes?

— Espiões — respondeu Will. — Enviados por Lorde Asriel. Ajudaram-nos a fugir ontem, mas se estão do nosso lado não se deviam esconder para nos espiar. E se o fazem, são as últimas pessoas com direito a falar sobre honestidade.

O olhar do espião era tão feroz que parecia pronto a atacar o próprio Iorek, para não falar do Will desarmado; mas Tialys não tinha razão e sabia isso. A única coisa que podia fazer era inclinar-se e pedir desculpa.

— Majestade — disse, dirigindo-se a Iorek, que grunhiu de imediato.

Os olhos de Tialys flamejaram ódio para Will, desafio e advertência para Lyra, e um respeito frio e desconfiado para Iorek. A claridade das suas feições tornou todas estas expressões vivas e evidentes como se uma luz brilhasse sobre ele. A seu lado, a Dama Salmakia emergia da sombra e, ignorando completamente as crianças, fez uma vénia para o urso.

— Perdoai-nos — disse para Iorek. — O hábito de nos escondermos é difícil de quebrar e o meu companheiro, o Cavaleiro Tialys e eu, Dama Salmakia, temos vivido entre os nossos inimigos durante tanto tempo que, por puro hábito, negligenciámos a necessidade de Vos tratar com a cortesia apropriada. Estamos a acompanhar este rapaz e esta rapariga para nos certificarmos de que eles chegam em segurança até Lorde Asriel. Não temos qualquer outro objectivo e certamente nenhumas intenções perniciosas para consigo, Rei Iorek Byrnison.

Se Iorek se perguntou como criaturas tão pequenas lhe poderiam fazer mal, não o revelou; não só a sua expressão era por natureza difícil de interpretar, como ele também assumiu uma atitude cortês e a Dama tinha falado de forma suficientemente graciosa.

— Aproximem-se do fogo — disse. — Há comida suficiente e abundante, se têm fome. Will, começaste a falar sobre a faca.

— Sim — concordou Will —, eu pensei que isso nunca poderia acontecer, mas está partida. E o aletiómetro de Lyra disse-lhe que você a poderia arranjar. Eu ia perguntar de forma mais educada, mas é isto: pode repará-la, Iorek?

— Mostra-me.

Will sacudiu todos os pedaços de dentro da bainha e colocou-os no chão, empurrando-os com muito cuidado até estarem todos no seu devido lugar e ele poder ver que não faltava nenhum pedaço. Lyra ergueu um galho incandescente e à luz deste Iorek inclinou-se para observar de perto cada peça, tocando-lhe delicadamente com as suas enormes garras, erguendo-as e virando-as de um lado e do outro e examinar a linha de fractura. Will maravilhou-se com a destreza daquelas enormes garras negras.

Depois Iorek sentou-se novamente, a sua cabeça ficando escondida na escuridão.

— Sim — disse, respondendo com exactidão à pergunta e nada mais.

Lyra, conhecendo Iorek, perguntou:

— Mas tu *fá-lo-ás*, Iorek? Nem podes acreditar como isso é importante... se não a conseguirmos reparar então estamos em grandes apuros e não apenas nós...

— Eu não gosto dessa faca — retorquiu Iorek. — Receio o que ela pode fazer. Nunca conheci coisa mais perigosa. As mais mortíferas armas de guerra são brinquedos comparados com a faca; o mal que ela pode fazer é ilimitado. Teria sido infinitamente melhor que nunca tivesse sido feita.

— Mas com ela... — começou a dizer Will.

Iorek não o deixou terminar, interrompendo-o:

— Com ela podes fazer coisas estranhas. O que tu não sabes é o que a faca faz por si. As tuas intenções podem ser boas. Mas a faca também tem intenções.

— Como é que isso pode ser? — perguntou Will.

— As intenções de uma ferramenta são o que ela faz. Um martelo tem a intenção de bater, um torno pretende prender com força, uma alavanca tem a intenção de levantar. Elas são aquilo para que são feitas. Mas, por vezes, uma ferramenta pode ter outros fins que tu desconheces. Por vezes, ao fazer o que *tu* pretendes, estás também a fazer o que a faca pretende, sem o saberes. Consegues ver a ponta mais afiada dessa faca?

— Não — disse Will, porque essa era a verdade: a ponta diminuía até atingir uma dimensão tão fina que era impossível vê-la.

— Então como podes saber tudo o que ela faz?

— Não posso. Mas mesmo assim tenho de a usar e fazer o que eu puder para ajudar as coisas boas a acontecerem. E se não fizesse nada eu seria ainda mais do que inútil. Seria culpado.

Lyra seguia aquela discussão atentamente e, vendo Iorek ainda contrariado, disse:

— Iorek, tu *sabes* como eram más aquelas pessoas de Bolvangar. Se nós não pudermos ganhar, então eles poderão continuar a fazer aquele género de coisas para sempre. E, para além disso, se nós não tivermos a faca, então eles podem apoderar-se dela. Nós não sabíamos da existência desta faca quando te conheci, Iorek, nem ninguém sabia, mas agora que sabemos, *temos* de a usar... não podemos deixar de o fazer. Isso seria fraqueza e seria errado, seria como entregá-la a eles e dizer-lhes: tomem, usem-na, nós não vos impediremos. Está certo, nós não sabemos o que ela faz, mas posso perguntar ao aletiómetro, não posso? Então ficaríamos a saber. E então poderíamos pensar com clareza sobre ela em vez de estarmos só a adivinhar e a recear.

Will não queria mencionar a razão mais premente: se a faca não fosse reparada, ele nunca regressaria a casa, nunca mais veria a sua mãe; ela nunca saberia o que tinha acontecido; pensaria que ele a tinha abandonado tal como o pai fizera. A faca tinha sido directamente responsável por ambas as deserções. Ele *tinha* de a usar para regressar para junto dela, ou nunca se perdoaria.

Iorek nada disse durante muito tempo, mas virou a cabeça para olhar para a escuridão. Depois, calmamente, levantou-se, caminhou majestosamente até à entrada da caverna e olhou para as estrelas; algumas eram as mesmas que ele conhecia, lá no norte, outras eram-lhe estranhas.

Atrás dele, Lyra virou a carne sobre o lume e Will observava as suas feridas, para ver como saravam. Tialys e Salmakia permaneceram sentados, silenciosamente, na saliência da rocha.

Iorek virou-se.

— Muito bem, fá-lo-ei numa condição — disse. — Embora sinta que é um erro. O meu povo não tem deuses, nem fantasmas, nem génios. Nós vivemos e morremos e é tudo. As questões humanas apenas nos trazem dor e problemas, mas nós temos uma língua, fazemos a guerra e usamos ferramentas; talvez devêssemos tomar partido. Porém, o conhecimento total é preferível ao conhecimento parcial. Lyra, lê o teu instrumento. Descobre a resposta ao que estás a perguntar. Se, depois disso, ainda quiseres usar a faca, eu repará-la-ei.

Imediatamente Lyra tirou o aletiómetro e aproximou-se da fogueira para poder ver o mostrador. O movimento inconstante das chamas tornava a tarefa de ver mais difícil, ou talvez o fumo estivesse a irritar-lhe os olhos, o que é certo é que ela demorou mais tempo a ler. Quando pestanejou e soltou um suspiro, saindo do transe, a sua expressão revelava preocupação.

— Nunca pensei que fosse tão confuso — disse. — Tinha muitas coisas para me dizer. Penso que percebi bem. *Penso* que sim. Primeiro falou de equilíbrio. Disse que a faca podia ser perniciosa ou podia fazer o bem, mas era um equilíbrio tão pequeno, tão delicado, que o mais vago pensamento ou desejo podia provocar um desequilíbrio, tendendo para um lado ou para o outro... E falou de *ti*, Will, ele referia-se ao que tu desejavas ou pensavas, só que não disse o que seria um bom ou um mau pensamento.

«Depois... disse sim — continuou Lyra, os olhos brilhando quando olhou para os espiões. — Disse sim, façam-no, reparem a faca.

Iorek olhou para ela com firmeza, depois fez um aceno de cabeça.

Tialys e Salmakia desceram para observar mais de perto e Lyra perguntou:

— Precisas de mais combustível, Iorek? Tenho a certeza de que eu e Will podíamos ir buscar lenha.

Will percebeu o que Lyra pretendia: longe dos espiões poderiam falar.

Iorek retorquiu:

— Abaixo do primeiro contraforte, no caminho, há um arbusto resinoso. Tragam a maior quantidade que puderem.

Lyra saltou de imediato e Will seguiu-a.

A lua estava brilhante, o caminho era emaranhado de pegadas na neve, o ar frio e cortante. Ambos se sentiam cheios de energia, esperançosos e vivos. Não falaram até estarem bastante afastados da caverna.

— Que mais é que ele disse? — perguntou Will.

— Disse algumas coisas que eu não percebi muito bem e ainda não percebo. Disse que a faca seria a morte do Pó, mas depois disse que era a única forma de manter o Pó vivo. Não percebi, Will. Mas disse outra vez que era perigosa, estava sempre a dizer isso. Disse que se nós... sabes... o que eu pensei...

— Se formos ao mundo dos mortos...

— Sim... se fizermos isso... disse que talvez nunca regressemos, Will. Podemos não sobreviver.

Will nada disse e eles caminharam agora mais ponderadamente, procurando o arbusto que Iorek referira, silenciados pelo pensamento no que se estavam a meter.

— Contudo, temos de ir — disse Will —, não temos?

— Não sei.

— Quero dizer, agora nós *sabemos*. Tu tens de falar com Roger e eu tenho de falar com o meu pai. Agora temos de ir.

— Tenho medo — retorquiu Lyra.

E Will sabia que ela nunca admitiria isso perante mais ninguém.

— Ele disse o que aconteceria se nós *não* fossemos? — perguntou Will.

— Só o vazio. Só o vácuo. Não percebi muito bem, Will. Mas *penso* que ele queria dizer que mesmo sendo perigoso, devíamos tentar e salvar Roger. Mas não será como quando eu o salvei de Bolvangar; nessa altura eu não sabia muito bem o que estava a fazer, parti, simplesmente e tive sorte. Quero dizer, havia imensas pessoas a ajudar, como os ciganos e as feiticeiras. Mas não teremos ajuda no sítio aonde vamos. E eu percebo... no meu sonho eu... o lugar é... é pior que Bolvangar. É por isso que eu tenho medo.

— Do que eu *tenho* medo — disse Will pouco depois, sem olhar para ela —, é de ficar preso num sítio e nunca mais ver a minha mãe.

Surgindo de lugar nenhum, uma recordação impôs-se-lhe: ele era muito novo, e foi antes de os problemas dela começarem, e ele estava doente. Durante toda a noite, ao que parecia, a mãe sentara-se na cama dele, na escuridão, cantando canções de embalar, contando-lhe histórias e enquanto a voz dela soava, ele sabia que estava a salvo. Ele não a podia *abandonar* agora. Não podia! Tomaria conta dela a vida inteira, se fosse preciso.

Como se Lyra soubesse o que ele estava a pensar, disse-lhe num tom acalorado:

— Sim, é verdade, isso seria horrível. Sabes, a minha mãe, eu nunca percebi... Na verdade eu cresci sozinha; não me lembro de alguma vez alguém me ter pegado ao colo ou de me embalarem, era só eu e Pan pelo que me lembro... não consigo recordar-me de a Senhora Lonsdale ser assim; ela era a governanta no Colégio Jordan: a única coisa que ela fazia era certificar-se de que eu estava limpa, era a única coisa que a preocupava... ah, e as boas maneiras... Mas na caverna, Will, eu senti, realmente... oh é *estranho*, eu sei que ela fez coisas horríveis, mas eu senti mesmo que ela me amava e estava a tomar conta de mim... Ela deve ter pensado que eu ia morrer, estando a dormir todo o tempo. Penso que devo ter apanhado alguma doença... mas ela nunca deixou de tomar conta de mim. E lembro-me de ter acordado uma ou duas vezes e ela segurava-me nos braços... eu *lembro-me* disso, tenho a certeza... Era o que eu faria no lugar dela, se tivesse uma filha.

Então ela não sabia porque tinha dormido todo o tempo. Deveria dizer-lhe e trair aquela recordação, mesmo que fosse falsa? Não, claro que não.

— Será aquele arbusto? — perguntou Lyra.

O luar era suficientemente intenso para mostrar cada folha. Will arrancou um galho e o odor resinoso a pinheiro ficou-lhe entranhado nas mãos.

— E não vamos contar nada disto aos espiões — acrescentou Lyra.

Reuniram braçadas de galhos do arbusto e transportaram-nos até à caverna.

15

A FORJA

*Enquanto eu caminhava por entre os fogos do inferno,
deliciado com os prazeres do génio...*

WILLIAM BLAKE

Naquele momento os galivespianos conversavam sobre a faca. Tendo alcançado uma trégua desconfiada com Iorek Byrnison, voltaram a subir para a saliência da rocha para se manterem fora do caminho e, à medida que o crepitar das chamas aumentava e o estrelejar e o rugido do fogo enchia o ar, Tialys disse:

— Devemos manter-nos sempre junto dele. Assim que a faca estiver consertada, devemos manter-nos mais perto que uma sombra.

— Ele está demasiado atento. Vigia-nos a todo o momento — retorquiu Salmakia. — A rapariga é mais de confiança. Penso que a podemos atrair para o nosso lado. Ela é inocente e ama com facilidade. Podíamos trabalhá-la. Penso que é o que devemos fazer, Tialys.

— Mas ele tem a faca. É o único que a pode usar.

— Ele não irá a lado nenhum sem a rapariga.

— Mas ela tem de o seguir, se ele tiver a faca. E eu penso que assim que a faca estiver reparada, eles irão usá-la para escapar para outro mundo e fugirem de nós. Reparaste como ele a fez calar-se quando ia dizer mais qualquer coisa? Eles têm um objectivo secreto que é muito diferente do que nós queremos que eles façam.

— Veremos. Mas penso que tens razão, Tialys. Devemos ficar junto do rapaz a todo o custo.

Ambos observaram com algum cepticismo enquanto Iorek preparava as ferramentas na sua oficina improvisada. Os poderosos trabalhadores nas fábricas de artilharia sob a fortaleza de Lorde Asriel, com as suas fornalhas abrasadoras e moinhos, as suas forjas ambáricas e prensas hidráulicas, ter-se-iam rido do fogo aberto, do martelo de pedra, da bigorna que consistia numa peça da armadura de Iorek. Mesmo assim, o urso avaliara a tarefa e, na segurança dos seus movimentos, os pequenos espiões começaram a perceber uma qualidade que abafou o seu desprezo.

Quando Lyra e Will regressaram com os galhos, Iorek orientou a forma como colocavam os ramos, cuidadosamente, na fogueira. Observou cada ramo, virando-o de um lado e do outro e depois disse a Will ou a Lyra para o colocar neste ou naquele ângulo, ou para partir uma parte e a colocar separadamente no rebordo. O resultado foi um fogo de extraordinária ferocidade, com toda a sua energia concentrada num lado.

Por aquela altura, o calor dentro da caverna era intenso. Iorek continuou a alimentar o fogo e fez com que as crianças fizessem mais duas viagens para se certificar de que tinha combustível suficiente para toda a operação.

Depois o urso virou uma pequena pedra sobre o chão e disse a Lyra que procurasse mais pedras do mesmo género. Ele disse que aquelas pedras, depois de aquecidas, libertavam um gás que envolveria a lâmina e manteria o ar afastado, porque se o metal quente entrasse em contacto com o ar, absorveria uma parte e ficaria enfraquecido.

Lyra começou à procura e, com a ajuda dos olhos de mocho de Pantalaimon, em breve teria cerca de uma dúzia de pedras na mão. Iorek explicou-lhe como as deveria colocar, onde, e mostrou-lhe exactamente o tipo de correntes que ela devia provocar movendo um ramo com folhas para ter a certeza de que o gás se deslocava de forma idêntica sobre toda a peça a trabalhar.

Will foi encarregado do fogo e Iorek gastou vários minutos ensinando-o e certificando-se de que ele compreendia os princípios que deveria usar. Havia tanta coisa que dependia de um correcto posicionamento que Iorek não poderia parar para corrigir cada um: Will tinha de compreender e depois de o fazer correctamente.

Para além disso, não devia esperar que a faca tivesse exactamente o mesmo aspecto depois de reparada. Seria mais pequena, porque cada secção da lâmina teria de se sobrepor um pouco à seguinte, para poderem ser unidas; e a superfície iria oxidar um pouco, apesar da pedra-

-gás, por isso parte do jogo de luzes perder-se-ia e, inevitavelmente, o punho ficaria chamuscado. Mas a lâmina continuaria igualmente afiada, e funcionaria.

Por isso Will vigiou enquanto as chamas rugiam nos ramos resinosos e, com os olhos a chorar e as mãos esfoladas, ele ajustou cada novo ramo até o calor estar focado como Iorek queria.

Entretanto, o próprio Iorek cortava e martelava uma pedra do tamanho de um punho, tendo rejeitado várias até encontrar a que tinha o peso certo. Com poderosas pancadas ele deu forma e suavizou a pedra, o cheiro a cordite das pedras partidas a juntar-se ao fumo nas narinas dos dois espiões, observando lá de cima. Até Pantalaimon estava activo, transformando-se em corvo para poder bater as asas e fazer com que o fogo ardesse mais depressa.

Finalmente o martelo tinha a forma que Iorek desejava e ele colocou os dois primeiros pedaços da lâmina da faca subtil entre a madeira incandescente, no coração da fogueira e disse a Lyra para começar a soprar o gás de pedra sobre elas. O urso observou, a sua longa cara branca parecendo sinistra à luz e Will viu a superfície do metal começar a brilhar vermelho, depois amarelo e por fim branco.

Iorek observava de perto, a pata erguida, pronta a retirar rapidamente as peças do fogo. Ao fim de pouco tempo, o metal mudou novamente de cor e a superfície tornou-se brilhante e lustrosa e fagulhas, como as de um fogo-de-artifício, desprenderam-se dele.

Então Iorek mexeu-se. A pata direita avançou rápida e agarrou primeiro uma peça, depois a outra, segurando-as com as pontas das garras enormes e colocando-as na placa de metal que era a parte de trás da sua armadura. Will podia sentir o cheiro das garras queimando-se, mas Iorek não deu qualquer importância a isso e, movendo-se com extraordinária rapidez, ajustou o ângulo em que as peças se sobrepunham, ergueu a pata esquerda e desferiu uma pancada potente com o martelo de pedra.

A ponta da faca saltou sobre a rocha com a violência da pancada. Will pensava que todo o resto da sua vida dependia do que acontecesse àquele minúsculo triângulo metálico, aquele ponto que procurava as fendas dentro dos átomos e todos os seus nervos tremeram, sentindo a oscilação de cada chama e o afrouxamento de cada átomo na estrutura molecular do metal. Antes de tudo aquilo ter começado, Will imaginara que apenas uma fornalha de grandes dimensões, com as mais sofisticadas ferramentas e equipamentos, poderia funcionar naquela lâmina; mas agora percebia que aquelas eram as melhores ferramentas e que a mestria de Iorek tinha construído a melhor fornalha que podia existir.

A voz de Iorek rugiu acima do clamor do fogo:

— Mantêm-na firme no teu espírito; tu também tens de a forjar! Esta tarefa é tanto tua como minha!

Will sentiu que todo o seu corpo tremia sob as pancadas do martelo de pedra na pata do urso. A segunda peça da lâmina estava também a aquecer, e o ramo folhoso de Lyra enviava o gás quente para envolver as duas peças e manter afastado o ar que devorava o metal. Will sentia tudo isso juntamente com os átomos do metal ligando-se uns aos outros ao longo da linha de fractura, criando novos cristais, esticando-se e fortalecendo-se na estrutura molecular invisível à medida que a junção se fazia com sucesso.

— A ponta! — rugiu Iorek. — Mantém a ponta em linha!

Subentendendo-se *com o teu espírito*, o que Will fez imediatamente, sentindo as minúsculas partículas, depois o ínfimo alívio quando os gumes ficaram perfeitamente alinhados. A junção estava feita e Iorek virou a sua atenção para as peças seguintes.

— Uma nova pedra — disse Iorek a Lyra, que deitou fora a primeira e colocou uma segunda no mesmo lugar para aquecer.

Will verificou o combustível e partiu um ou dois ramos para melhor dirigir as chamas e Iorek voltou a usar o martelo. Will sentiu que a sua tarefa ganhava uma maior complexidade porque tinha de manter a nova peça numa relação precisa com as duas anteriores e percebeu que só fazendo isso de modo preciso poderia ajudar Iorek a reparar a faca.

E assim o trabalho continuou. Will não fazia ideia de quanto tempo demoraram; Lyra, pelo seu lado, sentiu que os braços lhe doíam, os olhos choravam, tinha a pele arranhada e vermelha e cada osso do seu corpo doía devido à fadiga, mas, apesar de tudo isso, um Pantalaimon extenuado continuava a bater as asas sobre as chamas.

Quando chegaram à junção final, a cabeça de Will zunia e estava tão exausto devido ao esforço intelectual que mal conseguia levantar o ramo para o juntar ao fogo. Ele tinha de compreender cada ligação, ou a faca não se uniria; e quando chegaram ao mais complexo, o último, o que fixaria a lâmina quase terminada com o que restava do punho — se ele não a conseguisse manter plenamente na sua consciência, juntamente com as outras peças, então a faca simplesmente desagregar-se-ia como se Iorek nem sequer tivesse começado a trabalhar.

O urso apercebeu-se da situação e fez uma pausa antes de começar a aquecer a última peça. Olhou para Will e nos seus olhos Will não conseguiu ver nada, nenhuma expressão, apenas uma escuridão brilhante e sem fim. Contudo compreendeu: aquilo era trabalho, e era difícil, mas eles estavam à altura da tarefa de o fazer, todos eles.

Foi tudo o que Will precisou, virou-se para o fogo e enviou a sua imaginação para a ponta do punho partido e dedicou-se à última e mais intensa parte da tarefa.

Foi assim que ele, Iorek e Lyra, entre eles, forjaram a faca; quanto tempo a última junção demorou ele não sabia, mas quando Iorek bateu a martelada final e Will sentiu o último pedaço assentando quando os átomos se interligaram sobre a linha de fractura, caiu no chão da caverna e deixou que a exaustão o possuísse. Lyra, a seu lado, estava no mesmo estado, os olhos vidrados e raiados de vermelho, o cabelo cheio de fumo e cinza; e o próprio Iorek deixou pender a cabeça, o pêlo chamuscado em diversos pontos, negras linhas de cinza manchando a brancura creme.

Tialys e Salmakia tinham dormido por turnos, um deles sempre alerta. Agora era a vez de a Dama estar acordada e de ele dormir, mas quando a lâmina arrefeceu, mudando o tom de vermelho para cinzento e finalmente para prateado e Will estendeu a mão para pegar no punho, ela acordou o companheiro colocando-lhe uma mão no ombro. Tialys despertou imediatamente.

Mas Will não tocou na faca: aproximou a palma da mão da lâmina, mas o calor era ainda demasiado intenso. Os espiões relaxaram sobre a plataforma de rocha quando Iorek disse para Will:

— Vem até cá fora.

Depois disse para Lyra:

— Fica aqui e não toques na faca!

Lyra sentou-se perto da bigorna, onde a faca arrefecia e Iorek disse-lhe para ela espevitar o fogo, para não o deixar apagar-se: havia ainda uma última operação a realizar.

Will seguiu o grande urso para a encosta escura da montanha. O frio era penetrante e instantâneo, depois do inferno da caverna.

— Eles não deviam ter feito aquela faca — disse Iorek, depois de terem caminhado um pouco. — Talvez eu não a devesse ter consertado. Estou preocupado e nunca me senti preocupado antes, nunca tive dúvidas. Agora estou cheio delas. A dúvida é uma coisa humana, não uma coisa de ursos. Se me estou a tornar humano, algo de errado se passa, algo muito mau. E eu só a piorei.

— Mas quando o primeiro urso fez a primeira armadura, isso não foi mau, do mesmo modo?

Iorek ficou em silêncio. Continuaram a caminhar até chegarem a uma vasta inclinação coberta de neve e Iorek deitou-se sobre ela, rolando para um lado e para o outro, lançando saraivadas de neve no ar negro a ponto de ele mesmo parecer feito de neve: Iorek era a personificação de toda a neve do mundo.

Quando acabou de se rebolar, levantou-se, e sacudiu-se vigorosamente e depois, vendo que Will aguardava uma resposta à sua pergunta, disse:

— Sim, penso que também deve ter sido. Mas antes do primeiro urso blindado, não tinha havido outros. Não sabemos de nada antes dele. Foi nesse momento que o costume começou. Nós conhecemos os nossos costumes e eles são firmes e sólidos e seguimo-los sem os modificar em nada. A natureza-urso é fraca sem os costumes, tal como a carne-urso está desprotegida sem a armadura.

«Mas penso que ultrapassei a natureza-urso ao consertar a faca. Penso que fui tão louco quanto Iofur Raknison. O tempo o dirá. Mas sinto-me inseguro e com dúvidas. Agora tens de me dizer: por que é que a faca se partiu?

Will esfregou a cabeça dorida com as duas mãos.

— A mulher olhou para mim e eu pensei que ela tinha a cara da minha mãe — respondeu, tentando recordar-se da experiência com toda a honestidade — e a faca encontrou algo que não conseguia cortar e porque o meu espírito a forçou a avançar e a obrigou a recuar ao mesmo tempo, ela partiu-se. É o que eu penso. A mulher sabia o que estava a fazer, tenho a certeza. Ela é muito inteligente.

— Quando falas da faca falas da tua mãe e do teu pai.

— Falo? Sim... penso que sim.

— O que vais fazer com ela?

— Não sei.

Subitamente Iorek investiu sobre Will e esbofeteou-o violentamente com a pata esquerda: com tanta violência que Will caiu, meio estonteado, na neve, e deu várias voltas sobre si mesmo, parando quase no fundo da encosta, a cabeça zunindo.

Iorek desceu, devagar, até junto de Will, que se esforçava por se levantar, e disse:

— Responde-me com verdade.

Will sentiu-se tentado a dizer: «Não terias feito isso se eu tivesse a faca na minha mão.» Mas Will sabia que Iorek sabia, e que sabia que ele sabia, e seria também indelicado e estúpido dizê-lo; mas, mesmo assim, sentiu-se tentado.

Manteve-se calado até se conseguir levantar, enfrentando Iorek.

— Eu disse que não sabia — começou, esforçando-se por manter a voz calma —, porque ainda não pensei com clareza no que vou fazer. E no que isso significa. Aterroriza-me. E aterroriza também Lyra. Seja como for, concordei, assim que ouvi o que ela disse.

— E o que foi?

— Nós queremos ir ao mundo dos mortos e falar com o fantasma do amigo de Lyra, Roger, o que foi morto em Svalbard. E se há mesmo um mundo dos mortos, então o meu pai também lá está e se pudermos falar com os fantasmas quero falar com ele.

«Mas sinto-me dividido, indeciso, porque quero regressar e tomar conta da minha mãe, porque o posso fazer, e também porque o meu pai e o anjo Balthamos disseram-me que devia ir ter com Lorde Asriel e oferecer-lhe a faca, e penso que talvez eles tenham razão...

— O anjo fugiu — disse o urso.

— Ele não era um guerreiro. Fez o que pôde e depois já não foi capaz de fazer mais nada. Não foi o único a ter medo; eu também tive. Por isso tenho de ponderar. Talvez algumas vezes não façamos o que é certo porque o que é errado parece mais perigoso e não queremos parecer medrosos, por isso vamos e fazemos o que está errado só *porque* é perigoso. Ficamos mais preocupados em não parecer medrosos do que em julgar o que está correcto. É muito difícil. Foi por isso que não te respondi.

— Estou a perceber — retorquiu o urso.

Ficaram em silêncio pelo que pareceu ser muito tempo, principalmente para Will, que tinha pouca roupa que o protegesse do frio cortante. Mas Iorek ainda não tinha terminado e Will ainda se sentia fraco e tonto da pancada e não confiava nos seus pés, por isso ficaram onde estavam.

— Bem, comprometi-me de muitas formas — disse o rei-urso. — Talvez ao ajudar-te tenha provocado a destruição final do meu reino. E talvez não, talvez a destruição estivesse já para acontecer; talvez a tenha sustido. Por isso estou preocupado, por ter de fazer coisas contrárias à natureza-urso e especular como os seres humanos.

«E vou dizer-te uma coisa. Tu já sabes, mas não queres saber, e é por essa razão que te vou dizer abertamente, para que não te enganes. Se queres ser bem sucedido nesta tarefa, não deves continuar a pensar na tua mãe. Tens de a pôr de lado. Se o teu espírito estiver dividido, a faca quebrar-se-á.

«Agora vou despedir-me de Lyra. Tens de aguardar na caverna; aqueles dois espiões não te perderão de vista e não os quero a escutar quando falo com Lyra.

Will não tinha palavras, apesar de o seu peito e a sua garganta estarem cheias delas. Conseguiu dizer: — Obrigado, Iorek Byrnison — e foi tudo.

Subiu a colina com Iorek em direcção à caverna, onde a luz do fogo brilhava quente na vasta escuridão circundante.

Aí Iorek realizou a última tarefa na reparação da faca. Colocou-a no meio das brasas mais intensas até a lâmina brilhar e Will e Lyra viram centenas de cores rodopiarem nas profundidades enegrecidas do metal e quando Iorek calculou que era o momento certo, disse a Will para pegar na faca e a mergulhar na neve que se tinha acumulado no exterior da caverna.

O punho de pau-rosa estava chamuscado e enegrecido, mas Will envolveu a mão em várias camadas de tecido e fez o que Iorek lhe dissera. No assobio e brilho do vapor ele sentiu os átomos unirem-se finalmente e soube que a faca estava tão afiada como antes, a ponta infinitamente rara.

Porém, tinha um aspecto diferente. Era mais curta e muito menos elegante e havia uma superfície prateada baça sobre cada uma das junções. Também parecia feia; parecia o que era: uma faca ferida.

Quando já estava suficientemente fria, guardou-a na mochila e sentou-se, ignorando os espiões, para esperar que Lyra regressasse.

Iorek tinha-a conduzido até um pouco mais abaixo no declive, para uma zona longe da caverna e aí deixou-a sentar-se, aconchegada no abrigo dos seus braços, com Pantalaimon aninhado, sob a forma de um rato, no peito dela. Iorek inclinou-se sobre Lyra e esfregou o focinho nas suas mãos arranhadas e cheirando a fumo. Sem uma palavra, começou a lambê-las para as lavar; a sua língua suavizava as queimaduras e ela sentiu-se mais segura do que alguma vez se sentira em toda a sua vida.

Mas quando as suas mãos estavam limpas da fuligem e da sujidade, Iorek falou. Ela sentiu a voz dele vibrando contra as suas costas.

— Lyra Silvertongue, que plano é esse para visitar os mortos?

— Surgiu-me num sonho, Iorek. Eu vi o fantasma de Roger e soube que ele me estava a chamar... Lembras-te de Roger; bem, depois de nós te termos deixado, ele foi morto e a culpa foi minha, pelo menos senti que foi. E penso que devo terminar o que comecei, é tudo: devia ir e pedir desculpa e, se puder, devia salvá-lo dali.

E se Will puder abrir uma janela para o mundo dos mortos, então temos de o fazer.

— Poder não é o mesmo de ter de.

— Mas se podemos e devemos então não há desculpa.

— Enquanto estiveres viva, as tuas obrigações são para com a própria vida.

— Não, Iorek — contrariou Lyra com suavidade —, a nossa obrigação é cumprir as promessas que fazemos, por mais difíceis que elas sejam. Sabes, é um segredo, mas estou apavorada. E desejava nunca ter tido aquele sonho e que Will não tivesse pensado usar a faca para irmos até lá. Mas fizemos, por isso não podemos fugir agora.

Lyra sentiu Pantalaimon tremer e acariciou-o com as mãos feridas.

— Contudo, não sabemos como chegar até lá — continuou. — Não saberemos nada até termos tentado. O que é que *tu* vais fazer, Iorek?

— Vou voltar para o norte, com o meu povo. Não podemos viver nas montanhas. Até a neve é diferente. Pensei que poderíamos viver aqui, mas será mais fácil viver no mar, mesmo que esteja quente. Foi uma lição que valeu a pena aprender. E, para além disso, sinto a guerra, Lyra Silvertongue; posso cheirá-la; posso ouvi-la. Falei com Serafina Pekkala antes de vir para aqui e ela disse-me que ia ter com Lorde Faa e os ciganos. Se houver guerra seremos necessários.

Lyra endireitou-se excitada ao escutar os nomes dos seus velhos amigos. Mas Iorek ainda não tinha terminado. Continuou:

— Se não conseguires encontrar uma saída do mundo dos mortos, nunca mais nos veremos, porque eu não tenho um fantasma. O meu corpo permanecerá na terra e depois tornar-se-á parte dela. Mas se acontecer que tu e eu sobrevivamos, então serás sempre bem-vinda como convidada de honra em Svalbard; e o mesmo será verdade para Will. Ele contou-te o que aconteceu quando nos conhecemos?

— Não — respondeu Lyra —, só que tinha sido perto de um rio.

— Ele desafiou-me. Pensei que nunca ninguém seria capaz de fazer isso, mas aquele jovem adolescente era demasiado audacioso para mim e demasiado esperto. Não fico feliz por tu fazeres o que planeaste, mas não há ninguém em quem eu confiaria que fosse contigo, excepto aquele rapaz. Vocês completam-se. Vai bem, Lyra Silvertongue, minha querida amiga.

Lyra levantou-se e colocou os braços em volta do pescoço do urso e enterrou a cara no seu pêlo, incapaz de pronunciar uma palavra.

Um minuto depois, Iorek levantou-se e com suavidade desfez o abraço, depois virou-se e caminhou silenciosamente em direcção à escuridão. Lyra pensou que o contorno do corpo do urso quase se perdeu de imediato na palidez do chão coberto de neve, mas talvez isso se devesse ao facto de os seus olhos estarem cobertos de lágrimas.

Quando Will escutou os passos de Lyra no caminho, olhou para cima, para os espiões e disse:

— Não se mexam. Vejam... aqui está a faca... não a vou usar. Fiquem aí.

Saiu da caverna e encontrou Lyra parada, de pé, chorando, com Pantalaimon transformado em lobo erguendo a face para o céu negro. Lyra estava muito silenciosa. A única luz provinha do reflexo pálido na neve dos restos da fogueira e isso por sua vez reflectia-se na sua face molhada e as suas lágrimas encontraram o seu reflexo nos olhos de Will e assim aqueles fotões uniram as duas crianças numa teia de silêncio.

— Eu amo-o tanto, Will! — conseguiu Lyra murmurar, trémula. — E ele parecia *velho!* Parecia esfomeado e velho e triste... Depende tudo de nós agora, Will? Não podemos confiar em mais ninguém... Somos só nós. Mas ainda não somos suficientemente crescidos. Somos só jovens... demasiado jovens. Se o pobre Senhor Scoresby morreu e Iorek está velho... Depende de nós, o que tem de ser feito.

— Nós vamos conseguir — disse Will. — Não vou mais olhar para trás. Nós conseguimos. Mas agora temos de dormir e se ficarmos neste mundo aqueles girópteros podem chegar, os que os espiões chamaram... Vou abrir uma janela agora e descobriremos outro mundo onde possamos dormir e se os espiões vierem connosco, tanto pior. Teremos de nos ver livres deles noutra ocasião.

— Sim — anuiu Lyra, que fungou, limpou o nariz com as costas da mão e com as palmas secou os olhos. — Vamos a isso. Tens a certeza de que a faca funciona? Já a testaste?

— Eu sei que funciona.

Com Pantalaimon transformado em tigre para deter os espiões, esperavam eles, Will e Lyra entraram na caverna e pegaram nas mochilas.

— O que é que estão a fazer? — perguntou Salmakia.

— Vamos para outro mundo — respondeu Will, tirando a faca da bainha. Parecia que estava de novo intacta; ele não tinha percebido, até àquele momento, quanto a amava.

— Mas têm de esperar pelos girópteros de Lorde Asriel — exclamou Tialys, a sua voz soando dura.

— Mas não vamos esperar — retorquiu Will. — Se te aproximares da faca, mato-te. Atravessem connosco se tiverem de o fazer, mas não nos podem obrigar a ficar aqui. Vamo-nos embora.

— Tu mentiste!

— Não — emendou Lyra. — Eu menti. Will não mente. Não pensaste nisso.

— Mas para onde é que vão?

Will não respondeu. Tacteou o ar sombrio e fez uma abertura. Salmakia disse:

— Isso é um erro. Têm de perceber e escutar-nos. Já pensaram...

— Sim, pensámos — interrompeu Will —, pensámos muito e amanhã dir-vos-emos o que pensámos. Podem vir para onde nós vamos, ou podem regressar para junto de Lorde Asriel.

A janela abria para o mundo para onde Will tinha fugido com Baruch e Balthamos e onde dormira em segurança: a praia quente e sem fim, com as árvores parecidas com fetos por trás das dunas. Will disse:

— Aqui... dormiremos aqui... este lugar serve.

Deixou-os passar e fechou a janela imediatamente. Enquanto ele e Lyra se deitaram ali mesmo, exaustos, a Dama Salmakia viu o cavaleiro abrir o ressoador e começar a compor a mensagem na escuridão.

16

A AERONAVE INTENCIONAL

Da cúpula lustrosa, penduradas por subtil magia, des-
ciam fileiras de lâmpadas cintilantes e ardentes fachos
fornidos com nafta e asfalto que irradiavam luz...

JOHN MILTON

— A minha *criança?* A minha *filha?* Onde é que ela está? O que lhe fizeram? A minha Lyra... Era melhor que me tivessem rasgado as fibras do coração... Ela estava a salvo comigo, *a salvo*, e agora onde é que ela está?

Os gritos da Sra. Coulter ressoaram através da pequena câmara no topo da torre de diamante. Ela estava amarrada a uma cadeira, o cabelo desgrenhado, as roupas rasgadas, os olhos enlouquecidos; o macaco-génio batia e lutava no chão preso a uma corrente de prata.

Lorde Asriel sentava-se ali ao pé, escrevinhando numa folha de papel, sem fazer caso. Uma ordenança estava de pé junto dele, olhando de soslaio e nervosamente para a mulher. Quando Lorde Asriel lhe entregou o papel ele fez uma continência e apressou-se a sair, o seu *terrier*-génio seguindo-o junto aos calcanhares, a cauda entre as pernas.

Lorde Asriel virou-se para a Sra. Coulter.

— Lyra? Francamente, não me preocupa — disse Lorde Asriel, a sua voz calma e rouca. — A maldita criança devia ter ficado onde estava e feito o que lhe mandaram. Não posso desperdiçar mais tempo nem meios com ela; se se recusa a ser ajudada, que assuma as consequências.

— Tu não sentes o que dizes, Asriel, ou não terias...

— Sinto cada uma das palavras que disse. A confusão que ela causou é superior aos seus méritos. Uma rapariga inglesa vulgar, não muito esperta...

— É sim! — exclamou a Sra. Coulter.

— Está bem; esperta mas não inteligente; impulsiva, desonesta, gananciosa...

— Corajosa, generosa, meiga.

— Uma criança perfeitamente vulgar, que não se salienta por nada...

— Perfeitamente vulgar? Lyra? Ela é única. Pensa no que ela já fez. Não gostes dela, se assim quiseres, Asriel, mas não te atrevas a tratar com um ar condescendente a tua filha. E ela estava a salvo comigo, até...

— Tens razão — anuiu, levantando-se. — Ela é *única*. Para te ter amansado e suavizado... isso não é um feito de todos os dias. Ela esvaziou-te do teu veneno, Marisa. Ela arrancou-te os dentes. Apagou o teu fogo com um chuvisco de piedade sentimental. Quem poderia ter imaginado isso? A mais impiedosa agente da Igreja, a perseguidora fanática das crianças, a inventora de máquinas hediondas para as cortar e observar aqueles pequenos seres aterrorizados em busca de qualquer prova de *pecado*... Então surge uma fedelha ignorante, mal-criada, com unhas sujas e tu cacarejas e protege-la com as tuas penas como uma galinha. Bem, admito: a criança deve ter algum dom que eu nunca reconheci. Mas se o único resultado que obtém é transformar-te numa mãe lamecha, então é um dom muito fraco, monótono e insignificante. E agora bem te podias calar um bocadinho. Pedi aos meus comandantes que viessem a uma reunião urgente e se não consegues controlar todo esse barulho terei de te amordaçar.

A Sra. Coulter era mais parecida com a filha do que ela própria sabia. A sua resposta às palavras de Lorde Asriel foi cuspir-lhe na cara. Ele limpou-se calmamente e disse:

— Uma mordaça também poria fim a esse tipo de comportamentos.

— Oh, por favor, corrige-me, Asriel — replicou ela —, mas alguém que exibe uma cativa aos seus subalternos amarrada numa cadeira é claramente um príncipe da elegância. Desamarra-me ou *obrigar-te-ei* a amordaçar-me.

— Como queiras — retorquiu ele e tirou um lenço de seda de uma gaveta. Porém, antes de ter tido tempo para o amarrar em volta da boca, ela abanou a cabeça.

— Não, não — disse. — Asriel, não, peço-te, por favor, não me humilhes.

Lágrimas de fúria escorreram-lhe pela face.

— Muito bem, eu desamarro-te, mas ele pode ficar preso — anuiu Lorde Asriel e deixou cair o lenço dentro da gaveta antes de cortar as cordas com uma navalha de mola.

Ela esfregou os pulsos, levantou-se, espreguiçou-se e só então reparou no estado das suas roupas e do seu cabelo. Tinha um aspecto cansado e pálido; os últimos vestígios do veneno galivespiano ainda lhe percorriam o corpo, provocando dores lancinantes nas articulações, mas ela não deixaria que ele se apercebesse.

Lorde Asriel disse:

— Podes lavar-te ali — indicando uma pequena sala pouco maior que um armário.

Ela pegou no macaco preso por correntes, cujos olhos malignos olharam irados para Lorde Asriel por cima do ombro dela, e saiu para se limpar.

A ordenança entrou para anunciar:

— Sua majestade, o Rei Ogunwe e Lorde Roke.

O general africano e o galivespiano entraram: o Rei Ogunwe com um uniforme limpo, uma ferida na têmpora tratada recentemente, e Lorde Roke deslizando rapidamente para a mesa, escarranchado no seu falcão azul.

Lorde Asriel cumprimentou-os calorosamente e ofereceu-lhes vinho. O pássaro deixou o seu cavaleiro desmontar e depois voou para a consola junto da porta, quando a ordenança anunciou o terceiro alto comandante de Lorde Asriel, um anjo de nome Xaphania. Ela era de um estatuto muito superior a Baruch ou Balthamos, e visível devido a uma luz desconcertante e de brilho difuso que parecia provir de um qualquer outro lugar.

Por essa altura a Sra. Coulter tinha saído da salinha, muito mais bem arranjada, e os três comandantes fizeram-lhe uma vénia e se ela ficou surpreendida pelo aspecto deles, não o revelou, mas inclinou a cabeça e sentou-se calmamente, segurando o macaco prisioneiro nos seus braços.

Sem perder tempo, Lorde Asriel pediu:

— Conte-me o que aconteceu, Rei Ogunwe.

O africano, de voz profunda e poderosa, disse:

— Matámos dezassete Guardas Suíços e destruímos dois zepelins. Perdemos cinco homens e um giróptero. A rapariga e o rapaz escaparam. Capturámos a Dama Coulter, apesar da sua corajosa defesa e trouxemo-la para aqui. Espero que ela sinta que a tratámos com cortesia.

— Estou bastante satisfeita com a forma como vós me haveis tratado, senhor — disse ela, com um mais ligeiro acento na palavra *vós*.

— Algum dano nos outros girópteros? Algum ferido? — perguntou Lorde Asriel.

— Alguns danos e alguns feridos, mas todos de menor importância.

— Óptimo. Obrigado, Rei; a sua tropa agiu bem. Lorde Roke, o que haveis escutado?

O galivespiano respondeu:

— Os meus espiões estão com o rapaz e a rapariga num outro mundo. Ambas as crianças estão a salvo e bem, apesar de a rapariga ter sido mantida num sono drogado durante vários dias. O rapaz perdeu a capacidade de usar a faca durante os acontecimentos na caverna: devido a um acidente, a faca partiu-se em bocados. Mas está de novo intacta graças a uma criatura do norte do *seu* mundo, Lorde Asriel, um urso gigantesco, muito hábil como ferreiro. Assim que a faca foi reparada o rapaz fez uma abertura para um outro mundo, onde se encontram agora. Os meus espiões estão com eles, é claro, mas parece haver um problema: enquanto o rapaz tiver a faca, não pode ser obrigado a fazer nada e, contudo, se eles o matassem durante o seu sono, a faca seria inútil para nós. Por agora, o Cavaleiro Tialys e a Dama Salmakia irão com eles para onde quer que eles vão, assim pelo menos mantemos o contacto com eles. Parecem ter um plano em vista: seja como for, recusam-se a vir até aqui. Os meus dois subordinados não os perderão de vista.

— Estão a salvo nesse outro mundo onde se encontram agora? — perguntou Lorde Asriel.

— Estão numa praia perto de uma floresta de fetos. Não há sinais de vida animal por perto. Enquanto falamos, tanto o rapaz como a rapariga estão a dormir; falei com o Cavaleiro Tialys há menos de cinco minutos.

— Obrigado — agradeceu Lorde Asriel. — Agora que os seus dois agentes seguem as crianças, é claro, deixámos de ter olhos e ouvidos no Magisterium. Teremos de confiar no aletiómetro. Pelo menos...

Subitamente a Sra. Coulter falou, para espanto de todos.

— Não sei o que se passa nos outros ramos — disse —, mas no que diz respeito ao Tribunal Consistorial o leitor de quem eles dependem é Fra Pavel Rašek. Ele é meticuloso mas lento. Eles não saberão onde Lyra está nas próximas horas.

Lorde Asriel disse:

— Obrigado, Marisa. *Tens* alguma ideia do que Lyra e o rapaz pretendem fazer a seguir?

— Não — respondeu —, nenhuma. Falei com o rapaz e ele pareceu-me uma criança teimosa e habituada a manter segredos. Posso tentar adivinhar o que ele faria. Quanto a Lyra, ela é absolutamente imprevisível.

— Meu senhor — disse o Rei Ogunwe —, podemos saber se a senhora faz agora parte deste conselho de comando? Se assim for, qual é a sua função? Se não, não deveria ser levada para outro lugar?

— Ela é nossa prisioneira e minha convidada e como distinta ex-agente da Igreja, pode ter informações úteis.

— Revelará alguma informação de livre vontade? Ou necessitará de ser torturada? — perguntou Lorde Roke, olhando-a abertamente enquanto falava.

A Sra. Coulter riu-se.

— Pensava que os comandantes de Lorde Asriel seriam suficientemente inteligentes para não ficarem à espera que da tortura resulte a verdade — disse.

Lorde Asriel não podia deixar de apreciar aquela desavergonhada falta de sinceridade.

— Eu respondo pelo comportamento da Senhora Coulter — disse. — Ela sabe o que lhe acontecerá se nos trair, embora não venha sequer a ter essa oportunidade. Contudo, se algum de vós tem alguma dúvida, que a manifeste agora, sem receio.

— Eu tenho — disse o Rei Ogunwe —, mas a minha dúvida refere-se a si, não a ela.

— Porquê? — perguntou Lorde Asriel.

— Se ela o tentou, vós não resistireis. Foi correcta a decisão de a capturar, mas errada a de a convidar para esta reunião. Trate-a com toda a cortesia, dê-lhe o máximo de conforto, mas leve-a para outro lugar e fique longe dela.

— Bem, eu convidei-os a falar — retorquiu Lorde Asriel — e devo aceitar a vossa censura: aprecio a vossa presença mais do que a dela, Rei. Mandarei que a levem para outro lugar.

Estendeu a mão para tocar na campainha, mas antes de ter tempo para o fazer, a Sra. Coulter falou.

— Por favor — disse, a voz revelando urgência —, escutem-me primeiro. Eu posso ajudar. Estive mais perto do coração do Magisterium do que alguém que possam encontrar. Sei como pensam, posso adivinhar o que farão. Perguntam-se por que razão deveriam confiar em mim, o que me fez abandoná-los? É simples: eles vão matar a minha filha. Não se atreverão a deixá-la viver. No momento em que descobri quem ela era... o que ela é... qual é a profecia das feiticeiras sobre ela... eu soube que teria de deixar a Igreja; soube que eu sou sua inimiga e ela minha; eu não sabia o que *vós* éreis, nem o que eu era para vós... isso era um mistério; mas sabia que teria de me revoltar contra a Igreja, contra tudo aquilo em que eles acreditam, se fosse preciso, contra a própria Autoridade. Eu...

Calou-se. Todos os comandantes a escutavam atentamente. Virou-se para Lorde Asriel, olhando-o de frente, parecendo que falava apenas para ele, a sua voz baixa e apaixonada, os olhos brilhantes cintilando.

— Fui a pior mãe do mundo. Deixei que a minha única filha fosse levada para longe de mim quando era apenas uma bebé porque não me importava com ela; só estava interessada no meu próprio progresso. Não pensei nela durante anos, e se o fiz, foi apenas para lamentar o embaraço que o seu nascimento me causara.

«Mas então a Igreja começou a interessar-se pelo Pó e pelas crianças e algo espicaçou o meu coração e lembrei-me de que era mãe e de que Lyra era... *a minha* filha.

«E porque havia uma ameaça, salvei-a dela. Por três vezes avancei para a arrancar do perigo. Primeiro, quando o Conselho da Oblação iniciou o seu trabalho; eu fui até ao Colégio Jordan e levei-a para viver comigo, em Londres, onde a poderia manter a salvo do Conselho... Ou pelo menos assim o esperava. Mas ela fugiu.

«Da segunda vez foi em Bolvangar, quando a encontrei mesmo a tempo sob a... sob lâmina da... O meu coração quase parou... Era o que eles... nós... O que eu fiz a outras crianças, mas quando se tratou da *minha*... Oh, não podem imaginar o horror que senti naquele momento, espero que nunca sintam o que senti então... Mas libertei-a, levei-a dali; salvei-a uma segunda vez.

«Porém, mesmo ao fazer isso, ainda me sentia parte da Igreja, uma serva, uma serva leal, fiel e devota, porque estava a fazer o trabalho da Autoridade.

«Depois soube da profecia das feiticeiras: Lyra, em breve, de uma forma que ignoro, será tentada, como Eva foi... É o que elas dizem.

Que forma assumirá essa tentação, não sei, mas, afinal, ela está a crescer. Não é difícil imaginar. E agora que a Igreja também sabe isso, matá-la-ão. Se tudo depende dela, poderiam correr o risco de a deixar viver? Atrever-se-iam a correr o risco de que ela recuse essa tentação, seja ela qual for?

«Não, estão obrigados a matá-la. Se pudessem, regressariam ao Jardim do Éden e matariam Eva antes de *ela* ser tentada. Matar é algo que não lhes é minimamente difícil; o próprio Calvino ordenou a morte de crianças; matá-la-iam com pompa e circunstância, preces e lamentações, salmos e hinos, mas matá-la-iam. Se ela cair nas mãos deles é como se já estivesse morta.

«Por isso, quando soube o que a feiticeira disse, salvei a minha filha pela terceira vez. Levei-a para um lugar onde a mantive a salvo e ali eu ia ficar.

— Você drogou-a — interrompeu o Rei Ogunwe. — Manteve-a inconsciente.

— Tive de o fazer — retorquiu a Sra. Coulter —, porque ela me odeia — neste momento a sua voz, que se tinha revelado cheia de emoção, mas de forma controlada, quebrou-se num soluço e tremeu quando ela continuou a falar: — Ela receava-me e odiava-me e teria fugido da minha presença como um pássaro de um gato, se não a tivesse drogado para que dormisse. Sabem o que isso significa para uma mãe? Mas era a única forma de a manter a salvo! Durante todo aquele tempo na caverna... adormecida, de olhos fechados, o seu corpo indefeso, o génio enroscado em volta da sua garganta... Oh, senti um amor, uma ternura tão profunda, tão... A minha única filha, a primeira vez que pude fazer aquelas coisas por ela, a minha pequenina... Lavei-a e alimentei-a, mantive-a a salvo e quente, certifiquei-me de que o seu corpo era alimentado enquanto dormia... Deitei-me a seu lado, embalei-a nos meus braços, chorei sobre o seu cabelo, beijei-lhe os olhos adormecidos, a minha pequenina...

Ela não sentia qualquer vergonha. Falou calmamente; não declamou nem ergueu a voz. Quando o choro a fazia tremer era abafado quase num soluço, como se ela estivesse a conter as suas emoções por uma questão de educação. O que tornava as suas mentiras descaradas ainda mais eficazes, pensou Lorde Asriel com repugnância; ela mentia até à medula dos ossos.

A Sra. Coulter dirigira as suas palavras principalmente para o Rei Ogunwe, sem parecer fazê-lo, e Lorde Asriel apercebeu-se disso também. Não só o Rei era o seu principal acusador, como era também humano, ao contrário do anjo ou de Lorde Roke, e ela sabia como controlá-lo.

Contudo, foi no galivespiano, na realidade, que ela causou uma impressão mais profunda. Lorde Roke sentiu nela uma natureza tão semelhante à do escorpião quantos ele já tinha encontrado e tinha clara consciência do poder do ferrão que conseguia detectar sob aquele tom suave. É mais seguro manter os escorpiões num sítio onde os possamos ver, pensou.

Por isso apoiou o Rei Ogunwe quando este mudou de opinião e defendeu que ela devia ficar, e Lorde Asriel deu por si votando vencido: porque, naquele momento, ele queria-a longe dali, mas já tinha concordado em obedecer à vontade dos seus companheiros.

A Sra. Coulter olhou para ele com uma expressão suave e de preocupação virtuosa. Ele tinha a certeza de que mais ninguém pudera ver o brilho de triunfo orgulhoso nas profundezas do seu olhar.

— Fica então — disse. — Mas já falaste o suficiente. Agora fica calada. Quero analisar esta proposta para uma guarnição militar na fronteira sul. Leram o relatório: é exequível? É desejável? A seguir quero observar a artilharia. E depois quero ouvir de Xaphania sobre a colocação das tropas angelicais. Primeiro, a guarnição. Rei Ogunwe?

O comandante africano começou. Falaram durante algum tempo e a Sra. Coulter ficou impressionada com o conhecimento rigoroso das defesas da Igreja e a clara avaliação das forças dos seus comandantes.

Mas agora que Tialys e Salmakia estavam com as crianças e Lorde Asriel já não tinha nenhum espião no Magisterium, os seus conhecimentos corriam o risco de, em breve, ficarem desactualizados. Uma ideia ganhou forma no espírito da Sra. Coulter e ela e o macaco trocaram um olhar que parecia uma poderosa faísca ambárica; porém, ela nada disse e acariciou o pêlo dourado enquanto escutava os comandantes.

Depois Lorde Asriel disse:

— Já chega. Esse é um problema que abordaremos mais tarde. Agora, quanto à artilharia. Ao que sei estão prontos a testar a aeronave intencional. Vamos até lá dar uma vista de olhos.

Tirou uma chave dourada do bolso e abriu a cadeia em volta dos pés e mãos do macaco dourado, evitando cuidadosamente tocar nem que fosse na ponta de um pêlo dourado.

Lorde Roke montou o seu falcão dourado e seguiu os outros quando Lorde Asriel desceu as escadas da torre e se dirigiu para as ameias.

Soprava um vento frio, batendo-lhe nas pálpebras e o falcão azul pairou nas fortes correntes, girando e gritando no vento intenso. O Rei Ogunwe fechou o casaco em volta do corpo e da cabeça da sua chita-génio.

A Sra. Coulter disse humildemente para o anjo:

— Desculpe-me, minha senhora: o seu nome é Xaphania?

— Sim — respondeu o anjo.

A sua aparência impressionou tanto a Sra. Coulter tal como os seus semelhantes tinham impressionado a feiticeira Ruta Skadi quando os descobriu no céu: ela não brilhava, mas irradiava um brilho, embora não houvesse ali qualquer fonte de luz. Era alta, estava nua, era alada e o seu rosto enrugado era mais antigo que qualquer criatura viva que a Sra. Coulter já tinha visto.

— Sois um dos anjos que se revoltou há muito tempo?

— Sim, e desde então tenho vagueado por muitos mundos. Agora jurei aliança a Lorde Asriel porque vejo no seu empreendimento a melhor esperança para, finalmente, destruir a tirania.

— Mas, e se falharem?

— Então seremos destruídos e a crueldade reinará para sempre.

Enquanto falavam, seguiam os passos rápidos de Lorde Asriel ao longo das ameias açoitadas pelo vento em direcção a uma magnífica escadaria que descia até tão longe que mesmo as chamas brilhantes nos candeeiros fixados nas paredes não conseguiam revelar o fim. O falcão azul desceu rápido, deslizando para a escuridão, cada chama flamejante fazendo com que as suas penas brilhassem quando passava até ser quase só uma centelha e depois nada.

O anjo tinha-se aproximado de Lorde Asriel e a Sra. Coulter descobriu que descia as escadas ao lado do rei africano.

— Desculpe a minha ignorância, senhor — disse —, mas nunca vi ou ouvi falar de um ser como o homem do falcão dourado até à luta na caverna, ontem... De onde é que ele vem? Pode falar-me sobre esse povo? Não o quero ofender por nada deste mundo, mas se falar sem saber nada sobre ele, posso ser rude, sem intenção.

— Faz bem em perguntar — respondeu o Rei Ogunwe. — O seu povo é orgulhoso. O seu mundo desenvolveu-se de forma diferente do nosso; lá há dois tipos de seres conscientes: os humanos e os galivespianos. Os humanos são, na sua maioria, servos da Autoridade, e têm tentado exterminar os povos mais pequenos desde sempre. Consideram-nos diabólicos. Por isso os galivespianos não conseguem confiar nos seres que são do nosso tamanho. Mas são guerreiros ferozes e orgulhosos e inimigos mortais, bem como valiosos espiões.

— E o seu povo está todo convosco ou estão, como os humanos, divididos?

— Alguns estão com o inimigo, mas a maioria está connosco.

— E os anjos? Sabe, pensei, até há pouco tempo, que os anjos eram uma invenção da Idade Média; eram apenas seres imaginários... Dar por nós a falar com um é desconcertante, não é...? Quantos estão com Lorde Asriel?

— Senhora Coulter — respondeu o Rei —, essas perguntas são exactamente o tipo de questões para as quais um espião desejaria descobrir as respostas.

— Que excelente espia seria eu para lhe fazer a pergunta de forma tão transparente — retorquiu a Sra. Coulter. — Sou uma prisioneira, senhor. Não poderia fugir, mesmo se tivesse um lugar seguro para onde pudesse fugir. A partir de agora, sou inofensiva, pode crer no que lhe digo.

— Se assim o diz, fico feliz por acreditar em si — respondeu o Rei. — Os anjos são mais difíceis de compreender que qualquer ser humano. Não são todos do mesmo tipo, para começar: uns têm mais poderes que outros; há alianças complicadas entre eles e antigas inimizades de que sabemos muito pouco. A Autoridade têm-nos reprimido desde que adquiriu existência.

Ela parou. Estava genuinamente chocada. O rei africano parou ao lado dela, pensando que ela não se sentia bem e, de facto, a luz do candeeiro que brilhava sobre ela lançava sombras fantasmagóricas na sua cara.

— Disse isso de forma tão casual — começou a Sra. Coulter —, como se fosse uma coisa que eu devesse saber, mas... Como pode ser? A Autoridade criou os mundos, não foi? Ele existia antes de tudo. Como pode ter *adquirido existência?*

— Trata-se de conhecimento angélico — disse Ogunwe. — Também chocou alguns de nós saber que a Autoridade não é o criador. Pode ter havido um criador, ou talvez não: não sabemos. A única coisa que sabemos é que, num determinado momento, a Autoridade assumiu o controlo e desde então os anjos têm-se rebelado e os seres humanos têm também lutado contra ela. Esta será a última rebelião. Nunca antes humanos, anjos e seres de todos os mundos se uniram numa causa comum. Esta é a maior força alguma vez reunida. Mas pode ainda não ser suficiente. Veremos.

— Mas qual é a intenção de Lorde Asriel? Que mundo é este e por que é que ele veio para aqui?

— Ele conduziu-nos para aqui porque este mundo estava vazio. Isto é, vazio de qualquer consciência humana. Não somos colonizadores, Senhora Coulter. Não viemos para conquistar, mas para construir.

— E ele vai atacar o reino do céu?

Ogunwe olhou para ela de frente.

— Não vamos invadir o reino — respondeu —, mas se o reino nos invadir, é melhor que estejam preparados para a guerra, porque nós estamos. Senhora Coulter, eu sou um rei, mas é a minha mais nobre missão ajudar Lorde Asriel a erguer um mundo onde não haja qualquer reino. Sem reis, bispos ou sacerdotes. O reino do céu tem sido conhecido por esse nome desde que a Autoridade se colocou, pela primeira vez, acima de todos os outros anjos. E nós não queremos pertencer a esse reino. Este mundo é diferente. Queremos ser cidadãos livres da república do céu.

A Sra. Coulter queria saber mais, formular a dezena de perguntas que chegaram até aos seus lábios, mas o Rei continuara a andar, sem querer que o seu comandante tivesse de esperar e ela teve de o seguir.

A escada conduziu-os até tão abaixo que, quando chegaram a um chão plano, o céu lá atrás, no cimo das escadas, era completamente invisível. Muito antes de metade da escadaria a Sra. Coulter já estava sem fôlego, mas não se queixou e continuou a descer até a escadaria abrir para uma sala enorme iluminada por cristais brilhantes nos pilares que suportavam o tecto. Escadas, cavaletes, vigas e passadiços cruzavam a escuridão lá em cima, com pequenas figuras movendo-se nelas de forma premeditada.

Lorde Asriel falava com os seus comandantes quando a Sra. Coulter chegou e sem a deixar descansar, ele atravessou a grande sala onde, ocasionalmente, uma figura brilhante varria o ar ou poisava no chão para uma breve troca de palavras com ele. O ar era denso e quente. A Sra. Coulter reparou que, provavelmente como cortesia para com Lorde Roke, cada pilar tinha um suporte vazio à altura da cabeça de um humano para que o seu falcão pudesse poisar ali e permitir ao galivespiano ser incluído na conversa.

Mas não ficaram na vasta sala durante muito tempo. No outro extremo, um funcionário mantinha aberta uma pesada porta dupla para os deixar passar para a plataforma do comboio. À espera estava uma pequena carruagem fechada, accionada a energia ambárica.

O maquinista fez uma vénia e o seu macaco-génio castanho escondeu-se atrás das suas pernas ao avistar o macaco dourado. Lorde Asriel falou rapidamente com o homem e acompanhou os outros até à carruagem que, tal como a sala, era iluminada por aqueles cristais brilhantes, colocados em suportes prateados presos em painéis de mogno.

Assim que Lorde Asriel se juntou a eles o comboio iniciou a sua viagem, deslizando suavemente, afastando-se da plataforma em direcção a um túnel, acelerando com vivacidade. Apenas o som das rodas sobre os carris dava a ideia da velocidade a que se deslocavam.

— Para onde vamos? — perguntou a Sra. Coulter.

— Para o depósito de armas — respondeu de forma breve Lorde Asriel, e virou-se para conversar calmamente com o anjo.

A Sra. Coulter perguntou a Lorde Roke:

— Meu senhor, os seus espiões são sempre enviados aos pares?

— Porque pergunta?

— Por mera curiosidade. O meu génio e eu ficámos num impasse quando os encontrámos recentemente na caverna e eu fiquei intrigada por ver como eles lutavam bem.

— Ficou *intrigada?* Não estava à espera que seres do nosso tamanho fossem bons lutadores?

Ela olhou para ele com frieza, consciente da violência do orgulho do galivespiano.

— Não — respondeu. — Pensei que os venceríamos com facilidade e afinal vós quase nos derrotáveis. Fico feliz por admitir o meu erro. Mas lutam sempre aos pares?

— *Vós* são um par, não são, a senhora e o génio? Estava à espera que nós lhes concedêssemos uma vantagem? — retorquiu o galivespiano, e o seu olhar altivo, brilhantemente claro, mesmo à luz suave dos cristais, desafiou-a a fazer mais perguntas.

Ela baixou os olhos com modéstia e nada disse.

Passaram vários minutos e a Sra. Coulter sentiu que o comboio se dirigia para baixo, penetrando ainda mais profundamente no coração da montanha. Não conseguia calcular até onde tinham ido, mas ao fim de quinze minutos o comboio começou a abrandar; por fim pararam junto a uma plataforma onde luzes ambáricas pareciam brilhantes depois da escuridão do túnel.

Lorde Asriel abriu a porta e saíram para uma atmosfera tão quente e carregada de enxofre que a Sra. Coulter susteve a respiração. O ar ressoava com as pancadas de poderosos martelos e o clangoroso guincho de metal ferido pela pedra.

Um empregado manteve abertas as portas que levavam para fora da plataforma e instantaneamente o barulho duplicou de intensidade e o calor envolveu-os como uma onda que se quebrava. O brilho de uma luminosidade quente obrigou-os a proteger os olhos; apenas Xaphania parecia não ser afectada pela investida conjunta de som, luz e calor. Depois de os seus sentidos se terem ajustado, a Sra. Coulter olhou em volta, cheia de curiosidade.

Tinha visto forjas, serralharias e fábricas no seu mundo: a maior de todas parecia de um ferreiro de aldeia comparada com aquilo. Martelos do tamanho de casas eram erguidos rapidamente para o tecto distante e depois lançados num movimento descendente para esmagarem barrotes de ferro da altura de troncos de árvores, achatando-os numa fracção de segundo com uma pancada que fazia com que a própria montanha tremesse; de uma abertura na parede rochosa, um rio de metal sulfúreo corria até ser retido por uma porta de diamante e a corrente fervente e brilhante corria por canais e represas, sobre açudes até filas após filas de moldes onde parava e arrefecia numa nuvem de fumo venenoso; gigantescas lâminas e cilindros cortavam, dobravam e prensavam lençóis de ferro com dois centímetros e meio de espessura como se fossem lençóis de papel, e depois aqueles monstruosos martelos martelavam-no achatando-os novamente, dispondo camadas de metal uma após outra com uma tal força que as diferentes camadas se tornavam numa mais forte, e assim sucessivamente.

Se Iorek Byrnison tivesse podido ver aquela fábrica de material de guerra, talvez tivesse admitido que aquelas pessoas sabiam alguma coisa sobre como trabalhar o metal. A Sra. Coulter apenas podia observar e espantar-se. Era impossível falar e ser compreendida e ninguém tentou. Naquele momento, Lorde Asriel fazia gestos para o pequeno grupo que o seguiu através de um passadiço de grade suspenso sobre uma abóbada ainda mais vasta lá em baixo, onde mineiros trabalhavam com picaretas e pás para retirar os metais brilhantes da rocha-mãe.

Passaram para o outro lado do passadiço e desceram um longo corredor escavado na rocha, onde estalactites pendiam brilhando com estranhas cores e onde a trituração, os guinchos e as marteladas esmoreceram lentamente. A Sra. Coulter podia sentir uma brisa fresca na cara acalorada. Os cristais que emitiam luz não estavam colocados nem em candeeiros de parede nem fechados dentro de pilares translúcidos, mas espalhados ao acaso pelo chão e não havia tochas flamejantes para acumular calor. Por isso, a pouco e pouco, o grupo começou a sentir frio de novo; subitamente estavam todos de novo no ar da noite.

Encontravam-se num lugar onde parte da montanha tinha sido aberta à picareta, criando um espaço tão vasto e aberto como uma parada. Mais ao longe podiam ver, debilmente iluminadas, grandes portas de ferro na encosta da montanha, umas abertas outras fechadas, e de uma das enormes portas, homens rebocavam algo envolto em lona.

— O que é aquilo? — perguntou a Sra. Coulter ao rei africano, que respondeu:

— A aeronave intencional.

A Sra. Coulter não fazia a mínima ideia do que isso fosse e observou com enorme curiosidade enquanto os homens se preparavam para retirar a lona.

Estava ao pé do Rei Ogunwe, como para se proteger e perguntou:

— Como é que funciona? O que é que faz?

— Já vamos ver.

Parecia um complexo aparelho de perfuração, ou a carlinga de um giróptero, ou talvez a cabina de uma enorme grua. Tinha uma coberta de vidro sobre uma cadeira e pelo menos uma dúzia de alavancas e manípulos colocados à frente, cada um articulado e com diferentes ângulos de inclinação relativamente ao banco, o que dava uma aparência simultaneamente enérgica e deselegante; o corpo do aparelho era uma amálgama de tubos, cilindros, êmbolos, cabos enrolados, mecanismos de comutação, válvulas e instrumentos de medição. Era difícil distinguir o que fazia parte da estrutura e o que não fazia porque o aparelho estava apenas iluminado por trás e grande parte encontrava-se escondida na escuridão.

Lorde Roke, montado no seu falcão, voando por cima do aparelho em círculos, examinava-o de todos os ângulos. Lorde Asriel e o anjo estavam ali perto, discutindo com os engenheiros e homens desciam do próprio aparelho, um transportando um bloco de notas, outro um cabo comprido.

Os olhos da Sra. Coulter observaram o aparelho, memorizando cada parte, tentando compreender aquela complexidade. E observou Lorde Asriel a subir para a cadeira, prender um cinto de couro em volta do peito e dos ombros e colocar um capacete na cabeça. O génio dele saltou para o seguir e ele virou-se para ajustar alguma coisa em volta do génio. O engenheiro chamou, Lorde Asriel respondeu e os homens recuaram para junto da porta de entrada.

A aeronave intencional moveu-se, apesar de a Sra. Coulter não saber muito bem como. Era quase como se ela tivesse tremido, embora ainda ali estivesse, absolutamente imóvel, estabilizada por uma estranha energia sobre aquelas seis patas de insecto. Quando ela olhou, o aparelho moveu-se outra vez e depois ela percebeu o que estava a acontecer: várias partes do aparelho giravam, para um lado e para o outro, analisando o céu negro por cima. Lorde Asriel estava sentado, ocupado a mexer nesta ou naquela alavanca, verificando o mostrador, ajustando um controlo; subitamente a aeronave intencional desapareceu.

De algum modo, tinha saltado no ar. Pairava acima deles, a alguns metros de distância, virando suavemente para a esquerda. Não se ouvia o ruído de qualquer motor, nenhuma indicação de como se mantinha contra a gravidade. Simplesmente, pairava no ar.

— Escute — disse o Rei Ogunwe. — A sul.

A Sra. Coulter virou a cabeça e esforçou-se por ouvir. Havia um vento que gemia em volta da montanha, as profundas pancadas dos martelos das prensas que ela sentia através das solas dos sapatos e havia um som de vozes que provinha da porta iluminada, mas a um determinado sinal as vozes pararam e as luzes apagaram-se. No silêncio a Sra. Coulter conseguia ouvir, muito tenuamente o *chop-chop-chop* de motores de girópteros nas súbitas rajadas de vento.

— O que são? — perguntou calmamente.

— Iscos — respondeu o Rei. — Os meus pilotos numa missão de voo para tentarem o inimigo a segui-los. Observe.

Ela observou com atenção tentando ver alguma coisa contra o céu escuro e as suas poucas nuvens. Sobre eles, a aeronave intencional pairava tão firmemente como se estivesse presa e ancorada ali, nenhuma rajada de vento parecendo afectá-la. Nenhuma luz emanava da cabina de pilotagem, por isso eram muito difícil de ver e a figura de Lorde Asriel estava completamente esquecida.

Depois ela vislumbrou pela primeira vez um grupo de luzes baixas no céu e ao mesmo tempo que o som do motor se tornou suficientemente audível, surgiram seis girópteros, voando rapidamente, um deles parecendo com problemas, porque se desprendia uma coluna de fumo do aparelho e voava mais baixo que os outros. Dirigiam-se para a montanha, mas numa rota que os levava para além dela.

Atrás deles, numa perseguição feroz, vinha um conjunto variado de voadores. Não era fácil perceber o que eram, mas a Sra. Coulter viu um pesado giróptero de um tipo estranho, duas aeronaves com asas, um grande pássaro deslizando sem esforço e com grande velocidade, transportando dois cavaleiros armados e três ou quatro anjos.

— Um destacamento de assalto — disse o Rei Ogunwe.

Aproximavam-se dos girópteros. Subitamente uma linha de luz irrompeu de uma das aeronaves com asas direitas, seguida um ou dois segundos depois de um som, um ruído seco e profundo. Mas a bala nunca atingiu o alvo, o giróptero avariado, porque no mesmo instante que viram a luz e antes mesmo de ouvirem o som os observadores na montanha viram um relâmpago emanado pela aeronave intencional e uma bomba explodiu no ar.

A Sra. Coulter mal teve tempo para compreender aquela quase instantânea sequência de luz e som antes de a batalha se iniciar. Nem tão-pouco essa foi fácil de seguir, estando o céu tão escuro e os movimentos de cada voador demasiado rápidos; porém, uma sequência de relâmpagos praticamente silenciosos iluminaram a montanha acompanhados por pequenos assobios semelhantes ao som de vapor libertando-se de uma válvula. Cada relâmpago atingiu um atacante diferente: a aeronave incendiou-se e explodiu, o pássaro gigante soltou um grito como o rasgar de um enorme pano e caiu nas rochas mais ao longe; quanto aos quatro anjos, cada um deles simplesmente desapareceu num movimento de ar luminoso, uma miríade de partículas tremeluzindo e brilhando cada vez mais tenuemente até que se apagaram como foguetes, extinguindo-se.

O silêncio impôs-se. O vento levou consigo o som dos girópteros-isco que tinham desaparecido por trás do flanco da montanha e nenhum dos observadores falou. Labaredas ao longe iluminavam a parte de baixo da aeronave intencional, ainda pairando no ar e agora virando-se lentamente como se para dar uma vista de olhos ao espaço circundante. A destruição da companhia de assalto foi tão completa que a Sra. Coulter, que já tinha visto demasiadas coisas para se sentir chocada, ficou, contudo, surpreendida. Quando levantou os olhos para olhar para a aeronave intencional, esta pareceu tremer ou deslocar-se e subitamente lá estava, solidamente no chão de novo.

O Rei Ogunwe apressou-se a dirigir-se para ela, tal como os outros comandantes e engenheiros, que tinham aberto as portas e deixado a luz inundar o campo de testes. A Sra. Coulter ficou onde estava, meditando sobre os feitos da aeronave intencional.

— Por que é que ele nos está a mostrar isto? — perguntou em voz baixa o génio.

— Certamente não consegue ler-nos o pensamento — retorquiu ela no mesmo tom.

Recordaram ambos o momento em que, na torre de diamante, a ideia relampejou entre eles. Tinham pensado fazer uma proposta a Lorde Asriel: oferecerem-se para ir até ao Tribunal Consistorial de Disciplina e espiar para ele. Ela conhecia cada hierarquia de poder; podia manipulá-las todas. Seria difícil, a princípio, convencê-los da sua boa-fé, mas ela conseguiria. E agora que os galivespianos tinham partido para seguirem Will e Lyra, certamente Lorde Asriel não poderia resistir a uma oferta daquelas.

Mas naquele momento, enquanto observavam o estranho aparelho de voo, outra ideia surgiu ainda com mais força e ela abraçou o macaco com alegria.

— Asriel — chamou num tom de voz inocente —, posso ver como a máquina funciona?

Ele olhou para baixo, uma expressão distraída e impaciente nos olhos, mas também cheios de uma profunda satisfação. Estava encantado com a aeronave intencional: ela sabia que ele não resistiria a exibi-la.

O Rei Ogunwe afastou-se e Lorde Asriel estendeu a mão e puxou-a para dentro da cabina de pilotagem. Ajudou-a a sentar-se e observou enquanto ela estudava os comandos.

— Como é que funciona? Que poderes tem? — perguntou.

— As tuas intenções — respondeu ele. — Daí o nome. Se quiseres ir em frente, ela irá.

— Isso não é resposta. Vá lá, diz-me. Que tipo de máquina é esta? Como é que voa? Não consegui ver nenhum mecanismo aerodinâmico. Mas estes comandos... Visto de dentro, é quase como um giróptero.

Ele sentia dificuldade em não lhe dizer e, uma vez que ela estava em seu poder, explicou-lhe. Pegou num cabo em cuja ponta estava um punho de couro, profundamente marcado com os dentes do seu génio.

— O teu génio — explicou —, tem de segurar nesta alavanca... seja com os dentes seja com as mãos, não tem importância. E tu tens de colocar o capacete. Há uma corrente fluindo entre o manípulo e o capacete e um condensador amplia essa corrente... Bem, é mais complicado do que isso, mas o aparelho é fácil de voar. Colocámos comandos semelhantes aos dos girópteros só pela familiaridade, mas afinal nem precisamos deles. Naturalmente, só um humano com um génio o pode voar.

— Estou a perceber — disse a Sra. Coulter.

Subitamente, ela empurrou-o com força, fazendo-o cair do aparelho. No mesmo instante colocou o capacete na cabeça e o macaco agarrou o manípulo de couro. Ela estendeu a mão para o comando que num giróptero ligaria o aerofólio e empurrou a válvula de pressão e imediatamente a aeronave intencional saltou no ar.

Mas ela ainda não a conseguia controlar completamente. A nave ficou suspensa por alguns momentos, ligeiramente inclinada, antes de ela encontrar os comandos para a fazer deslocar em frente e nesses poucos segundos Lorde Asriel fez três coisas: pôs-se de pé, levantou uma mão para impedir o Rei Ogunwe de ordenar aos soldados que disparassem contra a aeronave intencional e disse:

— Lorde Roke, vá com ela, se fizer favor.

O galivespiano obrigou o falcão azul a subir no ar e o pássaro voou directamente para a cabina ainda aberta. Os que estavam lá em baixo podiam ver a cabeça da mulher virando-se para um lado e o outro, e o mesmo com o macaco, e perceberam que nenhum deles reparou na pequena figura de Lorde Roke saltando do seu falcão para dentro da cabina atrás deles.

Um momento depois, a aeronave intencional começou a mover-se e o falcão afastou-se e desceu para poisar no braço de Lorde Asriel. Não mais de um segundo mais tarde a aeronave desapareceu de vista, engolida pelo ar húmido e estrelado.

Lorde Asriel observou com uma admiração triste.

— Bem, Rei, tinha razão — disse —, e eu devia ter-lhe dado ouvidos. Ela é a mãe de Lyra; devia ter esperado que fizesse uma coisa destas.

— Não a vai perseguir? — perguntou o Rei Ogunwe.

— Para quê, e destruir uma aeronave em óptimas condições? É claro que não.

— Para onde pensa que ela vai? Em busca da criança?

— Não imediatamente. Ignora onde ela está. Sei exactamente o que fará: irá para o Tribunal Consistorial e dar-lhe-á a aeronave como prova da sua boa-fé e depois espiará. Espiá-los-á para nós. Ela já tentou todos os outros tipos de duplicidade: esta será uma nova experiência para ela. E assim que descobrir onde está a rapariga, irá para lá e nós segui-la-emos.

— E quando é que Lorde Roke deixará que ela saiba que a seguiu?

— Oh, penso que ele usará isso como surpresa, não acha?

Riram-se os dois e dirigiram-se para as oficinas onde, mais tarde, um modelo mais avançado da aeronave intencional aguardava a sua inspecção.

17

ÓLEO E LACA

*A serpente era mais subtil que qualquer animal do
campo que o Senhor Deus criou.*

GÉNESIS

Mary Malone construía um espelho. Não por vaidade, porque tinha
pouca, mas porque queria testar uma ideia que tivera. Queria tentar
apanhar Sombras e sem os instrumentos do seu laboratório tinha de
improvisar com os materiais que tinha à mão.

A tecnologia mulefa tinha pouco uso para metais. Eles faziam coisas extraordinárias com pedra e madeira, corda, conchas e chifres,
mas os metais que tinham eram martelados a partir de pepitas de
cobre ou outros metais que encontravam na areia do rio e não estavam habituados a fabricar ferramentas. Eles eram mais ornamentis-
tas. Por exemplo, os casais mulefa, ao casarem-se, trocavam faixas
de cobre brilhante que eram enroladas em volta da base de um dos
seus chifres, tendo muito o significado de uma aliança de casa-
mento.

Por isso ficaram impressionados com o canivete suíço que era o
bem mais precioso de Mary.

A zalif que era sua amiga, de nome Atal, soltou uma exclamação
de espanto, certo dia, quando Mary abriu o canivete e lhe mostrou as
peças e explicou, o melhor que pôde, com a sua linguagem limitada,
para que é que serviam. Uma das peças era uma lupa miniatura com
a qual ela começou a queimar um desenho sobre um ramo seco, e foi
esse acto que a levou a pensar nas Sombras.

Estavam, na altura, a pescar, mas o rio estava baixo e os peixes deviam ter-se ido embora, por isso deixaram a rede aberta sobre a água e sentaram-se na margem relvada e conversaram, até que Mary viu o ramo seco, que tinha uma superfície branca e lisa. Ela queimou o desenho — uma simples margarida — na madeira e deliciou Atal; mas quando a fina linha de fumo se ergueu do sítio onde o foco da luz do sol tocava a madeira, Mary pensou: Se este pedaço de madeira ficasse fossilizado e dentro de dez milhões de anos um cientista o descobrisse, ainda encontrariam Sombras em volta dele, porque eu o trabalhei.

Mary vagueou no devaneio até que Atal perguntou:

O que estás a sonhar?

Mary tentou explicar qual era o seu trabalho, a sua investigação, o laboratório, a descoberta das partículas-Sombra, a revelação fantástica de que elas eram conscientes e descobriu que a história a apaixonava novamente, a ponto de desejar profundamente estar entre o seu equipamento.

Não estava à espera que Atal tivesse seguido a sua explicação, em parte devido ao seu deficiente controlo da língua, em parte porque os mulefa pareciam tão práticos, tão fortemente enraizados no mundo físico do dia-a-dia e muito do que ela estava a dizer era matemática; mas Atal surpreendeu-a ao dizer: *Sim... Sabemos a que te referes... Nós chamamos-lhe...* E então ela usou uma palavra que se assemelhava ao vocábulo que eles tinham para *luz*.

Mary perguntou: *Luz?* E Atal respondeu: *Não, luz mas...* e disse a palavra mais devagar para que Mary pudesse percebê-la, explicando: *como a luz sobre a água quando esta faz pequenas ondas, ao pôr do Sol, e a luz surge em relâmpagos brilhantes, é como lhe chamamos, mas é uma imitação.*

Imitação era o termo que eles usavam para metáfora, tinha descoberto Mary. Por isso perguntou:

Não é mesmo luz, mas vocês vêem-na e parece-se com a luz sobre a água ao pôr do Sol?

Atal respondeu:

Sim. Todos os mulefa têm isso. Tu também tens. Foi assim que soubemos que tu eras como nós e não como os herbívoros, que não a têm. Apesar de teres uma aparência bizarra e horrível, tu és como nós, porque tens... Novamente aquela palavra que Mary não conseguia dizer com clareza: qualquer coisa parecida com *sraf*, ou *sarf*, acompanhado por um movimento ascensional para a esquerda da tromba.

Mary estava excitada. Teve de tentar permanecer suficientemente calma para descobrir as palavras.

O que sabes sobre isso? De onde vem?

De nós e do óleo, foi a resposta de Atal e Mary sabia que ela se referia ao óleo das grandes rodas-vagem.

De ti?

Quando somos adultos. Mas sem as árvores voltaria a desaparecer. Com as rodas e o óleo, permanece connosco.

Quando somos adultos... Novamente Mary teve de se esforçar por não parecer incoerente. Uma das coisas que ela começara a suspeitar sobre as Sombras era que as crianças e os adultos lhes reagiam de forma diferente, ou atraíam tipos diferentes de actividade-Sombra. Lyra não tinha dito que os cientistas do seu mundo tinham descoberto qualquer coisa sobre o Pó, que era como chamavam às Sombras? Lá estava novamente a mesma referência.

E estava relacionado com o que as Sombras lhe tinham dito no monitor do computador, pouco antes de ela abandonar o seu mundo: fosse o que fosse, aquela questão estava relacionada com uma profunda alteração na história da humanidade simbolizada pela história de Adão e Eva: com a Tentação, a Queda, o Pecado Original. Nas suas investigações por entre os crânios fossilizados, o seu colega Oliver Payne tinha descoberto que, cerca de trinta mil anos antes, se tinha registado um grande aumento no número de partículas-Sombra associadas a restos humanos. Algo tinha acontecido então, algum desenvolvimento na evolução para tornar o cérebro humano um canal ideal para amplificar o efeito das partículas-Sombra.

Perguntou a Atal:

Há quanto tempo há mulefa?

Atal respondeu:

Trinta e três mil anos.

Por aquela altura, Atal já era capaz de interpretar as expressões de Mary, ou pelo menos as mais óbvias, e riu-se da forma como o queixo de Mary pendeu. O riso dos mulefa era tão livre, alegre e contagioso que Mary normalmente se lhes juntava, mas daquela vez ela permaneceu séria, espantada, e perguntou:

Como podes saber isso com tanta exactidão? Têm uma história para todos esses anos?

Oh, sim, retorquiu Atal. *Desde que tivemos a sraf, temos memória e vigília. Antes disso, não sabíamos nada.*

O que aconteceu para vos dar a sraf?

Descobrimos como usar as rodas. Um dia uma criatura sem nome descobriu uma vagem e ela começou a brincar com a vagem e enquanto ela brincava com...

Ela?

Ela, sim. Ela não tinha nome antes disso. Ela viu uma cobra serpentear através do buraco da vagem e a cobra disse...

A cobra falou com ela?

Não, não! É uma imitação. A história narra que a cobra perguntou: O que sabes? De que te lembras? O que prevês? E ela respondeu: Nada, nada e nada. Então a cobra disse: Põe o teu pé através do buraco da vagem onde eu estava a brincar, e tornar-te-ás sábia. Então ela pôs um pé onde a cobra tinha estado. E o óleo entrou no seu pé e fê-la ver com mais clareza do que antes e a primeira coisa que viu foi a sraf. Foi tão estranho e agradável que queria partilhar aquilo imediatamente com os da sua espécie. Por isso ela e o seu par levaram as primeiras e descobriram que sabiam quem eram, sabiam que eram mulefa e não herbívoros. Deram nomes uns aos outros. Chamaram--se mulefa. Deram o nome à árvore-roda e a todas as criaturas e plantas.

Porque eram diferentes, concluiu Mary.

Sim, eram. Tal como os seus filhos, porque à medida que caíam mais vagens, eles ensinaram os filhos a usá-las e quando as crianças já tinham idade suficiente, começaram também a gerar sraf, e quando já eram suficientemente grandes para se deslocarem com as rodas, a sraf regressou com o óleo e ficou com eles. Por isso eles disseram que tinham de plantar mais árvores-roda, por causa do óleo, mas as vagens eram tão duras que raramente germinavam. E os primeiros mulefa descobriram o que tinham de fazer para ajudar as árvores, que era montar as rodas e parti-las, por isso os mulefa e as árvores-roda sempre viveram juntos.

Mary percebeu cerca de um quarto do que Atal dizia, mas através de perguntas e alguma especulação descobriu o resto com alguma exactidão; o seu próprio domínio da língua aumentava a cada momento. Quanto mais aprendia, contudo, mais difícil se tornava, porque cada coisa nova que descobria sugeria meia dúzia de perguntas, cada uma apontando para direcções diferentes.

Mas ela concentrou-se no tema da *sraf*, porque era o mais importante; e foi por isso que pensou no espelho.

Foi a comparação da sraf com as faíscas sobre a água que originou a ideia. Luz reflectida como o brilho intenso do mar era polarizada: podia ser que as partículas-Sombra, quando se comportavam como as ondas de luz, fossem também possíveis de polarizar.

Eu não consigo ver sraf como vocês, disse, *mas gostava de fazer um espelho com a seiva-laca, porque penso que isso me poderá ajudar a ver.*

Atal sentiu-se excitada com a ideia e recolheram imediatamente a rede e começaram a juntar as coisas de que Mary precisava. Como sinal de boa sorte havia três peixes na rede.

A seiva-laca era produto de uma outra árvore mais pequena, que os mulefa cultivavam precisamente com esse fim. Ao ferver a seiva e dissolvendo-a no álcool que faziam a partir de sumos de frutos destilados, os mulefa fabricavam uma substância parecida com o leite na consistência, e um delicado âmbar na cor, que eles usavam como verniz. Espalhavam até vinte camadas sobre uma base de madeira ou uma concha, deixando cada camada curar sob um pano húmido antes de aplicar a seguinte e, a pouco e pouco, construíam uma superfície de grande dureza e brilho. Normalmente faziam-na opaca, usando diversos óxidos, mas outras vezes deixavam as superfícies transparentes e isso era precisamente o que interessava a Mary: porque a laca cor de âmbar tinha a mesma estranha propriedade do mineral conhecido por espato-de-islândia. Dividia raios de luz em dois de modo que quando se olhava através dele se podia ver a dobrar.

Mary não tinha a certeza do que queria fazer, sabia apenas que se fizesse as experiências suficientes, sem se impacientar ou irritar, descobriria. Lembrou-se dos versos de Keats que citara a Lyra e de Lyra ter compreendido imediatamente que esse era o estado de espírito com que ela lia o aletiómetro — era o que Mary tinha de descobrir agora.

Por isso começou por procurar um pedaço liso de madeira semelhante ao pinheiro e poliu a superfície com um fragmento de grés (não havia metal: não havia plainas) até estar tão lisa quanto possível. Aquele era o método que os mulefa usavam e era suficientemente eficaz, com tempo e esforço.

Depois visitou o bosque de laca com Atal, tendo explicado cuidadosamente o que pretendia e obtido autorização para tirar um pouco de seiva. Os mulefa sentiam-se felizes por lhe dar autorização, mas demasiado ocupados para se interessarem. Com a ajuda de Atal, Mary retirou um pouco da seiva resinosa e peganhenta e depois iniciaram o longo processo de ferver, dissolver, ferver de novo, até o verniz estar pronto a ser usado.

Os mulefa usavam escovas feitas de uma fibra felpuda, que retiravam de outra planta, para aplicar o verniz e, seguindo as instruções de um artífice, Mary pintou laboriosamente o espelho, vendo poucas diferenças de cada vez, pois cada camada de verniz era muito fina, mas deixando-as curar calmamente foi descobrindo que a dureza aumentava, pintou mais de quarenta camadas — Mary perdeu-lhes a conta —, mas quando a laca que ela tinha se esgotou, a superfície tinha pelo menos cinco milímetros de espessura.

Depois da última camada chegou o momento de polir: um dia inteiro esfregando suavemente a superfície, em movimentos circulares até os braços lhe doerem e a cabeça latejar e ela não poder continuar a trabalhar.

Depois dormiu.

Na manhã seguinte o grupo foi trabalhar numa pequena mata do que eles chamavam madeira-nó, certificando-se de que os rebentos cresciam na posição em que tinham sido colocados, atando os entrelaçamentos para que os paus que cresciam tivessem a forma apropriada. Os mulefa apreciavam a ajuda de Mary, uma vez que ela sozinha se podia meter em espaços pequenos, o que lhes era impossível, e com as duas mãos, trabalhar em espaços mais apertados.

Foi apenas quando esse trabalho estava concluído e tinham regressado ao aldeamento que Mary pôde começar a experimentar — ou antes, brincar, uma vez que ela não tinha uma ideia clara do que estava a fazer.

Primeiro tentou usar o pedaço de laca simplesmente como espelho, mas devido à falta de uma placa prateada para colocar por trás a única coisa que ela conseguia ver era uma dupla reflexão ténue na madeira.

Depois pensou que do que precisava, de facto, era da laca sem a madeira, mas vacilou perante a ideia de fazer outra camada; como é que a poderia fazer plana sem um suporte?

Surgiu então a ideia de simplesmente cortar a madeira e deixar ficar a laca. Isso também levaria algum tempo, mas pelo menos tinha o canivete suíço. E começou, cortando cuidadosamente o rebordo, tendo o cuidado de não riscar a parte de trás da placa de laca, mas acabando por remover a maior parte da madeira, deixando uma confusão de lascas de madeira presas de forma inamovível à placa de verniz duro e transparente.

Perguntou-se o que aconteceria se o molhasse com água. A laca ficaria mais mole se fosse molhada? *Não,* disse-lhe o mestre daquela arte*, permanecerá para sempre rijo; mas porque não fazer deste modo?* — e ele mostrou-lhe um líquido contido dentro de uma bacia de pedra, que consumiria qualquer madeira em poucas horas. Parecia e cheirava como se fosse ácido, pensou Mary.

Não afectaria a laca, disse ele, e ela poderia reparar qualquer dano com facilidade. Ele sentia-se intrigado pelo projecto de Mary e ajudou-a a esfregar delicadamente o ácido na madeira, contando-lhe como o fabricavam através da moagem, dissolução e destilação de um mineral que encontravam no limiar de alguns lagos pouco profundos que ela ainda não tinha visitado. A pouco e pouco a madeira suavizou-se e libertou-se do pedaço de laca e Mary ficou com uma folha de laca transparente castanho-amarelado, do tamanho de uma folha de papel de um livro de bolso.

Ela poliu a parte de trás até ambas as faces ficarem lisas e macias como um espelho de excelente qualidade.

E quando Mary olhou através dele...

Não aconteceu nada de especial. Era perfeitamente claro, mas mostrava-lhe uma imagem dupla, a direita muito próxima da esquerda e cerca de quinze graus mais acima.

Mary perguntou-se o que aconteceria se olhasse através de duas peças, uma colocada sobre a outra.

Lembrou-se novamente do canivete suíço e tentou traçar uma linha através da placa de laca para a poder cortar em duas. Cortando e cortando, afiando a faca numa pedra macia, conseguiu fazer uma linha suficientemente funda para se aventurar a romper a folha. Colocou um pau fino por baixo da incisão e pressionou os dois extremos da folha de laca para baixo, como ela vira um vidraceiro fazer para cortar vidro e resultou: agora tinha duas placas.

Colocou uma sobre a outra e olhou através delas. A cor âmbar tornou-se mais densa e, tal como um filtro fotográfico, enfatizava algumas cores e anulava outras, dando um tom ligeiramente diferente à paisagem. O que era curioso é que as imagens duplas desapareceram e tudo era de novo simples; mas não havia sinal de Sombras.

Mary separou as duas peças, observando como a aparência das coisas mudava. Quando as duas placas estavam a cerca de uma mão de distância uma da outra, aconteceu algo curioso: a tonalidade âmbar desapareceu e tudo parecia da cor normal, mas mais claro e intenso.

Nesse momento Atal aproximou-se para ver o que ela estava a fazer.

Já consegues ver a sraf?, perguntou.

Não, mas consigo ver outras coisas, respondeu Mary e tentou mostrar-lhe.

Atal estava interessada, mas de forma educada, sem a emoção da descoberta que tinha entusiasmado Mary e a zalif tentou olhar através das pequenas placas de laca. Sentou-se sobre a relva para tratar das rodas. Por vezes os mulefa tratavam das garras uns dos outros, por mera cortesia, e uma vez ou duas Atal tinha convidado Mary a tratar das dela. Por sua vez, Mary deixava que Atal tratasse do seu cabelo, apreciando como a tromba suave o levantava e depois deixava cair, tocando e massajando-lhe o couro cabeludo.

Mary percebeu que Atal desejava que ela lhe acariciasse as garras, por isso poisou as duas placas e percorreu com as mãos as garras impressionantemente suaves de Atal, a superfície mais suave e escorregadia que *teflon*, que apoiava no rebordo inferior do buraco central e servia como apoio quando a roda virava. Os contornos coincidiam de forma exacta, naturalmente, e quando Mary percorreu com as mãos em volta da parte interior da roda não sentia qualquer diferença de textura: era como se os mulefa e as vagens fossem, de facto, uma única criatura que, como por milagre, se desencaixavam e uniam novamente.

Atal acalmou-se, tal como Mary, com aquele contacto. A sua amiga era uma jovem solteira e não havia machos jovens naquele grupo, por isso ela teria de casar com um zalif de fora; mas os contactos não eram fáceis e por vezes Mary pensava que a amiga estava preocupada com o seu futuro. Por isso não dava por mal empregue o tempo que passava com ela e agora ficava contente por limpar o buraco das rodas de toda a poeira e sujidade que se acumulava ali, e por espalhar o óleo perfumado sobre as garras da amiga enquanto a tromba de Atal lhe ajeitava o cabelo.

Quando Atal ficou satisfeita, montou-se novamente em cima das rodas e afastou-se para ajudar a preparar a refeição da noite. Mary voltou a observar a laca e quase de imediato fez uma descoberta.

Segurou nos dois pedaços afastados um do outro para que eles mostrassem aquela imagem clara e intensa que vira antes, mas algo aconteceu.

Quando olhou, viu um enxame de faíscas douradas rodeando a forma de Atal. Só eram visíveis numa pequena zona da laca e então Mary percebeu porquê: nesse ponto ela tinha tocado a superfície da laca com os dedos molhados com óleo.

— Atal! — chamou. — Rápido! Volta!

Atal virou-se e rodou até junto de Mary.

— Deixa-me tirar um pouco de óleo — pediu Mary —, só o suficiente para espalhar sobre a laca.

Atal deixou, de boa vontade, que Mary passasse os dedos em volta do buraco das rodas e observou curiosa enquanto Mary revestiu uma das peças com uma camada da substância clara e suave.

Depois ela pressionou as placas uma na outra, girando-as para espalhar o óleo uniformemente, e ergueu-as, afastadas de um palmo, mais uma vez.

Quando ela olhou através das duas placas de laca, tudo tinha mudado. Ela podia ver as Sombras. Se tivesse estado na Sala Reservada do Colégio Jordan quando Lorde Asriel projectou os diapositivos que fizeram com uma emulsão especial, teria reconhecido o efeito. Para onde quer que ela olhasse podia ver ouro, tal como Atal tinha descrito: faíscas de luz flutuando e pairando e algumas vezes movendo--se ao sabor de correntes com intenção. Por entre tudo aquilo estava o mundo que ela podia observar a olho nu, a relva, o rio, as árvores; mas sempre que via um ser consciente, um dos mulefa, a luz era mais densa e mais cheia de movimento. Não obscurecia as formas; quanto muito tornava-as mais claras.

Não sabia que era tão bela, disse Mary a Atal.

Mas claro que é, retorquiu a amiga. *É estranho pensar que tu não a pudesses ver. Observa o mais pequenino...*

Ela apontava para uma das crianças brincando na relva, saltando desajeitadamente atrás de gafanhotos, subitamente parando para examinar uma folha, caindo, esforçando-se por se levantar para correr e contar à mãe algo, sendo distraída por um pau, tentando levantá-lo, descobrindo formigas na tromba e gritando excitada... Havia uma bruma dourada em volta dela tal como havia em volta dos abrigos, das redes de pesca, da fogueira: mais forte que as delas, mas não muito mais. Porém, ao contrário da bruma que pairava em volta dos objectos a dela estava cheia de pequenas correntes em remoinho, intencionais, que rodopiavam e se desfaziam, dispersando-se para desaparecerem quando novas correntes surgiam.

Em volta da mãe, por outro lado, as faíscas douradas eram mais fortes e as correntes moviam-se de forma mais calma e poderosa. Ela preparava o jantar, espalhando farinha sobre uma pedra lisa, preparando o pão fino como chapatas ou tortilhas, observando o filho ao mesmo tempo e as Sombras, ou a sraf, ou o Pó que a banhava parecia a própria imagem da responsabilidade e do cuidado consciente.

Finalmente podes vê-la, disse Atal. *Bem, agora tens de vir comigo.*

Mary olhou para a amiga, espantada. O tom de voz de Atal era estranho: era como se estivesse a dizer: *Finalmente estás pronta; temos estado à espera; agora as coisas têm de mudar.* E outros aproximavam-se, vindo do cimo da colina, saindo dos seus abrigos, deslocando-se ao longo do rio: membros do grupo, mas estranhos também, mulefa que ela não conhecia e que olhavam curiosos para o sítio onde ela se encontrava. O som das suas rodas na terra compactada era surdo e constante.

Onde temos de ir?, perguntou Mary. *Por que é que se dirigem todos para aqui?*

Não te preocupes, disse Atal, *vem comigo, não te faremos mal.*
Aquela reunião parecia algo há muito tempo planeado. Havia um pequeno outeiro no limar da aldeia que tinha uma forma regular, era feito de terra compactada, com rampas de cada lado e a multidão — cinquenta ou mais, calculou Mary — dirigia-se para lá. O fumo das fogueiras para cozinhar pairava no ar do fim de tarde e o sol que se punha lançava o seu próprio tipo de bruma dourada sobre tudo; Mary estava consciente do cheiro a milho assado e do cheiro quente dos próprios mulefa — em parte a óleo, a carne quente e em parte também a um odor semelhante ao dos cavalos.

Atal incitou-a a dirigir-se para o outeiro.

Mary perguntou. *O que está a acontecer? Diz-me!*

Não, não... Eu não. Sattamax falará...

Mary desconhecia o nome Sattamax e o zalif que Atal indicava era um estranho para ela. Ele era mais velho do que qualquer outro que Mary vira até então: na base da sua tromba estava um monte de pêlos brancos e ele deslocava-se de forma hirta, como se tivesse artrite. Os outros mulefa mexiam-se todos com reverência à sua volta e quando Mary olhou rapidamente através das lentes de laca percebeu porquê: a nuvem-Sombra do velho zalif era tão rica e complexa que a própria Mary sentiu respeito, apesar de saber tão pouco sobre o que isso significava.

Quando Sattamax estava preparado para falar, o resto da multidão ficou em silêncio. Mary permaneceu perto do outeiro, com Atal a seu lado para a tranquilizar; mas ela apercebeu-se de que todos os olhos estavam virados para ela e sentiu-se como se fosse a menina nova na escola.

Sattamax começou a falar. A sua voz profunda, rica em tonalidades e variações, os gestos da tromba lentos e graciosos.

Estamos todos reunidos para cumprimentar a estrangeira Mary. Aqueles de entre nós que a conhecem têm razões para lhe estar agradecidos pelas suas actividades desde que chegou até nós. Temos estado à espera até ela dominar a nossa língua. Com a ajuda de muitos de nós, mas principalmente da zalif Atal, a estrangeira Mary pode agora compreender-nos.

Mas havia outra coisa que ela tinha de compreender e isso era a sraf. Ela conhecia-a, mas não a podia ver como nós até ter feito um instrumento para olhar através dele.

Agora que teve êxito, ela está pronta para aprender mais sobre o que tem de fazer para nos ajudar.

Mary, vem até aqui e junta-te a mim.

Mary sentiu-se tonta, tímida, embrutecida, mas fez o que lhe disseram e colocou-se ao lado do velho zalif. Pensou que devia falar, por isso começou o seu discurso:

Têm todos feito com que me sentisse como uma amiga. São simpáticos e hospitaleiros. Venho de um mundo onde a vida é muito diferente, mas alguns de nós sabemos da existência da sraf, tal como vós, e agradeço a vossa ajuda na construção destas lentes através das quais a posso ver. Se há alguma coisa que eu possa fazer para vos ajudar, terei muito prazer nisso.

Ela falava com mais acanhamento do que com Atal e tinha medo de não ter sido clara no significado das suas palavras. Era difícil saber para onde olhar quando se tinha de fazer gestos e falar ao mesmo tempo, mas eles pareciam ter compreendido.

Sattamax disse:

É bom ouvir-te falar. Esperamos que nos possas ajudar. Caso contrário, não consigo ver como sobreviveremos. Os tualapi matar-nos-ão a todos. Há agora mais deles do que alguma vez houve e o seu número aumenta a cada ano. Algo de errado aconteceu no mundo. Na maior parte dos trinta e três mil anos em que tem havido mulefa, nós cuidámos da terra. Tudo estava equilibrado. As árvores prosperaram, os herbívoros eram saudáveis e mesmo se de vez em quando os tualapi apareciam, o nosso número e o deles mantinha-se constante.

Mas há trezentos anos as árvores começaram a adoecer. Observámo-las ansiosamente e cuidámos delas com carinho e mesmo assim cada vez mais elas produziram menos vagens, perderam as folhas fora de época e algumas até morreram, o que nunca tinha acontecido. Toda a nossa memória não consegue encontrar uma causa para o que está a acontecer.

É claro que é um processo lento, mas esse é o ritmo das nossas vidas. Não tínhamos noção disso até tu teres chegado. Vimos borboletas e pássaros, mas eles não têm sraf. Tu tens, por mais estranha que sejas; mas tu és rápida e imediata, como os pássaros, como as borboletas. Tu percebeste que tinhas necessidade de algo para te ajudar a ver a sraf e, imediatamente, com os materiais que nós conhecemos há milhares de anos, fizeste um instrumento para isso. Comparada connosco, tu pensas e ages com a velocidade de um pássaro. É a ideia que dás, e foi assim que ficámos a saber que os nossos ritmos te parecem lentos.

Mas é precisamente neste facto que reside a nossa esperança. Tu consegues ver coisas que nós não conseguimos, tu consegues ver ligações, possibilidades e alternativas que são invisíveis para nós, tal como a sraf era invisível para ti. E enquanto nós não conseguimos ver um meio para sobrevivermos, esperamos que tu consigas. Esperamos que vás rapidamente à causa da doença das árvores e encontres uma cura; esperamos que inventes um meio para controlarmos os tualapi, que são tão numerosos e tão fortes.

E esperamos que o consigas fazer depressa, ou morreremos todos.

Escutou-se um murmúrio de aprovação e concordância vindo da multidão. Eles olhavam para Mary e ela sentiu-se mais do que nunca como a nova aluna da escola onde todos tinham grandes expectativas para ela. Também sentiu uma estranha vaidade: a ideia de ser rápida e directa como um pássaro era nova e agradável porque ela sempre se considerara teimosa e lenta. Mas juntamente com essa ideia veio a sensação de que eles se tinham enganado, se a viam assim; eles não compreendiam nada; ela não poderia concretizar aquela esperança desesperada deles.

Mas tinha de o fazer. Eles estavam à espera.

Sattamax, começou Mary, *mulefa, vós confiais em mim e farei o meu melhor. Têm sido simpáticos e a vossa vida é boa e bela e tentarei, com todas as minhas forças, ajudá-los e agora que eu vi a sraf, sei o que é que estou a fazer. Obrigado por confiarem em mim.*

Eles acenaram com a cabeça, murmuraram e tocaram-lhe com as trombas, quando ela desceu do outeiro. Sentia-se aterrorizada com a tarefa que assumira.

Naquele preciso momento, no mundo de Ci'gazze, o sacerdote-assassino, o Padre Gomez, caminhava por um caminho difícil nas montanhas, por entre troncos retorcidos de oliveiras. A luz do entardecer incidia oblíqua através das folhas prateadas e o ar estava cheio do estrilo de grilos e cigarras.

À sua frente podia ver uma pequena quinta protegida por vinhedos, onde uma cabra balia e uma fonte escorria em fio por entre rochas cinzentas. Um homem cumpria uma qualquer tarefa ao lado da casa e uma mulher idosa conduzia a cabra em direcção a um banco e a um balde.

Na aldeia que ficava um pouco mais distante, tinham-lhe dito que a mulher que ele seguia tinha passado por ali e que falara em subir as montanhas; talvez aquele velho casal a tivesse visto. Pelo menos talvez encontrasse queijo e azeitonas que pudesse comprar e água para beber. O Padre Gomez estava habituado a viver de modo frugal e tinha muito tempo.

18

OS SUBÚRBIOS DOS MORTOS

Se fosse possível falarmos durante dois dias com os mortos...

JOHN WEBSTER

Lyra acordou antes da alvorada, com Pantalaimon tremendo no seu colo, e levantou-se para caminhar um pouco e aquecer enquanto a luz cinzenta inundava o céu. Ela nunca tinha conhecido um silêncio tão profundo como aquele, nem mesmo no Árctico coberto de neve; não havia uma aragem e o mar estava tão calmo que nem a onda mais pequena rebentava na praia; o mundo parecia suspenso de uma respiração.

Will dormia enroscado, a cabeça poisada sobre a mochila para proteger a faca. O manto tinha-lhe deslizado do ombro e Lyra aconchegou-o, fingindo que evitava tocar no génio dele, que teria a forma de uma gata, enroscada tal como ele estava. *Ela tem de estar por aqui, algures*, pensou.

Transportando o ainda sonolento Pantalaimon, afastou-se de Will e sentou-se numa colina de areia um pouco mais afastada, para que as suas vozes não o acordassem.

— Aqueles pequeninos — disse Pantalaimon.

— Não gosto deles — disse Lyra, decidida. — Penso que devíamos fugir deles assim que pudermos. Acho que se os prendermos numa rede ou coisa do género Will poderá fazer uma abertura e fechá-la logo de seguida e ficaremos livres.

— Não temos nenhuma rede — retorquiu Pantalaimon —, nem nada do género. Seja como for, penso que são demasiado espertos para isso. *Ele* está a vigiar-nos.

Pantalaimon estava transformado em falcão quando falou e os seus olhos eram mais penetrantes que os dela. A escuridão do céu mudava a cada minuto para um azul-pálido e etéreo e quando Lyra olhou sobre a areia o primeiro raio de sol acabara de passar acima da linha do mar, ofuscando-a. Porque ela estava no cimo de uma duna, a luz atingiu-a alguns segundos antes de tocar na praia e Lyra observou-a enquanto a luz a inundava e se dirigia para Will, depois viu a figura do tamanho de uma mão do Cavaleiro Tialys, de pé junto à cabeça de Will, definida e completamente desperta, vigiando-os.

— O que acontece — disse Lyra — é que eles não nos podem obrigar a fazer o que querem. Eles têm de nos seguir. Aposto que estão chateados.

— Se os espiões nos apanharem — disse Pan, referindo-se a ele e Lyra —, e tiverem os ferrões prontos para nos picar, Will *terá* de fazer o que eles querem.

Lyra pensou nisso. Lembrava-se claramente do terrível grito de dor da Sra. Coulter, das convulsões, da horrível baba pendendo da boca do macaco enquanto o veneno penetrava na corrente sanguínea dela... E aquilo tinha sido apenas um arranhão, como tinham recentemente recordado à Sra. Coulter, noutro lugar. Will *teria* de ceder e fazer o que eles queriam.

— Contudo, imagina que eles pensavam que ele não o faria — propôs Lyra —, supõe que eles pensavam que ele era tão frio que nos ficaria a ver morrer. Talvez seja melhor que Will faça com que eles pensem assim, se puder.

Lyra tinha trazido o aletiómetro com ela e agora já havia luz suficiente para poder ver, por isso tirou o instrumento amado e colocou-o sobre o tecido de veludo preto, na palma da mão. A pouco e pouco entrou no transe em que os muitos níveis de sentidos se tornavam claros para ela e em que Lyra podia sentir as intricadas teias de ligações entre os vários símbolos. À medida que os seus dedos encontravam os símbolos, o seu espírito encontrava as palavras: como nos podemos ver livre dos espiões.

A agulha começou a girar numa direcção e depois noutra, mais depressa do que ela alguma vez a vira girar — na realidade tão depressa que pela primeira vez temeu perder alguma das voltas; mas uma parte da sua atenção contava as voltas e percebeu imediatamente o significado do movimento.

O aletiómetro disse-lhe: *Não tentes, porque as vossas vidas dependem deles.*

Isso foi uma surpresa, e nada feliz. Mas Lyra continuou e perguntou: *Como podemos chegar ao mundo dos mortos?*

A resposta foi: *Desçam. Sigam a faca. Continuem a andar. Sigam a faca.*

Por fim Lyra perguntou, hesitante, meio envergonhada: *Esta é a coisa correcta a fazer?*

Sim, respondeu o aletiómetro instantaneamente. *Sim.*

Lyra suspirou, saindo do transe e prendeu o cabelo atrás das orelhas, sentindo o primeiro calor do sol na cara e nos ombros. Havia também sons naquele mundo: insectos zumbiam e uma brisa muito ligeira agitava a erva seca que crescia mais acima na duna.

Lyra guardou o aletiómetro e regressou para junto de Will, com Pantalaimon assumindo a forma maior que conseguia, transformado em leão, na esperança de assustar os galivespianos.

O homem usava o ressoador magnético e quando terminou Lyra perguntou.

— Estava a falar com Lorde Asriel?

— Com o seu representante — respondeu Tialys.

— Nós não vamos.

— Foi o que eu lhe disse.

— O que é que ele respondeu?

— Isso foi para os meus ouvidos, não para os teus.

— Como queiras — retorquiu Lyra. — Está casado com aquela dama?

— Não. Somos colegas.

— Têm filhos?

— Não.

Tialys continuou a arrumar o ressoador magnético e enquanto o fazia a Dama Salmakia acordou, levantando-se graciosa e lentamente do pequeno buraco que tinha feito na areia macia. As libelinhas dormiam ainda, presas por uma fina corda, as asas húmidas devido ao orvalho.

— Há pessoas grandes no vosso mundo, ou são todos pequenos como vocês? — perguntou Lyra.

— Nós sabemos como lidar com pessoas grandes — retorquiu Tialys, sem ser muito elucidativo e afastou-se para falar com a Dama. Falavam demasiado baixo para Lyra poder escutar, mas gostou de os observar enquanto sorviam gotas de humidade das folhas de feno-das--areias para se refrescarem. Talvez a água fosse diferente para eles, pensou Lyra para Pantalaimon: imagina gotas do tamanho da tua mão!

Seriam difíceis de apanhar; teriam de ter uma espécie de revestimento elástico, como um balão.

Naquele momento, Will acordava, penosamente. A primeira coisa que fez foi procurar os galivespianos, que olharam para trás imediatamente, completamente focados nele.

Will desviou o olhar e encontrou Lyra.

— Quero dizer-te uma coisa — disse ela. — Vem até aqui, para longe de...

— Se vocês se afastam de nós — disse Tialys numa voz clara —, têm de deixar a faca. Se não deixam a faca, têm de falar um com o outro aqui.

— Não podemos ter um pouco de privacidade? — exclamou Lyra indignada. — Não queremos que oiçam o que temos a dizer.

— Então afastem-se, mas deixem a faca.

Não havia ninguém por perto, afinal de contas, e certamente os galivespianos não seriam capazes de a usar. Will vasculhou na mochila à procura do cantil de água e de dois biscoitos e, entregando um a Lyra, desceu com ela a encosta da duna.

— Perguntei ao aletiómetro — disse-lhe Lyra —, e ele diz que não devemos tentar fugir dos galivespianos porque eles irão salvar-nos a vida. Por isso, temos de os aturar.

— Contaste-lhes o que vamos fazer?

— Não! Nem vou contar. Porque eles vão logo dizer a Lorde Asriel, com aquela espécie de violino e ele irá até lá para nos parar; por isso temos simplesmente de ir e não falar sobre isso à frente deles.

— Contudo, eles são espiões — salientou Will. — Devem ser bons a escutar e a esconderem-se. Talvez o melhor seja nem sequer falarmos disso. Sabemos para onde vamos. Portanto, partimos e não falamos sobre para onde vamos e eles terão de aguentar e seguir-nos.

— Eles não nos podem ouvir agora. Estão demasiado longe. Will, perguntei como é que chegávamos até lá. Ele disse para seguir a faca, só isso.

— Parece fácil — respondeu Will. — Mas aposto que não é. Sabes o que Iorek me disse?

— Não. Ele disse... quando me fui despedir... disse que seria muito difícil para ti, mas que ele pensava que serias capaz de o fazer. Mas nunca me disse porquê...

— A faca partiu-se porque pensei na minha mãe — explicou Will. — Por isso tenho de a tirar da minha cabeça. Mas... É como quando alguém nos diz para não pensarmos no crocodilo, nós *pensamos*, não o podemos evitar.

— Bem, ontem à noite cortaste sem problemas — disse Lyra.

— Pois, porque estava cansado, acho eu. Bem, veremos. Seguimos a faca?

— Foi o que disse o aletiómetro.

— Então, podemos partir agora. Só que não temos muita comida. Devemos encontrar qualquer coisa para levar connosco, pão ou fruta, qualquer coisa. Portanto, primeiro vou procurar um mundo onde possamos arranjar comida e depois começaremos à procura.

— Está bem — anuiu Lyra, satisfeita por poder caminhar de novo com Pan e Will, vivos e despertos.

Regressaram para junto dos espiões, que estavam sentados, alerta, perto da faca, as mochilas às costas.

— Gostaríamos de saber o que pretendem fazer — disse Salmakia.

— Bem, não vamos ter com Lorde Asriel, isso é certo — respondeu Will. — Temos outra coisa para fazer antes.

— E irão dizer-nos o que é, uma vez que, obviamente, não vos poderemos impedir?

— Não — respondeu Lyra —, porque vocês iam contar-lhe imediatamente. Terão de nos seguir sem saberem para onde vamos. Claro que podem sempre desistir e regressar para junto de Lorde Asriel.

— Certamente que não — exclamou Tialys.

— Nós queremos uma espécie de garantia — disse Will. — Vocês são espiões, por isso são obrigados a ser desonestos, é o vosso ofício. Precisamos de saber que podemos confiar em vocês. Ontem à noite estávamos todos demasiado cansados para pensar nisso, mas nada vos impede de esperar até que estejamos a dormir, ferrarem-nos para nos deixar indefesos e chamar Lorde Asriel com aquela coisa magnética. Podem fazê-lo facilmente. Por isso precisamos de uma garantia de que não o farão. Uma promessa não é suficiente.

Os dois galivespianos tremeram de raiva perante aquele insulto à sua honra.

Tialys, controlando-se, disse:

— Não aceitamos exigências unilaterais. Vocês têm de dar também algo em troca. Têm de nos contar quais são as vossas intenções e depois entregarei o ressoador magnético ao vosso cuidado. Porém, terão de me deixar usá-lo quando eu quiser enviar uma mensagem, mas saberão sempre quando isso acontecer, e não o poderemos usar sem o vosso consentimento. Essa será a nossa garantia. E agora vocês vão dizer-nos para onde vamos e porquê.

Will e Lyra trocaram um olhar para confirmarem o acordo.

— Muito bem — anuiu Lyra —, é justo. Então isto é o que faremos: vamos para o mundo dos mortos. Não sabemos onde fica, mas a faca sabe. Isto é o que vamos fazer.

Os dois espiões olhavam-na, a boca aberta de incredulidade.

Depois, Salmakia pestanejou e disse:

— O que disseste não faz sentido. Os mortos estão mortos, é tudo. Não há nenhum mundo dos mortos.

— Também pensei que isso fosse verdade — disse Will. — Mas agora não tenho assim tanto a certeza. Pelo menos com a faca podemos descobrir.

— Mas *porquê?*

Lyra olhou para Will e viu-o acenar com a cabeça.

— Bem — começou Lyra —, antes de eu conhecer Will, muito antes de estar a dormir, conduzi um amigo meu até um perigo e ele morreu. Eu pensava que o estava a salvar, mas só estava a piorar as coisas. E enquanto eu estava a dormir sonhei com ele e pensei que talvez pudesse emendar as coisas se fosse até onde ele está e pedisse desculpa. E Will quer encontrar o pai, que morreu quando ele tinha acabado de o encontrar. Percebem, Lorde Asriel não pensaria nisto. Nem a Senhora Coulter. Se fôssemos ter com ele teríamos de fazer o que ele *quer*, e ele nem pensaria em Roger... é o meu amigo, o que morreu... não lhe interessaria. Mas interessa-me a mim. A nós. Portanto, é isso que faremos.

— Criança — disse Tialys —, quando morremos, tudo acaba. Não há outra vida. Tu já viste a morte. Viste corpos e viste o que acontece a um génio quando a morte chega. Desaparece. Que mais pode haver que continue a viver depois disso?

— Nós vamos descobrir — respondeu Lyra. — E agora que vos dissemos, eu fico com o teu ressoador magnético.

Ela estendeu a mão e o leopardo-Pantalaimon levantou-se, a cauda abanado devagar, para reforçar o seu pedido. Tialys soltou a mochila dos seus ombros e colocou-o na palma da mão de Lyra. Era surpreendentemente pesado; não propriamente um fardo para ela, é claro, mas Lyra maravilhou-se com a força do cavaleiro.

— E quanto tempo pensam que demorará esta expedição? — perguntou Tialys.

— Não sabemos — respondeu-lhe Lyra. — Não sabemos mais nada para além do que vos contámos. Teremos de ir até lá e ver.

— Mas, primeiro — contrapôs Will —, teremos de encontrar água e alguma comida, algo fácil de transportar. Por isso vou procurar um mundo onde possamos encontrar comida e depois partiremos.

Tialys e Salmakia montaram as libelinhas e mantiveram-nas trémulas, no chão. Os grandes insectos estavam ansiosos por poder voar, mas o controlo dos seus cavaleiros era absoluto e Lyra, observando-as à luz do dia pela primeira vez, descobriu a extraordinária finura das rédeas de seda cinzenta, os estribos prateados e as minúsculas selas.

Will pegou na faca e uma enorme tentação fê-lo procurar o toque do seu próprio mundo: ainda tinha o cartão de crédito; poderia comprar comida; podia até telefonar à Sra. Cooper e saber notícias da mãe...

A faca vibrou com um som semelhante ao de um prego arrastado sobre uma superfície de pedra, e o coração de Will quase parou. Se partisse novamente a faca, seria o fim.

Ao fim de alguns minutos tentou novamente. Em vez de tentar não pensar na mãe, disse para si mesmo: *Sim, eu sei que ela está ali, mas vou olhar para outro lado enquanto faço isto...*

E daquela vez, a faca funcionou. Descobriu um novo mundo e deslizou a faca para fazer uma abertura e alguns minutos depois todos eles estavam de pé no que parecia ser uma bonita e próspera quinta num qualquer país setentrional como a Holanda ou a Dinamarca, onde o pátio de pedra branca estava lavado e limpo e uma fila de portas de estábulo se encontravam abertas. O sol brilhava no céu enevoado e havia o cheiro a queimado no ar, bem como de algo menos agradável. Não havia qualquer som de vida humana, embora dos estábulos viesse um zumbido intenso, tão activo e vigoroso que parecia o de uma máquina.

Lyra dirigiu-se para lá a fim de ver e regressou de imediato, pálida.

— Estão ali quatro... — engasgou-se, levou a mão à garganta e acalmou-se — quatro cavalos mortos. E milhões de moscas...

— Olha — interrompeu Will, engolindo em seco —, ou talvez seja melhor não.

Apontava para as canas de framboesa que delimitavam o quintal da cozinha. Tinha acabado de ver as pernas de um homem, um sapato calçado e outro descalço, estendidas sobre a parte mais grossa dos arbustos.

Lyra não queria olhar, mas Will dirigiu-se para lá para ver se o homem ainda estava vivo e se precisava de ajuda. Regressou abanando a cabeça, parecendo incomodado.

Os dois espiões encontravam-se já junto da porta da quinta que se encontrava entreaberta.

Tialys voltou rapidamente e disse:

— Ali cheira melhor.

E regressou para transpor a porta enquanto Salmakia explorava os outros edifícios.

Will seguiu o cavaleiro. Descobriu que entrava numa grande cozinha quadrada; um lugar antiquado com loiças brancas sobre um armário de madeira, uma mesa de pinho esfregada e uma lareira onde se encontrava uma cafeteira preta já fria. A outra porta abria para uma despensa, com duas prateleiras cheias de maçãs que inundavam a sala com o seu odor. O silêncio era opressivo.

Lyra perguntou em voz baixa:

— Will, *este* é o mundo dos mortos?

O mesmo pensamento tinha ocorrido a Will. Mas respondeu:

— Não, penso que não. É um mundo onde nunca estivemos antes. Olha, levamos tanto quanto pudermos transportar. Há uma espécie de pão de centeio, o que é bom... é leve... e há também queijo.

Depois de terem tirado o que podiam transportar, Will deixou cair uma moeda de ouro dentro da gaveta da grande mesa de pinho.

— Sim? — perguntou Lyra, vendo que Tialys erguia os sobrolhos. — Devemos sempre pagar pelo que levamos.

Nesse momento Salmakia entrou pela porta das traseiras, aterrando a libelinha sobre a mesa num reflexo azul-eléctrico.

— Aproximam-se homens — disse —, a pé e com armas. Estão a poucos minutos de distância. E há uma aldeia em chamas por trás da colina.

Enquanto ela falava escutaram o som de passos na gravilha, uma voz dando ordens e o tilintar de metal.

— Então devíamos partir — disse Will.

Sentiu o ar com a ponta da faca. Imediatamente se apercebeu de uma nova sensação. A lâmina parecia deslizar sobre uma superfície muito suave, como um espelho, e depois penetrou devagar até ele poder cortar. Mas era resistente, como um tecido grosso, e quando fez a abertura pestanejou assustado e surpreendido: porque o mundo que Will abriu era exactamente igual àquele em que se encontravam.

— O que se passa? — perguntou Lyra.

Os espiões olhavam pela janela, perplexos. Mas era mais do que espanto o que sentiam. Tal como o ar tinha resistido à penetração da faca, também qualquer coisa naquela abertura resistia à sua passagem. Will teve de empurrar algo invisível e depois ajudar Lyra puxando-a atrás de si e os galivespianos mal conseguiam avançar. Tiveram de poisar as libelinhas na mão das crianças e mesmo assim era como puxá-las contra uma grande pressão do ar; as suas asas finas dobradas e torcidas e os pequenos cavaleiros tiveram de lhes bater na cabeça e murmurar para acalmar o medo que as libelinhas sentiam.

Ao fim de alguns segundos de luta, tinham todos passado e Will procurou os rebordos da janela (apesar de serem impossíveis de ver) e fechou-a, retendo o som dos soldados no seu próprio mundo.

— Will — chamou Lyra, e ele voltou-se e descobriu que havia outra pessoa com eles na cozinha.

O seu coração sobressaltou-se. Era o homem que ele tinha visto há menos de dez minutos, morto nos arbustos com a garganta cortada.

Era um homem de meia-idade, magro, com o aspecto de um homem que passara a maior parte do tempo ao ar livre. Mas agora ele tinha um aspecto quase enlouquecido, ou paralisado, pelo choque. Tinha os olhos tão abertos que o branco brilhava em volta da íris e agarrava-se ao rebordo da mesa com uma mão trémula. A sua garganta, Will ficou feliz por isso, estava intacta.

O homem abriu a boca para falar, mas nenhumas palavras saíram. A única coisa que ele podia fazer era apontar para Will e Lyra.

Lyra disse:

— Desculpe-nos por termos entrado na sua casa, mas tivemos de fugir de uns homens que estavam a chegar. Lamento se o assustámos. Eu sou Lyra e este é Will, aqueles são os nossos amigos, o Cavaleiro Tialys e a Dama Salmakia. Pode dizer-nos o seu nome e onde estamos?

Aquele pedido aparentemente normal parecia ter acalmado o homem e um arrepio percorreu-o, como se acordasse de um sonho.

— Eu estou morto — disse. — Estou estendido lá fora. Sei que estou. *Vocês* não estão mortos. O que está a acontecer? Deus me ajude, eles cortaram-me a garganta. O que está a acontecer?

Lyra aproximou-se de Will quando o homem disse: *Estou morto*, e Pantalaimon fugiu para o seu colo transformado em rato. Quanto aos galivespianos, esforçavam-se por controlar as libelinhas porque os grandes insectos pareciam sentir uma grande aversão ao homem, e esvoaçavam pela cozinha procurando uma saída.

Mas o homem nem reparou neles. Estava ainda a tentar compreender o que tinha acontecido.

— Você é um fantasma? — perguntou cautelosamente Will.

O homem estendeu a mão e Will tentou agarrá-la, mas os seus dedos fecharam-se no ar. Um ardor frio foi tudo o que sentiu.

Quando viu o que aconteceu, o homem olhou para a sua própria mão, consternado. O torpor começava a desaparecer e ele podia perceber o seu estado lamentável.

— Na verdade — disse —, eu *estou* morto... Estou morto e vou para o inferno...

— Calma — disse Lyra —, vamos todos juntos. Como se chama?

— Eu era Dirk Jansen — respondeu —, mas já... não sei o que fazer... Não sei para onde ir...

Will abriu a porta. A capoeira parecia a mesma, o quintal não tinha mudado, o mesmo sol enevoado brilhava no céu. E lá estava o corpo do homem, intocado.

Um pequeno gemido soltou-se da garganta de Dirk Jansen, como se não fosse mais possível negar a verdade. As libelinhas saíram rapidamente pela porta e esvoaçaram sobre o chão, depois subiram no ar, mais rápidas que pássaros. O homem olhava de um lado para o outro, impotente, levantando e baixando as mãos, soltando pequenos gritos.

— Não posso ficar aqui... Não posso ficar — dizia. — Esta não é a quinta que eu conhecia. Está tudo errado. Tenho de ir...

— Para onde vai, Senhor Jansen? — perguntou Lyra.

— Descer a estrada. Nã' sei. Tenho de ir. Não posso ficar aqui...

Salmakia desceu para poisar na mão de Lyra. As pequenas garras da libelinha enterraram-se enquanto a Dama dizia:

— Há pessoas saindo da aldeia... pessoas como este homem... todas caminhando na mesma direcção.

— Então iremos com elas — disse Will, lançando a mochila sobre o ombro.

Dirk Jansen passava já junto do seu corpo, desviando os olhos. Parecia que estava ébrio, parando, caminhando, vagueando para a esquerda e para a direita, tropeçando em pequenas raízes e pedras no caminho que os seus pés vivos tinham conhecido tão bem.

Lyra seguiu Will e Pantalaimon transformou-se num milhafre e voou o mais alto que podia, fazendo Lyra soluçar.

— Eles têm razão — disse quando desceu. — Há filas de pessoas saindo da aldeia. Pessoas mortas...

Em breve eles também os viram: cerca de vinte homens, mulheres e crianças, todos caminhando como Dirk Jansen tinha feito, inseguros e chocados. A aldeia estava a cerca de oitocentos metros de distância e as pessoas caminhavam na direcção deles, todas juntas no meio da estrada. Quando Dirk Jansen viu os outros fantasmas deitou a correr e depois estendeu as mãos para os cumprimentar.

— Mesmo que não saibam para onde vão, vão todos juntos — disse Lyra. — Devemos seguir com eles.

— Pensas que eles teriam génios neste mundo? — perguntou Will.

— Não te sei dizer. Se visses um deles no teu mundo, saberias que eram fantasmas?

— É difícil dizer. Não parecem exactamente normais... Havia um homem que eu costumava ver na minha cidade e ele andava de um lado para o outro em frente das lojas, sempre segurando o mesmo velho saco de plástico e nunca falava com ninguém, nem entrava nas lojas. E nunca ninguém olhava para ele. Eu costumava fazer de conta que ele era um fantasma. Estes parecem-se um pouco com ele. Talvez o meu mundo esteja cheio de fantasmas e eu nunca tenha dado por isso.

— Penso que no meu não há — disse Lyra, insegura.

— Seja como for, este deve ser o mundo dos mortos. Estas pessoas acabaram de ser mortas... devem ter sido aqueles soldados... e aqui estão elas e isto parece-se com o mundo em que viviam. Pensei que seria muito diferente...

— Mas está tudo a desaparecer — exclamou Lyra. — Olha!

Ela agarrava-se ao braço de Will. Ele parou e olhou em volta e viu que Lyra tinha razão. Pouco tempo antes de ter encontrado a janela em Oxford e passado para o mundo de Cittàgazze, tinha ocorrido um eclipse do sol e, como milhares de outras pessoas, Will tinha saído ao meio-dia e observado como a intensa luz do sol diminuía de intensidade até uma espécie de crepúsculo fantasmagórico cobrir as casas, as árvores, o parque. Tudo era nítido como à luz do dia, mas havia menos luz para ver, como se toda a força estivesse a ser escoada de um sol moribundo.

O que acontecia naquele momento era semelhante, mas mais estranho, porque as linhas dos objectos perdiam a sua definição e ficavam esbatidas.

— Nem sequer é como se estivéssemos a ficar cegos — disse Lyra, assustada —, porque não é que nós não vejamos as coisas; é como se as coisas estivessem a desaparecer...

A cor desaparecia progressivamente do mundo. Um tom esbatido de cinzento-esverdeado substituía o verde das árvores e da erva, um amarelo-acinzentado em vez do amarelo-vivo de um campo de trigo, um esbatido vermelho-acinzentado em vez dos tijolos vermelhos de uma bela quinta...

As próprias pessoas, agora mais próximas, tinham começado a reparar na transformação e apontavam e abraçavam-se umas às outras para se tranquilizarem.

As únicas coisas resplandecentes em toda a paisagem eram o brilhante vermelho e amarelo e o azul-eléctrico das libelinhas, os seus pequenos cavaleiros, Will e Lyra e Pantalaimon esvoaçando sob a forma de um milhafre.

Estavam agora próximos das outras pessoas e já não havia dúvidas: eles eram fantasmas. Will e Lyra aproximaram-se um do outro, mas nada havia a recear, porque os fantasmas estavam muito mais amedrontados do que eles e paravam, receosos de se aproximarem.

Will chamou:

— Não tenham medo. Não os vamos magoar. Para onde se dirigem?

Eles olharam para o homem mais velho de entre eles, como se ele fosse o seu guia.

— Vamos para onde todos os outros vão — respondeu ele. — Parece que eu sei o caminho, mas não me lembro de o ter alguma vez aprendido. Parece que fica algures no fim da estrada. Saberemos o que é quando lá chegarmos.

— Mamã — disse uma criança —, porque é que está a ficar escuro se ainda é dia?

— Calma, querida, não te aflijas — disse a mãe. — Não adianta nada afligires-te. Estamos mortos, suponho.

— Mas para onde vamos? — perguntou a criança. — Eu não quero estar morta, mamã.

— Vamos ver o avô — disse a mãe, desesperada.

Mas a criança não se consolava, chorando amargamente. Outros membros do grupo olharam para a mulher com simpatia ou aborrecimento, mas não havia nada que pudessem fazer para ajudar e todos caminharam desconsoladamente através da paisagem que se esbatia enquanto os gritos da criança continuaram sem parar.

O Cavaleiro Tialys tinha conversado com Salmakia antes de se afastar e Will e Lyra observaram a libelinha com olhos ávidos pela sua intensidade e vigor à medida que se tornava cada vez mais pequena. A Dama desceu e poisou o insecto na mão de Will.

— O cavaleiro foi ver o que fica lá mais à frente — disse. — Pensamos que a paisagem está a desaparecer porque estas pessoas a estão a esquecer. Quanto mais se afastarem das suas casas mais escuro ficará.

— Mas por que é que pensas que eles caminham? — perguntou Lyra. — Se eu fosse um fantasma ficaria nos lugares que conhecia, em vez de vaguear por aí e perder-me.

— Eles sentem-se infelizes lá — disse Will, tentando compreendê--los. — Foi onde eles acabaram de morrer. Sentem medo daquele lugar.

— Não, eles são atraídos por alguma coisa — disse a Dama. — Um qualquer instinto os atrai para o fim da estrada.

Na verdade os fantasmas caminhavam com mais objectividade agora que estavam longe da aldeia. O céu estava escuro como se uma poderosa tempestade ameaçasse, mas não havia nenhuma tensão eléctrica como a que anuncia a intempérie. Os fantasmas caminharam de forma constante e a estrada prolongava-se por uma paisagem quase completamente incaracterística.

De tempos a tempos eles olhavam para Will ou Lyra, ou para a brilhante libelinha e a sua amazona, como se eles fossem objecto de curiosidade. Por fim o homem mais velho disse:

— Vocês aí, rapaz e rapariga. Vocês não estão mortos. Vocês não são fantasmas. Por que é que vêm connosco?

— Nós viemos por acaso — disse-lhe Lyra ante de Will ter tempo para responder. — Não sei como isso aconteceu. Estávamos a tentar escapar daqueles homens e acabámos aqui.

— Como é que saberão que chegaram ao lugar para onde têm de ir? — perguntou Will.

— Espero que alguém nos diga — respondeu o fantasma com confiança. — Eles irão separar os pecadores dos justos, atrevo-me a dizer. Não vale a pena rezar agora. Já é demasiado tarde para isso. Deviam tê-lo feito enquanto estavam vivos. Agora não vale a pena.

Era bastante evidente em que grupo é que ele esperava ser incluído, e era também bastante evidente que pensava que o grupo não seria muito numeroso. Os outros fantasmas ouviram-no preocupados, mas ele era a única orientação que tinham, por isso seguiram-no sem discutir.

E continuaram a caminhar, movendo-se em silêncio sob um céu que tinha finalmente escurecido para um tom baço de cinzento-escuro e se manteve assim sem escurecer mais. Os vivos deram por si a olhar para a esquerda e para a direita, para cima e para baixo, à procura de algo que fosse brilhante, ou vivo, ou alegre e ficavam sempre desapontados até que uma pequena centelha surgiu à sua frente dirigindo-se rapidamente para eles. Era o cavaleiro e Salmakia incitou a sua libelinha a avançar ao seu encontro, soltando um grito de alegria.

Conversaram e apressaram-se a reunir-se com as crianças.

— Há uma torre lá à frente — disse Tialys. — Parece um campo de refugiados, mas é evidente que foi construída há séculos ou mesmo mais. E penso que há um mar ou lago por trás, mas está coberto por uma névoa. Podíamos ouvir os gritos de pássaros. E há centenas de pessoas que chegam a cada minuto, vindas de todas as direcções, pessoas como estas... Fantasmas...

Os próprios fantasmas escutaram enquanto ele falava, embora sem curiosidade. Eles pereciam ter entrado num transe embrutecido e Lyra tinha vontade de os abanar, de os incitar a lutar, a acordar e procurar uma saída.

— Como é que vamos ajudar estas pessoas, Will? — perguntou.

Ele não fazia a mínima ideia. Enquanto continuaram a avançar podiam observar um movimento no horizonte em redor e à sua frente um fumo sujo erguia-se lentamente contribuindo com a sua escuridão para o ar sombrio. O movimento era de pessoas, ou fantasmas: em filas, aos pares, em grupos ou sozinhas, mas todos de mãos vazias, centenas, milhares de homens, mulheres e crianças vagueavam sobre a planície em direcção à origem do fumo.

O terreno descia agora e tornava-se cada vez mais parecido com uma lixeira. O ar estava carregado e cheio de fumo, para além de outros odores: químicos ácidos, vegetais em decomposição, imundices. E quanto mais desciam pior ficava. Não havia um espaço limpo no chão e as únicas plantas que cresciam eram ervas rasteiras e relva grosseira e cinzenta.

Em frente deles, sobre a água, havia uma névoa. Erguia-se como um penhasco que se misturava com o céu sombrio, e de algures, dentro do nevoeiro ouviam-se os gritos de pássaros, tal como Tialys tinha referido.

Por entre as pilhas de lixo e o nevoeiro, ficava a primeira cidade dos mortos.

19

LYRA E A MORTE

Estava zangado com o meu amigo; contei a minha cólera e a minha cólera desapareceu.

WILLIAM BLAKE

Aqui e ali, fogos tinham sido ateados por entre as ruínas. A cidade era um caos, sem ruas, sem praças e sem espaços abertos excepto onde um edifício tinha caído. Algumas poucas igrejas ou edifícios públicos ainda se erguiam acima de todos os outros, apesar de os telhados terem buracos e as paredes rachadas e, num caso, todo o pórtico tinha ruído até às colunas. Por entre as carapaças dos edifícios de pedra, uma labiríntica desordem de cabanas e choupanas construídas com madeira caída dos telhados, latas de gasolina amolgadas ou de biscoitos, lençóis de plástico, farrapos de contraplacado ou cartão.

Os fantasmas que tinham vindo com eles apressavam-se agora em direcção à cidade e de todas as direcções chegavam cada vez mais, tantos que pareciam grãos de areia escorrendo pelo buraco de uma ampulheta. Os fantasmas caminharam directamente para a esquálida confusão da cidade, como se soubessem exactamente para onde se dirigiam e Lyra e Will estavam prestes a segui-los; mas subitamente foram parados.

Uma figura emergiu de uma portada remendada e ordenou:

— Esperem, esperem.

Uma luz ténue brilhava atrás dele e não era fácil perceber as suas feições; mas sabiam que ele não era um fantasma. Era como eles, estava vivo. Era um homem magro, de idade indefinida, vestindo um fato castanho-claro gasto e tinha na mão um papel e um maço de folhas presas por um clipe. O edifício de onde saíra parecia um posto de alfândega numa região raramente visitada.

— Que lugar é este? — perguntou Will. — E por que é que não podemos entrar?

— Vocês não estão mortos — disse o homem com enfado. — Têm de esperar na zona de retenção. Sigam pela estrada, virem à esquerda e entreguem estes papéis ao oficial que está junto ao portão.

— Desculpe, senhor — interrompeu Lyra. — Espero que não se importe com a minha pergunta, mas como é que pudemos chegar até aqui se não estamos mortos? Porque *este* é o mundo dos mortos, não é?

— É um subúrbio do mundo dos mortos. Por vezes os vivos vêm até aqui por engano, mas têm de esperar na zona de retenção antes de poderem continuar.

— Esperar quanto tempo?

— Até que morram.

Will sentiu a cabeça andar à roda. Percebeu que Lyra estava prestes a discutir e antes que ela tivesse tempo para falar, ele disse:

— Pode explicar-nos o que acontece depois? Quero dizer, estes fantasmas que vêm até aqui, ficam nesta cidade para sempre?

— Não, não — respondeu o oficial. — Este é apenas um porto de trânsito. Eles vão para além daqui num barco.

— Para onde? — perguntou Will.

— Isso não é uma coisa que eu vos possa dizer — respondeu o homem, e um sorriso amargo inclinou-lhe os cantos da boca para baixo. — Agora têm de continuar o vosso caminho. Têm de ir para a zona de retenção.

Will pegou nos papéis que o homem segurava, agarrou o braço de Lyra e incitou-a a afastar-se.

As libelinhas voavam agora indolentemente e Tialys explicou que elas precisavam de descansar; por isso empoleiraram-se na mochila de Will e Lyra deixou que os espiões se sentassem nos seus ombros. Pantalaimon, transformado em leopardo, olhou para eles, ciumento. Seguiram pelo caminho, contornando as barracas miseráveis e as poças de porcaria, observando a interminável corrente de fantasmas que chegava e passava, sem qualquer impedimento, directamente para a cidade.

— Temos de passar para lá da água, como todos os outros — disse Will. — Talvez as pessoas nesta zona de retenção nos possam dizer como. Seja como for, não parecem zangadas ou perigosas. É estranho. E estes papéis...

Eram simplesmente folhas arrancadas de um bloco, com palavras escrevinhadas ao acaso, a lápis, e depois riscadas. Era como se aquelas pessoas estivessem a fazer um jogo, à espera de ver quando os viajantes os desafiariam, ou se rendiam e riam. E, porém, parecia tudo tão real.

Estava a ficar cada vez mais escuro e frio e era difícil calcular as horas. Lyra pensou que tinham caminhado durante meia hora, ou talvez fosse o dobro; o aspecto do lugar não sofreu qualquer alteração. Por fim chegaram a uma pequena barraca de madeira, semelhante àquela junto da qual tinham parado mais cedo, onde uma lâmpada fraca brilhava presa a um simples fio, sobre a porta.

Quando se aproximaram, um homem vestido de forma muito semelhante ao primeiro saiu segurando uma fatia de pão com manteiga numa mão e, sem uma palavra, olhou para os papéis e fez um aceno de cabeça.

Devolveu-os e estava prestes a entrar quando Will perguntou:

— Desculpe, para onde vamos agora?

— Vão procurar um sítio para ficar — respondeu o homem, não sem alguma simpatia. — Perguntem. Estão todos à espera, como vocês.

Voltou-se e fechou a porta contra o frio e os viajantes dirigiram-se para o coração da cidade de barracas onde os vivos tinham de ficar.

Era muito parecida com a cidade principal: pequenas barracas miseráveis, reparadas dezenas de vezes, remendadas com pedaços de plástico ou ferro corroído, encostadas de forma estranha umas às outras, em ruelas enlameadas. Em alguns lugares, um cabo eléctrico pendia de um candeeiro e fornecia uma corrente fraca suficiente para acender uma lâmpada ou duas, penduradas sobre as barracas próximas. Porém, a maior parte da luz que havia provinha de fogueiras. O seu brilho fumarento incidia vermelho sobre os fragmentos e farrapos com que se faziam as construções, como se fossem os restos das chamas que resultassem de uma conflagração gigantesca, mantendo-se vivas por mera malícia.

Porém, à medida que Will, Lyra e os galivespianos se aproximavam e viam melhor alguns pormenores, distinguiram muitas figuras, sentadas na escuridão, sozinhas, ou encostadas às paredes, ou reunidas em pequenos grupos, falando em voz baixa.

— Por que é que estas pessoas não estão dentro das barracas? — perguntou Lyra. — Está frio.

— Eles não são pessoas — explicou Salmakia. — Nem sequer são fantasmas. São outra coisa, mas não sei o quê.

Os viajantes chegaram ao primeiro grupo de barracas, que estava iluminada por uma daquelas lâmpadas fracas pendurada num fio, oscilando ligeiramente no vento frio. Will colocou a mão sobre a faca presa no cinto. Havia um grupo daqueles seres com forma de pessoas, acocorado sobre os calcanhares, jogando aos dados e quando as crianças se aproximaram eles levantaram-se: eram cinco, todos homens, as suas caras na sombra e as roupas esfarrapadas, todos em silêncio.

— Qual é o nome desta cidade? — perguntou Will.

Não houve resposta. Alguns deram um passo atrás e todos os cinco se aproximaram mais uns dos outros, como se *estivessem* amedrontados. Lyra sentiu a pele arrepiar-se e todos os pêlos dos braços eriçarem-se, embora não conseguisse perceber porquê. Dentro da camisa dela, Pantalaimon tremia e murmurava: — Não, não, Lyra, não, afasta-te, voltemos para trás, por favor...

As «pessoas» não se mexeram e por fim Will encolheu os ombros e disse:

— Bem, boa noite para todos vós.

E continuou a andar. Encontraram resposta semelhante de todas as outras figuras e, a cada momento, a sua apreensão aumentava.

— Will, eles são Espectros? — perguntou Lyra em voz baixa. — Já seremos suficientemente crescidos para vermos Espectros?

— Penso que não. Se fossem Espectros ter-nos-iam atacado, mas parece que são eles que têm medo. Não sei o que são.

Uma porta abriu-se e uma luz derramou-se sobre o chão enlameado. Um homem — um homem verdadeiro, um ser humano — parou junto à porta vendo-os aproximarem-se. O pequeno grupo de figuras em volta da porta afastaram-se um passo ou dois, como se por respeito, e eles viram a cara do homem: calma, inofensiva e suave.

— Quem são vocês? — perguntou.

— Viajantes — respondeu Will. — Não sabemos onde estamos. O que é esta cidade?

— Esta é a zona de retenção — respondeu o homem. — Vêm de longe?

— De muito longe, sim, e estamos cansados — disse Will. — Podemos pagar por alguma comida e alojamento?

O homem olhava para além deles, para a escuridão e depois saiu e olhou em volta, como se faltasse alguém. Depois virou-se para as estranhas figuras ali perto e perguntou:

— Viram *alguma* morte?

Eles abanaram a cabeça e as crianças escutaram um murmúrio de «não, não, nenhuma».

O homem virou-se. Atrás dele, junto à porta, havia caras espreitando: uma mulher, duas crianças, outro homem. Estavam todos nervosos e apreensivos.

— Morte? — perguntou Will. — Nós não trazemos nenhuma morte.

Mas isso parecia ser precisamente aquilo que os preocupava, porque quando Will falou houve um soluço suave entre os vivos e mesmo as figuras lá fora encolheram-se um pouco.

— Desculpe — pediu Lyra, avançando no seu modo mais educado, como se o mordomo do Colégio Jordan a olhasse irritado. — Não pude deixar de reparar, mas estes senhores aqui, estão mortos? Peço desculpa por perguntar, se estou a ser rude, mas de onde vimos isto é muito estranho e nunca vimos pessoas como eles antes. Se estou a ser indelicada peço que me desculpe. Mas, percebe, no meu mundo, nós temos génios, todos têm génios e ficaríamos chocados se víssemos alguém sem um génio, tal como estamos chocados por vos ver. E desde que temos viajado, Will e eu... Este é Will e eu chamo-me Lyra... Aprendi que há pessoas que parece que não têm génios, como o Will não tem, e eu tive medo até descobrir que eles eram apenas pessoas normais como eu. Por isso talvez seja por essa razão que alguém do vosso mundo fica um pouco nervoso por nos ver, se acham que somos diferentes.

O homem perguntou:

— Will? Lyra?

— Sim, senhor — respondeu ela com humildade.

— *Aqueles* são os vossos génios? — perguntou apontando para os espiões sobre o ombro dela.

— Não — respondeu Lyra, e sentiu-se tentada a dizer: «são os nossos criados», mas pensou que Will talvez achasse que isso era uma má ideia, por isso disse:

— São nossos amigos, o Cavaleiro Tialys e a Dama Salmakia, pessoas muito importantes e sábias que viajam connosco. Oh, e este é o meu génio — disse, tirando o Pantalaimon-rato do bolso. — Está a ver, somos inofensivos, prometemos que não lhes fazemos mal. E precisamos mesmo de abrigo e comida. Continuaremos a nossa viagem amanhã. Prometo.

Todos ficaram à espera. O nervosismo do homem foi aplacado um pouco pelo tom humilde de Lyra e os espiões tiveram o bom senso de parecerem modestos e inofensivos. Depois de uma pausa o homem disse:

— Bem, apesar de ser estranho, penso que estes são também tempos estranhos... Entrem, então, sejam bem-vindos...

As figuras no exterior acenaram com a cabeça, uma ou duas fizeram mesmo uma pequena vénia e afastaram-se respeitosamente enquanto Will e Lyra entravam no espaço quente e iluminado. O homem fechou a porta atrás de si e passou um fio em volta de um prego para a manter fechada.

Havia uma única sala, limpa, mas miserável, iluminada com uma lâmpada de nafta colocada sobre a mesa. As paredes de contraplacado estavam decoradas com retratos recortados de revistas de cinema e com um padrão feito com impressões digitais de fuligem. Havia um fogão de ferro encostado a uma parede, com um cabide para pendurar roupas colocado à frente e onde algumas camisas sujas fumegavam; sobre uma cómoda havia um vaso com flores de plástico, conchas, frascos de cheiros coloridos e outros objectos garridos, todos rodeando uma fotografia de um esqueleto satisfeito com chapéu alto e óculos escuros.

A barraca estava apinhada: para além do homem, da mulher e das duas crianças, havia um bebé num berço, um velho e, a um canto, sobre uma pilha de cobertores, uma mulher muito idosa, deitada observando com olhos brilhantes numa face tão enrugada quanto os cobertores. Quando Lyra olhou para ela, a mulher ficou chocada: os cobertores mexeram-se e um braço muito magro emergiu, coberto por uma manga preta e então outra cara, de um homem, quase tão velho como um esqueleto. Na realidade ele parecia-se mais com o esqueleto da fotografia do que com um ser humano vivo; então Will também reparou, ao mesmo tempo que os outros viajantes, que o velho era semelhante àquelas figuras educadas que estavam lá fora. E todos se sentiram tão perplexos quanto o homem tinha ficado quando os viu pela primeira vez.

Na realidade, todas as pessoas na pequena e apinhada cabana — todas excepto o bebé, que dormia — não sabiam que dizer. Lyra foi a primeira a conseguir falar.

— Foi muito amável da sua parte — disse —, obrigada, boa noite, estamos contentes por estar aqui. Gostava de dizer que lamento termos chegado sem qualquer morte, se esse é o processo normal de fazer as coisas. Mas tentaremos não vos incomodar. Percebem, nós estamos à procura do mundo dos mortos e foi assim que viemos aqui ter. Mas não sabemos onde fica, ou se isto é parte desse mundo, nem como ir até lá, nem nada. Por isso, se nos pudessem dizer qualquer coisa sobre isto ficaríamos agradecidos.

As pessoas na barraca ficaram imóveis, mas as palavras de Lyra desanuviaram um pouco o ambiente e a mulher convidou-os a sentarem-se à mesa, puxando um banco. Will e Lyra pegaram nas libelinhas adormecidas e colocaram-nas numa prateleira, num canto escuro, onde Tialys disse que elas descansariam até ao amanhecer e depois os galivespianos juntaram-se aos outros na mesa.

A mulher cozinhava um guisado e descascou duas batatas que juntou ao resto para que chegasse para todos, insistindo com o marido para que oferecesse aos viajantes algo para beber enquanto as batatas cozinhavam. Ele trouxe uma garrafa de um líquido claro e acre cujo cheiro recordou a Lyra a genebra dos ciganos e os dois espiões aceitaram um copo no qual mergulharam os seus próprios pequenos recipientes.

Lyra estava à espera que a família olhasse com mais admiração para os galivespianos, mas eles pareciam sentir muito mais curiosidade por ela e Will. Lyra não demorou muito a perguntar porquê.

— Vocês são as primeiras pessoas que vimos sem uma morte — respondeu o homem, cujo nome, souberam, era Peter. — Isto é, desde que viemos para aqui. Nós éramos como vocês, viemos para aqui antes de estarmos mortos, por algum acaso ou acidente. Temos de esperar até que a nossa morte nos diga que chegou o momento.

— Que a vossa *morte* vos diga? — perguntou Lyra.

— Sim. O que descobrimos quando chegámos aqui, oh, há muito tempo para a maioria de nós, foi que todos nós trazemos a nossa morte connosco. Foi aqui que descobrimos. Nós tínhamo-la connosco desde sempre, e nunca o soubemos. Percebes, todos têm uma morte. Acompanha-nos para todo o lado, durante toda a vida, sempre ao pé de nós. As nossas mortes, elas estão lá fora, a apanhar ar; virão já de seguida. A morte da avó está ali com ela, muito próximo dela, muito próximo.

— Não vos assusta ter a morte perto de vós todo o tempo? — perguntou Lyra.

— Porque havia de assustar? Se ela está ali, podemos vigiá-la. Ficaria muito mais nervoso se não soubesse onde ela anda.

— E cada um tem a sua própria morte? — perguntou Will, admirado.

— Mas claro que sim, desde que nascemos, a tua morte vem ao mundo contigo, e é a tua morte que te leva.

— Ah — fez Lyra —, isso era o que nós precisávamos de saber, porque estamos a tentar encontrar o mundo dos mortos e não sabemos como chegar até lá. Então para onde vamos quando morremos?

— A vossa morte toca-vos no ombro, ou pega-vos na mão e diz, «vem comigo, chegou a altura». Pode acontecer quando estás doente com febre, ou quando te engasgas com um pedaço de pão, ou quando cais de um prédio alto, no meio da tua dor e esforço a tua morte vem até ti ternamente e diz: calma, calma, criança, vem comigo, e tu vais com ele num barco que atravessa o lago em direcção ao nevoeiro. O que acontece lá, ninguém sabe. Nunca ninguém voltou.

A mulher disse a uma das crianças que chamasse as mortes; ela correu até à porta e falou com elas. Will e Lyra observaram espantados e os galivespianos aproximaram-se mais, enquanto as mortes — uma para cada membro da família — entraram pela porta: figuras incaracterísticas, pálidas, com roupas esfarrapadas, apenas desleixadas, caladas e lentas.

— Estas são as vossas mortes? — perguntou Tialys.

— De facto, senhor — respondeu Peter.

— Sabem quando é que elas dirão que chegou o momento de partir?

— Não, mas sabemos que estão por perto e isso é reconfortante.

Tialys nada disse, mas era evidente que sentia que isso era tudo mesmo reconfortante. As mortes ficaram educadamente junto da parede e era estranho ver como ocupavam pouco espaço e como passavam desapercebidas. Lyra e Will depressa descobriram que as tinham completamente ignorado, apesar de Will ter pensado: «aqueles homens que eu matei... as suas mortes estavam perto deles todo o tempo... eles não sabiam e eu também não...»

A mulher, Martha, distribuiu o guisado pelos pratos de esmalte e colocou um pouco numa tigela para as mortes distribuírem entre elas. Elas não comiam, mas o cheiro agradável fazia-as felizes. Por fim, toda a família e os seus convidados comiam esfomeados e Peter perguntou às crianças de onde elas vinham e como eram os seus mundos.

— Eu conto-vos tudo — disse Lyra.

Ao dizer isso, Lyra assumiu o controlo, uma parte de si sentindo uma pequena onda de prazer subindo-lhe no peito como as bolhas do champanhe. E ela sabia que Will vigiava e sentia-se feliz por ele a ver fazendo aquilo em que era perita, fazendo por ele e por todos os outros.

Começou por falar dos seus pais. Eram um duque e uma duquesa, muito importantes e ricos, que tinham sido espoliados dos seus bens por um inimigo político e metidos na cadeia. Mas conseguiram fugir descendo por uma corda com o bebé Lyra nos braços do pai e recuperaram a fortuna da família para acabarem por ser atacados e mortos por marginais. Lyra também teria sido morta, assada e comida se Will não a tivesse salvo mesmo a tempo e levado para junto dos lobos, na floresta onde ele tinha sido criado. Tinha caído pela borda fora do barco do pai quando era bebé e chegara a uma costa deserta onde uma loba o tinha alimentado e protegido.

As pessoas engoliram aqueles disparates com uma credulidade plácida e até as mortes se apinharam para ouvir, empoleiradas no banco ou deitadas no chão, olhando para ela com as suas faces suaves e educadas enquanto ela tecia a história da sua vida e de Will na floresta.

Ela e Will ficaram com os lobos por algum tempo e depois mudaram-se para Oxford para trabalhar nas cozinhas do Colégio Jordan. Ali conheceram Roger e quando o colégio foi atacado pelos cozedores de tijolos que viviam na Argileira, eles tiveram de fugir; por isso ela, Will e Roger roubaram um barco cigano e desceram o rio Tamisa, quase sendo apanhados perto de Abingdon Lock; depois foram afundados por piratas Tempestade e tiveram de nadar, para se salvarem, até um veleiro de três mastros que partia para Hang Chow, no Catai para negociar chá.

No veleiro eles conheceram os galivespianos, que eram estrangeiros vindos da Lua, lançados para a Terra por uma poderosa tempestade na Via Láctea. Tinham-se refugiado no cesto da gávea e ela, Will e Roger costumavam ir à vez até lá acima para os ver e um dia Roger desequilibrou-se e mergulhou no mar.

Eles tentaram convencer o comandante do navio a dar a volta para o procurar, mas ele era um homem duro e impiedoso que só se interessava pelo lucro que faria se chegasse ao Catai rapidamente e meteu-os a ferros. Mas os galivespianos trouxeram-lhe uma lima e...

E assim por diante. De vez em quando Lyra virava-se para Will ou os espiões em busca de confirmação e Salmakia contribuía com um pormenor ou dois, ou Will acenava com a cabeça e a história cresceu até ao momento em que as crianças e os seus amigos da Lua tinham descoberto o caminho para o mundo dos mortos a fim de aprenderem, dos seus pais, o segredo de onde estava enterrada a fortuna da família.

— Se conhecêssemos as nossas mortes, no nosso mundo — disse Lyra — como vocês conhecem aqui, teria, provavelmente, sido mais fácil; mas penso que tivemos muita sorte em descobrir o nosso caminho até aqui, para podermos receber os vossos conselhos. E muito obrigado por serem tão simpáticos, por nos escutarem e nos darem esta refeição, que foi muito agradável.

«Mas do que precisamos agora, percebem, ou talvez de manhã, é de descobrir uma forma de atravessar para o outro lado da água, para onde vão os mortos, e ver se também podemos ir. Há barcos que possamos alugar?

Eles olharam uns para os outros com expressões de dúvida. As crianças, coradas devido ao cansaço, olharam com olhos sonolentos de um adulto para outro, mas ninguém lhes podia dizer onde poderiam encontrar um barco.

Então soou uma voz que ainda não tinha falado antes. Das profundidades das roupas da cama, no canto, soou um tom de voz anasalado e seco — não era uma voz de mulher — não era uma voz viva: era a voz da morte da avó.

— A única forma como atravessarão o lago e entrarão no mundo dos mortos — disse, apoiada sobre o ombro, apontando com um dedo magro para Lyra —, é com as vossas próprias mortes. Têm de invocar as vossas próprias mortes. Ouvi falar de pessoas como vocês, que mantêm a morte à distância. Vocês não gostam delas, e por uma questão de educação, elas mantêm-se afastadas. Mas nunca estão longe. Sempre que vocês viram a cabeça as vossas mortes agacham-se. Sempre que olham elas escondem-se. Podem esconder-se dentro de uma chávena. Ou numa gota de orvalho. Ou numa rajada de vento. Não são como eu e a velha Magda, aqui — disse, e beliscou-lhe a face enrugada e ela afastou-lhe a mão. — Nós vivemos juntos como amigos. Essa é a resposta, isso é o que vocês têm de fazer, dêem-lhes as boas-vindas, façam amizade, sejam simpáticos, convidem as vossas mortes a aproximarem-se de vós, e vejam o que conseguem convencê-las a fazer.

As suas palavras caíram no espírito de Lyra como pedras pesadas e Will também sentiu aquele peso mortal.

— Como é que fazemos isso? — perguntou.

— Só têm de o desejar e acontece.

— Espera — interrompeu Tialys.

Todos se viraram para ele e as mortes deitadas no chão sentaram-se para virar as suas faces calmas e vazias para aquele ser pequeno e cheio de vida. Lyra percebeu o que ele estava a pensar: ele ia dizer que tudo já tinha ido demasiado longe, que deviam regressar, que estavam a levar aquela tolice para dimensões irresponsáveis.

Por isso avançou.

— Desculpe-me — disse virando-se para o homem Peter —, mas eu e o nosso amigo, o cavaleiro, temos de ir lá fora por um minuto, porque ele precisa de falar com os seus amigos na Lua através deste instrumento especial. Não nos demoramos.

Lyra pegou com cuidado no cavaleiro, evitando os esporões, e levou-o para a escuridão exterior, onde uma peça solta de ferro enferrujado batia ao vento frio com um som melancólico.

— Vocês têm de parar — disse ele assim que Lyra o sentou sobre uma lata de óleo virada, à luz fraca de uma daquelas lâmpadas que pendiam de um fio sobre as suas cabeças.

— Mas nós fizemos um acordo — disse Lyra.

— Não, não. Não com estas dimensões.

— Está bem. Deixem-nos. Voltem para trás. Will pode abrir uma janela para o vosso mundo, ou qualquer outro que vocês queiram e podem voar pela janela e ficar em segurança. Não faz mal, não nos importamos.

— Percebes o que estás a fazer?

— Sim.

— Não percebes nada. És uma criança mentirosa, estouvada e irresponsável. As fantasias surgem-te com tanta facilidade que toda a tua natureza está crivada de desonestidade e nem sequer admites a verdade quando a encaras. Bem, se tu não a podes ver, eu dir-te-ei abertamente: tu não podes, não deves arriscar a tua própria morte. Tens de regressar connosco agora. Eu chamo Lorde Asriel e podemos estar em segurança, na sua fortaleza, dentro de algumas horas.

Lyra sentiu uma onde de raiva subindo-lhe no peito, e bateu com o pé, incapaz de se manter quieta.

— Tu *não sabes* — gritou —, não fazes a mínima ideia do que eu tenho na minha cabeça ou dentro do meu coração, pois não? Não sei se vocês alguma vez vão ter filhos, talvez *ponham ovos* ou uma coisa do género, não me surpreenderia, porque vocês não são simpáticos, não são generosos, nem ponderados... Nem sequer são *cruéis*... o que seria *melhor*; se fossem cruéis, porque isso significava que nos levavam a sério, não se limitavam a acompanhar-nos enquanto lhes conviesse... Oh, não posso confiar em vocês! Disseram que ajudariam e que o faríamos juntos e agora queres que paremos... *Tu é que és* desonesto, Tialys!

— Eu nunca deixaria que uma filha minha me falasse na forma despótica e insolente em que estás a falar, Lyra!... Porque é que não te castiguei antes...

— Então, fá-lo! Castiga-me, uma vez que *podes!* Usa os teus esporões e enterra-os bem fundo, vá! Aqui tens a minha mão... Fá-lo!
Não fazes a mínima ideia do que tenho no coração, sua criatura orgulhosa e egoísta... não sabes como me sinto triste, cruel e arre-
pendida por causa do meu amigo Roger... tu matas pessoas
assim — Lyra estalou os dedos —, e não te importas com elas... mas
é um tormento e uma mágoa para mim nunca me ter despedido do
meu amigo Roger e eu quero dizer-lhe que lamento, e tentar compor as coisas o melhor que puder... tu nunca perceberias isso, por
causa de todo o teu orgulho, de toda a tua inteligência de adulto...
e se eu tiver de *morrer* para fazer o que é correcto, então *morrerei* e
ficarei feliz. Já vi coisas piores do que isso. Portanto, se me quiseres matar, seu homem duro, seu homem forte, seu portador de veneno, seu cavaleiro, fá-lo, vá lá, mata-me. Então eu e Roger
poderemos brincar no mundo dos mortos para sempre, e rirmo-nos
de ti, sua coisa miserável.

O que Tialys poderia ter feito naquele momento não era difícil de
prever, porque uma onda de raiva possuía-o dos pés à cabeça, fazendo-
-o tremer; mas não teve tempo para se mexer antes de uma voz atrás
de Lyra ter falado, e ambos sentiram um calafrio percorrer-lhes o
corpo. Lyra virou-se sabendo o que veria e temendo-a apesar da sua
bravata.

A morte estava muito próxima, sorrindo amavelmente, a sua cara
exactamente igual à de todos os outros que ela tinha visto; porém,
aquela era dela, a sua própria morte, e Pantalaimon, no seu colo, uivou
e tremeu e a sua forma de arminho enroscou-se em volta do pescoço
de Lyra, tentando afastá-la da morte. Mas ao fazer isso, Pantalaimon
apenas conseguiu aproximar-se mais da morte, e, ao aperceber-se disso,
encolheu-se, enroscando-se no pescoço quente e sentindo as pulsações
fortes do coração da menina.

Lyra acariciou Pantalaimon e olhou a morte de frente. Não se lembrava do que ela tinha dito e pelo canto do olhou pôde ver que Tialys
estava ocupado a preparar rapidamente o ressoador.

— Tu és a minha morte, não és? — perguntou.

— Sim, minha querida — disse ela.

— Não me vais levar já, pois não?

— Tu chamaste-me. Eu estou sempre aqui.

— Sim, mas... eu *chamei*, mas... eu quero ir ao mundo dos mortos,
isso é verdade. Mas não para morrer. Não quero morrer. Adoro estar
viva e amo o meu génio e... Os génios não vão para lá, pois não? Eu

vi-os desaparecer e apagarem-se como velas quando as pessoas morrem. Há génios no mundo dos mortos?

— Não — respondeu ela. — O teu génio desaparece no ar e tu desapareces debaixo da terra.

— Então eu quero levar o meu génio comigo quando for ao mundo dos mortos — disse Lyra com firmeza. — E quero voltar depois. Alguma vez aconteceu isso, as pessoas voltarem?

— Há muitas, muitas eras que não acontece. Afinal, criança, tu virás para o mundo dos mortos sem esforço, sem perigo, uma viagem calma e segura na companhia da tua morte, o teu amigo especial e dedicado, que tem estado a teu lado em cada momento da tua vida, que te conhece melhor do que tu própria...

— Mas *Pantalaimon* é o meu amigo especial e dedicado! Eu não te conheço, Morte, eu conheço e amo Pantalaimon e se ele alguma vez... Se nós alguma vez...

A morte acenava com a cabeça. Parecia interessado e amável, mas Lyra não conseguia esquecer-se, nem por um momento, o que era: a sua própria morte e tão perto.

— Eu *sei* que será um esforço prosseguir agora — disse Lyra mais calma —, e perigoso, mas eu quero, Morte, quero mesmo. E o mesmo quer Will. Ambos perdemos pessoas demasiado cedo e precisamos de corrigir as coisas, pelo menos eu preciso.

— Todos desejam poder falar de novo com aqueles que partiram para o mundo dos mortos. Porque se havia de abrir uma excepção para ti?

— Porque — começou Lyra a dizer, mentindo —, porque há uma coisa que eu tenho de fazer lá, para além de ver Roger, outra coisa. Foi uma tarefa que me foi incumbida por um anjo, e mais ninguém a pode realizar, só eu. É demasiado importante para esperar que eu morra de forma natural, tem de ser feito agora. Percebes, o anjo *ordenou* isso. Foi por isso que viemos até aqui, eu e Will. Nós *temos de ir*.

A seu lado, Tialys poisou o instrumento e sentou-se, observando a criança a suplicar à sua própria morte que a levasse onde ninguém devia ir.

A morte coçou a cabeça e estendeu as mãos, mas nada podia impedir as palavras de Lyra, nada conseguia desviar o seu desejo, nem mesmo o medo: ela tinha visto coisas piores que a morte, afirmava, e tinha, de facto.

Por fim, a morte disse:

— Se nada te consegue demover, então a única coisa que eu posso dizer é, vem comigo, e levo-te até lá, até à terra dos mortos. Serei o teu guia. Posso mostrar-te o caminho, mas quanto a trazer-te de volta, terás de desenvencilhar-te sozinha.

— E os meus amigos — disse Lyra. — O meu amigo Will e os outros.

— Lyra — disse Tialys —, contra todos os instintos, nós iremos contigo. Eu estava zangado, há um minuto atrás. Mas tornas difícil...

Lyra sabia que tinha chegado o momento da reconciliação e sentia-se feliz por isso, tendo conseguido o que queria.

— Sim — disse —, *desculpa*, Tialys, mas se não te tivesses zangado nunca teríamos encontrado este senhor para nos guiar. Por isso fico feliz por estares aqui, tu e a Dama. Agradeço mesmo muito que estejam connosco.

Assim Lyra convenceu a sua própria morte a guiá-la e aos outros até ao mundo para onde Roger tinha partido, tal como o pai de Will, Tony Makarios e tantos outros, e a morte disse-lhe para se dirigir para o molhe, quando surgisse a primeira luz no céu, e preparar-se para partir.

Mas Pantalaimon tremia e nada que Lyra fizesse o acalmaria, ou silenciaria o pequeno gemido que ele não conseguia evitar. Por isso o sono de Lyra foi incompleto e superficial, no chão da barraca, com todos os outros, e a sua morte sentada a seu lado, vigiando.

20

A ESCALADA

*Ganhei-o assim, trepando devagar, agarrando os
ramos que crescem por entre mim e a felicidade.*

EMILY DICKINSON

Os mulefa faziam muitos tipos de corda e cordéis e Mary Malone
passou uma manhã inspeccionando e testando as que a família de Atal
tinha nos armazéns antes de escolher a que queria. O princípio de torcer e retorcer não tinha vingado naquele mundo, por isso todas as cordas e cordéis eram entrelaçados, embora fortes e flexíveis, e Mary
depressa descobriu o género que queria.

O que estás a fazer?, perguntou Atal.

Os mulefa não tinham nenhuma palavra para *trepar*, por isso Mary
teve de fazer muitos gestos e explicações indirectas. Atal estava horrorizada.

Ir para a parte alta das árvores?

Tenho de ver o que está a acontecer, explicou Mary. *Agora podes ajudar-
-me a preparar a corda.*

Uma vez, na Califórnia, Mary conheceu um matemático que passava todos os fins-de-semana entre as árvores. Mary tinha feito um
pouco de alpinismo e escutava avidamente enquanto ele falava sobre
as técnicas e equipamentos e decidiu tentar ela própria assim que tivesse oportunidade. Claro que nunca esperara trepar a árvores noutro
universo e trepar sozinha também não era muito apelativo, mas não
havia escolha. O que ela podia fazer era tornar a escalada tão segura
quanto possível.

Escolheu uma corda suficientemente comprida para passar por cima de um dos ramos das árvores altas e chegar até ao chão, e também suficientemente forte para suportar várias vezes o seu peso. Depois cortou uma grande quantidade de pequenos pedaços de uma variedade de corda mais fina, mas muito resistente, e fez estropos com eles: pequenos laços presos com nó de pescador que serviam de apoio às mãos e aos pés quando os atou na corda principal.

Depois havia o problema de fazer passar a corda por cima do ramo. Uma ou duas horas de experiência com uma corda fina e um ramo delgado e flexível produziram um arco; o canivete suíço cortou várias flechas, com folhas rígidas no lugar das plumas para as estabilizar durante o voo; por último, ao fim de um dia de trabalho, Mary estava preparada para começar. Mas o sol punha-se e as suas mãos estavam cansadas, por isso comeu e dormiu, preocupada, enquanto os mulefa falavam interminavelmente sobre ela nos seus murmúrios baixos e musicais.

Logo de manhã, Mary saiu para disparar uma seta sobre um ramo. Alguns mulefa reuniram-se para observar, ansiosos pela segurança de Mary. Trepar era um acto tão estranho para aquelas criaturas com rodas que o simples pensamento as horrorizava.

Secretamente, Mary percebia o que eles estavam a sentir. Engoliu o nervosismo, atou uma ponta da corda mais fina e leve a uma das suas setas e disparou-a para cima com o arco.

Perdeu a primeira seta: ficou enterrada no tronco lá em cima e não se desprendia. Perdeu a segunda porque, apesar de ter passado sobre o ramo, não caiu suficientemente longe para alcançar o chão do outro lado e, ao puxá-la para trás, ela ficou presa e partiu-se. A longa linha caiu presa à haste partida e Mary tentou novamente com uma terceira e, finalmente, foi bem sucedida.

Puxando cuidadosamente e de forma constante para não prender a corda e não a partir, passou a corda que estava preparada com os estropos por cima do ramo até as duas extremidades tocarem o chão. Depois atou-as firmemente ao tronco maciço de uma das raízes, da grossura das suas ancas, pelo que deveria ficar suficientemente sólido, pensou. Era bom que fosse. O que ela não podia saber do chão, naturalmente, era de que tipo de ramo é que tudo, incluindo ela própria, dependiam. Ao contrário de escalar uma rocha, em que podemos prender uma corda a pitões na parede da montanha a cada dois metros, de modo que nunca se cai, aquela escalada envolvia uma corda livre muito comprida e uma queda muito grande se alguma coisa corresse mal. Para ficar um pouco mais segura, Mary entrançou três pequenas cordas num arreio e passou-o em volta dos dois extremos da corda com um nó solto que ela podia apertar quando começasse a deslizar.

Mary colocou o pé sobre o primeiro estropo e começou a trepar.

Alcançou a copa da árvore em menos tempo do que tinha imaginado. A subida foi directa, a corda foi suave para as suas mãos, e embora ela não tivesse querido pensar no problema de subir para o primeiro ramo, descobriu que fissuras profundas no tronco a ajudavam a ter uma sólida vantagem e a sentir-se segura. Na realidade, apenas quinze minutos depois de ter deixado o chão, ela estava de pé sobre o primeiro ramo, planeando a escalada a partir dali.

Tinha trazido mais dois rolos de corda consigo, com a intenção de fazer uma rede de linhas fixas para servirem em vez dos pitões, âncoras, «protecções» e outro equipamento em que ela confiava quando escalava. Atá-las no sítio certo demorou alguns minutos e assim que estava segura escolheu o que parecia o ramo mais promissor, passou a corda de reserva e partiu.

Ao fim de dez minutos de cuidadosa escalada descobriu-se no meio da parte mais densa da copa. Podia alcançar as longas folhas, acariciá-las com as mãos; encontrou várias flores, brancas e absurdamente pequenas, cada uma gerando a pequena coisa do tamanho de uma moeda que mais tarde se tornaria numa daquelas vagens gigantes duras como ferro.

Alcançou um lugar confortável onde três ramos se entrelaçavam, atou a corda firmemente, prendeu o arreio e descansou.

Através de aberturas entre as folhas conseguia ver o mar azul, claro e faiscando até ao horizonte e, na outra direcção, sobre o seu ombro direito, conseguia ver a sucessão de pequenas elevações na pradaria dourada, enlaçadas pelas estradas pretas.

Havia uma brisa suave, que soltava um suave odor das plantas e agitava as folhas hirtas, e Mary imaginou uma enorme benevolência imperceptível segurando-a, como um par de mãos gigantes. Quando se deitou na confluência dos grandes ramos, sentiu uma espécie de beatitude que apenas sentira uma vez; e isso não tinha sido quando ela fizera os votos de freira.

Por fim regressou ao seu estado de consciência normal devido a uma cãibra no tornozelo direito que estava poisado de forma estranha entre os ramos. Libertou-o e virou a sua atenção para a tarefa, ainda entontecida pela sensação de alegria oceânica que a envolvia.

Ela explicara aos mulefa como tinha de pegar nas placas de laca a uma mão de distância uma da outra para poder ver a sraf. Imediatamente eles perceberam qual era o problema e fizeram um pequeno tubo de bambu, fixando as placas cor de âmbar em cada extremidade como um telescópio. Aquele óculo estava enfiado no bolso da blusa e, naquele momento, ela tirou-o. Quando olhou através dele, viu aquelas faíscas douradas pairando, a sraf, as Sombras, o Pó de que Lyra falara, como uma vasta nuvem de minúsculos seres flutuando no vento. A maior parte flutuava ao acaso como grãos de pó num raio de luz, ou moléculas num copo de água.

A maior parte.

Mas quanto mais tempo ela observava, mais começou a aperceber-se de um outro tipo de movimento. Subjacente à flutuação caótica estava um movimento universal, mais lento, mais profundo, que da terra se dirigia para o mar.

Bem, isso era curioso. Segurando-se a uma das cordas fixas, rastejou sobre um ramo horizontal, olhando atentamente para os capítulos das flores que conseguia ver. E começou a perceber o que se passava. Observou e aguardou até ter a certeza absoluta e depois começou o cuidadoso, demorado e extenuante processo de descer.

Mary descobriu os mulefa apavorados, tendo sofrido milhares de ansiedades pela sua amiga tão longe do chão.

Atal sentiu-se especialmente aliviada e tocou-lhe, nervosa, com a tromba, soltando suaves relinchos de prazer por ver que ela estava a salvo, e transportou-a gentilmente até ao aldeamento juntamente com outra dezena de mulefa.

Assim que se aproximaram do cume da colina, o chamamento espalhou-se pela vila e quando alcançaram o terreno de reuniões, a multidão era tão grande que Mary calculou que tivessem chegado viajantes de outros lugares, vindo para ouvir o que ela tinha para dizer. Mary desejava ter melhores notícias para lhes dar.

O velho zalif, Sattamax, subiu para a plataforma e deu-lhe as boas-vindas calorosamente e ela respondeu com toda a cortesia mulefa de que se conseguia lembrar. Assim que as saudações terminaram, ela começou a falar.

Titubeando e com muitos rodeios, disse:

Meus queridos amigos, estive no topo da alta copa das vossas árvores e observei de perto as folhas que crescem, as jovens flores e as vagens.

Percebi que há uma corrente de sraf no cimo das árvores, continuou, *e ela move-se contra o vento. O ar dirige-se para terra, vindo do mar, mas a sraf desloca-se lentamente contracorrente. Podem ver isso do chão? Porque eu não posso.*

Não, disse Sattamax. *É a primeira vez que ouvimos falar disso.*

Bem, continuou Mary, *as árvores filtram a sraf quando ela passa por elas, e uma parte dela é atraída para as flores. Eu vi isso acontecer: as flores estão viradas para cima, e se a sraf caísse a direito entraria nas suas pétalas e fertilizá-las-ia como pólen das estrelas.*

Mas a sraf não cai, desloca-se em direcção ao mar. Quando uma flor está virada para a terra, a sraf pode entrar nela. É por isso que ainda há vagens crescendo. Mas a maior parte das flores está virada para cima, e a sraf passa por cima sem entrar. As flores devem ter evoluído dessa forma porque, no passado, toda a sraf caía directamente sobre elas. Algo aconteceu à sraf, não às árvores. E apenas se pode observar essa corrente lá de cima e é por essa razão que vocês nunca souberam isso.

Portanto, se querem salvar as árvores e a vida dos mulefa, temos de descobrir porque é que a sraf se comporta assim. Não consigo pensar numa forma ainda, mas tentarei.

Ela viu muitos deles estendendo o pescoço para olharem para cima, para aquele movimento do Pó. Mas do chão isso não era possível: ela mesma olhou através do telescópio, mas o azul intenso do céu era tudo o que conseguia ver.

Falaram durante muito tempo, tentando recordar qualquer referência ao vento-sraf entre as lendas e histórias, mas não havia nenhuma. A única coisa que eles sabiam desde sempre era que a sraf vinha das estrelas, como sempre tinha vindo.

Por fim perguntaram-lhe se ela tinha alguma ideia e Mary respondeu:

Preciso de fazer mais observações. Preciso de descobrir se o vento sopra sempre na mesma direcção ou se se altera como as correntes de ar durante o dia e a noite. Para isso tenho de passar mais tempo no topo das árvores, dormir lá e observar à noite. Precisarei da vossa ajuda para construir uma plataforma para que possa dormir em segurança. Mas do que precisamos mesmo é de mais observações.

Os mulefa, práticos e ansiosos por descobrir mais, ofereceram-se imediatamente para construir tudo o que ela precisasse. Conheciam as técnicas de usar roldanas e cordame e um sugeriu mesmo uma forma de içar Mary facilmente até à copa das árvores a fim de a poupar ao perigoso trabalho de trepar.

Satisfeitos por ter alguma coisa para fazer, começaram imediatamente a reunir o material, entrelaçando e unindo troncos, cordas e linhas sob a orientação de Mary, reunindo tudo o que ela precisava para uma plataforma de observação no topo da árvore.

Depois de falar com o casal de idosos junto ao olival, Padre Gomez perdeu o rasto. Gastou vários dias procurando, perguntando em todas as direcções, mas a mulher parecia ter desaparecido completamente.

Ele nunca desistiria, embora fosse desanimador; o crucifixo em volta do seu pescoço e a espingarda às costas eram dois amuletos gémeos da sua absoluta determinação em completar a missão.

Mas teria demorado muito mais tempo se não tivesse ocorrido uma alteração no tempo. No mundo em que ele se encontrava, estava calor e o tempo seco, e ele sentia-se cada vez mais sedento; vendo uma mancha húmida na rocha, no cimo de uma ladeira, trepou até lá para ver se havia ali uma nascente. Não havia, mas no mundo das árvores-roda, caía um aguaceiro; e foi assim que ele descobriu a janela e ficou a saber para onde Mary tinha ido.

21

AS HARPIAS

Odeio coisas que são só ficção... deve sempre haver um fundo de verdade.

LORD BYRON

Lyra e Will acordaram com um enorme terror: era como ser um prisioneiro condenado na manhã marcada para a execução. Tialys e Salmakia cuidavam das libelinhas levando-lhes traças apanhadas com um laço perto da lâmpada ambárica sobre a lata de óleo no exterior, moscas retiradas de teias de aranha e água num prato de lata. Quando viu a expressão da cara de Lyra e a forma como Pantalaimon, transformado em rato, se encostava ao seu peito, a Dama Salmakia deixou o que estava a fazer e foi falar com ela. Will, entretanto, saiu da barraca para caminhar um pouco lá fora.

— Ainda podes mudar de opinião — disse Salmakia.

— Não, não podemos. Já decidimos — respondeu Lyra, obstinada e temerosa ao mesmo tempo.

— E se não voltarmos?

— *Vocês* não têm de vir! — salientou Lyra.

— Não vos abandonaremos.

— Então e se *vocês* não voltarem?

— Teremos morrido fazendo algo importante.

Lyra ficou calada. Ela nunca tinha olhado bem para a Dama; mas podia vê-la agora com toda a clareza, na luz fumarenta da lâmpada de nafta, de pé sobre a mesa, a quarenta centímetros de distância. A sua cara tinha uma expressão calma e simpática, não era bonita, nem engraçada, mas o tipo de cara que se fica contente por ver quando se está doente, ou infeliz, ou assustada. A sua voz era grave e expressiva, com uma corrente de riso e felicidade sob a superfície. Até onde chegavam as recordações da sua vida, Lyra nunca tivera quem lhe lesse uma história à noite, na cama; ninguém para lhe contar histórias nem cantar canções de embalar antes de a beijar e apagar a luz. Mas, subitamente, Lyra soube que se alguma vez houvesse uma voz que a envolvesse em segurança e aquecesse com amor, essa seria a voz da Dama Salmakia, e desejou, no seu coração, ter um filho seu, a quem embalar, acalmar e cantar, um dia, numa voz como aquela.

— Bem... — disse Lyra, mas um aperto na garganta fê-la engolir em seco e encolher os ombros.

— Veremos — disse a Dama e virou-se.

Depois de terem comido o pão seco e fino e bebido o chá amargo que era tudo o que aquelas pessoas tinham para oferecer, agradeceram aos seus anfitriões, pegaram nas mochilas e atravessaram a cidade das barracas em direcção ao lago. Lyra olhou em volta à procura da sua morte, e lá estava, caminhando educadamente um pouco mais à frente; não queria aproximar-se, embora olhasse frequentemente para trás para ver se eles a seguiam.

O dia estava encoberto por um nevoeiro deprimente. Era mais madrugada do que propriamente manhã e espectros e serpentinas de nevoeiro emergiam soturnamente das poças no caminho ou uniam-se como amantes sem esperança aos cabos ambáricos lá em cima. Não viram pessoas mas sim poucas mortes, mas as libelinhas atravessaram o ar húmido como se tecessem com fios invisíveis, e era um prazer para os olhos ver as suas cores brilhantes voando para trás e para a frente.

Pouco tempo depois alcançaram o limiar do acampamento e caminharam ao longo de um ribeiro lento por entre arbustos enfezados e de ramos nus. De vez em quando ouviam um coaxar rouco ou o barulho de algo caindo na água, quando algum anfíbio era perturbado, mas a única criatura que viram foi um sapo do tamanho do pé de Will que apenas podia saltar dolorosamente de lado como se estivesse terrivelmente ferido. Estava deitado no caminho olhando para eles como se soubesse que o iriam magoar.

— Seria um acto de misericórdia matá-lo — disse Tialys.

— Como sabes isso? — perguntou Lyra. — Talvez ainda goste de estar vivo, apesar de tudo.

— Se o matássemos, levávamo-lo connosco — disse Will. — Ele quer ficar aqui. Já matei seres vivos que chegue. Mesmo estar numa poça estagnada e nojenta é melhor do que estar morto.

— Mas e se for a sofrer? — perguntou Tialys.

— Se ele nos pudesse dizer, saberíamos. Mas uma vez que não pode, não o vou matar. Isso seria ter em consideração os nossos sentimentos e não os do sapo.

Continuaram a caminhar. Pouco tempo depois o som dos seus passos disse-lhes que havia uma abertura ali perto, apesar de o nevoeiro ser ainda mais cerrado. Pantalaimon transformou-se num lémure, com os maiores olhos que conseguiu, trepando para o ombro de Lyra, agarrando-se ao cabelo coberto de pérolas de humidade, olhando em volta, mas não conseguiu ver mais do que ela. E ainda tremia, tremia.

Subitamente, todos ouviram o quebrar de pequenas ondas. Era calmo, mas muito perto. As libelinhas regressaram com os seus cavaleiros para junto das crianças e Pantalaimon trepou para o colo de Lyra, quando ela e Will se aproximaram um do outro, caminhando cuidadosamente no carreiro escorregadio.

De repente, chegaram todos à margem. A água oleosa e coberta de espuma estava parada, uma pequena onda ocasional quebrando-se languidamente no cascalho.

O caminho virava à esquerda e um pouco mais à frente, parecendo mais um espessamento do nevoeiro do que um objecto sólido, um cais de madeira estendia-se loucamente sobre a água. Os pilares estavam decrépitos e as pranchas de madeira verdes de musgo e não havia mais nada; o caminho acabava onde o cais começava e onde este terminava começava o nevoeiro. A morte de Lyra, tendo-os guiado até ali, fez uma vénia e entrou no nevoeiro, desaparecendo antes de Lyra lhe poder perguntar o que fazer a seguir.

— Escutem — disse Will.

Da água invisível vinha um som lento: um chiar de madeira e um batimento regular na água. Will levou a mão à faca, presa no cinto e avançou, com cuidado, sobre as pranchas apodrecidas. Lyra seguiu-o de perto. As libelinhas, empoleiraram-se em dois postes de amarração cobertos de ervas, parecendo guardiões heráldicos, e as crianças ficaram de pé, no fim do cais, tentando ver por entre o nevoeiro, tendo de limpar as pestanas para as libertarem das gotas de humidade que nelas se formavam. O único som era o do lento chiar e o batimento na água que se aproximava progressivamente.

— Não vamos! — murmurou Pantalaimon.

— Temos de ir — sussurrou-lhe Lyra.

Ela olhou para Will. A sua expressão era dura, severa e ansiosa: ele não desistiria. E os galivespianos, Tialys sobre o ombro de Will e Salmakia sobre o de Lyra, estavam calmos e vigilantes. As asas das libelinhas estavam cobertas com pérolas de humidade, como teias de aranha e, de tempos a tempos, batiam as asas rapidamente para as limpar, porque as gotas certamente as tornavam pesadas, pensou Lyra. Esperava que houvesse comida para elas no mundo dos mortos.

Subitamente, surgiu o barco.

Era um velho barco a remos, maltratado, remendado, a cair de podre; a figura que remava estava para além de toda a idade, envolta numa túnica de serapilheira presa com uma corda, estropiado e curvado, as mãos ossudas permanentemente arqueadas em volta dos punhos dos remos, os seus olhos húmidos e pálidos enterrados profundamente entre pregas e rugas de pele cinzenta.

Soltou um dos remos e estendeu a mão curvada para o anel de ferro preso no poste, no canto do cais. Com a outra mão moveu o remo para alinhar o barco com as pranchas.

Não havia necessidade de falar. Will foi o primeiro a entrar e depois Lyra avançou para entrar também no barco.

Mas o barqueiro ergueu a mão.

— Ele não — disse, num murmúrio cruel.

— Quem?

— Ele não.

E esticou um dedo cinzento-amarelado, apontando directamente para Pantalaimon, cuja forma vermelha-acastanhada de furão imediatamente se transformou num arminho branco.

— Mas ele *é* eu! — reclamou Lyra.

— Se tu vens ele tem de ficar.

— Mas não podemos! Morreríamos!

— Não é isso que queres?

Pela primeira vez Lyra compreendeu realmente o que estava a fazer. Aquela era a consequência real. Ficou horrorizada, tremendo, e agarrou o seu querido génio com tanta força que ele gemeu de dor.

— *Eles...* — começou a dizer Lyra, desesperada, mas calou-se; não era justo salientar que os outros três não tinham de desistir de nada.

Will observava-a, ansioso. Lyra olhou em volta, para o lago, o cais, o caminho irregular, as poças estagnadas, os arbustos mortos e ensopados... O seu Pan, ali, sozinho; como é que ele poderia viver sem ela?

Ele tremia dentro da camisa, encostado à pele nua, o seu pêlo procurando o calor dela. Impossível! Nunca!

— Ele tem de ficar aqui se tu quiseres vir — disse novamente o barqueiro.

A Dama Salmakia agitou as rédeas e a sua libelinha levantou voo do ombro de Lyra para aterrar no rebordo do barco, onde Tialys se lhe juntou. Nada disseram ao barqueiro. Lyra observava, como um prisioneiro condenado observa a agitação da cortina que pode significar a chegada de um mensageiro com o perdão.

O barqueiro inclinou-se para ouvir e depois abanou a cabeça.

— Não — disse. — Se ela vem, ele tem de ficar.

Will reclamou:

— Não é justo. Nós não temos de deixar uma parte de nós para trás. Por que é que Lyra tem de o fazer?

— Oh, mas tu também deixarás — respondeu o barqueiro. — O seu infortúnio é que ela pode ver e falar com a parte de si mesma que tem de abandonar. Tu não saberás até estares na água e então será demasiado tarde. Mas todos vós tereis de deixar uma parte de vós mesmos aqui. Não há passagem para o mundo dos mortos para coisas como ele.

Não, pensou Lyra e Pantalaimon pensou com ela: *Não atravessámos Bolvangar para isto, não; como é que nos encontraremos outra vez?*

E Lyra olhou para trás, para a costa malcheirosa e sombria, tão desabrigada e amaldiçoada com doenças e veneno, e pensou no seu querido Pan esperando ali, sozinho, o companheiro do seu coração, vendo-a desaparecer no nevoeiro, e Lyra caiu no choro descontrolado. Os violentos soluços não ecoaram, porque o nevoeiro os abafou, mas por todas as margens em incontáveis lagos e poças, nos cepos partidos das árvores, as criaturas defeituosas que ali se escondiam escutaram o choro intenso e esconderam-se um pouco mais na terra, atemorizados por aquela paixão.

— Se ele pudesse entrar... — gritou Will, desesperadamente, tentando pôr um fim à dor de Lyra, mas o barqueiro abanou a cabeça.

— Ele pode entrar no barco, mas, se o fizer, o barco não sairá daqui — disse.

— Mas como é que ela o vai encontrar outra vez?

— Não sei.

— Quando sairmos, regressaremos por este caminho?

— Sair?

— Nós vamos voltar. Vamos ao mundo dos mortos e vamos voltar.

— Não por este caminho.

— Então por outro qualquer, mas voltaremos!

— Já transportei milhões, nenhum regressou.

— Então seremos os primeiros. Encontraremos uma saída. E uma vez que o vamos fazer, seja simpático, barqueiro, tenha compaixão, deixe-a levar o génio!

— Não — respondeu, abanando a cabeça arcaica. — Não é uma regra que possamos quebrar. É uma lei como esta... — ele inclinou-se sobre o bordo do barco e encheu a mão com água, depois inclinou a mão e a água escorreu. — A lei que faz com que a água caia de novo dentro do lago, é uma lei como essa. Não posso inclinar a minha mão e fazer com que a água suba. Do mesmo modo não posso levar o génio dela para o mundo dos mortos. Quer ela venha quer não, ele tem de ficar.

Lyra não conseguia ver nada: a sua cara enterrada no pêlo de gato de Pantalaimon. Mas Will viu Tialys desmontar da libelinha e preparar-se para saltar sobre o barqueiro e quase concordou com a intenção do espião: mas o velho homem tinha-o visto e virara a sua cabeça arcaica para dizer:

— Há quantas eras pensas que transporto pessoas para o mundo dos mortos? Pensas que se alguma coisa me pudesse magoar não teria já ocorrido? Pensas que as pessoas que eu transporto vêm comigo de boa vontade? Elas lutam, choram, tentam subornar-me, ameaçam-me e batem-me; nada resulta. Tu não podes magoar-me, por mais que ferres. É melhor que consoles a criança; ela vem, não te importes comigo.

Will mal podia olhar. Lyra fazia a coisa mais cruel que alguma vez fizera, odiando-se, odiando o acto, sofrendo por Pan, com Pan e por causa de Pan; tentando colocá-lo no chão frio, desprendendo as unhas de gato das suas roupas, chorando, chorando. Will tapou os ouvidos: o som era demasiado infeliz para o poder suportar. Uma vez e outra ela afastou o génio e mesmo assim ele chorava e tentava agarrá-la.

Ela *podia* desistir.

Ela podia dizer não, que era uma má ideia, que não o deviam fazer.

Ela podia ser leal ao laço profundo e vital que a unia a Pantalaimon, podia pôr isso à frente de tudo, podia esquecer tudo o resto...

Mas ela não podia.

— Pan, nunca ninguém fez isto antes — murmurou, tremendo —, mas Will diz que voltaremos e eu *juro*, Pan, eu amo-te, eu *juro* que voltaremos... voltarei... tem cuidado, meu querido... ficas a salvo... nós voltamos, e se eu tiver de passar cada minuto da minha vida a tentar encontrar-te, fá-lo-ei, não desistirei, não descansarei, nunca... Oh Pan... querido Pan... tenho de ir, tenho de ir...

E afastou-o de forma que ele rastejou triste, frio e assustado no chão enlameado.

Que animal era agora Pantalaimon, Will tinha dificuldade em dizer. Parecia tão jovem, um filhote, um cachorrinho, algo indefeso e maltratado, uma criatura tão mergulhada no desgosto que era mais desgosto que criatura. Os seus olhos nunca se desviaram da cara de Lyra, e Will podia vê-la obrigando-se a manter o olhar, sem evitar a culpa, e admirou a honestidade e coragem de Lyra enquanto ele se sentia dilacerado pelo choque daquela separação. Havia tantas correntes de sentimentos entre eles que o próprio ar lhe parecia eléctrico.

E Pantalaimon não perguntou «porquê», porque ele sabia; e não perguntou se ela amava mais Roger do que ele, porque ele também sabia qual era a resposta verdadeira. E sabia que se falasse ela não conseguiria resistir; por isso o génio manteve-se calado como que para não perturbar o humano que o estava a abandonar e agora ambos fingiam que aquilo não doeria, que em breve estariam de novo juntos, que era para o melhor. Mas Will sabia que a rapariguinha estava a despedaçar o coração.

Então Lyra desceu para o barco. Era tão leve que a velha embarcação nem abanou. Sentou-se ao lado de Will e os seus olhos nunca deixaram Pantalaimon, que se manteve, tremendo, no fim do molhe; porém, quando o barqueiro soltou o anel de ferro e moveu os remos para afastar o barco, o pequeno cão-génio trotou, infeliz, de uma ponta do cais para a outra, as garras tilintando suavemente sobre as pranchas e ficou a observar, só a observar enquanto o barco se afastava e o cais se esbateu e desapareceu no nevoeiro.

Então Lyra soltou um grito tão apaixonado que mesmo naquele mundo abafado e envolto em nevoeiro provocou um eco, mas claro que não era um eco, era a outra parte de si mesma gritando do mundo dos vivos enquanto se dirigia para o mundo dos mortos.

— O meu *coração*, Will... — gemeu Lyra, agarrando-se a ele, a cara molhada, contorcida pela dor.

Deste modo, a profecia que o Mestre do Colégio Jordan tinha feito diante do Bibliotecário, de que Lyra faria uma grande traição que lhe doeria terrivelmente, cumpriu-se.

Mas Will também descobriu uma agonia crescendo dentro dele e através da dor viu que os dois galivespianos eram afligidos pela mesma angústia.

Parte da dor era física. Era como se uma mão de ferro lhe tivesse agarrado o coração e o puxasse por entre as costelas, o que o fez pressionar com as mãos o peito tentando mante-lo lá. Era muito pior e muito mais intensa que a dor de perder os dedos. Mas era também uma dor mental: algo secreto e privado estava a ser sugado para o exterior onde não desejava estar, e Will quase foi dominado por um misto de dor, vergonha, medo e autocensura porque tinha sido ele o causador.

Mas era ainda pior do que isso. Era com se ele tivesse dito: — Não, não me mates, tenho medo; mata antes a minha mãe; ela não é importante, eu não a amo — e ela o tivesse ouvido e fingido que não tinha, para poupar os seus sentimentos e se tivesse oferecido para tomar o lugar dele por causa do amor que lhe tinha. Não havia pior sensação.

Por isso Will sabia que todas aquelas coisas resultavam do facto de ter um génio, e o que quer que o seu génio fosse, ela tinha sido deixada para trás, com Pantalaimon, naquela costa deserta e envenenada. O pensamento surgiu simultaneamente a Will e Lyra, que trocaram um olhar inundado de lágrimas. E, pela segunda vez nas suas vidas, mas não a última, cada um viu a sua própria expressão reflectida na cara do outro.

Apenas o barqueiro e as libelinhas pareciam indiferentes à viagem. Os grandes insectos estavam excitados e belos, mesmo no nevoeiro persistente, agitando as asas finas para desalojar a humidade, e o velho, na sua túnica de serapilheira, inclinava-se para a frente e para trás, para a frente e para trás, firmando os pés vigorosamente no chão ensopado e coberto de musgo.

A viagem durou mais tempo do que Lyra queria contar. Embora parte dela estivesse em carne viva devido à angústia, imaginando Pantalaimon abandonado na margem do lago, outra parte adaptava-se à dor, medindo a sua própria força, ansiosa por saber o que aconteceria e onde desembarcaria.

O braço de Will em volta dos seus ombros era forte, mas também ele olhava em frente, tentando ver através da escuridão cinzenta e húmida e escutar qualquer outra coisa para além do batimento dos remos na água. Subitamente algo mudou; um penhasco, ou uma ilha surgiu à sua frente. Escutaram a clausura do som antes de verem o nevoeiro escurecer.

O barqueiro remou com um só remo para virar o barco um pouco para a esquerda.

— Onde estamos? — perguntou a voz do Cavaleiro Tialys, baixa, mas forte como sempre, apesar de haver uma sonoridade rouca, como se também ele estivesse a sofrer,

— Perto da ilha — respondeu o barqueiro. — Mais cinco minutos e estaremos no cais.

— Que ilha? — perguntou Will. Descobriu que também a sua voz estava tão tensa que nem parecia a dele.

— O portão para o mundo dos mortos fica nesta ilha — respondeu o barqueiro. — Todos vêm até aqui, reis, rainhas, assassinos, poetas, crianças; todos seguem este caminho e nenhum regressa.

— *Nós* regressaremos — murmurou Lyra com convicção.

Ele nada disse, mas os seus olhos arcaicos estavam repletos de piedade.

Quando se aproximaram mais, puderam ver ramos de ciprestes e teixos pendendo baixos sobre a água, verde-escuros, densos e deprimentes. A terra subia a pique e as árvores cresciam tão densamente que mesmo um furão teria dificuldade em passar pelo meio delas. Aquele pensamento fez Lyra soltar um pequeno soluço, porque Pantalaimon ter-lhe-ia mostrado como ele conseguiria fazê-lo; mas não naquele momento, talvez nunca mais.

— Agora estamos mortos? — perguntou Will ao barqueiro.

— Isso não faz qualquer diferença — respondeu. — Alguns vêm até aqui sem nunca acreditar que estão mortos. Insistem durante todo o caminho que estão vivos, que foi um engano, alguém será responsabilizado; não faz diferença. Há outros que desejavam morrer enquanto estavam vivos, pobres almas; vidas cheias de dor e miséria; suicidaram-se por um possível descanso abençoado e descobriram que nada tinha mudado a não ser para pior, e desta vez não havia fuga; não podiam voltar a viver. E há outros tão fracos e doentes, bebés, às vezes, que mal nasceram no mundo dos vivos desceram para o dos mortos. Remei este barco com um bebé chorando no meu colo muitas vezes, e o pobrezinho nunca conheceu a diferença entre lá em cima e cá em baixo. E pessoas idosas também; os ricos são os piores, rugindo, lutando e amaldiçoando-me, lamuriando-se, gritando: o que é que eu penso que sou? Não tinham ganho e poupado todo o ouro que puderam amealhar? Não aceitaria agora um pouco desse ouro para os levar de volta? Processar-me-iam, porque tinham amigos poderosos, conheciam o Papa e o Rei daqui e o Duque dali, estavam em posição de me castigar e punir... Mas no fim todos souberam a verdade: a única posição em que eles estavam era no meu barco dirigindo-se para o mundo dos mortos e quanto àqueles reis e papas, também eles viriam até aqui, por sua vez, mais depressa do que desejavam. Eu deixo-os chorar e delirar; não me podem magoar; todos se calarão, no fim.

«Por isso, se não sabes se estás vivo ou morto, e se a rapariguinha jura cegamente que voltará para o mundo dos vivos, eu nada digo para vos contradizer. O que vocês são, descobri-lo-ão em breve.

Durante todo o tempo ele remou firmemente ao longo da costa; naquele momento levantou os remos, virando-os para dentro do barco, e esticou-se para a direita, para o primeiro poste de madeira que emergia no lago.

Puxou o barco ao longo de um estreito cais e segurou-o, imóvel, para eles desembarcarem. Lyra não queria sair: enquanto estivesse dentro do barco, então Pantalaimon poderia pensar nela, porque fora aí que ele a vira pela última vez, mas quando ela se afastasse, ele não saberia em que espaço imaginá-la. Por isso hesitou, mas as libelinhas levantaram voo e Will pôs-se de pé, pálido e agarrado ao peito; ela também teve de sair.

— Obrigado — agradeceu ao barqueiro. — Quando voltar, se vir o meu génio, diga-lhe que o amo mais do que tudo no mundo dos vivos ou dos mortos e que eu juro que regressarei, mesmo se mais ninguém o fez antes, eu juro que o farei.

— Está bem, dir-lhe-ei — respondeu o barqueiro.

Ele afastou-se e o som das suas remadas lentas desapareceu lentamente no nevoeiro.

Os galivespianos regressaram, tendo-se afastado um pouco, e poisaram nos ombros das crianças como antes, ela no ombro de Lyra e ele no de Will. E assim ficaram, os viajantes, no limiar do mundo dos mortos. Em frente deles não havia mais nada a não ser nevoeiro, mas podiam perceber pela escuridão que uma grande parede se erguia à sua frente.

Lyra tremeu. Sentiu como se a sua pele se tivesse transformado em renda e o ar húmido e cortante pudesse atravessar-lhe as costelas, queimando, frio, na ferida em carne viva onde Pantalaimon tinha estado. Porém, pensou, Roger deve ter-se sentido assim quando caiu da montanha, tentando agarrar os dedos desesperados dela.

Ficaram calados e escutaram. O único som era um interminável pingue-pingue-pingue da água caindo das folhas e quando olharam para cima sentiram um ou dois pingos caindo-lhes sobre as faces.

— Não podemos ficar aqui — disse Lyra.

Afastaram-se do cais, mantendo-se juntos, e dirigiram-se para a parede. Gigantescos blocos de pedra, verdes devido ao musgo antigo, erguiam-se altos, perdendo-se no nevoeiro. Agora que estavam mais perto, podiam ouvir o som dos gritos atrás deles, embora fosse impossível dizer se se tratava de gritos humanos: guinchos agudos e lúgubres e lamentos que pendiam no ar como os filamentos de uma alforreca, causando dor onde quer que tocassem.

— Há ali uma porta — disse Will, numa voz rouca e tensa.

Era uma poterna de madeira velha sob uma plataforma de pedra. Antes de Will ter tido tempo de levantar a mão para a abrir, um daqueles gritos agudos soou mais próximo, fendendo-lhes os ouvidos e aterrorizando-os profundamente.

Imediatamente os galivespianos subiram no ar, as libelinhas como cavalos de batalha ansiosos pela peleja. Mas a coisa que picou o voo afastou-as com uma pancada brutal das suas asas e depois poisou pesadamente sobre um peitoril mesmo por cima da cabeça das crianças. Tialys e Salmakia juntaram-se e acalmaram as suas montadas nervosas.

A coisa era um enorme pássaro do tamanho de um abutre, com cara e seios de mulher. Will tinha visto desenhos de criaturas como aquela, e a palavra *harpia* surgiu-lhe no espírito assim que a viu claramente. A sua cara era macia e sem rugas, mas com uma idade muito para além da idade das feiticeiras: ela tinha visto milhares de anos passarem, e a crueldade e miséria de todos eles tinha dado forma à odiosa expressão das suas feições. Mas quando os viajantes a viram com mais nitidez, ela tornou-se ainda mais repulsiva. As órbitas dos olhos estavam cobertas por um musgo nojento e a vermelhidão dos seus lábios estava encrostada como se ela tivesse vomitado sangue velho vezes sem conta. O cabelo negro, gorduroso e nojento, pendia-lhe sobre os ombros; as suas poderosas asas pretas estavam dobradas ao longo das costas e um odor pestilento desprendia-se dela cada vez que se mexia.

Will e Lyra, ambos enjoados e dominados pela dor, tentaram endireitar-se e enfrentá-la.

— Mas vocês estão vivos! — disse a harpia, a sua voz desagradável troçando deles.

Will deu por si odiando-a e receando-a mais do que qualquer ser humano que tivesse conhecido.

— Quem és tu? — perguntou Lyra, que sentia tanta repulsa quanto Will.

Como resposta, a harpia gritou. Abriu a boca e dirigiu um jacto de ruído directamente para as caras deles, a ponto de as suas cabeças tinirem e eles quase caíram de costas. Will agarrou Lyra e ambos se abraçaram quando o grito se transformou no estrépito louco de um riso trocista, que foi respondido por vozes de outras harpias no nevoeiro da costa. O som de escárnio e ódio lembrou a Will a crueldade impiedosa das crianças no recreio, mas ali não havia professores para controlar as coisas, ninguém a quem apelar, nenhum sítio onde se esconder.

Colocou a mão sobre a faca presa no cinto e enfrentou a harpia olhando-a nos olhos, apesar de a sua cabeça ainda retinir e de o simples poder do seu grito o ter deixado tonto.

— Se estás a tentar parar-nos — disse —, então é melhor que também estejas preparada para lutar. Porque nós vamos transpor aquela porta.

A boca asquerosamente vermelha da harpia mexeu-se de novo, mas desta vez para enrugar os seus lábios numa imitação de beijo. Depois ela disse:

— A tua mãe está sozinha. Enviar-lhe-emos pesadelos. Gritaremos para ela no seu sonho!

Will não se mexeu, porque, pelo canto do olho, podia ver a Dama Salmakia caminhando delicadamente ao longo do ramo em que a harpia estava empoleirada. A sua libelinha, as asas tremendo, estava a ser agarrada por Tialys, no chão, e então duas coisas aconteceram: a Dama saltou sobre a harpia e virou-se para enterrar o esporão profundamente na perna escamosa da criatura, e Tialys soltou a libelinha. Em menos de um segundo Salmakia tinha-se afastado e saltado do ramo, directamente sobre as costas da sua montada azul-eléctrico, subindo no ar.

O efeito na harpia foi imediato. Outro grito quebrou o silêncio, muito mais alto que o anterior, e ela bateu as asas negras com tanta força que Will e Lyra sentiram a deslocação do ar e cambalearam. Mas a harpia agarrou-se à pedra com as suas garras e a sua cara foi invadida por uma raiva vermelha-escura e o seu cabelo levantou-se na cabeça como um ninho de serpentes.

Will puxou a mão de Lyra e ambos tentaram correr em direcção à porta, mas a harpia lançou-se sobre eles em fúria e apenas susteve o voo picado quando Will se virou, puxando Lyra para trás de si e empunhando a faca. Os galivespianos voaram em direcção à harpia imediatamente, apontando para a sua cara e depois fugindo, incapazes de desferirem um golpe, mas distraindo-a a ponto de ela ter de bater as asas desajeitadamente, quase caindo no chão.

Lyra chamou:

— Tialys! Salmakia! Parem, parem!

Os espiões puxaram as rédeas das libelinhas e voaram sobre a cabeça das crianças. Outras formas negras agrupavam-se no nevoeiro e os gritos escarnecedores de uma centena de harpias soaram de mais longe ao longo da costa. A primeira agitava as asas, abanando o cabelo, esticando cada perna por sua vez e flectindo as garras. Ela estava ilesa e isso foi exactamente o que Lyra tinha reparado.

Os galivespianos pairaram no ar e depois desceram em direcção a Lyra, que estendia as suas mãos para eles aterrarem. Salmakia percebeu a intenção de Lyra e disse para Tialys:

— Ela tem razão. Por qualquer razão não a conseguimos ferir.

Lyra disse:

— Senhora, qual é o seu nome?

A harpia abanou as asas enormes e os viajantes quase desmaiaram com o cheiro hediondo a podridão e decadência que se desprendeu dela.

— Sem-Nome! — gritou.

— O que é que quer de nós? — perguntou Lyra.

— O que me podem dar?

— Podemos contar-lhe onde estivemos e talvez se sinta interessada. Vimos todo o tipo de coisas estranhas no nosso caminho até aqui.

— Oh, e estás a oferecer-te para me contar uma história?

— Se quiser.

— Talvez queira. E depois?

— Podia deixar-nos passar aquela porta e descobrir o fantasma que viemos procurar, pelo menos espero que deixe. Se fizer o favor...

— Experimenta, então — disse Sem-Nome.

Apesar do enjoo e da dor, Lyra sentiu que lhe tinha saído o ás de trunfo.

— Oh, tem cuidado — murmurou Salmakia, mas o espírito de Lyra já corria atrás da história que ela tinha contado na noite anterior, moldando, cortando, improvisando e acrescentando: *pais mortos; tesouro de família, naufrágio; fuga...*

— Bem — disse, entrando no estado de espírito de contadora de histórias —, tudo começou quando eu era ainda bebé. O meu pai e a minha mãe eram o duque e a duquesa de Abingdon, percebe, e eram imensamente ricos. O meu pai era um dos conselheiros do rei e o próprio rei costumava instalar-se lá em casa muitas vezes. Ele caçava na nossa floresta. A casa em que eu nasci é a maior casa em todo o sul de Inglaterra. Chamava-se...

Sem sequer um grito de aviso a harpia lançou-se sobre Lyra, as garras esticadas. Lyra só teve tempo de se baixar, mas mesmo assim uma das garras agarrou-lhe o couro cabeludo e arrancou-lhe um punhado de cabelos.

— Mentirosa! Mentirosa! — gritou a harpia. — Mentirosa!

Ela deu uma volta, novamente, agora apontando directamente para a cara de Lyra; mas Will tinha desembainhado a faca e colocou-se no caminho. Sem-Nome mudou de direcção mesmo a tempo e Will empurrou Lyra em direcção à porta, porque ela estava atordoada pelo choque e meio seca devido ao sangue que lhe escorria pela cara. Onde estavam os galivespianos Will não sabia, mas a harpia dirigia-se novamente para eles, gritando, berrando de raiva e ódio.

— *Mentirosa! Mentirosa! Mentirosa!*

Parecia que a sua voz vinha de todos os lados e a palavra ecoou na grande parede de rocha envolta no nevoeiro, abafada e alterada.

Will tinha Lyra encostada ao seu peito, com o seu ombro curvado para a proteger e sentiu-a tremer e soluçar; mas então ele enterrou a faca na madeira podre da porta, e retirou a fechadura com um rápido golpe da lâmina.

Ele e Lyra, juntamente com os espiões voando nas libelinhas rápidas, entraram aos tropeções nos domínios dos fantasmas enquanto o grito da harpia era duplicado e quadruplicado pelas outras na costa coberta de nevoeiro atrás deles.

22

OS MURMURADORES

Bastos como as folhas outonais que juncam, em
Vallombrosa, os regatos sobre os quais os altos arvo-
redos da Etrúria em densas arcadas enramam...

JOHN MILTON

A primeira coisa que Will fez foi obrigar Lyra a sentar-se, depois tirou a pequena lata com pomada de musgo-de-sangue e observou-lhe a ferida na cabeça. Sangrava abundantemente, como normalmente acontece com esse tipo de cortes, mas não era profundo. Rasgou uma tira da fralda da camisa e limpou o golpe, espalhou um pouco de pomada sobre a ferida, tentando não pensar no estado imundo das garras que a tinham feito.

Lyra tinha os olhos vidrados e estava pálida.

— Lyra! Lyra! — chamou, abanando-a um pouco. — Vamos, temos de continuar.

Ela encolheu os ombros e inspirou, trémula, os seus olhos focando-se nele, cheios de um profundo desespero.

— Will... já não o posso fazer... não posso! Não consigo dizer mentiras! Eu pensava que era tão fácil... mas não resultou... é a única coisa que eu consigo fazer e agora já não funciona!

— *Não* é tudo o que consegues fazer. Consegues ler o aletiómetro, não consegues? Anda lá, vamos ver onde estamos. Vamos procurar Roger.

Ajudou-a a levantar-se e pela primeira vez olharam em volta, para o mundo dos mortos, onde estavam os fantasmas.

Descobriram que se encontravam numa vasta planície que se perdia longe no nevoeiro. A luz que lhes permitia ver era baça, com uma luminescência própria que parecia existir em toda a parte de forma uniforme pelo que não havia verdadeiras sombras nem verdadeira luz e tudo tinha a mesma cor sombria.

Ali, sobre o chão daquele espaço imenso, estavam adultos e crianças — fantasmas —, tantos que Lyra não conseguiu sequer imaginar um número. A grande maioria estava de pé, apesar de outros estarem sentados e alguns mesmo deitados, apáticos ou adormecidos. Ninguém deambulava, nem corria, nem brincava, apesar de muitos deles se terem virado para ver os recém-chegados, com uma curiosidade receosa nos seus grandes olhos.

— Fantasmas — murmurou Lyra. — É aqui que estão, todos os que morreram...

Sem dúvida porque já não tinha Pantalaimon com ela, Lyra agarrou-se ao braço de Will, e ele sentiu-se feliz por isso. Os galivespianos tinham voado em frente e Will conseguia ver as suas pequenas formas brilhantes voando e pairando sobre as cabeças dos mortos, que olhavam para cima e os seguiam com admiração; o silêncio era imenso e opressivo e a luz cinzenta encheu Will de medo e a presença quente de Lyra a seu lado era a única coisa que ele sentia como viva.

Atrás deles, do outro lado da parede, os gritos das harpias ainda ecoavam na costa. Alguns dos fantasmas olhavam para cima apreensivamente, mas a maioria fitou Will e Lyra e começou a avançar para eles. Lyra encolheu-se; ela ainda não tinha a força necessária para os enfrentar como gostaria de fazer e foi Will o primeiro a falar.

— Vocês falam a nossa língua? — perguntou. — Conseguem falar?

Apesar de trémulos, aterrorizados e invadidos pela dor, ele e Lyra tinham mais autoridade que toda a multidão de mortos junta. Aqueles pobres fantasmas tinham pouco poder e ao escutarem a voz de Will, a primeira voz nítida que soara ali em toda a longa memória dos mortos, muitos deles avançaram, ansiosos por responder.

Mas eles apenas conseguiam murmurar. Um som fraco e mortiço, não mais do que um suave sopro, era tudo o que conseguiam proferir. E, à medida que avançavam, acotovelando-se desesperados, os galivespianos picaram o voo e precipitaram-se sobre eles, para evitar que se aglomerassem demasiado perto. As crianças-fantasmas olhavam para cima com uma saudade apaixonada e Lyra percebeu imediatamente porquê: eles pensavam que as libelinhas eram génios;

desejavam com todo o seu coração poder recuperar os seus próprios génios.

— Oh, eles *não são* génios — exclamou Lyra apaixonadamente —, e se o meu próprio génio estivesse aqui, todos vós lhe poderiam tocar e acariciar, juro... E estendeu as mãos para as crianças. Os fantasmas adultos recuaram, apáticos ou receosos, mas as crianças avançaram em tropel. Tinham a mesma substância do nevoeiro, pobres infelizes, e as mãos de Lyra passavam através deles, tal como as de Will. Eles apinharam-se, leves e sem vida, para se aquecerem nos corpos dos dois viajantes onde o sangue corria e o coração batia, e tanto Will como Lyra sentiram uma sucessão de frios e delicados arrepios quando os fantasmas passavam pelo seu corpo, aquecendo-se na passagem. As duas crianças sentiram que, a pouco e pouco, também estavam a morrer; elas não tinham uma quantidade infinita de vida e calor para dar e estavam já com demasiado frio, mas a multidão sem-fim continuava a avançar parecendo que nunca pararia.

Por fim Lyra teve de lhes suplicar que se afastassem.

Levantou as mãos e disse:

— Por favor... Gostávamos de poder tocar em todos vós, mas viemos até aqui à procura de uma pessoa e preciso que me digam onde ela está e como encontrá-la. Oh, Will... — disse, encostando a sua cabeça à de Will. — Gostava tanto de saber o que devo fazer!

Os fantasmas estavam fascinados pelo sangue que escorria da ferida na testa de Lyra. Brilhava intensamente como uma baga sagrada na obscuridade e muitos deles a tinham roçado, ansiosos pelo contacto com algo tão vibrantemente vivo. Uma rapariga-fantasma, que quando morrera devia ter nove ou dez anos, estendeu a mão timidamente, para tentar tocar-lhe e depois recuou receosa; mas Lyra disse-lhe:

— Não tenhas medo... Não viemos até aqui para te magoar... Fala connosco, se puderes!

A rapariga-fantasma falou, mas a sua voz fina e sem vida soou apenas num murmúrio:

— As harpias fizeram isso? Tentaram magoar-te?

— Sim — respondeu Lyra —, mas isso é tudo o que conseguem fazer, não estou preocupada com elas.

— Oh, não é... Oh, elas são muito piores...

— Porquê? O que é que elas fazem?

Mas eles tinham relutância em lhes contar. Abanaram a cabeça e mantiveram-se em silêncio até que um rapaz disse:

— Não é tão mau para os que já estão aqui há centenas de anos, porque ao fim desse tempo se desinteressam, não podem aterrorizar--nos mais que um certo limite...

— É com os mais novos que elas gostam de falar — disse a primeira rapariga. — É tão... Oh, é tão odioso. Elas... Não posso dizer--vos...

As vozes não eram mais audíveis que folhas secas caindo. E apenas as crianças falavam; os adultos estavam todos mergulhados numa letargia tão antiga que pareciam nunca mais se mexerem ou falarem.

— Escutem — pediu Lyra —, por favor, escutem. Nós viemos até aqui, eu e os meus amigos, porque temos de encontrar um rapaz chamado Roger. Ele não está aqui há muito tempo, só há algumas semanas, por isso não deve conhecer muitas pessoas, mas se sabem onde ele está...

Porém, enquanto falava, Lyra apercebeu-se de que podiam ficar ali até serem velhos, procurando por todo o lado, observando cara a cara, e mesmo assim era possível que nunca vissem mais do que uma ínfima fracção de todos os mortos. Sentiu o desespero pesar-lhe sobre os ombros, tão pesado como se a própria harpia tivesse lá poisado.

Contudo, cerrou os dentes e tentou levantar a cabeça. Chegámos até aqui, pensou, já fizemos uma parte do caminho.

A primeira rapariga-fantasma dizia qualquer coisa naquele suspiro fraco e perdido.

— Por que é que o queremos encontrar? — perguntou Will.

— Bem, Lyra quer falar com ele. Mas há alguém que eu também quero descobrir. Quero encontrar o meu pai, John Parry. Ele também está aqui, algures, e eu quero falar com ele antes de regressar ao mundo. Por isso, por favor, perguntem, peçam a Roger e John Parry que venham falar com Will e Lyra. Peçam-lhes...

Mas subitamente todos os fantasmas se viraram e fugiram, até mesmo os crescidos, como folhas secas levadas por uma súbita rajada de vento. Num instante o espaço em volta das crianças estava vazio e depois perceberam porquê: guinchos, gritos e berros vindos de cima e então as harpias pairaram sobre eles, com rajadas de fedor pútrido, as asas batendo e aqueles gritos rancorosos, escarnecendo, troçando, cacarejando, ridicularizando.

Lyra encolheu-se no chão, imediatamente, tapando os ouvidos e Will, a faca na mão, protegeu-a com o corpo. Podia ver Tialys e Salmakia voando para eles, mas estavam ainda a alguma distância e Will teve um ou dois segundos para observar as harpias enquanto voavam em círculos e investiam. Viu as suas caras humanas abocanhando o ar como se caçassem insectos e ouviu as palavras que gritavam — palavras de escárnio, palavras nojentas sobre a sua mãe, palavras que lhe fizeram tremer o coração, mas parte do seu espírito estava bastante calma e distanciada, pensando, calculando, observando. Nenhuma delas se queria aproximar da faca.

Para ver o que aconteceria, Will levantou-se. Uma das harpias — talvez fosse a Sem-Nome — teve de se desviar pesadamente, porque ela investia baixo, com a intenção de rasar sobre a cabeça dele. As asas pesadas bateram desajeitadamente e ela mal conseguiu virar. Will podia ter estendido a mão e ter-lhe golpeado a cabeça com a faca.

Naquele momento, os galivespianos tinham já chegado e os dois estavam prestes a atacar, mas Will gritou:

— Tialys! Vem cá! Salmakia, poisa na minha mão!

Eles poisaram sobre o seu ombro e Will disse-lhes:

— Vigiem. Vejam o que elas fazem. Elas só se aproximam e gritam. Penso que foi por engano que ela feriu Lyra. Penso que elas não nos querem tocar. Podemos ignorá-las.

Lyra levantou a cabeça, os olhos muito abertos. As criaturas voavam em volta da cabeça de Will, por vezes a trinta centímetros de distância, mas sempre se desviavam para cima ou para o lado no último momento. Will podia sentir os dois espiões ansiosos por lutar e as asas das libelinhas tremiam na expectativa de se lançarem no ar com os seus cavaleiros mortíferos, mas contiveram-se: os galivespianos percebiam que Will tinha razão. Aquela atitude teve também um efeito nos fantasmas: vendo Will de pé, sem medo e incólume, começaram a aproximar-se dos viajantes. Observavam as harpias, desconfiados, mas apesar de tudo, o fascínio da carne quente e do sangue, aquelas fortes batidas dos corações eram demasiado intensas para lhes conseguirem resistir.

Lyra levantou-se para se reunir a Will. A ferida tinha aberto de novo e sangue fresco escorria-lhe pela cara, mas ela limpou-o.

— Will — disse. — Estou contente por termos vindo juntos até aqui...

Ele reparou que havia um certo tom na sua voz e viu uma expressão na sua cara que ele já conhecia e de que gostava mais do que qualquer outra coisa no mundo: revelavam que ela estava a pensar em algo temerário, mas que ainda não estava em condições para falar sobre isso.

Fez-lhe um aceno de cabeça, para lhe mostrar que tinha percebido.

A menina-fantasma disse:

— Por aqui... Vem connosco... Nós encontrá-los-emos!

Will e Lyra tiveram a mais estranha sensação, como se pequenas mãos-fantasmas penetrassem neles, tocando-lhes nas costelas para fazer com que eles as seguissem.

Caminharam sobre o chão daquela planície desértica e as harpias voltearam cada vez mais alto à sua frente, gritando, gritando. Mas mantiveram a distância e os galivespianos voaram, mantendo-se alerta.

Enquanto caminhavam, os fantasmas falavam com eles:

— Desculpa-me — pediu uma menina-fantasma —, mas onde estão os vossos génios? Desculpa-me perguntar. Mas...

Lyra tinha consciência, a cada segundo, do seu querido Pantalaimon abandonado. Não conseguia falar sobre isso pelo que Will respondeu por ela:

— Deixámos os nossos génios lá fora — disse — onde estão a salvo. Iremos buscá-los mais tarde. Tu tinhas um génio?

— Sim — respondeu o fantasma —, chamava-se Sandling... Oh, eu amava-o tanto...

— E ele já se tinha fixado? — perguntou Lyra.

— Não, ainda não. Ele costumava pensar que seria um pássaro e eu desejava que não, porque gostava de o sentir todo peludo à noite, na cama. Mas ele transformava-se cada vez com mais frequência em pássaro. Como se chama o teu génio?

Lyra disse-lhe e os fantasmas aproximaram-se ansiosos de novo. Todos queriam falar sobre os seus génios, todos eles.

— O meu chamava-se Matapan...

— Nós brincávamos às escondidas, ela transformava-se em camaleão e eu não a conseguia ver, ela era sempre tão boa...

— Uma vez magoei-me num olho e não podia ver e ele guiou-me até casa...

—Ele não queria fixar-se, nunca, e eu queria ser crescido e discutíamos...

— Ela enroscava-se na minha mão e adormecia...

— Eles ainda lá estão, noutro lugar qualquer? Vê-los-emos outra vez?

— Não. Quando morres o teu génio apaga-se como uma chama. Eu vi isso acontecer. Contudo, nunca vi o meu Castor... Nunca me despedi...

— Eles não estão *nenhures!* Têm de estar *algures!* O meu génio ainda está por aí, eu sei que está!

Os fantasmas, empurrando-se, estavam excitados e ansiosos, os seus olhos brilhavam e as faces estavam coradas como se estivessem a absorver a vida dos viajantes.

— Está aqui alguém do meu mundo, onde não temos génios? — perguntou Will.

Um rapaz-fantasma magro, mais ou menos da mesma idade que Will, fez um aceno com a cabeça e Will virou-se para ele.

— Oh, sim — foi a resposta. — Nós não percebíamos o que eram os génios, mas conhecíamos a sensação de estar sem eles. Há aqui pessoas de todos os mundos.

— Eu conheci a minha morte — disse uma rapariga. — Acompanhou-me enquanto eu crescia. Quando os ouvi falar dos génios, pensei que eles se referiam a algo parecido com as nossas mortes. Tenho saudades dele. Nunca mais o verei. *Felizmente acabei,* foram as últimas palavras que me disse e depois desapareceu para sempre. Quando estava comigo eu sempre soube que havia alguém em quem eu podia confiar, alguém que sabia para onde íamos e o que faríamos. Mas já não o tenho. Já não sei o que irá acontecer.

— Não vai acontecer *nada!* — exclamou alguém. — Nada, nunca mais!

— *Tu* não sabes isso — retorquiu outra. — Eles vieram, não vieram? Nunca ninguém soube que *isso* ia acontecer.

Ela referia-se a Lyra e a Will.

— Esta foi a primeira coisa que alguma vez aconteceu aqui — disse um rapaz-fantasma. — Talvez agora tudo fique diferente.

— O que fariam, se pudessem? — perguntou Lyra.

— Voltaríamos para o mundo!

— Mesmo que isso significasse que só o poderiam ver uma vez, ainda quereriam ir?

— Sim! Sim! Sim!

— Bem, seja como for, tenho de encontrar Roger — disse Lyra, excitada com a sua nova ideia; mas Will seria o primeiro a saber.

Sobre o chão da planície interminável, houve um vasto e lento movimento por entre os fantasmas incontáveis. As crianças não puderam aperceber-se disso, mas Tialys e Salmakia, voando lá em cima, observaram as pequenas figuras pálidas, movendo-se todas com um efeito que parecia a migração de imensos bandos de pássaros ou manadas de veados. No centro do movimento estavam as duas crianças que não eram fantasmas, avançando com firmeza; não conduzindo nem seguindo, mas de algum modo centrando o movimento numa intenção de todos os mortos.

Os espiões, os seus pensamentos movendo-se ainda mais rapidamente que as velozes montadas, trocaram um olhar e fizeram as libelinhas poisar num ramo seco e atrofiado.

— Nós temos génios, Tialys? — perguntou a Dama.

— Desde que entrámos no barco que tenho sentido como se o meu coração tivesse sido arrancado e lançado, ainda a bater, para a margem — respondeu. — Mas não foi. Ele ainda bate no meu peito. Por isso algo meu ficou lá, com o génio da menina e algo teu também, Salmakia, porque a tua cara está crispada e as tuas mãos pálidas e tensas. Sim, nós temos génios, sejam eles o que forem. Talvez as pessoas no mundo de Lyra sejam os únicos seres humanos que sabem que têm génios. Talvez seja por isso que um deles iniciou a revolta.

Ele desceu da libelinha e amarrou o animal, depois retirou o ressoador magnético. Mas mal tinha começado a mexer-lhe parou.

— Nenhuma resposta — disse sombriamente.

— Então, estamos afastados de tudo?

— Longe de qualquer ajuda. Bem, nós sabíamos que vínhamos para o mundo dos mortos.

— O rapaz segui-la-á até ao fim do mundo.

— Pensas que a sua faca abrirá o caminho de volta?

— Tenho a certeza de que ele pensa que sim. Mas... Oh, Tialys... Eu não sei.

— Ele é muito jovem. Bem, são ambos muito jovens. Sabes, se ela não sobreviver a isto, a questão de saber se ela escolherá a coisa certa quando for tentada já não se colocará. Então não fará qualquer diferença.

— Pensas que ela já escolheu? Quando decidiu deixar o génio no cais? Qual foi a escolha que ela teve de fazer?

O cavaleiro olhou para os milhões de figuras deslocando-se no chão do mundo dos mortos, todos vagueando atrás daquela centelha brilhante e viva que era Lyra Silvertongue. Ele apenas lhe podia ver o cabelo, a coisa mais brilhante nas trevas e, a seu lado, a cabeça do rapaz, o cabelo negro, sólido e forte.

— Não — disse —, ainda não. Isso ainda está para acontecer, seja lá o que for.

— Então temos de a levar até lá em segurança.

— Levar os dois. Agora eles estão unidos.

A Dama Salmakia sacudiu as rédeas e a sua libelinha levantou voo imediatamente e dirigiu-se rapidamente para as duas crianças vivas, com o cavaleiro seguindo-a de perto.

Mas não pararam ali; tendo pairado baixo para se certificarem de que eles estavam bem, voaram à sua frente, em parte porque as libelinhas estavam inquietas, e também porque queriam descobrir até onde se estendia aquela planície sombria.

Lyra viu-os faiscar à sua frente e sentiu-se aliviada porque havia ainda alguma coisa bela que voava e brilhava. Depois, incapaz de guardar a ideia só para si, virou-se para Will; mas teve de murmurar. Encostou a boca ao ouvido dele e, numa corrente quente e ruidosa, ele ouviu-a dizer:

— Will, quero levar todos estes pobres meninos-fantasmas para fora... Os crescidos também... nós podíamos libertá-los! Encontraremos Roger e o teu pai e depois abrimos o caminho para o mundo exterior e libertamo-los!

Ele virou-se e brindou-a com um verdadeiro sorriso, tão quente e feliz que Lyra sentiu que algo tremeu e vacilou dentro dela; pelo menos, foi o que sentiu, mas sem Pantalaimon não podia perguntar a si mesma o que isso significava. Talvez fosse uma forma nova de o seu coração bater. Profundamente surpreendida, disse a si mesma que tinha de deixar de ser cabeça-no-ar.

Por isso continuaram a sua marcha. O murmúrio *Roger* corria mais depressa do que eles caminhavam; as palavras: *Roger... Lyra chegou... Roger... Lyra está aqui*; passavam de um fantasma para outro como uma mensagem eléctrica que uma célula do corpo transmite para a seguinte.

Tialys e Salmakia, voando nas suas libelinhas incansáveis, olhando em todas as direcções, acabaram por descobrir um novo tipo de movimento. Um pouco mais afastado havia uma pequena deslocação circular. Voando mais baixo, deram por si sendo ignorados, pela primeira vez, porque algo mais interessante prendia a atenção dos fantasmas. Falavam excitados nos seus murmúrios quase silenciosos e apontavam, incitavam alguém a avançar.

Salmakia aproximou-se, mas não pôde aterrar: a pressão era demasiado grande e nenhuma daquelas mãos ou ombros aguentariam o seu peso, mesmo se se atrevesse a tentar. Viu um jovem rapaz-fantasma com uma expressão verdadeiramente infeliz, aturdido e confuso pelo que lhe diziam e ela chamou-o:

— Roger? És o Roger?

Ele olhou para cima, assombrado, nervoso e fez um aceno afirmativo com a cabeça.

Salmakia juntou-se ao companheiro e juntos voaram velozes para junto de Lyra. A distância era grande e a orientação difícil, mas analisando os padrões de movimento, acabaram por descobri-la.

— Lá esta ela — disse Tialys e chamou: — Lyra! Lyra! O teu amigo está aqui!

Lyra olhou para cima, estendeu a mão para a libelinha. O grande insecto poisou imediatamente. As suas cores vermelho e amarelo brilhando como esmalte e as asas finas hirtas e imóveis de cada lado do corpo. Tialys equilibrou-se enquanto ela o erguia até ao nível dos olhos.

— Onde? — perguntou, excitada. — Está muito longe?

— A uma hora de caminho — disse o cavaleiro. — Mas ele já sabe que vens. Os outros disseram-lhe e nós certificámo-nos de que era ele. Continua a andar e em breve encontrá-lo-ás.

Tialys viu Will fazer um esforço por se manter direito, obrigando-se a encontrar um pouco mais de energia. Lyra já estava cheia dela e assediou os galivespianos com perguntas: que aspecto tinha Roger? Tinham falado com ele? Ele parecia feliz? As outras crianças tinham consciência do que estava a acontecer e ajudavam, ou estariam só a atrapalhar?

E assim continuou. Tialys tentou responder a tudo de forma verdadeira e paciente e, passo a passo, a rapariga viva aproximou-se do rapaz que ela própria conduzira até à morte.

23

SEM SAÍDA

E vós sabereis a verdade e a verdade libertar-vos-á.

S. JOÃO

— Will — perguntou Lyra —, o que pensas que as harpias farão quando deixarmos sair os fantasmas?

As criaturas estavam a ficar cada vez mais ruidosas, voando mais próximo, e cada vez havia mais harpias como se as trevas se materializassem em pequenos coágulos de malícia e ganhassem asas. Os fantasmas continuavam a olhá-los receosos.

— Estamos a aproximar-nos? — perguntou Lyra à Dama Salmakia.

— Já não estão longe — gritou ela, pairando sobre eles. — Podes vê-lo se subires àquela rocha.

Mas Lyra não queria perder tempo. Tentava, com todo o coração, ter uma expressão feliz para Roger, mas a imagem que se impunha no seu espírito era a do pequeno Pantalaimon-cão abandonado no cais enquanto o nevoeiro se adensava à sua volta e ela dificilmente evitou gritar. Tenho de conseguir, pensou; devia ter esperança, pelo Roger; sempre tivera.

Quando se encontraram frente a frente isso aconteceu de repente. No meio da pressão de todos os fantasmas, lá estava ele, as suas feições familiares pálidas, mas a sua expressão estava tão cheia de prazer quanto um fantasma podia sentir. Ele correu a abraçá-la.

Mas passou como fumo frio pelos braços dela e, embora Lyra tenha sentido a mão pequena dele tocar-lhe no coração, não tinha força para se prender. Eles nunca mais se poderiam tocar verdadeiramente.

Mas ele podia murmurar e a sua voz disse:

— Lyra, pensei que nunca mais te via... Pensei que mesmo que viesses até aqui, quando estivesses morta, serias muito mais velha, serias crescida e não quererias falar comigo...

— Porque não?

— Porque eu errei quando Pan libertou o meu génio do de Lorde Asriel! Devíamos ter fugido e não tentado combatê-lo! Devíamos ter corrido para ti. Então ele não teria conseguido apanhar oura vez o meu génio e quando o penhasco caiu o meu génio ainda estaria comigo!

— Mas *tu* não tiveste culpa, *estúpido!* — disse Lyra. — Fui eu quem te levou até ali, eu devia ter-te deixado regressar com os outros miúdos e os ciganos. A culpa foi minha. Lamento muito, Roger, a sério, a culpa foi *minha*, não estarias ali se não fosse eu...

— Bem — disse Roger —, nã' sei. Talvez tivesse morrido de outra forma. Mas tu não tiveste *culpa*, Lyra, percebes?

Ela deu por si a começar a acreditar; mas mesmo assim, era doloroso ver aquela pobre coisa fria, tão próxima e ao mesmo tempo tão longe. Tentou agarrar-lhe o pulso, embora os seus dedos se tenham fechado no ar; mas ele percebeu e sentou-se ao seu lado.

Os outros fantasmas recuaram um pouco, deixando-os a sós e Will também se afastou, para se sentar a tratar da mão. Estava novamente a sangrar e enquanto Tialys voava, feroz, em direcção aos fantasmas para os manter à distância, Salmakia ajudou Will a tratar da ferida.

Mas Lyra e Roger estavam alheados de tudo isso.

— E tu não estás morta — exclamou ele. — Como é que vieste até aqui se ainda estás viva? E onde está Pan?

— Oh, Roger... tive de o deixar no cais... Foi a pior coisa que alguma vez tive de fazer, doeu tanto... Tu sabes como dói... e ele ficou ali, a olhar e eu senti-me como uma assassina, Roger... Mas *tive* de o fazer ou então não poderia vir!

— Desde que morri, tenho fingido todo o tempo que falo contigo — contou Roger. — Tenho desejado tanto, oh desejado tão intensamente... Desejado sair daqui, eu e todos os outros mortos, porque este é um lugar terrível, Lyra, desesperante, não há qualquer escolha, quando se está morto e aquelas coisas-pássaro... Sabes o que elas fazem? Esperam até que estejas a descansar... Aqui nunca se dorme mesmo, só dormitamos... e elas aproximam-se silenciosamente por trás de nós e murmuram-nos todas as coisas más que fizemos quando estávamos vivos, para que não as possamos esquecer. Elas sabem as piores coisas que fizeste. Sabem como fazer-te sentir miserável, só a pensar nas coisas estúpidas e más que fizemos. E todos os pensamentos gananciosos ou antipáticos que tivemos, elas sabem tudo, e envergonham-nos e fazem com que nos sintamos mal connosco mesmo... Mas não se pode fugir delas.

— Bem — disse Lyra —, escuta.

Baixando a voz e aproximando-se mais do pequeno fantasma, tal como costumava fazer quando planeavam alguma travessura no Colégio Jordan, continuou:

— Talvez não saibas, mas as feiticeiras... Lembras-te de Serafina Pekkala... As feiticeiras têm uma profecia sobre mim. Elas não sabem que eu sei... Ninguém sabe. Nunca falei disto a ninguém. Mas quando estava em Trollesund, e Farder Coram, o cigano, me levou a casa do cônsul das feiticeiras, o Doutor Lanselius fez-me uma espécie de teste. Ele disse que eu tinha de ir lá fora e escolher o ramo certo de pinheiro--nuvem de entre todos os outros para provar que eu conseguia ler o aletiómetro.

«Bem, eu fiz isso e regressei depressa porque estava frio e só demorei um segundo a descobrir quão era fácil. O cônsul falava com Farder Coram, e eles não sabiam que eu os podia ouvir. Ele disse que as feiticeiras tinham uma profecia sobre mim e que eu iria fazer uma coisa importante e que isso aconteceria num outro mundo...

«Só que eu nunca falei sobre isso e penso que me devo ter esquecido porque havia tanta coisa a acontecer. Foi como se tivesse mergulhado fundo no meu espírito. Nem nunca falei com Pan sobre isso porque ele ter-se-ia rido, imagino.

«Mas então, mais tarde, a Senhora Coulter apanhou-me e manteve--me em transe e eu sonhava muito: sonhei com isso, e sonhei contigo. E lembrei-me da mãe cigana, Ma Costa... Lembras-te dela... Foi o barco dela que roubámos, em Jericho, com Simon e Hugh e os outros...

— Sim! E quase navegámos até Abingdon! Foi a melhor coisa que alguma vez fizemos, Lyra! Nunca me esquecerei disso, mesmo que fique aqui morto durante milhares de anos...

— Sim, mas *escuta...* Quando eu fugi da Senhora Coulter da primeira vez, encontrei novamente os ciganos que tomaram conta de mim... Oh, Roger, descobri tanta coisa que tu ficarias admirado... Mas isto é que é importante: Ma Costa disse-me, que eu tenho óleo de feiticeira na minha alma; ela disse que os ciganos eram água, mas que eu era uma pessoa de fogo.

«O que eu penso que isso significa era que ela estava de certo modo a preparar-me para a profecia das feiticeiras. Eu *sei* que tenho algo importante para fazer e o Doutor Lanselius, o cônsul, disse que era vital que eu nunca descobrisse qual era o meu destino até isso acontecer, percebes... Eu nunca devia perguntar... Por isso nunca o fiz. Nem nunca pensei no que poderá ser. Nem sequer perguntei ao aletiómetro.

«Mas *agora* eu penso que sei. E encontrar-te de novo é só uma espécie de prova. O que eu tenho de fazer, Roger, o meu destino, é ajudar todos os fantasmas a sair do mundo dos mortos para sempre. Eu e Will... Temos de vos salvar a todos. Tenho a certeza que é isso. Tem de ser. E por causa de Lorde Asriel, por causa de uma coisa que o meu pai disse... *A morte vai morrer*, disse ele. Contudo, nã' sei o que acontecerá. Não lhes deves contar nada, promete. Quero dizer, talvez não fiques *muito tempo* aqui. Mas...

Roger estava tão ansioso por falar, que Lyra calou-se.

— Era isso mesmo que eu te queria dizer! — exclamou. — Eu disse-lhes, a todos os outros mortos, eu *disse-lhes* que tu virias! Tal como apareceste e salvaste todos os miúdos de Bolvangar! Eu disse, se alguém conseguir, será Lyra. Eles desejavam que isso fosse verdade, eles queriam acreditar em mim, mas nunca acreditei a sério, eu percebi.

«Primeiro — continuou Roger —, porque todos os miúdos que vêm para cá, todos eles, começam a dizer que apostam que o pai virá e os tirará daqui, que a mãe, assim que souber onde estão, os levará de volta para casa. Se não é a mãe ou o pai, são os amigos, ou o avô. Só que nunca vêm. Por isso ninguém acreditou em mim quando eu disse que tu virias. Só que eu tinha razão!

— Pois — anuiu Lyra —, bem, eu não o poderia ter feito sem Will. Aquele é Will, ali, e o Cavaleiro Tialys e a Dama Salmakia. Tenho *tanta coisa* para te contar, Roger...

— Quem é Will? De onde é que ele vem?

Lyra começou a explicar, sem reparar como a sua voz tinha mudado, como se sentara direita e como até os seus olhos estavam diferentes enquanto contou a história do seu encontro com Will e da luta pela faca subtil. Como é que ela podia aperceber-se disso? Mas Roger reparou, com a inveja triste e silenciosa dos mortos imutáveis.

Entretanto Will e os galivespianos estavam um pouco mais afastados, conversando em voz baixa:

— O que é que vão fazer, tu e a rapariga? — perguntou Tialys.

— Abrir este mundo e deixar sair os mortos. É para isso que tenho a faca.

Ele nunca vira tamanha estupefacção em qualquer cara e muito menos na de pessoas cujo conselho apreciava. Aqueles dois mereciam-lhe um grande respeito. Sentaram-se, silenciosos, durante algum tempo e depois Tialys disse:

— Isso destruirá tudo. É o maior golpe que podes dar. A Autoridade ficará impotente, depois disso.

— Como é que eles alguma vez poderiam suspeitar de uma coisa destas — disse a Dama. — Cair-lhes-á em cima de rompante.

— E depois? — perguntou Tialys a Will.

— Depois? Bem, a seguir teremos de conseguir sair e encontrar os nossos génios, suponho. Não penso no *depois*. É suficiente pensar no agora. Não disse nada aos fantasmas para o caso de... No caso de não resultar. Por isso não digam nada também. Agora vou procurar um mundo que eu possa abrir e aquelas harpias estão a vigiar-nos. Por isso, se querem ajudar, podem distraí-las enquanto eu faço isso.

Imediatamente os galivespianos incitaram as libelinhas a voar em direcção à escuridão, onde as harpias eram tantas que pareciam varejeiras. Will observou os grandes insectos atacarem destemidamente as harpias, como se elas fossem moscas que as libelinhas pudessem abocanhar nas suas mandíbulas, grandes como eram. Pensou como as criaturas brilhantes se alegrariam quando o céu fosse aberto e pudessem voar sobre a água cintilante de novo.

Então tirou a faca. Instantaneamente, regressaram as palavras que as harpias lhe tinham lançado — insultos à sua mãe — e ele parou. Baixou a faca, tentando acalmar o espírito.

Tentou de novo com o mesmo resultado. Podia ouvi-las clamando lá em cima, apesar da ferocidade dos galivespianos; havia tantas que apenas dois voadores pouco poderiam fazer para as parar.

Bem, era assim que as coisas se passariam. Não ficaria mais fácil. Por isso Will deixou que o seu espírito relaxasse e se desprendesse e sentou-se com a faca pendendo na mão, até estar novamente em condições.

Desta vez a faca cortou directamente o ar... E encontrou rocha. Ele tinha aberto uma janela naquele mundo que dava para os subsolos de um outro. Fechou a janela e tentou novamente.

Aconteceu a mesma coisa, embora Will soubesse que era o subsolo de um mundo diferente. Ele já tinha aberto janelas e descoberto que espreitava do céu de um outro mundo, por isso não se devia ter surpreendido por descobrir que, para variar, estava abaixo do chão, mas era perturbador.

Na tentativa seguinte ele procurou cuidadosamente, como tinha aprendido a fazer, deixando que a ponta da faca procurasse uma ressonância que revelasse um mundo onde o chão estivesse ao mesmo nível. Mas o toque era errado, onde quer que ele procurasse; onde quer que tocasse, encontrava rocha.

Lyra apercebeu-se que algo de errado se passava e abandonou a sua conversa murmurada com o fantasma de Roger e apressou-se a juntar-se a Will.

— O que se passa? — perguntou.

Ele disse-lhe, e acrescentou:

— Temos de ir para outro sítio antes de eu conseguir encontrar um mundo onde possa abrir uma janela. E aquelas harpias não nos vão deixar fazer isso. Contaste aos fantasmas o que planeámos?

— Não. Apenas a Roger e disse-lhe para guardar segredo. Ele fará o que eu lhe disser. Oh, Will, tenho medo, tenho tanto medo. Podemos nunca mais sair daqui. Imagina que ficamos presos aqui para sempre...

— A faca pode cortar rocha. Se for preciso, abrimos um túnel. Levará muito tempo e espero que não tenhamos de o fazer, mas é possível. Não te preocupes.

— Pois. Tens razão. Claro que sim.

Mas Lyra pensou que ele parecia doente, a cara contraída num esgar de dor, olheiras profundas em volta dos olhos, a mão tremia e os dedos sangravam de novo; parecia tão doente quanto ela se sentia. Não poderiam ir muito mais longe sem os seus génios. Lyra sentiu o seu próprio fantasma vacilar no seu corpo e abraçou-se com força, sentindo a falta de Pan.

Entretanto, os fantasmas aproximavam-se de novo, fazendo pressão, pobres criaturas, e principalmente as crianças não conseguiam deixar Lyra sozinha.

— Por favor — disse uma menina —, não nos esquecerás quando te fores embora, pois não?

— Não — disse Lyra —, nunca.

— Vais falar-lhes de nós?

— Prometo. Como te chamas?

Mas a menina sentia-se embaraçada e envergonhada: tinha-se esquecido. Afastou-se, escondendo a cara e um rapaz disse:

— É melhor esquecer, imagino. Eu esqueci-me do meu. Alguns estão aqui há muito tempo e ainda sabem quem são. Há crianças aqui há milhares de anos. Não são mais velhas do que nós e esqueceram-se de muitas coisas, excepto do sol. Ninguém se esquece disso. E do vento.

— Pois — disse outro —, fala-nos disso.

Cada vez mais fantasmas clamavam para que Lyra lhes falasse das coisas de que eles se lembravam, do sol, do vento, do céu e de coisas de que eles se tinham esquecido como, por exemplo, como brincar; Lyra virou-se para Will e murmurou:

— O que devo fazer, Will?

— Conta-lhes.

— Tenho medo. Depois do que aconteceu lá fora... as harpias...

— Conta-lhes a verdade. Nós mantemos as harpias à distância.

Lyra olhou para ele, insegura. Na realidade, estava aterrorizada. Virou-se para os fantasmas, que se apinhavam cada vez mais perto.

— Por favor! — murmuravam. — Acabaste de vir do mundo! Conta-nos, conta-nos! Fala-nos do mundo!

Havia uma árvore não muito longe — apenas um tronco morto com os seus ramos brancos erguendo-se no ar frio e cinzento — e porque Lyra se sentia fraca e pensava que não conseguiria caminhar e falar ao mesmo tempo, dirigiu-se para o tronco, para se poder sentar. A multidão dos fantasmas empurrou e desviou-se para lhe dar espaço.

Quando estavam ao pé da árvore, Tialys aterrou na mão de Will e fez-lhe sinal para inclinar a cabeça para poder ouvir.

— Elas estão de volta — disse Tialys em voz baixa —, aquelas harpias. São cada vez mais. Fica com a faca a postos. A Dama e eu mantê-las-emos à distância enquanto pudermos, mas talvez tenhas de lutar.

Sem preocupar Lyra, Will soltou a faca da bainha e manteve a mão por perto. Tialys levantou novamente voo. Lyra alcançou a árvore e sentou-se sobre uma das grossas raízes.

Apinharam-se tantas figuras mortas, pressionando esperançosas, de olhos abertos, que Will teve de as obrigar a afastarem-se, a darem espaço; mas deixou que Roger ficasse perto, porque ele tinha os olhos fitos em Lyra, escutando com paixão.

E Lyra começou a falar sobre o mundo que conhecia.

Contou-lhes como ela e Roger treparam ao telhado do Colégio Jordan e descobriram a gralha com a pata partida, como a tinham tratado até ela poder voar outra vez; como tinham explorado as adegas subterrâneas, todas cheias de pó e teias de aranha e que tinham bebido vinho das Canárias, ou talvez fosse Tokay, ela não sabia, e como ficaram bêbados. O Roger-fantasma escutava, orgulhoso e desesperado, acenando com a cabeça e murmurando: — Sim, sim! Foi isso que aconteceu, é tudo verdade!

Depois ela narrou a grande batalha entre os citadinos de Oxford e os fabricantes de tijolos.

Primeiro descreveu as Argileiras, certificando-se de que descrevia tudo o que se lembrava, os grandes tanques de lavagem cor de ocre, a linha de dragagem, os fornos parecidos com grandes colmeias de tijolo. Falou-lhe dos salgueiros ao longo da margem do rio, com as suas folhas prateadas por baixo, e contou-lhe como, quando o sol brilhava mais do que dois dias seguidos, a argila começava a quebrar-se em grandes placas, com fendas profundas, e como era a sensação de enterrar os dedos nas fendas e, lentamente, levantar uma placa de lama seca, tentando mantê-la tão grande quanto possível sem a partir. Por baixo da placa a argila ainda estava molhada e era ideal para lançar às pessoas.

Descreveu os odores daquele espaço: o fumo dos fornos, o cheiro a folhas secas podres que vinha do rio quando o vento era de sudoeste, o cheiro quente das batatas a assar nos fornos que os fabricantes de tijolos costumavam comer; o som da água escorrendo sobre as represas em direcção aos tanques de lavagem, e a sucção lenta e espessa quando se tentava levantar o pé que se tinha enterrado no chão mole, as pesadas e húmidas sapatadas das pás na água cheia de argila.

Enquanto Lyra falava, jogando com todos os sentidos, os fantasmas aproximaram-se, alimentando-se com as suas palavras, recordando o tempo em que tinham carne e pele e nervos e sentidos, desejando que ela nunca se calasse.

Depois Lyra contou como os filhos dos fabricantes de tijolos sempre guerreavam com os citadinos, mas como eram lentos, com argila na cabeça e como, por contraste, os citadinos eram espertos e rápidos como pardais; como, certo dia todos os citadinos esqueceram as suas divergências e planearam um ataque simultâneo às Argileiras com três frentes, prendendo os filhos dos fabricantes de tijolos contra o rio, lançando mãos-cheias de argila uns aos outros, destruindo o castelo de lama que os outros tinham feito, deitando-o abaixo, transformando as fortificações em artilharia até o ar e o chão e a água estarem todos inextricavelmente misturados e cada criança parecer exactamente igual à outra, lama dos cabelos aos pés, e nenhum deles viveu um dia mais feliz.

Quando terminou, Lyra olhou para Will, exausta. Subitamente teve um choque.

Para além dos fantasmas, silenciosos, à sua volta, e dos seus companheiros, perto dela e vivos, havia outra audiência: os ramos da árvore estavam apinhados com aquelas criaturas em forma de pássaros pretos, as suas caras de mulher olhando intensamente para Lyra, mas absolutamente imóveis.

Lyra levantou-se subitamente tomada pelo pânico, mas as harpias não se mexeram.

— Vocês — disse, desesperada —, voaram contra mim quando tentei contar-vos uma coisa. O que vos impede agora? Vá, desfaçam-me com as vossas garras e transformem-me em fantasma!

— Isso é o mínimo que faremos — disse a harpia que estava ao centro, que era a própria Sem-Nome. — Escuta-me. Há milhares de anos, quando os primeiros fantasmas vieram para aqui, a Autoridade deu-nos o poder de ver o que havia de pior em cada um e alimentámo-nos do pior desde então, até o nosso sangue se tornar repugnante com tanta maldade e o nosso coração se enojar.

«Porém, esse era o único alimento de que dispúnhamos. Era a única coisa que tínhamos. Agora sabemos que vocês planeiam abrir um caminho para o mundo superior e guiar todos os fantasmas para o ar...

A sua voz foi abafada por milhões de murmúrios, quando cada fantasma que pôde ouvir soltou um grito de alegria e esperança; mas todas as harpias gritaram e bateram as asas até os fantasmas se calarem novamente.

— Sim — gritou Sem-Nome —, para os levarem daqui! O que faremos então? Eu digo-te o que faremos: de agora em diante, não nos conteremos. Magoaremos, profanaremos, e dilaceraremos cada fantasma que aqui chegue e enviá-los-emos loucos de medo, de remorsos e de ódio por si mesmos. Esta é uma terra desolada; nós transformá-la-emos num inferno!

Cada harpia gritou e escarneceu, e muitas delas levantaram voo da árvore e investiram sobre os fantasmas, dispersando-os aterrorizados. Lyra agarrou-se ao braço de Will e disse:

— Elas revelaram o segredo e já não o podemos fazer... Eles odiar-nos-ão... Pensarão que os traímos! Nós piorámos as coisas em vez de melhorar!

— Calma — disse Tialys. — Não desesperes. Chama-os e faz com que nos escutem.

Por isso Will gritou: — Voltem! Voltem todos! Voltem e escutem!

Uma a uma as harpias, as suas faces ansiosas, famintas e inundadas pela luxúria da miséria, voltaram e poisaram novamente na árvore e os fantasmas também regressaram. O cavaleiro deixou a sua libelinha ao cuidado de Salmakia e a sua pequena figura tensa, vestida de verde e cabelo negro, saltou para uma rocha de onde todos o podiam ver.

— Harpias — disse —, podemos oferecer-vos algo melhor. Respondam às minhas perguntas com a verdade e escutem o que tenho a dizer e depois julgai. Quando Lyra falou com vocês do outro lado da parede, haveis investido sobre ela. Porque o fizeram?

— Mentiras! — gritaram todas as harpias. — Mentiras e fantasias!

— Contudo, quando ela falou ainda há pouco, todas escutaram, cada uma de vós, e mantiveram-se em silêncio e quietas. Pergunto outra vez, porque o fizeram?

— Porque era verdade — respondeu Sem-Nome. — Porque ela falou verdade. Porque era nutritivo. Porque nos estava a alimentar. Porque não o pudemos evitar. Porque não fazíamos ideia que houvesse mais qualquer coisa para além da maldade. Porque nos trouxe notícias do mundo, do sol, do vento e da chuva. Porque era verdade.

— Então — disse Tialys — façamos um acordo. Em vez de verem apenas a maldade, a crueldade e a ganância dos fantasmas que vêm até aqui, a partir de agora terão o direito de pedir a cada fantasma que vos conte a história das suas vidas e eles terão de dizer a verdade sobre o que viram, tocaram, ouviram, amaram e conheceram no mundo. Cada um destes fantasmas tem uma história; cada um dos que virá no futuro terá verdades para vos contar sobre o mundo. E vocês terão o direito a ouvi-las e eles terão de vos contar.

Lyra maravilhou-se com a coragem do pequeno espião. Como é que ele se atrevia a falar com aquelas criaturas como se tivesse o poder de lhes dar direitos? Cada uma delas podia tê-lo abocanhado num instante, desfazê-lo com as garras ou levantá-lo no ar e lançá-lo ao chão para o fazer em pedaços. Porém, ali estava ele, orgulhoso e destemido, celebrando um pacto com elas! E elas escutaram, conferenciaram, as suas caras olhando umas para as outras, as vozes sumidas.

Todos os fantasmas observavam, receosos e em silêncio.

Então, Sem-Nome regressou.

— Isso não é suficiente — disse. — Queremos mais do que isso. Queremos uma *tarefa* sob a antiga disposição. Nós tínhamos um lugar e uma função. Nós cumprimos as ordens da Autoridade diligentemente e por isso éramos honradas. Odiadas, temidas, mas honradas também. O que acontecerá à nossa honra agora? Por que é que os fantasmas se haviam de preocupar connosco, se podem simplesmente regressar ao mundo outra vez? Nós temos o nosso orgulho, e tu não devias deixar que ele fosse ignorado. Precisamos de um lugar honrado! Precisamos de uma obrigação e de uma tarefa a cumprir que nos dê o respeito que merecemos!

Elas moveram-se sobre os ramos, murmurando e abrindo as asas. Mas, um segundo depois, Salmakia saltou para se juntar ao cavaleiro e gritou:

— Têm toda a razão. Todos devem ter uma tarefa a cumprir que seja importante, uma que lhe dê honra, uma que possam cumprir com orgulho. Por isso esta será a vossa tarefa e é uma que apenas vós podereis cumprir, porque vocês são as guardiãs e as defensoras deste espaço. A vossa tarefa será guiar os fantasmas deste local de desembarque junto ao lago, atravessar todo o mundo dos mortos até à nova abertura para o mundo. Em troca, eles contar-vos-ão as suas histórias como pagamento justo e razoável pela vossa orientação. Isto parece-vos bem?

Sem-Nome olhou para as irmãs, que concordaram com um aceno de cabeça. Ela disse:

— E temos o direito de lhes recusar a orientação se eles mentirem, ou se retiverem alguma coisa, ou se não tiverem nada para nos contar. Se vivem no mundo, eles *devem* ver, tocar, ouvir, amar e aprender coisas. Abriremos uma excepção para os bebés que não tiveram tempo de aprender nada, mas, de outro modo, se chegarem até aqui não trazendo nada, não os guiaremos até à saída.

— É justo — disse Salmakia e os outros viajantes concordaram.

Assim foi celebrado um tratado. E em troca da história que Lyra já tinham ouvido, as harpias ofereceram-se para levar os viajantes e a sua faca até uma zona do mundo dos mortos em que o mundo superior estava próximo. Ficava a uma grande distância, através de túneis e cavernas, mas elas guiá-los-iam fielmente e todos os fantasmas poderiam segui-las.

Porém, antes de iniciarem a viagem, uma voz gritou, tão alto quando um murmúrio podia gritar. Era o fantasma de um homem magro com uma cara zangada e impulsiva, e ele gritou:

— O que acontecerá? Quando deixarmos o mundo dos mortos, viveremos novamente? Ou desapareceremos como os nossos génios? Irmãos, irmãs, não deviam seguir esta criança, seja para onde for, até sabermos o que nos acontecerá!

Outros desenvolveram a questão:

— Sim, diz-nos para onde vamos! Diz-nos o que devemos esperar! Não iremos a não ser que saibamos o que nos vai acontecer!

Lyra virou-se para Will desesperada, mas ele disse-lhe:

— Diz-lhes a verdade. Pergunta ao aletiómetro e conta-lhes o que ele disser.

— Está bem — concordou Lyra.

Ela retirou o instrumento dourado. A resposta surgiu imediatamente. Ela guardou o aletiómetro e levantou-se.

— Isto é o que acontecerá — disse —, e é verdade, absolutamente verdade. Quando saírem daqui, todas as partículas que vos constituem soltar-se-ão e dispersar-se-ão, tal como acontece com os vossos génios. Se já viram pessoas morrer sabem que aspecto é que têm. Mas os vossos génios não são simplesmente *nada* agora; eles são parte de tudo. Todos os átomos que os constituíam espalharam-se pelo ar, o vento, as árvores, a terra e todas as coisas vivas. Eles nunca desaparecerão. São parte de tudo. E isso é exactamente o que acontecerá com vocês, juro. Juro pela minha honra. Dissolver-se-ão, é verdade, mas estarão livres, fazendo parte de tudo o que está vivo novamente.

Ninguém falou. Aqueles que tinham visto como os génios se dissolviam recordaram a experiência e aqueles que nunca tinham visto imaginavam e ninguém falou até uma jovem mulher avançar. Ela tinha morrido como mártir, muitos séculos antes. Olhou em volta e disse:

— Quando estávamos vivos, disseram-nos que quando morrêssemos iríamos para o céu. E disseram que o céu era um lugar de alegria, glória e que passaríamos a eternidade na companhia de santos e anjos, enaltecendo a Autoridade, num estado de graça. Era isso que nos diziam. E foi isso que levou alguns de nós a darmos as nossas vidas, outros a passarem anos em oração solitária, enquanto toda a alegria de vida se desperdiçava à nossa volta e nunca soubemos.

«Porque o mundo dos mortos não é um lugar de castigo ou recompensa. É um lugar de nada. O bom veio para aqui tal como o malvado e todos nós definhamos nesta escuridão para sempre, sem esperança de liberdade, ou alegria, ou sono, ou descanso, ou paz.

«Mas agora esta criança veio até nós oferecendo-nos uma saída e eu vou segui-la. Mesmo que isso signifique o esquecimento, amigos. Recebê-la-ei de braços abertos, porque não será nada, viveremos de novo em milhares de folhas de relva, num milhão de flores, cairemos nas gotas de chuva e voaremos na brisa fresca, brilharemos no orvalho sob as estrelas e a lua, lá fora, no mundo físico que é a nossa verdadeira casa e sempre foi.

«Por isso exorto-vos: sigam a criança para o céu!

Mas o seu fantasma foi afastado pelo de um homem que parecia um monge: magro, pálido mesmo na morte, com olhos negros zelosos. Benzeu-se e orou e depois disse:

— Esta é uma mensagem amarga, uma brincadeira cruel e triste. Não conseguem ver a verdade? Esta não é uma criança. É uma agente do próprio Malvado! O mundo em que vivíamos era um vale de lágrimas e corrupção. Nada lá nos satisfazia. Mas o Todo-Poderoso concedeu-nos este lugar abençoado para toda a eternidade, este paraíso que para as almas caídas parece ermo e estéril, mas que os olhos da fé vêem como é, superabundante de mel e leite e ressoando com os suaves hinos dos anjos. *Isto* é o céu, na verdade! O que esta rapariga promete são apenas mentiras. Ela quer levar-nos para o inferno! Sigam-na se quiserem. Eu e os meus companheiros da verdadeira fé permaneceremos aqui, no nosso paraíso abençoado, e viveremos a eternidade cantando graças ao Todo-Poderoso, que nos deu a capacidade para distinguir o verdadeiro do falso.

Mais uma vez se benzeu e então ele os seus companheiros afastaram-se horrorizados e com aversão.

Lyra sentiu-se confusa. Estaria enganada? Estaria a cometer um grave erro? Olhou em volta: tristeza e desolação por todo o lado. Mas ela já se tinha enganado antes por julgar as coisas pela aparência, confiando na Sra. Coulter por causa do seu belo sorriso e da sua sedução suave e perfumada. Era tão fácil enganarmo-nos; e sem o seu génio para a guiar, talvez ela estivesse enganada sobre aquilo também.

Mas Will abanava-lhe o braço. Colocou as suas mãos na cara dela e segurou-a com força.

— Tu *sabes* que não é verdade — disse —, tal como o podes também sentir. Não lhe ligues! *Eles* todos podem ver que ele estava a mentir. E eles dependem de nós. Vamos, comecemos a caminhada.

Lyra anuiu com um aceno de cabeça. Tinha de confiar no seu corpo e no que os seus sentidos lhe diziam; ela sabia que era o que Pan faria.

Assim iniciaram a caminhada e os incontáveis milhões de fantasmas começaram a segui-los. Atrás deles, demasiado longe para que as crianças pudessem ver, outros habitantes do mundo dos mortos tinham sabido o que se estava a passar e vinham juntar-se à grande marcha. Tialys e Salmakia voaram até lá atrás para ver e ficaram felicíssimos por ver os seus semelhantes também ali e todas as outras formas de vida consciente que tinham sido castigadas pela Autoridade ao exílio e à morte. Entre eles estavam seres que não pareciam humanos, seres como os mulefa, que Mary Malone teria reconhecido, e fantasmas ainda mais estranhos.

Mas Will e Lyra já não tinham forças para olhar para trás; a única coisa que conseguiam fazer era seguir as harpias e manter a esperança.

— Já quase terminámos, Will? — murmurou Lyra. — Estamos quase no fim?

Ele não sabia dizer. Mas estavam tão fracos e doentes que respondeu:

— Sim, estamos quase no fim, já quase que acabámos. Sairemos em breve.

24

A SRA. COULTER EM GENEBRA

Tal mãe, tal filha.

EZEQUIEL

A Sra. Coulter esperou até que a noite caísse para se aproximar do Colégio de St. Jerome. Depois do anoitecer, ela fez com que a aeronave intencional saísse da nuvem e deslocou-se lentamente ao longo da margem do lago, voando a baixa altitude. O Colégio tinha uma estrutura peculiar que o distinguia dos outros edifícios antigos de Genebra e em breve descobriu o pináculo, o vazio escuro dos claustros, a torre quadrada onde o Presidente do Tribunal Consistorial de Disciplina tinha os seus alojamentos. Ela visitara o Colégio três vezes; sabia que as arestas, empenas e chaminés do telhado dissimulavam muitos esconderijos, mesmo para um aparelho do tamanho da aeronave intencional.

Voando baixo sobre as telhas, que brilhavam devido à chuva recente, dirigiu a máquina para um pequeno canal entre um telhado íngreme e a parede a pique da torre. O lugar era apenas visível a partir do campanário da Capela da Santa Penitência, ali perto; servia perfeitamente.

Poisou cuidadosamente a aeronave, deixando que os seus pés encontrassem o seu próprio ponto de apoio e se ajustassem para manter a cabina equilibrada. Começava a admirar aquela máquina: cumpria as suas ordens à velocidade que ela as pensava e era igualmente silenciosa; podia pairar sobre a cabeça de uma pessoa, suficientemente perto para esta a poder tocar, mas sem revelar a sua presença. No dia que tinha passado desde que a roubara, a Sra. Coulter adquirira o controlo dos comandos, mas ainda não fazia a mínima ideia de qual era a energia que a aeronave utilizava e isso era a única coisa que a preocupava: não podia prever quando o combustível ou as baterias se esgotariam.

Assim que se certificou de que a máquina estava parada e de que o telhado era suficientemente forte para suportar o peso, tirou o capacete e desceu.

O seu génio forçava já uma das velhas e pesadas telhas. Ela juntou-se-lhe e em breve tinham levantado meia dúzia. Arrancou as vigas sobre as quais tinham sido colocadas as telhas, abrindo um buraco suficientemente grande para que pudessem passar.

— Vai dar uma vista de olhos — murmurou para o génio, que mergulhou na escuridão.

Ela podia escutar as patas do macaco enquanto se deslocava cuidadosamente sobre o chão do sótão e pouco depois a sua cara de tranças douradas surgiu na abertura. Ela compreendeu imediatamente e seguiu-o, aguardando um momento para que os olhos se adaptassem à luz. Na luminosidade sombria, descobriu, a pouco e pouco, onde tinham sido guardadas as sombras negras de guarda-loiças, mesas, armários de prateleiras e mobília de todos os tipos.

A primeira coisa que fez foi empurrar um guarda-loiça alto colocando-o em frente do buraco onde tinham estado as telhas. Depois, em bicos dos pés, dirigiu-se para a porta que se encontrava no outro extremo do sótão e rodou a maçaneta. Naturalmente, estava fechada à chave, mas ela tinha um gancho de cabelo e a fechadura era simples. Três minutos mais tarde a Sra. Coulter e o génio encontravam-se no fundo de um longo corredor, onde uma claraboia empoeirada lhes permitia ver a escadas que desciam do outro lado do corredor.

Cinco minutos depois, tinham aberto uma janela na despensa junto à cozinha, dois andares mais abaixo, e trepado para a viela. A portaria do colégio ficava mesmo ao virar da esquina e, tal como ela tinha dito ao macaco, era importante chegar seguindo as regras tradicionais, independentemente da forma como pretendia sair depois.

— Tire as mãos de cima de mim — disse calmamente para o guarda —, e mostre algum respeito ou esfolo-o vivo. Diga ao Presidente que a Senhora Coulter chegou e que deseja vê-lo imediatamente.

O homem recuou e o génio, uma cadela de raça *pinscher*, que antes arreganhara os dentes ao macaco plácido, imediatamente meteu o rabo entre as pernas.

O guarda rodou a manivela de um telefone e um minuto depois um jovem padre entrou a correr na portaria, limpando a mão à batina para o caso de ela a querer apertar. Ela não quis.

— Quem é você? — perguntou.

— O Irmão Louis — respondeu o homem, acariciando a coelha--génio —, Escrivão do Secretariado do Tribunal Consistorial. Se quiser ter a amabilidade de...

— Não vim até aqui para conferenciar com um tabelião — interrompeu a Sra. Coulter. — Leve-me até ao Padre MacPhail imediatamente.

O homem fez uma vénia, impotente, e conduziu-a. O guarda, atrás dela, assoprou de alívio.

O Irmão Louis, depois de tentar duas ou três vezes iniciar uma conversa, desistiu e conduziu-a em silêncio até aos aposentos do Presidente. O Padre MacPhail fazia as suas orações e a mão do pobre Irmão Louis tremia violentamente quando bateu à porta. Ouviram um suspiro e um grunhido, depois, passadas pesadas ressoaram no chão.

Os olhos do Presidente abriram-se de espanto quando viu quem era e fez um sorriso sanguinário.

— Senhora Coulter — disse, estendendo a mão. — Estou muito contente por vê-la. O meu escritório é frio e a nossa hospitalidade singela, mas, por favor, entre.

— Boa noite — cumprimentou, seguindo-o para dentro do quarto desabrigado e com paredes de pedra, permitindo-lhe que fizesse um pouco de cerimónia e lhe indicasse uma cadeira.

— Obrigada — agradeceu ela ao Irmão Louis, que ainda girava de um lado para o outro —, aceito um copo de chocolate.

Nada tinha sido oferecido e ela sabia como era insultuoso tratá--lo como se fosse um criado, mas os seus modos eram tão abjectos que ele merecia. O Presidente fez um aceno de cabeça e o Irmão Louis teve de sair para ir tratar do chocolate, para seu grande aborrecimento.

— Naturalmente, está sob prisão — disse o Presidente, sentando--se na outra cadeira e acendendo a lâmpada.

— Oh, porquê estragar a nossa conversa antes mesmo de começarmos? — disse a Sra. Coulter. — Vim até aqui voluntariamente, assim que consegui escapar da fortaleza de Lorde Asriel. Na realidade,

Padre Presidente, tenho muitas informações sobre o seu exército e sobre a criança e vim até aqui para lhas transmitir.

— A criança, então. Comece pela criança.

— A minha filha tem agora doze anos. Muito em breve entrará na puberdade e então será demasiado tarde para qualquer um de nós evitar a catástrofe; a natureza e a oportunidade unir-se-ão como uma faísca e a madeira. Graças à sua intervenção, isso é agora cada vez mais provável. Espero que esteja satisfeito.

— Era seu dever trazê-la até aqui ao seu cuidado. Em vez disso preferiu esconder-se numa caverna... Embora o facto de saber que uma mulher com a sua inteligência esperava permanecer escondida seja para mim um mistério.

— Provavelmente há muitas coisas que são um mistério para si, Senhor Presidente, a começar pelas relações entre uma mãe e a sua filha. Se pensou, por um só momento, que eu entregaria a minha filha ao cuidado... e que *cuidado!*... de um grupo de homens com uma fervorosa obsessão com a sexualidade, homens de unhas sujas, tresandando a suor, homens cujas imaginações furtivas rastejariam sobre o seu corpo como baratas... Se pensou que exporia a minha filha a isso, Senhor Presidente, é muito mais estúpido do que me imaginava.

Ouviu-se uma pancada na porta antes de ele poder responder e o Irmão Louis entrou com dois copos de chocolate sobre uma bandeja de madeira. Poisou o tabuleiro sobre a mesa com uma vénia nervosa, sorrindo para o Presidente na esperança de ser convidado a ficar; mas o Padre MacPhail fez-lhe sinal em direcção à porta e o jovem homem teve de sair.

— Então o que é que *você* ia fazer? — perguntou o Presidente.

— Ia mantê-la segura até que o perigo passasse.

— Que perigo seria esse? — perguntou ele, entregando-lhe um copo.

— Oh, penso que sabe muito bem a que me refiro. Algures há uma serpente, uma tentadora, por assim dizer, e eu tinha de impedir que elas se encontrassem.

— Está um rapaz com ela.

— Sim. E se você não tivesse interferido, eles estariam ambos sob o meu controlo. Tal como estão as coisas, podem estar agora em qualquer lugar. Pelo menos não estão com Lorde Asriel.

— Não tenho dúvidas de que ele ande à procura das crianças. O rapaz tem uma faca com um poder extraordinário. Vale a pena persegui-los só por isso.

— Tenho consciência disso — concordou a Sra. Coulter. — Eu consegui que ele a partisse e ele conseguiu repará-la.

Ela sorria. Certamente ela não aprovava aquele maldito rapaz.

— Nós sabemos — retorquiu o Padre MacPhail.

— Muito bem, muito bem — troçou a Sra. Coulter. — Fra Pavel deve estar a ficar mais rápido. Quando o conheci ele demoraria pelo menos um mês para descobrir tudo isso.

Sorveu o chocolate, que era suave e fraco; como aqueles aborrecidos padres, pensou, impondo a sua pedante abstinência aos visitantes.

— Fale-me de Lorde Asriel — ordenou o Presidente. — Conte-me tudo.

A Sra. Coulter sentou-se confortavelmente e começou a contar-lhe — não tudo, mas ele também nunca pensou, nem por um momento, que ela o fizesse. Contou-lhe sobre a fortaleza, os aliados, os anjos, as minas e as fundições.

O Padre MacPhail permaneceu sentado sem mexer sequer um músculo, o seu lagarto-génio absorvendo e memorizando cada palavra.

— E como é que chegou até aqui? — perguntou.

— Roubei um giróptero. Ficou sem combustível e eu tive de o abandonar no campo, não longe daqui. Fiz o resto do caminho a pé.

— Lorde Asriel procura activamente a rapariga e o rapaz?

— Claro que sim.

— Presumo que ele persiga a faca. Sabe que ela tem um nome? Os monstros dos penhascos chamam-lhe destruidor-de-Deus — continuou, dirigindo-se para a janela e olhando para os claustros. — É isso que Lorde Asriel pretende fazer, não é? Destruir a Autoridade? Há algumas pessoas que clamam que Deus já morreu. Presumivelmente Asriel não é um desses, se mantém a ambição de o matar.

— Bem, onde está Deus — perguntou a Sra. Coulter —, se está vivo? E por que é que já não fala? No princípio do mundo, Deus passeou no jardim e falou com Adão e Eva. Depois começou a recuar, e Moisés só ouviu a sua voz. Mais tarde, no tempo de Daniel, ele tinha envelhecido — era o Ancião. Onde é que ele está agora? Ainda estará vivo, com uma idade inconcebível, decrépito e demente, incapaz de pensar, agir ou falar e incapaz de morrer, um velho decrépito? E se esse é o seu estado, não seria o acto mais misericordioso, a maior prova de amor a Deus, procurá-lo e dar-lhe o dom da morte?

A Sra. Coulter sentiu uma satisfação calma. Perguntava-se se alguma vez sairia dali viva; mas era inebriante falar naqueles termos com aquele homem.

— E o Pó? — perguntou ele. — Das profundidades da heresia, qual é a sua opinião sobre o Pó?

— Não tenho nenhuma opinião — respondeu a Sra. Coulter. — Não sei o que é. Ninguém sabe.

— Estou a ver. Bem, comecei por lhe recordar que está sob prisão. Penso que chegou o momento de lhe encontrar um lugar onde possa dormir. Ficará confortável; ninguém lhe fará mal; mas não irá fugir. E continuaremos a conversa amanhã.

Tocou a campainha e o Irmão Louis veio quase imediatamente.

— Conduz a Senhora Coulter ao melhor quarto de hóspedes — disse o Presidente. — E tranca a porta.

O melhor quarto de hóspedes era pobre e a mobília barata, mas pelo menos estava limpo. Depois de a fechadura ter sido trancada atrás de si, a Sra. Coulter olhou em volta imediatamente procurando os microfones e descobriu um na complicada instalação eléctrica e outro debaixo da armação da cama. Desligou os dois e depois teve uma horrível surpresa.

Observando-a de cima do armário de gavetas atrás da porta estava Lorde Roke.

Ela soltou um grito e apoiou-se na mesa para se equilibrar. O galivespiano estava sentado, as pernas cruzadas, completamente calmo, e nem ela nem o macaco dourado o tinham visto. Quando as batidas do coração diminuíram e a sua respiração acalmou, a Sra. Coulter perguntou:

— E quando pensava fazer a cortesia de me informar que estava aqui, senhor? Antes ou depois de eu me despir?

— Antes — respondeu Lorde Roke. — Diga ao seu génio para se acalmar ou eu incapacito-o.

Os dentes do macaco estavam arreganhados e todo o seu pêlo eriçado. A malícia mordaz da sua expressão era suficiente para fazer qualquer pessoa normal vacilar, mas Lorde Roke limitou-se a sorrir. Os seus esporões brilharam à luz baça.

O pequeno espião levantou-se e espreguiçou-se.

— Acabei de falar com o meu agente na fortaleza de Lorde Asriel — continuou. — Lorde Asriel apresenta os seus cumprimentos e pede que o informe assim que descobrir as intenções desta gente.

Ela sentiu-se sem fôlego, como se Lorde Asriel a tivesse lançado ao chão com força numa luta corpo a corpo. Os seus olhos abriram-se de espanto e ela sentou-se devagar na cama.

— Veio até aqui para me espiar ou para me ajudar? — perguntou.

— Por ambas as razões e tem sorte de eu estar aqui. Assim que chegou, eles ligaram um qualquer aparelho ambárico na cave. Não sei o que possa ser, mas há uma equipa de cientistas trabalhando nisso agora. Você parece tê-los galvanizado.

— Não sei se devo ficar contente ou assustada. Na realidade, estou extenuada e vou deitar-me. Se está aqui para me ajudar, pode continuar a vigiar. Pode começar por olhar para outro lado.

Ele fez uma vénia e virou-se para a parede enquanto ela se lavou na bacia rachada, se secou numa toalha fina, depois despiu-se e deitou-se na cama. O seu génio patrulhava o quarto, verificando o armário, a moldura do quadro, as cortinas, a vista dos claustros escuros. Lorde Roke vigiou-o a cada centímetro. Por fim o macaco dourado juntou-se à Sra. Coulter e ambos adormeceram imediatamente.

Lorde Roke não lhe contou nada do que soube por Lorde Asriel. Os aliados tinham monitorizado o voo de todos os seres no ar sobre a fronteira da república e repararam numa concentração do que podiam ser anjos, mas também podia ser outra coisa qualquer completamente diferente, a ocidente. Tinham enviado patrulhas para investigar, mas até àquele momento ainda não tinham qualquer informação: o que quer que estivesse suspenso no ar naquele ponto estava envolto num espesso nevoeiro.

O espião pensou que era melhor não perturbar a Sra. Coulter com essa informação; ela estava exausta. Que dormisse, decidiu ele, e caminhou lentamente pelo quarto, escutando à porta, vigiando da janela, desperto e alerta.

Uma hora depois de ela ter entrado no quarto, ele ouviu um barulho do outro lado da porta: um suave arranhar e um murmúrio. Ao mesmo tempo, uma luz fraca delimitou a porta. Lorde Roke escondeu-se no canto mais afastado, de pé atrás das pernas da cadeira para onde a Sra. Coulter tinha lançado a roupa.

Passou um minuto e depois a chave rodou suavemente na fechadura. A porta abriu-se uns centímetros, não mais, e a luz apagou-se.

Lorde Roke podia ver com bastante nitidez na luminosidade baça que se escoava pelas cortinas, mas o intruso tinha de esperar que os seus olhos se ajustassem à escuridão. Por fim a porta abriu-se mais um pouco, muito devagar e o jovem padre, o Irmão Louis, entrou no quarto.

Benzeu-se e dirigiu-se em bicos dos pés para a cama. Lorde Roke preparou-se para saltar, mas o padre limitou-se a escutar a respiração da Sra. Coulter, observou de perto para ver se ela estava a dormir e depois virou-se para a mesa-de-cabeceira.

Tapou a lanterna com a mão e ligou-a, deixando que um pequeno raio de luz escapasse por entre os dedos. Observou a mesa-de-cabeceira tão de perto que o nariz quase tocou na superfície, mas o que quer que ele procurasse não encontrou. A Sra. Coulter tinha colocado ali algumas coisas antes de se deitar: duas moedas, um anel, o relógio; mas o Irmão Louis não estava interessado nisso.

Virou-se novamente para ela e então descobriu o que andava à procura e soltou um suave assobio por entre os dentes. Lorde Roke podia observar o seu desânimo: o objecto da sua busca era o medalhão preso na corrente de ouro em volta do pescoço da Sra. Coulter.

Lorde Roke caminhou silenciosamente sobre o soalho em direcção à porta.

O padre benzeu-se novamente porque ia ter de lhe tocar. Sustendo a respiração, inclinou-se sobre a cama... e o macaco dourado agitou--se.

O jovem parou, as mãos esticadas, a coelha-génio tremendo a seus pés, sem qualquer utilidade: ela podia ao menos ter vigiado o pobre homem, pensou Lorde Roke. O macaco virou-se no seu sono e ficou novamente imóvel.

Ao fim de um minuto de pose, como se fosse um boneco de cera, o Irmão Louis baixou as suas mãos trémulas em direcção do pescoço da Sra. Coulter. Revelou tanta inépcia que Lorde Roke pensou que a madrugada chegaria antes de ele conseguir abrir o fecho, mas, por fim, conseguiu soltar o medalhão e endireitar-se.

Lorde Roke, rápido e silencioso como um rato, estava do outro lado da porta antes de o padre se ter voltado. Aguardou no corredor escuro e, quando o homem saiu em bicos dos pés e rodou a chave, o gali-vespiano começou a segui-lo.

O Irmão Louis dirigiu-se para a torre e, quando o Presidente abriu a porta, Lorde Roke entrou rapidamente e dirigiu-se para o genufle-xório, num canto do quarto. Aí encontrou um rebordo escondido na sombra, onde se acocorou e ouviu.

O Padre MacPhail não estava sozinho: o aletiometrista, Fra Pavel, estava ocupado com os seus livros e outra figura estava de pé, nervosa, junto à janela. Era o Dr. Cooper, o teólogo experimental de Bolvangar. Ambos levantaram os olhos.

— Bem feito, Irmão Louis — elogiou o Presidente. — Traga-o para aqui, sente-se, mostre-me, mostre-me. Bem feito!

Fra Pavel afastou alguns dos seus livros e o jovem padre poisou o fio de ouro sobre a mesa. Os outros inclinaram-se para ver enquanto o Padre MacPhail tentava abrir o fecho. O Dr. Cooper ofereceu-lhe o seu canivete de bolso e ouviu-se um suave clique.

— Ah — suspirou o Presidente.

Lorde Roke trepou para cima da mesa a fim de poder ver. À luz da lâmpada de nafta havia um brilho dourado-escuro: era uma madeixa de cabelos que o Presidente torcia por entre os dedos, virando-o de um lado e do outro.

— Temos a certeza de que é da criança? — perguntou.

— Tenho a certeza — disse a voz cansada de Fra Pavel.

— E é suficiente, Doutor Cooper?

O homem pálido inclinou-se e retirou a madeixa de cabelos dos dedos do Padre MacPhail. Levantou-a para a observar à luz.

— Oh, sim — disse. — Um só cabelo bastaria. Isto é mais do que necessitamos.

— Fico muito contente por ouvir isso — disse o Presidente. — Agora, Irmão Louis, tem de voltar a colocar o medalhão no pescoço da boa senhora.

O padre vergou um pouco o corpo: tinha pensado, esperançoso, que a sua tarefa estava concluída. O Presidente colocou a madeixa de cabelos de Lyra dentro de um sobrescrito e fechou o medalhão, olhando em volta enquanto o fazia, e Lorde Roke teve de desaparecer rapidamente.

— Padre Presidente — disse o Irmão Louis —, farei certamente como me ordenou, mas posso saber para que é que precisa do cabelo da criança?

— Não, Irmão Louis, porque isso o perturbaria. Deixe esses assuntos connosco. Vá.

O homem pegou no medalhão e saiu, reprimindo o seu ressentimento. Lorde Roke pensou em regressar com ele e acordar a Sra. Coulter quando ele estivesse a tentar colocar-lhe o fio, para ver o que ela faria; mas era mais importante descobrir o que aquelas pessoas tramavam.

Quando a porta se fechou, o galivespiano regressou às sombras e escutou.

— Como sabia onde ela o tinha? — perguntou o cientista.

— Sempre que falou da criança — disse o Presidente —, a sua mão dirigiu-se para o medalhão. Diga-me, quando estará pronto?

— Uma questão de horas — respondeu o Dr. Cooper.

— E o cabelo? O que fará com ele?

— Colocamos o cabelo na câmara ressoadora. Compreende, cada indivíduo é único e a organização das partículas genéticas muito diferente... Bem, assim que o cabelo for analisado a informação é codificada numa sequência de impulsos ambáricos e transferida para o instrumento de pontaria. Isso localiza a origem do material, o cabelo, onde quer que ela esteja. É um processo que, na realidade, utiliza a heresia Barnard-Stokes, a ideia dos muitos-mundos...

— Não se assuste, Doutor. Fra Pavel disse-me que a criança está num outro mundo. Por favor, continue. A força da bomba é dirigida pelo cabelo?

— Sim. Para cada um dos cabelos de que a madeixa foi cortada. É exactamente isso.

— E quando detonar, a criança será destruída, onde quer que ela se encontre?

Ouviu-se uma inspiração profunda do cientista e depois um «Sim» relutante. Ele engoliu em seco e continuou:

— O poder necessário é imenso. O poder ambárico. Tal como uma bomba atómica precisa de um explosivo potente que comprima o urânio e inicie a reacção em cadeia, este aparelho precisa de uma corrente colossal que liberte a força ainda maior do processo de separação. Pergunto-me...

— Não tem relevância o local onde é detonado, pois não?

— Não. Esse é precisamente o ponto. Qualquer lugar serve.

— E está completamente pronto?

— Agora que temos o cabelo, sim. Mas a força, percebe...

— Já tratei disso. A estação geradora hidroambárica de Saint-Jean-Les-Eaux foi requisitada para nosso uso. Eles produzem lá energia suficiente, não concorda?

— Sim — respondeu o cientista.

— Então partimos imediatamente. Por favor, vá preparar os instrumentos, Dr. Cooper. Tenha-os prontos para transportar assim que possível. O tempo muda rapidamente nas montanhas e aproxima-se uma tempestade.

O cientista pegou no pequeno sobrescrito contendo a madeixa do cabelo de Lyra, fez uma vénia nervosa e saiu. Lorde Roke saiu com ele, fazendo tanto barulho quanto uma sombra.

Assim que estavam suficientemente longe do quarto do Presidente para não serem ouvidos, o galivespiano saltou. O Dr. Cooper, que descia as escadas à sua frente, sentiu uma picada agonizante no ombro e agarrou-se ao corrimão: mas o seu braço estava estranhamente fraco e ele escorregou e caiu, rebolando por todo o lanço de escadas, para aterrar semiconsciente no fundo.

Lorde Roke arrancou o sobrescrito da mão fechada do homem com alguma dificuldade, porque tinha quase o mesmo tamanho dele e caminhou pelas sombras em direcção ao quarto onde a Sra. Coulter dormia.

A fresta por baixo da porta era suficientemente grande para ele passar. O Irmão Louis tinha entrado e saído, mas não se tinha atrevido a colocar o fio em volta do pescoço da Sra. Coulter: deixara-o sobre a almofada.

Lorde Roke apertou-lhe a mão para a acordar. Ela estava profundamente exausta, mas focou rapidamente a sua atenção nele, sentou-se e esfregou os olhos.

Lorde Roke explicou o que se tinha passado e deu-lhe o sobrescrito.

— Deve destruí-lo imediatamente — disse —, um só cabelo será suficiente, disse o homem.

Ela olhou para a pequena madeixa de cabelos loiros e abanou a cabeça.

— Demasiado tarde para isso — disse. — Isto é apenas metade da madeixa que eu cortei do cabelo de Lyra. Ele deve ter ficado com algum.

Lorde Roke silvou de raiva.

— Quando ele olhou em volta! — exclamou. — Arre... eu desviei-me para ele não me ver... Deve ter sido nessa altura que ele tirou um bocado...

— E não há maneira de saber onde ele o colocou — disse a Sra. Coulter. — Mesmo assim, se pudermos encontrar a bomba...

— Shiu!

Era o macaco dourado. Estava acocorado junto da porta, escutando, e depois eles também ouviram: pesados passos, dirigindo-se rapidamente para o quarto.

A Sra. Coulter empurrou o sobrescrito e o medalhão para Lorde Roke que o guardou e saltou para cima do armário. Ela deitou-se ao lado do génio enquanto eles abriam ruidosamente a porta.

— Onde está? O que fez com ele? Como é que atacou o Doutor Cooper? — vociferou a voz dura do Presidente quando a luz invadiu o quarto.

A Sra. Coulter levantou um braço para proteger os olhos e tentou sentar-se.

— Gosta de manter os seus convidados entretidos — disse, num tom sonolento. — É um novo jogo? O que é que eu tenho? E quem é o Doutor Cooper?

O guarda da portaria entrou juntamente com o Presidente e apontou uma lanterna para os cantos do quarto e para debaixo da cama. O Presidente estava perplexo: os olhos da Sra. Coulter estavam semicerrados de sono e ela tinha dificuldade em ver com a luz que brilhava do corredor. Era óbvio que ela não tinha saído da cama.

— Você tem um cúmplice — disse. — Alguém atacou um convidado do Colégio. Quem é? Quem veio consigo? Onde é que ele está?

— Não faço a mínima ideia do que é que está a falar. Mas o que é isto...?

A sua mão, que ela tinha colocado sobre a cama para se apoiar enquanto se sentava, tinha encontrado o medalhão sobre a almofada. Parou, pegou no medalhão e olhou para o Presidente com olhos de espanto e Lorde Roke assistiu a uma soberba representação quando ela disse:

— Mas este é o meu... O que é que está a fazer aqui? Padre MacPhail, quem esteve aqui? Alguém tirou isto do meu pescoço. E... *Onde está o cabelo de Lyra?* Havia uma madeixa do cabelo da minha filha aqui dentro. Quem a tirou? Porquê? O que é que está a acontecer?

Naquele momento ela estava já de pé, o cabelo desgrenhado, uma paixão na voz — claramente tão desorientada quanto o próprio Presidente.

O Padre MacPhail deu um passo atrás e levou a mão à cabeça.

— Deve ter vindo mais alguém consigo. Tem de ter um cúmplice — disse, a sua voz arranhando o ar. — Onde é que ele se esconde?

— Não tenho nenhum cúmplice — exclamou ela furiosa. — E se há um assassino invisível neste lugar, só posso imaginar que seja o próprio Diabo. Devo dizer que ele se sente aqui como em casa.

O Padre MacPhail disse para o guarda:

— Leva-a para as caves. Algema-a. Sei exactamente o que podemos fazer com esta mulher; devia ter pensado nisso assim que ela chegou.

A Sra. Coulter olhou inquieta em volta do quarto e encontrou os olhos de Lorde Roke por uma fracção de segundo, brilhando na escuridão junto ao tecto. Ele captou a sua expressão imediatamente e compreendeu o que ela lhe queria dizer.

25

SAINT-JEAN-LES-EAUX

Um anel de cabelo brilhante junto ao osso...

JOHN DONNE

A catarata de Saint-Jean-Les-Eaux mergulhava por entre piná-
culos de rocha num contraforte oriental dos Alpes, e a estação geradora agarrava-se à parede da montanha mais acima. Era uma região
inóspita, uma imensidão desabrigada e assolada, e nunca ninguém
teria construído nada naquele lugar se não fosse a promessa de accio-
nar grandes geradores ambáricos com a força dos milhares de toneladas de água que bramiam através do desfiladeiro.

Era a noite seguinte à prisão da Sra. Coulter e o clima estava tempestuoso. Perto da fachada de pedra da estação geradora, um
zepelim abrandou até ficar pairando no vento irregular. Os holofotes
por baixo do aparelho davam a ideia de que ele se apoiava em várias
pernas de luz e que gradualmente descia até poisar.

Mas o piloto não estava ainda satisfeito; o vento soprava em remoinhos e rajadas irregulares junto à orla da montanha. Para além
disso, os cabos, os pilones e os transformadores estavam demasiado
próximos: ser lançado contra eles com um zepelim cheio de gás in-
flamável, seria instantaneamente fatal. Saraiva martelava oblíqua no
grande invólucro da aeronave, fazendo um barulho que quase abafava
o ruído e o uivo dos motores em esforço, obscurecendo a visão do
solo.

— Aqui não — gritou o piloto acima do barulho. — Vamos dar
a volta ao contraforte.

O Padre MacPhail observou atentamente enquanto o piloto empurrava a alavanca da válvula e ajustava o equilíbrio dos motores. O zepelim subiu com um solavanco e voou sobre a orla da montanha. Aquelas pernas de luz alongaram-se subitamente e pareciam apalpar o terreno no cume, as suas extremidades perdidas num turbilhão de chuva e saraiva.

— Não pode aproximar-se mais da estação do que isto? — perguntou o Presidente, inclinando-se para a frente a fim de a sua voz chegar até ao piloto.

— Não, se quiser aterrar — respondeu o piloto.

— Sim, queremos aterrar. Muito bem, coloque-nos no chão abaixo do cume.

O piloto deu ordens à tripulação para preparar a ancoragem. Como o equipamento que iam desembarcar era não só pesado, mas também frágil, era importante que o zepelim ficasse bem seguro. O Presidente recostou-se, batendo com os dedos nos braços da cadeira, mordendo os lábios, mas mantendo-se calado deixando o piloto trabalhar calmamente.

Do seu esconderijo, na divisória transversal nas traseiras da cabina, Lorde Roke observava. Várias vezes durante o voo, a sua pequena forma sombria tinha passado através da malha de metal, claramente visível a alguém que tivesse olhado ao virar a cabeça; mas a fim de poder ouvir o que era dito, ele tinha de se colocar num sítio onde o podiam ver. O risco era inevitável.

Inclinou-se para a frente, escutando sobre o rugido dos motores, o ribombar do granizo e da saraiva, o canto agudo do vento nos cabos, o barulho das botas sobre as placas de metal. O mecânico de voo ditou alguns números ao piloto, que os confirmou e Lorde Roke escondeu-se nas sombras, segurando-se com firmeza às escoras e cabos, enquanto a aeronave mergulhava na vertical.

Por fim, percebendo pelo movimento do zepelim que este estava quase ancorado, regressou junto à parede da cabina para os lugares a estibordo.

Homens andavam de um lado para o outro: membros da tripulação, técnicos, padres. Muitos dos seus génios eram cães cheios de curiosidade. Do outro lado da coxia, a Sra. Coulter estava sentada, desperta e silenciosa, o génio dourado sentado no seu colo observando tudo e exsudando malícia.

Lorde Roke aguardou a oportunidade e depois correu para a cadeira da Sra. Coulter e num instante estava escondido na sombra projectada pelo ombro dela.

— O que é que eles estão a fazer? — murmurou.

— A aterrar. Estamos perto da estação geradora.

— Vai ficar comigo ou trabalhar sozinho? — murmurou ela.

— Ficarei consigo. Terei de me esconder debaixo do seu casaco.

Ela envergava um pesado casaco de pele de ovelha, desconfortavelmente quente na cabina aquecida, mas com as mãos algemadas não o podia tirar.

— Vá lá, então — disse ela, olhando em volta e ele correu para o peito dela, encontrando um bolso interior onde se podia sentar confortavelmente. O macaco dourado meteu para dentro a gola de seda, de forma solícita, como se fosse um costureiro exigente tratando da sua modelo favorita, enquanto, na realidade, se certificava de que Lorde Roke estava completamente escondido pelas dobras do casaco.

Foi mesmo a tempo. Um minuto mais tarde, um soldado armado com uma espingarda veio ordenar à Sra. Coulter que saísse do zepelim.

— Tenho de continuar algemada? — perguntou ela.

— Não me disseram que a desalgemasse — retorquiu o soldado. — De pé, por favor.

— Mas é difícil andar sem me poder apoiar nas coisas. Tenho dificuldade em me mexer... Tenho estado aqui sentada a maior parte do dia... e você sabe que não tenho armas, porque já me revistou. Vá perguntar ao Presidente se é mesmo necessário manter-me algemada. Irei tentar fugir nesta região inóspita?

Lorde Roke era insensível ao charme da Sra. Coulter, mas estava interessado no efeito que tinha nas outras pessoas. O guarda era um homem jovem: deviam ter mandado um veterano empedernido.

— Bem — disse —, tenho a certeza de que não fugirá, minha senhora, mas não posso fazer aquilo que não me ordenaram. Percebe, certamente. Por favor, levante-se, minha senhora, e se tropeçar eu agarro-lhe o braço.

Ela levantou-se e Lorde Roke sentiu-a caminhar desajeitadamente. Ela era a humana mais graciosa que os galivespianos alguma vez tinham visto: aquela falta de jeito era fingida. Quando chegaram ao início da prancha de desembarque Lorde Roke sentiu-a tropeçar e gritar assustada e apercebeu-se do puxão quando o braço do guarda a apanhou. Escutou também a alteração nos sons à sua volta: o uivo do vento, as máquinas trabalhando compassadamente para gerar energia para as luzes, vozes soando algures ali perto dando ordens.

Desceram a prancha de desembarque, a Sra. Coulter apoiando-se pesadamente no guarda. Ela falava em voz baixa e Lorde Roke apenas pôde perceber a resposta do guarda.

— O sargento, minha senhora... ali, junto da grade grande... é ele quem tem as chaves. Mas não me atrevo a pedir-lhas, minha senhora, lamento muito.

— Oh, está bem — respondeu ela com um belo suspiro de tristeza. — Obrigado, de qualquer modo.

Lorde Roke escutou passos de botas afastando-se sobre a rocha e depois ela murmurou:

— Ouviu aquilo das chaves?

— Diga-me onde está o sargento. Preciso de saber onde e a que distância.

— A cerca de dez passos dos meus. À direita. Um homem grande. Consigo ver as chaves presas num molhe, à cintura.

— Não serve de nada a não ser que saiba qual delas é. Viu-os fechar as algemas?

— Sim. Uma chave pequena com uma fita preta em volta.

Lorde Roke desceu a pulso o forro do casaco até alcançar a bainha, ao nível dos joelhos da Sra. Coulter. Aí pendurou-se e olhou em volta.

Tinham montado um holofote que lançava uma luz intensa sobre a rocha molhada. Mas quando ele olhou em volta, procurando sombras, viu o jacto de luz dançar de um lado para o outro envolto numa rabanada de vento. Ouviu um grito e a luz apagou-se repentinamente.

Saltou para o chão imediatamente e correu por entre a saraiva violenta em direcção ao sargento que tinha avançado, tentando apanhar o holofote que tombara.

Na confusão, Lorde Roke saltou para a perna do homem quando ele passou por si, agarrou-se ao tecido camuflado das calças — já pesado e ensopado devido à chuva — e enterrou um esporão na carne, mesmo acima da bota.

O sargento soltou um grunhido e caiu desajeitadamente, agarrado à perna, tentando respirar, tentando pedir ajuda. Lorde Roke soltou-se e afastou-se do corpo que tombava.

Ninguém tinha reparado: o barulho do vento e dos motores e o batimento da saraiva abafaram o grito do homem e, na escuridão, o seu corpo era imperceptível. Mas havia outros soldados ali perto e Lorde Roke tinha de trabalhar depressa. Saltou para junto do homem estendido no chão, onde se encontrava o molhe das chaves que caíra dentro de uma poça de água gelada; afastou os grandes veios de metal, da espessura do seu braço e quase do mesmo tamanho, até encontrar o que tinha a fita preta. Depois teve de lutar com o fecho do aro de metal correndo o risco perpétuo da saraiva, que para um galivespiano era mortal; blocos de gelo do tamanho das suas mãos.

Uma voz soou acima dele.

— Está bem, sargento?

O génio do soldado rosnava e afocinhava no corpo do sargento, que caíra num semitorpor. Lorde Roke não podia esperar: um salto e um pontapé e o outro homem caiu ao lado do sargento.

Arrastando, lutando, levantando, Lorde Roke conseguiu finalmente abrir o anel das chaves e depois teve de tirar seis outras chaves antes de a que tinha a fita preta ficar livre. A qualquer segundo eles voltariam a acender o holofote, mas mesmo naquela escuridão eles não demorariam a descobrir dois corpos caídos no chão, inconscientes...

Quando libertou a chave, ouviu-se um grito. Ele puxou o veio maciço com toda a sua força, rebocando-o, içando-o, arrastando e escondeu-se atrás de um pequeno pedregulho no preciso momento em que passos corridos chegaram e vozes pediram luz.

— Mortos a tiro?

— Não ouvi nada...

— Ainda respiram?

O holofote, seguro de novo, acendeu-se imediatamente. Lorde Roke foi apanhado em terreno aberto, tão visível como uma raposa surpreendida pelos faróis de um carro. Parou, imóvel, os olhos movendo-se para a direita e a esquerda, e, assim que se certificou de que a atenção de todos estava centrada nos dois homens que tinham caído misteriosamente, colocou a chave ao ombro e correu em volta das poças e pedras até alcançar a Sra. Coulter.

Um segundo depois ela soltou as algemas e deixou-as cair silenciosamente no chão. Lorde Roke subiu para a bainha do casaco e dali até ao ombro.

— Onde está a bomba? — perguntou junto do ouvido dela.

— Começaram agora a desembarcá-la. É a grade grande que está ali no chão Não posso fazer nada até que eles a tirem para fora e mesmo então...

— Está bem — disse ele —, corra. Esconda-se. Eu fico aqui e vigio. Corra!

Saltou para a manga do casaco e dali para o chão. Sem um ruído ela afastou-se da luz, a princípio caminhando devagar para não chamar a atenção do guarda, depois acocorou-se e correu para a escuridão batida pela chuva, o macaco dourado correndo à frente para ver o caminho.

Atrás de si escutou o contínuo rugido dos motores, os gritos confusos, a voz poderosa do Presidente tentando impor alguma ordem naquele cenário. Ela lembrava-se da longa e horrível dor e das alucinações que sofrera com a ferrada do Cavaleiro Tialys e não invejou o despertar dos dois homens.

Em breve ela estava num plano mais alto, trepando sobre as rochas molhadas e tudo o que conseguia ver atrás de si era o brilho vacilante do holofote reflectido na grande barriga do zepelim; naquele momento a luz apagou-se de novo e a Sra. Coulter apenas conseguia escutar o rugido do motor, tentando em vão impor-se ao vento e ao ribombar da catarata.

Os engenheiros da estação hidroambárica esforçavam-se por passar um cabo eléctrico sobre o rebordo do desfiladeiro até à bomba.

O problema da Sra. Coulter não era como sair daquela situação viva: essa era uma questão secundária. O problema principal era tirar a madeixa de cabelo de Lyra de dentro da bomba antes de eles a activarem. Lorde Roke tinha queimado o cabelo que estava dentro do sobrescrito depois de ela ter sido presa, deixando que o vento levasse as cinzas para o céu da noite; depois descobriu o caminho até ao laboratório e observou enquanto eles colocavam o que restava da pequena madeixa dourada na câmara ressoadora para a preparar. Ele sabia exactamente onde é que o cabelo estava, mas a luz intensa e as superfícies brilhantes do laboratório, para já não falar da constante ida e vinda dos técnicos, fez com que lhe fosse impossível resolver o problema ali.

Portanto, teriam de retirar a madeixa de cabelo depois de a bomba estar montada.

E ia ser ainda mais difícil, devido aos planos do Presidente para a Sra. Coulter. A energia para a bomba resultaria do corte do elo entre um ser humano e o seu génio e isso significava o hediondo processo de intercisão: as gaiolas de malha, a guilhotina prateada. Ele propunha-se cortar a ligação para toda a vida entre ela e o macaco dourado e usar o poder libertado para destruir a sua filha. A Sra. Coulter e Lyra morreriam pelo processo que ela própria tinha inventado. Pelo menos era limpo, pensou.

A sua única esperança era Lorde Roke. Mas, nas conversas murmuradas no zepelim, ele explicou-lhe os limites do poder dos seus esporões: não os podia usar continuamente porque a cada ferroada o veneno enfraquecia. Era necessário um dia para recuperar a totalidade do poder. Em pouco tempo a sua principal arma perderia eficácia e então restar-lhe-ia apenas a coragem.

A Sra. Coulter descobriu uma pedra saliente junto das raízes de um abeto que se agarrara à parede do desfiladeiro e instalou-se lá em baixo para observar o que se passava.

Atrás e por cima dela, sobre o rebordo da ravina e exposta ao vento, ficava a estação geradora. Os engenheiros instalavam uma sequência de luzes para ajudar a fazer com que o cabo chegasse à bomba: ela podia ouvir as suas vozes não muito longe, gritando ordens e ver as luzes passarem por entre as árvores. O próprio cabo tinha a espessura de um braço e estava a ser puxado de uma bobina gigante colocada sobre um camião no topo do penhasco; à velocidade que o desciam sobre as rochas, alcançaria a bomba dentro de cinco minutos.

Junto ao zepelim, o Padre MacPhail reunia os soldados. Vários homens montaram guarda, olhando para a escuridão com as espingardas a postos enquanto outros abriam a grade de madeira que continha a bomba e a preparavam para receber o cabo. A Sra. Coulter podia vê-la claramente sob as luzes dos holofotes, escorrendo água, um deselegante aglomerado de maquinaria e fios, ligeiramente inclinada no solo rochoso. Escutou um crepitar de alta tensão e o zumbido das luzes cujos cabos oscilavam ao vento, dispersando a chuva e lançando sombras sobre as rochas, como uma grotesca corda de saltar.

A Sra. Coulter estava horrivelmente familiarizada com uma parte da estrutura: as gaiolas de malha, a lâmina prateada. Encontravam-se num dos extremos dos instrumentos. O resto era-lhe estranho; não conseguia descobrir o princípio por trás dos rolos de corda, das botijas, das filas de isoladores, da malha de tubos. Mesmo assim, algures em toda aquela complexidade, estava uma pequena madeixa de cabelos da qual tudo dependia.

À sua esquerda, o penhasco perdia-se na escuridão e lá em baixo via-se um brilho branco e o ribombar da água da catarata de Saint--Jean-les-Eaux.

Ouviu-se um grito. Um soldado deixou cair a espingarda e tombou para a frente, pontapeando, sovando e grunhindo de dor. Em resposta o Presidente olhou para o céu, colocou as mãos em volta da boca e soltou um grito lancinante.

Que estaria a fazer?

Um minuto depois a Sra. Coulter descobriu. De todas as coisas improváveis, uma feiticeira desceu do céu e aterrou ao lado do Presidente, que gritou fazendo-se ouvir acima do vento.

— Procura aqui perto! Há uma criatura estranha ajudando a mulher. Já atacou vários dos meus homens. Tu podes ver na escuridão. Encontra-a e mata-a!

— Algo se aproxima — disse a feiticeira, num tom de voz que chegou claramente até ao esconderijo da Sra. Coulter. — Posso vê-lo a norte.

— Não ligues a isso. Encontra a criatura e mata-a! — disse o Presidente. — Não pode estar longe. E procura também a mulher. Vai!

A feiticeira levantou voo novamente.

Subitamente o macaco agarrou a mão da Sra. Coulter e apontou.

Lá estava Lorde Roke, deitado no chão dentro de uma poça de lama. Como é que eles não o viram? Mas algo tinha acontecido, porque ele não andava.

— Vai e trá-lo para aqui — disse ao macaco que, acocorando-se, saltou de uma rocha para outra, dirigindo-se para a pequena mancha verde por entre as poças. O seu pêlo dourado estava escurecido pela chuva e colado ao corpo, tornando-o mais pequeno, mas mesmo assim ele era horrivelmente conspícuo.

Entretanto, o Padre MacPhail virara a sua atenção novamente para a bomba. Os engenheiros da estação geradora tinham levado o cabo até junto da bomba e os técnicos ocupavam-se prendendo os ganchos e preparando os terminais.

A Sra. Coulter perguntava-se o que ele pretenderia fazer em seguida, agora que a sua vítima tinha fugido. Então o Presidente virou-se para olhar por cima do ombro e ela viu a sua expressão. Era tão firme e intensa que parecia mais uma máscara do que um homem. Os seus lábios moviam-se numa oração, os seus olhos estavam virados para o céu, muito abertos, a chuva batendo neles, e no conjunto ele parecia um sombrio retrato de um santo espanhol no êxtase do martírio. A Sra. Coulter sentiu um súbito relâmpago de medo porque soube exactamente o que ele pretendia fazer: ia sacrificar-se a si próprio. A bomba funcionaria com ou sem a Sra. Coulter.

Pulando de rocha em rocha o macaco dourado alcançou Lorde Roke.

— Tenho a perna partida — disse o galivespiano calmamente. — O último homem pisou-me. Escuta com atenção...

Enquanto o macaco o retirava da zona iluminada, Lorde Roke explicou exactamente onde estava a câmara ressoadora e como abri-la. Estavam praticamente sob os olhos dos soldados, mas passo a passo, de sombra em sombra, o macaco trepou com o seu pequeno fardo.

A Sra. Coulter, observando e mordendo o lábio, escutou uma rajada de vento e sentiu uma forte pancada... não no seu corpo, mas na árvore. Uma seta estava lá espetada, tremendo a menos de um palmo do seu braço esquerdo. Imediatamente se afastou rolando, antes de a feiticeira ter tempo de disparar outra seta, e deslizou pela encosta em direcção ao macaco.

Então tudo aconteceu ao mesmo tempo, demasiado depressa: houve uma explosão de canhão e uma nuvem de fumo ácido ondeou pela encosta, apesar de ela não ter visto quaisquer chamas. O macaco dourado, vendo que a Sra. Coulter estava a ser atacada, poisou Lorde Roke e saltou em sua defesa, precisamente quando a feiticeira picou o voo, a faca em riste. Lorde Roke arrastou-se até à rocha mais próxima e a Sra. Coulter lutou corpo a corpo com a feiticeira. Combateram furiosamente por entre as rochas enquanto o macaco dourado se entreteve a arrancar todas as agulhas do ramo de pinheiro-nuvem.

Entretanto, o Presidente empurrava o seu lagarto-génio para a gaiola mais pequena. Este contorcia-se, pontapeava e mordia, mas ele afastou-o da mão e fechou a porta rapidamente. Os técnicos faziam os últimos ajustes, verificando os medidores e os manómetros.

Surgindo do nada, uma gaivota investiu com um grito e apanhou o galivespiano com uma pata. Era o génio da feiticeira. Lorde Roke lutou com bravura, mas o pássaro tinha-o bem preso e então a feiticeira soltou-se das mãos da Sra. Coulter, pegou no ramo de pinheiro careca e levantou voo para se juntar ao génio.

A Sra. Coulter dirigiu-se para a bomba, sentindo o fumo arranhar-lhe o nariz e a garganta: gás lacrimogéneo. Os soldados, na sua maioria, tinham caído ou tinham-se afastado, sufocados (de onde é que o gás teria vindo, perguntou-se), mas, naquele momento, com o vento dispersando-o, eles começavam a reunir-se novamente. A grande barriga estriada do zepelim pairava sobre a bomba, retesando os cabos devido ao vento, os flancos prateados escorrendo humidade.

Um som vindo de muito alto fez tinir os ouvidos da Sra. Coulter: um grito tão agudo e horrorizado que até o macaco dourado se assustou agarrando-se a ela com medo. Um segundo depois, caindo num torvelinho de membros brancos, seda preta e galhos verdes, a feiti-

ceira tombou junto dos pés do Padre MacPhail, os ossos esmagando-
-se estrondosamente no chão.

A Sra. Coulter correu para ver se Lorde Roke tinha sobrevivido à
queda. Mas o galivespiano estava morto. O esporão direito profundamente enterrado no pescoço da feiticeira.

A feiticeira ainda estava viva e a sua boca trémula disse:

— Algo se aproxima... outra coisa... aproxima-se...

Não fazia sentido. O Presidente já passava sobre o seu corpo para
alcançar a gaiola maior. O génio corria de um lado para o outro dentro da caixa de malha metálica mais pequena, as suas pequenas patas
fazendo tinir a rede prateada, a sua voz implorando piedade.

O macaco dourado saltou sobre o Padre MacPhail, mas não para
o atacar: trepou e saltou sobre os ombros do homem para alcançar o
complexo coração de fios e tubos, a câmara ressoadora. O Presidente
tentou apanhá-lo, mas a Sra. Coulter agarrou o braço do homem e tentou afastá-lo. Não conseguia ver: a chuva batia-lhe nos olhos e ainda
havia gás no ar.

De toda a parte soavam tiros: o que estava a acontecer?

Os holofotes abanavam ao vento pelo que não se conseguia ver nada
com clareza, nem mesmo as rochas negras da montanha. O Presidente
e a Sra. Coulter lutaram corpo a corpo, arranhando, esmurrando, rasgando, puxando, mordendo, mas ela estava cansada e ele era forte; mas
ela também estava desesperada e podia tê-lo afastado, mas parte do
seu espírito observava o génio enquanto ele rodava os manípulos, as
suas frenéticas patas pretas rodando os mecanismos para um lado e
para o outro, puxando, torcendo, alcançando...

Desferiram-lhe um murro na têmpora. Ela caiu, estonteada, e o
Presidente soltou-se e arrastou-se, sangrando, para a gaiola, fechando
a porta atrás de si.

O macaco tinha aberto a câmara — uma porta de vidro com pesadas dobradiças e estendia a pata... lá estava a madeixa de cabelo:
presa entre placas de borracha numa braçadeira de metal! Havia
ainda coisas para desmanchar; e a Sra. Coulter arrastava-se com as
mãos trémulas. Abanou a malha metálica com todas as suas forças,
olhando para cima, para a lâmina, os terminais brilhando, o homem
lá dentro. O macaco desaparafusava a braçadeira de metal e o
Presidente, a sua cara uma máscara de exultação sinistra, unia fios
condutores.

Houve um relâmpago intensamente branco, um estalido cortante
e a forma do macaco foi projectada alto no ar. Com ele foi uma pe-

quena nuvem dourada: seria o cabelo de Lyra? Seria o pêlo do macaco? Fosse o que fosse, espalhou-se imediatamente na escuridão. A mão direita da Sra. Coulter tinha-se contraído com tanta força que ficou agarrada à rede, deixando-a meio deitada, meio pendurada, enquanto a sua cabeça tinia e o coração batia descontroladamente.

Mas algo tinha acontecido à sua visão. Uma terrível clareza tinha-se instalado nos seus olhos, o poder de ver os mais ínfimos pormenores e eles estavam focados no único detalhe em todo o universo que era importante: preso a uma das almofadas da braçadeira dentro da câmara ressoadora havia um único cabelo loiro.

Ela soltou um enorme grito de angústia e abanou repetidamente a gaiola com a pouca força que lhe restava. O Presidente passou as mãos pela cara limpando-a da chuva. A sua boca mexeu-se como se estivesse a falar, mas ela não conseguiu ouvir nem uma palavra. Bateu na gaiola, impotente, e depois lançou todo o seu peso contra a máquina quando ele juntou os dois fios com uma faísca. Em absoluto silêncio a lâmina brilhante cortou.

Algo explodiu, algures, mas a Sra. Coulter estava para lá de qualquer sensação.

Havia mãos que a erguiam: as mãos de Lorde Asriel. Já não havia mais nada que a surpreendesse; a aeronave intencional estava atrás dele, poisada no declive e perfeitamente equilibrada. Ele pegou-lhe ao colo e levou-a para a aeronave, ignorando os tiros, o fumo ondeante, os gritos de alarme e a confusão.

— Ele está morto? A bomba explodiu? — conseguiu ela perguntar.

Lorde Asriel sentou-se a seu lado e a pantera da neve saltou também para dentro da aeronave, o macaco meio desmaiado na sua boca. Lorde Asriel pegou nos comandos e a nave levantou voo imediatamente. Com olhos dolorosamente confundidos, a Sra. Coulter olhou para baixo, para o declive da montanha. Homens corriam para um lado e para o outro como formigas; alguns mortos, outros rastejando, estropiados, sobre as rochas; o grande cabo da estação geradora serpenteava por entre o caos, a única coisa que parecia ter alguma intenção, dirigindo-se para a bomba reluzente onde o corpo do Presidente jazia enroscado dentro da gaiola.

— Lorde Roke? — perguntou Lorde Asriel.

— Morreu — murmurou ela.

Ele premiu um botão e uma lança de fogo saiu disparada em direcção ao agitado e pouco firme zepelim. Um segundo depois todo o aparelho brotou numa rosa branca de fogo, engolindo a aeronave intencional que pairou, imóvel e ilesa no meio do fogo. Lorde Asriel fez a nave voar sem pressa e observaram enquanto o zepelim em chamas deslizava, devagar, muito devagar, sobre todo o cenário: bomba, cabos, soldados, tudo; começando depois a cair aos trambolhões num tumulto de fumo e chamas pela encosta da montanha, ganhando velocidade e incinerando as árvores resinosas até que mergulhou nas águas brancas da catarata que tudo arrastaram para as trevas.

Lorde Asriel premiu novamente os controlos e a aeronave intencional acelerou em direcção ao norte. Mas a Sra. Coulter não conseguia desviar os olhos da cena: ficou muito tempo a olhar para trás, vendo com os olhos rasos de lágrimas o fogo, até este não ser mais do que uma linha vertical cor de laranja, estendida na escuridão e envolta em fumo e vapor e, subitamente, tudo desapareceu.

26

O ABISMO

*O sol deixou o seu negrume e descobriu uma manhã
mais fresca e a bela lua se compraz na clara noite sem
nuvens.*

WILLIAM BLAKE

Estava escuro com uma escuridão envolvente que comprimia tão pesadamente os olhos de Lyra que ela quase sentiu o peso de toneladas de rocha sobre eles. A única luz que tinham era a que provinha da cauda luminosa da libelinha da Dama Salmakia e mesmo essa se desvanecia; os pobres insectos não tinham encontrado qualquer alimento no mundo dos mortos e o do cavaleiro morrera pouco antes.

Por isso, enquanto Tialys se sentava no ombro de Will, Lyra transportava a libelinha da Dama nas mãos enquanto ela a acalmava, murmurando para a criatura trémula, alimentando-a primeiro com migalhas de bolachas e depois com o seu próprio sangue. Se Lyra tivesse visto fazer isso, teria oferecido o seu, uma vez que era em maior quantidade; mas a única coisa em que ela se conseguia concentrar era em colocar um pé à frente do outro, evitando as zonas mais baixas da rocha.

Sem-Nome, a harpia, tinha-os guiado através de um conjunto de cavernas que os trariam, disse, ao ponto mais próximo no mundo dos mortos, de onde eles poderiam abrir uma janela para outro mundo. Atrás deles seguia uma interminável coluna de fantasmas. O túnel estava cheio de murmúrios: os que seguiam à frente encorajavam os que vinham atrás, os mais corajosos incitavam os mais temerosos, os mais velhos davam esperança aos mais novos.

— Ainda fica muito longe, Sem-Nome? — perguntou Lyra em voz baixa. — Porque esta pobre libelinha está a morrer e depois a sua luz apagar-se-á.

A harpia parou, virou-se e disse:

— Segue-me. Se não consegues ver, escuta. Se não consegues escutar, sente.

Os seus olhos brilhavam intensamente na escuridão. Lyra fez um aceno de cabeça e disse:

— Sim, seguirei, mas não tenho já as forças que tinha, e não sou corajosa, não muito, pelo menos. Por favor, não pares. Eu sigo-te... Todos nós. Por favor, continua, Sem-Nome.

A harpia voltou-se e continuou a andar. O brilho da libelinha enfraquecia a cada minuto e Lyra sabia que em breve se extinguiria completamente.

Enquanto ela continuou a avançar aos tropeções, uma voz falou mesmo ao lado dela... uma voz familiar.

— Lyra... Lyra, filha...

Ela virou-se, feliz.

— Senhor Scoresby! Oh estou tão contente por o ouvir! E é mesmo você... mal o posso ver... Oh, gostava tanto de o poder abraçar!

Na luz muito, muito fraca, Lyra conseguiu descortinar o corpo magro e o sorriso sardónico do aeronauta texano e a mão estendeu-se num acto inconsciente, mas em vão.

— Eu também, querida. Mas escuta-me... Eles planearam qualquer coisa lá fora e é-te dirigida... Não me perguntes como. Este é o rapaz da faca?

Will tinha-o estado a observar, ansioso por conhecer esse velho companheiro de Lyra; mas naquele momento os seus olhos deixaram Lee e olharam para o fantasma a seu lado. Lyra percebeu imediatamente quem era e maravilhou-se com aquela versão adulta de Will — o mesmo maxilar saliente, o mesmo modo de inclinar a cabeça.

Will ficou sem palavras, mas o pai falou:

— Escuta... Não temos tempo para explicar... Faz exactamente como te digo. Tira a faca e procura o sítio onde foi cortada uma madeixa do cabelo de Lyra.

O tom da sua voz revelava urgência e Will não perdeu tempo a perguntar porquê. Lyra, os olhos muito abertos devido ao medo, ergueu a libelinha com uma mão e apalpou o cabelo com a outra.

— Não — disse Will —, tira a mão... Não consigo ver.

Apesar da luz fraca ele conseguiu descobrir: mesmo por cima da têmpora esquerda havia um pedaço de cabelo que era mais pequeno que o resto.

— Quem fez isto? — perguntou Lyra. — E...

— Cala-te — disse Will e perguntou ao fantasma do pai: — O que devo fazer?

— Corta o cabelo mais curto até ao couro cabeludo. Reúne tudo cuidadosamente, todos os cabelos. Não percas nem um. Depois abre outro mundo... Qualquer um serve... E deita o cabelo lá e depois fecha novamente a janela. Faz isso imediatamente.

A harpia observava; os fantasmas lá atrás aglomeravam-se. Lyra podia ver as suas caras baças na escuridão. Assustada e desorientada, ela ficou quieta, mordendo o lábio enquanto Will fazia o que o pai lhe dissera, a sua cara muito próxima da ponta da faca iluminada pela luz da libelinha. Cortou um pequeno espaço redondo na rocha de outro mundo, colocou lá todos os pequenos cabelos loiros e recolocou a rocha antes de fechar a janela.

Então o chão começou a tremer. De um qualquer lugar muito profundo surgiu um ruído estridente e rouco, como se o centro da terra rodasse como uma enorme pedra-mó e pequenos fragmentos de pedra começaram a cair do tecto do túnel. O chão oscilou subitamente de um lado para o outro. Will agarrou o braço de Lyra e abraçaram-se enquanto a rocha sob os seus pés começou a oscilar e a deslizar, e pedaços soltos de pedra rolaram, magoando-lhes as pernas e os pés...

As duas crianças, protegendo os galivespianos, acocoraram-se com as mãos sobre a cabeça; então, num violento movimento de oscilação deram por si sendo arrastados para a esquerda, agarrando-se um ao outro, demasiado trémulos e sem fôlego para gritarem. Os seus ouvidos estavam cheios do rugido de milhares de toneladas de rocha caindo e rolando com eles.

Finalmente pararam, apesar de à sua volta pequenas pedras ainda rolarem e saltitarem por um declive que um minuto antes não existia. Lyra estava deitada sobre o braço esquerdo de Will. Com a mão direita, Will procurou a faca: ainda estava presa no cinto.

— Tialys? Salmakia? — chamou Will, trémulo.

— Ambos aqui, vivos — disse a voz do cavaleiro perto do seu ouvido.

O ar estava cheio de fumo e com um odor a cordite proveniente das pedras esmagadas. Era difícil respirar e impossível de ver: a libelinha estava morta.

— Senhor Scoresby? — chamou Lyra. — Não conseguimos ver nada... O que aconteceu?

— Estou aqui — disse Lee, muito perto. — Calculo que a bomba tenha explodido e penso que falhou.

— Bomba? — perguntou Lyra, assustada; mas depois ela chamou: — Roger... Estás aí?

— Sim — soou o pequeno murmúrio. — O Senhor Parry salvou-me. Eu ia caindo e ele agarrou-me.

— Vejam — disse o fantasma de John Parry. — Mas agarrem-se à rocha e não se mexam.

O pó assentava e, vinda não se sabe de onde, havia luz: um estranho brilho fraco e dourado, como uma chuva luminescente e brumosa caindo em volta deles. Era suficiente para que os seus corações se atemorizassem, porque iluminava o que ficava à esquerda deles, o sítio para onde tudo tombava... ou escorria como um rio sobre uma queda-d'água.

Era um enorme vazio, como um poço para a escuridão mais profunda. A luz dourada fluía para ele e morria. Podia ver o outro lado, mas ficava muito longe. À sua direita, uma encosta de pedras irregulares, soltas e precariamente equilibradas subindo até se perder na escuridão poeirenta.

As crianças e os seus companheiros agarravam-se ao que nem sequer era uma saliência — apenas alguns sítios onde colocar as mãos e os pés — à beira do abismo e não havia forma de sair a não ser seguindo em frente, ao longo do declive, por entre as rochas desfeitas e os pedregulhos instáveis que, parecia, o mais pequeno toque lançaria no abismo.

Atrás deles, quando o pó assentou, cada vez mais fantasmas olhavam horrorizados para o precipício. Eles estavam acocorados no declive, demasiado assustados para se mexerem. Apenas as harpias nada temiam; levantaram voo e pairaram no ar, pesquisando para trás e para a frente, e voando até lá atrás para tranquilizar os que ainda estavam no túnel, ou avançando à procura de uma saída.

Lyra procurou: pelo menos o aletiómetro estava a salvo. Dominando o medo, olhou em volta e encontrou a cara de Roger e disse:

— Vamos lá, ainda aqui estamos e ninguém está ferido. E, pelo menos agora, podemos ver. Portanto continuemos a andar. Não há outro caminho a não ser em volta disto... — ela fez um gesto para o abismo. — Por isso temos de continuar. Prometo que eu e Will não desistiremos. Por isso não tenhas medo, não desistas, não te deixes ficar para trás. Diz aos outros. Não posso estar sempre a olhar para trás, porque tenho de ver para onde vou, por isso tenho de poder confiar que tu vens atrás de nós, está bem?

O pequeno fantasma fez um aceno com a cabeça. E assim, num silêncio chocado, a coluna de mortos recomeçou a sua viagem junto à orla do abismo. Quanto tempo demoraram, nem Lyra nem Will conseguiam calcular, mas nunca conseguiram esquecer como foi aterrador e perigoso. A escuridão lá em baixo era tão profunda que parecia atrair o olhar e uma sinistra tontura pairava nos seus espíritos quando olhavam. Sempre que podiam mantinham os olhos fixamente em frente, nesta rocha, naquele apoio do pé, naquela sombra, no declive de pedras soltas e tentaram manter os olhos afastados do abismo; mas ele atraía, tentava e não conseguiam evitar olhá-lo de relance, sentindo o seu equilíbrio oscilar e a visão enevoar-se e uma horrível náusea apertando-lhes a garganta.

De tempos a tempos os vivos olhavam para trás e viam a linha infinita dos mortos contornando a cratera: mães encostando a cara dos filhos ao peito, pais idosos trepando devagar, crianças agarrando a saia da pessoa que seguia à frente, rapazes e raparigas da idade de Roger mantendo-se firmes e cautelosos, e eram tantos... Todos seguindo Will e Lyra, assim o esperavam, em direcção ao ar livre.

Mas alguns não confiavam neles. Aglomeraram-se perto e ambas as crianças sentiram mãos frias nos seus corações e entranhas e escutavam os murmúrios viciosos:

— Onde fica o mundo superior? A que distância?

— Este lugar mete-nos medo!

— Nunca devíamos ter vindo... Ao menos no mundo dos mortos tínhamos um pouco de luz e companhia... isto é muito pior!

— Fizeram mal em vir à nossa terra! Deviam ter ficado no vosso mundo e esperado a morte antes de nos virem perturbar!

— Com que direito é que nos conduzem? Vocês são umas simples crianças! Quem vos deu a autoridade?

Will queria voltar-se e denunciá-los, mas Lyra agarrou-lhe o braço; eles estavam assustados e infelizes, disse ela.

Então a Dama Salmakia falou e a sua voz clara espalhou-se pelo grande vazio.

— Amigos, sejam corajosos! Fiquem juntos e continuem a andar! O caminho é difícil, mas Lyra pode descobri-lo. Sejam pacientes e alegres e nós levar-vos-emos para fora, não receiem!

Lyra sentiu-se mais forte ao ouvir aquelas palavras e essa era realmente a intenção da Dama. E assim continuaram a dura caminhada num esforço doloroso.

— Will — disse Lyra ao fim de alguns minutos —, consegues ouvir aquele vento?

— Sim, consigo — respondeu. — Mas não o *sinto*. E digo-te uma coisa sobre aquele buraco ali em baixo. É semelhante a quando abro uma janela. O mesmo tipo de rebordo. Há algo especial naquele rebordo; uma vez que o sentimos nunca mais o esquecemos. E consigo ver isso ali, onde a rocha abre para a escuridão. Mas aquele grande espaço ali não é um mundo como os outros. É diferente. Não gosto dele. Desejava poder fechá-lo.

— Tu não fechaste todas as janelas que abriste.

— Não, porque algumas não pude. Mas sei que *devia*. As coisas correm mal quando elas ficam abertas. E uma daquele tamanho... — Will fez um gesto para baixo, não querendo olhar. — É errado. Algo mau acontecerá.

Enquanto eles conversavam, outro diálogo tinha lugar um pouco mais à frente: o Cavaleiro Tialys falava calmamente com os fantasmas de Lee Scoresby e John Parry.

— O que é que queres dizer com isso, John Parry — perguntava Lee. — Estás a dizer-me que *não devemos* sair para o ar livre? Homem, cada parte de mim anseia por se juntar novamente ao resto do universo vivo!

— Sim, e eu também — respondeu o pai de Will. — Mas acredito que se aqueles de entre nós que estão habituados a lutar conseguíssemos esperar, poderíamos participar na batalha ao lado de Lorde Asriel. E se isso acontecer no momento certo, fará toda a diferença.

— Fantasmas? — perguntou Tialys, tentando esconder o cepticismo da sua voz, sem sucesso. — Como poderíamos lutar?

— Não poderíamos ferir criaturas vivas, isso é verdade. Mas o exército de Asriel irá também lutar com outros tipos de seres.

— Aqueles Espectros — exclamou Lee.

— Exactamente o que eu estava a pensar. Eles atacam os génios, não é? E os nossos génios desapareceram há muito. Vale a pena tentar, Lee.

— Bem, estou do teu lado, amigo.

— E o senhor — disse o fantasma de John Parry para o cavaleiro: — Falei com fantasmas do seu povo. Viverá o tempo suficiente para ver o mundo outra vez antes que morra e regresse como fantasma?

— É verdade que as nossas vidas são curtas comparadas com as vossas. Tenho ainda mais alguns dias de vida — respondeu Tialys —, e a Dama Salmakia um pouco mais, talvez. Mas graças ao que aquelas crianças estão a fazer, o nosso exílio não será permanente. Tenho orgulho em ajudá-los.

Continuaram a caminhar. Aquele abominável abismo escancarado, um pequeno deslize, o passo em falso, uma mão mal agarrada, enviaria qualquer um numa queda sem-fim, pensou Lyra, tão longa que se morreria de fome antes de se atingir o fundo e então o pobre fantasma continuaria a cair num vórtice infinito, sem ninguém que o pudesse ajudar, nenhuma mão que se estendesse, para sempre consciente e para sempre caindo...

Oh, aquilo seria muito pior que o mundo cinzento em que eles viviam, não seria?

Uma coisa estranha ocorreu no seu espírito naquele momento. O pensamento da queda induziu uma espécie de vertigem em Lyra e ela vacilou. Will seguia à sua frente, demasiado longe para a alcançar, senão ela ter-lhe-ia dado a mão; mas naquele momento ela estava mais consciente da presença de Roger, e uma pequena chama de vaidade ardeu por momentos no seu peito. Tinha havido uma ocasião, no telhado do Colégio Jordan, quando, para o assustar, ela desafiou a vertigem e caminhou ao longo da goteira de pedra.

Ela olhou para trás para lhe recordar esse episódio. Ela era a Lyra de Roger, cheia de graça e ousada; ela não precisava de rastejar como um insecto.

Mas a voz sussurrada do rapaz disse-lhe:

— Lyra, tem *cuidado*... lembra-te de que não estás morta como nós...

E parecia estar a acontecer muito devagar: o seu peso deslocou-se, as pedras deslizaram sob os seus pés e, desamparadamente, ela começou a escorregar. No primeiro momento foi aborrecido e depois começou a ser cómico: ela pensou: *que parvoíce!* Mas quando não conseguiu agarrar-se a nada, à medida que as pedras rolaram sob o seu corpo e ela deslizou em direcção à orla do abismo, o horror de tudo aquilo atingiu-a. Ela ia cair. Não havia nada que a retivesse. Era já demasiado tarde.

O seu corpo contorceu-se horrorizado. Ela não tinha consciência dos fantasmas que se lançaram tentando apanhá-la para a verem passar através deles como uma pedra através do nevoeiro; ela não sabia que Will gritava o seu nome tão alto que o abismo ecoou. Em vez disso, todo o seu corpo era um vórtice de medo. Mais depressa, cada vez mais depressa ela rebolava e caía, caía: alguns fantasmas não suportaram ficar a ver: taparam os olhos e gritaram.

Will estava eléctrico com o medo. Observou em agonia enquanto Lyra deslizava cada vez para mais longe, sabendo que nada poderia fazer e sabendo que teria de ficar a ver. Não conseguia ouvir o grito desesperado que ele próprio lançava, tal como ela. Mais dois segundos... um segundo... ela estava no limiar, não conseguia parar, ela caía...

Saindo da escuridão, investiu contra aquela criatura cujas garras lhe tinham arranhado a cabeça não muito tempo antes, Sem-Nome, a harpia, cara de mulher, corpo de ave, e cujas garras se fecharam em volta do braço da rapariga. Juntas mergulharam, o peso extra quase demasiado para as poderosas asas da harpia, mas elas batiam, e batiam, e batiam e as suas garras mantiveram-se firmes; lentamente, pesadamente, lentamente, pesadamente, a harpia trouxe a rapariga para cima, para fora do abismo e depositou-a, zonza e quase a desmaiar, nos braços de Will.

Ele agarrou-a com força, apertando-a contra o peito, sentindo o bater louco do seu coração contra as costelas. Naquele momento ela não era apenas Lyra e ele não era Will; ela não era uma rapariga e ele não era um rapaz. Eles eram os dois únicos seres humanos naquele vasto vórtice de morte. Agarraram-se um ao outro e os fantasmas aproximaram-se, envolvendo-os, murmurando palavras de conforto, agradecendo à harpia. Os mais próximos eram o pai de Will e Lee Scoresby, e, como eles, desejavam também abraçá-la; e Tialys e Salmakia falaram com Sem-Nome, elogiando-a, chamando-lhe a salvadora de todos eles, a generosa, abençoando a sua simpatia.

Assim que Lyra conseguiu mexer-se, aproximou-se da harpia e colocou os seus braços em volta do pescoço, beijando uma vez e outra aquela cara arruinada. Lyra não conseguia falar. Todas as palavras, toda a vaidade, toda a confiança lhe tinham sido arrancadas.

Deitaram-se por um momento. Quando o terror começou a diminuir, retomaram a marcha, Will segurando a mão de Lyra fortemente na mão sã, e rastejaram testando cada ponto antes de lá colocarem o seu peso, um processo tão lento e cansativo que, pensaram, morreriam de exaustão; mas não podiam descansar, não podiam parar. Como poderia alguém descansar com aquele terrível abismo lá em baixo?

Ao fim de mais uma hora de labuta, Will disse-lhe:

— Olha em frente. Penso que há uma saída...

Era verdade: o declive estava a ficar mais fácil de subir e era mesmo possível trepar com mais rapidez, afastando-se do abismo. E lá à frente: aquilo não era uma dobra na parede do penhasco? Poderia aquilo ser mesmo uma saída?

Lyra olhou para os olhos fortes e brilhantes de Will e sorriu.

Continuaram a trepar, cada vez mais alto, cada passo afastando-os do abismo. À medida que trepavam descobriram terreno mais firme, e apoios mais seguros, o chão menos dado a rolar sob os pés e a torcer os tornozelos.

— Devemos ter trepado bastante — disse Will. — Eu podia usar a faca e ver o que descubro.

— Ainda não — disse a harpia. — Ainda falta um bocado. Este é um mau sítio para abrir. Há um lugar melhor lá em cima.

Continuaram calmamente: mão, pé, peso, subir, teste, mão, pé... Os dedos estavam em carne viva, os joelhos e as ancas tremiam com o esforço e latejavam de exaustão. Treparam os últimos metros até ao cume do penhasco onde um estreito conduzia para a escuridão.

Lyra observou com olhos doridos enquanto Will pegou na faca e começou a sentir o ar, tocando, recuando, procurando, tocando novamente.

— Ah — fez ele.

— Encontraste um espaço aberto?

— Penso que sim...

— Will — chamou o fantasma do pai —, pára um momento. Escuta-me.

Will poisou a faca e virou-se. Com todo aquele esforço ele não pudera pensar no seu pai, mas era bom saber que ele estava ali. Subitamente apercebeu-se de que se iam separar pela última vez.

— O que acontecerá quando saíres? — perguntou. — Irás simplesmente desaparecer?

— Ainda não. O Senhor Scoresby e eu temos uma ideia. Alguns de nós permaneceremos aqui por algum tempo e precisamos que nos deixes entrar no mundo de Lorde Asriel porque ele pode precisar da nossa ajuda. Para além disso — continuou ele sombriamente, olhando para Lyra — vocês também precisam de viajar até lá se quiserem reencontrar os vossos génios. Porque foi para esse mundo que eles foram.

— Mas, Senhor Parry — disse Lyra —, como é que sabe que os nossos génios foram para o mundo do meu pai?

— Eu fui um xamã quando estava vivo. Aprendi a ver coisas. Pergunta ao teu aletiómetro... Ele confirmará. Mas lembrem-se disto que vos vou dizer sobre os vossos génios — continuou, e a sua voz era tensa e enfática. — O homem que vocês conheceram como Sir Charles Latrom tinha de regressar periodicamente ao seu mundo; ele não podia viver permanentemente no meu. Os filósofos da Guilda da Torre degli Angeli, que viajaram entre os mundos durante trezentos anos, descobriram que o mesmo era verdadeiro e, como resultado, a pouco e pouco, o seu mundo enfraqueceu e entrou em decadência.

«E depois há o que me aconteceu. Eu era um soldado; era oficial dos Fuzileiros e depois ganhei a vida como explorador; era saudável e estava na melhor forma que um ser humano pode estar. Depois saí do meu mundo por acaso e não consegui regressar. Fiz muitas coisas e aprendi muito no mundo que adoptei, mas dez anos depois de lá ter chegado estava gravemente doente.

«Esta é a razão para todas estas coisas: o vosso génio só pode viver a sua vida em pleno no mundo em que nasceu. Noutro lugar ele acabará por adoecer e morrer. Podemos viajar, se houver aberturas para outros mundos, mas só podemos viver no nosso. O grande empreendimento de Lorde Asriel falhará, no fim, pela mesma razão: temos de construir a república do céu onde estamos, porque, para nós não há outro lugar.

«Will, meu filho, tu e Lyra podeis sair agora para um breve descanso; vocês precisam disso e merecem-no, mas depois têm de regressar para as trevas comigo e com o Senhor Scoresby para uma última viagem.

Will e Lyra trocaram um olhar. Depois ele abriu a janela e era a paisagem mais bela que alguma vez tinham visto.

O ar da noite encheu-lhes os pulmões, puro, limpo e fresco; os seus olhos avistaram uma abóbada de estrelas deslumbrante e o brilho de água, algures mais abaixo; aqui e ali havia bosques de grandes árvores, altas como castelos, pontuando a vasta savana.

Will alargou a janela o mais que pôde, caminhando sobre a erva para a esquerda e a direita, fazendo-a suficientemente grande para seis, sete, oito fantasmas saírem à vontade do mundo dos mortos.

Os primeiros fantasmas tremiam de esperança e a sua excitação passou, como uma onda, sobre a longa fila atrás deles, jovens, crianças e pais idosos olhando para cima com prazer e admiração quando as primeiras estrelas que eles viram ao fim de séculos brilharam nos seus pobres olhos famintos.

O primeiro fantasma a deixar o mundo dos mortos foi Roger. Ele deu um passo em frente, virou-se para olhar para Lyra e riu de surpresa quando descobriu que se transformava em noite, luz das estrelas, ar... e depois desapareceu, deixando atrás de si uma pequena e tão intensa explosão de felicidade que Will recordou as bolhas de gás num copo de champanhe.

Os outros fantasmas seguiram-no e Will e Lyra caíram, exaustos, na erva coberta de orvalho, cada nervo dos seus corpos abençoando a suavidade do solo, o ar da noite e as estrelas.

27

A PLATAFORMA

A minha alma para os ramos desliza: aí, como um
pássaro, poisa, e canta, depois alisa e penteia as asas
prateadas.

ANDREW MARVELL

Assim que os mulefa iniciaram a construção da plataforma para Mary, trabalharam depressa e bem. Ela deliciou-se a observá-los, porque eles conseguiam discutir sem guerrear e cooperar sem se meterem no caminho uns dos outros; para além disso, as suas técnicas de separar, cortar e unir a madeira eram tão elegantes e eficazes…

Em dois dias, a plataforma de observação estava desenhada, construída e colocada no lugar. Era firme, espaçosa e confortável e quando ela subiu, sentiu-se de certo modo mais feliz do que alguma vez se sentira. Esse modo era físico. No verde denso da cúpula, com o céu azul espreitando por entre as folhas; uma brisa mantendo-lhe a pele fresca e o odor suave das flores deliciando-a sempre que o inspirava; com o restolhar das folhas, a cântico de centenas de pássaros e o murmúrio distante das ondas na praia, todos os seus sentidos se aquietaram e se desenvolveram, e se ela pudesse parar de pensar, teria sido completamente envolvida pela beatitude.

Mas, naturalmente, ela estava ali precisamente para pensar.

Quando olhou através do telescópio de âmbar e observou o inexorável afastamento da sraf, das partículas-Sombra, teve a sensação de que a felicidade, a vida e a esperança se afastavam com eles. Mary não conseguia encontrar qualquer explicação.

Trezentos anos, disseram os mulefa: esse era o tempo em que as árvores tinham entrado em decadência. Uma vez que as partículas-Sombra atravessavam todos os mundos, presumivelmente a mesma coisa acontecia também no universo dela e em todos os outros. Trezentos anos antes tinha sido fundada a Real Sociedade: a primeira sociedade verdadeiramente científica no seu mundo. Newton realizava as suas descobertas sobre a óptica e a gravidade.

Trezentos anos antes, no mundo de Lyra, alguém inventou o aletiómetro.

Ao mesmo tempo, naquele mundo que ela atravessara para chegar até ali, a faca subtil era inventada.

Mary deitou-se sobre as placas, sentindo a plataforma oscilar num movimento muito ligeiro e ritmado à medida que a grande árvore balançava com a brisa do mar. Com um olho encostado ao telescópio, ela observou a miríade de minúsculas faíscas atravessar as folhas, passar sobre a boca aberta das flores, através dos enormes ramos, deslocando-se contra o vento, numa corrente lenta e deliberada que parecia tudo menos consciente.

O que teria acontecido trezentos anos antes? Teria isso sido causado pela corrente de Pó ou o contrário? Ou seriam ambos o resultado de uma causa completamente diferente? Ou dois fenómenos completamente desligados?

A corrente mesmerizava. Como seria fácil entrar em transe e deixar o seu espírito deslizar juntamente com as partículas...

Antes que se apercebesse do que estava a fazer, e porque o seu corpo estava embalado, isso foi exactamente o que aconteceu. Subitamente despertou e descobriu-se fora do seu corpo e entrou em pânico.

Ela estava um pouco acima da plataforma, afastada alguns centímetros por entre os ramos. Algo tinha acontecido ao vento-de-Pó: em vez de aquele lento deslizar, corria como um rio durante uma inundação. Teria a corrente acelerado ou o tempo estaria a correr a uma velocidade diferente para ela, agora que estava fora do corpo? Fosse como fosse, estava consciente de um perigo horrível, porque a corrente ameaçava arrastá-la. Estendeu os braços para se agarrar a qualquer coisa sólida... Mas ela não tinha braços. Nada a susteve. Naquele momento, estava quase sobre aquela abominável queda e o seu corpo estava cada vez mais longe, dormindo tão porcinamente lá em baixo. Tentou gritar e acordar: nem um som. O corpo continuou a dormir e o eu que observava estava a ser arrastado para fora da copa da árvore em direcção ao céu azul.

Por mais que lutasse não conseguia parar. A força que a arrastava era suave e poderosa como a água escorrendo de uma barragem: as partículas de Pó deslizavam com ela como se também estivessem a ser puxadas sobre um qualquer rebordo invisível.

E afastavam-na do seu corpo.

Mary lançou uma linha mental para aquele eu físico e tentou recordar-se da sensação de lhe pertencer: todas as sensações que significavam estar vivo. O exacto toque da tromba da sua amiga Atal acariciando-lhe o pescoço. O sabor de ovos com *bacon*. A tensão triunfante dos seus músculos quando escalava uma montanha. A delicada dança dos seus dedos sobre o teclado de um computador. O cheiro a café. O calor da cama numa noite de Inverno.

A pouco e pouco conseguiu suster o movimento; a linha de vida manteve-se firme e Mary sentiu o peso e a força da corrente empurrando-a enquanto pairava ali, no céu.

Subitamente, algo estranho aconteceu. Gradualmente (à medida que ela reforçava aquelas reminiscências sensoriais, juntando outras: o saborear de uma *Margarita* gelada na Califórnia, sentada sob os limoeiros na esplanada de um restaurante em Lisboa, limpando o gelo do pára-brisas do carro) ela sentiu que o vento-Pó acalmava. A pressão diminuía.

Mas apenas *nela:* a toda a volta, por cima, por baixo, o grande rio deslizava cada vez mais depressa. Estranhamente havia uma pequena mancha de imobilidade à sua volta onde as partículas resistiam à pressão.

Elas *eram* conscientes! Sentiram a sua ansiedade e reagiram. E começaram a levá-la de volta ao seu corpo e quando já estava suficientemente próxima para o ver de novo, tão pesado, tão quente, tão seguro, um soluço silencioso abalou-lhe o coração.

Então mergulhou novamente no seu corpo e acordou.

Inspirou profundamente. Comprimiu as mãos e as pernas contra as placas duras da plataforma e, tendo um minuto antes quase enlouquecido de medo, estava agora envolvida num êxtase lento e profundo por estar unida ao seu corpo, à terra, a tudo o que era matéria.

Por fim sentou-se e tentou fazer um inventário. Os seus dedos encontraram o telescópio que ela levou até ao olho, apoiando a mão trémula com a outra. Não havia qualquer dúvida: aquela lenta corrente tinha-se transformado num dilúvio. Não havia nada para ouvir nem para sentir e, sem o telescópio, nada para observar, mas mesmo quando ela tirou o telescópio do olho, a sensação daquela rápida e silenciosa inundação permaneceu viva, juntamente com outra coisa que ela não tinha reparado no terror que sentiu por estar fora do seu corpo: o profundo e impotente lamento que se espalhava pelo ar.

As partículas-Sombra sabiam o que estava a acontecer e estavam desoladas.

A própria Mary era em parte matéria-Sombra. Parte da sua vida estava sujeita àquela inundação que se deslocava pelo Cosmos. E o mesmo acontecia com os mulefa, os seres humanos em todos os mundos e com todo o tipo de criaturas conscientes, onde quer que estivessem.

A não ser que ela descobrisse o que se passava, todos poderiam dar por si deslizando para o oblívio, onde quer que estivessem.

Subitamente, Mary desejou profundamente estar no solo, na terra. Colocou o telescópio no bolso e começou a descer da plataforma.

O Padre Gomez atravessou a janela quando a luz do fim do dia se alongou e amadureceu. Viu os grandes bosques de árvores-roda e as estradas cortando a pradaria tal como Mary tinha feito, do mesmo lugar, algum tempo antes. Mas o ar limpo, livre de qualquer neblina, porque chovera um pouco antes e ele podia ver até mais longe do que ela; podia ver o brilho de um mar distante, e umas formas brancas que pareciam velas.

Pegou na mochila colocando-a aos ombros e dirigiu-se para elas, para ver o que conseguia descobrir. Na tranquilidade da noite longa era agradável caminhar pela estrada suave, com o som de alguma criatura semelhante às cigarras cantando na erva alta e o pôr do Sol iluminando-lhe o rosto. O ar estava fresco, claro e suave e completamente livre dos fumos de nafta, querosene, fosse o que fosse que tinha dominado o ar de um dos mundos que ele tinha atravessado: o mundo a que o seu alvo, a tentadora, pertencia.

Chegou a uma pequena colina junto a uma baía baixa. Se houvesse marés naquele mundo, esta estaria cheia porque havia apenas uma estreita faixa de areia acima da água.

Flutuando na baía calma estava uma dúzia ou mais de... O Padre Gomez teve de parar e pensar bem. Uma dúzia ou mais de enormes pássaros brancos como a neve, cada um do tamanho de um barco a remos, com longas asas que pendiam na água atrás deles: asas muito grandes, com dois metros ou mais de comprimento. *Seriam* pássaros?

Tinham penas, cabeça, e bicos não muito diferentes dos dos cisnes; mas aquelas asas estavam situadas uma à frente e outra atrás...

Subitamente eles viram-no. Cabeças viraram-se com um estalido e imediatamente todas aquelas asas se ergueram, como as velas de um barco e todas enfunaram ao vento, dirigindo-se para a costa.

O Padre Gomez estava impressionado pela beleza daquelas asas--vela, pela forma como se dobravam e equilibravam tão perfeitamente e pela velocidade dos pássaros. Depois viu que eles também patinhavam: as suas pernas debaixo de água, não colocadas à frente e atrás como as asas, mas uma de cada lado e, com as asas e as pernas movendo-se ao mesmo tempo, eles adquiriam uma extraordinária velocidade e graça na água.

Quando o primeiro alcançou a areia arrastou-se penosamente sobre a areia seca, dirigindo-se para o padre. Assobiava, maldoso, esticando a cabeça para a frente e bamboleava-se pesadamente em terra e o bico abocanhava e batia. O bico tinha dentes, uma sequência de ganchos direitos e afiados.

O Padre Gomez estava a cerca de noventa metros da água, sobre um promontório baixo coberto de erva, e teve muito tempo para poisar a mochila, tirar a espingarda, carregá-la, fazer pontaria e disparar.

A cabeça do pássaro explodiu numa mistura de branco e vermelho e a criatura morta deu vários passos desajeitados antes de cair sobre o peito. Demorou mais de um minuto a morrer, as patas pontapeando, as asas erguendo-se e baixando-se, o grande pássaro rodando sobre si mesmo num círculo de sangue, golpeando a erva até que uma longa expiração dos pulmões terminou com um esguicho de sangue e ficou imóvel.

Os outros pássaros pararam assim que o primeiro caiu e em breve o observaram, e ao homem também. Havia uma inteligência rápida e feroz nos seus olhos. Desviavam os olhos dele para o pássaro morto, depois para a espingarda e novamente para a cara do padre.

Ele levantou novamente a espingarda e viu-os reagir, recuando desajeitadamente, agrupando-se. Tinham compreendido.

Eram criaturas grandes e fortes, de costas largas, eram na realidade como barcos vivos. Se sabiam o que era a morte, pensou o Padre Gomez, e se conseguiam ver a relação entre a morte e ele, então tinham encontrado a base para um entendimento frutuoso. Assim que tivessem aprendido verdadeiramente a temê-lo, fariam exactamente o que ele dissesse.

316

28

MEIA-NOITE

Muitas vezes me apaixonei pela morte tranquila...

JOHN KEATS

Lorde Asriel chamou:

— Marisa, acorda. Estamos prestes a aterrar.

Uma madrugada fanfarrona caía sobre a fortaleza de basalto quando a aeronave intencional se aproximava vinda de sul. A Sra. Coulter, dorida e desolada, abriu os olhos; não tinha estado a dormir. Podia ver o anjo Xaphania pairando sobre a pista de aterragem, depois subindo e voando em círculos em direcção à torre enquanto a nave se dirigia para as muralhas.

Assim que a nave aterrou, Lorde Asriel saltou para fora e correu a juntar-se ao Rei Ogunwe, na torre de vigia ocidental, ignorando completamente a Sra. Coulter. Os técnicos que se aproximaram para cuidar do aparelho também não lhe prestaram qualquer atenção; ninguém a questionou sobre a perda da aeronave que ela tinha roubado; era como se ela fosse invisível. Fez o seu caminho solitariamente em direcção ao quarto, na torre de diamante, onde uma ordenança se ofereceu para lhe trazer alguma comida e café.

— Como queira — respondeu a Sra. Coulter. — E obrigada. Ah, a propósito — continuou, quando o homem já se virara para sair: — O aletiometrista de Lorde Asriel, o Senhor...

— O Senhor Basilides?

— Sim. Ele estará livre para vir até aqui?

— Neste momento ele está de roda dos seus livros, minha senhora. Eu digo-lhe para vir até aqui quando puder.

Ela lavou-se e vestiu a última camisa lavada que lhe restava. O vento frio que abanava as janelas e a luz cinzenta da manhã fê-la tremer. Colocou mais algumas pedras de carvão no fogão de ferro, esperando que o calor a fizesse parar de tremer, mas o frio estava entranhado nos próprios ossos, não na carne.

Dez minutos mais tarde houve uma pancada na porta. O aletiometrista pálido e de olhos escuros, com o seu rouxinol-génio poisado no ombro, entrou e fez uma vénia. Um minuto mais tarde a ordenança chegou com uma travessa com pão, queijo e café e a Sra. Coulter disse:

— Obrigada por ter vindo, Senhor Basilides. Posso oferecer-lhe alguma coisa?

— Bebo um café, obrigado.

— Por favor, diga-me — continuou ela assim que acabou de servir o café —, porque tenho a certeza de que tem seguido o que aconteceu: a minha filha está viva?

Ele hesitou. O macaco dourado apertou o braço da Sra. Coulter.

— Ela está viva — disse cautelosamente Basilides —, mas também...

— Sim? Oh, por favor, o que quer dizer?

— Ela está no mundo dos mortos. Durante algum tempo eu não consegui interpretar o que o instrumento me estava a dizer: parecia impossível. Mas não há dúvida. Ela e o rapaz foram ao mundo dos mortos e fizeram uma abertura para os fantasmas poderem sair. Assim que os mortos chegam ao ar livre dissolvem-se como aconteceu com os seus génios e parece que esse é o fim mais doce e desejável. E o aletiómetro diz-me que a rapariga fez isso porque escutou uma profecia afirmando que seria posto um fim à morte e pensou que essa era uma demanda que ela devia concretizar. Como resultado, há agora uma saída do mundo dos mortos.

A Sra. Coulter não conseguia falar. Teve de se levantar e dirigir-se para a janela a fim de esconder a emoção que a sua cara revelava. Por fim perguntou:

— E ela sairá daí viva? Mas não, eu sei que não pode fazer previsões. Ela está... Como é que ela está... ela tem...

— Ela sofre, está dorida e assustada. Mas tem a companhia do rapaz e dos dois espiões galivespianos e ainda se mantêm todos juntos.

— E a bomba?

— A bomba não a atingiu.

A Sra. Coulter sentiu-se subitamente exausta. A única coisa que desejava era deitar-se e dormir durante meses, anos. Lá fora, o cabo da bandeira oscilou e bateu ao vento e as gralhas grasnaram enquanto volteavam sobre as muralhas.

— Obrigada, senhor — disse ela, virando-se para o leitor. — Estou-lhe muito grata. Por favor, poderá informar-me se descobrir mais qualquer coisa sobre ela, ou onde ela está, ou o que está a fazer?

O homem fez uma vénia e saiu. A Sra. Coulter deitou-se na cama de campanha, mas por mais que tentasse, não conseguia manter os olhos fechados.

— O que pensa disto, Rei? — perguntou Lorde Asriel.

Ele olhava através do telescópio da torre de vigia para alguma coisa a ocidente no céu. Tinha a aparência de uma montanha suspensa no ar à altitude de uma mão sobre o horizonte e coberta por uma nuvem. Estava muito longe; na realidade tão longe que não era maior que uma unha do polegar vista com o braço estendido. Mas não estava ali há muito tempo e estava suspensa, absolutamente imóvel.

O telescópio aproximou-a, mas não permitia ver mais detalhes: a nuvem ainda parecia uma nuvem, por mais que fosse ampliada.

— A Montanha Enevoada — disse Ogunwe. — Ou... como é que lhe chamam? O Coche de Gala.

— Com o Regente puxando as rédeas. Ele escondeu-se bem, esse Metatron. Falam dele nas escrituras apócrifas: foi em tempos um homem, um homem chamado Enoque, o filho de Jared... Cinco gerações depois de Adão. E agora ele governa o reino. E pretende fazer mais do que isso, se o anjo que encontraram junto do lago de enxofre estivesse correcto. O que entrou na Montanha Enevoada para espiar. Se ele ganhar esta batalha, pretende intervir directamente na vida humana. Imagine só isso, Ogunwe — uma inquisição permanente, pior do que qualquer coisa que o Tribunal Consistorial pudesse sonhar, tendo como funcionários espiões e traidores de todos os mundos e dirigido pessoalmente pela inteligência que mantém aquela montanha no ar... A velha Autoridade pelo menos teve a graça de se retirar; o trabalho sujo de queimar heréticos e enforcar feiticeiras foi deixado aos padres. Este será muito, muito pior...

— Bem, ele começou por invadir a república — disse Ogunwe. — Veja... Aquilo é fumo?

Uma coluna cinzenta deixava a Montanha Enevoada, uma lenta mancha espalhando-se pelo céu. Mas não podia ser fumo: deslocava--se contra o vento e rasgava as nuvens.

O rei pegou nos binóculos e viu o que era na realidade.

— Anjos — disse.

Lorde Asriel afastou-se do telescópio e levantou-se, as mãos sobre os olhos, protegendo-os. Às centenas, depois aos milhares, às dezenas de milhares, até metade daquela zona do céu ter escurecido, as figuras minúsculas voando, voando, aproximando-se sempre. Lorde Asriel tinha já observado os milhões de milhões de bandos de estorninhos que volteavam ao pôr do Sol em volta do palácio do Imperador K'ang--Po, mas nunca tinha visto uma tão vasta multidão em toda a sua vida. Os seres voadores reuniram-se e depois afastaram-se lentamente voando para norte e sul.

— Ah! E o que é aquilo? — perguntou Lorde Asriel, apontando. — Aquilo não é vento.

A nuvem girava em turbilhão no flanco sul da montanha e longas bandeiras esfarrapadas de vapor desprendiam-se de poderosos ventos. Mas Lorde Asriel tinha razão: o movimento tinha origem no ar dentro da nuvem, não no exterior. A nuvem rolou e deslocou-se desordenadamente, e subitamente desapareceu por um segundo.

Havia mais do que uma montanha, mas eles apenas tiveram um vislumbre; depois a nuvem reagrupou-se, como uma cortina puxada por uma mão invisível, para esconder tudo de novo.

O Rei Ogunwe poisou os binóculos.

— Aquilo não é uma montanha — disse. — Vi plataformas para canhões...

— Eu também. Uma enorme complexidade de coisas. Será que ele consegue ver o que se passa através da nuvem, pergunto-me? Em alguns mundos, eles têm máquinas para fazer isso. Mas quanto ao seu exército, se aqueles anjos são tudo o que têm...

O Rei soltou uma breve exclamação, parcialmente surpreendido, em parte desesperado. Lorde Asriel virou-se e agarrou-lhe o braço com dedos fortes.

— Eles não têm *isto!* — disse e abanou violentamente o braço do Rei Ogunwe. — Eles não têm *carne!*

Poisou a mão na cara áspera do amigo.

— Por poucos que sejamos — continuou —, por mais curta que seja a nossa vida, mais fraca a nossa visão... em comparação com eles ainda somos *mais fortes*. Eles *invejam-nos*, Ogunwe! É isso que alimenta o seu ódio, tenho a certeza. Eles anseiam por ter os nossos preciosos corpos, tão sólidos e poderosos, tão bem adaptados à boa terra! E se *investirmos* contra eles com força e determinação, podemos varrer aquela quantidade infinita com a mesma facilidade com que a nossa mão atravessa o nevoeiro. Eles não têm mais poder que isso.

— Asriel, eles têm aliados vindos de milhares de mundos, seres vivos como nós.

— Nós venceremos.

— Imagine que ele enviou aqueles anjos à procura da sua filha.

— Da minha filha! — gritou Lorde Asriel, excitado. — É ou não proeza trazer uma criança como ela ao mundo? Pensaríamos que era suficiente ir ter com o rei dos ursos blindados e arrancar-lhe o reino das suas patas... Mas ir ao mundo dos mortos e calmamente conduzi--los para fora! E aquele rapaz; eu quero conhecer aquele rapaz; quero apertar-lhe a mão. Sabia em que é que nos estávamos a meter quando iniciámos esta rebelião? Não. Mas *eles* sabiam... A Autoridade e o seu Regente, esse Metatron... Saberiam no que se estavam a meter quando a minha filha se envolveu?

— Lorde Asriel — chamou o rei —, compreende a importância dela para o futuro?

— Francamente, não. É por isso que quero falar com Basilides. Para onde é que ele foi?

— Falar com a Senhora Coulter. Mas o homem está extenuado; não poderá dizer mais nada enquanto não descansar.

— Devia ter descansado antes. Chame-o, está bem? Oh, mais uma coisa: por favor, peça à Madame Oxentiel que venha até à torre assim que possível. Devo apresentar-lhe as minhas condolências.

Madame Oxentiel era a vice-comandante dos galivespianos. Agora teria de assumir as responsabilidades de Lorde Roke. O Rei Ogunwe fez uma vénia e deixou o seu comandante perscrutando o horizonte cinzento.

Durante todo aquele dia o exército reuniu-se. Anjos da força de Lorde Asriel sobrevoaram a Montanha Enevoada, procurando uma abertura, mas sem sucesso. Nada mudou: não saíram nem entraram mais anjos; os ventos altos fustigaram as nuvens incansavelmente e estas renovaram-se continuamente, sem se afastarem sequer um segundo. O sol atravessou o céu azul e frio e depois desceu a sudoeste, dourando as nuvens e pincelando o vapor em volta da montanha com todos os tons de creme, escarlate, alperce e laranja. Quando o sol se pôs, as nuvens brilharam tenuemente com uma luminosidade que provinha do interior.

Em todos os mundos onde Lorde Asriel tinha adeptos, os guerreiros estavam agora a postos; mecânicos e operários reabasteciam aeronaves, carregavam munições e calibravam miras e instrumentos. Com a escuridão, chegaram alguns reforços bem-vindos: caminhando silenciosamente sobre o solo frio do norte, separadamente, sozinhos, chegou um número de ursos blindados — um grande número e entre eles estava o seu rei. Não muito depois chegou o primeiro de vários clãs de feiticeiras, o som do ar através das agulhas dos pinheiros-nuvem murmurando no céu negro durante muito tempo.

Ao longo da planície a sul da fortaleza brilhavam milhares de luzes, assinalando os acampamentos daqueles que tinham chegado de muito longe. Ainda mais distantes, em todas os pontos da rosa-dos-ventos, grupos de anjos espiões voavam incansavelmente, vigiando.

À meia-noite, na torre de diamante, Lorde Asriel estava sentado, discutindo com o Rei Ogunwe, o anjo Xaphania, Madame Oxentiel, a galivespiana e Teukros Basilides. O aletiometrista tinha acabado de falar e Lorde Asriel levantou-se, dirigiu-se para a janela e olhou para a distante Montanha Enevoada suspensa no céu, a ocidente. Os outros permaneceram calados; tinha ouvido algo que fez com que Lorde Asriel empalidecesse e tremesse, mas nenhum deles sabia como devia reagir.

Por fim, Lorde Asriel falou:

— Senhor Basilides — disse —, deve estar muito fatigado. Agradeço-lhe o seu esforço. Por favor, tome um pouco de vinho connosco.

— Obrigado, senhor — agradeceu o aletiometrista.

As suas mãos tremiam. O Rei Ogunwe verteu o Tokay dourado num copo e entregou-lho.

— Que poderá isto significar, Lorde Asriel? — perguntou Madame Oxentiel na sua voz clara.

Lorde Asriel regressou para junto da mesa.

— Bem — disse —, significa que quando iniciarmos a batalha teremos um novo objectivo. A minha filha e o rapaz separaram-se dos seus génios, não sei como, e conseguiram sobreviver; e os seus génios estão algures neste mundo... Corrija-me se estou a fazer um resumo incorrecto, Senhor Basilides... Os seus génios estão neste mundo e

Metatron planeia capturá-los. Se ele capturar os génios das crianças, elas terão de os seguir; e se ele conseguir controlar aquelas duas crianças, o futuro é dele, para sempre. A nossa tarefa é clara: temos de encontrar os génios antes dele, e mantê-los a salvo até que as crianças se lhes reúnam.

A chefe galivespiana disse:

— Que forma têm esses dois génios?

— Ainda não têm uma forma fixa, Madame — respondeu Teukros Basilides. — Podem ter uma forma qualquer.

— Portanto — continuou Lorde Asriel —, resumindo: todos nós, a nossa república, o futuro de todos os seres conscientes... Todos nós dependemos do facto de a minha filha continuar viva e de conseguirmos que Metatron não capture os génios dela e do rapaz?

— Exactamente.

Lorde Asriel suspirou, quase com satisfação: era como se ele tivesse chegado ao fim de um longo e complexo cálculo e alcançado a resposta que tinha um sentido completamente inesperado.

— Muito bem — disse, abrindo as mãos sobre a mesa. — Então isto é o que faremos quando a batalha começar. Rei Ogunwe, vós assumireis o comando de todos os exércitos que defendem a fortaleza. Madame Oxentiel, a Senhora irá enviar as suas forças imediatamente em busca do rapaz, da rapariga e dos génios, perscrutando todas as direcções. Quando os encontrar, guarde-os com as vossas vidas até que eles se unam novamente. Nesse momento, calculo, o rapaz estará em condições de fugir para outro mundo em segurança.

A dama fez um aceno com a cabeça. O seu cabelo grisalho e hirsuto capturou o brilho da lâmpada e brilhou como aço e o falcão azul, que ela herdara de Lorde Roke, poisado na consola, abriu por um instante as asas.

— Agora, Xaphania — disse Lorde Asriel. — O que sabe deste Metatron? Em tempos foi um homem: ele ainda tem a força física de um ser humano?

— Ele ganhou poder muito depois de eu ter sido exilada — respondeu o anjo. — Nunca o vi de perto. Mas ele não teria sido capaz de dominar o reino a não ser que fosse, de facto, muito forte em todos os sentidos. A maioria dos anjos evitaria uma luta corpo a corpo. Metatron apreciaria o combate e venceria.

Ogunwe percebeu que Lorde Asriel tivera uma ideia. Subitamente a sua atenção recuou, os olhos perderam o foco por um instante e recuperaram logo de seguida com uma intensidade maior.

— Estou a ver — disse. — Por fim, Xaphania, o senhor Basilides diz-nos que a bomba deles não só abriu um abismo entre os mundos como também fracturou as estruturas das coisas tão profundamente que há fissuras e falhas por todo o lado. Algures, por perto, deve haver um caminho até ao rebordo desse abismo. Quero que o procure.

— O que vai fazer? — perguntou o Rei Ogunwe numa voz dura.

— Vou destruir Metatron. Mas o meu papel está quase terminado. É a minha filha quem tem de viver e é tarefa nossa manter afastadas dela todas as forças do reino para que ela tenha uma oportunidade de descobrir o caminho para um mundo mais seguro... Ela, aquele rapaz e os génios.

— Então e a Senhora Coulter? — perguntou o rei.

Lorde Asriel passou uma mão sobre a cara.

— Não quero que seja incomodada — disse. — Deixe-a em paz e proteja-a se puder. Contudo... Talvez esteja a ser injusto com ela. Em tudo o que fez nunca deixou de me surpreender. Mas todos sabemos o que *temos* de fazer e porque o temos de fazer: temos de proteger Lyra até que ela tenha encontrado o seu génio e fugido. É possível que a nossa república tenha ganho forma apenas com o objectivo de a ajudarmos a fazer isso. Bem, façamo-lo o melhor que pudermos.

A Sra. Coulter estava deitada na cama de campanha, no quarto ao lado. Ao ouvir vozes na outra sala levantou-se porque não dormia profundamente. Saiu do torpor inquieta, preocupada e cheia de ansiedade.

O seu génio sentou-se a seu lado, mas ela não queria aproximar-se mais da porta; era apenas a voz de Lorde Asriel que ela queria ouvir, mais do que quaisquer palavras específicas. Ela pensou que estavam ambos condenados. Pensou que estavam todos condenados.

Por fim ouviu a porta fechar-se na outra sala e endireitou-se para se levantar.

— Asriel — disse, dirigindo-se para a luz quente da nafta.

O seu génio rosnou com suavidade: o macaco dourado deixou pender a cabeça para ganhar as suas boas graças. Lorde Asriel enrolava um mapa e nem se virou.

— Asriel, o que acontecerá a todos nós? — perguntou, puxando uma cadeira.

Ele pressionou os olhos com os nós dos dedos. Tinha a cara contorcida pelo cansaço. Sentou-se e apoiou o cotovelo na mesa. Os génios de ambos estavam imóveis: o macaco acocorado nas costas da cadeira, a pantera da neve sentada direita e alerta ao lado de Lorde Asriel, observando a Sra. Coulter sem pestanejar.

— Não ouviste?

— Ouvi pouco. Não consegui dormir, mas não estava a ouvir. Onde está Lyra, alguém sabe?

— Não.

Ele ainda não tinha respondido às perguntas dela, nem o ia fazer e ela sabia isso.

— Devíamos ter casado — disse a Sra. Coulter —, e tê-la educado nós mesmos.

Era uma observação tão inesperada que ele pestanejou. O seu génio soltou o rugido mais suave possível no fundo da garganta e deitou-se com as patas estendidas como uma esfinge. Ele nada disse.

— Não suporto a ideia do oblívio, Asriel — continuou ela. — Antes qualquer outra coisa a isso. Costumava pensar que a dor era a pior coisa... ser torturada para sempre... pensava que isso era a pior coisa... Mas enquanto se estiver consciente, é preferível, não é? Melhor do que não sentir nada, entrar simplesmente na escuridão, tudo desaparecendo para sempre?

O papel dele era de simples ouvinte. Os seus olhos estavam fitos nos dela e escutava atentamente; não havia necessidade de responder. Ela continuou:

— No outro dia, quando falaste sobre ela com tanta amargura e sobre mim... Pensei que a odiavas. Compreendia que me odiasses. Eu nunca te odiei, mas conseguia compreender... percebia porque me podias odiar. Mas não percebi porque odiavas Lyra.

Ele virou a cara lentamente e depois voltou novamente o olhar.

— Lembro-me de que disseste algo estranho, em Svalbard, no cume da montanha, pouco antes de deixares o nosso mundo — continuou ela. — Disseste: vem comigo e destruiremos o Pó para sempre. Lembras-te de ter dito isto? Mas não era essa a tua intenção. Pensavas exactamente o contrário, não era? Percebo isso agora. Porque não me disseste o que íamos realmente fazer? Porque não me disseste que estavas, de facto, a tentar preservar o Pó? Podias ter-me dito a verdade.

— Queria que viesses comigo e me ajudasses — respondeu ele, a voz rouca e baixa —, e pensei que preferias uma mentira.

— Sim — murmurou ela —, foi o que pensei.

Ela não conseguia ficar quieta, mas não tinha as forças necessárias para se levantar. Por um momento sentiu que ia desmaiar, a cabeça andou à roda, os sons diminuíram de intensidade, o quarto escureceu, mas quase imediatamente os seus sentidos regressaram ainda mais apurados que antes e nada naquela situação tinha mudado.

— Asriel... — chamou.

O macaco dourado estendeu uma pata, timidamente, para tocar na pata da pantera da neve. O homem observou sem dizer uma palavra e Stelmaria não se mexeu; os seus olhos estavam fixos na Sra. Coulter.

— Oh, Asriel, o que nos acontecerá? — perguntou novamente a Sra. Coulter. — É o fim de tudo?

Ele nada disse.

Caminhando como sonâmbula, ela levantou-se, pegou na mochila que estava caída a um canto e procurou a pistola; o que ela faria a seguir ninguém sabia, porque, nesse momento, ouviu-se o som de passos subindo as escadas a correr.

O homem, a mulher e ambos os génios se viraram para olhar para a ordenança que entrou e disse, sem fôlego:

— Desculpe-me, Senhor... os dois génios... foram vistos não longe do portão oriental... sob a forma de gatos... a sentinela tentou falar com eles, fazê-los entrar, mas eles não quiseram aproximar-se. Foi apenas há um minuto, mais ou menos...

Lorde Asriel sentou-se, transfigurado. Toda a fadiga desapareceu instantaneamente. Levantou-se de um salto e agarrou o sobretudo.

Ignorando a Sra. Coulter, lançou o casaco sobre os ombros e disse à ordenança:

— Informa imediatamente a Madame Oxentiel. Transmite a seguinte ordem: os génios não devem ser ameaçados, ou assustados, ou coagidos de qualquer forma. Quem os vir primeiro deve...

A Sra. Coulter não ouvi mais nada do que ele disse, porque Lorde Asriel ia já a meio das escadas. Quando os seus passos apressados deixaram de soar, o único som que se ouvia era o assobio suave da lâmpada de nafta e o rugido louco do vento lá fora.

Os olhos dela encontraram os do génio. A expressão do macaco dourado era tão subtil e complexa como sempre, em todos os trinta e cinco anos da sua vida.

— Muito bem — disse ela. — Não vejo qualquer outra saída. Pensou que... penso que nós...

Ele percebeu imediatamente qual a intenção dela. Saltou-lhe para o colo e abraçaram-se. Depois ela foi buscar o casaco de peles e silenciosamente deixaram a sala e desceram as escadas escuras.

29

A BATALHA NA PLANÍCIE

Cada homem está sob o poder do seu espectro até que chega a hora em que a sua humanidade desperta...

WILLIAM BLAKE

Foi desesperadamente difícil para Lyra e Will deixarem o mundo agradável onde tinham dormido na noite anterior, mas, se queriam encontrar os seus génios, sabiam que teriam de regressar à escuridão mais uma vez. E agora, ao fim de horas de penoso rastejar através do túnel escuro, Lyra debruçou-se sobre o aletiómetro pela vigésima vez soltando pequenos suspiros inconscientes de exaustão — murmúrios e suspiros que teriam parecido soluços se fossem um pouco mais fortes. Também Will sentia a dor no sítio onde o seu génio tinha estado, um lugar em carne viva de aguda ternura que cada inspiração rasgava como ferros em brasa.

Como ela virava pesadamente as rodas; com que pés lentos caminhava o seu espírito. As cadeias de significados que se desenrolavam de cada um dos trinta e seis símbolos do aletiómetro, que ela costumava percorrer ligeira e confiante, pareciam soltas e trémulas. E manter as ligações entre eles no seu espírito... Em tempos tinha sido como correr, ou cantar, como contar uma história: algo natural. Agora ela tinha de o fazer laboriosamente e o seu jeito estava a perder-se e ela não podia errar, de outro modo tudo se desmoronaria...

— Não é longe — disse, por fim. — E há todo o tipo de perigos... há uma batalha, há... Mas agora estamos quase no sítio certo.

Mesmo ao fim deste túnel há uma grande pedra macia de onde escorre água. Podes cortar aí.

Os fantasmas que iam combater avançaram ansiosos e Lyra sentiu Lee Scoresby a seu lado. Ele disse:

— Lyra, filha, já não falta muito. Quando vires outra vez aquele velho urso, diz-lhe que Lee morreu lutando. E quando a batalha terminar, terei todo o tempo do mundo para pairar no vento e encontrar os átomos do que antes era Hester, a minha mãe nos campos de salva e as minhas amadas... Todas as minhas amadas... Lyra, filha, tu descansa quanto tudo terminar, ouviste? A vida é boa e a morte acabou...

A sua voz enfraqueceu. Lyra desejava colocar os seus braços em volta do pescoço de Lee, mas, naturalmente, isso era impossível. Por isso limitou-se a olhar para aquela forma pálida e o fantasma viu a paixão e o brilho dos olhos de Lyra e fortaleceu-se com isso.

Sobre o ombro de Lyra e de Will, montavam os dois galivespianos. As suas curtas vidas estavam quase terminadas; cada um deles sentia uma rigidez nos membros, um frio envolvendo-lhe o coração. Em breve ambos regressariam ao mundo dos mortos, dessa vez como fantasmas, mas olharam um para o outro e fizeram um pacto silencioso de que ficariam com Will e Lyra enquanto lhes fosse possível, sem dizer uma palavra sobre a sua morte iminente.

As crianças continuaram a trepar penosamente. Não falaram. Escutaram a respiração difícil uma da outra, os seus passos pesados, as pequenas pedras escorregando debaixo dos pés. À frente delas, durante todo o percurso, a harpia escalava com dificuldade, as asas arrastando, as garras arranhando, silenciosa e carrancuda.

Subitamente, ouviu-se um novo som: um pingue-pingue regular ecoando pelo túnel. Depois um pingar mais rápido, um fio de água, um riacho.

— Aqui! — exclamou Lyra, avançando para tocar numa placa de rocha que bloqueava o caminho, suave, molhada e fria. — Aqui está.

Ela virou-se para a harpia.

— Tenho estado a pensar — disse —, em como me salvaste e como prometeste guiar todos os outros fantasmas que atravessassem o mundo dos mortos em direcção ao mundo onde dormimos ontem à noite... E pensei, se não tens um nome, isso não está certo, no futuro. Por isso pensei em dar-te um, tal como o Rei Iorek Byrnison me deu o nome de Silvertongue. Vou chamar-te Asas Graciosas. Esse será o teu nome e o que tu serás para sempre: Asas Graciosas.

— Um dia — disse a harpia —, encontrar-te-ei novamente, Lyra Silvertongue.

— E sabendo que estarás aqui nada recearei — respondeu Lyra.

— Adeus, Asas Graciosas, até que eu morra.

Abraçou a harpia, apertando-a com força e beijando-a nas duas faces.

Então, o Cavaleiro Tialys perguntou:

— Este é o mundo da república de Lorde Asriel?

— Sim — respondeu Lyra —, é o que diz o aletiómetro. Está perto da fortaleza dele.

— Então deixa-me falar com os fantasmas.

Ela levantou-o alto e ele gritou:

— Escutem, porque a Dama Salmakia e eu somos os únicos entre nós que vimos este mundo antes. Há uma fortaleza no cume de uma montanha: é isso que Lorde Asriel está a defender. Quem é o inimigo, eu não sei. Lyra e Will têm apenas uma tarefa, que é procurar os seus génios. A nossa é ajudá-los. Sejamos corajosos e lutemos bem.

Lyra virou-se para Will.

— Tudo bem — disse ele. — Estou pronto.

Pegou na faca e olhou para o fantasma do pai, ali perto. Não se conheceriam durante muito mais tempo e Will pensou como ficaria feliz ao ver sua mãe também a seu lado, os três juntos...

— Will — gritou Lyra, alarmada.

Ele parou. A faca ficou presa no ar. Ele afastou as mãos e ela ficou ali, suspensa, presa na substância de um mundo invisível. Will respirou profundamente.

— Eu quase...

— Eu percebi — disse Lyra. — Olha para *mim*, Will.

Sob a luz-fantasma ele viu o cabelo louro dela, a sua boca decidida, os seus olhos cândidos; sentiu o calor do seu hálito; o odor suave da sua pele.

A faca soltou-se.

— Vou tentar novamente.

Virou-se. Concentrando-se, deixou que o seu espírito fluísse até à ponta da faca, tocando, recuando, procurando e então encontrou. Penetrou, deslizou, desceu e voltou para trás: os fantasmas aglomeraram-se em volta com tanta ansiedade que os corpos de Will e Lyra sentiram pequenos toques frios em todos os nervos.

Will fez o último corte.

A primeira coisa de que se aperceberam foi do barulho. A luz era ofuscante e tiveram de proteger os olhos, fantasmas e vivos, pelo que não conseguiram ver nada durante vários segundos; mas as pancadas, as explosões, o ruído dos tiros, os gritos e os berros tornaram-se todos instantaneamente claros, e terrivelmente assustadores.

O fantasma de John Parry e o de Lee Scoresby foram os primeiros a recuperar. Porque ambos tinham sido soldados e participado em batalhas, não ficaram tão desorientados com o barulho. Will e Lyra limitaram-se a observar, aterrorizados e incrédulos.

Foguetes explosivos estoiravam no ar lançando fragmentos de rocha e metal nas encostas da montanha que eles viam um pouco mais ao longe; e nos céus anjos lutavam com anjos, e feiticeiras também, rodopiando, gritando o nome dos seus clãs enquanto lançavam setas sobre os inimigos. Viram um galivespiano, montado numa libelinha, picando sobre uma aeronave cujo piloto humano tentava afastá-lo numa luta corpo a corpo. Enquanto a libelinha pairou por cima dele, o seu cavaleiro saltou para enterrar os seus esporões profundamente na garganta do homem, depois o insecto regressou, voando baixo para permitir que o seu cavaleiro saltasse para as suas costas de um verde-brilhante, enquanto a aeronave se despenhava contra a encosta da montanha.

— Aumenta a janela — disse Lee Scoresby. — Saiamos!

— Espera, Lee — disse John Parry. — Está a acontecer qualquer coisa... Olha para ali.

Will abriu outra janela, mais pequena, na direcção que o pai indicara e quando olharam observaram uma mudança na forma como a batalha se desenrolava. A força atacante começou a recuar: um grupo de veículos armados parou o seu avanço, e sob fogo de protecção, virou-se lentamente e recuou. Um esquadrão de máquinas voadoras, que tinha estado a levar a melhor numa batalha desigual com os girópteros de Lorde Asriel, subiu nos céus e dirigiu-se para oeste. As forças do reino no terreno — colunas de fuzileiros, tropas equipadas com lança-chamas, com canhões lança-veneno, com armas que nenhum dos observadores alguma vez tinha visto — começaram a desmobilizar e a recuar.

— O que está a acontecer? — perguntou Lee. — Eles abandonam o campo de batalha... Mas porquê?

Parecia não haver nenhuma razão para o fazerem: os aliados de Lorde Asriel eram inferiores em número, as suas armas menos potentes e muitos jaziam já feridos.

Então Will sentiu um movimento súbito entre os fantasmas. Apontavam para algo pairando no ar.

— Espectros — disse John Parry. — Essa é a razão.

Pela primeira vez, Will e Lyra pensaram que conseguiam ver aquelas coisas, como véus de névoa trémula, caindo do céu como lanugem de cardos. Mas eram muito difusos e quando alcançaram o solo eram muito mais difíceis de ver.

— O que é que eles estão a fazer? — perguntou Lyra.

— Dirigem-se para aquele pelotão de fuzileiros...

Will e Lyra sabiam o que aconteceria e ambos gritaram, aterrorizados:

— Fujam! Corram!

Alguns dos soldados, ouvindo as vozes de crianças gritando de tão perto, olharam em volta, admirados. Outros, vendo um Espectro dirigir-se para eles, tão estranho, vazio e ávido, levantaram as espingardas e dispararam, mas, naturalmente, sem qualquer resultado. Subitamente, o primeiro homem foi atacado.

Era um soldado do mundo de Lyra, um africano. O seu génio era uma gata de pernas compridas, amarela com manchas pretas, e ela arreganhou os dentes e preparou-se para saltar.

Todos viram o homem apontar a espingarda, destemido, sem ceder um milímetro... Depois viram o génio preso numa rede invisível, rosnando, uivando, indefeso, e o homem tentando alcançá-lo, largando a espingarda, gritando o seu nome, caindo e desmaiando de dor, numa náusea horrível.

— Certo, Will — disse John Parry. — Deixa-nos sair agora; nós podemos lutar com aquelas coisas.

Will aumentou a janela e correu lá para fora à frente de um exército de fantasmas; iniciou-se a mais estranha batalha que ele podia imaginar.

Os fantasmas brotaram da terra, formas pálidas, e ainda mais pálidas à luz do meio-dia. Já nada tinham a recear e lançaram-se sobre os Espectros invisíveis, numa luta corpo a corpo, desfazendo coisas que Lyra e Will não conseguiam ver.

Os fuzileiros e os outros aliados vivos estavam estupefactos; não conseguiam perceber nada daquele combate espectral e fantasmagórico. Will abriu caminho, brandindo a faca, recordando-se de como os Espectros tinham fugido dela antes.

Para onde quer que ele fosse, Lyra seguia-o, desejando ter qualquer coisa com que pudesse também lutar tal como Will, mas limitando-se a olhar em volta, observando. Pensou que podia ver os Espectros de tempos a tempos, num brilho oleoso do ar, e foi Lyra quem sentiu o primeiro arrepio de perigo.

Com Salmakia no seu ombro, ela deu por si num local ligeiramente mais alto, um monte de terra coberto de arbustos pilriteiros, de onde podia observar a grande vastidão de terreno que os invasores estavam a destruir.

O sol incidia sobre ela. Em frente, no horizonte ocidental, nuvens acumulavam-se, brilhantes, rasgadas por abismos negros, os seus topos abertos por ventos de grande altitude. Também nessa zona, sobre a planície, as forças terrestres do inimigo aguardavam: máquinas brilhando intensamente, bandeiras coloridas agitadas, regimentos agrupados, aguardando.

Atrás e à esquerda de Lyra ficavam as montanhas denticuladas que conduziam à fortaleza. Brilhavam cinzentas à luz lúgubre pré-tempestade, e, na muralha distante de basalto, ela podia ver pequenas figuras correndo de um lado para o outro, reparando os estragos da muralha, trazendo mais armas para carregar, ou simplesmente observando.

Foi nesse momento que Lyra sentiu a primeira vertigem ténue de náusea, dor e medo que era o toque inconfundível dos Espectros.

Percebeu imediatamente o que se passava, embora nunca o tivesse sentido antes. E essa náusea disse-lhe duas coisas: primeiro, que devia ter crescido o suficiente para ficar vulnerável aos Espectros; e, em segundo lugar, que Pan devia estar algures ali perto.

— Will... Will — gritou.

Ele ouviu-a e virou-se, a faca na mão, os olhos cheios de cólera.

Mas antes que ele pudesse falar, soltou um soluço, uma vertigem sufocante, e agarrou-se ao peito, e Lyra percebeu que lhe estava a acontecer o mesmo que a ela.

— Pan! Pan! — gritou, colocando-se em bicos dos pés para olhar em volta.

Will vergava-se, tentando não vomitar. Ao fim de alguns segundos a sensação passou, como se os seus génios tivessem escapado; mas não estavam mais perto de os encontrar, e a toda a volta o ar estava cheio de berros, sons de tiros, vozes gritando em pânico ou terror, o distante *youk-youk-youk* dos monstros dos penhascos voando em círculos, o esporádico *vezzz* e *toque* das setas e subitamente um novo som: o do vento rugindo.

Lyra sentiu-o primeiro na face, viu a erva curvando-se, depois escutou-o nos pilriteiros. O céu tornou-se tempestuoso: toda a brancura tinha desaparecido dos rolos de nuvens que rolavam e rodopiavam num tom amarelo-sulfúrico, verde-mar, óleo-preto, uma pasta repugnante a muitos metros de altitude e cobrindo todo o horizonte.

Atrás de Lyra o sol ainda brilhava, de modo que cada bosque, cada árvore entre ela e a tempestade brilhava em tons vivos e ardentes, pequenas coisas frágeis desafiando a escuridão com folhas, galhos e flores.

Através de tudo aquilo caminharam as duas crianças que já não o eram, vendo os Espectros quase claramente agora. O vento que batia nos olhos de Will fazia com que o cabelo de Lyra lhe chicoteasse a cara e teria até sido capaz de afastar os Espectros; mas aquelas coisas atravessavam-no e dirigiam-se para o solo. Rapaz e rapariga, de mãos dadas, fizeram o seu caminho por entre os mortos e os feridos, Lyra chamando o seu génio, Will usando todos os sentidos para procurar o seu.

O céu era já atravessado por relâmpagos e o primeiro poderoso estrondo do trovão atingiu-lhes os ouvidos como um machado. Lyra levou as mãos à cabeça e Will quase caiu, como se empurrado pelo som. Abraçaram-se e viram uma cena que nunca ninguém tinha visto em qualquer dos milhares de mundos.

Feiticeiras, do clã de Ruta Skadi e de Reina Miti, e mais meia dúzia de outras, cada uma transportando uma tocha de pinheiro-de-pez molhado em betume, voavam sobre a fortaleza a este, na última zona de céu limpo, dirigindo-se para a tempestade.

Os que se encontravam no solo podiam ouvir o rugido e o estrelejar, enquanto os hidrocarbonetos voláteis chamejavam lá em cima. Alguns Espectros permaneciam ainda no ar e algumas feiticeiras dirigiram-se, sem ver, na sua direcção, para de seguida gritarem e caírem no chão, envoltas em chamas; mas a maioria das formas pálidas já tinha alcançado o solo naquela altura, e a grande esquadrilha de feiticeiras voou como um rio de fogo em direcção à tempestade.

Uma esquadrilha de anjos, armado com lanças e espadas, emergiu da Montanha enevoada para enfrentar as feiticeiras. Tinham o vento nas suas costas, e voavam mais rápidos que setas, mas as feiticeiras podiam igualá-los e as primeiras subiram no céu e depois investiram sobre as fileiras de anjos, golpeando à esquerda e à direita com as tochas incandescentes. Um anjo após outro, delineado pelo fogo, as asas em chamas, caíram gritando.

Então, os primeiros pingos de chuva caíram. Se o comandante das nuvens tempestuosas tinha a intenção de apagar os fachos das feiticeiras, ficou desapontado: o pinheiro-de-pez e o betume ardiam desafiando-o, cuspindo e assobiando cada vez mais alto quando a chuva os atingia. As gotas de chuva caíam como se lançadas com malícia, quebrando-se e salpicando no ar. Num minuto, Lyra e Will estavam ambos ensopados, tremendo de frio e a chuva batia-lhes na cara e nos braços como pequenas pedras.

Apesar de tudo, eles continuaram a caminhar, aos tropeções, lutando, limpando a água que lhes batia nos olhos e chamando: — Pan! Pan! — no tumulto.

Os trovões eram agora quase constantes, arrebatadores, estridentes e explodindo como se os próprios átomos estivessem a ser rasgados. Por entre o ribombar dos trovões e a angústia, Will e Lyra corriam, gritando os dois ao mesmo tempo:

— Pan! Meu Pantalaimon! Pan!

Acompanhado por gritos sem palavras de Will, que sabia o que tinha perdido, mas não qual era o seu nome.

Sempre com eles continuaram os dois galivespianos alertando-os para olharem para um lado ou o outro, procurando Espectros que as crianças ainda não conseguiam ver com clareza. Mas Lyra teve de transportar Salmakia nas mãos, porque a Dama tinha já poucas forças para se manter sobre o ombro de Lyra. Tialys perscrutava os céus, procurando os da sua espécie e chamando, sempre que via um movimento brilhante investindo no ar por cima deles. Mas a sua voz tinha perdido muito do seu poder e, em qualquer dos casos, os outros galivespianos procuravam as cores brilhantes das duas libelinhas, o azul-eléctrico e o vermelho e amarelo, e essas cores há muito que tinham desaparecido e os corpos que as tinham ostentado jaziam no mundo dos mortos.

Subitamente, deu-se um movimento estranho no céu que era diferente de todos os outros. Quando as crianças olharam para cima, protegendo os olhos da chuva intensa, viram uma aeronave diferente de todas as que tinham alguma vez visto: deselegante, com seis pernas, preta e totalmente silenciosa. Voava baixo, muito baixo, vinda da fortaleza. Passou sobre eles a pouca altura e depois dirigiu-se para o coração da tempestade.

Contudo, não tiveram tempo para tentar perceber o que seria aquilo, porque outra vertigem violenta de náusea disse a Lyra que Pan estava novamente em perigo e Will também o sentiu, e avançaram aos tropeções sobre as poças, a lama e o caos de homens feridos e fantasmas guerreiros, indefesos, aterrorizados e doentes.

30

A MONTANHA ENEVOADA

*O longínquo Empíreo celeste estendia-se em tão vasta
extensão circundante, de forma indeterminada, com
torres de opala, ameias ornadas de safiras vivas...*

JOHN MILTON

A aeronave intencional era pilotada pela Sra. Coulter. Ela e o seu
génio estavam sozinhos na cabina.

O altímetro barométrico era de pouca utilidade na tempestade, mas
ela conseguia calcular a altitude observando os fogos no solo que ardiam onde os anjos tinham caído; apesar da chuva ressonante, eles
ainda ardiam com chamas altas. Quanto ao rumo, isso também não
era difícil: os relâmpagos que tremeluziam em volta da montanha funcionavam como faróis brilhantes. Mas ela tinha de evitar os vários seres
voadores que ainda lutavam no céu, mantendo-se longe das elevações
no solo.

Não usou as luzes, porque queria aproximar-se e descobrir um
lugar onde pudesse aterrar antes que a descobrissem e a abatessem.
À medida que se aproximou, as correntes ascensionais tornaram-se
mais violentas, as rajadas mais súbitas e brutais. Um giróptero não
teria tido qualquer hipótese: o ar violento tê-lo-ia lançado ao chão
como uma mosca. Na aeronave intencional ela podia deslocar-se rapidamente com o vento, ajustando o equilíbrio como um surfista no Mar
da Tranquilidade.

Cautelosamente, começou a subir, perscrutando o caminho, ignorando os instrumentos e voando à vista e por instinto. O seu génio

saltava de um lado da pequena cabina para o outro, olhando em frente, para cima, para a esquerda e para a direita, e informando-a constantemente. Os relâmpagos, grandes lençóis e lanças de luz, flamejavam e estalavam por cima e em volta da máquina. Por entre a tempestade ela pilotou a pequena aeronave, ganhando altitude a pouco e pouco, dirigindo-se sempre para o palácio suspenso nas nuvens.

Enquanto a Sra. Coulter se aproximava, descobriu que a sua atenção se confundia e inquietava com a natureza da própria montanha.

Recordou-se de uma certa heresia abominável, cujo autor merecidamente definhava nas masmorras do Tribunal Consistorial. Ele sugerira que havia mais dimensões espaciais do que as três que todos «conheciam»; que numa escala muito pequena havia entre sete a oito dimensões, mas que elas eram impossíveis de ser examinadas directamente. Ele chegara mesmo a construir um modelo para mostrar como elas funcionavam e a Sra. Coulter tinha visto o objecto antes de este ser exorcizado e queimado. Dobras dentro de dobras, cantos e vértices contendo e sendo contidos: o seu interior estava por todo o lado e o exterior também. A Montanha Enevoada afectou-a de forma similar: parecia mais um campo de força que uma montanha, manipulando o próprio espaço para o envolver, se estender em galerias e terraços, câmaras e colunatas, torres de vigia feitas de ar, luz e vapor.

Sentiu uma estranha exultação crescendo lentamente no peito e viu ao mesmo tempo como poisar em segurança a aeronave no terraço coberto de nuvens no flanco sul. A pequena nave guinou e deslizou no ar túrbido, mas ela manteve firme a rota e o seu génio orientou-a na manobra de aterragem.

A luz que lhe tinha permitido ver até àquela altura era a que provinha dos relâmpagos, as ocasionais fendas na nuvem por onde o sol penetrava, os fogos dos anjos que ardiam, os raios de luz ambárica dos holofotes; mas ali a luz era diferente. Provinha da substância da própria montanha, que brilhava e diminuía num ritmo lento e cadenciado, com uma radiância madrepérola.

Mulher e génio desceram da nave e olharam em volta para decidir que direcção tomar.

Ela tinha consciência de que outros seres se deslocavam rapidamente por baixo e por cima dela, atravessando a própria substância da montanha com mensagens, ordens e informações. Ela não as conseguia ver; a única coisa visível eram perspectivas confusamente dobradas sobre si mesmas de colunatas, escadaria, terraço e fachada.

336

Antes de conseguir decidir que caminho tomar, ouviu vozes e escondeu-se atrás de uma coluna. As vozes cantavam um salmo e aproximavam-se; subitamente ela viu uma procissão de anjos transportando uma liteira.

Quando se aproximaram do lugar onde a Sra. Coulter se escondia, viram a aeronave intencional e pararam. O cântico esmoreceu e alguns transportadores olharam em volta, inseguros e receosos.

A Sra. Coulter estava suficientemente perto para ver o ser dentro da liteira: um anjo, pensou, indescritivelmente idoso. Ele não era fácil de ver, porque a liteira estava envolta num cristal que brilhava e reenviava a luz envolvente da montanha, mas teve a visão de uma terrível decrepitude, de uma cara afundada em rugas, de mãos trémulas, uma boca resmungando e olhos remelosos.

O ser idoso fez um gesto trémulo em direcção à aeronave intencional e cacarejou e murmurou para si mesmo, puxando incansavelmente a sua própria barba, depois deitou a cabeça para trás e soltou um uivo de uma tal angústia que a Sra. Coulter teve de tapar os ouvidos.

Mas, evidentemente, os portadores tinham uma tarefa a cumprir, porque se reuniram e continuaram a atravessar o terraço, ignorando os gritos e resmungos que provinham do interior da liteira. Quando alcançaram o espaço aberto desdobraram as asas e, a uma palavra do seu chefe, começaram a voar, transportando a liteira entre eles até que desapareceram do campo de visão da Sra. Coulter, envoltos pelos remoinhos de vapor.

Mas não havia tempo para ficar a meditar naquilo. Ela e o macaco dourado continuaram a andar rapidamente, subindo grandes escadarias, atravessando pontes, subindo sempre. Quanto mais alto estavam, mais forte se tornava a sensação de uma actividade invisível à sua volta até que, por fim, viraram numa esquina em direcção a um espaço aberto como uma praça enevoada e descobriram-se confrontados com um anjo empunhando uma lança.

— Quem és tu? O que te traz aqui? — perguntou.

A Sra. Coulter olhou para ele, curiosa. Aqueles eram os seres que se tinham apaixonado por mulheres humanas, pelas filhas dos homens, há muito tempo atrás.

— Não, não — disse ela com suavidade —, por favor, não percas tempo. Leva-me ao Regente imediatamente. Ele está à minha espera.

Confunde-os, pensou ela, mantém-nos indecisos; e aquele anjo não sabia o que devia fazer, por isso fez o que ela lhe disse. A Sra. Coulter seguiu-o durante alguns minutos, através daquelas perspectivas confusas de luz até que chegaram a uma antecâmara. Como entraram ela não sabia, mas lá estavam eles e, após uma breve pausa, algo à sua frente abriu a porta.

As unhas aguçadas do seu génio enterravam-se na carne do braço da Sra. Coulter, e ela agarrou-lhe o pêlo para se tranquilizar.

Enfrentando-os, estava um ser de luz. Tinha a forma de um homem, o tamanho de um homem, pensou, mas estava demasiado ofuscada para ver. O macaco escondeu a cara no ombro dela e a Sra. Coulter ergueu uma mão para proteger os olhos.

Metatron disse:

— Onde está ela? Onde está a tua filha?

— Vim para vos dizer isso, Lorde Regente — respondeu a Sra. Coulter.

— Se ela estivesse em teu poder tê-la-ias trazido.

— Ela não está, mas o seu génio sim.

— Como é que isso pode ser?

— Juro, Metatron, o seu génio está em meu poder. Por favor, grande Regente, esconda-se um pouco... os meus olhos estão ofuscados...

Ele colocou um véu de nuvem à sua frente. Agora era como olhar para o sol com lentes escurecidas e os olhos dela podiam vê-lo com mais clareza, embora ainda fingisse estar ofuscada pela cara dele. Metatron era exactamente como um homem de meia-idade, alto, poderoso e dominador. Estaria vestido? Teria asas? Ela não tinha a certeza devido à intensidade daqueles olhos. Ela não conseguia olhar para mais nada.

— Por favor, Metatron, escutai-me. Acabei de vir da fortaleza de Lorde Asriel. Ele tem o génio da criança em seu poder e sabe que a menina em breve irá à sua procura.

— O que é que ele pretende fazer com a criança?

— Mantê-la afastada de vós até que atinja a maturidade. Ele não sabe onde eu estou, e devo regressar para junto dele em breve. Estou a contar-vos a verdade. Olhai para mim, grande Regente, com a facilidade com que eu não consigo olhar para vós. Olhai para mim e dizei-me o que vedes.

O príncipe dos anjos olhou para ela. Era o exame mais perscrutador a que Marisa Coulter alguma vez se submetera. Cada pedaço de protecção e engano foi arrancado, e ela ficou nua, corpo, fantasma e génio, todos juntos sob o olhar feroz de Metatron.

Ela sabia que a sua natureza teria de responder por ela e sentiu-se aterrorizada com a ideia de que o que ele visse fosse insuficiente. Lyra mentira a Iofur Raknison com palavras: a sua mãe mentia com toda a sua vida.

— Estou a ver — disse Metatron.

— O que vedes?

— Corrupção, inveja e ânsia de poder. Crueldade e frieza. Uma curiosidade perscrutadora e viciosa. Uma maldade pura, perniciosa e tóxica. Nunca, desde a mais tenra idade, alguma vez mostraste um fio de compaixão, simpatia ou ternura sem calcular primeiro como isso poderia ser usado em teu benefício. Torturaste e mataste sem remorso ou hesitação; traíste, fizeste intriga e glorificaste-te na tua perfídia. És um poço desmedido de imoralidade.

Aquela voz, pronunciando aquele julgamento, abalou a Sra. Coulter profundamente. Ela sabia o que ouviria e receara-o; contudo, desejava-o também e, agora que tinha sido pronunciado, sentiu uma pequena vertigem de triunfo.

Aproximou-se de Metatron.

— Portanto, vedes — disse —, posso traí-lo facilmente. Posso guiar-vos para onde ele está a esconder o génio da criança e podereis destruir Asriel, e a criança caminhará confiadamente para as vossas mãos.

Sentiu um movimento de vapor à sua volta e os seus sentidos confundiram-se: as palavras seguintes de Metatron perfuraram-lhe a carne como setas e gelo odorífero.

— Quando eu era um homem — disse — tive muitas mulheres, mas nenhuma tão bela como tu.

— Quando fostes um homem?

— Quando eu era um homem era conhecido por Henoc, o filho de Jéred, o filho de Maalaleel, o filho de Quenan, o filho de Enós, o filho de Set, o filho de Adão. Vivi na terra sessenta e cinco anos e então a Autoridade levou-me para o seu reino.

— E tivestes muitas mulheres.

— Amava a sua carne. Compreendi quando os filhos do céu se apaixonaram pelas filhas da terra e defendi a sua causa perante a Autoridade. Mas o seu coração estava firmemente decidido contra eles e obrigou-me a profetizar a sua destruição.

— E não conheceis mulher há milhares de anos...

— Tenho sido Regente deste reino.

— E não terá chegado a altura de terdes uma consorte?

Aquele foi o momento em que se sentiu mais exposta, mais em perigo. Mas tinha confiança na sua carne e na estranha verdade que descobrira sobre os anjos, talvez especialmente dos anjos que em tempos tinham sido humanos: faltando-lhes a carne, eles invejavam-na e ansiavam por estar em contacto com ela. Metatron aproximou-se o suficiente para sentir o perfume do seu cabelo e para observar a textura da sua pele, suficientemente perto para a tocar com mãos escaldantes.

Ouviu-se um estranho som, como o murmúrio e estalido que se ouve antes de nos apercebermos de que é a nossa própria casa que está a arder.

— Conta-me o que faz Lorde Asriel e onde está — disse ele.

— Posso levar-te até ele agora — respondeu a Sra. Coulter.

Os anjos que transportaram a liteira deixaram a Montanha Enevoada e voaram para sul. Metatron ordenara que levassem a Autoridade para um lugar seguro, longe do campo de batalha, porque queria mantê-la viva por mais algum tempo; mas em vez de lhe dar a protecção de vários regimentos de anjos, o que apenas serviria para atrair a atenção do inimigo, tinha confiado na escuridão da tempestade, calculando que, naquelas circunstâncias, um pequeno grupo estaria mais a salvo que um grande.

E até podia ser que tivesse razão, se um certo monstro dos penhascos, ocupado a devorar um guerreiro meio morto, não tivesse olhado para cima precisamente quando um holofote de vigia incidiu sobre a liteira de cristal.

Algo acordou na memória do monstro do penhasco. Parou, uma mão sobre o fígado quente, e, quando o seu irmão o afastou com um empurrão, a recordação de uma raposa tagarela no Árctico emergiu no seu espírito.

De imediato abriu as asas de couro e levantou voo, e um minuto depois o resto do bando seguiu-o.

Xaphania e os seus anjos tinham procurado diligentemente durante toda a noite e parte da manhã seguinte e por fim encontraram uma abertura minúscula na vertente da montanha a sul da fortaleza, que não estava lá no dia anterior. Exploraram-na e alargaram-na, e naquele momento Lorde Asriel descia para uma série de cavernas e túneis que se estendiam sob a fortaleza e muito para além dela.

A escuridão não era total, pensou. Havia uma suave fonte de luz, como uma corrente de mil milhões de minúsculas partículas, brilhando tenuemente. Desciam de forma constante o túnel, como um rio de luz.

— Pó — disse para o seu génio.

Ele nunca o tinha visto a olho nu, mas também nunca tinha visto tanto Pó junto. Continuou a andar, até que, subitamente, o túnel se abria e ele descobriu-se no topo de uma vasta caverna: uma abóbada imensa capaz de conter uma dúzia de catedrais. Não tinha chão; as paredes caíam vertiginosamente a pique em direcção ao rebordo de um imenso abismo, a centenas de metros de distância, e mais escuro que a própria escuridão; era para o abismo que se precipitava uma corrente interminável de Pó, caindo sempre. Os mil milhões de partículas eram como as estrelas em todas as galáxias no céu e cada uma delas era um pequeno fragmento de pensamento consciente. Era uma luz melancólica.

Lord Asriel desceu com o génio em direcção ao abismo e, à medida que se aproximavam, começaram a perceber o que acontecia do outro lado do abismo, a centenas de metros de distância na escuridão. Ele tinha-se apercebido de que havia ali um movimento e, quanto mais descia, mais claramente este se confirmou: uma procissão de figuras pálidas e esbatidas, seguindo o seu caminho ao longo da perigosa vertente, homens, mulheres, crianças, seres de todos os tipos que ele já tinha visto e muitos que nunca avistara. Preocupados em manter o equilíbrio, eles ignoraram-no e Lorde Asriel sentiu o cabelo eriçar-se na nuca quando percebeu que eram fantasmas.

— Lyra passou por aqui — disse em voz baixa para a pantera da neve.

— Caminha com cuidado — foi tudo o que ela lhe respondeu.

Por aquela altura, Will e Lyra estavam ensopados, tremendo, torturados pela dor, caminhando tropegamente sobre a lama e as rochas em direcção aos pequenos barrancos onde correntes alimentadas pela tempestade corriam vermelhas de sangue. Lyra receava que a Dama Salmakia estivesse a morrer: não dissera uma única palavra durante vários minutos e jazia desmaiada e imóvel nas mãos de Lyra.

Quando se abrigaram num leito de rio onde a água era branca, pelo menos, e levaram mãos-cheias de água às bocas sedentas, Will sentiu que Tialys se ergueu e disse:

— Will... consigo ouvir cavalos que se aproximam... Lorde Asriel não tem cavalaria. Deve ser o inimigo. Atravessa a corrente e esconde--te... Vi uns arbustos ali...

— Vem — disse Will para Lyra e atravessaram rapidamente a água gelada e escalaram a outra margem do rio mesmo a tempo. Os cavaleiros que desceram a colina e desmontaram para beber não pareciam cavaleiros: pareciam ser peludos como os próprios cavalos e não tinham nem roupas nem armaduras. Mas traziam armas: tridentes, redes e cimitarras.

Will e Lyra não pararam para olhar; caminharam de gatas sobre o solo irregular, tendo apenas por objectivo fugir sem serem vistos.

Mas tinham de manter a cabeça baixa, para verem onde pisavam, evitando torcer um tornozelo, ou ainda pior; trovões ribombavam sobre eles enquanto corriam, pelo que não conseguiram ouvir os guinchos e o rosnar dos monstros dos penhascos até chocarem com eles.

As criaturas rodeavam algo que jazia tremeluzindo na lama: algo ligeiramente mais alto que elas, que estava caído de lado, uma grande gaiola, talvez, com paredes de cristal. Elas martelavam-na com os punhos e rochas, guinchando e gritando.

Antes de Lyra e Will poderem parar e correr noutro sentido, deram por si mesmos no meio do bando.

31

O FIM DA AUTORIDADE

Porque o império já não existe, agora o leão e o lobo morrerão.

WILLIAM BLAKE

A Sra. Coulter murmurou para a sombra a seu lado:

— Vede como ele se esconde, Metatron! Foge na escuridão como um rato...

Estavam de pé sobre uma saliência no cimo da caverna, observando Lorde Asriel e a pantera da neve descendo cuidadosamente, lá muito em baixo.

— Podia atingi-lo agora — murmurou a sombra.

— Sim, claro que sim — retorquiu ela também num murmúrio, aproximando-se —, mas eu quero ver a cara dele, querido Metatron; quero que ele *saiba* que eu o traí. Venha, sigamo-lo para o apanharmos...

A queda de Pó brilhava como um enorme pilar de luz ténue enquanto descia suave e interminavelmente em direcção ao abismo. A Sra. Coulter não lhe podia dispensar qualquer atenção porque a sombra a seu lado tremia de desejo e ela tinha de a manter perto de si, sob todo o controlo que conseguisse reunir.

Desceram, silenciosamente, seguindo Lorde Asriel. Quanto mais desciam, mais ela sentia um enorme cansaço abater-se sobre si.

— O que foi? O que foi? — murmurou a sombra, sentindo as emoções dela e imediatamente desconfiado.

— Estava a pensar — disse com um sorriso de malícia —, como me sinto feliz por a criança nunca crescer para amar e ser amada. Pensava que a amava quando ela era bebé; mas agora...

— Havia *tristeza* — insistiu a sombra —, no teu coração havia *tristeza* por não a veres crescer.

— Oh, Metatron, há quanto tempo deixaste de ser homem? Será que não consegues mesmo perceber o que me entristece? Não é da entrada *dela* na maturidade, mas da minha. Oh, como lamento profundamente não te ter conhecido na minha adolescência; como me teria dedicado apaixonadamente a ti...

Ela inclinou-se para a sombra, como se não conseguisse controlar os impulsos do seu corpo e a sombra avidamente cheirou e pareceu engolir o odor da sua carne.

Caminhavam penosamente sobre as rochas quebradas e caídas em direcção ao sopé do declive. Quanto mais desciam, mais a luz do Pó dava a tudo um nimbo de névoa dourada. A Sra. Coulter procurava continuamente a mão, como se a sombra fosse um companheiro humano e depois parecia recompor-se e murmurava:

— Mantém-te atrás de mim, Metatron... Espera aqui... Asriel é desconfiado... Deixa-me embalá-lo primeiro. Quando estiver desprevenido, chamar-te-ei. Mas vem como sombra, nesta forma pequena, para que ele não te veja... De outro modo deixará fugir o génio da criança.

O Regente era um ser cujo intelecto profundo, tivera milhares de anos para se fortalecer e cujo conhecimento se estendia por milhões de universos. Mesmo assim, naquele momento, ele estava cego pelas suas paixões gémeas: destruir Lyra e possuir a mãe. Acenou com a cabeça e ficou onde estava, enquanto a mulher e o macaco avançaram tão silenciosamente quanto possível.

Lorde Asriel aguardava atrás de um bloco de granito, escondido do Regente. A pantera da neve ouviu-os aproximarem-se e Lorde Asriel levantou-se quando a Sra. Coulter surgiu atrás da pedra. Tudo, cada superfície, cada centímetro cúbico de ar estava impregnado de Pó que caía e que dava uma claridade suave a cada pequeno pormenor: à luz do Pó, Lorde Asriel viu que ela tinha a cara molhada por lágrimas e que rangia os dentes para não chorar.

Abraçou-a e o macaco dourado envolveu com os braços o pescoço da pantera, enterrando a sua cara no pêlo branco.

— Lyra está a salvo? Já encontrou o seu génio? — murmurou ela.

— O fantasma do pai do rapaz está a proteger os dois.

— O Pó é belo... Nunca o soube.

— O que lhe disseste?

— Menti e menti, Asriel... Não nos demoremos, não suporto isto. Não viveremos, pois não? Não sobreviveremos como os fantasmas?

— Não, se cairmos no abismo. Viemos até aqui para dar uma oportunidade a Lyra de encontrar o seu génio e ter depois tempo para viver e crescer. Se levarmos Metatron à extinção, Marisa, ela terá esse tempo, e se formos com ele, não importa.

— E Lyra *ficará* a salvo?

— Sim, sim — disse ele com ternura.

Beijou-a. Ela sentiu-se tão calma e leve nos seus braços como se sentira quando Lyra fora concebida, treze anos antes.

Soluçava silenciosamente. Quando conseguiu falar, murmurou:

— Eu disse-lhe que te ia trair, e trair Lyra, e ele acreditou em mim porque eu era corrupta e cheia de maldade; ele perscrutou tão fundo que receei que descobrisse a verdade. Mas menti demasiado bem. Menti com todos os nervos e fibras e tudo o que alguma vez fiz... Queria que ele não encontrasse nenhum bem em mim, e não encontrou. Não há nenhum. Mas eu amo Lyra. De onde veio este amor? Não sei; veio até mim furtivamente como um ladrão no meio da noite e agora amo-a tanto que o meu coração explode. A única coisa que eu poderia desejar era que os meus crimes fossem tão monstruosos que o amor não fosse maior que uma semente de mostarda escondida na sombra das minhas atrocidades, e desejei ter cometido crimes ainda mais graves para o esconder ainda mais profundamente... Mas a semente de mostarda ganhou raiz e cresceu e o pequeno rebento verde rasgava-me o coração e eu temia que ele descobrisse...

Teve de parar para se recompor. Ele acariciou-lhe o cabelo brilhante, coberto de Pó dourado e esperou.

— A qualquer momento ele perderá a paciência — murmurou.

— Disse-lhe que assumisse uma forma pequena. Mas ele é apenas um anjo, afinal de contas, mesmo que já tenha sido um homem. E podemos lutar com ele, levá-lo até à beira do precipício e cair com ele lá dentro.

Ele beijou-a e disse:

— Sim. Lyra ficará a salvo e o reino será impotente contra ela. Chama-o, Marisa, meu amor.

Ela inspirou profundamente e deixou o ar sair num lento suspiro trémulo. Depois alisou a saia e prendeu o cabelo atrás das orelhas.

— Metatron — chamou com suavidade. — Está na hora.

Metatron, sob a forma de uma sombra coberta, saiu do ar dourado, e percebeu imediatamente o que estava a acontecer: os dois génios, acocorados e vigilantes, a mulher com o nimbo de Pó e Lorde Asriel...

Este saltou imediatamente sobre ele, agarrando-o pelo peito, tentando lançá-lo ao chão. Contudo, os braços do anjo estavam livres, e com os punhos, as mãos, os cotovelos, os ombros, os braços, ele esmurrou a cabeça e o corpo de Lorde Asriel: violentas saraivadas de murros que lhe expulsaram o ar dos pulmões, ricochetearam nas costelas, que lhe esmagaram o crânio e abalaram os sentidos.

Contudo, os seus braços envolviam as asas do anjo prendendo-as. Um segundo depois, a Sra. Coulter saltou para o meio daquelas asas presas, e agarrou o cabelo de Metatron. Mas a força dele era imensa: era como segurar a crina de um cavalo em fuga. Quando Metatron abanou violentamente a cabeça, ela foi projectada para um lado e para ao outro e sentiu o poder das grandes asas dobradas quando estas forçaram e oscilaram contra os braços do homem, tão apertados à sua volta.

Os génios também o atacaram. Stelmaria enterrou os dentes firmemente numa perna do anjo e o macaco dourado despedaçava uma das asas, arrancando penas e bárbulas, o que apenas serviu para aumentar a fúria do anjo. Com um súbito e enorme esforço, ele lançou-se de lado, libertando uma das asas e esmagando a Sra. Coulter contra a rocha.

A Sra. Coulter ficou tonta por um momento e as mãos abriram-se. Imediatamente o anjo se endireitou de novo, batendo com a asa livre para se libertar do macaco dourado; mas os braços de Lorde Asriel continuavam a envolvê-lo firmemente e, na realidade, ele tinha mesmo conseguido agarrá-lo melhor, agora que não era tão grande o volume que tinha de envolver. Lorde Asriel esforçou-se por expulsar o ar dos pulmões de Metatron, pressionando-lhe as costelas e tentando ignorar as violentas pancadas que lhe flagelavam a cabeça e o pescoço.

Mas aqueles golpes começavam a fazer efeito. E quando Lorde Asriel se esforçava por apoiar firmemente os pés sobre as rochas partidas, algo lhe esmagou a nuca. Quando se lançara de lado, Metatron tinha apanhado uma rocha do tamanho de uma mão e agora ele investia com ela brutalmente sobre aquela zona do crânio de Lorde Asriel. O homem sentiu os ossos chocarem uns com os outros e sabia que uma segunda pancada o mataria imediatamente. Entontecido pela dor — que era agravada pela pressão que a cabeça fazia contra o corpo do anjo — ele mantinha-se firme, os dedos da mão direita esmagando os ossos do lado esquerdo do anjo, e procurou apoio para os pés por entre as rochas partidas.

Quando Metatron ergueu novamente a pedra ensanguentada, uma forma dourada e peluda saltou como uma chama para a copa de uma árvore e o macaco enterrou do dentes na mão do anjo. A rocha soltou-se e caiu junto do rebordo do abismo; Metatron abanou o braço para a esquerda e para a direita, tentando soltar o génio; mas o macaco agarrou-se com os dentes, as patas e a cauda e então a Sra. Coulter prendeu a grande asa branca que a fustigava e impediu-lhe os movimentos.

Metatron estava dominado, mas ainda não estava ferido. Nem tão-pouco estava perto do abismo.

Naquele momento as forças de Lorde Asriel diminuíam. Agarrava-se desesperadamente à sua consciência ensanguentada, mas a cada movimento um pouco de força se perdia. Podia sentir as extremidades dos ossos da nuca roçando umas nas outras; podia ouvi-las. Os seus sentidos estavam desorientados: a única coisa que ele sabia era: *prende com força e arrasta para baixo.*

A Sra. Coulter apercebeu-se de que a cara do anjo estava mesmo por baixo da sua mão e enterrou-lhe os dedos nos olhos.

Metatron gritou. De muito longe, na imensa caverna, os ecos responderam e a sua voz ressaltou de penhasco em penhasco, aumentando e diminuindo, fazendo com que os fantasmas distantes parassem a sua interminável procissão e levantassem os olhos.

Stelmaria, a pantera da neve, a sua consciência diminuindo juntamente com a de Lorde Asriel, fez um último esforço e saltou para a garganta do anjo.

Metatron caiu de joelhos. A Sra. Coulter, caindo com ele, viu os olhos ensanguentados de Lorde Asriel olhando para ela. Trepou pelo corpo do anjo, uma mão após a outra, afastando a asa que batia, e agarrou-lhe o cabelo para lhe puxar a cabeça para trás, expondo a garganta aos dentes da pantera.

Lorde Asriel empurrava-o, empurrava-o para trás, os pés tropeçando, rochas caindo, o macaco dourado saltando com eles, mordendo, arranhando, rasgando até que estavam quase lá, junto ao rebordo; mas Metatron ergueu-se, e, com um último esforço, abriu as duas asas — um enorme pálio branco que bateu, bateu, bateu, uma vez, e outra, e outra, derrubando a Sra. Coulter; Metatron estava de pé, as asas batendo cada vez com mais força, subindo no ar — ele deixava o solo, com Lorde Asriel ainda agarrado ao seu corpo, mas perdendo rapidamente as forças. Os dedos do macaco dourado estavam presos ao cabelo do anjo e ele nunca o soltaria...

Mas eles estavam sobre o rebordo do abismo. Subiam no ar. E se subisse mais alto, Lorde Asriel cairia e Metatron poderia fugir.

— *Marisa! Marisa!*

O grito foi arrancado a Lorde Asriel e, com a pantera da neve a seu lado e um rugido nos ouvidos, a mãe de Lyra levantou-se, apoiou firmemente os pés e saltou com toda a sua determinação para se lançar sobre o anjo, o seu génio e o seu amante que morria, agarrar aquelas asas que batiam e precipitar todos no abismo.

Os monstros dos penhascos escutaram a exclamação de desânimo de Lyra e as suas cabeças chatas viraram-se todas ao mesmo tempo. Will saltou em frente e golpeou com a faca o monstro mais próximo. Sentiu um pequeno pontapé no ombro quando Tialys saltou e aterrou na cara do maior, agarrando-lhe o cabelo, pontapeando-lhe com força as mandíbulas antes de ele o conseguir lançar ao chão. A criatura uivou e agitou-se violentamente antes de cair na lama; o outro olhou aparvalhado para o coto do braço e depois, horrorizado, para o seu próprio tornozelo, cuja mão cortada tinha agarrado quanto tombou. Um segundo mais tarde, a faca estava espetada no seu peito; Will sentiu-a saltar três ou quatro vezes com a batida do coração que desfalecia e puxou-a antes que o monstro do penhasco lha pudesse arrancar da mão durante a queda.

Ouviu os outros berrar e guinchar de ódio enquanto fugiam e sabia que Lyra estava ilesa a seu lado; mas deixou-se cair na lama com um único pensamento no seu espírito.

— Tialys! Tialys! — gritou, e, evitando os dentes que abocanhavam o ar, arrastou a cabeça do maior monstro do penhasco. Tialys estava morto, os esporões enterrados na garganta do monstro. A criatura ainda pontapeava, por isso Will cortou-lhe a cabeça e afastou-a rolando, antes de tirar o galivespiano morto daquele pescoço de couro.

— Will — chamou Lyra atrás dele —, Will, olha para isto...

Ela contemplava a liteira de cristal. Estava intacta, apesar de o cristal estar manchado pela lama e o sangue do que os monstros dos penhascos tinham estado a comer antes de descobrirem a liteira. Jazia estranhamente inclinada por entre as rochas e lá dentro...

— Oh, Will, ele ainda está vivo! Mas... Coitadinho...

Will viu as mãos dela sobre o cristal, tentando alcançar o anjo e confortá-lo; porque ele era tão velho, e estava tão apavorado, chorando como um bebé, encolhido a um canto da liteira.

— Ele deve ser muito velho... Nunca vi ninguém sofrendo desta maneira... Oh, Will, podemos libertá-lo?

Will cortou o cristal com um único movimento e entrou para ajudar o anjo a sair. Senil e impotente, o ser idoso só conseguia chorar e balbuciar de medo, dor e infelicidade e afastou-se do que lhe parecia ser ainda mais uma ameaça.

— Está tudo bem — disse Will —, podemos ajudá-lo a esconder-se, pelo menos. Venha, não lhe faremos mal.

A mão trémula agarrou a de Will e, fraca, segurou-a. O idoso proferia um queixume grunhido e sem palavras que continuou sem parar, rangendo os dentes e batendo compulsivamente com a mão livre em si mesmo; mas quando Lyra entrou também na liteira para o ajudar a sair, ele tentou sorrir, fazer uma vénia e os seus olhos idosos, escondidos pelas rugas, piscaram para ela com um espanto inocente.

Entreajudaram-se para o Ancião sair da sua cela de cristal; não foi difícil, porque ele era leve como papel e tê-los-ia seguido para qualquer lado, não tendo vontade própria e respondendo à ternura simples como uma flor ao sol. Mas no espaço aberto não havia nada que impedisse o vento de o destruir e, para grande desânimo das crianças, a forma do Ancião começou a dissolver-se. Apenas alguns instantes depois ele tinha desaparecido completamente e a última impressão que tiveram foi a daqueles olhos, piscando de espanto, e um suspiro do mais profundo e extenuado alívio.

Desapareceu. Um mistério dissolvendo-se em mistério. Tudo demorara pouco menos de um minuto, e Will virou-se imediatamente para o cavaleiro caído. Pegou no seu pequeno corpo, embalando-o nas mãos, e deixou as lágrimas correrem livremente.

Mas Lyra dizia qualquer coisa com insistência.

— Will... Temos de continuar... *Temos* mesmo... A Dama consegue ouvir os cavalos a aproximarem-se...

Saindo do céu a mil, um falcão índigo pairou baixo e Lyra gritou e encolheu-se; mas Salmakia gritou com todas as suas forças:

— Não, Lyra! Não! Levanta-te e estende a mão!

Lyra imobilizou-se, apoiando um braço com o outro e o falcão índigo deu uma volta e investiu de novo, prendendo-lhe a mão com garras afiadas.

Montando o falcão estava uma galivespiana de cabelo grisalho, cujos olhos vivos olharam primeiro para Lyra, depois para Salmakia, que se agarrava à gola da camisa da rapariga.

— Madame... — disse Salmakia numa voz fraca —, fizemos...

— Fizeram tudo o que era preciso. Agora nós estamos aqui — disse Madame Oxentiel, que puxou as rédeas.

Imediatamente o falcão gritou três vezes, tão alto que a cabeça de Lyra tiniu. Em resposta, investiram do céu primeiro uma, depois duas, três, centenas de libelinhas brilhantes transportando guerreiros, todos voando tão velozes que pareciam prestes a chocar uns com os outros; mas os reflexos dos insectos e a habilidade dos cavaleiros eram tão apurados que pareciam tecer uma tapeçaria com agulhas coloridas, brilhantes e silenciosas, sobre e à volta das crianças.

— Lyra — disse a Dama montada no falcão — e Will: sigam-nos e conduzir-vos-emos aos vossos génios.

O falcão abriu as asas e levantou voo de uma das mãos de Lyra, enquanto ela sentia o peso de Salmakia cair na outra, e soube, nesse preciso instante, que apenas a força de espírito da Dama a tinha mantido viva até àquele momento. Envolveu-lhe o corpo com as mãos e correu com Will sob a nuvem de libelinhas, tropeçando e caindo mais de uma vez, mas segurando suavemente a Dama contra o seu coração todo o tempo.

— Esquerda! Esquerda! — gritou a voz que vinha do falcão índigo, e na escuridão fustigada pelos relâmpagos, eles viraram nessa direcção; à sua direita Will viu um grupo de homens com armaduras cinzentas, elmos, máscaras, as suas lobas-génio caminhando a passo ao lado deles. Uma vaga de libelinhas dirigiu-se imediatamente para eles e os homens hesitaram: as espingardas eram inúteis e os galivespianos estavam sobre eles num instante, cada guerreiro saltando das costas do seu insecto, encontrando uma mão, um braço, um pescoço desprotegido e enterrando os esporões antes de saltarem novamente para as costas do insecto quando este dava a volta para passar pela vítima. Eram tão rápidos que se tornava quase impossível segui-los. Os soldados viraram-se e fugiram em pânico, a disciplina despedaçada.

Mas, subitamente, ouviu-se uma trovoada de cascos vinda de trás e as crianças olharam desesperadas: aqueles homens-cavalo aproximavam-se deles a galope e já um ou dois tinham redes nas mãos, fazendo-as girar sobre a cabeça, apanhando as libelinhas, golpeando as redes com chicotes e sacudindo os insectos mortos.

— Por aqui! — disse a Dama, e depois acrescentou: — Mergulhem agora... Baixem-se!

Assim fizeram e sentiram a terra tremer debaixo dos seus corpos. Seria dos cascos? Lyra levantou a cabeça, afastou o cabelo molhado dos olhos e viu algo muito diferente dos cavalos:

— Iorek! — gritou, a alegria inundando-lhe o peito. — Oh, Iorek!

Will puxou-a para baixo mesmo a tempo, porque na direcção deles avançava não só Iorek, mas um batalhão dos seus ursos. Lyra baixou a cabeça mesmo a tempo e então Iorek saltou sobre eles, rugindo ordens aos seus ursos para avançarem pela esquerda e pela direita, para esmagarem o inimigo entre eles.

Ligeiro, como se a sua armadura não lhe pesasse mais que o próprio pêlo, o rei-urso virou-se para enfrentar Will e Lyra, que se esforçavam por se levantar.

— Iorek... Atrás de ti... Eles têm redes! — gritou Will, porque os cavaleiros estavam quase sobre eles.

Antes que o urso se pudesse mexer, a rede do cavaleiro assobiou no ar e, instantaneamente, Iorek foi envolvido pela teia de aço. Rugiu, levantando-se nas patas traseiras, lançando as enormes patas sobre o cavaleiro. Mas a rede era forte e, apesar de o cavalo se ter empinado e recuado com medo, Iorek não conseguiu libertar-se da rede.

— Iorek! — gritou Will. — Fica quieto! Não te mexas!

Rastejou sobre a lama e as moitas, enquanto o cavaleiro tentava controlar o cavalo e alcançou Iorek mesmo quando um segundo cavaleiro se aproximava e outra rede assobiava no ar.

Mas Will não se precipitou: em vez de cortar de qualquer modo, fazendo com que ficasse ainda mais enredado, observou o encadeamento da rede e cortou-a em poucos segundos. A segunda rede caiu inutilizada e então Will saltou para junto de Iorek, apalpou a rede com a mão esquerda e cortou com a direita. O enorme urso permaneceu imóvel enquanto o rapaz se precipitava sobre o seu corpo, cortando, libertando, afastando a rede.

— Vai agora! — gritou Will e Iorek pareceu explodir sobre o peito do cavalo mais próximo.

O cavaleiro tinha erguido a cimitarra para cortar o pescoço do urso, mas Iorek, dentro da sua armadura, pesava quase duas toneladas e nada, àquela distância, lhe podia fazer frente. Cavalo e cavaleiro, ambos esmagados e despedaçados, caíram inofensivos no chão. Iorek recuperou o equilíbrio, olhou em volta para observar a forma do terreno e rugiu para as crianças:

— Para as minhas costas! Agora!

Lyra saltou e Will seguiu-a. Apertando o ferro frio entre as pernas, sentiram as poderosas vagas de força enquanto Iorek corria.

Atrás deles, os outros ursos lutavam com a estranha cavalaria, ajudados pelos galivespianos, cujos esporões enraiveciam os cavalos. A dama do falcão índigo planou baixo e gritou:

— Agora sempre em frente! No meio das árvores, no vale!

Iorek alcançou o topo de uma pequena colina e parou. À sua frente o terreno descia em direcção a um bosque, a quatrocentos metros de distância. Algures por trás disso, uma bateria de canhões lançava bombas, uma após outra, mas fazendo pontaria para cima, e alguém lançava também foguetes, que explodiam sob as nuvens e caíam sobre as árvores, fazendo-as brilhar com uma luz verde, tornando-as um óptimo alvo para os canhões.

Lutando pelo controlo do bosque, estava cerca de uma vintena de Espectros, sendo mantidos à distância por um bando esfarrapado de fantasmas. Assim que viram o pequeno bosque de árvores, Lyra e Will souberam que os seus génios estavam ali, e que se não os alcançassem em breve, morreriam. Mais Espectros se aproximavam a cada minuto, descendo as colinas à direita. Agora, Will e Lyra podiam vê--los com toda a clareza.

Uma explosão precisamente sobre as colinas fez tremer o solo e lançou alto, no ar, pedras e torrões de terra. Lyra gritou e Will agarrou--se ao peito.

— Segurem-se — disse Iorek e começou a correr.

Um foguete explodiu no ar seguido de mais dois, pendendo lentamente com uma luminosidade magnesiana branca. Explodiu outra bomba, desta vez mais perto; sentiram o ar tremer e, um ou dois segundos depois, a terra e as pedras atingiram-nos na cara. Iorek não vacilou, mas as crianças tiveram dificuldade em se agarrar: não podiam enterrar os dedos no seu pêlo, tinham de pressionar a armadura entre os joelhos, e as costas do urso eram tão largas que ambos escorregavam constantemente.

— Olhem! — gritou Lyra, apontando quando outra bomba explodiu perto.

Uma dúzia de feiticeiras dirigia-se para os lança-foguetes, transportando ramos espessos de folhas e com eles desviaram as armas, orientando-as para longe. A escuridão abateu-se novamente sobre o bosque, escondendo-o dos canhões.

Agora as árvores estavam apenas a alguns metros de distância. Will e Lyra sentiram a outra parte dos seus «eus» muito perto — uma excitação, uma esperança intensa arrefecida pelo medo: porque os Espectros eram muitos por entre as árvores e eles teriam de passar pelo meio deles e a mera visão daqueles seres recordava aquela fraqueza nauseante do coração.

— Eles têm medo da faca — disse uma voz ao lado deles e o rei--urso parou logo que Will e Lyra caíram das suas costas.

— Lee! — disse Iorek. — Lee, meu camarada, nunca vi isto antes. Tu estás morto... Com o que é que eu estou a falar?

— Iorek, meu velho, não sabes da história nem a metade. Assumimos o controlo a partir de agora... Os Espectros não têm medo de ursos. Lyra, Will... Venham por aqui e empunhem essa faca.

O falcão índigo poisou mais uma vez no pulso de Lyra e a dama de cabelo grisalho disse:

— Não percam nem um minuto... Entrem, encontrem os vossos génios e fujam! Aproximam-se outros perigos.

— Obrigado, dama! Obrigada a todos — agradeceu Lyra, e o falcão levantou voo.

Will podia ver o fantasma de Lee Scoresby a seu lado, insistindo para que entrassem no bosque, mas eles tinham de se despedir de Iorek Byrnison.

— Iorek, meu querido, não tenho palavras... Abençoado sejas!

— Obrigado, Rei Iorek — disse Will.

— Não temos tempo. Vão. Vão!

Ele afastou-os com a cabeça blindada.

Will correu atrás do fantasma de Lee Scoresby através do matagal, golpeando com a faca à esquerda e à direita. Ali a luz era incerta e fraca, as sombras eram espessas, complexas e perturbadoras.

— Mantém-te perto — disse para Lyra e depois gritou quando um espinheiro lhe roçou pela cara.

À volta deles havia movimento, barulho e luta. As sombras deslocavam-se para um lado e para o outro como ramos agitados pelo vento. Podiam ser fantasmas; ambas as crianças sentiram os pequenos toques frios que conheciam tão bem e ouviam também vozes por todo o lado.

— Por aqui!

— Por aqui!

— Continuem a andar... Nós mantemo-los à distância!

— Já não estão longe!

Então ouviu-se um grito numa voz que Lyra conhecia e amava mais que qualquer outra:

— Oh, vem depressa! Depressa, Lyra!

— Pan, querido... estou aqui...

Precipitou-se para a escuridão, soluçando e tremendo e Will partiu ramos e heras, cortou espinheiros e urtigas, enquanto em volta deles vozes de fantasmas se erguiam num clamor de encorajamento e alerta.

Mas os Espectros também tinham encontrado os seus alvos e avançavam através do emaranhado de arbustos e roseiras, raízes e ramos, sem encontrar qualquer resistência. Uma dúzia, uma dezena de malignidades pálidas pareciam fluir para o centro do bosque, onde o fantasma de John Parry ordenava aos seus companheiros que os expulsassem.

Will e Lyra tremiam, enfraquecidos pelo medo, a exaustão, a náusea e a dor, mas desistir era absolutamente inconcebível. Lyra arrancava os espinheiros com as mãos, Will golpeava e retalhava à esquerda e à direita enquanto à sua volta o combate dos seres sombrios se tornava cada vez mais selvagem.

— Ali! — gritou Lee. — Vêem-nos? Junto da rocha grande...

Um gato-montês, dois gatos-monteses, cuspindo, assobiando e arranhando. Eram ambos génios e Will sentiu que se tivesse tempo poderia facilmente distinguir qual era Pantalaimon; mas não havia tempo porque um Espectro avançava, saído da mancha de sombra mais perto, dirigindo-se para eles.

Will saltou sobre o último obstáculo, um tronco de árvore caído e enterrou a faca no tremeluzir vazio no ar. Sentiu que o braço ficou dormente, mas cerrou os dentes e apertou os dedos em volta do punho da faca e a forma pálida pareceu evaporar-se, dissolvendo-se novamente na escuridão.

Estavam quase lá; os génios estavam loucos de medo, porque cada vez mais Espectros passavam pelas árvores e apenas os valentes fantasmas os retinham à distância.

— Podes abrir uma janela? — perguntou o fantasma de John Parry.

Will levantou a faca e teve de parar quando um violento assalto de náusea o fez tremer dos pés à cabeça. Nada mais restava no seu estômago e o espasmo doeu terrivelmente. Lyra, a seu lado, estava no mesmo estado. O fantasma de Lee, percebendo o que se passava, saltou para os génios e lutou com a forma pálida que se aproximava por trás da rocha.

— Will... por favor... — disse Lyra, soluçando.

A faca penetrou, subiu, deslizou de lado, desceu, e de lado novamente. O fantasma de Lee olhou para o outro lado e viu uma vasta pradaria sob uma lua brilhante, tão parecida com a sua pátria que pensou ter sido abençoado.

Will atravessou a clareira e agarrou o génio mais próximo enquanto Lyra recolheu o outro.

Mesmo naquela terrível urgência, mesmo naquele momento de perigo extremo, ambos sentiram o mesmo pequeno choque de excitação: porque Lyra segurava o génio de Will, a gata-montês sem nome, e Will levava Pantalaimon.

Desviaram os olhos um do outro.

— Adeus, Senhor Scoresby! — chorou Lyra, olhando à volta à procura dele. — Eu queria... oh, obrigado... Adeus!

— Adeus, minha querida... Adeus Will... Fiquem bem!

Lyra atravessou, mas Will ficou imóvel e olhou para os olhos do fantasma do pai, brilhantes na escuridão. Antes de o deixar havia uma coisa que tinha de lhe dizer.

Will falou com o fantasma do pai:

— Disse que eu era um guerreiro. Disse-me que essa era a minha natureza e que não devia discutir com ela. Pai, estava errado. Lutei porque tive de o fazer. Não posso escolher a minha natureza, mas posso escolher as minhas acções. E *escolherei*, porque agora sou livre.

O sorriso do pai estava cheio de orgulho e ternura.

— Muito bem, meu filho. Muito bem, mesmo — disse.

Will já não o conseguia ver. Virou-se e trepou para o outro lado, atrás de Lyra.

Agora que os seus objectivos tinham sido alcançados, agora que as crianças tinham reencontrado os génios e fugido, os guerreiros mortos permitiram que os seus átomos relaxassem e se separassem, finalmente.

Saindo do pequeno bosque, afastando-se dos Espectros perplexos, para lá do vale, da forma poderosa do seu velho companheiro, o urso blindado, o último fragmento de consciência do que fora o aeronauta Lee Scoresby subiu no ar, tal como o seu enorme balão tinha feito tantas vezes. Incólume aos foguetes e às bombas, surdo às explosões, aos gritos e berros de fúria, de alerta e de dor, consciente apenas do seu movimento ascensional, o que restava de Lee atravessou as pesadas nuvens e surgiu sob as estrelas brilhantes, onde os átomos do seu amado génio, Hester, o aguardavam.

32

MANHÃ

A *manhã chega e a noite decai, os vigias abandonam
os seus postos...*

WILLIAM BLAKE

A vasta savana dourada que o fantasma de Lee Scoresby tinha vislumbrado por breves instantes através da janela estendia-se, calma, sob os primeiros raios de sol da manhã.

Dourada, mas também amarela, castanha, verde e todos os milhões de tonalidades entre estes; e preta, em algumas zonas, com linhas e faixas negras de breu; tons de prata pontuavam aqui e ali onde o sol incidia sobre uma espécie particular de erva que começava a florir; e o azul dominava a alguma distância onde um vasto mar se espraiava, e num pequeno lago, mais perto, reflectindo o imenso azul do céu.

Calma, mas não silenciosa, porque uma suave brisa agitava os milhões de pequenos caules e um milhão de milhões de insectos e outras criaturas pequenas raspavam, zumbiam e chilreavam na erva enquanto um pássaro, demasiado alto no céu azul para poder ser avistado, cantou uma cascata espiralada de notas repicadas, não muito longe, e sem nunca repetir a melodia.

Em toda a vasta paisagem as únicas coisas vivas que estavam silenciosas e paradas eram o rapaz e a rapariga, que dormiam, costas com costas, sob a sombra de um afloramento rochoso no cimo de um pequeno promontório.

Estavam tão imóveis, tão pálidos, que até pareciam mortos. A fome tinha-lhes esticado a pele sobre os ossos da cara, a dor tinha deixado linhas profundas em volta dos olhos e eles estavam cobertos de pó, lama e até um pouco de sangue. Da absoluta passividade dos seus membros deduzia-se que estavam na última fase da exaustão.

Lyra foi a primeira a acordar. Quando o sol se deslocou no céu, passou sobre a rocha e tocou-lhe no cabelo e ela começou a espreguiçar--se; quando o sol lhe atingiu as pálpebras, ela deu por si a ser puxada das profundezas do sono como um peixe, lento, pesado e renitente.

Mas era impossível discutir com o sol e por fim ela mexeu a cabeça, colocou o braço sobre os olhos e murmurou:

— Pan... Pan...

Sob a sombra do braço abriu os olhos e acordou definitivamente. Não se mexeu durante alguns minutos, porque tinha os braços e as pernas doridos e todo o seu corpo estava dolente e cansado; mas mesmo assim estava desperta e sentiu a brisa ligeira, o calor do sol e escutou os sons dos insectos e o cântico do pássaro lá no alto. Era tudo muito bom. Tinha-se esquecido de como o mundo era generoso.

Por fim, virou-se e viu Will, ainda profundamente adormecido. A sua mão tinha sangrado muito; a camisa estava rasgada e nojenta, o cabelo hirto de pó e suor. Olhou para ele durante muito tempo, para a pequena palpitação no seu pescoço, para o seu peito que subia e descia, para as delicadas sombras que as pestanas projectavam quando o sol finalmente incidiu nelas.

Will murmurou qualquer coisa e mexeu-se. Não querendo ser apanhada a olhar para ele, Lyra desviou os olhos para a pequena sepultura que tinham aberto na noite anterior, com apenas alguns palmos de largura, onde os corpos do Cavaleiro Tialys e da Dama Salmakia descansavam agora em paz. Havia uma pedra plana ali perto: Lyra levantou-se, soltou-a do solo e colocou-a na vertical no extremo da sepultura; depois, sentou-se à sombra e protegeu os olhos para observar a planície.

Parecia nunca mais ter fim. Não era completamente plana; suaves ondulações e pequenas colinas e barrancos tornavam a paisagem diferente para onde quer que ela olhasse e aqui e ali descobriu bosques de árvores tão altas que pareciam ter sido construídas, em vez de plantadas: os seus troncos direitos e as copas verde-escuro pareciam desafiar a distância, sendo tão claramente observáveis a quilómetros de distância.

Contudo, mais perto — no sopé do promontório, a pouco mais de algumas centenas de metros —, havia um pequeno lago alimentado por uma nascente que brotava da rocha e Lyra apercebeu-se de como estava sedenta.

Levantou-se, as pernas trémulas, e caminhou lentamente em direcção ao lago. A nascente gorgolejava e escorria por entre rochas musgosas e ela mergulhou as mãos na água uma vez e outra, lavando-as da lama e fuligem antes de levar a água à boca. Fazia doer os dentes de tão fria que estava e Lyra engoliu-a com prazer.

O lago estava delimitado por canas onde uma rã coaxava. Era pouco fundo e mais quente do que a nascente, como Lyra descobriu quando tirou os sapatos e molhou os pés. Ficou muito tempo de pé, o sol batendo-lhe na cara e no corpo e saboreando a lama fresca sob os pés e a corrente fria em volta da barriga das pernas.

Inclinou-se para mergulhar a cara na água e molhou completamente o cabelo, deixando-o flutuar na água e esfregando-o com os dedos para o libertar do pó e da fuligem.

Quando se sentiu um pouco mais limpa e a sede tinha sido acalmada, olhou outra vez para o promontório, para ver se Will já tinha acordado. Estava sentado, os joelhos dobrados e rodeados pelos braços, olhando para a planície, tal como ela tinha feito, e maravilhando-se com a extensão da paisagem, com a luz, o calor e a tranquilidade do lugar.

Ela subiu a colina devagar para se lhe juntar e descobriu-o escrevendo os nomes dos galivespianos na pequena pedra tumular e prendendo-a firmemente no solo

— Eles estão...? — perguntou, e Lyra percebeu que Will se referia aos génios.

— Não sei. Não vi Pan. Tenho a sensação de que não está longe, mas não sei. Lembras-te do que aconteceu?

Will esfregou os olhos e bocejou tão violentamente que ela ouviu os maxilares soltarem pequenos estalidos. Depois pestanejou e abanou a cabeça.

— Não muito — respondeu. — Eu agarrei Pantalaimon e tu agarraste... o outro e passámos pela janela, e havia luar em toda a parte e eu poisei-o no chão para fechar a janela.

— E a tua... o outro génio saltou-me dos braços — continuou Lyra. — Eu tentava ver o Senhor Scoresby através da janela, e Iorek, e ver para onde Pan tinha ido e, quando olhei à volta, eles já não estavam aqui.

— Contudo, a sensação não é a mesma de quando fomos para o mundo dos mortos. Então estávamos mesmo separados.

— Não — concordou Lyra. — Decididamente, eles estão algures aqui perto. Lembro-me que quando éramos novos tentávamos brincar às escondidas, só que nunca resultava bem porque eu era demasiado grande para me esconder dele e sabia sempre exactamente onde ele estava, mesmo que ele estivesse camuflado como traça, ou qualquer coisa do género. Mas isto é estranho — disse, passando, involuntariamente, as mãos pela cabeça, como se estivesse a tentar dispersar um qualquer feitiço —; ele não está aqui, mas não me sinto dividida, sinto-me segura e sei que ele também está.

— Penso que estão juntos — disse Will.

— Sim, devem estar.

Subitamente Will levantou-se de um salto.

— Olha — disse —, ali...

Ele protegia os olhos com uma mão e apontava. Lyra seguiu-lhe o olhar e viu um pequeno movimento trémulo ao longe, muito diferente da oscilação produzida no ar pelo calor.

— Animais? — perguntou duvidosa.

— E escuta — disse Will, colocando a mão atrás da orelha.

Agora que ele lhe chamara a atenção, Lyra conseguia ouvir um ruído baixo e persistente, como o de um trovão muito longínquo.

— Desapareceram — disse Will, apontando.

A pequena mancha de figuras sombrias tinha desaparecido, mas o ruído permaneceu por mais alguns segundos. Subitamente tudo ficou estranhamente silencioso, embora a calma fosse algo que já fizesse parte do lugar. Os dois ainda olhavam na mesma direcção e pouco depois viram o movimento reiniciar-se. Alguns segundos depois chegou o som.

— Passaram por trás de uma colina ou uma coisa do género — disse Will. — Estão mais perto?

— Não tenho a certeza. Sim, estão a aproximar-se, olha, vêm para aqui.

— Bem, se tivermos de lutar com eles, prefiro beber antes — disse Will, e pegou na mochila e levou-a até à nascente, onde bebeu e se lavou. A ferida tinha sangrado bastante: ele ansiava por um banho quente com muito sabão e roupas lavadas.

Lyra observava-os... o que quer que fossem eram muito estranhos.

— Will — chamou —, eles deslocam-se sobre rodas...

Mas não estava muito segura do que dizia. Will subiu um pouco mais alto e protegeu os olhos para olhar. Já era possível distingui-los. O grupo, ou manada, ou bando, tinha cerca de doze indivíduos e deslocava-se, tal como Lyra dissera, sobre rodas. Pareciam uma mistura entre antílopes e motociclos, mas eram ainda mais estranhos do que isso: tinham trombas como os pequenos elefantes.

E dirigiam-se para Will e Lyra com um ar determinado. Will tirou a faca, mas Lyra, sentada na erva ao seu lado, já girava os ponteiros do aletiómetro.

Ele respondeu depressa, quando as criaturas estavam ainda a algumas centenas de metros de distância. A agulha oscilou rapidamente para a esquerda e a direita, depois para a esquerda e novamente para a esquerda, e Lyra observou-a com alguma angústia porque as suas últimas leituras tinham sido tão difíceis e o seu espírito sentia-se estranho e hesitante enquanto ela percorria a árvore da compreensão. Em vez de saltar como um pássaro de um poiso para outro, deslocou-se devagar procurando alguma segurança, mas o significado estava lá, sólido como sempre e, em breve, ela compreendeu o que o aletiómetro lhe dizia.

— São amistosos — disse — e está tudo bem, Will, eles estão à nossa procura, sabem que estamos aqui... E, é estranho, não consigo perceber bem... A Doutora Malone?

Lyra pronunciou o nome para si mesma, porque não conseguia acreditar que a Dra. Malone estivesse naquele mundo. Mesmo assim, o aletiómetro referia-se a ela de forma expressa, embora, naturalmente, não revelasse o seu nome. Lyra guardou o aletiómetro e levantou-se devagar, colocando-se ao lado de Will.

— Penso que devíamos ir ter com eles — disse. — Eles não nos vão fazer mal.

Alguns tinham parado, à espera. O que comandava o grupo avançou um pouco mais, a tromba levantada e eles puderam ver como as criaturas se deslocavam, com poderosos golpes das patas laterais. Algumas das criaturas tinham-se dirigido para o lago para beber; as outras aguardavam, mas não com a curiosidade passiva das vacas, reunindo-se junto ao portão. Aqueles eram indivíduos animados de inteligência e intencionalidade. Eram pessoas.

Will e Lyra desceram a colina até estarem suficientemente perto para poderem falar com eles. Apesar do que Lyra tinha dito, Will manteve a mão sobre a faca.

— Não sei se me compreendem — disse Lyra cautelosamente —, mas sei que são amistosos. Penso que devíamos...

O líder mexeu a tromba e disse:

— Venham ver Mary. Vocês montam. Nós transportamos. Venham ver Mary.

— Oh — fez Lyra e virou-se para Will, feliz.

Duas das criaturas traziam bridas e estribos de corda entrelaçada. Não havia selas; as costas em forma de losango revelaram-se suficientemente confortáveis mesmo sem elas. Lyra tinha montado um urso e Will sabia andar de bicicleta, mas nenhum tinha montado um cavalo, que era a comparação mais próxima. Contudo, quem monta cavalos tem, normalmente, o controlo e as crianças depressa descobriram que não era o caso: as rédeas e os estribos tinham apenas a função de lhes dar algo a que se pudessem agarrar e equilibrar. Eram as próprias criaturas que tomavam todas as decisões.

— Nós somos... — começou Will a dizer, mas teve de se calar e recuperar o equilíbrio quando a criatura começou a deslocar-se.

O grupo deu meia volta e desceu a pequena colina, deslocando-se devagar através das ervas. O movimento era irregular, mas não propriamente desconfortável, porque as criaturas não tinham coluna vertebral: Will e Lyra sentiram-se como se estivessem sentados em cadeiras com um assento provido de molas.

Em breve chegaram ao que tinham visto do promontório: uma daquelas manchas de terreno preto ou castanho-escuro. E ficaram tão surpreendidos por encontrar estradas de rocha suave como Mary Malone tinha ficado algum tempo antes.

As criaturas rolaram sobre a superfície e em breve ganharam velocidade. A estrada parecia mais um curso de água do que uma estrada porque em certas zonas alargava-se por vastas áreas como se fossem pequenos lagos e noutros transformava-se em estreitos canais para se combinarem depois de forma imprevisível. Era muito diferente da forma brutalmente racional como as estradas no mundo de Will retalhavam colinas e saltavam sobre vales com pontes em cimento. Ali as estradas faziam parte da paisagem, não eram uma imposição sobre ela.

Deslocavam-se cada vez mais depressa. Will e Lyra necessitaram de algum tempo para se habituarem ao impulso vivo dos músculos e aos estremecimentos violentos das rodas sobre a rocha dura. A princípio Lyra teve mais dificuldade do que Will, porque ela nunca tinha andado de bicicleta e não conhecia o truque de se inclinar nas curvas; mas observou como Will fazia e em breve começou a achar a velocidade hilariante.

As rodas faziam demasiado barulho para poderem conversar. Em vez disso tinham de apontar: para as árvores, o espanto perante o seu tamanho e esplendor; para um bando de pássaros, os mais estranhos que alguma vez viram; as asas dianteiras e traseiras dando-lhes um movimento rotativo e espiralado no ar; para o lagarto azul do tamanho de um cavalo aquecendo-se ao sol no meio da estrada (as criaturas com rodas dividiram-se para passarem uns de um lado outros de outro, e o lagarto não lhes prestou qualquer atenção).

O sol estava alto quando começaram a abrandar, e no ar, sem qualquer dúvida, havia o odor salgado do mar. A estrada subia em direcção a um promontório e naquele momento deslocavam-se muito devagar.

Lyra, tensa e dorida, disse:

— Podem parar? Quero descer e caminhar.

A sua criatura sentiu o puxão na brida e, quer tenha ou não compreendido as palavras, parou. A de Will também, e ambas as crianças desceram, descobrindo que estavam tensas e desequilibradas depois dos contínuos saltos e esticões.

As criaturas reuniram-se para conversar, as trombas mexendo-se com elegância ao ritmo dos sons que faziam. Um minuto depois, Will e Lyra sentiram-se felizes por poderem caminhar entre as criaturas com odor a feno e erva quente. Uma ou duas tinham seguido à frente até ao cimo do promontório, e as crianças, agora que já não tinham de se concentrar no equilíbrio, puderam observar como as criaturas se deslocavam, admirar a graça e força com que se propulsavam para a frente, se inclinavam e viravam.

Quando chegaram ao cimo da colina pararam e Will e Lyra ouviram o líder dizer:

— Mary perto. Mary perto.

Olharam para baixo. No horizonte havia o brilho azul do mar. Um rio largo e lento deslocava-se sobre erva verde a meia distância, e, no sopé da longa colina, por entre uma pequena mata de árvores baixas e filas de vegetais, ficava uma aldeia de casas cobertas de colmo. Mais criaturas como aquelas deslocavam-se por entre as casas, ou cuidavam das culturas, ou trabalhavam no meio das árvores.

— Agora subam outra vez — disse o líder.

A distância não era grande. Will e Lyra subiram mais uma vez para as costas das criaturas enquanto as outras tomaram atenção ao equilíbrio das crianças e verificaram os estribos, como se se quisessem certificar de que elas estavam seguras.

Depois partiram, batendo na estrada com as patas laterais e inclinando-se para a frente até que desceram a colina a enorme velocidade. Will e Lyra seguraram-se com as mãos e as pernas e sentiram o ar chicotear-lhes a cara, puxar-lhes o cabelo para trás e pressionar-lhes os olhos. O ruído das rodas, a deslocação da erva dos dois lados da estrada, a segura e poderosa inclinação na curva larga que se aproximava, vertigem da velocidade — as criaturas adoravam aquilo e Will e Lyra sentiam a alegria delas e riram, felizes.

Pararam no centro da aldeia e as outras criaturas que os tinham visto aproximar-se reuniram-se, ergueram as trombas e proferiram palavras de boas-vindas.

Então Lyra gritou:

— Doutora Malone.

Mary saía de uma das cabanas, a camisa azul desbotada, a sua figura entroncada, as faces coradas simultaneamente estranhas e familiares.

Lyra correu e abraçou-a e a mulher envolveu-a fortemente nos braços enquanto Will se manteve à distância, cauteloso e na dúvida.

Mary beijou Lyra com ternura e depois avançou para cumprimentar Will. Então deu-se uma curiosa dança mental de simpatia e acanhamento que demorou pouco menos de um segundo.

Comovida pelo estado em que eles se encontravam, Mary pensou primeiro em abraçá-lo, tal como fizera com Lyra. Mas Mary era uma mulher adulta e Will sê-lo-ia em breve e ela percebeu que esse tipo de comportamento faria dele uma criança, e se ela podia abraçar uma criança nunca abraçaria um homem que não conhecia; por isso, recuou mentalmente, querendo, acima de tudo, honrar aquele amigo de Lyra e não envergonhá-lo.

Por isso, estendeu-lhe antes a mão, que ele apertou e uma corrente de compreensão e respeito ligou-os tão fortemente que se tornou imediatamente num elo e cada um deles sentiu que tinha encontrado um amigo para toda a vida, como tinham de facto.

— Este é Will — apresentou Lyra —, ele é do seu mundo... Lembra-se, eu falei-lhe dele...

— Chamo-me Mary Malone — disse ela — e vocês estão ambos esfomeados, parecem famintos.

Virou-se para as criaturas a seu lado e pronunciou alguns daqueles sons cantados e piados, mexendo o braço ao mesmo tempo.

Imediatamente as criaturas se afastaram; algumas trouxeram almofadas e tapetes da casa mais próxima e estenderam-nos no chão duro sob uma árvore próxima cujos ramos baixos e densos de folhas produziam uma sombra fresca e fragrante.

Assim que eles estavam confortavelmente instalados, os seus anfitriões trouxeram tigelas de madeira macia cheias de leite que tinha uma ligeira adstringência limonada e era maravilhosamente refrescante; pequenas nozes parecidas com avelãs, mas com um gosto amanteigado mais rico; uma salada acabada de colher, folhas ligeiramente apimentadas misturadas com outras mais suaves e carnudas que exsudavam uma seiva cremosa e pequenas raízes do tamanho de cerejas com um sabor que lembrava cenouras.

Mas eles não conseguiram comer muito. A refeição era demasiado rica. Will queria fazer justiça à generosidade daqueles seres, mas a única coisa que ele conseguia engolir com facilidade, para além da bebida, era um pão chato, ligeiramente chamuscado, parecido com chapatas ou tortilhas. Era simples e alimentício e era tudo o que Will conseguia suportar. Lyra provou um pouco de tudo, mas, tal como Will, descobriu que pouco era suficiente.

Mary evitou fazer qualquer pergunta. Aqueles dois tinham vivido uma experiência que os tinha marcado profundamente: não queriam ainda falar sobre isso.

Por isso respondeu às perguntas deles sobre os mulefa e contou-lhes resumidamente como tinha chegado até àquele mundo; depois deixou-os sob a sombra da árvore porque percebeu que os olhos se lhes fechavam e cabeceavam.

— Não precisam de fazer mais nada agora a não ser dormir — concluiu.

O ar da tarde era quente e calmo e a sombra da árvore inebriante e murmurante devido ao som dos grilos. Menos de cinco minutos depois de terem bebido o último golo, adormeceram profundamente.

Eles são de dois sexos diferentes? perguntou Atal, surpreendida. *Mas como é que se pode distinguir?*

Isso é fácil, respondeu Mary. *Os seus corpos têm formas diferentes. Eles mexem-se de forma diferente.*

Mas eles não são muito mais pequenos do que tu. Mas têm menos sraf. Quando é que ficam com mais?

Não sei, respondeu Mary. *Penso que em breve. Não sei quando é que isso acontece connosco.*

Sem rodas, disse Atal com simpatia.

Elas regavam os vegetais do jardim. Mary tinha feito uma mangueira para evitar dobrar-se; Atal usava a tromba e, por isso, a conversa delas era intermitente.

Mas tu sabias que eles estavam a chegar, disse Atal.

Sim.

Foram os pauzinhos que te disseram?

Não, respondeu disse Mary, corando. Ela era uma cientista; já era suficientemente mau ter de admitir que consultava o *I Ching*, mas aquilo era ainda mais embaraçoso.

Foi um quadro da noite, confessou.

Os mulefa não tinham uma palavra para designar os sonhos. Eles sonhavam muito e levavam os sonhos muito a sério.

Tu não gostas de quadros da noite, comentou Atal.

Gosto, sim. Mas não acreditava neles até agora. Vi o rapaz e a rapariga com tanta clareza e uma voz disse-me para estar pronta para os receber.

Que tipo de voz? Como é que falava se não a podias ver?

Era difícil para Atal imaginar a fala sem os movimentos da tromba para clarificar e definir o sentido. Parou no meio de uma fila de feijões e olhou para Mary com uma curiosidade fascinada.

Bem, eu vi-a, explicou Mary. *Era uma mulher, ou uma fêmea sábia, como nós, como o meu povo. Mas muito velha e, contudo nada velha.*

Sábio era o que os mulefa chamavam aos seus chefes. Ela percebeu que Atal olhava profundamente interessada.

Como é que ela podia ser velha e, contudo, nada velha? perguntou.

É uma imitação, explicou Mary.

Atal abanou a tromba, tranquilizada.

Mary continuou, expressando-se o melhor que podia:

Ela disse-me que eu devia esperar as crianças, quando elas apareceriam e onde. Mas não o porquê. Tenho de cuidar delas.

Elas estão feridas e cansadas, disse Atal. *Elas impedirão que a sraf parta?*

Mary olhou para cima, perturbada. Sabia, sem ter de verificar com o telescópio, que as partículas-Sombra se afastavam cada vez mais depressa.

Espero que sim, respondeu. *Mas não sei como.*

Ao cair da noite, quando os fogos para cozinhar foram acesos e as primeiras estrelas surgiram no céu, aproximou-se um grupo de estranhos. Mary lavava-se; escutou o ruído das rodas e o murmúrio agitado da conversa e apressou-se a sair de casa, secando-se.

Will e Lyra tinham dormido toda a tarde e começaram a acordar, ao ouvirem o barulho. Lyra sentou-se, ainda estonteada, e viu Mary falar com cinco ou seis mulefa que a rodeavam, claramente excitados; mas se estavam zangados ou felizes, Lyra não sabia.

Mary viu-a e afastou-se.

— Lyra — disse —, aconteceu qualquer coisa... Eles encontraram uma coisa que não conseguem explicar. Não sei o que é... Tenho de ir ver. Fica mais ou menos a uma hora de distância. Volto assim que puder. Usa o que precisares da minha casa... Não posso demorar-me, eles estão demasiado excitados.

— Está bem — respondeu Lyra, ainda tonta devido ao longo sono. Mary espreitou para debaixo da árvore. Will esfregava os olhos.

— Não me demoro muito — disse Mary. — Atal ficará convosco.

O líder estava impaciente. Rapidamente, Mary lançou as rédeas e os estribos sobre ele, desculpando-se por ser desajeitada, e montou imediatamente. Deram uma volta e afastaram-se envoltos pelo crepúsculo.

Partiram numa nova direcção, ao longo das colinas, sobre a costa em direcção ao norte. Mary nunca tinha montado à noite e descobriu que a velocidade era ainda mais alarmante do que à luz do dia. À medida que subiam, Mary podia ver o brilho da lua sobre o mar, ao longe e à esquerda, e a sua luz sépia-prateada parecia envolvê-la numa admiração fria e céptica. A admiração estava nela e, cepticismo no mundo, e a frieza em ambos.

De vez em quando olhava para cima e tocava com a mão no telescópio que tinha no bolso, mas não o poderia utilizar até que parassem e aqueles mulefa deslocavam-se com urgência, com ar de quem não queria parar por nada. Ao fim de uma hora de difícil cavalgada afastaram-se da costa, virando para o interior, deixando a estrada de rocha e deslocando-se lentamente sobre um trilho de terra batida por entre ervas da altura do joelho, passaram por um bosque de árvores-roda e dirigiram-se para uma colina. A paisagem brilhava sob a luz do luar: vastas colinas nuas com pequenas e esporádicas ravinas onde cursos de água saltitavam por entre as árvores que se aglomeravam ali.

Era para uma dessas ravinas que eles a conduziram. Ela tinha desmontado quando eles deixaram a estrada e caminhara firmemente acompanhando a velocidade deles sobre o cume da colina e em direcção à ravina.

Ouviu o gotejar de uma nascente e o vento sobre a erva. Escutou o som calmo das rodas esmagando a terra compactada e os mulefa à frente dela murmurarem um para o outro e subitamente pararam.

Na encosta da colina, a poucos metros de distância, estava uma daquelas aberturas feita pela faca subtil. Era como a boca de uma caverna, porque o luar incidia sobre ela, mas mal a iluminava, como se o interior da abertura fosse o interior da própria colina: mas não era. E dela saía uma procissão de fantasmas.

Mary sentiu como se o chão tivesse cedido sob o seu espírito. Foi apanhada de surpresa e agarrou-se ao ramo mais próximo para se certificar de que o mundo físico ainda existia.

Aproximou-se mais um pouco. Homens velhos, mulheres, crianças, bebés de colo, seres humanos, mas também outros seres, surgindo de forma cada vez mais densa da escuridão para o mundo do sólido luar... E desapareciam.

Aquilo era o mais estranho. Eles davam alguns passos no mundo de erva, ar e luz prateada, olhavam em volta, as suas caras transformadas pela alegria — Mary nunca vira tamanha felicidade —, estendiam os braços como se estivessem a abraçar todo o universo; então, como se fossem feitos de névoa ou fumo, simplesmente se dispersavam, tornando-se parte da terra, do orvalho e da brisa nocturna.

Alguns dirigiram-se para Mary como se quisessem contar-lhe qualquer coisa, estendiam as mãos e ela sentia o seu toque como pequenos choques frios. Um dos fantasmas — uma mulher de idade — fez-lhe sinal, pedindo-lhe que se aproximasse.

Depois falou e Mary ouviu-a dizer:

— Conta-lhes histórias. Isso era o que nós não sabíamos. Todo este tempo e nunca o soubemos! Mas elas precisam da verdade. É isso que as alimenta. Tens de lhes contar histórias verdadeiras e tudo ficará bem, tudo. Simplesmente, conta-lhes histórias.

E foi tudo, de seguida ela desapareceu. Era como um daqueles momentos em que, subitamente, nos recordamos de um sonho que tínhamos esquecido incompreensivelmente e numa torrente regressam todas as emoções que tínhamos sentido no sonho. Era o sonho que ela tinha tentado descrever a Atal, o quadro da noite; mas quando Mary o tentou recordar novamente tinha-se dissolvido e dissipado tal como aquelas figuras se dissolviam no ar. O sonho tinha partido.

Tudo o que restara fora a suavidade daquela sensação e a injunção para *lhes contar histórias.*

Mary olhou para a escuridão. Até onde podia ver naquele silêncio sem fim, surgiam cada vez mais fantasmas, milhares após milhares, como refugiados regressando à sua pátria.

— Contar-lhes histórias — disse Mary para si mesma.

33

MAÇAPÃO

Doce Primavera, repleta de dias suaves e rosas, uma
caixa cheia de doces...

GEORGE HERBERT

Na manhã seguinte, Lyra acordou de um sonho no qual Pantalaimon tinha regressado para junto dela e revelado a sua forma definitiva; e ela tinha gostado mas, naquele momento, já não se lembrava de qual era.

O sol ainda não nascera e o ar tinha uma luminosidade fresca. Podia ver os primeiros raios de sol através da porta aberta da pequena cabana de colmo em que dormira, a casa de Mary. Deixou-se ficar deitada à escuta. Havia pássaros lá fora e um qualquer tipo de grilo cantava; a seu lado, Mary respirava calmamente no seu sono.

Lyra sentou-se e descobriu que estava nua. Sentiu-se indignada por um momento, mas depois viu algumas roupas limpas dobradas a seu lado, no chão: uma camisa das de Mary, uma faixa de tecido suave com um padrão claro que ela podia atar fazendo uma saia. Vestiu-se, sentindo-se a nadar dentro da camisa, mas pelo menos estava decente.

Saiu da cabana. Pantalaimon estava algures ali perto: tinha a certeza. Quase que o podia ouvir chamando-a e rindo-se. Isso devia querer dizer que ele estava a salvo e que ainda estavam ligados um ao outro. Quando ele lhe perdoasse regressaria... as horas que passariam a conversar, contando um ao outro tudo...

Will ainda dormia sob a árvore, o preguiçoso. Lyra pensou em o acordar, mas agora estava sozinha e podia nadar à vontade no rio. Ela costumava nadar nua no rio Cherwell juntamente com todas as outras crianças de Oxford, mas seria muito diferente com Will e Lyra corou só de pensar nisso.

Assim foi para a água sozinha naquela manhã de tonalidades perlíferas. Por entre as canas, na beira da água, havia um pássaro magro e alto, parecido com uma garça-real, equilibrando-se perfeitamente sobre uma só perna. Lyra caminhou devagar e silenciosamente para não perturbar o pássaro, mas este não lhe prestou mais atenção do que se ela fosse uma cana ou um galho dentro de água.

— Muito bem — disse Lyra.

Deixou as roupas na margem e entrou dentro da água do rio. Nadou depressa para se manter quente e depois saiu e enroscou-se na margem, tremendo. Habitualmente, Pan tê-la-ia ajudado a secar-se: será que ele era um peixe rindo-se dela debaixo da água? Ou um besouro enredado nas roupas dela para lhe fazer cócegas, ou um pássaro? Ou estaria ele noutro mundo completamente diferente, na companhia do outro génio, e Lyra completamente ausente do seu espírito?

O sol já estava quente e depressa Lyra se secou. Vestiu novamente a camisa larga de Mary e, vendo algumas pedras lisas junto da margem, foi buscar as suas próprias roupas para as lavar. Mas descobriu que alguém já fizera isso: as dela, e também as de Will, estavam estendidas sobre os galhos flexíveis de um arbusto aromático, quase secas.

Will espreguiçava-se. Ela sentou-se por perto e chamou-o em voz baixa.

— Will! Acorda!

— Onde estamos? — perguntou ele imediatamente, estendendo a mão para a faca.

— A salvo — respondeu Lyra. — E eles também lavaram as nossas roupas, ou foi a Doutora Malone. Eu vou buscar as tuas. Estão quase secas...

Entregou-lhas e sentou-se de costas para ele enquanto Will se vestia.

— Fui nadar no rio — disse. — Fui à procura de Pan, mas penso que ele está escondido.

— Isso é uma boa ideia. Quero dizer, nadar. Sinto-me como se tivesse anos e anos de porcaria em cima de mim... Vou até lá lavar-me.

Enquanto Will se dirigiu para o rio, Lyra deambulou pela aldeia, não olhando muito fixamente para nada, não fosse estar a quebrar algum código de educação, mas curiosa com tudo o que via. Algumas casas eram muito antigas e outras bastante recentes, mas eram todas construídas de modo semelhante, feitas de madeira, argila e colmo. Não tinham nada de rude; cada porta e caixilho de janela ou lintel estava coberto com desenhos subtis, mas desenhos que não eram gravados na madeira: era como se eles tivessem convencido a madeira a crescer naturalmente com aquela forma.

Quanto mais olhava, mais descobria pormenores de organização e cuidado na aldeia, como as camadas de significados no aletiómetro. Parte do seu espírito estava ansioso por descodificar tudo aquilo, para passar de semelhança em semelhança, de um sentido para outro tal como fazia com o instrumento; mas outra parte da sua mente perguntava-se quanto tempo poderiam permanecer ali antes de partir novamente.

Bem, não vou a lado nenhum até Pan regressar, disse Lyra para si mesma.

Naquele momento, Will regressou do rio e Mary saiu da sua casa e ofereceu-lhe o pequeno-almoço; em breve Atal chegou também e a aldeia ganhou vida em torno deles. Dois jovens mulefa, sem rodas, espreitavam constantemente na esquina da casa para olhar Lyra fixamente e esta virava-se de repente para os encarar, fazendo-os saltar e rir de medo.

— Ora bem — disse Mary depois de terem comido um pouco de pão e fruta e bebido uma infusão escaldante com sabor a menta. — Ontem vocês estavam extenuados e a única coisa que podiam fazer era descansar. Mas hoje têm um ar muito mais bem-disposto, os dois, e penso que precisamos de contar uns aos outros tudo o que descobrimos. Isso levar-nos-á muito tempo pelo que podemos manter as nossas mãos ocupadas enquanto conversamos; portanto, faremos algo de útil remendando redes.

Transportaram a pilha de redes hirtas e sujas de alcatrão para a margem do rio e abriram-nas sobre a erva. Mary ensinou-lhes como atar um novo pedaço de corda onde a rede estava rota. Ela estava preocupada porque Atal lhe dissera que as famílias mais acima na costa tinham visto grandes quantidades de tualapi, os pássaros brancos, reunindo-se no mar e todos se preparavam para partir imediatamente quando soasse o aviso; entretanto, havia trabalho para fazer.

Sentaram-se a trabalhar ao sol, junto do rio plácido, e Lyra contou a sua história desde aquele dia, há tanto tempo atrás, em que ela e Pan tinham decidido espreitar a Sala Reservada do Colégio Jordan.

A maré subiu e desceu e continuou a não haver sinais dos tualapi. Ao fim da tarde, Mary levou Will e Lyra ao longo da margem do rio, para além dos postes de pesca onde as redes eram atadas e atravessaram o vasto pântano salgado até ao mar. Era seguro ir até lá quando a maré estava baixa porque os pássaros brancos só podiam ir a terra com a maré alta. Mary conduziu-os ao longo de um caminho duro sobre a lama; como muitas outras coisas que os mulefa tinham feito, era antigo e perfeitamente conservado, parecendo mais algo que fazia parte da natureza do que obra imposta.

— Foram eles que fizeram as estradas de rocha? — perguntou Will.

— Não. Penso que, de certo modo, foram as estradas que os fizeram a eles — respondeu Mary. — Isto é, eles nunca teriam desenvolvido a utilização das rodas se não houvesse muitas superfícies duras e lisas onde as usar. Penso que sejam rios de lava de antigos vulcões.

«Assim, as estradas tornaram possível a utilização das rodas. E surgiram também outras coisas. Como as próprias árvores-roda e a forma como os corpos dos mulefa são constituídos: eles não são vertebrados, não têm coluna. Algum acontecimento feliz nos nossos mundos, ocorrido há muito tempo, deve ter determinado que criaturas com coluna vertebral se adaptassem com mais facilidade e assim se desenvolveram todo o tipo de formas diferentes, todas baseadas na coluna vertebral. Neste mundo, o acaso tomou outro rumo e a forma em losango foi bem sucedida. Há vertebrados, naturalmente, mas não muitos. Há, por exemplo, cobras. Aqui as cobras são importantes. Os mulefa cuidam delas e tentam não as magoar.

«Seja como for, a conjugação da forma física em losango, das estradas e das árvores-roda tornaram a vida possível. Um conjunto de pequenos acasos combinando-se. Quando é que começou a tua parte da história, Will?

— Também foi uma sucessão de pequenos acasos — começou ele, pensando na gata sob as faias brancas. Se ele tivesse chegado ali trinta segundos antes ou depois, nunca teria visto a gata, nunca teria descoberto a janela, nunca teria descoberto Cittàgazze e Lyra; nada disso teria acontecido.

Ele começou a sua história mesmo pelo princípio e elas escutaram enquanto caminhavam. Quando alcançaram os baixios de lama Will tinha chegado ao momento em que ele e o pai lutavam no cume da montanha.

— Então a feiticeira matou-o...

Ele nunca tinha compreendido bem aquele acto. Contou o que a feiticeira dissera antes de se matar: ela tinha amado John Parry e ele desprezara-a.

— As feiticeiras são cruéis — disse Lyra.

— Mas se ela o amava...

— Bem — disse Mary —, o amor também é cruel.

— Mas ele amava a minha mãe — contrapôs Will. — E eu posso dizer-lhe que ele nunca lhe foi infiel.

Lyra, olhando para Will, pensou que se ele se apaixonasse seria também como o pai.

Em torno deles os sons calmos da tarde pairavam no ar quente: o interminável gotejar do pântano, o zumbido dos insectos, o chamamento das gaivotas. A maré estava completamente vazia, por isso toda a extensão de praia era visível e brilhava sob o sol. Um milhão de minúsculas criaturas do pântano viviam, comiam e morriam na camada superficial de areia e os pequenos excrementos, os buracos de respiração e movimentos invisíveis revelavam que toda a paisagem fervilhava de vida.

Sem dizer aos outros porquê, Mary olhou para o mar distante, procurando velas brancas. Mas havia apenas um brilho brumoso onde o azul do céu empalidecia sobre a superfície do mar e o mar recebia a palidez e fazia-a faiscar no ar tremeluzente.

Mary mostrou a Will e Lyra como apanhar uma espécie específica de moluscos depois de descobrir os buracos de respiração sob a superfície de areia. Os mulefa adoravam comer aqueles moluscos, mas tinham dificuldade em se deslocar na areia para os apanhar. Sempre que Mary vinha até à costa apanhava tantos quanto conseguia transportar e agora, com três pares de mãos e olhos, haveria um festim.

Deu a cada criança um saco de pano e trabalharam enquanto escutavam o episódio seguinte da história. Com perseverança, encheram os sacos e Mary conduziu-os discretamente para os limites do pântano porque a maré começava a subir.

A história estava a demorar muito tempo; não chegariam ao mundo dos mortos naquele dia. Quando se aproximaram da aldeia, Will contava a Mary o que ele e Lyra tinham descoberto sobre a natureza tripartida dos seres humanos.

— Sabem — disse Mary —, a Igreja... a Igreja Católica a que eu costumava pertencer... não usa a palavra génio, mas S. Paulo fala sobre espírito, alma e corpo. Por isso a ideia das três partes na natureza humana não é assim tão estranha.

— Mas a melhor parte é o corpo — disse Will. — Foi o que me disseram Baruch e Balthamos. Os anjos desejam ter corpos. Eles disseram-me que os anjos não conseguem compreender porque é que nós não apreciamos mais o mundo. Seria uma espécie de êxtase para eles terem os nossos sentidos e a nossa carne. No mundo dos mortos...

— Conta só quando chegarmos a essa parte — interrompeu Lyra, sorrindo para ele, um sorriso que revelava um conhecimento tão doce e feliz que os sentidos de Will se perturbaram. Retribuiu o sorriso e Mary pensou que a expressão dele revelava a confiança mais perfeita que ela alguma vez vira numa cara humana.

Quando alcançaram a aldeia havia a refeição da noite para preparar. Por isso Mary deixou-os perto da margem do rio onde se sentaram para observar a maré a subir, e foi juntar-se a Atal junto à fogueira. A sua amiga ficou encantada com a colheita de moluscos.

Mas, Mary, disse, *os tualapi destruíram uma aldeia mais acima, na costa, e depois outra e mais outra. Eles nunca tinham agido assim antes. Habitualmente atacam uma e depois regressam ao mar. E caiu mais uma árvore hoje...*

Não! Onde?

Atal referiu um bosque não muito longe da nascente quente. Mary tinha lá estado apenas três dias antes e nada parecia correr mal. Tirou o telescópio e olhou para o céu; sem dúvida o grande rio de partículas-Sombra corria com mais intensidade e a uma velocidade incomparavelmente maior e mais densa do que a maré que inundava naquele momento as margens do rio.

O que é que podes fazer? perguntou Atal.

Mary sentiu o peso da responsabilidade como uma mão pesada colocada entre as omoplatas, mas mesmo assim endireitou-se.

Contar-lhes histórias, respondeu.

Quando o jantar terminou, os três humanos e Atal sentaram-se sobre tapetes à porta da cabana de Mary, sob as estrelas quentes. Recostaram-se, bem alimentados e confortáveis na noite com odor a flores no ar, e escutaram a história de Mary.

Ela começou mesmo antes de ter conhecido Lyra, falando-lhes do trabalho que fazia no grupo de Investigação de Matéria Negra e da crise de financiamento. O tempo que teve de gastar a pedir dinheiro e como lhe ficava pouco tempo para investigar!

Mas a chegada de Lyra mudara tudo e tão rapidamente: em poucos dias ela tinha abandonado o seu mundo.

— Fiz como me disseste — contou. — Fiz um programa... É um conjunto de instruções... para permitir que as Sombras falassem comigo através do computador. Elas disseram-me o que devia fazer. Disseram que eram anjos e... bem...

— Se era uma cientista — disse Will —, penso que isso não foi uma coisa boa para eles dizerem. Você podia não acreditar em anjos.

— Ah, mas eu tinha ouvido falar neles. Eu fui freira, percebes. Pensei que a física pudesse servir para glorificar Deus até descobrir que não havia nenhum Deus e que, de qualquer modo, a física era mais interessante. A religião cristã é um erro muito poderoso e convincente, é tudo.

— Quando é que deixou de ser freira? — perguntou Lyra.

— Lembro-me exactamente — disse Mary —, até da hora do dia. Porque eu era boa a Física, eles deixaram que eu continuasse com a minha carreira académica, percebem, e eu terminei o meu doutoramento e ia ensinar. Não pertencia a uma daquelas ordens em que se fica isolado do mundo. Na realidade eu nem usava hábito; apenas tínhamos de nos vestir de forma sóbria e usar um crucifixo. Por isso eu ia para a universidade ensinar e investigar Física de partículas.

«Havia uma conferência sobre este tema e pediram-me que participasse e desse uma palestra. A conferência era em Lisboa, e eu nunca lá tinha estado; na realidade nunca tinha saído de Londres. Tudo aquilo: o plano de voo, o hotel, a luz do sol, as línguas estrangeiras à minha volta, as pessoas famosas que iam discursar, a preocupação com a minha própria palestra, as dúvidas se alguém apareceria para a ouvir e se eu estaria demasiado nervosa para falar... Oh, eu estava tão excitada que nem vos consigo dizer.

«E era tão inocente... Têm de se lembrar disso. Tinha sido uma menina bem-comportada, ia regularmente à missa, pensei que tinha uma vocação para a vida espiritual. Queria servir a Deus com todo o meu coração. Queria pegar na minha vida e oferecê-la assim — disse, estendendo as mãos unidas —, e colocá-la em frente de Jesus para fazer com ela o que ele quisesse. E penso que tinha orgulho em mim mesma. Demasiado. Eu era santa *e* esperta. Ah! Isso durou até, oh, às nove e meia da noite do dia dez de Agosto, há sete anos atrás.

Lyra sentou-se apertando os joelhos e escutando com toda a atenção.

— Foi na noite depois de ter dado a minha palestra — continuou Mary —, que correu muito bem e algumas pessoas conhecidas tinham assistido e eu respondi às perguntas sem fazer asneira e, no geral, eu estava profundamente aliviada e feliz... E orgulhosa também, sem dúvida.

«Seja como for, alguns dos meus colegas iam a um restaurante que ficava um pouco mais longe, junto ao mar, e perguntaram-me se eu queria ir. Normalmente eu teria arranjado alguma desculpa, mas daquela vez pensei: bem, sou uma mulher adulta, apresentei uma comunicação sobre um tema importante que foi bem recebido e estou entre bons amigos... E estava tanto calor, a conversa era sobre as coisas que mais me interessavam na vida e estávamos todos muito animados. Pensei que me podia descontrair um pouco. Estava a descobrir uma outra faceta de mim mesma, sabem, uma que gostava do sabor do vinho e das sardinhas assadas, de sentir o calor do ar na minha pele e o ritmo da música em fundo. Deliciei-me.

«Sentámo-nos para jantar no jardim. Eu estava na ponta de uma longa mesa sob um limoeiro e havia uma espécie de caramanchão a meu lado com martírios e o meu vizinho de mesa falava com a pessoa que estava a seu lado... Bem, à minha frente estava um homem que eu tinha visto uma vez ou duas na conferência. Não o conhecia para poder conversar com ele; ele era italiano e tinha feito um trabalho sobre o qual muitas pessoas falavam e pensei que seria interessante escutá-lo.

«Seja com for, ele era apenas um pouco mais velho do que eu, tinha cabelo preto macio, uma pele morena maravilhosa e olhos negros. O cabelo estava sempre a cair-lhe sobre a testa e ele puxava-o para trás, lentamente, assim...

Ela mostrou-lhes. Will pensou que ela parecia lembrar-se muito bem.

— Não era bonito — continuou Mary. — Não era um homem que chamasse a atenção das mulheres, não tinha *charme*. Se fosse, eu teria sentido vergonha, não saberia como conversar com ele. Mas ele era simpático, inteligente e divertido e era a coisa mais fácil do mundo estar ali sentada à luz do candeeiro, sob o limoeiro, com o odor das flores, da comida grelhada e do vinho e falei, ri-me e dei por mim a desejar que ele me considerasse bonita. A Irmã Mary Malone namoriscando! Então e os meus votos? E dedicar toda a minha vida a Jesus e tudo isso?

«Bem, não sei se era do vinho ou da minha palermice, ou do ar quente sob o limoeiro, ou de qualquer outra coisa... Mas a pouco e pouco comecei a pensar que me tinha convencido de uma coisa que não era verdade. Eu acreditara que estava bem, feliz e realizada ao meu modo, sem o amor de mais ninguém. Estar apaixonada era como a China: sabemos que existe, que é sem dúvida muito interessante e que houve pessoas que viajaram até lá, mas eu nunca o faria. Viveria toda a minha vida sem nunca ir à China, mas isso não teria importância, porque havia todo o resto do mundo para visitar.

«Então, alguém me deu um pouco de uma substância doce e eu percebi *subitamente* que já tinha ido à China, por assim dizer. E me tinha esquecido. Foi o sabor dessa substância doce que trouxe de volta a recordação... Penso que era maçapão... Uma pasta doce de amêndoa — explicou a Lyra, que olhava para ela, perplexa.

Lyra exclamou:

— Ah, maçapão! — e recostou-se para ouvir o resto da história.

«Seja como for... — continuou Mary —, recordei-me do sabor e, imediatamente, eu era novamente uma rapariguinha comendo maçapão pela primeira vez.

«Tinha doze anos. Estava numa festa em casa de uma das minhas amigas, uma festa de anos, e havia uma discoteca... É onde tocam música numa espécie de máquina de gravar e as pessoas dançam — explicou, vendo a perplexidade de Lyra. — Normalmente as raparigas dançam juntas porque os rapazes são demasiado tímidos para as convidar. Mas aquele rapaz... Eu não o conhecia... Ele pediu-me para dançar, por isso dançámos a primeira música, depois a outra, e por essa altura conversámos. E vocês sabem como é quando se gosta de alguém, sabe-se imediatamente; bem, eu gostei muito dele. E continuámos a conversar e então veio o bolo de anos. E ele pegou num bocado de maçapão e, carinhosamente, colocou-o na minha boca... Lembro-me de tentar sorrir, de corar e de me sentir palerma... e apaixonei-me por ele apenas por isso, pela forma gentil como ele tocara nos meus lábios com o maçapão.

Quando Mary contou aquilo, Lyra sentiu algo estranho acontecendo ao seu corpo. Sentiu um arrepio na raiz dos cabelos: descobriu que respirava mais depressa. Ela nunca tinha andado numa montanha-russa, mas se tivesse, reconheceria as sensações que lhe agitavam o peito: eram excitantes e assustadoras ao mesmo tempo e ela não fazia a mínima ideia porquê. A sensação continuou, intensificou-se e transformou-se à medida que mais partes do seu corpo eram também afectadas. Sentia-se como se lhe tivessem entregue a chave de uma casa grande que ela não sabia que estava ali, uma casa que, de certo modo, estava dentro dela e, quando ela rodou a chave, na escuridão profunda do edifício, sentiu que outras portas se abriam também e as luzes se acendiam. Sentou-se, trémula, segurando os joelhos, mal se atrevendo a respirar enquanto Mary continuou:

— Penso que foi naquela festa, ou pode ter sido noutra, que nos beijámos pela primeira vez. Foi num jardim e havia som de música vindo de dentro de casa, uma calma e frescura no meio das árvores, e eu estava *ansiosa*, todo o meu corpo *ansiava* por ele e eu sabia que ele sentia o mesmo... éramos ambos quase demasiado tímidos para nos mexermos. Quase. Mas um de nós fê-lo e então, sem qualquer intervalo... foi quase como um salto quântico, *subitamente*... beijávamo-nos e, oh, era melhor que a China, era o paraíso.

«Vimo-nos cerca de uma dúzia de vezes, não mais. Então, os pais dele mudaram-se e eu nunca mais o vi. Foi um tempo tão doce, tão breve... Mas estava ali. Eu tinha-o conhecido. Eu *tinha ido* à China.

Era estranhíssimo: Lyra percebia exactamente o que ela estava a dizer e meia hora antes não faria a mínima ideia. Dentro dela, aquela bela casa com todas as portas abertas e todos os quartos iluminados, estava à espera, silenciosa, expectante.

— Às nove e meia da noite, naquela mesa de restaurante em Portugal — continuou Mary, completamente alheada do drama que se desenrolava no íntimo de Lyra —, alguém me deu um pedaço de maçapão e tudo isso regressou. E eu pensei: vou mesmo passar o resto da minha vida sem nunca mais sentir aquilo outra vez? Pensei: eu *quero* ir à China. Está repleta de tesouros, novidades, mistérios e felicidade. Pensei, alguém ficará melhor se eu for imediatamente para o hotel, disser as minhas orações e me confessar ao padre e prometer nunca mais cair na tentação outra vez? Alguém ficará melhor se eu for infeliz?

«E a resposta surgiu: não. Ninguém ficará. Não há ninguém para me atormentar, para me condenar, ou para me abençoar por ser uma boa menina, ninguém para me punir por ser malvada. O céu estava vazio. Não sabia se Deus tinha morrido ou se nunca tinha havido um Deus. De qualquer modo senti-me livre e sozinha, não sabia se estava feliz ou infeliz, mas algo muito estranho tinha acontecido E essa enorme transformação deu-se quando eu tinha um pedaço de maçapão na boca, antes mesmo de o engolir. Um sabor... Uma recordação... Um deslizamento de terras...

«Quando engoli o maçapão e olhei para o homem do outro lado da mesa tinha a certeza de que ele sabia que algo acontecera. Não lhe podia contar ali, naquele momento: era algo ainda demasiado estranho e privado até para mim. Mas, mais tarde, fomos dar um passeio à beira-mar, à noite, e a brisa quente e nocturna levantava-me o cabelo e o Atlântico comportava-se bem... Pequenas ondas calmas em volta dos nossos pés...

«Tirei o crucifixo do pescoço e lancei-o ao mar. Era o fim. Tinha acabado. Desaparecido.

«Então foi assim que deixei de ser freira — concluiu.

— Esse homem foi o mesmo que descobriu aquilo sobre as caveiras? — perguntou Lyra, objectiva.

— Oh, não. O homem das caveiras é o Doutor Oliver Payne. Ele veio muito mais tarde. Não, o homem da conferência chamava-se Alfredo Montale. Ele era muito diferente.

— Beijou-o?

— Bem — disse Mary sorrindo —, sim, mas não naquele momento.

— Foi difícil deixar a Igreja? — perguntou Will.

— De certo modo sim, porque todos ficaram desiludidos. Todos, desde a Madre Superiora ao padre dos meus pais... ficaram tão perturbados e envergonhados... Eu senti como se algo em que *eles* todos acreditavam apaixonadamente dependesse de *eu* prosseguir algo que não fiz.

«Mas, por outro lado, foi fácil, porque fazia sentido. Pela primeira vez senti que estava a fazer algo com toda a minha natureza e não apenas com uma parte dela. Por isso, fiquei sozinha por um tempo, mas depois habituei-me.

— Casou com ele? — perguntou Lyra.

— Não, não casei com ninguém. Vivi com uma pessoa... não Alfredo, outra pessoa. Vivi com ele quase quatro anos. A minha família ficou escandalizada. Mas depois decidimos que seríamos mais felizes se não vivêssemos juntos. Por isso estou sozinha. O homem com quem vivi gostava de fazer alpinismo e ensinou-me e eu vou até às montanhas e... E tenho o meu trabalho. Bem, *tinha* o meu trabalho. Portanto, sou uma solitária feliz, se percebem o que quero dizer.

— Como é que se chamava o rapaz? — perguntou Lyra. — O da festa.

— Tim.

— Como era?

— Oh... bonito. É tudo o que me recordo.

— Bem, quando a vi pela primeira vez na sua Oxford — continuou Lyra —, disse que uma das razões por que se tinha tornado numa cientista era porque assim não tinha que pensar sobre o bem e o mal. Pensava nisso quando era uma freira?

— Huuum. Não. Mas sabia o que *devia* pensar: era o que a Igreja me tinha ensinado a pensar. E quando eu fazia trabalhos científicos tinha de pensar sobre coisas completamente diferentes. Por isso nunca tive de pensar nisso sozinha.

— Mas agora pensa? — perguntou Will.

— Penso que *tenho* de o fazer — respondeu Mary tentando ser exacta.

— Quando deixou de acreditar em Deus — continuou Will — deixou de acreditar no bem e no mal?

— Não. Mas deixei de acreditar que havia um poder para o bem e um poder para o mal que estava fora de nós. E acabei por acreditar que o bem e o mal são nomes para o que as pessoas fazem, não para o que elas são. A única coisa que podemos dizer é que este é um acto bom, porque ajuda alguém, ou aquele é mau porque magoa alguém. As pessoas são demasiado complicadas para terem rótulos simples.

— Sim — exclamou Lyra com firmeza.

— Sentiu a falta de Deus? — perguntou Will.

— Sim — confirmou Mary —, terrivelmente. E ainda sinto. E do que sinto mais falta é da sensação de estar ligada a todo o universo. Eu costumava sentir que estava ligada a Deus assim, e porque ele estava lá, eu estava ligada a toda a sua criação. Mas ele já não está lá, então...

Ao longe, no pântano, um pássaro cantou uma longa sequência melancólica de tons. As brasas assentaram na fogueira; a erva oscilava suavemente com a brisa nocturna. Atal parecia dormitar como um gato, as rodas na erva a seu lado, as pernas dobradas sob o corpo, os olhos semicerrados, a atenção parcialmente ali também e noutro lugar qualquer. Will estava deitado de costas, olhando as estrelas.

Quanto a Lyra, não mexeu um músculo desde que aquela sensação esquisita acontecera, e guardou na memória todas as estranhas sensações dentro de si como se fossem um vaso frágil repleto de um novo conhecimento que ela mal se atrevia a tocar com medo de entornar. Não sabia o que era, nem o que significava, nem tão-pouco de onde tinha vindo: por isso ficou sentada, quieta, abraçando os joelhos e tentando parar de tremer de excitação. *Em breve*, pensou, *em breve saberei. Saberei muito em breve.*

Mary estava cansada: tinha esgotado as histórias. Sem dúvida se lembraria de mais no dia seguinte.

34
AGORA, JÁ TEM!

*Mostrou-vos o mundo vivo onde cada partícula de pó
exala a sua alegria.*

WILLIAM BLAKE

Mary não conseguia dormir. Cada vez que fechava os olhos, algo a
fazia estremecer como se estivesse à beira de um abismo e acordava,
tensa de medo.

Isso aconteceu-lhe três, quatro, cinco vezes até que percebeu que
o sono não viria; por isso levantou-se, vestiu-se sem fazer barulho, saiu
da casa e afastou-se da árvore com os seus ramos arqueados como uma
tenda e sob a qual Will e Lyra dormiam.

A Lua estava clara e alta no céu. Havia um vento intenso e a vasta
paisagem estava sarapintada com sombras de nuvens, deslocando-se,
pensou Mary, como a migração de uma qualquer manada de animais
estranhíssimos. Mas os animais migram com uma intenção; quando
se observa manadas de veados atravessando a tundra, ou gnus atravessando a savana sabe-se que eles vão para onde há comida, ou para
lugares bons para acasalar e procriar. O seu movimento tem um significado. Aquelas nuvens moviam-se como resultado do puro acaso, o
efeito de acontecimentos perfeitamente fortuitos ao nível dos átomos
e das moléculas; as suas sombras deslizando velozes sobre a erva não
tinham qualquer significado.

Contudo, parecia que tinham. Pareciam tensas e movidas por um
objectivo. Toda a noite parecia intencional. Mary também o sentiu,
só que não sabia qual era a intenção. Porém, ao contrário dela as nu-

vens pareciam *saber* o que estavam a fazer e porquê. Todo o mundo estava desperto e consciente.

Mary subiu a colina e olhou em volta, sobre os pântanos, onde a maré que enchia lançava um brilho prateado sobre o negro brilhante dos bancos de lama e dos canaviais. Ali, as nuvens-sombra eram muito claras: pareciam em fuga de algo terrível atrás delas, ou que se apressavam a abraçar algo maravilhoso mais à frente. Mas o que era, Mary nunca saberia.

Virou-se para o bosque onde ficava a árvore a que costumava trepar. Ficava a vinte minutos de distância, a pé; podia vê-la claramente, erguendo-se alta e lançando a sua longa cabeça num diálogo com o vento insistente. Tinham coisas a dizer e ela não as podia ouvir.

Mary apressou-se em direcção ao bosque, movida pela excitação da noite e desesperada por se lhe juntar. Era exactamente a isto que ela se referira quando Will lhe perguntara se não sentia a falta de Deus: era a sensação de que todo o universo estava vivo e que tudo estava interligado com tudo por teias de significado. Enquanto tinha sido cristã, também se sentira ligada; mas quando abandonou a Igreja sentiu-se desligada, livre e leve num universo sem desígnio.

Então tinha surgido a descoberta das Sombras e a sua viagem até um outro mundo e agora aquela noite cheia de vida; era evidente que tudo pulsava com intenção e significado, mas ela estava desligada. Era impossível encontrar uma ligação porque não havia Deus.

Em parte excitada, em parte desesperada, decidiu subir à árvore e tentar mais uma vez perder-se no Pó.

Mas não tinha ainda percorrido metade da distância em direcção ao bosque, quando ouviu um som diferente por entre as folhas que chicoteavam o ar e o fluxo do vento através de erva. Algo rugia, uma nota sombria e grave como a de um órgão. E acima desse som, o de algo a quebrar-se: o estalar e quebrar juntamente com o guincho e o grito de madeira contra madeira.

Certamente não era a árvore *dela?*

Parou onde estava, sobre a erva da colina, o vento batendo-lhe na face e as nuvens-sombra passando velozes sobre ela, as ervas altas chicoteando-lhe as coxas e observou as copas do bosque. Ramos rugiam, galhos quebravam-se, grandes troncos de madeira verde arrancados como paus secos que tombavam no solo distante e depois a própria copa da árvore — a copa precisamente da árvore que ela conhecia tão bem — inclinou-se cada vez mais e, lentamente, começou a tombar.

Cada fibra do tronco, da casca, das raízes pareciam gritar individualmente contra aquele assassínio. Mas a árvore continuou a tombar, inclinando-se cada vez mais, todo aquele longo tronco afastou-se do bosque e parecia avançar em direcção a Mary antes de se esmagar no solo como uma onda impelida contra o quebra-mar; o tronco colossal ressaltou um pouco no chão e finalmente parou com um grunhido da madeira despedaçada.

Mary correu para tocar nas folhas encrespadas. Lá estava a sua corda; as ruínas quebradas da plataforma. Com o coração batendo dolorosamente, Mary trepou para o meio dos troncos quebrados, arrastando-se por entre os ramos caídos que ela conhecia tão bem e que jaziam agora em ângulos estranhos, e equilibrou-se o mais alto que conseguiu.

Abraçou-se a um ramo e tirou do bolso o telescópio. Através dele observou dois movimentos completamente diferentes no céu.

Um era o das nuvens, passando velozes em frente da lua seguindo uma determinada direcção, e o outro era o rio de Pó, parecendo deslocar-se no sentido oposto.

E dos dois movimentos o do Pó era muito mais rápido e com um volume muito maior. Na realidade, todo o céu parecia fluir com ele, uma inundação gigantesca e inexorável abandonando o mundo, todos os mundos, em direcção a um vazio primordial.

Devagar, como se se deslocassem dentro do seu espírito, as coisas interligaram-se.

Will e Lyra tinham dito que a faca subtil existia há pelo menos trezentos anos. Fora o que o velho da torre lhes dissera.

Os mulefa tinham-lhe dito que a sraf, que alimentara as suas vidas e o seu mundo durante trinta e três mil anos, começara a escassear há trezentos anos.

Segundo Will, a Guilda da Torre degli Angeli, os proprietários da faca subtil, tinham sido descuidados; eles nem sempre fechavam as janelas que abriam. Bem, afinal de contas, Mary tinha descoberto uma e devia haver muitas mais.

Imagine-se que durante todo aquele tempo, a pouco e pouco, o Pó se tinha escoado do mundo através das feridas que a faca subtil tinha aberto na natureza...

Mary sentiu-se tonta e não era apenas devido à oscilação para cima e para baixo dos ramos no meio dos quais se tinha agarrado. Colocou cuidadosamente o telescópio no bolso e prendeu os braços em volta do ramo à sua frente, olhando fixamente para o céu, a lua e as nuvens arrastadas pelo vento.

A faca subtil era responsável pela fuga do pó em pequena escala. Era destruidora e o universo sofria por causa dela, e Mary teria de falar com Will e Lyra e descobrir uma forma de parar essa destruição. Mas a enorme inundação no céu tinha uma causa completamente diferente. Essa era recente e catastrófica. E se não fosse parada, toda a vida consciente desapareceria. Tal como os mulefa lhe tinham mostrado, o Pó surgiu quando os seres vivos se tornaram conscientes de si mesmos; mas necessitava de um qualquer sistema que o realimentasse e o mantivesse a salvo, como era o caso das rodas e do óleo das árvores no mundo dos mulefa. Sem um sistema desse género, desapareceria. Pensamento, imaginação, sentimentos, tudo definharia e se dissolveria nada deixando a não ser automatismos instintivos; e esse breve período em que a vida tinha consciência de si mesma apagar--se-ia como uma vela em cada um dos milhões de mundos onde tinha brilhado intensamente.

Mary sentiu intensamente aquele fardo. Parecia o peso da idade. Mary sentiu-se como se tivesse oitenta anos, esgotada e cansada, ansiando a morte.

Desceu pesadamente dos ramos da grande árvore tombada e, com o vento ainda agitando violentamente as folhas, a erva e o cabelo, dirigiu-se para a aldeia.

No cume da colina olhou pela última vez para torrente de Pó, com as nuvens e o vento atravessando-a e a lua permanecendo firme no meio.

Então, subitamente, percebeu o que as nuvens e o vento faziam: compreendeu qual era aquele grande e urgente desígnio.

Eles estavam a tentar reter a torrente de Pó. Esforçavam-se por colocar barreiras contra a terrível inundação: vento, lua, nuvens, folhas, ervas, todas aquelas coisas gritavam e lançavam-se numa luta para reter as partículas-Sombra naquele universo que elas tanto enriqueciam.

A matéria *amava* o Pó. Não queria que ele partisse. Esse era o significado daquela noite e era também o significado que Mary procurava.

Ela pensara que a vida não tinha significado, não tinha nenhum desígnio, depois de Deus ter partido? Sim, ela pensara assim.

— Bem, agora já tem — disse em voz alta, e repetiu ainda mais alto: — Agora, já tem!

Quando olhou novamente para as nuvens e a lua no meio da torrente de Pó, elas pareciam tão frágeis e condenadas como uma barragem de pequenos ramos e pedras tentando conter o rio Mississípi. Mas mesmo assim tentavam. E continuariam a tentar até que tudo terminasse.

Quanto tempo ficou fora, Mary não sabia. Quando a intensidade dos seus sentimentos começou a diminuir e a exaustão tomou o seu lugar, desceu lentamente a colina em direcção à aldeia.

Quando estava a meio caminho, perto de uma pequena mata de arbustos de verdezelha, viu algo estranho sobre as placas de lama. Havia um brilho branco, um movimento regular: algo se aproximava com a corrente.

Ficou parada olhando intensamente. Não podiam ser os tualapi, porque eles deslocavam-se sempre em bandos e aquele era apenas um; mas tudo o resto era idêntico: as asas semelhantes a velas, o pescoço comprido — era inegavelmente um dos pássaros. Ela nunca tinha ouvido falar que eles andassem sozinhos, e hesitou antes de correr a avisar os aldeões, porque, de qualquer modo, aquela coisa tinha parado. Flutuava na água perto do carreiro.

E separava-se... Não, algo descia das suas costas.

Esse algo era um homem.

Mary podia vê-lo com toda a clareza, mesmo àquela distância; o luar era intenso e os seus olhos já se tinha ajustado àquela luminosidade. Contudo, tirou o telescópio do bolso para afastar definitivamente qualquer dúvida: era uma figura humana, irradiando Pó.

Ele transportava qualquer coisa: parecia um pau comprido. Caminhou pelo carreiro rapidamente como um atleta ou um caçador. Estava vestido com roupas simples e escuras que normalmente o camuflariam bem; mas através do telescópio ele destacava-se como se estivesse debaixo de um holofote.

À medida que se aproximou da aldeia, Mary percebeu o que era aquele pau. Ele transportava uma espingarda.

Ela sentiu-se como se alguém tivesse derramado água gelada sobre o seu coração. Cada cabelo do seu corpo se eriçou.

Estava demasiado longe para fazer fosse o que fosse: mesmo se tivesse gritado ele não a teria ouvido. Teve de ficar a ver enquanto ele entrava na aldeia, olhando para a esquerda e a direita, parando frequentemente para escutar, deslocando-se de uma casa para outra.

O espírito de Mary sentiu-se como a lua, o vento e as nuvens tentando reter o Pó enquanto gritava silenciosamente: *Não olhes para debaixo da árvore... Afasta-te dela...*

Mas ele aproximou-se cada vez mais, parando finalmente em frente da cabana dela. Aquilo era insuportável; colocou o telescópio no bolso e começou a correr pelo declive abaixo. Estava prestes a lançar um grito, qualquer coisa, um berro violento, mas mesmo antes de o fazer apercebeu-se de que com isso poderia acordar Lyra e Will fazendo com que eles revelassem a sua presença, por isso engoliu o grito.

Então, porque não conseguia suportar não saber o que o homem estava a fazer, parou, procurou desajeitadamente o telescópio e ficou quieta para poder observar através das lentes.

Ele abria a porta da cabana. Entrou. Desapareceu de vista apesar de haver uma perturbação no Pó que ficou para trás, como se fosse fumo que uma mão tivesse atravessado. Mary esperou durante um minuto interminável e então ele reapareceu.

Ficou parado à porta, olhando para a esquerda e a direita, o seu olhar dirigindo-se para lá da árvore.

Seguidamente afastou-se da ombreira da porta e ficou imóvel, como que perdido. Mary tomou subitamente consciência de quanto estava exposta na colina nua, um tiro fácil, mas ele parecia apenas interessado na aldeia e, quando outro minuto passou, ele virou-se e foi-se embora.

Mary vigiou cada passo que ele deu ao longo do carreiro até ao rio, viu como subiu para as costas do pássaro e se sentou, de pernas cruzadas enquanto o animal deslizava na água. Cinco minutos mais tarde tinha-os perdido de vista.

35

PARA ALÉM DAS COLINAS, AO LONGE

*Chegou o dia em que a minha vida nasceu, o meu amor
veio ter comigo.*

CHRISTINA ROSSETTI

— Doutora Malone — disse Lyra de manhã —, Will e eu temos
de ir procurar os nossos génios. Quando os encontrarmos saberemos o que fazer. Mas não podemos estar sem eles durante muito
tempo. Por isso vamos procurá-los.

— Para onde irão? — perguntou Mary, os olhos pesados e a cabeça dorida depois da noite conturbada. Ela e Lyra estavam junto da
margem do rio, Lyra lavando-se e Mary procurando sub-repticiamente
pegadas do homem. Até àquele momento não tinha encontrado nenhumas.

— Não sei — respondeu Lyra. — Mas eles andam por aí. Assim
que saímos da batalha eles fugiram como se já não confiassem em nós.
Também não os posso culpar. Mas sabemos que eles estão neste mundo
e pensamos que os vislumbrámos por duas ou três vezes, por isso talvez os consigamos descobrir.

— Escuta — disse Mary, relutante, e contou a Lyra o que vira na
noite anterior.

Enquanto falava, Will juntou-se-lhes e ambos escutaram atentamente, os olhos muito abertos e sérios.

— Se calhar ele é apenas um viajante que descobriu uma janela e
passou vindo de outro mundo — disse Lyra quando Mary terminou.
Ela tinha outras coisas muito diferentes em que pensar e aquele ho-

mem não era tão interessante. — Como aconteceu ao pai de Will — continuou. — Deve haver todo o tipo de janelas. Seja como for, se ele se foi embora é porque não tinha nenhuma intenção má, não é?

— Não sei. Mas não gostei do que vi. E estou preocupada por vocês andarem por aí sozinhos... Ou ficaria se não soubesse que já fizeram coisas muito mais perigosas do que isso. Oh, não sei. Mas, por favor, tenham cuidado. Olhem em volta. Pelo menos na pradaria conseguem ver a uma grande distância.

— Se o virmos podemos fugir para outro mundo, por isso não nos poderá fazer mal — disse Will.

Estavam determinados em partir e Mary relutante em discutir.

— Pelo menos — disse —, prometam que não vão para o meio das árvores. Se aquele homem ainda anda por aí, pode estar escondido num bosque ou numa mata e não o verão a tempo de poderem fugir.

— Prometemos — disse Lyra.

— Bem, vou preparar alguma comida para o caso de ficarem fora todo o dia.

Mary pegou num bocado de pão chato, queijo e alguns frutos vermelhos doces e mitigadores da sede, embrulhou tudo num pano e atou uma corda para eles o poderem transportar ao ombro.

— Boa caçada — disse quando partiram. — Por favor, tenham cuidado.

Ainda se sentia ansiosa. Ficou a vê-los até chegarem ao sopé da colina.

— Pergunto-me por que é que ela está tão triste — disse Will enquanto subiam.

— Provavelmente interroga-se se alguma vez voltará para casa — disse Lyra. — E se o seu laboratório ainda é dela quando regressar. E talvez esteja triste por causa do homem por quem esteve apaixonada.

— Huuum — fez Will. — Achas que alguma vez voltaremos para casa?

— Nã' sei. Penso que não tenho nenhuma casa para onde voltar. Provavelmente não me podem aceitar novamente no Colégio Jordan e eu não posso viver com os ursos ou as feiticeiras. Talvez pudesse viver com os ciganos. Não me importava, se eles me aceitassem.

— Então e o mundo de Lorde Asriel? Não gostarias de viver lá?

— Vai desmoronar-se, lembra-te — disse.

— Porquê?

— Por causa do que o teu pai disse mesmo antes de termos saído. Sobre os génios e como eles só podem viver durante muito tempo se ficarem no seu próprio mundo. Mas possivelmente Lorde Asriel, quero dizer, o meu pai, não pensou nisso, porque ninguém sabia o suficiente sobre os outros mundos quando ele começou... Toda aquela — disse, pensativa —, toda aquela bravura e habilidade... Tudo aquilo desperdiçado! Tudo para nada!

Continuaram a subir, o percurso fácil através da estrada e, quando alcançaram o topo da colina, pararam e olharam para trás.

— Will — perguntou Lyra —, suponhamos que não *os* encontramos...

— Tenho a certeza de que encontraremos. O que me pergunto é como será o meu génio?

— Tu viste-o. E eu peguei nele — disse Lyra, corando, porque, naturalmente, era uma grosseira violação das regras de comportamento tocar em algo tão privado como o génio de outra pessoa. Era proibido não apenas por uma questão de educação, mas por algo mais profundo... algo parecido com vergonha. Um olhar rápido para as faces coradas de Will revelou-lhe que ele também sabia isso tão bem quanto ela. Lyra não podia dizer se ele também sentira aquela sensação meio assustadora meio excitante que ela descobrira na noite anterior e que regressava novamente.

Caminharam lado a lado, subitamente tímidos um com outro. Mas Will, afastando a timidez, perguntou:

— Quando é que um génio deixa de se transformar?

— Por volta... penso que por volta da nossa idade, ou talvez mais tarde. Às vezes mesmo mais tarde. Nós costumávamos conversar sobre Pan assentar, ele e eu. Costumávamos imaginar de que forma seria...

— As pessoas não têm nenhuma ideia antes?

— Não, quando somos novos. Quando crescemos começamos a pensar, bem, podem ser isto, ou aquilo... E normalmente acabam por ser algo que encaixa. Quero dizer algo que tem a ver com a tua verdadeira natureza. Por exemplo, se o teu génio for um cão, isso quer dizer que gostas de fazer o que te mandam, que reconheces quem é o chefe e segues ordens e agradas às pessoas que comandam. Muitos criados são pessoas cujos génios são cães. Por isso ajuda a saber como és e a descobrir aquilo em que és bom. Como é que as pessoas no teu mundo sabem como são?

— Não sei. Não sei muito sobre o meu mundo. A única coisa que sei é como me manter escondido e calado, por isso não sei muito sobre... adultos e amigos. Ou amantes. Penso que seria difícil ter um génio porque todas as pessoas ficavam a saber muito sobre ti só de olharem. Eu gosto de me manter escondido e passar despercebido.

— Então talvez o teu génio seja um animal bom a esconder-se. Ou daqueles animais que se parecem com outros... uma borboleta que se parece com uma vespa, para se disfarçar. Deve haver criaturas dessas no teu mundo, porque no meu há e somos tão parecidos.

Continuaram a caminhar num silêncio amistoso. À sua volta a manhã clara iluminava límpida os baixios e o azul perlífero do céu lá em cima. Até onde a vista alcançava, a grande savana estendia-se, castanha, dourada, verde, tremeluzindo junto ao horizonte e vazia. Eles podiam ser as únicas pessoas no mundo.

— Mas isto não está mesmo vazio — disse Lyra.

— Referes-te àquele homem?

— Não. Tu sabes a quem me refiro.

— Sim, sei. Consigo ver sombras na erva... talvez pássaros — disse Will.

Ele seguia os pequenos movimentos rápidos aqui e ali. Descobriu que era mais fácil ver as sombras se não olhasse para elas. Pareciam revelar-se melhor se vistas pelo canto do olho e quando ele contou isso a Lyra ela disse:

— É capacidade negativa.

— O que é isso?

— Foi o poeta Keats quem falou nisso primeiro. A Doutora Malone também sabe. É como eu leio o aletiómetro. É como tu usas a faca, não é?

— Sim, penso que sim. Mas eu só estava a pensar que as sombras podiam ser os génios.

— Eu também, mas...

Lyra levou o dedo aos lábios. Will acenou afirmativamente.

— Olha — disse ele —, lá está mais uma daquelas árvores caídas.

Era a árvore que Mary trepara. Aproximaram-se com cuidado, mantendo um olho no bosque, não fosse outra árvore cair. Na manhã calma, com uma ligeira brisa abanando as folhas, parecia impossível que uma árvore majestosa como aquela pudesse simplesmente tombar, mas lá estava ela.

O vasto tronco, apoiado no bosque pelas raízes arrancadas e sobre a erva junto da massa de ramos, ficava muito acima da cabeça deles. Alguns daqueles ramos, esmagados e partidos eram maiores que as maiores árvores que Will alguma vez vira; a copa extremamente densa com ramos que ainda pareciam viçosos, folhas que ainda eram verdes, erguia-se como as ruínas de um castelo.

Subitamente, Lyra agarrou o braço de Will.

— Shiu — murmurou. — Não olhes. Tenho a certeza de que estão ali. Vi qualquer coisa a mexer-se e *juro* que era Pan...

A mão dela estava quente. Will estava mais consciente disso do que da grande massa de folhas e ramos sobre eles. Fingindo olhar para o horizonte, deixou que a sua atenção se deslocasse para cima, para a confusa massa verde, castanha e azul e ali... ela tinha razão... havia algo que *não* era a árvore. E ao lado outra coisa.

— Afasta-te — disse Will num murmúrio. — Vamos para outro sítio para vermos se eles nos seguem.

— Imagina que não seguem... Mas sim, tens razão — murmurou Lyra.

Fingiram olhar em volta: colocaram as mãos sobre um dos ramos como se pretendessem subir; depois fingiram mudar de ideias, abanaram a cabeça e afastaram-se.

— Gostava de poder olhar para trás — disse Lyra, quando já estavam a alguns metros de distância.

— Continua a andar. Ele podem ver-nos e não se perderão. Virão ter connosco quando quiserem.

Deixaram a estrada preta e caminharam por entre a erva que lhes dava pelos joelhos, passando as pernas em volta dos caules e observando os insectos pairarem no ar, esvoaçar, investir e voltear e ouvindo um coro de um milhão de vozes chilreando e guinchando.

— O que é que vais fazer, Will? — perguntou calmamente Lyra depois de terem caminhado em silêncio durante algum tempo.

— Bem, tenho de regressar a casa — respondeu.

Ela teve a sensação de que ele estava inseguro. Desejou que ele estivesse inseguro.

— Mas eles podem andar ainda à tua procura — disse. — Aqueles homens.

— Afinal, vimos coisas piores.

— Sim, penso que sim... Mas eu queria mostrar-te o Colégio Jordan e os Pântanos. Queria que nós...

— Sim — disse ele —, e eu queria... até seria bom regressar a Cittàgazze outra vez. Era um lugar maravilhoso, e se os Espectros desapareceram todos... Mas há a minha mãe. Tenho de regressar e tomar conta dela. Eu deixei-a com a Senhora Cooper e não é justo para nenhuma delas.

— Mas também não é justo que *tu* tenhas de fazer isso.

— Não — concordou Will —, mas isso é outro tipo de injustiça. É como um terramoto ou uma tempestade. Pode não ser justo, mas ninguém tem culpa. Mas se eu deixar a minha mãe com uma senhora idosa que também já não está muito bem de saúde, então é um outro tipo de injustiça. Isso seria errado. Eu tenho de regressar a casa. Mas possivelmente vai ser difícil regressar à vida que tínhamos. Provavelmente o segredo já é conhecido. Não acredito que a Senhora Cooper possa tomar conta dela, especialmente se a minha mãe estiver numa daquelas fases em que fica assustada com as coisas. Por isso provavelmente ela teve de pedir ajuda e, quando eu regressar, obrigar-me-ão a ir para uma qualquer instituição.

— Não! Como um orfanato?

— Penso que é o que eles fazem. Não sei. Vou odiar isso.

— Podes fugir usando a faca, Will! E podes ir para o meu mundo!

— O meu lugar é lá, onde posso tomar conta dela. Quando for crescido poderei tomar conta dela como deve de ser, na minha própria casa. Então ninguém poderá interferir.

— Pensas que te casarás?

Ele ficou calado durante muito tempo. Contudo, ela sabia o que ele estava a pensar.

— Não consigo ver tão longe — respondeu. — Teria de ser com alguém que compreendesse... Não acredito que haja alguém assim no meu mundo. *Tu* casarás?

— Eu também não — disse ela, e a sua voz não estava muito firme. — Não me casarei com ninguém do meu mundo, acredito.

Continuaram a caminhar devagar, observando o horizonte. Tinham todo o tempo do mundo: todo o tempo que o mundo tivesse.

Passado um bocado Lira perguntou.

— *Ficarás* com a faca, não é? Assim podes visitar o meu mundo?

— Claro. Certamente nunca a darei a mais ninguém, nunca.

— Não olhes... — disse ela sem alterar o passo. — Lá estão eles outra vez. À esquerda.

— Eles *estão* a seguir-nos — exclamou Will, feliz.

— Shiu!

— Pensei que o fariam. OK, vamos fingir que estamos só a andar de um lado para o outro à procura deles e procuraremos em todo o tipo de lugares estúpidos.

Tornou-se um jogo. Encontraram um lago e procuraram por entre as canas e na lama, dizendo em voz alta que certamente os génios tinha a forma de sapos, ou de besouros-de-água, ou de lesmas; arrancaram a casca de uma árvore há muito caída, no limiar de um bosque, fingindo que tinham visto os dois génios rastejar lá para debaixo sob a forma de bichas-cadelas. Lyra fez uma grande algazarra por causa de uma formiga que ela afirmava ter pisado, mostrando simpatia perante as sua feridas, dizendo que a cara da formiga parecia mesmo a de Pan, perguntando, trocista, porque é que ele se recusava a falar com ela.

Mas quando Lyra pensou que eles não conseguiriam mesmo ouvi-la, disse, ansiosa, para Will, aproximando-se para falar em voz baixa:

— Nós *tivemos* mesmo de os deixar, não foi? Não tivemos outra hipótese, pois não?

— Sim, tivemos de os deixar. Foi pior para ti do que para mim, mas não tivemos nenhuma hipótese. Porque tu tinhas feito uma promessa a Roger e tinhas de a manter.

— E tu tinhas de ver o teu pai outra vez...

— E tínhamos de os deixar sair.

— Sim, pois tínhamos. Estou feliz por o termos feito. Pan ficará feliz um dia também, quando *eu* morrer. Não seremos separados. Foi uma coisa *boa* que fizemos.

Quando o sol subiu mais alto no céu e o ar se tornou mais quente, começaram a procurar uma sombra. Por volta do meio-dia encontraram-se no sopé de uma colina e quando alcançaram o cume Lyra deixou-se cair na erva e disse:

— Bem! Se não encontrarmos uma sombra em breve...

Havia um vale do outro lado que estava coberto de arbustos, por isso calcularam que podia haver também uma nascente. Desceram a colina até penetrarem no vale e, sem dúvida, por entre canas e fetos havia uma nascente borbulhando na rocha.

Mergulharam a cara quente dentro de água e beberam; depois seguiram o ribeiro vendo-o reunir-se em remoinhos miniatura e subir pequenas pedras, ficando cada vez mais largo e cheio.

— Como é que isto acontece? — maravilhou-se Lyra. — Não há *mais* água vinda de outro lado, mas há muito mais água aqui do que lá em cima.

Will, observando as sombras pelo canto do olho, viu-as fugirem um pouco à frente, saltando sobre os fetos para desaparecer nos arbustos mais adiante. Apontou em silêncio.

— É que aqui corre mais devagar — disse. — Não corre à mesma velocidade da que brota da nascente, por isso forma estas lagoas...

392

Foram para ali — murmurou, indicando um pequeno grupo de árvores no sopé do declive.

O coração de Lyra batia tão depressa que ela sentia a pulsação no pescoço. Ela e Will olharam um para o outro, um olhar curiosamente formal e sério, antes de começarem a seguir o ribeiro. A vegetação tornou-se mais densa à medida que desciam para o vale: o ribeiro entrava em túneis verdes e emergia em clareiras às manchas, para saltar sobre a borda de uma pedra e enterrar-se novamente no verde e eles tinham de o seguir tanto por ouvido como por visão.

No sopé da colina o ribeiro dirigia-se para um bosque pequeno de árvores com os troncos prateados.

O Padre Gomez observava do topo da colina. Não tinha sido difícil segui-los; apesar da confiança de Mary na savana aberta, havia muitos esconderijos por entre a erva alta e as ocasionais matas de arbustos de seiva-lacre. Os dois jovens tinham passado muito tempo a observar à sua volta como se pensassem que estavam a ser seguidos e ele teve de manter uma certa distância, mas, à medida que a manhã passou, eles ficaram cada vez mais absortos um no outro e deram pouca atenção à paisagem.

A única coisa que ele não queria fazer era magoar o rapaz. Tinha horror a magoar uma pessoa inocente. A única forma de se certificar do seu alvo era aproximar-se o suficiente para o ver com clareza, o que significava segui-los através do bosque.

Silenciosamente, e com muito cuidado, seguiu o ribeiro. O seu génio, o besouro verde, voou à frente saboreando o ar; a sua visão era pior que a dele, mas o seu olfacto era mais apurado; e captou com muita clareza o odor dos corpos dos dois jovens. O génio seguiria à frente, poisaria sobre o caule de uma erva e esperaria por ele, depois levantaria voo novamente; e uma vez que captou o odor dos corpos que tinha ficado no ar, Padre Gomez deu por si a agradecer a Deus pela sua missão, porque era mais evidente do que nunca que o rapaz e a rapariga se dirigiam para um pecado mortal.

E lá estava: o movimento loiro que era o cabelo da rapariga. Ele aproximou-se, e levantou a espingarda. Tinha uma mira telescópica: de pequena potência, mas maravilhosamente feita, de modo que quando se olhava através dela sentia-se a visão mais nítida, bem como aumentada. Sim, lá estava ela, parou e olhou para trás pelo que o Padre Gomez pôde ver a sua expressão e não conseguiu compreender como alguém tão embrenhado no mal podia irradiar tanta esperança e felicidade.

A sua confusão fez com que hesitasse e a oportunidade perdeu-se; ambas as crianças se afastaram no meio das árvores e desapareceram. Bem, não iriam longe. Ele seguiu-as ao longo do ribeiro, acocorado, segurando a espingarda numa mão e equilibrando-se com a outra.

Estava agora tão perto do êxito que, pela primeira vez, deu por si especulando sobre o que faria depois, e se agradaria mais ao reino dos céus que regressasse a Genebra ou que ficasse naquele mundo evangelizando-o. A primeira coisa que faria seria convencer as criaturas de quatro patas, que pareciam ter os rudimentos de razão, de que o seu hábito de montar rodas era abominável, satânico e contrário à vontade de Deus. Tinha de controlá-las nesse domínio e a salvação seguiria.

Alcançou o sopé do declive, onde começavam as árvores, e poisou silenciosamente a espingarda.

Olhou para as sombras verdes, prateadas e douradas e escutou, com ambas as mãos atrás das orelhas para apanhar e focar quaisquer vozes através do zumbido dos insectos e o trinado da corrente. Sim: ali estavam eles. Tinham parado.

Inclinou-se para apanhar a espingarda...

E deu por si soltando um soluço rouco e sem fôlego quando alguma coisa agarrou o seu génio e o afastou de si.

Mas não havia ali nada! Onde é que ela estava? A dor era lancinante. Ouviu-a gritar e olhou à esquerda e à direita, procurando-a.

— Fica quieto — disse uma voz vinda do ar —, e calado. Tenho o teu génio na minha mão.

— Mas... onde estás? Quem és tu?

— O meu nome é Balthamos — disse a voz.

Lyra e Will seguiram o ribeiro até ao interior do bosque, caminhando cuidadosamente, falando pouco até estarem no centro do bosque.

Havia uma pequena clareira no meio do bosque com uma relva suave no chão e rochas cobertas de musgo. Os ramos entrecruzavam-se sobre eles quase fechando o sol, deixando passar pequenas lantejoulas de luz pelo que tudo tinha uma tonalidade amarela e prateada.

E era um lugar silencioso. Apenas o barulho da água e o ocasional restolhar das folhas apanhadas por uma ligeira brisa quebravam o silêncio.

Will poisou o embrulho com a comida: Lyra poisou a sua pequena mochila. Não havia sinais das sombras-génios. Estavam completamente sozinhos.

Descalçaram os sapatos e as meias e sentaram-se sobre as rochas cobertas de musgo, na margem da corrente, mergulhando os pés na água fria e sentindo o choque revigorar-lhes o sangue.

— Tenho fome — disse Will.

— Eu também — acrescentou Lyra, embora estivesse a sentir muito mais que fome, algo reprimido e pressionando, meio feliz e meio doloroso, de modo que Lyra não tinha a certeza do que sentia.

Desdobraram o pano e comeram um pouco de pão e queijo. Por qualquer razão as suas mãos estavam lentas e desajeitadas e mal saborearam a comida apesar de o pão estar farinhento e estaladiço devido às pedras quentes onde era cozido, e de o queijo ser macio, salgado e muito fresco.

Então Lyra pegou num daqueles pequenos frutos vermelhos. Com o coração batendo depressa, virou-se para Will e chamou:

— Will...

E levou, meigamente, o fruto até aos lábios dele.

Podia ver pelos olhos dele que percebera imediatamente o que ela queria e que estava demasiado feliz para poder falar. Os dedos dela ficaram poisados sobre os seus lábios e ele sentiu que tremiam; levantou a mão dele para manter a dela sobre a sua boca, e depois nenhum conseguiu olhar; estavam confusos; transbordavam de felicidade.

Como duas traças desajeitadas chocando, sem mais força do que isso, os seus lábios tocaram-se. Então, antes que soubessem o que tinha acontecido, abraçaram-se, encostando, cegos, a cara um ao outro.

— Como disse Mary — murmurou Will —, sabe-se imediatamente quando se gosta de alguém... Quando estavas a dormir, na montanha, antes de ela te levar, eu disse a Pan...

— Eu ouvi — murmurou ela —, estava acordada e queria dizer-te o mesmo e agora sei o que senti todo o tempo: eu amo-te, Will, eu amo-te...

A palavra *amo* incendiou os nervos de Will. Todo o seu corpo se arrepiou e ele respondeu-lhe com as mesmas palavras, beijando-lhe a cara quente uma vez e outra, inspirando com adoração o odor do seu corpo e a fragrância quente do seu cabelo, a sua boca húmida que tinha o mesmo gosto do pequeno fruto vermelho.

Em volta deles não havia mais nada a não ser silêncio, como se todo o mundo estivesse a suster a respiração.

*

Balthamos estava aterrorizado.

Subiu o ribeiro afastando-se do bosque, segurando o insecto-génio que arranhava, picava e mordia, tentando ao mesmo tempo esconder-se o melhor que conseguia do homem que os seguia aos tropeções.

Ele não o podia apanhar. Sabia que o Padre Gomez o mataria imediatamente. Um anjo do seu estatuto não estava à altura de um homem, mesmo se esse anjo fosse forte e saudável, e Balthamos não estava em nenhuma dessas condições. Para além disso, estava enfraquecido pelo desgosto da morte de Baruch e envergonhado por ter abandonado Will antes. Ele já nem tinha forças para voar.

— Pare, pare — disse o Padre Gomez. — Por favor, fique quieto. Não consigo vê-lo... vamos conversar, por favor... não magoe o meu génio, peço-lhe...

Na realidade era o génio quem magoava Balthamos. O anjo conseguia ver a pequena coisa verde através das suas mãos e ela enterrava as suas poderosas garras uma vez e outra nas palmas das mãos do anjo. Se ele abrisse as mãos só por um momento, ela desapareceria. Balthamos manteve-as fechadas.

— Por aqui — disse —, segue-me. Afasta-te do bosque. Quero falar contigo e este não é o lugar certo.

— Mas quem és tu? Não consigo ver-te. Aproxima-te... Como é que posso saber o que és até te ver? Fica quieto, não andes tão depressa!

Mas mover-se rapidamente era a única defesa que Balthamos tinha. Tentando ignorar as ferroadas do génio, subiu a pequena ravina por onde corria a água, saltando de pedra em pedra.

Então cometeu um erro: ao tentar olhar para trás, escorregou e colocou um pé dentro de água.

— Ah — foi o murmúrio do Padre Gomez ao ver a água a saltar.

Balthamos recuou o pé imediatamente e apressou-se a subir... mas agora aparecia uma pegada molhada sobre as rochas secas cada vez que ele colocava o pé no chão. O padre viu isso e saltou em frente e sentiu as penas tocarem-lhe nas mãos.

Parou estupefacto: a palavra *anjo* reverberou no seu espírito. Balthamos aproveitou o momento para avançar novamente e o padre sentiu que era arrastado atrás dele quando outra brutal angústia lhe apertou o coração.

Balthamos disse por cima do ombro:

— Um pouco mais adiante, no cimo da colina, e então falaremos, prometo.

— Fala aqui! Pára onde estás e juro que não te tocarei!

O anjo não respondeu: era difícil concentrar-se. Tinha de dividir a sua atenção em três direcções diferentes: atrás dele para evitar o homem, à sua frente para ver para onde ia, e no génio furioso que lhe atormentava as mãos.

Quanto ao padre, o seu espírito trabalhava rapidamente. Um oponente verdadeiramente perigoso teria morto o génio imediatamente e terminado com a questão logo ali: aquele antagonista tinha medo de atacar.

Com isso em mente deixou-se tropeçar e soltou pequenos murmúrios de dor, e implorou mais uma ou duas vezes para que o outro parasse... sempre observando atentamente, aproximando-se, estimando o tamanho do opositor, a que velocidade se conseguia deslocar, para que lado olhava.

— Por favor — disse, soluçando —, não sabes como isso dói... eu não te posso fazer mal... Por favor, podemos parar e conversar?

Não queria perder o bosque de vista. Eles estavam agora no sítio onde a nascente brotava e ele podia ver a forma dos pés de Balthamos pressionando muito ligeiramente a erva. O padre tinha observado cada centímetro do caminho e tinha agora certeza de onde se encontrava o anjo.

Balthamos virou-se. O padre levantou os olhos para o sítio onde pensava que estaria a cara do anjo e viu-o pela primeira vez: apenas um tremeluzir no ar, mas não havia engano.

Contudo, não estava suficientemente perto para o alcançar com um só movimento e, para dizer a verdade, os puxões do seu génio tinham sido dolorosos e debilitantes. Talvez devesse dar mais um ou dois passos...

— Senta-te — disse Balthamos. — Senta-te onde estás. Nem mais um passo à frente.

— O que é que queres? — perguntou o Padre Gomez sem se mexer.

— O que é que eu quero? Quero matar-te, mas não tenho força para isso.

— Mas tu és um anjo?

— O que é que isso importa?

— Talvez tenhas cometido um erro. Pode ser que estejamos do mesmo lado.

— Não, não estamos, Eu tenho-te seguido. Sei de que lado estás... não, não, não te mexas. Fica aí.

— Não é demasiado tarde para te arrependeres. Até os anjos podem fazer isso. Deixa que te oiça em confissão.

— Oh, Baruch, ajuda-me! — gritou Balthamos desesperado, virando-se.

Enquanto ele gritava, o Padre Gomez saltou sobre ele. O seu ombro bateu no do anjo e desequilibrou Balthamos; ao estender uma mão para se salvar, o anjo deixou fugir o insecto-génio. O besouro voou livre imediatamente e o Padre Gomez sentiu uma vaga de alívio e força. Na realidade foi isso que o matou, para sua grande surpresa. Lançou-se com tanta força sobre a forma difusa do anjo e, como esperava uma muito maior resistência do que a que encontrou, não conseguiu manter o equilíbrio. O pé escorregou; o seu ímpeto levou-o até ao ribeiro; e Balthamos, pensando no que Baruch faria, afastou com um pontapé a mão do padre quando ele a lançou para se equilibrar.

O Padre Gomez caiu pesadamente. Bateu com a cabeça numa pedra e caiu, estonteado, com a cara na água. O choque frio acordou-o imediatamente; enquanto se engasgava e tentava, fraco, levantar-se, Balthamos, ignorando o génio que lhe picava a cara, os olhos e a boca, usou todo o seu fraco peso para manter a cabeça do homem dentro da água e manteve-a... manteve-a... manteve-a.

Quando o génio desapareceu subitamente, Balthamos soltou-o. O homem estava morto. Assim que se certificou, Balthamos retirou o corpo do ribeiro e deitou-o cuidadosamente sobre a relva, colocando as mãos do padre sobre o peito e fechando-lhe os olhos.

Depois Balthamos levantou-se, doente, cansado e cheio de desgosto.

— Baruch — disse —, oh, Baruch, meu querido, não posso continuar. Will e a rapariga estão a salvo e tudo ficará bem, mas chegou o meu fim, embora, na verdade, eu tenha morrido ao mesmo tempo que tu, Baruch, meu amor.

Um segundo depois tinha desaparecido.

No campo de feijões, dormitando ao calor do fim do dia, Mary ouviu a voz de Atal e não conseguiu distinguir a excitação do alarme: teria caído outra árvore? Teria reaparecido o homem com a espingarda?

Olha! Olha!, dizia Atal, mexendo no bolso da camisa de Mary com a tromba; Mary tirou o telescópio e fez o que a sua amiga lhe dizia, apontando-o para o céu.

Diz-me o que está a fazer! pediu Atal. *Posso sentir que está diferente, mas não consigo ver.*

A terrível inundação de Pó no céu já não se deslocava. Estava parada, completamente imóvel. Mary perscrutou todo o céu com a lente âmbar vendo uma corrente aqui, um redemoinho ali, um vórtice mais ao longe; estava num movimento perpétuo, mas já não corria para longe. Na realidade, quando muito, o Pó caía como flocos de neve.

Pensou nas árvores-roda: as flores que abriam na vertical estariam a beber aquela chuva doirada. Mary quase podia senti-las a recebê-la nas suas pobres gargantas ressequidas, que eram tão perfeitamente adaptadas para isso e que estavam famintas há tanto tempo.

Os mais novos, disse Atal.

Mary virou-se, o telescópio na mão, para ver Will e Lyra regressando. Estavam a alguma distância ainda; não tinham pressa. Vinham de mãos dadas, conversando, as cabeças encostadas, esquecidos de tudo o resto; Mary podia ver isso mesmo àquela distância.

Quase levou o telescópio ao olho, mas parou e voltou a guardá-lo no bolso. Não precisava de usar o telescópio: sabia exactamente o que veria... eles pareceriam feitos de ouro vivo. Seriam a verdadeira imagem do que os seres humanos sempre podiam ser, quando assumiam a sua herança.

O Pó, caindo das estrelas, tinha encontrado novamente um lar vivo e aquelas crianças, que já não eram crianças, saturadas de amor, eram a causa de tudo isso.

36

A SETA QUEBRADA

Mas o destino aplaina os cantos e sempre se mete de permeio.

ANDREW MARVELL

Os dois génios atravessaram a aldeia, entrando e saindo das sombras, dois gatos caminhando calmamente sobre o chão iluminado pelo luar, parando à porta da cabana de Mary.

Cautelosamente, olharam lá para dentro e viram apenas a mulher adormecida; por isso recuaram e caminharam novamente ao luar em direcção à árvore-abrigo.

Os longos ramos estendiam as suas folhas odoríferas em espiral quase até ao chão. Muito devagar, muito cautelosamente para não pisarem nenhuma folha ou quebrar algum galho caído, as duas formas atravessaram a cortina de folhas e encontraram o que procuravam: o rapaz e a rapariga, profundamente adormecidos nos braços um do outro.

Aproximaram-se sobre a relva e tocaram suavemente nos jovens adormecidos com o nariz, a pata, os bigodes, banhando-se no calor cheio de vida que eles emanavam, mas sendo muitíssimo cuidadosos para não os acordar.

Enquanto verificavam os seres humanos (lambendo suavemente a ferida da mão de Will que sarava rapidamente, levantando o anel de cabelo poisado sobre a cara de Lyra) ouviram um som suave atrás deles.

Instantaneamente, num silêncio absoluto, ambos os génios se voltaram de um salto, transformando-se em lobos: olhos ferozes, dentes arreganhados, uma verdadeira ameaça.

Estava lá uma mulher, de pé, o seu corpo delineado pelo luar. Não era Mary, e quando ela falou, eles ouviram-na claramente, apesar de a sua garganta não ter proferido nenhum som.

— Venham comigo — disse.

O coração de génio de Pantalaimon saltou com ele, mas nada disse até a poder cumprimentar, longe dos jovens que dormiam sob a árvore.

— Serafina Pekkala! — disse, feliz. — Onde tem estado? Sabe o que aconteceu?

— Calma. Voemos até um sítio onde possamos conversar — disse ela, consciente da presença dos jovens.

O seu ramo de pinheiro-nuvem encontrava-se junto da porta da cabana de Mary e quando pegou nele os dois génios transformaram-se em pássaros — um rouxinol e um mocho — e voaram com ela sobre os telhados de colmo, sobre os campos de erva, sobre a colina em direcção ao bosque de árvores-roda mais próximo, tão alto quanto um castelo, a coroa de folhas parecendo coalhada de prata ao luar.

Aí, Serafina Pekkala poisou no ramo mais alto e confortável, entre as flores abertas que bebiam o Pó, e os dois pássaros empoleiraram-se perto.

— Não serão pássaros durante muito tempo — disse. — Muito em breve as vossas formas assentarão. Olhem em volta e memorizem este cenário.

— O que é que seremos? — perguntou Pantalaimon.

— Descobrirão mais cedo do que pensam. Escutem — disse Serafina Pekkala —, e eu contar-vos-ei alguns segredos de feiticeiras que apenas nós conhecemos. A razão por que posso fazer isso é porque vocês estão aqui comigo e os vossos humanos estão lá em baixo, dormindo. Quem são as únicas pessoas a quem isso é possível?

— As feiticeiras — respondeu Pantalaimon —, e os xamãs. Portanto...

— Ao deixar-vos para trás, no limiar do mundo dos mortos, Lyra e Will fizeram algo, sem o saberem, que as feiticeiras têm feito desde que existem. Há uma região no norte da nossa pátria, um lugar desértico e abominável, onde ocorreu uma grande catástrofe quando o mundo ainda era jovem, e onde nada tem vivido ali desde então. Nenhum génio pode ali entrar. Para se tornar feiticeira, uma rapariga tem de atravessar sozinha aquela região e deixar o génio para trás. Vocês conhecem o sofrimento a que elas se sujeitam. Mas tendo-o feito, descobrem que os seus génios não foram cortados, como em

Bolvangar; são ainda seres completos, mas agora podem deambular livres e ir para lugares longínquos, ver coisas estranhas e trazer de volta esse conhecimento.

«E vocês não estão separados, pois não?

— Não — respondeu Pantalaimon. — Ainda somos um só ser. Mas foi tão doloroso e tivemos tanto medo...

— Bem... — disse Serafina —, eles os dois não voarão como as feiticeiras e não viverão tanto tempo como nós; mas, graças ao que fizeram, vocês e eles são como as feiticeiras em tudo menos nisso.

Os dois génios meditaram na estranheza daquele conhecimento.

— Isso quer dizer que seremos pássaros, como os génios das feiticeiras? — perguntou Pantalaimon.

— Sê paciente.

— E como é que Will pode ser feiticeiro? Pensava que só havia mulheres feiticeiras...

— Aqueles dois mudaram muitas coisas. Estamos todos a aprender novos caminhos, até as feiticeiras. Mas uma coisa não mudou: vocês têm de ajudar os vossos humanos, não embaraçá-los. Devem ajudá-los, guiá-los e encorajá-los a adquirirem mais conhecimento. É para isso que servem os génios.

Ficaram silenciosos. Serafina virou-se para o rouxinol e perguntou-lhe:

— Como te chamas?

— Não tenho nome. Não sabia que tinha nascido até ter sido arrancada do coração dele.

— Então dou-te o nome de Kirjava.

— Kirjava — repetiu Pantalaimon, ensaiando o som. — O que é que significa?

— Em breve verás o que significa. Mas agora — continuou Serafina Pekkala —, têm de escutar com atenção porque vos vou dizer o que devem fazer.

— Não — exclamou Kirjava violentamente.

Serafina disse com suavidade:

— Percebo pelo teu tom que sabes o que vou dizer.

— Nós não queremos ouvir! — disse Pantalaimon.

— É demasiado cedo — continuou o rouxinol. — É demasiado cedo.

Serafina manteve-se silenciosa, porque concordava com eles e se sentia triste. Mas mesmo assim ela era a mais sábia ali e tinha de os guiar para fazerem o que era correcto; deixou que a agitação deles acalmasse e continuou:

— Para onde foram, nas vossas deambulações?

— Para muitos mundos — respondeu Pantalaimon. — Sempre que encontrávamos uma janela atravessávamos. Há mais janelas do que pensávamos.

— E viram...

— Sim — respondeu Kirjava —, olhámos com atenção e vimos o que estava a acontecer.

— Vimos também muitas outras coisas — continuou rapidamente Pantalaimon. — Vimos anjos e falámos com eles. Vimos o mundo de onde vêm os pequeninos, os galivespianos. Há pessoas grandes lá, também, que os tentam matar.

Contaram ainda outras coisas que tinham visto, tentando distrair a feiticeira, mas ela percebia a intenção deles; mesmo assim deixou--os falar devido ao amor que eles sentiam pela voz um do outro.

Por fim ficaram sem histórias e calaram-se. O único som que se ouvia era o suave e interminável murmúrio das folhas, até Serafina Pekkala dizer:

— Vocês têm andado a fugir de Will e de Lyra para os castigar. Percebo porque o têm feito; o meu Kaisa fez a mesma coisa depois de eu sair dos baldios desérticos. Mas no fim veio ter comigo porque nos amávamos ainda. E em breve eles precisarão de vocês para os ajudarem a fazer o que tem de ser feito a seguir. Porque vocês têm de lhes contar o que sabem.

Pantalaimon soltou um grito, um puro e frio piar de mocho, um som nunca antes escutado naquele mundo. Nos ninhos e tocas que se estendiam até muito longe, onde quer que pequenas criaturas nocturnas caçassem, pastassem ou deambulassem, nasceu um novo e inesquecível medo.

Serafina observou Pantalaimon de perto e apenas sentiu compaixão até que olhou para o génio de Will, Kirjava, o rouxinol. Recordou-se de quando a feiticeira Ruta Skadi lhe perguntara, depois de ter visto Will pela primeira vez, se Serafina tinha olhado para os olhos dele; e Serafina respondera então que não se tinha atrevido. Aquele pequeno pássaro castanho irradiava uma ferocidade implacável, tão perceptível quanto o calor, e Serafina teve medo dele.

Por fim o grito de Pantalaimon morreu ao longe e Kirjava disse:

— E nós temos de lhes dizer.

— Sim, têm — respondeu com suavidade a feiticeira.

A pouco e pouco a ferocidade deixou o olhar do pequeno pássaro castanho e Serafina pôde olhar novamente para ele.

— Aproxima-se um barco — disse Serafina. — Deixei-o para voar até aqui e procurar-vos. Vim com os ciganos, desde o nosso mundo. Chegarão dentro de um ou dois dias.

Os dois pássaros estavam poisados ali perto e num instante mudaram as suas formas e transformaram-se em pombas.

Serafina continuou:

— Esta pode ser a última vez que vocês conseguirão voar. Posso ver um pouco do futuro; posso ver que ambos conseguirão trepar até esta altura enquanto houver árvores deste tamanho; mas penso que não serão pássaros quando a vossa forma assentar. Interiorizem tudo o que conseguirem e recordem-no. Sei que vocês, Lyra e Will, irão pensar que é difícil e doloroso, mas sei que farão a escolha correcta. Mas só vocês a podem fazer, mais ninguém.

Eles nada disseram. Serafina pegou no ramo de pinheiro-nuvem e levantou voo dos ramos mais altos das árvores, desenhando pequenos círculos no ar, sentindo na sua pele a frescura da brisa, o tinido das estrelas e o suave cair do benevolente Pó que ela nunca tinha visto.

Serafina voou até à aldeia mais uma vez e entrou silenciosamente na casa da mulher. Nada sabia sobre Mary, a não ser que vinha do mesmo mundo de Will e que o seu papel nos acontecimentos fora crucial. Se era violenta ou simpática, Serafina não tinha como saber: mas precisava de acordar Mary sem a assustar e havia um feitiço para isso.

Sentou-se no chão, junto à cabeça da mulher, e observou através dos olhos semicerrados, inspirando e expirando ao mesmo tempo que ela. A sua meia visão começou a revelar-lhe as formas pálidas que Mary via nos seus sonhos e ajustou a sua mente para ressoar com essas formas, como se estivesse a afinar uma corda. Depois, com um esforço suplementar, Serafina entrou no mundo do sonho de Mary. Uma vez lá, podia falar com ela, o que fez imediatamente com a mesma afeição simples que por vezes sentimos por pessoas que encontramos nos sonhos.

Um segundo depois elas conversavam numa urgência murmurada de que Mary mais tarde nada recordava, e atravessavam um cenário simplório com canaviais e transformadores eléctricos. Tinha chegado o momento de Serafina assumir o controlo.

— Dentro em breve — disse — vai acordar. Não se assuste. Encontrar-me-á a seu lado. Estou a acordá-la assim para que saiba que não há perigo e que ninguém lhe fará mal. Então poderemos conversar convenientemente.

Recuou, levando o sonho de Mary consigo, até que deu por si novamente dentro da casa, as pernas cruzadas no chão de terra batida, os olhos de Mary brilhando quando olharam para ela.

— Deve ser uma feiticeira — murmurou Mary.

— Sou. O meu nome é Serafina Pekkala. Como se chama?

— Mary Malone. Nunca fui acordada com tanta suavidade. *Estou mesmo acordada?*

— Sim. Temos de conversar e é difícil controlar as conversas durante o sono e são mais difíceis ainda de recordar. É melhor conversarmos acordadas. Prefere ficar dentro de casa ou quer caminhar comigo ao luar?

— Eu vou consigo — respondeu Mary, espreguiçando-se. — Onde estão Lyra e Will?

— A dormir debaixo da árvore.

Saíram de casa, passaram pela árvore com a sua cortina de folhas e dirigiram-se para o rio.

Mary observou Serafina Pekkala com uma mistura de fadiga e admiração: nunca tinha visto uma forma humana tão elegante e graciosa. Parecia mais nova que Mary, apesar de Lyra ter dito que ela tinha centenas de anos; o único indício de idade vinha da sua expressão, que estava cheia de uma complexa tristeza.

Sentaram-se na margem sobre a água negra e prateada, e Serafina contou-lhe o que tinha dito aos génios das crianças.

— Eles foram à procura deles hoje — disse Mary —, mas algo diferente aconteceu. Will nunca viu bem o seu génio, a não ser quando fugiram da batalha e isso foi apenas por um segundo. Ele nem sabia ao certo que tinha um génio.

— Bem, mas tem. E você também.

Mary olhou-a fixamente.

— Se o pudesse ver — continuou Serafina Pekkala —, veria um pássaro preto com patas vermelhas e bico amarelo, ligeiramente curvado. Um pássaro das montanhas.

— Um corvo dos Alpes... Como é que o consegue ver?

— Com os meus olhos semicerrados consigo vê-lo. Se tivesse tempo podia ensinar-lhe a vê-lo também e a ver os génios das outras pessoas. É estranho para nós pensar que vocês não os conseguem ver.

Depois contou a Mary o que tinha dito aos génios e o que isso significava.

— E os génios terão de lhes dizer? — perguntou Mary.

— Pensei acordá-los e ser eu mesma a dizer-lhes. Pensei em contar-lhe a si e deixar que assumisse a responsabilidade. Mas vi os génios e soube imediatamente que era a melhor solução.

— Eles estão apaixonados.

— Eu sei.

— Acabaram de descobrir isso...

Mary tentou interiorizar todas as implicações do que Serafina Pekkala lhe tinha dito, mas era demasiado penoso.

Ao fim de um minuto, mais ou menos, Mary perguntou:

— Consegue ver o Pó?

— Não, nunca o vi. Até as guerras começarem nunca tínhamos ouvido falar dele.

Mary tirou o telescópio do bolso e entregou-o à feiticeira. Serafina levou-o até ao olho e soluçou.

— *Aquilo* é o Pó... É maravilhoso!

— Vire-se e observe a árvore-abrigo.

Serafina assim fez e exclamou novamente:

— Eles *são* assim?

— Algo aconteceu hoje, ou ontem, se já passa da meia-noite — disse Mary tentando encontrar palavras para explicar, recordando-se da sua visão da inundação de Pó como um grande rio, como o Mississípi. — Algo minúsculo, mas crucial... Se quiser desviar um poderoso rio para um percurso diferente e a única coisa que tiver for um simples seixo, poderá fazê-lo, desde que coloque o seixo no lugar certo para enviar o primeiro fio de água para *aquele* lado em vez *deste*. Algo parecido com isso aconteceu ontem. Não sei o que foi. Eles viram-se um ao outro de maneira diferente, ou uma coisa assim... Até esse momento, eles não se tinham sentido assim, mas subitamente sentiram. E então o Pó foi atraído para eles, de forma muito poderosa, e deixou de correr no outro sentido.

— Então foi assim que aconteceu! — exclamou Serafina Pekkala, maravilhada. — E agora está a salvo, ou ficará, quando os anjos conseguirem encher o grande abismo no submundo.

Contou a Mary sobre o abismo e como ela própria o tinha descoberto.

— Eu voava muito alto — explicou —, procurando um sítio para aterrar e encontrei um anjo: um anjo fêmea. Ela era muito estranha;

era velha e nova ao mesmo tempo — continuou, esquecendo-se de que era exactamente assim que Mary a via. — Chama-se Xaphania. Contou-me muitas coisas... Disse que toda a história da vida humana tem sido uma luta entre a sabedoria e a estupidez. Ela e os anjos rebeldes, os seguidores da sabedoria, tentaram sempre abrir os espíritos; a Autoridade e as suas Igrejas tentaram sempre mantê-los fechados. Ela deu-me muitos exemplos do meu mundo.

— Posso pensar em muitos para o meu.

— Durante a maior parte do tempo, a sabedoria teve de trabalhar em segredo, murmurando as suas palavras, deslocando-se como um espião através dos lugares humildes do mundo, enquanto as cortes e os palácios eram ocupados pelo inimigo.

— Sim — concordou Mary —, reconheço esse comportamento, também.

— E a luta ainda não terminou apesar de as forças do reino terem sofrido uma derrota. Reagrupar-se-ão sob as ordens de um novo comandante e regressarão mais fortes e teremos de estar prontos para lhe resistir.

— Mas o que aconteceu a Lorde Asriel? — perguntou Mary.

— Ele lutou com o Regente do céu, o anjo Metatron, e lançou-o no abismo. Metatron desapareceu para sempre. E Lorde Asriel também.

Mary inspirou.

— E a Senhora Coulter? — perguntou.

Como resposta, a feiticeira tirou uma seta da aljava. Demorou algum tempo a escolhê-la: tirou a melhor, a mais direita e a mais perfeitamente equilibrada.

E partiu-a ao meio.

— Uma vez, no meu mundo — disse —, eu vi essa mulher torturar uma feiticeira e jurei para mim mesma que enterraria esta seta na sua garganta. Agora nunca o farei. Ela sacrificou-se juntamente com Lorde Asriel para lutar com o anjo e tornar o mundo num sítio seguro para Lyra. Não o poderiam fazer sozinhos, mas juntos conseguiram.

Mary, desolada, perguntou:

— Como poderemos dizer a Lyra?

— Esperamos até que ela pergunte — disse Serafina —, o que pode não acontecer. De qualquer modo, ela tem o leitor de símbolos; isso contar-lhe-á tudo o que ela perguntar.

Ficaram sentadas em silêncio por algum tempo, como companheiras, enquanto as estrelas giravam lentamente no céu.

— Pode ver o futuro e adivinhar que escolha farão? — perguntou Mary.

— Não, mas se Lyra regressar ao seu mundo, então eu serei sua irmã enquanto ela viver. E você o que fará?

— Eu... — começou Mary e descobriu que nem sequer tinha pensado nisso. — Penso que pertenço ao meu mundo. Apesar de ter pena de abandonar este; tenho sido muito feliz aqui. Foram os dias mais felizes da toda a minha vida.

— Bem, se regressar a casa, terá uma irmã noutro mundo — disse Serafina Pekkala —, e eu também. Ver-nos-emos novamente dentro de um ou dois dias, quando o barco chegar, e então conversaremos outra vez sobre o regresso a casa; depois separar-nos-emos para sempre. Abrace-me agora, irmã.

Mary assim fez e Serafina Pekkala levantou voo no seu ramo de pinheiro-nuvem passando sobre os canaviais, os pântanos, as placas de lama, a praia, em direcção ao mar, até que Mary já não a conseguia ver.

Mais ou menos pela mesma altura, um dos grandes lagartos azuis encontrou o corpo do Padre Gomez. Will e Lyra tinham regressado à aldeia, na véspera à tarde, por um caminho diferente e não o tinham visto. Os lagartos eram necrófagos, mas eram criaturas meigas e inofensivas e, devido a um antigo acordo com os mulefa, tinham o direito de ficar com qualquer criatura deixada morta depois do anoitecer.

O lagarto arrastou o corpo do padre até ao ninho e os seus filhotes regalaram-se bem nessa noite. Quanto à espingarda, ficou caída na erva onde o Padre Gomez a tinha poisado, transformando-se lentamente em ferrugem.

37

AS DUNAS

*Alma minha, não busques a vida eterna, mas exaura
o reino do possível.*

PÍNDARO

No dia seguinte Will e Lyra saíram de novo, falando pouco, dese-josos de estar apenas um com o outro. Pareciam confusos, com se um qualquer acaso feliz os tivesse privado do entendimento; os seus olhos não estavam focados naquilo que viam.

Passaram o dia todo nas colinas e no calor da tarde visitaram o seu bosque amarelo e prateado. Conversaram, tomaram banho, comeram, beijaram-se, jazeram num transe de felicidade murmurando palavras cujos sons eram tão confusos quanto os seus sentidos, e sentiram que se derretiam de amor.

Ao cair da noite partilharam a refeição com Mary e Atal, falando pouco e, porque o ar estava quente, pensaram caminhar até ao mar onde poderiam encontrar uma brisa fresca. Deambularam ao longo do rio até chegarem à vasta praia, brilhante ao luar, a maré começando a encher.

Deitaram-se na areia suave junto às dunas e então ouviram o pri-meiro pássaro chamar.

Ambos viraram a cabeça imediatamente, porque era um pássaro cujo som era diferente do de qualquer criatura que pertencesse àquele mundo. Algures, no céu negro, soou um som trinado e depois outro respondeu, vindo de uma direcção diferente. Deliciados, Will e Lyra levantaram-se de um salto e tentaram ver os cantores, mas a única coisa que conseguiam distinguir era um par de formas trémulas e escuras que voavam baixo e depois subiram outra vez, sempre cantando em tons ricos e repicados uma melodia infinitamente variada.

Então, com um bater de asas que levantou um punhado de areia à sua frente, o primeiro pássaro poisou a poucos metros de distância. Lyra exclamou:

— Pan...?

Este estava transformado numa pomba, mas a cor era negra e difícil de distinguir à luz da lua; de qualquer modo, via-se bem sobre a areia branca. O outro pássaro ainda voava em círculos lá em cima e depois desceu para se lhe juntar: outra pomba, mas de cor creme e com uma crista de penas vermelhas.

Will soube o que era ver o seu génio. Quando ela poisou na areia, ele sentiu o seu coração apertar-se e libertar-se de um modo que nunca mais esqueceu. Sessenta anos ou mais passariam e, já velho, ele ainda sentiria algumas sensações tão vivas e intensas: os dedos de Lyra colocando o fruto vermelho entre os seus lábios, sob as árvores amarelas e prateadas; a sua boca quente comprimindo a dele; o seu génio sendo arrancado do seu insuspeito peito quando entraram no mundo dos mortos; e a suave legitimidade do seu génio regressando para ele no limiar das dunas iluminadas pelo luar.

Lyra fez tenção de se dirigir para Pantalaimon, mas ele falou.

— Lyra — disse —, Serafina Pekkala veio ter connosco ontem à noite. Ela contou-nos muitas coisas. Voltou para guiar os ciganos. Farder Coram vem aí, e Lorde Faa, e chegarão...

— Pan — interrompeu Lyra, desanimada —, oh, Pan, tu não estás feliz... o que se passa? O que foi?

Então ele transformou-se e correu até ela, sobre a areia, sob a forma de um arminho branco. O outro génio também mudou de forma — Will sentiu isso acontecer, como um pequeno tremor do coração — e transformou-se numa gata. Antes de se aproximar dele, falou:

— A feiticeira deu-me um nome. Não tinha necessidade de um nome antes. Ela chamou-me Kirjava. Mas escutem, agora escutem-nos...

— Sim, têm de ouvir — disse Pantalaimon. — É difícil de explicar.

Entre os dois, os génios conseguiram contar-lhes tudo o que Serafina Pekkala lhes dissera, começando com a revelação sobre as naturezas das duas crianças: como, sem ter intenção, se tinham tornado feiticeiros no seu poder de se separarem e, contudo, permaneciam unidos.

— Mas não é tudo — disse Kirjava.

E Pantalaimon continuou:

— Oh, Lyra, desculpa-me, mas temos de te contar o que descobrimos...

Lyra estava perturbada. Desde quando é que Pan precisava de lhe pedir desculpa? Olhou para Will e viu que também ele estava confuso.

— Contem-nos — disse Will. — Não tenham medo.

— É sobre o Pó — disse o gato-génio e Will maravilhou-se ao ouvir parte da sua própria natureza dizer-lhe algo que ele não sabia. — Estava todo a escoar-se, todo o Pó que há, para o abismo que vocês viram. Algo fez com que parasse de escorrer por ali, mas...

— Will, era aquela luz dourada! — interrompeu Lyra. — A luz que escorria para o abismo e desaparecia... Isso era Pó? Era mesmo?

— Sim. Mas há mais fugas a todo o instante — continuou Pantalaimon. — E não pode ser. É vital que não continue a escorrer. Tem de permanecer no mundo e não desaparecer, porque, de outro modo, tudo o que é bom irá enfraquecer e morrerá.

— Mas por onde é que ele se escoa?— perguntou Lyra.

Ambos os génios olharam para Will e para a faca.

— Cada vez que fizemos uma abertura — disse Kirjava, e novamente Will sentiu aquela pequena excitação: *Ela sou eu e eu sou ela* —, cada vez que alguém abriu uma janela entre os mundos, nós ou os velhos homens da Guilda, quem quer que fosse, a faca cortou no vazio exterior. O mesmo vazio que há no abismo. Nós não sabíamos. Ninguém sabia, porque a ponta era demasiado fina para se ver, mas era suficientemente grande para o Pó se escoar. Se a fechassem logo de seguida, não havia tempo para se poder escoar muito Pó, mas houve milhares de janelas que nunca foram fechadas. Por isso, durante todo este tempo, o Pó escoou-se dos mundos em direcção ao vazio.

A compreensão começava a despontar em Will e Lyra. Lutaram contra ela, afastaram-na, mas era como a luz cinzenta que inundava o céu e apagava as estrelas: passava qualquer barreira que eles pudessem erguer, por baixo de cada persiana, em volta de cada cortina que fechassem.

— Cada abertura — disse Lyra num murmúrio.

— De cada uma delas... Têm todas de ser fechadas? — perguntou Will.

— Todas — respondeu Pantalaimon, murmurando como Lyra.

— Oh, não — exclamou Lyra. — Não, não pode ser verdade...

— Por isso temos de deixar o nosso mundo e permanecer no de Lyra — disse Kirjava —, ou Pan e Lyra têm de deixar o deles e vir viver no nosso. Não há outra escolha.

Então a luz do dia irrompeu em pleno.

Lyra gritou. O grito de mocho de Pantalaimon, na noite anterior, tinha assustado todas as pequenas criaturas que o ouviram, mas não era nada comparado com o grito apaixonado que Lyra soltou.

Os génios ficaram chocados e Will, vendo a reacção deles, percebeu porquê: eles não sabiam o resto da verdade; não sabiam o que Will e Lyra tinham aprendido.

Lyra tremia de fúria e desgosto, andando de um lado para o outro, os punhos cerrados, abanando a cara banhada de lágrimas como que procurando uma resposta. Will levantou-se de um salto, agarrou-lhe os ombros e sentiu-a tensa e trémula.

— Escuta — disse ele —, Lyra, escuta: o que é que disse o meu pai?

— Oh — gritou Lyra, abanando a cabeça para um lado e para o outro —, ele disse... tu sabes o que ele disse... tu estavas lá, Will, tu também ouviste!

Will pensou que ela ia morrer de desgosto. Lançou-se nos braços dele, abraçando apaixonadamente os seus ombros, enterrando as unhas nas suas costas, a face encostada ao seu pescoço e a única coisa que ele conseguia ouvir era:

— Não... não... não.

— Escuta — disse ele outra vez —, vamos tentar recordar exactamente o que ele disse. Talvez haja uma saída. Talvez haja uma fuga.

Soltou-lhe suavemente os braços e obrigou-a a sentar-se. Imediatamente Pantalaimon, assustado, saltou-lhe para o colo e o gato-génio, timidamente, aproximou-se de Will. Eles ainda não se tinham tocado, mas ele estendeu a mão e ela aproximou o focinho de gata dos seus dedos e subiu delicadamente para o seu colo.

— Ele disse... — começou Lyra, soluçando — ele disse que as pessoas podiam viver pouco tempo noutros mundos sem serem afectadas. Podiam. E nós vivemos, não foi? Para além do que tivemos de fazer para ir ao mundo dos mortos, ainda somos saudáveis, não somos?

— Podem viver algum tempo, mas não muito — disse Will. — O meu pai esteve fora do seu mundo, do meu mundo, durante dez anos. E ele estava quase a morrer quando eu o encontrei. Dez anos, foi tudo.

— Mas então, e Lorde Boreal? Sir Charles? Ele era saudável, não era?

— Sim, mas lembra-te, ele podia regressar ao seu mundo sempre que queria e podia ficar novamente saudável. Foi aí que tu o viste da primeira vez, no teu mundo. Ele deve ter encontrado uma janela secreta de que mais ninguém sabia.

— Bem, nós podíamos fazer isso!

— Podíamos, só que...

— Todas as janelas têm de ser fechadas — disse Pantalaimon. — Todas!

— Mas como é que tu *sabes?* — perguntou Lyra.

— Um anjo disse-nos — respondeu Kirjava. — Encontrámos um anjo. Ela contou-nos tudo sobre isso e outras coisas. É verdade, Lyra.

— Ela? — perguntou apaixonadamente Lyra, desconfiada.

— Era um anjo fêmea — explicou Kirjava.

— Nunca ouvi falar disso. Talvez ela estivesse a mentir.

Will, entretanto, pensava noutra possibilidade.

— Suponhamos que eles fecharam todas as janelas — disse —, e que nós abríamos só uma quando precisávamos, e passávamos depressa e fechávamo-la imediatamente... Isso seria seguro, não? Se não déssemos tempo ao Pó para se escoar?

— Sim!

— Abríamo-la onde nunca ninguém pudesse descobrir — continuou Will — e só nós saberíamos...

— Oh, isso resultaria! Tenho a certeza que sim! — exclamou Lyra.

— E nós podíamos ir de um mundo para o outro e manter-nos saudáveis...

Mas os génios estavam agitados e Kirjava murmurava:

— Não... não...

Pantalaimon dizia:

— Os Espectros... Ela contou-nos tudo sobre os Espectros também.

— Os Espectros? — perguntou Will. — Nós vimo-los pela primeira vez durante a batalha. O que sabem sobre eles?

— Bem, descobrimos de onde eles vêm — disse Kirjava. — E isso é a parte pior. Eles são como os filhos do abismo. Cada vez que abrimos uma janela com a faca, ela cria um Espectro. É como se um pedaço do abismo flutuasse e entrasse no mundo. É por isso que o mundo de Cittàgazze estava tão cheio de Espectros, por causa de todas as janelas que eles deixaram abertas.

— E eles crescem alimentando-se de Pó — explicou Pantalaimon. — E dos génios. Porque o Pó e os génios são semelhantes, pelo menos os génios dos adultos. E os Espectros ficam cada vez mais fortes à medida que...

Will sentiu um horror lento invadir-lhe o coração e Kirjava pressionou o seu corpo contra o dele, sentindo-o também e tentando reconfortá-lo.

— Então, de cada vez que *eu* usei a faca — disse ele —, de cada vez, eu dei vida a outro Espectro?

Recordou-se do que lhe dissera Iorek Byrnison, na caverna, enquanto reforjava a faca: *O que tu não sabes é o que a faca faz sozinha. As tuas intenções podem ser boas. Mas a faca também tem intenções.*

Lyra observava-o, cheia de angústia.

— Oh, não *podemos*, Will! — disse. — Não podemos fazer isso às pessoas... não podemos deixar que outros Espectros saiam, agora que vimos o que eles fazem!

— Está bem — concordou Will, levantando-se e apertando o seu génio contra o peito. — Então temos de... um de nós terá de... Eu irei para o teu mundo...

Ela sabia o que ele ia dizer, e viu-o segurar o génio belo e saudável que ele mal começara a conhecer; e pensou na mãe dele e soube que ele também pensava nela. Abandoná-la e viver com Lyra, mesmo que fosse pelos poucos anos que teriam juntos... Ele podia fazer isso? Ele podia estar a viver com Lyra, mas ela sabia que ele não conseguiria viver consigo próprio.

— Não — gritou, saltando para junto dele, e Kirjava juntou-se a Pantalaimon na areia enquanto os jovens se abraçaram desesperadamente.

— *Eu* irei, Will! Nós vamos para o teu mundo e viveremos lá! Não importa se adoecermos, eu e Pan... somos fortes, aposto que viveremos muito tempo... e provavelmente há médicos no teu mundo... a Doutora Malone saberia! Oh, façamos isso!

Will abanava a cabeça e Lyra viu o brilho de lágrimas na sua face.

— Pensas que suportaria isso, Lyra? — perguntou. — Pensas que poderia viver feliz vendo-te adoecer e ficar cada vez mais fraca e depois morrer, enquanto eu crescia e me tornava mais adulto a cada dia? Dez anos... Isso não é nada. Passam num instante. Teríamos vinte e poucos anos. Não fica muito longe. Pensa nisso, Lyra, tu e eu adultos, preparando-nos para fazermos todas as coisas que desejamos e então... tudo terminaria. Pensas que eu suportaria viver depois de tu morreres? Oh, Lyra, seguir-te-ia para o mundo dos mortos sem pensar duas vezes, tal como tu seguiste Roger; e seriam duas vidas desperdiçadas, a minha vida perdida como a tua. Não, devíamos viver toda a nossa vida juntos, vidas longas e frutuosas, e se não as podemos viver juntos... vivê-las-emos separados.

Mordendo o lábio, ela observou-o enquanto ele andava de um lado para o outro na sua angústia distraída.

Will parou, virou-se, e depois continuou a falar:

— Lembras-te de outra coisa que o meu pai disse? Ele disse que devemos construir a república do céu onde estamos. Ele disse que para nós não há outro lugar. Era isso que ele queria dizer, percebo agora. Oh, é demasiado duro. Eu pensava que ele se referia apenas a Lorde Asriel e ao seu mundo, mas ele referia-se a nós, a ti e a mim. Temos de viver nos nossos mundos.

— Vou perguntar ao aletiómetro — disse Lyra. — Ele saberá. Não sei porque não me lembrei disso antes.

Sentou-se, limpando a cara com uma mão e procurando dentro da mochila com a outra. Ela levava-a para todo o lado: quando Will pensava nela, anos mais tarde, era frequentemente com a pequena mochila ao ombro. Prendeu o cabelo atrás das orelhas, no movimento rápido que ele adorava, e abriu o embrulho de veludo preto.

— Consegues ver? — perguntou, porque embora o luar fosse intenso, os símbolos em volta do aro eram muito pequenos.

— Sei onde estão todos — respondeu —, sei de cor. Agora calma...

Cruzou as pernas, puxando a saia para baixo para apoiar o aletiómetro no colo. Will estava deitado, apoiado num cotovelo e observou. O intenso luar, reflectido na areia branca, iluminava a cara de Lyra com uma radiância que parecia atrair a própria radiância interior dela; os seus olhos brilhavam e ela estava tão séria e absorta que Will podia apaixonar-se novamente por ela se o amor não possuísse já cada fibra do seu ser.

Lyra inspirou profundamente e começou a girar as rodas. Mas ao fim de alguns segundos ela parou e deu uma volta ao instrumento.

— Lugar errado — disse, e tentou novamente.

Will, observando-a, via a sua querida cara perfeitamente. E porque a conhecia tão bem, porque estudara a sua expressão na felicidade e no desespero, na esperança e no desgosto, conseguia perceber que algo estava errado; porque não havia qualquer sinal da concentração clara em que ela costumava mergulhar tão rapidamente. Em vez disso, uma confusão infeliz espalhou-se gradualmente pela sua expressão; mordeu o lábio, pestanejou uma ou duas vezes e os seus olhos moveram-se lentamente de um símbolo para outro, quase ao acaso, em vez de se deslocarem rapidamente e com segurança.

— Não sei — disse, abanando a cabeça —, não sei o que se passa...
eu sei muito bem, mas não consigo perceber o que significa...

Inspirou, trémula, e deu outra volta ao instrumento. Parecia estranho e esquisito na suas mãos. Pantalaimon, transformado num rato, saltou para o seu colo e poisou as patas sobre o cristal, olhando para um símbolo após outro. Lyra rodou uma roda, depois a outra, deu uma volta completa e depois olhou para Will, aflita.

— Oh, Will — gritou —, não consigo! Ele deixou-me!

— Calma — disse ele —, não te aflijas. Ainda está dentro de ti, todo esse conhecimento. Acalma-te e deixa que o teu espírito o encontre. Não forces. Deixa fluir o toque...

Lyra engoliu em seco e fez um aceno de cabeça; zangada, esfregou o pulso sobre os olhos e respirou várias vezes; mas Will conseguia perceber que ela estava demasiado tensa; colocou as suas mãos sobre os ombros de Lyra e, sentindo-a tremer, abraçou-a. Ela afastou-se e tentou de novo. Mais uma vez olhou para os símbolos, girou novamente as rodas, mas aquelas cadeias invisíveis de significados que ela percorrera com tanta facilidade e confiança não estavam ali. Ela não sabia o que cada um dos símbolos significava.

Afastou-se, abraçou Will e disse, desesperada:

— Não vale a pena... eu sei... desapareceu para sempre... veio quando eu precisava e para todas as coisas que eu tinha de fazer... para salvar Roger e depois para nós os dois... e agora acabou, agora que tudo terminou, abandonou-me... Receava isso porque tem sido tão difícil... eu pensei que não conseguia ver correctamente, ou que os meus dedos estavam tensos, mas não era nada disso; o poder estava a abandonar-me, a desvanecer-se... Oh, desapareceu, Will! Perdi-o! Nunca mais regressará!

Soluçava desesperadamente. A única coisa que ele podia fazer era abraçá-la. Não sabia como confortá-la, porque se tornava evidente que ela tinha razão.

Então, ambos os génios se eriçaram e olharam para cima. Will e Lyra também o sentiram e seguiram o olhar deles para o céu. Uma luz movia-se na sua direcção: uma luz com asas.

— É o anjo que vimos — disse Pantalaimon, adivinhando.

Adivinhou correctamente. Enquanto os jovens e os génios a viram aproximar-se, Xaphania abriu mais as asas e deslizou para a areia. Will, apesar de todo o tempo que passara na companhia de Balthamos, não estava preparado para a estranheza daquele encontro. Ele e Lyra deram as mãos com força quando o anjo se dirigiu para eles com a luz de um outro mundo brilhando nele. Estava despida, mas isso nada significava: que roupas poderia um anjo usar, pensou Lyra? Era impossível dizer se era velha ou nova, mas a sua expressão era austera e cheia de compaixão e tanto Will como Lyra sentiram que ela os conhecia perfeitamente.

— Will — disse ela —, vim pedir a tua ajuda.

— A minha ajuda? Em que é que eu te posso ajudar?

— Quero que me ensines a fechar as aberturas que a faca faz.

Will engoliu em seco.

— Eu mostro — disse —, e, em contrapartida, pode ajudar-nos?

— Não da forma que tu queres. Sei tudo sobre o que é que têm estado a conversar. A vossa tristeza deixou vestígios no ar. Isto não serve de consolação, mas acreditem em mim quando vos digo que cada ser que conhece o vosso dilema deseja profundamente que as coisas pudessem ser diferentes: mas há destinos a que mesmo os mais poderosos têm de se submeter. Não há nada que eu possa fazer para vos ajudar a mudar a forma como as coisas são.

— Porquê... — começou Lyra e descobriu que a sua voz era fraca e trémula — por que é que eu já não consigo ler o aletiómetro? Por que é que já nem consigo fazer isso? Era a única coisa que eu conseguia fazer muito bem e já não está lá... Desapareceu como se nunca tivesse existido...

— Leste-o por graça divina — disse Xaphania, olhando para ela —, e podes recuperá-lo com trabalho.

— Quanto tempo demorará?

— Uma vida inteira.

— Tanto...

— Mas a tua leitura será ainda melhor, ao fim de uma vida de pensamento e esforço, porque resultará do conhecimento consciente. A graça obtida assim é mais profunda e ainda mais cheia do que a graça que vem livremente e, para além disso, uma vez que a obtenhas nunca te abandonará.

— Está a referir-se a uma vida *inteira?* — murmurou Lyra. — Toda uma longa vida? Não... não apenas... alguns anos...

— Sim, a vida inteira — respondeu o anjo.

— E todas a janelas *têm* de ser fechadas? — perguntou Will. — Todas?

— Compreende o seguinte — disse Xaphania: — O Pó não é uma constante. Não há uma quantidade fixa que seja sempre a mesma. Os seres conscientes fazem o Pó... Renovam-no constantemente ao pensarem e sentirem, ao reflectirem, obtendo conhecimento e transmi-tindo-o.

«Se ajudarem alguém nos vossos mundos a fazer isso, auxiliando--os a aprender e compreender-se a si mesmos, aos outros e à forma como as coisas funcionam; ao mostrar-lhes como ser amável em vez de cruel, paciente em vez de precipitado, alegre em vez de pesaroso, e acima de tudo, a manter o espírito aberto, livre e curioso... Então vocês renovam o suficiente para substituir o que se perdeu através de uma janela. Por isso pode ficar uma janela aberta.

Will tremeu de excitação e o seu espírito saltou para um único ponto: para uma nova janela no ar entre o mundo dele e o de Lyra. E seria um segredo só deles e poderiam passar de um lado para o outro sempre que quisessem, e viver durante algum tempo no mundo do outro, sem viver inteiramente em nenhum e assim os seus génios manter-se-iam saudáveis; e eles poderiam crescer juntos e talvez, muito mais tarde, ter filhos que seriam cidadãos secretos dos dois mundos; e podiam trazer todo o conhecimento de um mundo para o outro e fazer todo o tipo de boas acções...

Mas Lyra abanava a cabeça.

— Não — disse ela num grito quase silencioso —, não podemos, Will...

Subitamente, Will soube o que ela estava a pensar e, no mesmo tom angustiado disse:

— Não, os mortos...

— Temos de deixar uma janela aberta para eles! Temos de deixar!

— Sim! De outro modo...

— E temos de fazer Pó suficiente para eles, Will, e manter a ja-nela aberta...

Lyra tremia. Sentiu-se uma criança quando ele a abraçou.

— E se o fizermos — disse ele numa voz trémula —, se vivermos a nossa vida como deve de ser e se pensarmos nela, então teremos algo para contar às harpias, também. Temos de dizer isso às pessoas, Lyra.

— Pelas histórias verdadeiras, sim — disse ela —, as histórias verda-deiras que as harpias querem ouvir em troca. Sim, porque se as pessoas viverem toda a sua vida e não tiverem nada para contar quando acaba-rem, nunca deixarão o mundo dos mortos. Temos de lhes dizer isso, Will.

— Mas sozinhos...

— Sim — concordou Lyra —, sozinhos.

E ao ouvir a palavra *sozinhos* Will sentiu uma vaga de fúria e de-sespero deslocar-se de algures no seu íntimo, como se a sua mente fosse um oceano que uma profunda convulsão tivesse perturbado. Toda a sua vida ele estivera sozinho e agora tinha de continuar sozinho e aquela bênção infinitamente preciosa que viera até ele ia ser-lhe arrancada quase de imediato. Sentiu a vaga crescer e encapelar-se até escurecer o céu, sentiu o peito tremer e começar a derramar-se e sentiu a grande massa explodindo com todo o peso do oceano atrás de si contra a costa de ferro do que tinha de ser. E deu por si soluçando, tremendo, e chorando com mais fúria e dor do que ele alguma vez sentira na vida e descobriu que Lyra estava igualmente desesperada nos seus braços. Mas quando a vaga esgotou a sua força e as águas recuaram, os blocos ermos permaneceram: não havia como discutir com o destino; nem o seu desespero nem o de Lyra o comoveram.

Quanto tempo durou a sua raiva, não sabia. Mas, por fim, ela abrandou e o oceano acalmou um pouco depois da convulsão. As águas ainda estavam agitadas, e talvez nunca mais viessem a estar outra vez calmas, mas a grande força tinha desaparecido.

Virou-se para o anjo e viu que ela compreendera e que se sentia tão triste quanto eles. Mas ela podia ver mais longe do que eles e havia também uma esperança calma na sua expressão.

Will engoliu com força e disse:

— Está bem, eu mostro-lhe como se fecha uma janela. Mas primeiro tenho de abrir uma e fazer mais um Espectro. Eu não sabia nada deles, ou então teria sido mais cuidadoso.

— Nós tratamos dos Espectros — disse Xaphania.

Will pegou na faca e virou-se para o mar. Para sua surpresa, as suas mãos estavam firmes. Abriu uma janela para o seu próprio mundo e deram por si dentro de uma grande fábrica ou instalação química onde uma complicada rede de tubos e tanques corriam por entre edifícios e tanques de armazenagem, onde tufos de fumo subiam no ar.

— É estranho pensar que os anjos não sabem fazer isto — disse Will.

— A faca foi uma invenção humana.

— E vão fechar todas, excepto uma — disse Will. — Todas, excepto a que vem do mundo dos mortos.

— Sim, é uma promessa. Mas há uma condição e vocês sabem qual é.

— Sim, sabemos. E há muitas janelas para fechar?

— Milhares. Há o terrível abismo feito pela bomba, e há a grande abertura que Lorde Asriel fez no seu mundo. Ambos têm de ser fechados e sê-lo-ão. Mas também há muitas pequenas aberturas, algumas debaixo da terra, outras alto no ar, que foram feitas de outra forma.

— Baruch e Balthamos disseram-me que eles usavam aberturas dessas para viajar por entre os mundos. Os anjos nunca mais poderão fazer isso? Ficarão confinados a um mundo como nós?

— Não; nós temos outros meios para viajar.

— O meio que usam, nós podemos aprendê-lo?

— Sim. Podem aprender a fazê-lo, como aprendeu o pai de Will. Usando a faculdade a que vocês chamam imaginação. Mas isso não significa *inventar coisas*. É uma forma de ver.

— Então não é verdadeiramente *viajar* — disse Lyra. — É só fazer de conta...

— Não — disse Xaphania —, não é como fazer de conta. Fazer de conta é fácil. Esta forma é muito mais difícil, mas muito mais verdadeira.

— E é como o aletiómetro? — perguntou Will. — É preciso uma vida inteira para aprender?

— Requer uma longa prática, sim. Tens de trabalhar. Pensavas que podias estalar os dedos e obter uma graça? O que vale a pena ter requer esforço. Mas tu tens uma amiga que já deu os primeiros passos e que te pode ajudar.

Will não fazia a mínima ideia de quem poderia ser e naquele momento não lhe apetecia perguntar.

— Estou a perceber — disse, timidamente. — E vê-la-emos outra vez? Alguma vez voltaremos a falar com um anjo depois de regressarmos aos nossos mundos?

— Não sei — respondeu Xaphania. — Mas não devem desperdiçar o vosso tempo à espera.

— E eu devo partir a faca — perguntou Will.

— Sim.

Enquanto falavam, a janela ficara aberta. As luzes brilhavam na fábrica, o trabalho continuava: as máquinas giravam, os químicos eram combinados, as pessoas produziam bens e ganhavam a sua vida. Esse era o mundo a que Will pertencia.

— Bem, eu mostro-lhe como se faz — disse.

Ensinou ao anjo como procurar os rebordos da janela, tal como Giacomo Paradisi lhe tinha ensinado, apalpando-os com os dedos e unindo-os. A pouco e pouco a janela fechou-se e a fábrica desapareceu.

— As aberturas que *não foram* feitas pela faca subtil — afirmou Will. — É também preciso fechá-las todas? Porque certamente o Pó só se escoa pelas aberturas que a faca fez. As outras devem existir há milhares de anos e ainda há Pó.

O anjo respondeu:

— Vamos fechar todas porque se vocês pensassem que tinha ficado alguma passariam a vossa vida procurando-a e isso seria um desperdício do tempo que têm. Têm outro trabalho para fazer, muito mais importante e valioso no vosso mundo. Não haverá mais viagens fora dele.

— Então que trabalho é que eu tenho para fazer? — perguntou Will, mas continuou logo de seguida: — Não, pensando melhor, não me diga. Eu decidirei o que fazer. Se disser que o meu trabalho é lutar, ou curar, ou explorar, ou seja o que for, pensarei sempre nisso e se acabar por o fazer sentir-me-ei irritado porque terei a sensação de que não pude escolher, e se não o fizer, sentir-me-ei culpado. Seja o que for que eu venha a fazer, eu escolherei, e mais ninguém.

— Então acabaste de dar o primeiro passo em direcção à sabedoria — respondeu Xaphania.

— Há uma luz no mar — disse Lyra.

— É o barco que traz os teus amigos para te levarem para casa. Estarão aqui amanhã.

A palavra *amanhã* soou como um golpe violento. Lyra nunca pensara que se sentiria relutante por ver Farder Coram, John Faa e Serafina Pekkala.

— Partirei agora — disse o anjo. — Aprendi o que precisava de saber.

Abraçou cada um deles nos seus braços frios de luz e beijou-os na testa. Depois inclinou-se para beijar os génios e eles transformaram-se em pássaros e subiram no ar com ela quando Xaphania abriu as asas e voou. Apenas alguns segundos depois tinha desaparecido.

Depois de Xaphania ter partido, Lyra soltou um pequeno soluço.

— O que foi? — perguntou Will.

— Não lhe perguntei sobre o meu pai e a minha mãe... e também não posso perguntar ao aletiometro... será que alguma vez saberei?

Sentou-se, devagar, e Will sentou-se junto dela.

— Oh, Will — disse — o que podemos fazer? O que é que podemos fazer? Quero viver contigo para sempre. Quero beijar-te e deitar-me contigo e acordar contigo todos os dias da minha vida até morrer daqui a muitos, muitos, muitos anos. Não quero uma recordação, apenas uma recordação...

— Não — concordou Will —, uma recordação é demasiado pobre. É o teu cabelo verdadeiro, a tua boca, os teus braços, mãos e olhos que eu quero. Nunca pensei que pudesse amar tanto. Oh, Lyra, como eu queria que esta noite nunca mais acabasse. Se ao menos pudéssemos ficar assim e o mundo pudesse parar e todos pudessem adormecer...

«Todos, excepto nós! E tu e eu podíamos viver aqui para sempre, amando-nos.

«Eu *amar-te-ei* para sempre, aconteça o que acontecer. Até que eu morra e depois de eu morrer e quando descobrir o caminho de saída do mundo dos mortos, pairarei para sempre, todos os meus átomos, até que te encontre outra vez...

— Eu irei andar à tua procura, Will, cada segundo, cada um deles. E quando nos encontrarmos outra vez unir-nos-emos com tanta força que nada nem ninguém nos separará. Cada átomo do meu ser e cada átomo do teu... Viveremos nos pássaros e nas flores, nas libelinhas e nos pinheiros, nas nuvens e nas partículas de luz que vemos flutuando nos raios de sol... E quando usarem os nossos átomos para fazer novas vidas, não poderão levar apenas um, terão de levar dois, um meu e um teu, estaremos unidos tão fortemente...

Deitaram-se lado a lado, de mãos dadas, olhando o céu.

— Lembras-te — murmurou Lyra —, quando entraste pela primeira vez no café em Ci'gazze e nunca tinhas visto um génio?

— Não conseguia perceber o que ele era. Mas quando te vi gostei logo de ti porque eras corajosa.

— Não, eu gostei primeiro.

— Não gostaste nada! Tu lutaste comigo!

— Bem — disse ela —, sim. Mas tu atacaste-me.

— Não ataquei nada! Tu carregaste sobre mim e atacaste-*me*.

— Sim, mas parei depressa.

— Sim, mas… — troçou Will com ternura.

Sentiu-a tremer e depois, sob a sua mão, os delicados ossos das costas de Lyra começaram a subir e a descer e ele ouviu-a chorar silenciosamente. Acariciou-lhe o cabelo quente, os ombros, e depois beijou-lhe a face, uma vez e outra até que Lyra soltou um suspiro e ficou imóvel.

Os génios tinham regressado, transformando-se de novo, e dirigiram-se para eles sobre a areia. Lyra sentou-se e saudou-os e Will maravilhou-se pela forma como podia instantaneamente distinguir um génio do outro, independentemente da forma que tinham. Pantalaimon era naquele momento um animal para o qual ele não sabia o nome: como um grande e forte furão, de pêlo vermelho--dourado, ágil, sinuoso e cheio de elegância. Kirjava era novamente uma gata. Mas não era uma gata de tamanho normal e o seu pêlo era lustroso e belo, com milhares de tonalidades diferentes, de preto, cinzento, e o azul de um lago profundo iluminado pelo luar, névoa-lavanda-luar-nevoeiro... Para perceber o significado da palavra *subtileza* bastava olhar para o pêlo dela.

— Uma marta — disse Will, descobrindo o nome de Pantalaimon —, uma marta dos pinheiros.

— Pan — chamou Lyra quando ele subiu para o seu colo —, não vais mudar muito mais vezes, pois não?

— Não — respondeu ele.

— É engraçado — disse Lyra —, lembras-te quando éramos mais novos e eu não queria que tu deixasses de te transformar... Bem, agora já não me importaria tanto. Não se ficasses assim.

Will colocou as suas mãos nas dela. Um novo estado de espírito tinha-o invadido e ele sentia-se decidido e em paz. Sabendo exactamente o que ia fazer a seguir e exactamente o que isso significava, deslizou a sua mão na de Lyra e acariciou o pêlo vermelho-dourado do seu génio.

Lyra soluçou. Mas a sua surpresa estava misturada com um prazer tão semelhante à felicidade que a inundara quando ela colocara o fruto nos lábios dele que não pôde protestar, porque estava sem fôlego. Com o coração a bater apressado, respondeu do mesmo modo: colocou a mão sobre o pêlo suave e quente do génio de Will e quando os seus dedos o acariciaram ela sabia que Will estava a sentir exactamente o mesmo que ela.

E sabia também que nenhum dos génios se transformaria agora, tendo sentido a mão de um amante sobre eles. Aquelas seriam as suas formas para a vida: não desejariam qualquer outra.

Assim, perguntando-se se quaisquer amantes antes deles tinham feito aquela descoberta abençoada, deitaram-se juntos, enquanto a terra girava lentamente e a lua e as estrelas brilhavam sobre eles.

38

O JARDIM BOTÂNICO

Os ciganos chegaram na tarde do dia seguinte. Naturalmente, não havia nenhum porto, por isso tiveram de ancorar o barco a alguma distância da costa e John Faa, Farder Coram e o capitão vieram a terra numa lancha tendo Serafina Pekkala como guia.

Mary tinha contado aos mulefa tudo o que sabia e quando os ciganos desembarcavam na vasta praia havia uma multidão curiosa aguardando-os para os saudar. Cada um, naturalmente, ardia de curiosidade, mas Lorde Faa tinha adquirido muita paciência e cortesia na sua longa vida e tinha decidido que aqueles estranhos seres deviam receber a graça e a amizade do senhor dos ciganos ocidentais.

Por isso ficou de pé ao sol intenso, durante algum tempo, enquanto o velho zalif, Sattamax, fazia um discurso de boas-vindas que Mary traduziu o melhor que pôde; John Faa respondeu, transmitindo as saudações dos Pântanos e dos cursos de água da sua pátria.

Quando começaram a caminhada ao longo dos pântanos em direcção à povoação, os mulefa viram como era difícil para Farder Coram caminhar e imediatamente se ofereceram para o transportar. Ele aceitou, agradecido, e foi assim que chegaram ao local de reuniões, onde Will e Lyra se lhes juntaram.

Toda uma era passara desde que Lyra vira aqueles queridos homens pela última vez! Tinham conversado nas neves do Árctico, quando iam salvar as crianças raptadas pelos Gobblers. Ela sentia-se quase tímida e estendeu a mão para os cumprimentar, insegura; mas John Faa abraçou-a com força e beijou-a na face e Farder Coram fez o mesmo, olhando intensamente para ela antes de a apertar contra o peito.

— Ela está crescida, John — disse. — Lembras-te daquela rapariguinha que levámos para as terras do norte? Olha para ela agora...
Lyra, minha querida, mesmo se eu falasse como os anjos, não conseguiria dizer-te como estou feliz por te ver novamente.

Mas ela parece infeliz, pensou, parece tão frágil e cansada. E nem a Farder Coram nem a John Faa passou despercebida a forma como ela se mantinha junto de Will e como o rapaz de sobrancelhas pretas direitas estava atento, a cada instante, ao local onde Lyra estava, certificando-se de que nunca ficava longe dela.

Os homens idosos cumprimentaram-no respeitosamente, porque Serafina Pekkala lhes contara tudo o que Will fizera. Da parte de Will, ele admirou o enorme poder que emanava de John Faa, poder temperado com cortesia, e pensou que essa seria uma boa forma de ele mesmo se comportar quando fosse velho; John Faa era um abrigo e um forte refúgio.

— Doutora Malone — disse John Faa —, precisamos de nos abastecer com água fresca e quaisquer alimentos que os nossos amigos nos possam vender. Para além disso, os nossos homens têm estado a bordo do navio há muito tempo, e também tivemos algumas lutas, e seria uma bênção se fossem autorizados a desembarcar para poderem respirar um pouco do ar desta terra e contar às suas famílias, em casa, algo sobre o mundo que visitaram.

— Lorde Faa — respondeu Mary —, os mulefa pediram-me que lhe dissesse que eles fornecerão tudo o que necessitarem e que se sentirão honrados se todos puderem reunir-se-lhes hoje à noite para partilhar a sua refeição.

— Teremos muito prazer em aceitar.

Naquela noite, os povos de três mundos sentaram-se e partilharam pão, carne, fruta e vinho. Os ciganos presentearam os seus anfitriões com oferendas vindas de todas as regiões do seu mundo: garrafas de genebra, peças esculpidas em marfim de morsa, tapetes de seda do Turquistão, chávenas de prata das minas da Suécia, pratos esmaltados da Coreia.

Os mulefa receberam-nos com prazer e retribuíram oferecendo do seu próprio artesanato: vasilhas raras de antigo trabalho em madeira, rolos de finíssimas cordas e cordéis, bacias lacadas e redes de pesca tão fortes e leves que até os ciganos dos Pântanos nunca tal tinham visto.

Tendo participado na festa, o capitão agradeceu aos seus anfitriões e partiu para supervisionar a tripulação que transportava as provisões e a água a bordo, porque pretendiam partir assim que a manhã chegasse. Enquanto faziam isso o velho zalif disse aos seus convidados:

Uma grande mudança atingiu tudo. E como testemunho, foi-nos outorgada uma responsabilidade. Gostávamos de vos mostrar o que isso significa.

John Faa, Farder Coram, Mary e Serafina foram com eles até ao sítio onde ficava a abertura para o mundo dos mortos, onde os fantasmas saíam ainda numa procissão sem-fim. Os mulefa plantavam um bosque em volta da abertura, porque era um lugar sagrado, disseram; mantê-lo-iam para sempre; era uma fonte de alegria.

— Bem, isto é um mistério — disse Farder Coram — e estou feliz por ter vivido o tempo suficiente para o ver. Ir à escuridão da morte é algo que todos receamos, diga-se o que se quiser. Mas se há uma saída para essa parte de nós que tem de ir lá abaixo, então o meu coração fica mais aliviado.

— Tens razão, Coram — concordou John Faa. — Já vi muita gente boa morrer; eu mesmo mandei muitos homens para a escuridão embora tenha sido sempre na fúria da batalha. Saber que depois de um instante na escuridão eles sairão outra vez para uma terra maravilhosa como esta, para serem livres no céu como os pássaros, bem essa é a maior promessa que alguém pode desejar.

— Temos de falar com Lyra sobre isto — disse Farder Coram — para sabermos como isto foi feito e o que significa.

Mary descobriu que era muito difícil dizer adeus a Atal e aos outros mulefa. Antes de embarcar eles deram-lhe duas prendas: um frasco de laca contendo um pouco de óleo da árvore-roda e, o mais precioso, um saquinho com sementes.

Pode ser que não cresçam no teu mundo, disse Atal, *mas se não crescerem tens o óleo. Não nos esqueças, Mary.*

Nunca, respondeu Mary. *Mesmo que eu viva tanto tempo como as feiticeiras e esqueça tudo o resto, nunca me esquecerei da ternura do teu povo, Atal.*

Assim se iniciou a viagem de regresso. O vento era ligeiro, os mares calmos e, embora vissem o brilho daquelas grandes asas brancas mais uma vez, os pássaros estavam cansados e mantiveram-se à distância. Will e Lyra ficaram juntos todo o tempo e, para eles, as duas semanas de viagem passaram como um piscar de olhos.

Xaphania tinha dito a Serafina Pekkala que quando todas as janelas fossem fechadas então os mundos seriam recolocados nas suas posições relativas originais, e a Oxford de Lyra e a de Will ficariam novamente uma sobre a outra, como imagens transparentes em duas folhas de filme que se aproximavam até se fundirem; contudo, nunca se tocariam verdadeiramente.

Nesse momento, porém, os dois mundos estavam ainda muito afastados... Tão longe quanto a distância que Lyra tivera de percorrer da sua Oxford até Cittàgazze. Porém, a Oxford de Will estava mesmo ali, à distância de um corte da faca. Era noite quando chegaram e quando a âncora bateu no mar, o sol do fim de dia estendia-se quente sobre as colinas verdes, os telhados de terracota, a elegante fonte em derrocada e o pequeno café de Will e Lyra. Uma longa busca através do telescópio do capitão não revelou quaisquer sinais de vida, mas John Faa decidiu levar meia dúzia de homens a terra para se certificar. Não interfeririam, mas estariam ali para o que fosse preciso.

Comeram a última refeição juntos, observando o cair da noite. Will despediu-se do capitão e dos seus oficiais, de John e Farder Coram. Ele nem parecia ter estado consciente da presença deles e os ciganos viram-no com muito mais clareza: viram alguém jovem, mas muito forte e profundamente enfraquecido.

Finalmente, Will, Lyra, os seus génios, Mary e Serafina Pekkala atravessaram a cidade vazia. E estava de facto vazia; as únicas pegadas e as únicas sombras eram as deles. Will e Lyra seguiram à frente, de mão dada, para o local onde teriam de se separar e as mulheres ficaram um pouco para trás, conversando como irmãs.

— Lyra quer ir um pouco até à minha Oxford — disse Mary. — Ela tem qualquer coisa em mente. Regressará logo de seguida.

— O que irás fazer, Mary?

— Eu... vou com Will, naturalmente. Iremos para o meu apartamento... hoje à noite... e amanhã iremos procurar a mãe dele e ver o que podemos fazer para a ajudar. Há tantas regras e regulamentações no meu mundo, Serafina; temos de satisfazer as autoridades e responder a milhares de perguntas; eu ajudá-lo-ei em todas as questões legais, os serviços sociais e o alojamento, deixando-o concentrar-se na mãe. Ele é um rapaz forte... Mas ajudá-lo-ei. Para além disso, eu *preciso* dele. Já não tenho emprego, nem muito dinheiro no banco e não ficaria surpreendida se a polícia estivesse à minha procura... Ele será a única pessoa no meu mundo com quem poderei conversar sobre tudo isto.

Continuaram a caminhar ao longo das ruas desertas, passaram por uma torre quadrada com a porta aberta à escuridão, passaram pelo pequeno café com as mesas no pavimento e chegaram a uma avenida larga com uma fila de palmeiras ao centro.

— Foi por ali que vim — disse Mary.

A janela que Will vira pela primeira vez na rua do subúrbio calmo de Oxford abria para ali e no lado de Oxford estava guardada pela polícia... ou estivera quando Mary os tinha enganado para poder passar. Viu Will chegar ao local, mexer as mãos silenciosamente e a janela desapareceu.

— Isso surpreendê-los-á da próxima vez que olharem — disse Mary.

Era intenção de Will ir até à Oxford de Mary e mostrar a Will algo antes de regressar com Serafina Pekkala e, obviamente, tinham de ser cuidadosos no local onde abrissem a próxima janela; por isso as mulheres seguiram-nos, através das ruas iluminadas de Cittàgazze. À sua direita um vasto e elegante parque conduzia a uma casa com um pórtico clássico brilhante como uma cobertura de açúcar sob a luz da lua.

— Quando me disseste qual era a forma do meu génio — disse Mary —, afirmaste que me podias ensinar a vê-lo, se tivéssemos tempo... Quem me dera que tivéssemos.

— Bem, nós tivemos tempo — disse Serafina — e não estivemos a conversar? Eu ensinei-te alguns segredos das feiticeiras, o que seria proibido segundo as regras ancestrais do meu mundo. Mas tu vais para o teu próprio mundo e as regras ancestrais foram modificadas. Também eu aprendi muito contigo. Agora, quando falaste com as Sombras no teu computador, tiveste de adoptar um determinado estado de espírito, não foi?

— Sim... tal como Lyra fez com o aletiómetro. Queres dizer que devo tentar isso?

— Não só isso, mas, ao mesmo tempo, manter a forma habitual de ver. Experimenta agora.

No mundo de Mary eles tinham um tipo de imagem que à primeira vista parecia uma mancha caótica de pontos coloridos mas que, quando se observava de certa forma, parecia avançar em três dimensões; e ali na parte central do papel apareceria uma árvore ou uma cara ou qualquer outra coisa surpreendentemente sólida que simplesmente não estava lá antes.

O que Serafina ensinou a Mary era semelhante a isso. Ela tinha de manter a atitude que tomava habitualmente para ver, enquanto, ao mesmo tempo, tinha de entrar no devaneio aberto, semelhante ao transe com que ela podia ver as Sombras. Mas agora tinha de manter as duas atitudes simultaneamente, a do dia-a-dia e o transe tal como se tem de olhar em duas direcções ao mesmo tempo para ver desenhos a três dimensões no meio dos pontos.

E, tal como acontecia com as pinturas de pontos, ela subitamente conseguiu.

— Ah — gritou e estendeu a mão para Serafina, para se segurar porque ali, sobre a vedação de ferro em volta do parque, viu um pássaro; preto, lustroso, com pernas vermelhas e um bico curvado amarelo: um corvo dos Alpes, tal como Serafina tinha descrito. Ele... estava apenas a um ou dois passos de distância, observando-a com a cabeça ligeiramente inclinada, como se estivesse divertido.

Mas Mary ficou tão surpreendida que perdeu a concentração e ele desapareceu.

— Conseguiste fazer isso uma vez e da próxima será mais fácil — disse Serafina. — Quando estiveres no teu mundo, também aprenderás a ver os génios das outras pessoas, procedendo do mesmo modo. Contudo, eles não verão o teu nem o de Will, a não ser que vocês os ensinem.

— Sim... isto é extraordinário. Sim!

Mary pensou: Lyra fala com o seu génio, não fala? Será que ela também escutaria aquele pássaro para além de o ver? Continuou a caminhar, excitada com a possibilidade.

À frente delas, Will abria uma janela e ele e Lyra esperaram pelas mulheres para a poder fechar novamente.

— Sabem onde estamos? — perguntou Will.

Mary olhou em volta. A rua em que se encontravam, no seu mundo, era calma e bem iluminada, com grandes casas vitorianas no meio de jardins com sebes.

— Algures no norte de Oxford — disse Mary. — Não muito longe do meu apartamento, na realidade, embora não saiba exactamente que rua é esta.

— Eu quero ir para o Jardim Botânico — disse Lyra.

— Está bem. Penso que a pé estaremos lá dentro de quinze minutos. Por aqui...

Mary tentou a visão dupla novamente. Descobriu que era agora mais fácil e lá estava o corvo, com ela no seu próprio mundo, empoleirado num ramo baixo sobre o pavimento. Para ver o que aconteceria estendeu a mão e ele voou para ela sem hesitar. Mary sentiu o peso leve, o aperto das garras no seu dedo e, suavemente, colocou-o no ombro. Ele poisou ali como se aquele tivesse sido sempre o seu lugar em toda a vida de Mary.

E tinha mesmo, pensou ela, e continuou a andar.

Não havia muito trânsito em High Street e, quando desceram os degraus em frente do Colégio Magdalen em direcção ao portão do Jardim Botânico, estavam completamente sozinhos.

Havia um portão ornamentado, com bancos de pedra e, enquanto Mary e Serafina se sentaram, Will e Lyra treparam a vedação de ferro do jardim. Os seus génios passaram pelo meio das barras e correram à frente deles para o jardim.

— É por aqui — disse Lyra, puxando a mão de Will.

Conduziu-o, passaram por um lago com uma fonte sob uma árvore grande e depois viraram à esquerda por entre canteiros de flores em direcção a um enorme pinheiro com muitos troncos. Aí havia uma parede de pedra maciça com uma porta e no outro extremo do jardim as árvores eram mais jovens e a plantação menos formal. Lyra conduziu-o quase até ao extremo do jardim, do outro lado de uma pequena ponte, em direcção a um banco de madeira sob uma árvore de ramos largos e baixos.

— Sim! — exclamou. — Eu desejava tanto, e aqui está, exactamente o mesmo... Will, eu costumava vir aqui na *minha* Oxford e sentava-me exactamente neste banco sempre que queria estar sozinha, só eu e Pan. O que eu pensei foi se tu... talvez só uma vez por ano... se pudesses vir aqui ao mesmo tempo que eu, durante uma hora ou assim, então podíamos fazer de conta que estávamos outra vez perto... porque *estaríamos* perto, se tu te sentasses aqui e eu me sentasse *aqui* no meu mundo...

— Sim — concordou Will —, enquanto eu viver, virei aqui. Esteja eu onde estiver no mundo, virei até aqui...

— No solstício de Verão — disse Lyra. — Ao meio-dia. Enquanto eu viver. Enquanto eu viver...

Will não conseguia ver, mas deixou que as lágrimas quentes lhe escorressem pela cara enquanto a abraçava.

— E se... mais tarde... — murmurou ela trémula — ... encontrarmos alguém de quem gostemos, e se casarmos, então temos de ser bons para essa pessoa e não fazer comparações todo o tempo e desejar que tivéssemos antes casado um com o outro... Mas continuamos a vir aqui uma vez por ano, só por uma hora, para estarmos juntos...

Abraçaram-se. Os minutos passaram; uma ave aquática no rio ao lado deles agitou-se e gritou; um carro atravessou a Magdalen Bridge.

Por fim separaram-se.

— Bem — disse Lyra suavemente.

Tudo nela era suavidade, naquele momento, e essa foi uma das recordações preferidas de Will mais tarde... a graça tensa tornada suavidade pela escuridão, os seus olhos e mãos, e especialmente os seus lábios infinitamente suaves. Ele beijou-a uma vez e outra e cada beijo estava mais próximo do último beijo de todos.

Pesados e cheios de amor, regressaram para o portão. Mary e Serafina aguardavam.

— Lyra — disse Will.

— Will.

Ele abriu uma janela para Cittàgazze. Estavam no meio do parque em volta da casa grande, não longe da orla da floresta. Passaram pela última vez e observaram a cidade silenciosa, os telhados cobertos de telhas brilhando ao luar, a torre sobre eles, o barco iluminado aguardando no mar calmo.

Will virou-se para Serafina e disse, com a voz mais firme que conseguiu:

— Obrigado, Serafina Pekkala, por nos ter salvo no miradouro, e por tudo o resto. Por favor, seja amável com Lyra enquanto ela viver. Amo-a mais do que alguma vez amei alguém.

Como resposta, a feiticeira beijou-o nas duas faces. Lyra tinha estado a murmurar algo para Mary e também elas se abraçaram e, primeiro Mary e depois Will, atravessaram a última janela de regresso ao seu mundo, sob a sombra das árvores do Jardim Botânico.

Ser alegre começa *agora*, pensou Will com toda a força que conseguiu, mas era como tentar reter nos braços um lobo enfurecido quando ele queria arranhar-lhe a cara e despedaçar-lhe o pescoço; contudo conseguiu e pensou que ninguém viu o esforço que isso lhe custou.

Sabia que Lyra fazia a mesma coisa e que a tensão do seu sorriso era prova disso.

Mesmo assim, ela sorriu.

Um último beijo, apressado e desajeitado em que chocaram na cara um do outro e uma lágrima de Lyra foi transferida para a face de Will; os dois génios despediram-se e Pantalaimon atravessou a janela e saltou para os braços de Lyra; e então Will começou a fechar a janela e quando acabou o caminho ficou fechado e Lyra tinha desaparecido.

— Agora... — disse ele, tentando falar num tom neutro, mas tendo de se afastar de Mary — ... tenho de partir a faca.

Perscrutou o ar como sempre fazia até que encontrou uma brecha e tentou recordar o que acontecera antes. Ele estava prestes, a abrir uma janela para sair da caverna e a Sra. Coulter tinha-lhe súbita e inexplicavelmente recordado a mãe, e a faca partiu-se porque, pensou ele, tinha encontrado algo que não podia cortar, que era o seu amor por ela.

Então ele tentou novamente, invocando a imagem da cara da mãe tal como a tinha visto pela última vez, receosa e distraída no pequeno corredor da casa da Sra. Cooper.

Mas não resultou. A faca cortou facilmente e abriu para um mundo onde havia uma tempestade: pesadas gotas de chuva atravessaram a janela assuntando-os. Fechou-a novamente depressa e ficou perplexo por alguns instantes.

O seu génio sabia o que ele devia fazer e disse simplesmente:

— Lyra.

É claro. Will fez um aceno de cabeça e, com a faca na mão direita, levou a mão esquerda até ao sítio onde a lágrima de Lyra ainda estava na sua cara.

Desta vez, com uma torção, a faca quebrou-se e a lâmina caiu em pedaços no chão, para brilhar no chão que ainda estava molhado devido à chuva de outro universo.

Will ajoelhou-se e apanhou-os cuidadosamente, e Kirjava, com os seus olhos de gato, ajudou-o a encontrar todos.

Mary colocava a mochila às costas.

— Bem... — disse —, escuta agora, Will. Mal falámos, tu e eu... Por isso somos ainda, em grande medida, dois estranhos. Mas Serafina Pekkala e eu prometemos uma à outra, e prometi também agora mesmo a Lyra, e mesmo que não tivesse feito nenhuma promessa, far-te-ia a mesma promessa, que é, se tu deixares, que eu seja tua amiga para o resto das nossas vidas. Estamos ambos sozinhos e calculo que precisamos ambos... O que eu quero dizer é que não há mais ninguém com quem possamos conversar sobre tudo isto a não ser um ao outro... E ambos vamos ter do nos habituar a viver com os nossos génios... E estamos os dois em apuros e se isso não nos dá nada em comum não sei o que dará.

— Está em apuros? — perguntou Will olhando para ela. A cara franca, amistosa e inteligente olhou directamente para ele.

— Sabes, eu destruí alguns bens do laboratório antes de partir e falsifiquei o meu bilhete de identidade e... Não é nada que não possamos resolver. E o teu problema... também o podemos resolver.

Podemos encontrar a tua mãe e arranjar-lhe tratamento adequado. E se precisarem de um sítio para viver, bem, se não se importarem de viver comigo, se isso for possível, então não terás de ir para, como lhe chamam, uma instituição. Quero dizer, temos de inventar uma história e mantê-la, mas podemos fazer isso, não podemos?

Mary era uma amiga. Ele tinha uma amiga. Era verdade. Nunca tinha pensado nisso.

— Sim! — exclamou.

— Bem, vamos a isso. O meu apartamento fica a cerca de um quilómetro e meio e sabes o que é que me apetecia mais no mundo? Uma chávena de chá. Anda daí, vamos pôr a cafeteira ao lume.

Três semanas depois de Lyra ter observado a mão de Will fechar o seu mundo para sempre, estava novamente sentada na sala de jantar do Colégio Jordan onde tinha, pela primeira vez, caído sob o feitiço da Sra. Coulter.

Desta vez o grupo era mais pequeno: apenas Lyra, o Mestre e a Dama Hannah Relf, a directora do Santa Sofia, um dos colégios femininos. A Dama Hannah estivera presente no primeiro jantar também e se Lyra estava surpreendida por a ver agora, cumprimentou-a com educação e descobriu que a sua memória tinha uma falha: a Dama Hannah era de longe muito mais inteligente e muito mais interessante e simpática do que a pessoa desmazelada de que se recordava.

Acontecera todo o tipo de coisas enquanto Lyra estivera fora — ao Colégio Jordan, a Inglaterra, a todo o mundo. Parecia que o poder da Igreja tinha aumentado muito e que muitas leis brutais tinham sido aprovadas, mas esse poder desaparecera tão rapidamente quanto surgira: revoltas no Magisterium tinham feito tombar os fanáticos e colocado facções mais liberais no poder. O Conselho Geral da Oblação tinha sido dissolvido; o Tribunal Consistorial de Disciplina estava confuso e sem liderança.

Os colégios de Oxford, depois de um interlúdio breve e turbulento, regressaram à investigação tranquila e ritual. Algumas coisas tinham-se modificado: a valiosa colecção de prata do Mestre tinha sido pilhada; alguns criados do colégio tinham desaparecido. O mordomo do Mestre, Cousins, ainda ocupava as mesmas funções, contudo, e Lyra tinha-se preparado para receber a sua hostilidade com desafio, porque eles tinham sido inimigos desde sempre. Ficou muito surpreendida quando ele a cumprimentou de forma calorosa, lhe apertou a mão no meio das suas: seria ternura o que ela ouvia na sua voz? Bem, ele *tinha* mudado.

Durante o jantar, o Mestre e a Dama Hannah falaram sobre o que tinha acontecido durante a ausência de Lyra e ela escutou desanimada, ou triste ou maravilhada. Quando se mudaram para a sala de estar para beber o café, o Mestre disse:

— Agora, Lyra, ainda não ouvimos quase nada de ti. Mas sei que viste muitas coisas. Podes contar-nos algo do que fizeste?

— Sim — disse. — Mas não tudo de uma vez. Há coisas que eu não compreendo e algumas ainda me fazem tremer e chorar; mas contar-lhes-ei, prometo, tudo o que puder. Mas primeiro têm de me prometer uma coisa também.

O Mestre olhou para a senhora grisalha com o saguim-génio e trocaram um olhar de divertimento.

— O que é? — perguntou a Dama Hannah.

— Têm de acreditar em mim — disse Lyra muito séria. — Eu sei que nem sempre contei a verdade e inventei histórias; só consegui *sobreviver* em alguns sítios contando mentiras e inventando histórias. Eu sei que era assim que eu me comportava e sei que vocês sabem, mas a minha história verdadeira é demasiado importante se apenas vão acreditar em metade dela. Por isso prometo dizer a verdade se prometerem acreditar.

— Bem, eu prometo — disse a Dama Hannah, e o Mestre acrescentou: — Eu também.

— Mas sabem do que é que eu gostava — disse Lyra —, quase... quase mais do que tudo? Gostava de não ter perdido o jeito de ler o aletiómetro. Oh, foi tão estranho, Mestre, primeiro como surgiu e depois simplesmente desapareceu. Um dia eu sabia tão bem... podia subir e descer a cadeia de símbolo-significado e saltar para outro e fazer as associações... era como... — Sorriu e continuou. — Bem, era como um macaco a trepar às árvores, tão rápida. Então, subitamente... nada. Nada daquilo fazia sentido, nem me conseguia lembrar de mais nada a não ser dos significados básicos como âncora significa esperança e caveira significa morte. Todos aqueles milhares de sentidos... Desapareceram.

— Contudo, eles não desapareceram, Lyra — disse a Dama Hannah. — Os livros ainda estão na Biblioteca Bodley. A ciência para os estudar continua viva.

A Dama Hannah estava sentada em frente do Mestre numa das duas cadeiras de braços em frente da lareira, Lyra no sofá entre eles.

O candeeiro junto da cadeira do mestre era a única luz que havia na sala, mas mostrava claramente as expressões dos dois idosos. E era a cara da Dama Hannah que Lyra deu por si a estudar. Simpática, pensou Lyra, dura e sábia; mas não conseguia interpretar mais nada para além disto, tal como não conseguia ler o aletiómetro.

— Bem, agora — continuou o Mestre — temos de pensar no teu futuro, Lyra.

Aquelas palavras fizeram-na tremer. Recompôs-se e sentou-se direita.

— Durante todo o tempo que estive longe — disse Lyra —, nunca pensei nisso. Só pensei no momento que vivia, no presente. Houve muitas ocasiões em que pensei que nem sequer teria um futuro. E agora... Bem, descobrir subitamente que tenho uma vida inteira à minha frente mas sem... sem nenhuma ideia de como o fazer, é como ter o aletiómetro e não o saber ler. Penso que terei de trabalhar, mas não sei em quê. Provavelmente os meus pais são ricos, mas aposto que nunca pensaram em deixar dinheiro de lado para mim e, seja como for, penso que eles devem ter gasto todo o dinheiro, por isso, mesmo que tivessem dinheiro já não deve haver nenhum. Não sei, Mestre. Voltei para Jordan porque esta era a minha casa e não tenho outro sítio para onde ir. Penso que o Rei Iorek Byrnison me deixaria viver em Svalbard, e penso que Serafina Pekkala me deixaria viver com o seu clã de feiticeiras; mas eu não sou um urso nem uma feiticeira, por isso não me adaptaria, por mais que goste deles. Talvez os ciganos me aceitem... Mas, na verdade, já não sei o que fazer. Estou mesmo perdida, agora.

Eles olharam para Lyra: os seus olhos brilhavam mais do que habitualmente, tinha o queixo levantado com uma expressão que ela aprendera com Will sem saber. Parecia desafiadora e perdida ao mesmo tempo, pensou a Dama Hannah, e admirou-a por isso; e o Mestre viu ainda outra coisa — viu como a graça inconsciente da criança tinha desaparecido e como se sentia estranha no seu corpo em crescimento. Mas ele amava profundamente aquela rapariga e sentiu-se simultaneamente orgulhoso e receoso da bela mulher adulta que ela seria em breve. Disse:

— Nunca estarás perdida enquanto este Colégio estiver de pé, Lyra. Esta é a tua casa enquanto precisares dela. Quanto ao dinheiro... O teu pai fez uma doação para prover a todas as tuas necessidades e nomeou-me executor; por isso não tens de te preocupar com isso.

Na realidade, Lorde Asriel não tinha feito nada disso, mas o Colégio Jordan era rico e o Mestre tinha dinheiro seu, mesmo depois das recentes convulsões.

— Não — continuou —, eu estava a pensar em aprendizagem. Ainda és muito jovem e a tua educação até agora tem dependido... Bem, francamente, tem dependido do académico que tu menos intimidaste — disse, sorrindo. — Tem sido caótica. Agora pode ser que, em devido tempo, os teus talentos te levem para uma direcção que nós agora não podemos prever. Mas se queres fazer do aletiómetro o aspecto de trabalho da tua vida e se te propões aprender de forma consciente o que antes sabias por intuição...

— Sim — respondeu peremptória.

— ... então o melhor que tens a fazer é colocar-te nas mãos da minha querida amiga Dama Hannah. Os seus conhecimentos nesse domínio não têm rival.

— Deixa-me fazer uma sugestão — disse a Dama —, e não precisas de responder agora. Pensa durante algum tempo. O meu colégio não é tão antigo como o de Jordan e tu ainda és demasiado jovem para estudares nele, mas há alguns anos adquirimos uma casa grande na zona norte de Oxford e decidimos criar um internato. Gostava que viesses conhecer a directora e ver se gostavas de ser nossa aluna. Percebes, uma coisa de que precisarás em breve, Lyra, é da amizade de outras raparigas da tua idade. Há coisas que aprendemos com outras quando somos jovens e não creio que Jordan te possa dar tudo isso. A directora é uma mulher jovem e inteligente, enérgica, imaginativa e simpática. Temos sorte em tê-la connosco. Podes falar com ela e, se gostares da ideia, faz de Santa Sofia a tua escola e de Jordan a tua casa. Se quiseres começar a estudar o aletiómetro de forma sistemática, tu e eu podemos encontrar-nos para algumas lições particulares. Mas tens tempo, minha querida, tens muito tempo. Não me respondas agora. Deixa isso para quando te sentires preparada.

— Obrigado — disse Lyra —, obrigada, Dama Hannah, assim farei.

O Mestre tinha dado a Lyra a sua própria chave para a porta do jardim para que pudesse entrar e sair sempre que quisesse. Mais tarde, naquela noite, quando o Porteiro estava a fechar a portaria, ela e Pantalaimon saíram e dirigiram-se através das ruas escuras, escutando os sinos de Oxford tocarem a meia-noite.

Quando chegaram ao Jardim Botânico, Pan correu sobre a relva caçando um rato em direcção à parede, depois deixou-o ir e saltou para o enorme pinheiro ali perto. Era maravilhoso vê-lo saltar pelos ramos tão longe dela, mas tinham de ter cuidado para não o fazerem quando estivesse alguém a ver; o poder mágico de se separarem, dolorosamente adquirido, tinha de permanecer em segredo. Em tempos, ela tê-lo-ia revelado exibindo-o a todos os seus amigos traquinas, fazendo-os soluçar de medo, mas Will tinha-lhe ensinado a importância do silêncio e da discrição.

Sentou-se no banco e esperou que Pan se lhe juntasse. Ele gostava de a surpreender, mas normalmente ela conseguia vê-lo antes de o génio a alcançar e lá estava a sua forma sombria deslizando ao longo da margem do rio. Lyra olhou para o outro lado e fingiu que não o tinha visto e depois apanhou-o de repente quando o génio saltou para o banco.

— Quase consegui — disse.

— Tens de fazer melhor que isso. Ouvi-te chegar quando ainda vinhas no portão.

Ele sentou-se nas costas do banco com as patas da frente poisadas no ombro dela.

— O que é que lhe vamos dizer? — perguntou.

— Diremos que sim — respondeu Lyra. — É só para conhecer a directora. Não é para ir para a escola.

— Mas vamos, não vamos?

— Sim — concordou Lyra —, provavelmente.

— Talvez seja bom.

Lyra pensou nas outras alunas. Podiam ser mais inteligentes que ela, ou mais sofisticadas, e certamente saberiam muito mais do que ela sobre todas as coisas que eram importantes para uma rapariga da sua idade. E ela poderia contar-lhes milhares de coisas que sabia. Estavam loucas se pensavam que ela era simples e ignorante.

— Pensas que a Dama Hannah consegue mesmo ler o aletiómetro? — perguntou Pan.

— Com os livros, tenho a certeza que sim. Quantos livros haverá? Aposto que os posso decorar e assim já não precisar deles. Imagina ter de carregar uma pilha de livros para todo o lado... Pan?

— O que é?

— Alguma vez me contarás o que tu e o génio de Will fizeram enquanto estávamos separados?

— Um dia — respondeu ele. — E ele contará a Will, um dia. Combinámos que saberíamos quando fosse a altura, mas não vos contaremos nada antes.

— Está bem — anuiu Lyra calmamente.

Ela tinha contado tudo a Pantalaimon, mas estava certo de que ele tivesse alguns segredos para si, depois da forma como o tinha abandonado.

Era reconfortante pensar que ela e Will tinham mais outra coisa em comum. Perguntou-se se, na sua vida, alguma vez haveria uma hora em que não pensasse nele; não falasse com ele no seu espírito, não revivesse cada momento que passaram juntos, não ansiasse por ouvir a sua voz, sentir as suas mãos e o seu amor. Ela nunca sonhara o que seria amar tanto alguém; de todas as coisas que a tinham espantado nas suas aventuras, isso era o que mais a admirava. Pensou que a ternura que esse amor deixara no seu coração era como uma nódoa negra que nunca desapareceria e que ela estimaria para sempre.

Pan desceu do banco e enroscou-se no seu colo. Estavam os dois seguros, na escuridão, ela, o seu génio e os seus segredos. Algures naquela cidade adormecida estavam os livros que lhe ensinariam a ler o aletiómetro outra vez e a senhora simpática e culta que a ia ensinar, as raparigas do colégio, que sabiam muito mais do que ela.

Pensou: elas ainda não sabem, mas vão ser minhas amigas.

Pantalaimon murmurou:

— Aquilo que Will disse...

— Quando?

— Na praia, mesmo antes de tentares ler o aletiómetro. Ele disse que não havia mais nenhum sítio. Que foi o que o pai dele te disse. Mas havia outra coisa.

— Eu lembro-me. Ele disse que o reino tinha acabado, o reino do céu tinha acabado. Não devíamos viver como se isso fosse mais importante do que a vida neste mundo, porque o sítio onde estamos é sempre o sítio mais importante.

— Ele disse que tínhamos de construir qualquer coisa...

— Era por isso que precisávamos de toda a nossa vida, Pan. Nós *teríamos* ido com Will e Kirjava, não teríamos?

— Sim! É claro! E eles teriam vindo connosco. Mas...

— Então não a poderíamos construir. Ninguém poderia, se se colocasse a si própria em primeiro lugar. Temos de ser todas aquelas coisas difíceis, como alegres e simpáticos, corajosos, destemidos e pacientes, e temos de estudar e pensar e trabalhar muito, todos nós, nos nossos diferentes mundos e então construiremos...

As suas mãos estavam poisadas sobre o pêlo brilhante de Pan. Algures no jardim um rouxinol cantava e uma pequena brisa tocou-

438

-lhe no cabelo e agitou as folhas. Todas os sinos da cidade repicaram, uma vez, um mais agudo, outro mais grave, uns perto, outros longe, um rachado, outro rabugento, um grave e sonoro, mas todos eles concordando nas suas vozes diferentes, mesmo que alguns deles tenham chegado lá mais atrasados que os outros. Naquela outra Oxford em que ela e Will se tinham despedido, os sinos também soavam e um rouxinol também cantou e uma suave brisa agitava as folhas no Jardim Botânico.

— E depois o quê? — perguntou o génio, ensonado. — Construir o quê?

— A república do céu — respondeu Lyra.

AGRADECIMENTOS

Os Mundos Paralelos nunca teriam existido sem a ajuda e o encorajamento de amigos, familiares, livros e estranhos.

Devo às seguintes pessoas agradecimentos especiais: Liz Cross, pelo seu trabalho meticuloso, incansável e alegre de revisão de todo o trabalho e por algumas noções brilhantes quanto às imagens em *A Faca Subtil;* Anne Wallace-Hadrill, por me deixar ver o seu barco estreito; Richard Osgood, do Instituto Arqueológico da Universidade de Oxford, por me contar como são preparadas as expedições arqueológicas; Michael Malleson, do Trent Studio Forge, em Dorset, por me mostrar como fundir ferro; e Mike Froggatt e Tanaqui Weaver, por me terem arranjado mais papel do tipo certo (com dois buracos), quando o meu provimento se estava a esgotar. Também devo elogiar o café do Museu de Arte Moderna de Oxford. Sempre que ficava bloqueado com um problema na narrativa, uma chávena do seu café e uma hora de trabalho naquela sala simpática resolveria a questão, aparentemente, sem esforço da minha parte. Nunca falhou.

Roubei ideias de todos os livros. O meu lema quando investigo para escrever um romance é: «Lê como uma borboleta, escreve como uma abelha», e se esta história contém algum mel, isso deve-se inteiramente à qualidade do néctar que encontrei nas obras de outros escritores melhores. Mas há três dívidas que preciso de reconhecer acima de todas as outras. Uma, é o ensaio *On the Marionette Theatre*, de Heinrich von Kleist, que li pela primeira vez numa tradução de Idris Parry, no *Times Literary Supplement*, em 1978. A segunda, é a *Paradise Lost*, de John Milton. A terceira, é à obra de William Blake.

Por fim, as minhas maiores dívidas. A David Fickling e à sua inexaurível fé e encorajamento, bem como ao seu sentimento seguro e vivo de como as histórias podem ser feitas para resultarem melhor, devo-lhe muito do sucesso que esta obra obteve; a Caradoc King devo mais do que meia vida de infalível amizade e apoio; a Enid Jones, a professora que me revelou, há tanto tempo, *Paradise Lost*, eu devo o melhor que a educação pode dar, a noção de que a responsabilidade e o prazer podem coexistir; à minha mulher, Jude, e aos meus filhos, Jamie e Tom, eu devo tudo o resto sob o sol.

Philip Pullman

ÍNDICE

VIA LÁCTEA

1. Crónicas de Allaryia – A Manopla de Karasthan, *Filipe Faria*
2. A Missão de Sabriel, *Garth Nix*
3. Crónicas de Allaryia – Os Filhos do Flagelo, *Filipe Faria*
4. O Mistério de Alaizabel Cray, *Chris Wooding*
5. Os Escolhidos – Livro I – A Dança de Pedra do Camaleão, *Ricardo Pinto*
6. Lirael – A Rapariga do Glaciar, *Garth Nix*
7. A Saga dos Otori – Livro I – A Tribo dos Mágicos, *Lian Hearn*
8. Os Reinos do Norte, *Philip Pullman*
9. A Torre dos Anjos, *Philip Pullman*
10. O Telescópio de Âmbar, *Philip Pullman*
11. Os Guardiães dos Mortos – Livro II – A Dança de Pedra do Camaleão, *Ricardo Pinto*
12. Vatur, o Continente Escondido, *Miguel Ávila*
13. Abhorsen e os Hemisférios de Prata, *Garth Nix*
14. Crónicas de Allaryia – Marés Negras, *Filipe Faria*
15. A Saga dos Otori – Livro II – O Desafio do Guerreiro, *Lian Hearn*
16. Stardust – O Mistério da Estrela Cadente, *Neil Gaiman*
17. Engenhos Mortíferos, *Philip Reeve*
18. Bartimaeus – Livro I – O Amuleto de Samarcanda, *Jonathan Stroud*
19. Lobo Branco, *David Gemmell*
20. O Ouro do Predador, *Philip Reeve*
21. A Teia do Mundo – Livro I – Os Tecedores de Saramyr, *Chris Wooding*
22. A Saga dos Otori – Livro III – As Cinco Batalhas, *Lian Hearn*
23. O Senhor das Sombras, *G. P. Taylor*
24. O Oráculo, *Catherine Fisher*
25. Bons Augúrios, *Neil Gaiman e Terry Pratchett*
26. O Olho de Golem – Livro II – A Trilogia Bartimaeus, *Jonathan Stroud*
27. Máscaras de Matar, *León Arsenal*
28. Neverwhere – Na Terra do Nada, *Neil Gaiman*
29. A Última Feiticeira – A Saga das Pedras Mágicas, *Sandra Carvalho*
30. Crónicas de Allaryia – A Essência da Lâmina, *Filipe Faria*
31. O Guerreiro-Lobo – A Saga das Pedras Mágicas, *Sandra Carvalho*
32. A Teia do Mundo – Livro II – A Tapeçaria dos Deuses, *Chris Wooding*
33. Num Vento Diferente, *Ursula K. Le Guin*
34. O Cometa da Destruição, *G. P. Taylor*
35. O Arconte, *Catherine Fisher*
36. O Aprendiz do Mago, *Joseph Delaney*
37. Máquinas Infernais, *Phillip Reeve*
38. Crónicas do Mundo Emerso, *Licia Troisi*
39. As Espadas da Noite e do Dia, *David Gemmell*
40. O Grito de Icemark, *Stuart Hill*
41. O Mar dos Trolls, *Nancy Farmer*
42. Stravaganza – A Cidade das Máscaras, *Mary Hoffman*
43. Os Filhos de Anansi, *Neil Gaiman*
44. Stravaganza – A Cidade das Estrelas, *Mary Hoffman*
45. O Portão de Ptolomeu – Livro III – A Trilogia Bartimaeus, *Jonathan Stroud*
46. Lágrimas do Sol e da Lua, *Sandra Carvalho*
47. Stravaganza – A Cidade dos Lírios, *Mary Hoffman*
48. Crónicas do Mundo Emerso – A Missão de Sennar, *Licia Troisi*
49. O Dia do Escaravelho, *Catherine Fisher*
50. Os Guardiães da Noite, *Serguei Lukiánenko*
51. Crónicas de Allaryia – Vagas de Fogo, *Filipe Faria*
52. Os Guardiães do Dia, *Serguei Lukiánenko e Vladímir Vassíliev*
53. O Enigma da Esfinge, *Charlie Fletcher*
54. A Maldição do Mago, *Joseph Delaney*
55. Os Guardiães do Crepúsculo, *Serguei Lukiánenko*
56. A Maldição da Adaga, *G. P. Taylor*
57. A Saga das Pedras Mágicas – O Círculo do Medo, *Sandra Carvalho*